EISPRINZ
UND
HERZBUBE

MAIN Verlag

Printausgabe, erschienen 2018
2. Auflage

1. Auflage 2015

ISBN: 978-3-95949-252-2

Copyright © 2018 MAIN Verlag, Eutiner Straße 24,
18109 Rostock

www.main-verlag.de
www.facebook.com/MAIN.Verlag
order@main-verlag.de

Texte © Elena Losian

Umschlaggestaltung: © Marta Jakubowska, MAIN Verlag
Umschlagmotiv: © Shutterstock / Aaron Amat, iko.
© Shutterstock / 789901432 / 1029186463 / 337151618
Grafiken: © www.wildtextures.com/free-textures/white-bricks-wall/

Druck: AAVAA Verlag UG

Bibliografische Information der Deutschen Nationalbibliothek:
Die Deutsche Nationalbibliothek verzeichnet diese Publikation in der Deutschen
Nationalbibliografie; detaillierte bibliografische Daten sind im Internet über
http://dnb.d-nb.de abrufbar.

ELENA LOSIAN

EISPRINZ
UND
HERZBUBE

1

Emilia

»Und? Durftest du schon ran?« Etienne – den alle außer mir Eddy nennen – stupst mich mit dem Ellenbogen in die Seite und funkelt mich neugierig an. Ein Glück ist unser Religionslehrer ein Waschlappen, der mehr Angst vor der brodelnden Konstellation seiner zu unterrichtenden Klasse hat, als dass er jemals einen von uns zurechtweisen würde. Na ja, ich kann es ein bisschen nachvollziehen, hier sitzen immerhin die Katholiken aus drei verschiedenen zehnten Klassen, da kommt schon einiges zusammen.

Etienne und ich, beispielsweise. Da haben uns die Lehrer doch tatsächlich in der siebten Klasse getrennt, weil wir ein so chaotisches Duo sind, und nun hocken wir doch wieder zusammen. Herr Deppenbrock – ja, auch das ist ein Grund, wieso er bei uns nichts zu lachen hat – wirft kurz einen nervösen Blick auf unsere Ecke, fährt dann jedoch unsicher fort, in dem Versuch uns die Bibel näherzubringen.

»Das mit uns läuft erst seit zwei Wochen, meinst du wirklich, da lässt sie mich schon ran?«, seufze ich. Tja, was soll ich sagen. Ich bin seit Kurzem mit einem der hübschesten Mädchen der zehnten Klassen zusammen, Sophie heißt sie, und das einzige Highlight bisher war ein flüchtiger Kuss auf den Mund. Nicht gerade das, was ich mir erhofft hatte.

»Ach Milo«, höre ich meinen besten Freund leise lachen. »Du hast dir eindeutig die Falsche rausgesucht. Die ist zwar hübsch, ihre Prüderie jedoch nicht zu überbieten! Und dann bist du auch noch jünger als sie … Vielleicht solltest du dir eine Andere suchen.«

Für mein Alter kann ich doch nichts, oder? Sie ist gerade sechzehn geworden, ich bin fünfzehn. Tut mir leid, dass ich nicht früher zur Welt gekommen bin.

»Mal schauen«, murmele ich unverbindlich und beiße zögerlich auf meinem Lippenpiercing herum. »Vielleicht wird das ja noch. Immerhin ist sie nicht an einem Herzinfarkt gestorben, als der Freund meines Vaters sich mal wieder aufgedrängt hat …« Gegen Ende des Satzes werde ich ganz leise

– wahrscheinlich wissen ohnehin so gut wie alle auf diesem Gymnasium, dass mein Vater einen Lebensgefährten hat. Ich bekomme es ja oft genug zu spüren. Dass ich darüber rede, muss trotzdem nicht jeder mitbekommen.

»Oh, ich weiß wirklich nicht, wieso du dich immer über ihn beschwerst.« Etienne verzieht die Lippen, als er mir – mit dem Stuhl kippelnd – einen kurzen Blick zuwirft. »Phil ist ziemlich cool.«

Das würde er nicht sagen, wenn er ihn seit seiner Geburt ertragen müsste … Egal, ich will nicht drüber diskutieren. Es reicht, wenn ich jeden Tag erneut daran erinnert werde, dass die Gesellschaft nicht nur schwulen-feindlich, sondern auch Kinder-von-Schwulen-feindlich ist. Manchmal bemitleide ich mich ganz schön deswegen … Mit schwulen Eltern aufzu-wachsen, ist wirklich kein Zuckerschlecken.

Ich zucke mit den Schultern, werfe mit einer ruckartigen Kopfbewegung eine Locke meines blonden Haares aus dem Gesicht und stütze dann den Kopf auf die linke Faust.

Mann, was für ein blöder Tag. Was für eine blöde Situation. Langwei-liger Religionsunterricht, ein bester Freund, der die Zweifel schürt und eine Freundin, die einen nicht ranlassen will. Normalerweise wäre es nicht schlimm, mit fünfzehn noch Jungfrau zu sein, aber in meinem Fall ist das eindeutig etwas, worüber sich alle lustig machen. Und ich habe es wirklich satt, mir anhören zu müssen, ich wäre ebenfalls *so*.

Mal davon abgesehen war mein Vater – laut dessen bestem Freund Falco – ein absoluter Aufreißer, als er in meinem Alter war.

»Heute ist Training, oder?«, fragt Etienne neben mir und wirkt nicht gerade glücklich. Ich schüttele grinsend den Kopf. »Wieso trittst du nicht endlich aus der Fußballmannschaft aus? Dich kann da doch eh keiner ge-brauchen, so unsportlich wie du bist.«

So ganz stimmt das nicht, allerdings muss ich es ihm ja nicht auf die Nase binden.

Etienne ist sogar ziemlich sportlich: Schlank, muskulös – ja, schon fast durchtrainiert. Seit einigen Monaten hat ihn jedoch die chronische Unlust gepackt und er und ich wissen, er spielt nur weiter in der Schulmannschaft mit, um Mädchen zu beeindrucken. Dabei hat er das wirklich nicht nötig. Mit den dunklen Haaren und den tiefgründigen, braunen Augen, der großge-wachsenen Statur und seinem ziemlich coolen Klamottenstil hat er eigentlich immer mindestens ein halbes Dutzend Mädels gleichzeitig, die auf ihn stehen.

Okay, das war gerade ganz schön schwul. Notiz an mich: Nie wieder Loblieder über meinen besten Freund singen.

Manchmal habe ich das Gefühl, ich bin zu geprägt von meinem Vater, der – seines Zeichens Schriftsteller – sehr viel Wert auf gepflegte Sprache legt und ziemlich oft ausschweifende Reden hält. Kein Wunder, dass mich alle für einen komischen Freak halten.

Etienne schnaubt abfällig, mit seinem Stuhl kippelt er sich noch ein wenig weiter in die Schräge, ehe er schnippisch hinzufügt: »Ich muss mich fit halten. Klar, du hast es nötiger, du betreibst ja keinen Bettsport, du kleine Jungfrau, aber ...«

Sein Satz endet mit einem erschrockenen Aufschrei, dann kracht es laut und mit einem schmerzhaften Stöhnen liegt er auf dem Boden. Für einen winzigen Moment sorgt das laute Poltern für Stille, dann ertönt von allen Seiten schallendes Gelächter – und ausnahmsweise gilt das mal nicht mir.

Auch ich kann mir ein Grinsen nicht verkneifen, als Etienne schwerfällig wieder auf die Beine kommt und seinen Stuhl aufhebt. Das hat er mehr als verdient. Blödarsch.

Herr Deppenbrock sagt nichts, nein, er guckt nicht einmal böse. Er sieht lediglich verzweifelt aus und wirft einen schnellen Blick auf seine Armbanduhr. Armer kleiner Fettsack mit Halbglatze. Ich hoffe, ich werde niemals so jämmerlich wie er.

»Oh, wieso gebe ich mich eigentlich mit dir ab?«, grinse ich Etienne boshaft zu. Nebenbei werfe ich einen schnellen und eigentlich nicht erlaubten Blick auf mein Handy – noch zehn Minuten, herrlich – und stichele dann genüsslich über seinen roten Kopf hinweg: »Du bist ja noch viel peinlicher als ich *kleine Jungfrau*. Das macht mich dann wohl noch mehr zum Gespött, wenn ich mit dir rumhänge, findest du nicht auch? Ich sollte mir dringend einen neuen besten Freund suchen.«

»Halt die Klappe, Milo«, zischelt Etienne.

Seine kleine Störung hat die Atmosphäre in der Klasse noch ausgelassener und lernunwilliger werden lassen. Der Geräuschpegel ist gerade erträglich, ohne einen Gehörschaden zu verursachen und der Deppenbrock sieht wohl ein, dass das Ganze absolut keinen Sinn mehr hat.

Mit unglücklicher Miene packt er sein Zeug zusammen, wobei er versucht, gegen den Lärm anzuschreien: »Bis zum nächsten Mal füllt ihr bitte das Arbeitsblatt aus, das ich ausgeteilt habe!«

Klar, kein Ding. Hab' nichts Besseres zu tun, als sinnlose Arbeitsblätter zur Bibel auszufüllen. Weil ich ja auch so gläubig bin. Sicher.

Ich packe meine Sachen unordentlich wieder in meine schwarze Umhängetasche, ohne auch nur einmal Stift oder Blatt benutzt zu haben. Im

Grunde genommen bin ich kein schlechter Schüler und faul eigentlich auch nicht. Doch sobald es um Religion geht, ist der Lerneifer irgendwo auf Hawaii oder so, nur nicht da, wo er sein sollte.

Etiennes Miene drückt ebenfalls Lustlosigkeit aus. Dass ihm ein paar Kumpel und Klassenkameraden im Vorbeigehen noch spöttisch und lachend auf die Schulter klopfen, oder ihm für den verfrühten Unterrichtsschluss danken, macht es nicht besser. Seine sonst leicht sonnengebräunte Haut nimmt jetzt einen zarten Korallton an, über den ich mich schieflachen könnte, denn diese Farbe ist grauenvoll und leider Gottes genauso in Mode wie Senfgelb. Scheußlich.

Ich bevorzuge auch auffällige Farben wie leuchtendes Grün oder Blau bei meinen T-Shirts, oft bunt gemischt. Irgendwo hat das allerdings eine Grenze und die ist mit Senfgelb deutlich überschritten.

»Weißt du«, knurrt Etienne beleidigt, als er seine Tasche schultert und den Stuhl unsanft an den Tisch heranschiebt, »du bist manchmal wirklich nicht sehr hilfreich. Anstatt für mich einzustehen und mein Ritter mit leuchtender Rüstung in der Abendsonne zu sein, lachst du mich aus. Ich mache mich ja auch nicht lustig über dich, obwohl ich genug Grund dazu hätte, nicht? Fünfzehn und Jungfrau, dabei war dein Dad laut Phil in dem Alter ein absoluter Mädchenschwarm …«

»Du machst dich doch lustig über mich, du Vollidiot«, entgegne ich murrend und boxe ihm unsanft gegen die Schulter. »Elefantensackhaar«, sagt er ungerührt.

»Pavianarsch.«

»Du bist so homoerotisch, Emilio …«

»Fresse, du Evolutionsbremse.«

Etienne grinst und auch ich muss schmunzeln. Ich kann mich nicht daran erinnern, dass wir uns jemals ernsthaft gestritten haben. Die Beleidigungen dienen meistens mehr der Belustigung.

»Okay, schon gut. Du musst aber gestehen, du warst schon einfallsreicher. Pavianarsch … Na ja«, bemängelt er näselnd.

Lachend schlendern wir aus dem Klassenraum und begeben uns in Richtung Sporthalle. Manchmal empfinde ich das Fußballtraining nach der achten Stunde schon als ätzend und vollkommen fehl am Platz, im Endeffekt macht es meistens dennoch Spaß. Die Truppe ist lustig und bis auf ein paar Ausnahmen auch recht nett. Gut, die Ausnahmen sind wirkliche Härtefälle, wenn ich da so an einen gewissen Jemand denke. Allerdings kann man diese ja auch ignorieren, so einfach ist das.

»Homoerotisch«, wiederhole ich und lasse mir das Wort auf der Zunge zergehen. »Nicht übel, das merke ich mir.«

»Siehst du, Milo, ich bin dein Meister. Mit deinem zarten Alter bist du noch zu dumm und unerfahren, um dich vernünftig zu duellieren. Bei mir lernst du noch was.«

»Und du hast mit deinen sechzehn Jahren die Weisheit mit dem Löffel gefressen, was?«

Lachend drischt Etienne mir auf die Schulter und entgegnet: »Jeden Morgen mit dem Frühstück!«

Manchmal bin ich wirklich froh, ihn zu haben. Was wäre das Leben ohne einen so toleranten und treuen besten Kumpel? Ich kann mich nur selbst beglückwünschen und meinem Vater stumm dafür danken, dass er dem Drängen der Erzieherinnen damals nachgegeben und mich mit fünf Jahren eingeschult hat, statt mich noch ein Jahr im Kindergarten schmoren zu lassen. Trotz Phils Bedenken, ob ich die Kurve kriege – ich hatte mit zwölf einen richtigen Durchhänger in der Schule – hat mein Vater an mich geglaubt und mich nicht zurückstufen lassen. Ich gebe mir Mühe, ihn nicht zu enttäuschen, denn obwohl mir durch seine *Orientierung* viel Unmut und Feindseligkeit entgegenschlägt, ist er ein toller Vater und ich bin irgendwie stolz auf ihn. Wie auch immer.

»Wie sieht dein Plan aus?«, dringt Etiennes Stimme durch meine sentimentalen Gedanken.

»Plan?«, entgegne ich verwirrt. Im Laufen ziehe ich mir die Jeans ein wenig höher, nutzt aber nichts. Im nächsten Moment ist sie wieder über dem Hintern. Egal, sieht ja ganz cool aus.

Gemeinsam schlurfen wir über den recht leeren Schulhof zur Sporthalle und genießen die spätsommerliche Wärme noch ein wenig. Das Schuljahr hat gerade angefangen und der Herbst rückt näher, nicht gerade zu meiner Freude. Sommer gefällt mir besser.

»Plan in Sachen Sophie. Wie willst du sie rumkriegen?«

Mh, tja. Ich weiß auch nicht so recht. Es ist nicht so, als wäre ich nur für den Sex mit ihr zusammen, ich bin wirklich ziemlich verknallt, würde ich behaupten. Trotzdem ist mir diese Entjungferungssache doch ziemlich wichtig. »Kein Plan, Mann«, seufze ich. »Wie kriegt man eine Frau rum?«

Sie ist meine erste Freundin und ich glaube, ich bin schon glücklich, wenn ich einen Zungenkuss auf die Reihe kriege. Unerfahren zu sein ist echt eine total peinliche Angelegenheit.

»Oh, das ist eigentlich nicht schwer. Bei deiner Freundin dürfte das ewig dauern. Versuchs mal mit Küssen und sentimentalem Geschwätz, vielleicht klappt es dann.«

Etienne hat leicht reden, er hat das Ganze ja auch schon hinter sich. Küssen … Verflucht, ich habe echt keine Ahnung wie! Dieses eine Mal war ganz flüchtig an und nicht wie ein echter Kuss. Ich meine, was macht man denn mit seiner Zunge? Was, wenn ich sabbere? Oder alles falsch mache? Ich werde das niemals auf die Reihe kriegen, *niemals* …

Nachdenklich betrete ich die Sporthalle, er folgt mir auf dem Fuße. »Mach dir keine Gedanken, du kriegst das schon hin«, lautet Etiennes lascher Aufmunterungsversuch. Er klopft mir unsicher auf die Schulter, als wir in die Umkleidekabine gehen. Noch keiner da, gut.

Seufzend werfe ich meine Tasche auf die Bank und lasse mich daneben fallen, beginne langsam die Schnürsenkel meiner ausgelatschten Schuhe zu lockern.

»Ich habe 'ne Heidenangst davor, was falsch zu machen«, gestehe ich leise und kann nicht verhindern, rot zu werden.

»Mensch, Milo …«, entgegnet er unbeholfen und kratzt sich ratlos am Kopf. Dann beschließt er wohl, dass es besser ist, sich erst mal umzuziehen und sich so eine kurze Denkpause zu verschaffen. Bis auf das Rascheln seines T-Shirts, das jetzt achtlos zu Boden fällt, ist es still in der Umkleide. Aus seiner Tasche fischt er ein ausgewaschenes Sporttrikot, das er von seiner Ex-Ex-Freundin vor einem Jahr zum Geburtstag geschenkt bekommen hat und so oft trägt, dass ich mich manchmal frage, ob er wohl immer noch an sie denkt. Das wäre ziemlich lächerlich, schließlich hat er sie verlassen und nicht andersherum.

Während er schon aus seiner Jeans schlüpft, ziehe ich mir gerade die Schuhe von den Füßen. Es ist doch zum Haare ausraufen, mit welchen Dingen man sich herumschlagen muss. Mir ist durchaus bewusst, dass ich bedingt durch mein Alter ein laufendes Hormonbündel bin. Als wäre das nicht schon schlimm genug, muss ich auch noch schwule Eltern, einen unfähigen besten Freund, eine prüde Freundin und absolut null Erfahrung mit Frauen haben. So ein blöder Mist.

Erst, als Etienne in seine luftigen Trainingsshorts geschlüpft ist und auf der Bank sitzt, um seine Sportschuhe anzuziehen, lässt er sich dazu herab »Mh« zu murmeln. Hilfreich.

Grummelnd ziehe ich mir mein T-Shirt über den Kopf und nestele umständlich meine Jeans auf. »Du bist mir echt keine Hilfe, Mann«, knurre ich düster und greife nach meiner Sporthose. »Ich werde versagen! Wahrscheinlich sterbe ich als Jungfrau.«

»Würde mich nicht wundern«, ertönt es plötzlich von der Tür her. Ich zucke zusammen und kann gerade so dem Drang widerstehen, mir die Hose schützend vor die unbedeckte Brust zu halten.

»Dich hat keiner gefragt«, schnauze ich den Neuankömmling unfreundlich an, schlüpfe im Höchsttempo in meine Hose und ziehe mir das T-Shirt so schnell über den Kopf, dass ich mich beinahe darin verheddere.

Da ist er, der arroganteste Blödmann überhaupt, der eingebildetste Schnösel der gesamten Schulmannschaft, ja, sogar der ganzen Schule und der Dorn in meinem Auge: Nicholas. Das schlimmste am Fußballtraining, wenn ich das so sagen darf.

Ich weiß, Phil glaubt, *er* sei mir besagter Dorn im Auge. *Der da* ist jedoch eindeutig schlimmer.

»Solltest du aber vielleicht mal, kleine Jungfrau«, höhnt Nick, wie er von allen genannt wird, mit seiner dunklen, stimmbruchfreien Stimme. Allein dafür hätte er einen Schlag in die Fresse verdient.

Allerdings reicht das nicht, nein. Er sieht viel zu gut aus für seinen Arschloch-Charakter, ist älter (zwölfte Klasse, soweit ich weiß) und obendrein auch noch geouteter Schwuler, was ihm bei mir besondere Minuspunkte einbringt.

Nicht nur, dass man ihn somit automatisch mit mir in Verbindung bringt, nein, er sieht angeblich auch weniger schwul aus als ich. Himmel, ich wachse eben noch und meine Schultern werden sicherlich auch mal so breit. Ich bin *fünfzehn*, verdammt!

»Und wenn wir schon dabei sind, dir würde ein bisschen Muskeltraining nicht schaden. Du bist dürr und schmächtig, das ist wirklich nicht schön.«

Oh, ich sollte ihm … »Du musst ja nicht glotzen, du Scheißkerl!«, fauche ich ungehalten und würde ihm meine Fußballschuhe am liebsten an den Kopf werfen, statt sie anzuziehen.

Der feine Herr bequemt sich mit missfälliger Miene in die Umkleidekabine und setzt sich auf die Bank mir gegenüber, wo er sich obercool die teuren Markenschuhe von den Füßen zieht. Blöder Schnösel! Wir haben auch nicht gerade wenig Geld, trotzdem gebe ich nicht so damit an wie der.

Wie er da sitzt mit seinem pickelfreien Scheißgesicht und seine blöden scheißglatten Haare mit einer lässigen Kopfbewegung zur Seite wirft und dann einfach gut aussieht, das ist … so *unfair*. Gott! Ja! Ich bin neidisch, ich geb's ja zu! Nicht nur, dass der Arsch gut in der Schule ist, er sieht so toll aus, dass ihm die Weiber scharenweise verfallen! Obwohl sie alle wissen, dass er auf Männer steht! Ich wette, sogar Sophie findet ihn attraktiv. Das ist wirklich nicht fair! Wieso kann ich keine immer gut liegenden, glatten Haare haben? Oder breite Schultern und reine Haut? Unfair, unfair, *unfair!*

Nicks spöttisches Lachen dringt irgendwie durch meine aggressiven Mordgedanken hindurch, dann höre ich ihn stichelnd sagen: »Wer glotzt hier?« Dadurch wird mir erst bewusst, dass ich ihn die ganze Zeit über angestarrt habe, ohne es zu merken. Peinlich.

Ich kann nicht verhindern, dass mir die Zornesröte ins Gesicht schießt und leider fällt mir außer »Fresse!« nichts zum Kontern ein. Etienne ist da auch keine Hilfe, er steht nur unbeholfen da und weiß nicht so recht, was er tun soll, denn er versteht sich aus unerfindlichen Gründen gut mit diesem Schnösel.

Mit einer gehörigen Portion Wut im Bauch ziehe ich mir die Fußballschuhe an. Dabei rupfe ich fast die Schnürsenkel aus, weil ich sie so ruppig zubinde und rausche mit einem »Etienne, wir gehen!« aus der Umkleidekabine. Nicks höhnisches Lachen verfolgt mich dabei und treibt mir die Hitze nur noch mehr in die Wangen.

Ich wünschte, ich könnte ihm was entgegensetzen! Am liebsten würde ich ihm *Schwuchtel* ins Gesicht schreien. Das würde ich allerdings niemals über die Lippen bringen. Wegen Dad und Phil und weil ich weiß, dass schwul sein nicht gleich ekelhaft oder pervers oder scheiße sein bedeutet.

Auch Dads bester Freund Falco ist schwul und eigentlich fand ich immer, dass alle drei sehr verständnisvoll und auch einfühlsam sind – wobei Phil öfter mal aus dem Rahmen fällt. Jedenfalls tausendmal besser als ein ganz normaler Vater, der einem den Gürtel um die Ohren schlägt, wenn man eine schlechte Note mit nach Hause bringt. Ich für meinen Teil kenne genügend Scheißväter, Etiennes ist da ein ziemlich gutes Beispiel.

Plötzlich taucht dann so ein blöder Mistkerl wie dieser Nicholas auf, der schwul und scheiße und bestimmt auch pervers ist und das alles zusammen. Den macht niemand fertig, im Gegensatz zu mir, obwohl ich hetero und supertoll bin. Oh, ich könnte ihm ins Gesicht kotzen …

»Milo, jetzt mach doch mal langsam!«, höre ich meinen besten Freund hinter mir rufen, der mir hastig die Treppen hinunter folgt. »Reg dich doch nicht so auf, bitte!«

Mich nicht so aufregen? Pah … Der hat leicht reden, der wird ja auch nicht dauernd wegen oder von Nicholas fertiggemacht!

»Ich rege mich auf, wie ich will!«, knurre ich unfreundlich und betrete mit einem merkwürdig kribbeligen Gefühl der Wut im Bauch die große, leere Sporthalle. Am besten ist wohl, ich laufe mich warm und versuche, mich einzukriegen. Einfach den Kerl ignorieren. Alles ist gut.

Schritte neben mir, dann spüre ich, wie sich Etiennes Hand fest um meinen Oberarm legt. »Ich verstehe nicht, wieso ihr euch immer zoffen müsst. Wieso lässt du dich denn so leicht von ihm provozieren? Er meint es sicher nicht böse.«

Tja, ich glaube, das wüsste ich selbst gerne. Irgendwie werde ich das Gefühl nicht los, dass Nicholas es sehr wohl böse meint, wenn er mit spitzer Zunge solche Kommentare durch die Gegend wirft.

Unwillig betrachte ich Etiennes Hand, dann seine verständnislose Miene. »Er ist ein Arsch«, murre ich schließlich und schaue weg, weil ich seinen vorwurfsvollen Blick nicht ertragen kann. Toll, jetzt kriege ich ein schlechtes Gewissen, weil ich so ausgeflippt bin, dabei trifft mich doch wohl keine Schuld, oder?

»Außerdem hättest du ruhig mal auf meiner Seite stehen können! Wie war das mit dem Ritter und der scheiß Rüstung, die in der Abendsonne glänzt?«

Das entlockt ihm ein Grinsen, schließlich lässt er mich zögernd los. »Tut mir leid. Du weißt, ich hab nichts gegen ihn. Außerdem …« Seine Stimme wird zu einem Flüstern, mit nachdenklicher Miene beugt er sich zu mir herab. »… Außerdem hat er irgendwas Autoritäres an sich. Ich kenne niemanden außer dir, der so respektlos mit ihm redet. Er ist immerhin Schulsprecher und so ziemlich der beliebteste Schüler dieser ganzen Schule.«

Wobei ich wirklich nicht verstehen kann, wieso er das ist. Was soll's.

»Laufen wir uns warm?«

»Wie du willst.«

Nicholas

Ich beobachte ihn von der Tribüne aus. Dieser kleine Hosenscheißer, der meint, er müsse sich immer und überall mit mir anlegen. Ob es daran liegt, dass ich schwul bin? Er ist noch so jung, sicherlich ekelt es ihn oder zumindest ist er angewidert und fühlt sich cool, wenn er sich mir in den Weg stellt. Er wird schon noch sehen, was er davon hat. Ich lasse mich doch nicht von so einem unwissenden kleinen Idioten fertigmachen! Seit meinem Coming-out im letzten Schuljahr haben schon genügend Leute zu spüren bekommen, dass ich kein williges Opfer bin. Wenn er es darauf anlegt, bitte. Einer mehr oder weniger belastet mein Gewissen nicht.

»Penisprothese!«, höre ich ihn lachend seinen besten Freund beleidigen und dieser ruft ihm »Flohdompteur« hinterher. Kindisch. Selbst für einen Zehntklässler benimmt sich der kleine Lockenkopf lächerlich unreif.

Ich will mich gerade kopfschüttelnd abwenden und ebenfalls hinunter begeben, um mich warm zu laufen, als sich Schritte von hinten nähern. »Nick?«, ertönt eine mir allzu bekannte Stimme.

Langsam und bedacht drehe ich mich um, die Arme vor der Brust verschränkt. »Chris, hey. Was gibt's?«

Chris, Teammitglied, süßer Elftklässler und höchstwahrscheinlich noch nicht sicher, ob er nun bisexuell oder schwul ist, kommt unsicher ein paar Schritte näher und lächelt mich süß an. Der wäre was für mich, eindeutig.

»Nichts. Ich hab dich nur hier stehen sehen und mich gefragt, was du machst«, erklärt er fröhlich und wirft einen Blick an mir vorbei hinunter in die Halle. Das Lächeln weicht aus seinem Gesicht und macht einer unzufriedenen Grimasse Platz, die so gar nicht zu seinem Engelsgesicht passen will. »Beobachtest du die beiden? Oh Gott, du stehst doch nicht auf *den da*, oder?«

»Wer ist *den da*?«, frage ich desinteressiert, obwohl das eigentlich überflüssig ist. Ich kann mir denken, wen er meint.

»Emilio«, entgegnet Chris und stellt sich neben mich, beobachtet den Lockenkopf und seinen Kumpel ebenfalls beim Laufen. »Er ist ein Kotzbrocken. Ich hab gehört, er flippt aus, sobald man das Wort *schwul* nur in den Mund nimmt. Ätzendes Balg.«

Ach, also ist doch meine Sexualität das Problem, wie bereits vermutet.

»Als ob ich auf solch unreife kleine Kinder stehen würde«, entgegne ich kühl und wende mich ab. Dem werde ich zeigen, was es heißt, sich mit mir anzulegen.

2

Nicholas

Ich passe den Ball rüber zu Chris, umgehe mit einer leichten Drehung Etiennes halbherzige Deckung und laufe weiter, Chris auf der anderen Seite des Spielfeldes auf gleicher Höhe wissend. Er ist der Einzige, mit dem ich halbwegs gerne zusammenspiele – wenn ich überhaupt sagen kann, dass ich gerne Fußball spiele. Ich tue es, wie so viele Dinge, einfach weil es notwendig ist.

Hinter mir höre ich einen der anderen Jungs rufen, man solle mich doch »verdammt noch mal decken«, aber niemand kommt mit. Natürlich nicht, denn ich bin zu gut. Schnell, wendig, treffsicher.

Aus dem Augenwinkel sehe ich, dass Chris mir zupasst, als einer der Gegner sich ihm in den Weg stellt. Als hätten wir es abgemessen, landet der Ball direkt vor meinen Füßen, perfekt platziert, sodass ich ihn ohne Unterbrechung meines Laufs annehmen und weiterlaufen kann, den Ball vor mir her spielend.

Das Tor ist nahe, der Einzige, der noch zwischen mir und Dave, dem Torwart steht, ist der kleine Lockenkopf – und er sieht nicht so aus, als habe er vor, es mir so leicht zu machen wie sein Freund.

Die Lippen zu einem angriffslustigen Grinsen verzogen, das mehr aussieht, als blecke er die Zähne, steht er da und wartet, dass ich ihm nahe genug komme.

Ich weiß nicht so recht, was mich an diesem Anblick stört – das Grinsen? Die blöde Pose, die er angenommen hat? Oder einfach er, keine Ahnung. Auch kann ich nicht sagen, wieso ich plötzlich, einem inneren Impuls folgend, mit dem rechten Fuß mit voller Wucht gegen den Ball trete und zusehe, wie er zielsicher direkt auf sein Gesicht zufliegt.

Seine Stirn legt sich für den Bruchteil einer Sekunde in Falten, er überlegt sicher, ob er den Schuss – viel zu nahe und viel zu heftig – mit einem Kopfball annehmen kann. Ehe er fertig denken kann, ist der Ball da. Irgendwer hinter mir schreit »Milo!«, während sich seine Augen noch ein Stück weiten und er reflexartig die Arme hochnimmt und den Ball so abwehrt. Wahrscheinlich weiß er selbst nicht so recht, wieso er das tut. Dass es falsch ist, merkt er recht bald, als sein gesamtes Team ihm stöhnend und mosernd Verwünschungen zuruft.

Der Lockenkopf starrt verwirrt auf seine Arme, als ich ihm näher komme, um mir den Ball zu holen. Noch ehe ich ganz bei ihm bin, kommt wieder Bewegung in seine Glieder, ein für mich sichtbarer Ruck geht durch seinen ganzen Körper. Er starrt mich an, einen unzufriedenen, mehr als nur ärgerlichen Blick in den braunen Augen. »Was sollte denn die Scheiße?!«, faucht er ungehalten, die Hände zu Fäusten ballend.

Ich setze mein höhnischstes Lächeln auf – ein leichtes Zucken im Mundwinkel mit spöttisch hochgezogenen Augenbrauen – und schüttle den Kopf. »Ich habe gespielt – du hast verloren«, erkläre ich ihm. Knallhart. Wenn er nicht innerlich kocht und schäumt vor Wut, dann weiß ich auch nicht weiter.

Mit kühler Leichtigkeit bringe ich den Ball an mich. Da wir in seinem Strafraum stehen, bedeutet das einen Elfmeter für unsere Mannschaft, den ich wie selbstverständlich übernehme. Niemand widerspricht mir, natürlich nicht. Ich bin der Beste hier. Vielleicht bin ich nicht so leidenschaftlich wie Chris, spiele nicht mit so viel Herz wie der kleine Lockenkopf, dafür jedoch mit eiskalter Präzision. Was ich treffen will, das treffe ich auch. Eingebildet? Nein, ich weiß nur um meine Fähigkeiten, warum also falsche Bescheidenheit vortäuschen?

Okay, wenn ich *er* wäre, würde ich mich wohl auch nicht ausstehen können.

»Jetzt mal nicht so schnell!«, bricht es aus ihm heraus, als ich mich zurückziehen und positionieren will. Seine kleine, warme Hand schließt sich fest um meinen Oberarm, ehe er sich vor mich stellt, um mir den Weg zu versperren. Ich blicke ihm in das kindliche Gesicht – zu kindlich für meinen Geschmack und wahrscheinlich auch zu kindlich für seine Freundin – und muss feststellen, dass er diesen *Ich-schaue-drein-als-würde-ich-gleich-jemanden-umbringen*-Blick sehr gut drauf hat. Aber nicht gut genug, als dass es mich in irgendeiner Weise verschrecken könnte.

»Du hast mit voller Absicht auf mein Gesicht gezielt!«, wirft er mir wütend vor und schaut mich an, als erwarte er ernsthaft eine Antwort darauf. Nach einigen Sekunden des Schweigens – in der ganzen Halle ist es still – lasse ich mich entnervt seufzend doch dazu herab, es zu kommentieren: »Das bildest du dir ein.«

Nun, ich hatte es in dem Sinne ja eigentlich nicht vor. Mein Fuß hat einfach nach seinem eigenen Willen gehandelt, also kann man mich nicht direkt dafür verantwortlich machen, oder?

Emilio – welche Geschmacksverirrung hat ihm eigentlich diesen scheuß-lichen Namen eingebracht? – wagt ein freudloses, entrüstetes Auflachen, ehe er mit ehrlichem Ärger meinen Arm noch ein wenig fester zu quetschen versucht. Nicht schmerzhaft, versteht sich, dazu müsste er sich schon etwas mehr Muskeln antrainieren. Nicht, dass er keine gute Figur hätte: Schlank, drahtig, gut proportioniert – nur eben etwas klein, beinahe etwas zu schmal und mehr als kindlich. Männlich? Nicht im Geringsten. Bedrohlich? Kein Stück.

»Versuch nicht, mich zu verarschen, Mann«, knurrt er wütend und kommt mir ein ganzes Stückchen näher. Vielleicht sollte es den bedrohlichen Effekt erhöhen, wenn denn einer da wäre. Wie auch immer.

»Milo, lass gut sein«, ertönt irgendwo hinter uns Etiennes Stimme. Doch die dringt zum Lockenkopf gar nicht durch, also versuche ich es noch einmal: »Es tut mir leid, okay? Das wollte ich nicht. Krieg dich ein, *Emilia*.«

Wieder dieses entrüstete Auflachen, seine Hand verschwindet von meinem Arm und anstatt mich weiter zerquetschen zu wollen, verpasst er mir einen unsanften Stoß vor die Brust. Er ist leicht entflammbar, merke ich. Wie alt ist er? Vierzehn? Erbärmlich.

»Halt die Fresse«, faucht er wutentbrannt. Dass ihn diese Umwandlung seines Namens so aus der Fassung bringt, hätte ich nicht gedacht. Das merke ich mir.

»Milo!« Sein Freund steht nun neben uns und packt ihn am Oberarm. »Jetzt beruhige dich mal, sonst gibt es noch Ärger mit dem Trainer!«

Ich muss ihm ehrlich beipflichten. Wenn der Lockenkopf keine Straf-arbeiten verrichten will, sollte er mich jetzt meinen Elfmeter spielen lassen. Erwartungsvoll schaue ich ihn an, wie er dasteht, innerlich kochend, die sonst so großen, braunen Augen zu kleinen Schlitzen verengt. Auch die anderen Leute aus dem Team werden langsam unruhig, vereinzelt wird getuschelt oder ein beschwichtigendes »Milo, ist doch nichts passiert« gerufen.

»Du bist ein widerlicher Kotzbrocken«, höre ich ihn plötzlich leise zi-scheln. In seinen Augen glaube ich noch etwas anderes als Wut zu sehen. Trauer? Unverständnis? Fühlt er sich von mir gemobbt, oder was ist los?

Etiennes Hand schließt sich ein wenig fester um seinen Arm und zieht ihn ein Stück näher zu sich. »Emilio!«

Langsam verschränke ich die Arme vor meiner Brust, betrachte den Lockenkopf, dann die Hand an seinem Oberarm und seinen Freund. Na, wenn das mal nicht schwul aussieht, weiß ich auch nicht weiter.

Dasselbe scheint Emilio wohl auch in den Sinn zu kommen, als er mein anzügliches Lächeln sieht, denn er reißt sich plötzlich mit einem harten

Ruck aus dem Griff los und stapft wütend davon. Dass der Trainer ihm »Milo, fünfzig Strafrunden um die Halle!« entgegenruft, lässt seine Schritte in kindlicher Wut noch ärgerlicher auf den Fußboden der Halle donnern.

***

Als wir alle uns verschwitzt und ausgepowert wieder auf den Weg in die Umkleiden machen, ist der Kleine immer noch nicht wieder da. Wahrscheinlich hat er sein Zeug gepackt und sich aus dem Staub gemacht, um mir und den Strafrunden zu entgehen. Ich kann verstehen, wieso er mich nicht ausstehen kann, und das liegt nicht nur alleine an meiner Sexualität. Das zwischen uns, wenn man es als *Etwas* bezeichnen kann, war von Beginn an gespannt und gezeichnet von Hohn und Spott. Ich weiß nicht so recht wieso. Er hat etwas von einem geliebten Erzfeind, zumindest für mich. Ihn zu triezen bereitet mir eine diebische Freude, und wenn er es nicht irgendwo auch genießen würde, sich mit mir zu streiten, würde er es doch nicht so oft und ausdauernd tun.

Gerade, als ich die ersten Treppenstufen betrete, steht plötzlich keuchend und schnaufend Etienne neben mir und legt mit einer erstaunlichen Sanftheit seine Hand auf meine Schulter. »Nick, warte mal.« Er muss mir hinterhergerannt sein, nachdem er heute dran war, die Bälle aus allen möglichen und unmöglichen Ecken und Winkeln hervorzusuchen und die Tore zurückzuschieben.

Gnädig bleibe ich stehen, während einige der anderen mit neugierigen Blicken an uns vorbeilaufen, nicht zuletzt Chris, der fast ein wenig eifersüchtig aus der Wäsche schaut. Irgendwann in nächster Zeit sollte ich mal durchscheinen lassen, dass ich ihm keineswegs abgeneigt bin. Ein kleines Abenteuer wäre mal wieder genau das Richtige für mich.

Als wir endlich alleine am Treppenabsatz stehen, seufzt Etienne gequält auf und wirft mir einen bittenden, beinahe flehentlichen Blick zu. »Nick, du weißt, ich kann dich gut leiden …«, beginnt er unsicher, blickt kurz zur Seite, dann wieder in mein Gesicht. »Aber … Ich finde es nicht gut, wie du mit Milo umgehst.«

Sein innerer Zwiespalt steht ihm deutlich in die braunen Augen geschrieben. Loyalität gegenüber seinem besten Freund, der bei jedem kleinen Bisschen explodiert und sich oftmals sicher auch grundlos aufregt, oder Respekt und Kameradschaft für den Kerl, der seinen besten Freund zur Weißglut treibt und gleichzeitig Kapitän der Mannschaft ist, obendrein Schulsprecher und alles Mögliche andere. Eigentlich tut er mir fast leid. So kaltherzig, wie ich rüberkomme, bin ich nicht immer und ich schätze, ich würde es ihm auch nicht nachtragen, wenn er sich ganz deutlich auf die Seite seines kleinen Lockenkopfs stellen würde. Der kann die Unterstützung sehr gut gebrauchen, ich hingegen komme prima alleine klar.

»Etienne«, beginne ich sanft, versuche mich an einem entschuldigenden Lächeln. »Das mit dem Ball war wirklich ein Versehen …« – *Lüge* – »… und du siehst doch hoffentlich ein, dass er sich genauso mit mir streitet, wie ich mit ihm. Der Kleine ist ja auch kein Engel, da mag er noch so große Ähnlichkeit mit einem haben.«

Die hat er wirklich mit seinen lockigen, beinahe blonden Haaren und dem Kindergesicht, das lediglich von diesem Piercing verschandelt wird. Hat ihm eigentlich mal jemand gesagt, dass es bescheuert aussieht? Sollte ich dringend nachholen.

Bei meinen letzten Worten huscht ein ganz merkwürdiger Ausdruck über Etiennes Gesicht, den ich nicht so recht zu deuten weiß. Verwirrung, Irritation – Eifersucht? Wer weiß, was das zwischen den beiden ist. Immerhin kleben sie ja aneinander wie sonst was. Wenn zumindest Etienne etwas mehr für seinen *vielleicht* homophoben Freund empfindet …? Oh, was für ein Gedanke. Sehr interessant, das werde ich beobachten. Sollte Emilio seinem besten Freund das Herz brechen, könnte ich eingreifen und ihn trösten.

»Ich … Mh …«, murmelt er, weicht meinem Blick aus und beißt sich auf die Unterlippe. »Na ja, ich glaube dir ja, dass es keine Absicht war, und du hast schon Recht, er flippt wirklich sehr schnell aus …« Wieder ein unsicherer Blick in mein Gesicht. »Aber egal, wie er sich benimmt, er ist mein bester Freund und ich muss zu ihm stehen. Deshalb bitte ich dich eindringlich, als so etwas wie ein Kumpel: Reiz ihn nicht so sehr … Vor allem nicht im Training. Das würde uns allen das Miteinander etwas erleichtern, denke ich.«

Ein bisschen vermessen ist es schon, mich als *Kumpel* um einen so großen Gefallen zu bitten. Trotzdem hat er Recht, zwischen uns herrschte nie Streit und er war nie unfreundlich oder respektlos. Ich kann ihm diese Bitte nicht ohne Weiteres abschlagen, das verbietet mir mein Ehrgefühl – das merkwürdigerweise im Umgang mit dem Lockenkopf beinahe nicht vorhanden ist – also nicke ich schließlich.

»Ich versuche es. Aber verlange nicht von mir, seine Frechheiten ohne weiteres unkommentiert zu lassen, denn das kann ich nicht. Wenn er Streit sucht, dann findet er ihn bei mir.«

Etienne hebt die Hände, lächelt schief und lenkt freundlich ein: »Nein, nein! Das wäre zu viel verlangt, ich weiß. Ich werde noch einmal mit ihm reden, dass er sich auch ein wenig zurückhält. Das Team leidet ziemlich unter den ewigen Streitereien … Nicht zuletzt, weil der Trainer uns dann allen mehr Arbeit aufbrummt, als nötig wäre.« Da hat er zweifelsohne Recht.

Emilia

Ich laufe atemlos meine gefühlt hunderttausendste Runde um die Halle. Fünfzig, pah. *Fünfzig!* Der kann mich mal, soll er doch sehen, wie er mich vom Boden aufkratzt, wenn ich endlich fertig bin! Blöder Fettsack! Der weiß doch sicherlich nicht einmal, wie riesig diese scheiß Halle ist! Als ob der jemals eine Runde drumherum gelaufen wäre! Das ist verflucht noch mal nicht wenig und verflucht noch mal anstrengend. Scheiß Trainer, scheiß Nick, scheiß … Oh.

Gerade, als ich um die Ecke biege, in der eine Glastür und daneben eine große Fensterscheibe eingelassen ist, durch die man geradeso in den Vorraum der Halle unten blicken kann, fallen mir zwei im Halbdunkel stehende Personen auf. Der eine ist ganz eindeutig Etienne, doch ich muss mich verguckt haben. Warum sollte der mit diesem eingebildeten Mistkerl von Nicholas reden?

Ich werde langsamer im Lauf, bleibe schließlich mit stechender Seite und nach Luft schnappend stehen und starre durch die Scheibe hinein. Tatsächlich, Etienne und der Blödarsch!

Für einen kurzen Moment bin ich einfach fassungslos und verwirrt. Was zum Teufel haben die beiden da miteinander zu reden? Und wieso lächelt Etienne ihn so unglaublich freundlich an? Wegen dem sterbe ich hier draußen! Nach einigen weiteren, ewig andauernden Augenblicken spüre ich ein merkwürdiges Ziehen in der Brust. Etienne. Und der da. Was zum … Er wird sich jetzt doch nicht superdicke mit meinem Erzfeind anfreunden? Verräter!

Fassungslos stapfe ich weiter, den Blick nun auf den Boden vor mir gerichtet und betrete die steinernen Treppen, um hoch zum Haupteingang der Halle zu gelangen. Meine Brust ziept, meine Lungen zerbersten beinahe, meine Seite sticht – und dann noch das! Gleich, wenn ich zur Tür hineinkomme, wird Nicholas mit einem Dolch in der Ecke warten, um ihn mir ins Herz zu rammen!

Als würde es nicht reichen, dass mich jetzt wegen ihm niemand aus dem Team mehr leiden kann, klaut er mir auch noch meinen besten Freund.

Was für ein verfluchter Scheißtag! Hätte ich doch bloß das Training geschwänzt ...

Wirklich, der kann mir nicht erzählen, dass er nicht absichtlich auf mein Gesicht gezielt hat. Das ist die dreisteste Lüge, die ich jemals gehört habe! Ich habe doch sein Gesicht gesehen, diese höhnische, eiskalte Maske, mit der er mich gemustert hat, ehe er geschossen hat. Und wer würde sich nicht schützend die Hände vors Gesicht halten, wenn er von dem mit voller Wucht und aus nächster Nähe einen Ball ins Gesicht geschossen bekommt?! Argh, wieso versteht das denn keiner von den anderen? Und wieso sieht denn niemand, was für ein verlogenes Arschloch das ist?!

Ich bin so wütend wie niemals zuvor in meinem Leben – wobei ich das eigentlich immer denke, wenn es um Nick geht – als ich die große Eingangstür aufstoße und Etienne gerade die Treppen hinauf auf mich zukommen sehe. Er grinst mich an und sieht beinahe erleichtert dabei aus.

»Hey, Milo!«, grüßt er, als ob er kein übler Verräter wäre und greift im Vorbeigehen nach meinem Arm, um mich, meinerseits mehr stolpernd als gehend, hinter sich herzuziehen. »Ich dachte schon, du wärst nach Runde fünf umgekippt und tot liegen geblieben«, lacht mein ehemals bester Freund fröhlich.

Ich starre ihn verwirrt an, werfe einen winzig kleinen Blick nach hinten, wo Nick uns gelassen und schweigend hinterherläuft. Was geht denn mit dem? Er hat wohl nicht bemerkt, dass ich die beiden gesehen habe. Ehe ich mich wehren kann, stehen wir schon in der Umkleide, wo der Großteil des Teams bereits fertig umgezogen ist und mich teils lachend, teils mitleidig grüßt.

Dave, Torwart des Teams und Klassenkamerad von mir, klopft mir auf die Schulter. »Wir dachten schon, du lebst nicht mehr.«

Verwirrt zucke ich die Schultern und entgegne: »Das hat Etienne auch gesagt.« Dieser lässt mich im selben Moment los, setzt sich gelassen und glücklich vor sich hin lächelnd auf die Bank neben sein Zeugs und beginnt, sich die Schuhe aufzuschnüren. Gut. Dann sei nur fröhlich ... Ich warte, bis die anderen sich verzogen haben und dann schreie ich ihn an, einfache Sache.

Schnaubend vor Wut, Enttäuschung und gleichermaßen großer Verwirrung schnappe ich mir mein Zeug und kleide mich kurzerhand neben Dave um, der mir berichtet, dass der Trainer so wütend war, dass sie drinnen auch alle erst mal zehn Strafrunden laufen durften.

»Du musst aufpassen, Milo«, warnt er. »Entweder der Trainer stirbt an einem Herzinfarkt, wenn er sich weiterhin so über dich aufregt, oder du kannst dich bald glücklich schätzen, wenn du *nur* fünfzig Runden um die Halle laufen sollst.«

Ich werfe Dave einen unfrohen Blick zu und rupfe mir die kurze Sporthose unsanft von den Beinen. Zum Glück hasst mich nicht jeder. Dave, der genau wie Etienne ein Jahr älter ist als ich, ist mir doch recht wohlgesonnen, und ich kann ihn mit seinem sanften, friedliebenden Wesen schon recht gut leiden.

Als hätte er es geplant, betritt Nick mit eiskalter Ruhe und Gelassenheit die Umkleide, als ich mal wieder nur Boxershorts und Socken trage. Ach Mann, was soll's. Er kann mich so wenig leiden, ich bezweifle, dass er mir irgendwas weggucken würde.

Also ziehe ich mich auch möglichst gelassen wieder an, strafe ihn mit gleichgültiger Nichtbeachtung und schlucke meinen Ärger für später herunter, damit ich Etienne nach allen Regeln der Kunst zusammenbrüllen kann. Ich habe nicht wenig Lust dazu.

»Ich versuch's«, antworte ich Dave mit reichlicher Verspätung auf seine Warnung und ziehe mir die locker sitzende Jeans über Beine und Hintern. Verflucht, ich brauche dringend einen Gürtel.

Während ich mein T-Shirt überziehe, verabschiedet sich der Großteil des Teams und auch Dave winkt mir mit einem »Bis Morgen« zu, ehe er durch die Tür verschwindet. Als die Schuhe dran sind, bin ich alleine mit Nick und Etienne, erster schweigend, zweiter leise vor sich hin pfeifend.

Der blöde Arsch zieht sich beinahe aufreizend sein nur minimal verschwitztes T-Shirt über den Kopf. Vielleicht genießt er es, sich nackt vor anderen Leuten zu präsentieren … Ich würde es ihm zutrauen. Da ich nicht erpicht darauf bin, wieder von ihm als gaffende Schwu… Argh, gaffender Homosexueller bezeichnet zu werden – verflucht, ich kann es nicht einmal in Gedanken in den Dreck ziehen, was bin ich verweichlicht! Viel zu tolerant, verdammt! – wende ich hastig den Blick ab, stopfe meine Klamotten in die Tasche und werfe ein »Ich warte draußen, Etienne« in den Raum, ehe ich mich davon mache.

Draußen schlägt mir frische Luft entgegen und kühlt mein verschwitztes Haupt nicht nur äußerlich, sondern mindert auch die Wut ein wenig und hinterlässt ein dumpfes, flaues Gefühl in meinem Magen. Dass Dave so freundlich wie sonst war, hat mich ein bisschen abgelenkt, aber … Etienne hat sich mit meinem Erzfeind verschworen, das ist Verrat der übelsten Sorte, oder nicht? Ich meine, was führt er Gespräche unter vier Augen mit ihm und lächelt ihn an wie sonst mich? Ohne wie eine eifersüchtige Tussi klingen zu wollen – wobei ich mir relativ sicher bin, dass ich es doch tue – spinne ich diese enttäuschten, wütenden Gedanken weiter. Bis sich mir eine Hand von hinten auf die Schulter legt und mich so sehr erschreckt, dass ich beinahe einen hohen Schrei ausstoße. Ein Hoch auf das bisschen Selbstbeherrschung, das ich habe.

»Etienne?!«, stoße ich mit hektisch schlagendem Herzen hervor und fahre herum – ein Glück, er ist es wirklich. Wäre peinlich, wenn nicht.

Mein ach so toller Freund grinst mich fröhlich an und klopft mir kumpelhaft auf den Arm. »Sorry, aber wenn du da so herumstehst wie erstarrt ... Kommst du? Ich muss dringend mit dir reden. Unter vier Augen, wenn du verstehst.«

Klar, weil die Wände und Büsche und Bäume Ohren haben, sicher. Ich seufze und gemeinsam machen wir uns schließlich auf den Heimweg. Die Sonne, die vorhin noch wenigstens ein bisschen für Wärme gesorgt hat, versteckt sich nun mit – ich wette es – hämischem Grinsen hinter den Wolken. Das setzt uns einem frischen, fast ungemütlichen Wind aus, der durch die Bäume pfeift und zumindest mir als Vorbote für einen harten, eiskalten Winter Sorge bereitet. Ich will keinen Winter, ich will keinen Schnee, verflucht ... Kann nicht einmal etwas so laufen, wie ich das will?

»Hör mal, Milo ...«, setzt Etienne langsam und zögerlich an.

»Ich hab' euch gesehen«, unterbreche ich Etienne direkt und bin selbst erstaunt über den eiskalten Ton in meiner Stimme. Das klingt, als hätte ich ihn beim Fremdgehen erwischt. Argh, ich blamiere mich schon wieder ...

»Na, dann ist ja gut!«, erwidert dieser miese Verräter fast freudig. »Weißt du, ich habe ihn nämlich gebe...«

»Gut?!«, blöke ich wieder unfreundlich dazwischen und werfe ihm im Gehen einen verständnislosen Blick zu. »Wie kannst du das gut finden?! Solltest du nicht wenigstens ein bisschen ... na, ein bisschen beschämt sein? Oder dich entschuldigen?«

Jetzt ist es an Etienne, mich verständnislos anzustarren. Beinahe läuft er gegen eine Straßenlaterne, so sehr ist er damit beschäftigt, mich dämlich anzuglotzen.

»Wieso entschuldigen?«, bringt er dann endlich hervor, den Kopf schüttelnd, als verstünde er die Welt nicht mehr. Na komm, willst du mich verarschen? Ich habe genau gesehen, wie du ihn angegrinst hast, du Verräter! Ich habe alles gesehen!

»Weil du dich mit diesem arroganten Hund zusammentust und mich dabei schamlos hintergehst!« Ich kann nicht verhindern, dass in meinem wütenden Ausruf ein verletzter Unterton mitschwingt. Etienne bleibt jetzt ruckartig stehen, seine Hand schraubt sich heute schon zum dritten Mal unsanft um meinen Oberarm – immer dieselbe Stelle, aua. Mit einem harten Ruck dreht er mich in seine Richtung und zwingt mich quasi, seinen entrüsteten Blick zu erwidern.

»Milo, ich glaube, du solltest dir dringend eine Brille zulegen«, legt Etienne mir beleidigt ans Herz. Gerade, als ich ihn wieder anfauchen will, quetscht er meinen Arm schmerzhaft mit seiner Hand und unterbindet somit jegliches Aufbegehren meinerseits.

»Nein, halt mal den Mund und hör mir zu, du Vollidiot. Falls es dir nicht aufgefallen ist, ich bin dein bester Freund ...« Davon wüsste ich was, pah! »... und ich habe mich nicht mit ihm zusammengetan. Ich habe mich sogar gegen ihn gestellt.«

Mit einer angewiderten Miene lässt er meinen Arm los und tritt einen Schritt zurück. Sich gegen ihn gestellt? Und was habe ich dann da bitte gesehen?

Etienne fährt sich müde mit einer Hand über die Stirn, verwuschelt dabei seine topgestylte, braune Haarmähne und wirft mir einen mehr als nur unzufriedenen Blick zu, der mir aus unerfindlichen Gründen das Herz in der Brust schmerzen lässt.

»Ich habe ihn gebeten, dich nicht mehr so zu reizen. Damit du keinen Ärger mehr bekommst. Und ob du es glaubst oder nicht, er hat eingewilligt. Dafür müsstest *du* jedoch mal was an dir ändern. Du bist echt ein richtiger Kotzbrocken geworden, weißt du das?«

Mit einem letzten, verärgerten und beinahe enttäuschten Kopfschütteln winkt er ab. »Ich geh 'nen anderen Weg. Man sieht sich.« Und weg ist er.

***

Ich fass es nicht, ich fass es einfach nicht, ich ... Oh verfluchte, gottverfluchte Scheiße! Ich bin das Dümmste, Undankbarste und Widerlichste, das unter der Sonne wandelt! Ich habe meinen besten Freund des Verrats bezichtigt, dabei wollte der mir nur helfen! Was stimmt mit mir nicht? Ich bin verkorkst ... ein verkorkster, durchgedrehter Blödmann ...

Wie im Traum schleiche ich in unsere Einfahrt. Den ganzen Weg über habe ich mir das Hirn zermartert und mich mit Vorwürfen beinahe selbst in den Suizid getrieben. Scheiße, wie kann ich das jemals wiedergutmachen? Soll ich ihn gleich anrufen? Oder warte ich bis morgen? Vielleicht ist er dann nicht mehr so wütend ... Vielleicht hat er bis dahin eingesehen, dass man das, was ich gesehen habe, auch missverstehen konnte. Oder er redet dann erst recht nicht mehr mit mir. Dass wir nicht in einer Klasse sind, gibt ihm gute Chancen, mir den ganzen Tag aus dem Weg zu gehen.

Wieso kommt jetzt nicht irgendwer angefahren und überrollt mich? Phil fährt doch so waghalsig Auto, wieso kann der jetzt nicht in die Einfahrt gedonnert kommen und mich ganz aus Versehen umfahren? Ich glaube, ich habe mich niemals mehr gehasst, als in diesem Moment. Heute geht wirklich alles schief, *alles!*

Mit einem Herzen so schwer wie Blei und vor Wut und Enttäuschung über mich selbst zitternden Fingern wühle ich in meiner Tasche nach den Hausschlüsseln und schließe die Tür lustlos auf. Ein Fuß ins warme, traute Heim – und am liebsten würde ich gleich wieder abhauen. Was in drei Teufels Namen …

»Phil?!«, rufe ich unsicher in den mit Rauch gefüllten Flur und huste kurz darauf. Mist, zu tief eingeatmet. Es riecht verbrannt, und da ich weiß, dass Dad heute irgendwas bei seinem Verlag zu schaffen hat und nicht daheim ist, kann nur Phil dafür verantwortlich sein. Als nach kurzem Warten noch keine Antwort kommt, schließe ich fast ängstlich die Haustür und rufe noch mal laut den Namen meines … Was auch immer er ist.

Vielleicht ist er eingeschlafen und hat eine Pizza im Ofen vergessen! Das wäre ziemlich typisch für ihn … Und dann würde unser liebevoll eingerichtetes Haus abfackeln …

Ich male mir schon das Schlimmste aus und gehe dummerweise trotzdem immer weiter Richtung Küchentür, als aus genau dieser plötzlich Phils Kopf hervorlugt.

»Oh, Emilio, mein Kleiner!«, ruft er zuckersüß. Ich könnte ihn schon wieder ankotzen. Seit ich meiner Freundin bei ihrem Besuch am Wochenende freiwillig erzählt habe, dass er der Lebensgefährte meines Vaters ist, strahlt er mich jedes Mal so verzückt an, wenn er mich sieht. Das ist richtig, richtig ekelhaft.

»Was stinkt hier so erbärmlich?«, knurre ich, unwillig noch einen Schritt näherzukommen. »Brennt es?«

Phils Gesicht – eingerahmt von Rauchschwaden – nimmt einen erschütterten Ausdruck an. »Ist das ein Witz?«, stößt er hervor, ehe er mit seiner tiefen Stimme ein lautes Lachen hervor donnert. Der kurzgeschorene Schopf verschwindet wieder und so bin ich gezwungen, näherzutreten und luge vorsichtig in die Küche hinein.

Da steht er am Herd und rührt in irgendwas qualmendem, verbrannt Riechendem in der Pfanne herum.

»Phil, was tust du da?!«

»Ich habe dir was gekocht, mein Herz. Siehst du doch!«, trällert er fröhlich. Bitte? Bemerkt er denn nicht, dass es total verbrannt ist? Vielleicht hat ihm der mangelnde Sauerstoff hier schon zu viele Gehirnzellen abgetötet.

Ich werfe hustend meine Tasche gegen die Wand und stürze schnell in die Küche hinein, um ein Fenster zu öffnen. Im Laufschritt falle ich auch noch beinahe über meine Hose, die mir erneut über den Hintern rutscht. Verflucht sei der Gürtel, den ich nicht besitze!

Während ich versuche, den Rauch aus meinen Lungen zu husten, schnappt sich Phil einen Teller aus einem der Küchenschränke und wirft das verbrannte Was-auch-immer-das-ist darauf. Er glaubt doch nicht im Ernst, dass ich das esse!

»Ähm, Phil … Das, was du da fabriziert hast, ist vollkommen verkokelt«, weise ich ihn schließlich darauf hin.

Mein Ziehvater zuckt die breiten, muskulösen Schultern und wirft den Teller beinahe mit gleichgültiger Miene auf den Tisch.

»Es war mal Rührei. Guten Appetit, mein Kleiner.«

Das kann doch nicht … Oh Mann, wo bin ich hier reingeraten? Wieso hat mich keiner darauf hingewiesen, dass der Tag nichts Gutes für mich bringt und mich davor gewarnt, auch nur einen Fuß vor mein Bett zu setzen? Warum ist mein Leben so verkorkst und Phil so ein untalentierter Koch, oh warum nur, warum …

»Ach ja, Juli … Ach so, verzeih, *dein Vater* kommt erst morgen Abend nach Hause. Irgendeiner der Mitarbeiter hat gepfuscht und jetzt stehen sie alle da vor einem Berg an Arbeit. Dann kann ich dir morgen gerne wieder was kochen, wenn du magst!«

Was zum … »Nein!«, keuche ich angsterfüllt auf. Wenn ich es auch nur in Erwägung ziehen sollte, diesen Fraß zu essen, werde ich tot umfallen, daran besteht kein Zweifel!

Phil verschränkt die tätowierten Arme vor seiner Brust und zieht einen Flunsch, der so lächerlich an ihm aussieht, wie ein rosa Tutu wohl an mir.

»Du bricht mir das Herz, Emilio«, motzt er kindlich. Im selben Moment sehe ich den Schelm in seinen Augen blitzen und bin mir tausendprozentig sicher, dass er das nur macht, um mich mal wieder zu ärgern.

Oh Himmel, oh Hilfe! Und Dad ist nicht da, um mich zu beschützen! Als ich mich schließlich, der Verzweiflung nahe, an Phil vorbeidrücke und die Treppen hinaufstürzen will, vibriert es plötzlich in meiner Hosentasche. Ich bin nahe daran, loszuheulen, der Tag war echt zu viel für mich. Trotzdem fische ich das Handy im Gehen aus meiner Hosentasche. Vielleicht ist es ja Etienne, der sich – Sophie ...? Oh Gott, Sophie! Ganz vergessen, dass ich eine Freundin habe! Mit unsicheren Fingern öffne ich die SMS und würde sie am liebsten gleich wieder schließen.

Milo, ich habe eine halbe Stunde auf dich gewartet! Ich bin stinksauer, weißt du eigentlich, wie kalt es ist?

Oh nein, da habe ich sie doch tatsächlich vergessen! Wir wollten ja zusammen ein Stück gehen auf dem Heimweg ... Verfluchter Mist. Erst Etienne, dann Sophie – wenn das so weitergeht, habe ich bald keine Freunde mehr. Dann kann ich mich gleich aus dem Fenster stürzen. Und nicht einmal Dad ist da, um mich zu retten ...

Hinter mir auf der Treppe ertönen Schritte und Phil sagt vorsichtig in das Halbdunkel des Flurs hinein: »Milo? Ist alles okay? Das war doch nur ein Witz.« In dem Moment ist alles aus. Ich sprinte die restlichen Stufen hinauf, falle erneut beinahe über diese *gottverfluchte* scheiß Hose und stürme in mein Zimmer.

Für heute sperre ich die Welt einfach aus. Der Tag kann mich mal ganz gepflegt am Arsch lecken!

3

Emilia

»Emilio«, höre ich Etienne sagen, seine Stimme klingt rau. Ich weiß nicht so recht, es ist merkwürdig. Noch habe ich mich nicht bei ihm entschuldigt und trotzdem redet er mit mir? Ich werfe einen unsicheren Blick in seine Richtung. Er steht ziemlich nah bei mir und sieht irgendwie anders aus als sonst, aber ich wundere mich nicht.

»Kann ich mit dir reden?«, bittet mein bester Freund, ein spitzbübisches Lächeln auf den Lippen. »Unter vier Augen.« Unangenehm berührt spüre ich, wie sich beim Klang seiner merkwürdigen Stimme eine Gänsehaut über meine Unterarme zieht. Seine Hand legt sich in einer mehr als nur ungewohnt sanften, fast aufreizenden Geste auf meine Schulter. Ich spüre die Verwirrung in mir, aber nur ganz schwach und wie in Watte gepackt. Als wäre es normal, dass Etienne so eine … erotische Stimme hat und mir zart über die Schulter streichelt. Wie am Rande nehme ich um uns Bewegung wahr, leise Stimmen, Geräusche, aber die sind nicht wichtig.

Wackelig stehe ich auf, Etiennes Hand rutscht langsam von meiner Schulter an meinen Arm hinunter und legt sich besitzergreifend um mein Handgelenk. Wie gestern schon zieht er mich einfach mit sich, als wäre ich ein Spielzeug. Und obwohl es keinen Grund dazu gibt, spüre ich diese dumpfe Verwirrung und Irritation langsam schwinden, während ich durch die Gänge der Schule hinter ihm her stolpere, direkt nach draußen. Sein Haar ist leicht zerzaust, aber es steht ihm gut.

Ich hinterfrage nicht, dass er uns hinter das Gebäude bringt, wo niemand zu sehen ist. Es ist angenehm warm, kommt der Sommer doch noch einmal zurück?

Als er plötzlich stehen bleibt, stolpere ich über meine rutschende Hose und falle nur deshalb nicht auf die Nase, weil Etienne seinen Arm fest um meine Mitte schlingt und mich hält, als wäre ich ein Fliegengewicht.

»Etienne«, fange ich beinahe atemlos an und drücke mich von ihm weg, um ihm in die Augen zu sehen. »Das gestern tut mir leid, ich bin wirklich …«

»Ist schon gut«, unterbricht er mich sanft.

»Aber …«, setze ich erneut an. Ich will mich entschuldigen, ich muss doch! Er kann mir nicht einfach so verzeihen, dafür war ich zu unfreundlich, zu blöd … Aber Etienne lässt mich wieder nicht ausreden. Zart legt sich seine Hand auf meine Wange, *aus seinen warmen, braunen Augen schaut er mich eindringlich an. »Es ist schon okay, Emilio. Wie könnte ich dir denn böse sein?«*

Seine Hand und nicht zuletzt sein Daumen, der mir liebevoll immer wieder über die erhitzte Haut streichelt, bringen diese dumpfe, federleichte Irritation wieder zurück, aber nur am Rande. Es scheint, als hätte er nie etwas anderes getan, als mich so zu berühren und als wäre nichts anderes richtig.

»Hör mal, ich … Ich muss dir was gestehen …«, haucht er, wieder mit dieser rauen Stimme, die mir einen Schauer über den Rücken jagt und unmöglich die seine sein kann. So habe ich ihn nie reden hören … Oder spricht er so vielleicht nur mit seinen … seinen Freundinnen?

Ich spüre, wie er seinen anderen Arm fest um meine Mitte schlingt und mich an sich presst. Leise flüstert er »Emilio«, seine Lippen streifen meine Haut und ich weiß, ich bin Wachs in seinen Händen.

»I… Ich … Etienne …«, höre ich mich wie aus weiter Ferne stammeln. Selbst in einem solchen Augenblick … Aber wie könnte ich Herr meiner Sinne sein, wenn er mich so berührt?

Noch einmal flüstert er meinen Namen, und die Art, wie er das tut, bringt meinen ganzen Körper zum Erzittern. Ich spüre ein Kribbeln, das sich von meiner Brust aus langsam Richtung Körpermitte vorarbeitet, aber das ist nebensächlich. Das ist okay. Es ist Etienne, nur Etienne …

Die Hand, die eben noch sanft auf meiner Wange lag, schiebt sich jetzt bestimmend unter mein Kinn. Er hebt den Kopf und schaut mich an, zwingt mich, seinen Blick zu erwidern. Würde er mich nicht festhalten, dann würde ich vermutlich in die Knie gehen.

»Emilio, ich …« Er kommt näher, seine Lippen streifen meine, was mir schon ein leises Aufkeuchen entlockt. Ich will … Warum kann er mich nicht einfach …

»Ich liebe dich«, bringt er leise hervor und dann presst er seine Lippen fest auf meine.

Beinahe brutal dringt seine Zunge in meinen Mund ein. Ich habe nicht einmal Sorge, ich könnte etwas falsch machen. Das hier ist so … richtig, als wäre es schon immer so gewesen, als könne ich niemals etwas falsch machen. Er küsst mich heftig, die Hände nun in meinem Haar vergraben, während ich mich kraft- und atemlos an seinem T-Shirt festklammere und den Kuss erwidere.

Ich weiß nicht, wie sie plötzlich dahin kommt, aber mit einem Mal spüre ich die Wand im Rücken und Etiennes Oberschenkel, der sich vorwitzig zwischen meine Beine drückt. Er unterbricht den Kuss, als er beginnt, sich aufreizend an mir zu reiben. Ich spüre, dass er hart ist, höre sein erregtes Keuchen an meinem Ohr und kann mir selbst das Aufstöhnen nicht verkneifen.

»Ich will dich so sehr …«, keucht er rau und beißt mir sanft ins Ohrläppchen, küsst meinen Hals und hinterlässt ein brennendes Verlangen nach etwas, das ich

bisher nicht kannte. Ich ... ich will, dass er mich anfasst, mich berührt ... Dass er ganz mein ist ...

Als ich nach seinem Gesicht greife und ihn wieder küssen will, voller Verlangen und Lust, sehe ich im Augenwinkel jemanden unweit neben uns stehen. Ich werfe einen ganz und gar erschrockenen Blick zur Seite und da ist er. Die Lippen zu einem hämischen Grinsen verzogen, hebt er die Hand, zeigt auf mich.

»Emilio ...«, lacht Nicholas spottend. »Emilio ... Ich wusste es doch, ich wusste es ...«

***

Ich höre mein panisch hervorgestoßenes »Nicholas!«, noch ehe ich ganz realisiere, dass ich in meinem Bett liege. Meine Stimme sackt mitten im Wort ab, dann sitze ich senkrecht im Bett. Das halbe »Nico« hängt wie ein Fluch in dem noch dunklen Zimmer und scheint nicht weichen zu wollen, während ich keuchend dasitze und versuche zu verstehen, was das gerade bitteschön war.

Meine Stirn ist schweißnass, mein Herz bollert wie wahnsinnig und ich ... ich habe ... *Oh mein Gott*, ich habe einen Ständer!

Vollkommen außer mir vor Entsetzen werfe ich die Decke zur Seite und stehe stolpernd und unsicher auf. Ein Blick an mir runter, und auch im Halbdunkel meines Zimmers sehe ich ganz deutlich, was dieser wahnwitzige Traum mit mir gemacht hat. Das kann doch nicht wahr sein, das ist doch ... Habe ich gerade wirklich davon geträumt, wie mein bester Freund – mein *bester Freund!* – mich küsst und mich ... geil macht?

»Oh Gott ...«, entweicht es mir weinerlich. Mit schwachen Gliedern lasse ich mich zurück auf meine Bettkante fallen. Die Latte, die sich deutlich, als wolle sie mich verhöhnen, in meinen luftigen Boxershorts abzeichnet, versuche ich zu ignorieren. Ein kurzer, halb wahnsinniger Blick auf meinen Wecker verrät mir, dass es erst kurz nach drei ist.

Das ist doch Irrsinn! Ich bin nicht schwul, ich habe nie was an Männern gefunden und verdammt noch mal, ich finde Frauen ziemlich geil!

Das kann doch nicht wahr sein! Ich bin nur verwirrt, ganz sicher. Der Tag gestern hat mich fertiggemacht und ... Der Traum war sicherlich nur die Folge von Nicholas' abschätzendem, anzüglichem Blick, als Etienne mich beim Training am Arm gepackt hat, ganz sicher. Ich bin nicht wie Dad oder Opa ... Ich stehe auf Brüste, ich vergöttere Scarlett Johansson und ich denke oft genug an heiße Lesben, wenn ich es mir ... Okay, gut. Krieg dich ein, Emilio. Es war nur ein verwirrender Traum. Dieser ätzende Familienfluch der Homosexualität übergeht dich einfach, mach dir keine Sorgen.

Erleichtert stelle ich fest, dass mein kleiner Freund sich dazu entschließt, der Luft in meinen Boxershorts wieder Platz zu machen. Ich werde einfach wieder schlafen gehen und am besten denke ich gar nicht mehr daran. Doch schon bei dem Versuch, nicht daran zu denken, spüre ich meinen Kopf heiß werden. Oh Himmel, wie soll ich nur Etienne jemals wieder in die Augen sehen können?!

***

»Emilio?« Phils Stimme dringt wie durch tausend Wattebäusche zu meinen Ohren hindurch, besorgt und verwirrt zugleich. Ich ignoriere ihn am besten einfach und mache mir einen Kaffee. Von wegen Schlaf! Kein Auge hab ich mehr zugetan und ich fühle mich, als wäre ein Lkw über meinen Kopf drübergefahren. Am besten bleibe ich einfach daheim und versuche noch mal, mich schlafen zu legen. Wobei ich dann ja nicht mit Etienne reden könnte und das muss ich dringend. Vorausgesetzt, ich kann ihm überhaupt ins Gesicht schauen.

»Hey Kleiner, was ist denn? Bist du krank?« Ich ignoriere ihn immer noch, als ich durch die Küche zur Kaffeemaschine schlurfe. Phil sitzt am Tisch, trinkt ebenfalls einen Kaffee und war bis eben dabei, in einer Zeitung zu blättern. Ich muss gestehen, so komisch das auch klingen mag, ich habe wirklich kein Bedürfnis danach, mich wieder mit ihm zu zanken. Heute nicht.

Nach dieser durchgemachten Nacht und dem Schamgefühl, das mich beinahe zugrunde richtet, fühle ich mich mehr als nur ausgelaugt. Langsam aber sicher ist es Zeit, an meinem eigenen Verstand zu zweifeln. Ich meine, erotische Träume zu haben ist eine Sache ... Wogegen solche Träume von seinem besten Freund zu haben – als Kerl – eindeutig etwas anderes ist und tausendmal schlimmer. Entweder bin ich pervers *und* schwul, oder mein angeknackstes Nervenkostüm hat sich mit meiner überschäumenden Fantasie zusammengetan. Das ist wohl die Rache dafür, dass ich es nicht auf die Reihe kriege, auch nur einen ganz normalen Tag zu leben, wie jeder andere auch.

Mit lautlosem Seufzen kippe ich haufenweise Zucker und Milch in meinen Kaffee. Eigentlich ist Kaffee ekelhaft, aber er macht mich wach. Trotzdem kann ich nicht verstehen, wie Phil und mein Dad so viel davon trinken können.

Hinter mir rückt Phil mit seinem Stuhl herum, steht auf und nähert sich mir. Ganz vorsichtig legt er mir die Hand auf die Schulter. »Jetzt schau mich doch mal an, Emilio. Was ist denn los?«

Mit meiner Tasse in der Hand drehe ich mich ihm müde zu und zucke die Schultern. »Schlecht geschlafen«, brummele ich leise und schlängle mich an ihm vorbei, um mich an den Tisch zu setzen. Ein Schluck Kaffee – bäh, selbst mit Zucker und Milch schmeckt das Zeug nicht – und Phil steht wieder neben mir. Ohne ein Wort legt er mir seine schwielige, große Hand auf die Stirn und brummt leise ein nachdenkliches »Mh.« Als ob er mit seinen Bauarbeiterhänden auch nur ansatzweise so etwas wie Temperatur spüren würde.

Fast schon zu freundlich schiebe ich seine Hand weg. »Ich bin nicht krank, Phil. Ich hab nur schlecht geschlafen und bin müde.« Wenn ich nicht aufpasse und nicht böse genug bin, dann könnte es durchaus passieren, dass das mit seinem verzückten Blick und seinen Nettigkeiten à la Kochen noch schlimmer wird. Ich muss mich zusammenreißen …

»Mh«, macht er noch einmal und lässt sich wieder auf seinen Stuhl fallen. Wieso ist der eigentlich schon wach, hat er nicht Urlaub? Es ist halb sieben am Morgen und er sitzt in kompletter Montur am Tisch. Das ist wirklich merkwürdig.

Ich schaue ihm kurz ins Gesicht – meine tonnenschweren Lider auch nur ein bisschen anzuheben, ist mühsam – und ich muss feststellen, dass er ernsthaft besorgt aussieht. Und das, obwohl er mich doch gestern noch mit seinem *Abendessen* ermorden wollte.

»Hör mal«, setzt er sanft an. »Wenn du kaputt bist und nicht in die Schule willst, dann bleib heute ruhig mal daheim. Ich sage Juli auch nichts, der muss ja nicht alles wissen.«

Erstaunt schaue ich noch einmal auf. Er will mir helfen? Phil? *Phil?!* Ich glaube, ich habe ihm ein bisschen Unrecht getan die letzten Wochen.

So gern ich auch daheim bleiben würde, es geht nicht. Etienne ist wichtiger. Ich muss das bereinigen, er ist mein bester Freund und ich hoffe, dass er das auch mein Leben lang bleiben wird. Ähnlich wie Onkel Jay und Phil. Die beiden gehören zusammen wie Kopf und Arsch, und das bisschen, was ich von Jay über ihre Jugend erfahren habe, hat mich in diesem Entschluss noch bekräftigt. Ihre Freundschaft mit Etiennes und meiner zu vergleichen, ist sicherlich nicht verkehrt.

Als sich Phils gepiercte Augenbraue hebt, wird mir bewusst, dass ich ihm noch eine Antwort schuldig bin. Ich schüttle den Kopf, trinke einen großen Schluck Kaffee – *buärgh* – und setze dann hinterher: »Nein, ist schon okay. Ist wichtig, dass ich heute hingehe. Aber … Danke.«

Ein warmer Ausdruck schleicht sich in die Augen meines Zweit-Vaters, ehe er grinsend verspricht: »Okay, dann gelobe ich hiermit, heute auch nicht zu kochen. Vielleicht können wir ja Pizza bestellen. Wann bist du denn heute daheim? Ich fahre gleich zu Falco. Die Blödbacke will, dass ich für ihn kostenfrei arbeite und nennt das dann ‚*Beim Renovieren helfen*‘.« Phil verzieht den Mund, obwohl ich weiß, dass sein Verhältnis zu Falco und dessen Lebensgefährten nicht so feindselig ist, wie er jetzt tut. Natürlich sitzen sie dann da, machen Unfug, haben Spaß und werden weniger Renovieren, als sie sollten.

Mit einem Seufzen wird mir mal wieder mehr als bewusst, dass ich umgeben von Homosexuellen bin. Opa und Janis – wobei die beiden sich vor mir immer nur als gute Freunde ausgeben, aber ich bin ja nicht blöd und blind auch nicht – Dad und Phil, Falco und dessen Freund … Kein Wunder, dass ich so einen ausgemachten Schwachsinn träume. Ich sollte meine Tante Michelle und deren Mann Jay öfter besuchen, wirklich.

»Pizza klingt wunderbar«, erwidere ich auf Phils Vorschlag. »Und ich bin heute um halb zwei wieder da. Aber ich kann mir heute Mittag ja Brot machen oder so, dann essen wir heute Abend zusammen, wenn du wieder daheim bist.«

Verdammt.

Ich war zu nett, wird mir gerade bewusst. Phils Augen beginnen zu leuchten wie zehn Atomkraftwerke, er sieht so verzückt aus, als wären ihm gerade rosa-glitzernde Babyeinhörner vor den Augen herumgeflogen.

Trotzdem hustet er gekünstelt, als er seinen dümmlichen Gesichtsausdruck selbst bemerkt, wirft einen Seitenblick auf Kaffee und Zeitung, um mich nicht angucken zu müssen und brummelt dunkel, mit schlecht verborgener Freude: »Ja, können wir machen.«

***

Die zweite Pause beginnt gleich und ich habe Etienne noch nicht gesehen. Was soll ich nur machen? Es ist, als würde er sich willentlich vor mir verstecken … Ich habe ihn sicher für immer und ewig vergrault.

Nachdem ich mit meiner schlechten Laune und meinem erschreckenden Aussehen – dunkelviolette Augenringe, zerzauste Locken und dank Etienne ein hübscher Bluterguss um den rechten Oberarm – so ziemlich jeden vergrault habe, sogar den sanftmütigen Dave, brauche ich jetzt mehr denn je meinen besten Freund. Wo steckt dieser verdammte Hund?

Kurz nach dem Klingeln stehe ich auf und mache mich auf den Weg. Je schneller ich bei seinem Klassenraum bin, desto besser, denn dann hat er weniger Zeit, vor mir zu fliehen.

Und diesmal habe ich sogar Glück. Als ich durch die Tür in den Klassenraum der 10c linse, kommt Etienne geradewegs auf eben jene zu, um hindurch zu flüchten. Hah! Ich war schneller!

Als er mich sieht, bleibt er abrupt stehen und wird ein klein wenig rot. Mir geht es nicht unbedingt anders, denn jetzt, wo ich ihn so sehe – er hat zerzauste Haare, wie in meinem Traum – muss ich an letzte Nacht denken.

Wieder überkommt mich das brennende Gefühl der Scham, das mir heiß in den Kopf steigt. Mist, verfluchter!

»Etienne?«, frage ich zögerlich. »Ich … können wir reden? Wegen gestern?«

In einer hilflosen Geste hebt er die Hand zum Nacken und verwuschelt sich das Haar noch ein bisschen mehr. Er blickt zur Seite und zögert, ehe er auf mich zukommt und dicht vor mir stehen bleibt.

»Mir wäre lieber, wir reden nach der Schule.«

Wieder dieser kurze, unsichere Blick zur Seite, als könne er mir nicht so ganz in die Augen schauen, wobei das eigentlich mein Problem sein sollte, nicht seines.

»Ich … ich bin nicht mehr böse, wie könnte ich auch. Aber ich … Na ja, ich muss dir was gestehen. Am besten unter vier Augen.«

Mit einem Mal spüre ich alles Blut aus meinem Gesicht weichen. Mein Herz stockt für eine Millisekunde, ehe es schneller und schmerzhafter losbollert als jemals zuvor. Mir etwas *gestehen*? Unter vier Augen …? *Hilfe!!*

Ich versuche, mir meinen Schock nicht anmerken zu lassen, nicke lediglich und weiche auch seinem Blick aus.

»Na ja …«, murmelt Etienne dann. »Nach der Sechsten am Tor, ja? Bis dann.« Damit verschwindet er an mir vorbei zur Tür raus und lässt mich einfach stehen wie bestellt und nicht abgeholt.

Er will mir also irgendwas gestehen? *Gestehen?!* Was ist das für eine verfluchte Sache, die hier läuft? Das kann doch nicht sein, es ist beinahe, als würde sich mein beknackter Traum wiederholen!

Etienne ist doch … *Etienne*, der ist absolut hetero und würde niemals … würde nicht … Oder? Oder würde er doch? Gott steh mir bei, was habe ich verbrochen?

Gerade, als ich mich mit meinen Weltuntergangsgedanken wieder verziehen will, packt mich jemand am Ärmel. Nicht so fest wie Etienne es tun würde, andererseits bestimmend genug, um mir zu zeigen, dass es nicht einfach irgendwer ist.

»Sag mal, gehst du mir aus dem Weg?«, ertönt die aufgebrachte Stimme meiner Freundin und lässt mich zumindest ein bisschen schuldbewusst zusammenzucken. Aus dem Weg gehen? Nun, nicht direkt ...

»Sophie, hey«, grummle ich zerknirscht und wende mich ihr zu, einen kurzen Blick zurück in die Klasse werfend, wo uns einige der Schüler interessiert beobachten.

Sophie sieht heute wundervoll aus. Die blonden Locken zu einem lockeren Pferdeschwanz hochgebunden, zart gerötete Wangen und sogar die kleine Zornesfalte auf ihrer Stirn sieht einfach anbetungswürdig aus.

Hah, doch nicht schwul! Ich wusste es doch. Der Anblick meiner Freundin lässt mich nicht kalt, alles ist bestens.

Ich versuche mich an einem entschuldigenden Lächeln, nehme sanft ihre Hand und will ihr einen Kuss geben, doch sie dreht den Kopf zur Seite, sodass ich lediglich ihre weiche Wange treffe.

»Willst du mir nicht auf meine Frage antworten?«, fragt sie und klingt dabei fast schnippisch, wenn da nicht dieser verletzte Unterton wäre.

Ich ziehe sie ein Stück von der Tür weg – weg von den sensationslüsternen Gaffern – in die Pausenhalle und erkläre leise: »Natürlich nicht. Ich hatte Streit mit Etienne, deshalb habe ich auch unsere Verabredung gestern verschwitzt. Es tut mir leid.«

Sophie mustert mich ein wenig misstrauisch. Der Blick aus ihren hellblauen Augen gleitet über mein müdes Gesicht zum viel zu großen, ausgeleierten T-Shirt, zu meinem zermarterten Arm und wieder zurück.

»Du siehst scheußlich aus. War der Streit so schlimm?«

Meine erbärmliche Gestalt scheint sie ein wenig milde zu stimmen, denn nun erwidert sie den Druck meiner Hand fast zärtlich.

»Ja, schon. Ich glaube, so wütend war er seit Jahren nicht mehr auf mich«, seufze ich und gucke noch ein bisschen trauriger aus der Wäsche. Alles Absicht, versteht sich. Ich bin, wenn man das so sagen kann, nicht mehr wirklich traurig, eher verwirrt und verängstigt und daran kann auch Sophie nichts ändern.

Etienne will mir schließlich etwas gestehen, wie heute Nacht im Traum ... Wenn er mich auch noch hinter das Schulgebäude schleift, dann werde ich im Gehen einen Herzanfall bekommen und tot umfallen, ganz sicher.

Meine Freundin sieht jetzt mitfühlend aus, die Zornesfalte ist verschwunden.

»Oh, das tut mir leid ...«, flüstert sie mit ihrer süßen Stimme und kommt ein wenig näher, um mir einen leichten Kuss auf den Mundwinkel zu hauchen – und mehr auch nicht. Fast sofort, also noch ehe ich diesen minimalistischen Kuss vertiefen kann (wobei ich ohnehin nicht wüsste, wie), zieht sie sich wieder zurück und lächelt mich so lieb und schüchtern an, dass ich mein Herz ein bisschen schneller schlagen spüre.

Na ja, vielleicht am Wochenende. Vielleicht komme ich dann endlich zu meinem Kuss, wenn Etienne mir bis dahin keinen Grund zum Selbstmord gegeben hat.

»Sehen wir uns am Wochenende?«, frage ich leise. Sie schürzt die Lippen, scheint zu überlegen, ob sie Zeit für mich entbehren kann. In diesem Moment sehe ich in der Masse der Schüler um uns herum eine ganz besonders verhasste Person. Er ist nicht allzu nahe, dennoch sehe ich ihn, und er sieht mich. Sein spöttischer Blick geht mir durch Mark und Bein. Er guckt mich fast so an wie in meinem Traum. Als wüsste er genau, wieso ich so elend aussehe – und dann hebt er zu meinem Erstaunen für eine Millisekunde die Hand. Er winkt mir? Ich bin so verwirrt, dass ich es nicht schaffe, irgendwas darauf zu erwidern, sei es nun ebenfalls ein Gruß, mein Mittelfinger oder gleich mein nackter Arsch mit rausgestreckter Zunge.

Sophie, die meinen verwirrten Blick in eine andere Richtung bemerkt, sieht sich ebenfalls um und ihr Blick scheint dann förmlich an Nicholas zu kleben, der jetzt ganz unbeteiligt durch die Pausenhalle schlendert.

Für meinen Geschmack schaut sie etwas zu lange. Als sie sich wieder in meine Richtung wendet, hat sie wenigstens den Anstand, unter meinem forschenden Blick etwas rot zu werden.

»Ich denke, Samstagabend habe ich Zeit«, murmelt sie ein bisschen verlegen. »Wenn du möchtest, dann kannst du zu mir kommen und ich stelle dich meinen Eltern vor. Oder wir gehen ins Kino …«

Oh Gott, nein, Kino klingt tausendmal besser, als ihre Eltern kennenzulernen!

Ich täusche ein kleines Lächeln vor und hoffe, sie bemerkt nicht, wie zuwider mir der Gedanke ist, zu ihr zu gehen. »Ich lade dich gerne ein. Und du suchst den Film aus«, verspreche ich ihr. Ihre Augen beginnen beinahe schlagartig zu leuchten. Volltreffer, würde ich sagen.

»Das klingt wunderbar!«, stimmt sie zu, haucht mir erneut einen Kuss auf den Mundwinkel und lässt mich mit einem »Bis dann!« einfach stehen.

Ich starre ihr kurz nach, bin ein bisschen verwirrt angesichts ihres schnellen Abgangs, zucke dann jedoch die Schultern und mache mich nachdenklich auf den Weg in Richtung Klassenzimmer. Was Etienne mir wohl gestehen will?

Oh, wenn Sophie wüsste. Sie ist hinter meiner Familie und Etienne gerade mal auf Platz drei. Oder ist mir Fußball vielleicht auch wichtiger? Oder meine Gitarre? Ach, ich weiß es nicht. Vielleicht kommt es ja auch mit der Zeit. Dass sie Nicholas so angafft, ist zwar nicht okay, trotzdem juckt es mich noch nicht so sehr, als dass ich irgendwas sagen würde. Der ist sowieso stockschwul, also brauche ich mir da ja schon mal keine Sorgen zu machen.

***

»Hey«, grüßt Etienne matt, als ich ihn am Schultor treffe. Er sieht nicht weniger müde und kaputt aus, als ich mich fühle. Ich nähere mich ihm langsam, murmle leise ein »Hi« und spüre, dass ich schon wieder rot werde, als ich ihn so ansehe. Ich hoffe, das geht irgendwann auch wieder weg.

Schweigend setzen wir uns in Bewegung und gehen gemeinsam den extralangen Weg, den wir immer gehen, um nach der Schule noch ein bisschen miteinander zu reden. Allerdings sagt keiner von uns in den ersten paar Minuten auch nur ein Wort.

Irgendwann sehe ich, dass Etienne mir einen kurzen Seitenblick zuwirft, wegschaut – und dann ruckartig wieder zu mir starrt. »Milo?«

»Mh?«

Langsam bleibt er stehen und ich tue es ihm etwas verwirrt und noch ein bisschen mehr verlegen nach. Er starrt mit großen Augen auf meinen Arm.

»War ich das?« Seine Stimme klingt rau und brüchig.

Ich spüre, wie sich mein Hals zuschnürt, zupfe den Ärmel meines T-Shirts weiter nach unten und brumme dann: »Sieht schlimmer aus, als es ist. Und ich hab es ja auch verdient.«

Mein bester Freund beißt sich nachdenklich auf die Unterlippe, das Gesicht spiegelt seine inneren Empfindungen deutlich sichtbar wider: Entsetzen über den Bluterguss, Schamgefühl wegen was auch immer und Unsicherheit.

»Was …«, setze ich an, meine Stimme zittriger, als mir lieb ist. »Was wolltest du mir denn sagen?«

»Ah«, macht Etienne leise und weicht meinem Blick dann wieder aus. »Ich … Oh Mann, das mit deinem Arm tut mir leid, wirklich …«

Ich winke ungeduldig ab und werfe unauffällig einen Blick nach links und nach rechts. Niemand Auffälliges in der Nähe, nur eine alte Frau mit Rollator und eine Mutter mit Kinderwagen auf der anderen Straßenseite. Niemand, der uns sehen könnte. Vor allem kein Nicholas.

»Ich … Also … Bitte sei mir nicht böse, Milo …«, stammelt Etienne heiser und beißt fest die Zähne aufeinander. In dem Blick, den er mir nun zuwirft, liegt eine so tiefe Besorgtheit, dass auch mir die Beine wieder weich werden. Er wird mir ja jetzt wohl nicht seine Liebe gestehen, das wäre doch wirklich ziemlich … lächerlich … oder?

Während ich mich schon darauf vorbereite ihm darzulegen, dass Gefühle zwischen uns absolut fehl am Platze sind, lässt er die Bombe platzen: »Ich höre mit dem Fußball auf.«

»Hör mal, das bildest du dir … Äh, was?« Erstaunt halte ich inne, während es jetzt auch an Etienne ist, verwirrt zu sein.

»Ich bilde mir das ein?«, wiederholt er irritiert. »Was bilde ich mir ein?«

»Oh …«, murmle ich verlegen, meine Gesichtsfarbe müsste nun einer Tomate gleichen. Nichts da Koralle. Purpur, das trifft es eher.

»Nicht so wichtig … wirklich … Aber … ist schon okay.«

Er hört also auf? Lässt mich alleine mit Nicholas? Nun, gut. Er hat ja versucht zu schlichten, ehe er sich vom Acker macht. Was soll ich ihm vorwerfen, ich wusste ja, dass er keine Freude mehr daran hat.

»Bist du nicht böse?«, fragt er mich vorsichtig.

Ich hebe den Blick, schaue ihn an und endlich spüre ich diesen riesigen Stein von meinem Herzen fallen, den ich seit gestern mit mir herumschleppe. Er verzeiht mir. Er will nichts von mir. Wir sind nicht schwul. Alles ist gut.

Langsam, ohne es recht selbst zu bemerken, verziehen sich meine Lippen zu einem breiten Grinsen, ehe ich ihm gut gelaunt auf die Schulter schlage und »Ach was, ist alles cool!« entgegne.

Alles ist okay. Etienne ist und bleibt mein bester Freund. Mein Leben geht weiter.

Nicholas

Ich stelle die Tüte zwischen meine Füße und fische langsam meinen Hausschlüssel heraus. Eigentlich habe ich überhaupt keine Lust, nach Hause zu kommen, zu kochen, aufzuräumen und dann noch Schulkram zu erledigen. Aber was muss, das muss.

Als ich die Tür aufschließe und eintrete, dringt mir bereits die gestresste Stimme meines Vaters aus seinem Arbeitszimmer entgegen. Er telefoniert mit irgendwelchen Kunden, schätze ich. Wo er wohl Mutter gelassen hat?

Ich atme angestrengt aus, schließe die Tür hinter mir und bewege mich mit der schweren Einkaufstüte in Richtung Küche, die aussieht, als hätte eine Bombe eingeschlagen.

Schon allein beim Anblick des auf dem Boden zerschellten Tellers, der da sicher schon eine Weile liegt, des dreckigen Geschirrs in der Spüle und dem herumliegenden Müll möchte ich am liebsten laut losschreien.

Das tagtägliche Aufräumen hier ist eine reine Sisyphusarbeit, weil mein Vater und meine Mutter sich die größte Mühe geben, alles wieder dreckig zu machen, sobald es halbwegs ordentlich ist.

Ich seufze wieder, diesmal laut und vernehmlich.

An der Tür zur Küche läuft, mit seinem Handy am Ohr, mein Vater vorbei. Er wirft mir nicht einmal einen Blick zu, sondern rennt einfach hin und her, warum auch immer.

»Ja natürlich ... Ich kümmere mich darum, machen Sie sich keine Sorgen.«

Am besten ich ignoriere ihn einfach.

Mit zusammengepressten Lippen stelle ich meine Schultasche an die Wand, räume die Einkäufe in Kühlschrank und Küchenschränke und beginne wie jeden Tag damit, die Schneisen der Verwüstung zu beseitigen, die mein Vater im Stress und meine Mutter in ihrer ... *Verfassung* hinterlassen. Die Scherben aufheben, in den Mülleimer. Eine Aluschale, sieht nach Lasagne aus, wandert hinterher. Geschirr in die Spülmaschine, schnell kehren, Wasser aufstellen. Nudeln mit Soße, für mehr habe ich heute keinen Nerv.

Ich weiß auch nicht so recht, wieso ich schon den ganzen Tag an den kleinen Lockenkopf denken muss. Heute habe ich ihn nur kurz gesehen, und er sah scheußlich aus: krank, blass und vollkommen fertig. Obwohl ich es eigentlich nicht will, mache ich mir fast ein bisschen Sorgen um ihn. Was wohl passiert sein mag? Bin ich gestern vielleicht doch zu heftig zu ihm gewesen?

»Nico?«, höre ich meinen Vater durch den Flur rufen, dann ertönen seine hektischen Schritte, er steht in der Tür. Er sieht nicht weniger fertig aus als der Kleine. Ich glaube, die Ereignisse der letzten Jahre haben ihn unglaublich altern lassen. Die dunklen Augenringe, der leichte Bartschatten auf den fahlen Wangen. Heute scheint es wieder besonders schlimm zu sein.

»Was gibt's denn?«, frage ich und versuche, einen möglichst fröhlichen Ausdruck auf mein Gesicht zu zwingen.

Mein Vater schaut kurz auf mein getanes Werk, ein Ausdruck der Erleichterung huscht über sein müdes Gesicht, als er mich kochen sieht. »Oh wundervoll, danke, dass du kochst!«, stößt er hervor. »Bleibst du hier? Ich muss nachher noch mal weg. Sie war heute sehr verwirrt, ich glaube nicht, dass sie allein bleiben sollte.«

»Mhm …«, mache ich unbestimmt. »Wo ist sie jetzt?«

Als das Wasser kocht, schütte ich den Beutel mit Nudeln sorgsam und ordentlich hinein. Ich will nicht gleich wieder versauen, was ich eben aufgeräumt habe. In den anderen Topf gebe ich zwei Päckchen mit passierten Tomaten, etwas Wasser hinzu, ein bisschen Tomatenmark. Wenn das heiß genug ist, kommen die Gewürze hinzu.

Ich hasse es, zu kochen.

»Sie schläft. Und ich hoffe, das bleibt auch erst einmal so.« Mein Vater kommt seufzend in die Küche und gießt sich aus der Thermoskanne auf dem Tisch einen Kaffee in seine daneben stehende Tasse.

»Es wird immer schlimmer, oder?«, frage ich, langsam in der Tomatensoße rührend. Warum frage ich eigentlich … Als ob ich die Antwort nicht ohnehin schon kennen würde.

»Die Ärzte glauben schon. Vielleicht besteht noch Hoffnung, vielleicht nicht. Ich weiß es nicht.« Er seufzt und fährt sich mit einer Hand durch die langsam ergrauenden braunen Haare. Er ist so alt geworden in den letzten Jahren …

Als Antwort zucke ich wieder nur unbestimmt mit den Schultern und versuche, die heiße Wut herunterzuschlucken. Sie überkommt mich immer wieder, wenn es Mutter schlechter geht und ich neben meinen schulischen Pflichten noch so viele Hausarbeiten erledigen muss, dass der Tag niemals genügend Stunden hat.

Wenn ich mein Abi habe … Wenn ich mein verfluchtes Abi habe, dann bin ich schneller hier weg, als irgendwer schauen kann. Wobei ich mir gar nicht sicher bin, ob ich es übers Herz bringen würde, meinen gestressten Vater und meine verwirrte Mutter allein zu lassen. Wir schaffen es schon zu zweit kaum, hier alles zu bewältigen. Was soll dann werden, wenn ich nicht mehr hier bin?

Mein Vater soll nicht merken, dass mich das alles so sehr belastet. Er macht sich schon genug Vorwürfe darüber, dass ich so viel mithelfen muss. Tja, wenn mein werter Bruder sich ab und zu mal blicken lassen würde … Vielleicht ginge es *ihr* dann auch ein bisschen besser. Immerhin verwechselt sie mich in letzter Zeit immer öfter mit ihm.

Seit diesem Unfall vor einigen Jahren … Aber was soll's. Sich beklagen bringt ja auch nichts. Ich muss stark bleiben, solange wie nötig, denn wenn ich zusammenbreche, schafft es auch mein Vater nicht mehr. Solange ich die Normalität wahre, reißt auch er sich am Riemen. Irgendwie schaffen wir das schon.

4

Nicholas

Etwas später ist mein Vater noch einmal weg, um irgendwas mit einem Kunden zu regeln. Ich bin alleine mit meiner Mutter, die im Wohnzimmer ein Nickerchen hält, unseren fetten, grauen Kater auf den Füßen.

Nachdem ich gegessen habe, werfe ich einen Blick ins Wohnzimmer und wage mich schließlich hinein. Sie liegt da, den Kopf auf einem der Sofakissen und das fast faltenlose Gesicht in beinahe kindlicher Zufriedenheit entspannt und sogar im Schlaf die Lippen zu einem Lächeln verzogen. Ihre langen Haare fallen in blonden Wellen über den dunklen Sofabezug. Wenn ich sie so sehe, dann kann ich manchmal kaum glauben, dass sie meine Mutter ist.

Sie hat sich sehr verändert und fast ist es, als würde sie von Jahr zu Jahr jünger werden. Vielleicht liegt das an ihrem immer kindlicher werdenden Wesen und an der zunehmenden geistigen Verwirrung … Wer weiß.

Während ich sie beobachte, wacht sie langsam auf. Mein Vater hat gesagt, ihr Zustand sei heute nicht sehr gut. Vielleicht habe ich ja Glück und der Schlaf hat ihr gut getan.

Als sie sich langsam regt, ein zartes Seufzen ausstößt und sich ein bisschen dreht, scheint sie Pascha – so heißt der fette Kater – wohl die bequeme Schlafstätte verdorben zu haben. Denn der regt sich jetzt, hebt den Kopf und schaut mich anklagend an, dann miaut er vorwurfsvoll.

»Hab ich etwa ihre Füße bewegt?«, frage ich ihn leise und schüttele den Kopf, als er wieder missmutig maunzt und sich dann schwerfällig erhebt, vom Sofa springt und um Aufmerksamkeit heischend um meine Füße streicht.

»Nico …?«, ertönt die verschlafene Stimme meiner Mutter und ich zucke vor Schreck zusammen. »Ja, Mama?«

Der Schlaf hat ihr anscheinend wirklich gut getan. Als sie sich mit verklärtem Lächeln aufsetzt und mich ansieht, weiß ich, dass sie nicht ganz so verwirrt ist wie sonst. Sie erkennt mich.

»Du bist ja schon da …«, gähnt sie und streicht sich über die Augen.

»Mh«, mache ich leise. Natürlich, so früh ist es ja nun auch nicht mehr ...
Aber woher soll sie das wissen?

Als sie langsam die schmalen Beine über den Rand des Sofas schiebt und
sich richtig hinsetzt, kann ich kaum meinen Blick von ihr losreißen. Natürlich ... Wenn man sie so ansieht, dann ist es doch klar. Es ist kein Wunder,
dass sie vergisst. Ansonsten würde es sie wahrscheinlich kaputtmachen ...
Also ist es am Ende eigentlich ganz gut so.

Auch wenn dadurch meine Kindheit ein recht frühes und abruptes Ende
nehmen musste.

Ist es besser, eine verwirrte Mutter zu haben, als gar keine? Ich weiß
es nicht.

Pascha, nunmehr ein wenig genervt, maunzt noch einmal anklagend, dann
spüre ich, wie er mit seiner Pfote – noch sanft – auf meinen Fuß schlägt.
Er hat wahrscheinlich Hunger. Wenn ich ihm nicht gleich etwas gebe, wird
er seine Krallen ausfahren und noch einmal zuschlagen.

»Soll ich dir gleich ein bisschen Klavier vorspielen?«, frage ich meine
Mutter sanft. Sie liebt es, wenn ich Klavier spiele. Dann setzt sie sich meistens
in den bequemen Sessel und strickt irgendwas oder hört einfach nur zu.
Mein liebstes Hobby mit der Betreuung meiner Mutter zu verknüpfen ist
also eine recht kluge und zufriedenstellende Angelegenheit für beide Seiten.

»Oh, das wäre schön!«, entgegnet sie freudig und strahlt mich an wie ein
kleines Kind. Ich ignoriere Pascha für den Moment, gehe die paar Schritte
auf sie zu und gebe ihr einen vorsichtigen Kuss auf die Stirn. Der Kater
lässt sich nicht davon abhalten, mir hinterher und zwischen die Füße zu
laufen »Ich gebe dem Fresssack nur was zu essen, ja? Und dann mache ich
dir einen Tee.«

»Danke, mein Schatz«, lächelt sie.

Gerade, als das graue Monster zu einem empörten Maunzen ansetzen
will, wende ich mich ihm zu und verspreche ihm mit hochgezogener Augenbraue: »Wenn du das machst, kannst du dein Fressen vergessen.«

Der Kater mustert mich nur aus seinen goldgelben Augen, als wolle er
sagen »*Wurde ja auch mal Zeit*«, und stolziert an mir vorbei Richtung Küche.
Ich höre meine Mutter neben mir lachen, ein glockenheller Laut, der mich
irgendwie glücklich macht.

Bevor ich gehe, schenke ich ihr noch ein kurzes Lächeln und beeile
mich, um eine Katastrophe zu verhindern. Wenn dieser Kater seinen Willen
nicht bekommt, habe ich nicht mehr viel zu lachen. In aller Regel bin ich
sein bevorzugtes Opfer und irgendwie ist er auch mein Kater. Oder um

es genauer zu sagen: Ich bin sein Mensch, was in etwa gleichbedeutend ist mit Sklave. Als ich ihm seinen Namen gab, wusste ich zwar noch nicht, was für ein herrisches Biest er ist, doch nach meinem Geschmack passt er sehr gut zu ihm.

In der Küche sitzt er anmutig auf seinem dicken Hintern und beobachtet mich mit zuckender Schwanzspitze dabei, wie ich an den Schrank gehe, ein Döschen heraushole und seinen Napf damit fülle.

Kaum auf den Boden gestellt, fällt er schon darüber her, dieser kleine Fresssack.

»Dickarsch«, murmle ich. Fast muss ich lachen, als seine Ohren zucken und er für einen Moment im Essen innehält. Als habe er genau verstanden, was ich da gesagt habe und würde nun abwägen, ob er mir gleich fauchend an den Hals springen soll oder nicht. Dann jedoch frisst er munter weiter und ich mache mich daran, meiner Mutter einen Tee zu kochen.

Während ich warte, vibriert mein Handy in der Hosentasche. Ich ziehe es mit einem Gefühl von Genugtuung hervor und lese die SMS, die – wie ich bereits geahnt habe – von Chris stammt.

Dass er Interesse an mir hat, ist schließlich schwer zu übersehen. Seine SMS ist ellenlang, hauptsächlich fragt er mich jedoch nur, ob ich Lust habe, am Wochenende mit ihm ins Kino zu gehen und danach vielleicht noch irgendwo etwas zu essen. Ein ganz klassisches Date also.

Ich überlege nicht lange und gebe ihm mein Okay. Ein bisschen Abwechslung wird mir sicher guttun.

Als das Wasser kocht und ich es in die Lieblingstasse meiner Mutter schütte, bin ich beinahe glücklich. Nicht, dass es sonderlich viel mit ihm zu tun hätte, aber die Aussicht auf Abwechslung und diese erstaunlich gute Verfassung meiner Mutter lassen mich kurz lächeln. Außerdem kann ich gleich Klavier spielen, ohne dass mein Vater irgendwann meckernd dazwischenfährt. Meine Mutter ist eine dankbare und geduldige Zuhörerin, mehr, als mein Vater es jemals sein wird.

Emilia

»Mit Nick und dem Trainer habe ich schon geredet«, gesteht Etienne mir schließlich ein wenig kleinlaut. Obwohl es für mich einen ellenlangen Umweg bedeutet, begleite ich ihn zu sich nach Hause. Da ich mir sowieso die Zeit bis heute Abend vertreiben muss und ich eigentlich so ziemlich alles lieber mache als Hausaufgaben, ist das schon okay. Dafür will ich heute Abend eine riesige Pizza … Ich sterbe jetzt schon vor Hunger.

Auf Etiennes Aussage hin ziehe ich abfällig die Mundwinkel herunter.

»Also wusste es so ziemlich jeder vor mir«, stelle ich fest und kann den enttäuschten Unterton nicht ganz aus meiner Stimme heraushalten. Wenigstens hat Etienne so viel Anstand, ganz zerknirscht aus der Wäsche zu gucken.

»Sorry«, brummelt er, verzieht unglücklich die Lippen. »Ich wusste eben nicht so recht, wie ich es dir sagen sollte. Aber das ewige Fußballtraining ging mir gewaltig auf den Keks.«

Na gut. Jetzt wusste ich es ja, was konnte ich ihm also vorwerfen? Außerdem habe ich mit den wenigsten aus dem Fußballteam ernsthafte Probleme, also wird das schon … Hoffe ich. Notfalls kann ich ja immer noch aufhören und fange an Ballett zu tanzen oder Tischtennis zu spielen … vielleicht Origami falten? Oder ich nehme mir endlich mal einen Gitarrenlehrer. Sich so etwas selbst beizubringen ist wirklich nicht einfach.

»Und was hast du jetzt vor?«, frage ich nach einer kurzen Zeit des Schweigens. Um uns herum ist wenig los, Etienne wohnt am Stadtrand in einem sehr ruhigen Viertel, weshalb man sich auf dieser Strecke sehr gut unterhalten kann. Wenn wir Hunger haben, gehen wir lieber zu mir, ich wohne nur zehn Minuten von der Innenstadt entfernt und auf dem Weg dahin gibt es mindestens drei Dönerbuden.

»Ich meine, immerhin hattest du ja ewig keine Tusse mehr …«, grinse ich, fast ein wenig diabolisch. »Und bei den Unmengen an Essen, die du in dich rein stopfst, wenn du zockst, wirst du noch fett.«

Etienne stößt ein zischendes Lachen aus, schlägt mir hart gegen den Arm und trifft, wie durch ein verfluchtes Wunder, wieder genau dieselbe Stelle, die er schon tags zuvor so malträtiert hat. Hart auf mein Piercing beißend, unterdrücke ich ein Aufstöhnen. Himmel, wo hat er das Talent her, immer wieder dieselbe scheiß Stelle zu treffen? Wenn er so weitermacht, fällt mir bald der Arm ab!

Etienne merkt von meinem Leiden nichts, sondern spaziert glücklich neben mir her, jetzt ein breites Grinsen im Gesicht.

»Ich werde jetzt tanzen, habe ich beschlossen. Hab' mich schon in einem Kurs eingeschrieben.«

Was zum … »Tanzen?! Wie kommst du denn auf so was?«, pruste ich los und der Schmerz ist vergessen. Etienne und Tanzen? Wie bescheuert ist das denn?

Vor meinem inneren Auge ziehen Bilder an mir vorüber – Etienne, schwitzend beim Fußball. Etienne beim Zocken, mit irgendwas zu Essen zwischen den Backen und ungemachten Haaren. Etienne beim Schlafen, mit geöffnetem Mund und sabbernd. Etienne mit einem Döner in der Hand und Soße in den Mundwinkeln. Das ist ja alles vollkommen normal. Aber Etienne und *Tanzen*? Das kann ich mir beim besten Willen nicht vorstellen.

»Lach nicht, du alte Jungfer«, grinst er. »So kriegt man Frauen!« Na, das will ich doch mal stark bezweifeln …

»Na ja«, setzt er an, wir biegen um eine Straßenecke. Gleich sind wir bei ihm und dann darf ich den Heimweg von einer guten halben Stunde antreten, juhu. »Ich bin jedenfalls erleichtert, dass wir das geregelt haben. Du kommst bestimmt auch alleine klar … Wenn du dich ein bisschen besser mit Nick verstehst. Er ist wirklich kein übler Kerl.«

Und *das* bezweifle ich sogar noch mehr als seine These zum Tanzen. Aber gut, ich will ihm nicht widersprechen. Noch ein Streit mit ihm verkrafte ich für die nächste Zeit wirklich nicht.

»Ich versuch's«, verspreche ich leidenschaftslos und verdrehe die Augen, während wir nun vor der Einfahrt des Hauses stehen, in dem er mit seinen Eltern und der nervigen kleinen Schwester wohnt. Etienne schenkt mir noch ein breites Grinsen.

»Was machst du Samstag? Mal wieder Bock zum Zocken oder so?«

Das wäre was. Mal wieder einen herrlich entspannenden Abend mit Etienne vor dem PC, mit Cola und Knabberkram. Blöd nur, dass ich keine Zeit habe.

»Ich kann nicht, sorry«, seufze ich gequält. »Ich hab' Sophie versprochen, ich lade sie ins Kino ein und sie darf den Film aussuchen …«

Bei diesem letzten Satz entweicht Etienne zunächst ein Laut des Schreckens, dann bricht er in haltloses Gelächter aus.

»Bist du bescheuert?!«, grölt er lachend und muss sich schließlich am Zaun festhalten, weil er ansonsten vermutlich zu Boden fallen und sich da weiter kringeln würde vor diabolischem Vergnügen.

»Ja«, meine ich trocken. »Ich glaube, schon.«

»Oh nein, Milo, Mann«, lacht Etienne, wischt sich vergnügt ein Tränchen aus dem Augenwinkel. »Du Volldepp, die schleift dich doch hundert pro in den neuen Twilight-Film! Und du sitzt dann da, ein Kerl zwischen hundert Weibern, die alle stöhnen und seufzen, wenn Edward oder Jacob über die Bildfläche hüpfen!«

Wieder eine neue Lachsalve, während mir so ziemlich jede Farbe aus dem Gesicht weicht. Daran habe ich überhaupt nicht gedacht. Oh Mist, ich weiß gar nicht, ob sie auch ein verrückter Fan dieser bescheuerten Filme ist! Und falls mich dann irgendwer da sieht, ist mein Ruf gleich im Eimer und ich bin der Depp vom Dienst … und muss dafür auch noch Geld bezahlen.

Zielsicher boxt mir Etienne noch mal fest gegen den Bluterguss und trollt sich lachend Richtung Hauseingang. »Man sieht sich, Milo!«, ruft er und ich meine, so etwas wie Schadenfreude aus seiner Stimme herauszuhören. Und das schimpft sich dann bester Freund, ich fasse es nicht!

Murrend beobachte ich ihn dabei, wie er immer noch kichernd die Haustür mit einem letzten Wink in meine Richtung hinter sich zuwirft, und mache mich nachdenklich auf den Heimweg.

Ich tue es wirklich nur ungern, doch ich muss ihm zustimmen, er hat zweifelsohne Recht. Was habe ich getan? Ich will mir keinen stählernen Werwolf oder glitzernden Vampir angucken, die beide aus unerklärlichen Gründen auf diese langweilige, immer gleich debil dreinschauende Tusse stehen!

Ob ich wohl verprügelt werde, wenn ich mit einem Haufen kreischender Weiber im Kino sitze und nicht mitkreische? Ich sehe mich schon begraben unter einem Haufen dreizehnjähriger, zahnspangentragender Mädchen, die mir das Gesicht zerkratzen, weil ich gegähnt habe oder irgendwie so was. Oh, ich bin der dümmste Vollidiot der ganzen Welt.

Während ich so zurückschlendere, komme ich jedoch nicht umhin, die Situation abzuwägen und Twilight als besser zu befinden. Lieber glitzernde Vampire als Sophies Eltern.

In meiner Horrorvorstellung sehe ich schon ihre Mutter alle fünf Minuten in Sophies Zimmer reinplatzen, um zu schauen, was wir da so treiben. Vermutlich wird ihr Vater mir drohen, dass ich seine süße kleine Tochter bloß nicht anrühren soll. Sie werden mich ohnehin nicht ausstehen können, immerhin finden Sophies Freundinnen mich schon absolut untragbar an ihrer Seite. Ich mit meinen zwei Vätern, dem Piercing und chaotischen Locken, den immerzu zerlöcherten und zu großen Jeans und ach … Nicht, dass ich mich schlimm fände, keineswegs, trotzdem heißt das ja noch lange nicht, dass mich andere Leute so mögen.

Ich wünschte, Etienne hätte mir nicht so detailreich von der Begegnung mit den Eltern seiner letzten Freundin erzählt. Nicht die Tusse, von der er das Sporttrikot hat – die war noch okay – sondern die danach – und die ging *so was von gar nicht*.

Angeblich soll ihr Vater ihn beiseite gezogen haben und ihm mit einem liebenswürdigen Lächeln im Gesicht gedroht haben, wenn er seine Tochter verführen würde, dann würde er ihm den Hals umdrehen.

Die Beziehung hatte sich auch ganz schnell erledigt, als tatsächlich die überaus nervige Mutter andauernd ins Zimmer geplatzt kam und ihnen alle paar Minuten wohl irgendwas anderes angeboten haben muss. Er hat zwar nicht nur wegen den Eltern Schluss gemacht – das Mädel war richtig ätzend, immer in Pink und Rosa gekleidet und andauernd am Kichern – dennoch war das wahrscheinlich ausschlaggebend.

Seitdem habe ich schreckliche Angst davor, jemals den Eltern meiner Freundin zu begegnen. Ich hoffe, ich komme da lang genug drum herum.

In Gedanken versunken bestreite ich den Großteil der Strecke.

Das ist so ziemlich das erste Mal in meinem Leben, dass ich mich nicht auf das Wochenende freue. Ich kann nur hoffen und beten, dass an diesem Samstag niemand, der mich kennt, auf die Idee kommt, ins Kino zu gehen. Und dass ich nicht von kleinen Mädchen verprügelt werde, natürlich.

Als ich in unsere Einfahrt trete, bemerke ich verwirrt Phils alten Mercedes, der da schief eingeparkt herumsteht. Wieso ist der denn schon daheim? Es kann höchstens halb drei sein.

Gewohnheitsmäßig gehe ich an den Briefkasten, fische neben Werbung, Rechnungen und einem Flyer noch einen Brief heraus, der augenscheinlich per Hand verfasst wurde, und schließe dann die Tür auf.

Wie nebenbei schaue ich die Post durch. Nicht, dass ich sonderlich oft welche bekommen würde, doch ab und an liegt schon mal etwas für mich im Briefkasten.

Der handschriftlich verfasste Brief ist an meinen Vater gerichtet, abgestempelt in Italien und abgeschickt … von meiner *Mutter*?

Ich halte verdutzt mitten im Hauseingang inne.

Irgendwo im Wohnzimmer oder in der Küche ertönt schreckliche Punkmusik, die nur von Phil stammen kann. Sie wird leiser, während ich vollkommen verwirrt den Brief betrachte und dann stapft Phil in den Flur, bekleidet mit Jogginghose und ausgewaschenem, grauen T-Shirt.

»Hey Kleiner«, grüßt er. »Was hast du da?«, fragt er mit einer Spur Irritation in der Stimme, wahrscheinlich, weil ich wie versteinert zwischen Tür und Angel stehe.

Ich reiße den Blick von dem Brief los, schaue Phil an.

»Ein Brief von einer gewissen … *Olga*«, sage ich vorsichtig. Eine *gewisse Olga* kann ja nur meine Mutter sein. Leider weiß ich mit dem Nachnamen nicht viel anzufangen, denn ich kenne nur ihren Mädchennamen und der war irgendwas mit »*owski*« hintendran.

Ein Ausdruck von Erstaunen, allerdings keineswegs Verwirrung huscht über sein Gesicht. »Olli?«, fragt er dummerweise nach – woher soll ich das denn wissen? – und zieht mir den Brief aus den kalten Händen, um sich langsam daran zu machen, ihn zu öffnen.

»Phil, der ist für Dad«, merke ich nutzloserweise an. Während ich die Haustür hinter mir schließe, wirft er mir ein »Ich weiß, ist mir egal« hin und überfliegt die Blätter, während er Richtung Wohnzimmer spaziert.

Ich folge ihm eilig, während er mit offensichtlichem Desinteresse die Blätter wieder in das Kuvert zurückschiebt.

»Was will sie?«, frage ich und weiß nicht so recht, ob mich das nun wirklich interessiert oder nicht.

Natürlich weiß ich um die Umstände meiner Zeugung und dass diese mir vollkommen fremde Frau mich nie haben wollte. Trotzdem bin ich mir nicht so recht sicher, was ich fühlen soll, wenn ich an sie denke. Ich weiß ja nicht einmal, wie sie aussieht. Mal davon abgesehen, dass meine Tante Michelle die Mutterrolle an mir sehr gut vertreten hat, gemeinsam mit Oma Anne – Phils und Michelles Mutter. Also kann ich mich nicht wirklich beklagen.

»Nichts Wichtiges«, meint Phil und zwinkert mir zu. »Also nichts, was dein Leben in irgendeiner Art und Weise verändern könnte. Nur das Übliche.«

Was soll das denn heißen, das Übliche? Hat sie etwa öfter Kontakt mit Dad? Na ja. *Egal.* Sie interessiert sich nicht für mich, ich interessiere mich nicht für sie. Ich kenne sie ja nicht einmal.

»Warum bist du überhaupt schon daheim?«, frage ich schließlich, werfe meine Tasche wie jeden Tag einfach so irgendwohin, wo Platz ist und folge ihm ins Wohnzimmer.

»Wir waren recht schnell fertig mit Tapezieren. Gestrichen wird, wenn das alles getrocknet ist. Dann mache ich erst den Boden.«

Als Phil sich wieder zu mir umdreht und mit seiner großen, recht bulligen Gestalt beinahe den letzten Sonnenstrahl, der durch das Fenster hineinscheint, verdeckt, sehe ich ihn breit grinsen.

»Hunger? Ich hab mir die Freiheit genommen, einen Film für uns aus der Videothek auszuleihen.«

Oh, so wie der grinst, kann das nichts Gutes bedeuten. Entweder ist es ein Splatter oder ein Barbie-Film. Es wäre nicht das erste Mal. Phil zieht meistens alle Register, um mich zu ärgern, auch wenn das über eine Stunde *Barbie und die Zuckerfee* bedeutet.

»Ich verhungere bald«, gestehe ich und werfe ihm einen misstrauischen Blick zu, als ich mich auf die große Ledercouch werfe. »Was für einen Film?«

Mit der Hand fährt er sich über die kurzen Haare, als er auf mich zukommt, im Gehen nach dem Telefon auf der Station greift und sich neben mich setzt. »Guck nicht so, ich hab schon keinen *Barbie* Film ausgesucht.« Er erinnert sich also auch noch an das Intermezzo, schön ...

Phil greift neben sich, wo – unbemerkt von mir – nicht nur eine DVD-Hülle, sondern auch der Flyer unserer bevorzugten Pizzeria liegt, welche er mir nun beide in die Hand drückt. Der Film, den er mitgebracht hat, kenne ich nicht. *The Prestige*, mit *Hugh Jackman*. Klingt jedenfalls nicht übel.

Auf den Flyer muss ich gar nicht drauf schauen. »Spinat«, sage ich, als ich ihm den Wisch zurückgebe und er wählt die Telefonnummer, ohne selbst einen Blick darauf zu werfen. Ich würde sagen, wir zwei kennen die Speisekarte schon auswendig.

Während er bestellt, ziehe ich mir die Schuhe von den Füßen und kicke sie ein Stück weit weg. Direkt in den Weg, damit Phil auch schön drüber stolpern kann, wenn er zur Tür geht, um nachher die Bestellung entgegenzunehmen. Pure Absicht, ich gestehe.

»Ja, bis gleich«, brummelt er ins Telefon, legt es auf den Tisch. »Geht's dir besser?«

Auch, wenn er das wahrscheinlich nicht will, so hört man doch deutlich den besorgten Unterton aus seiner Stimme heraus.

»Ja.« Ich werfe ihm einen Seitenblick zu. Manchmal ... wirklich nur ganz selten, da wünsche ich mir, ich wäre *sein* leiblicher Sohn. Dann wäre ich bestimmt nicht so klein und schmächtig. Von der nicht gerade beeindruckenden Körpergröße mal abgesehen, habe ich es ja eigentlich nicht so schlecht getroffen mit Dads Genen.

»Magst du mir jetzt erzählen, was los war?«

Ich muss nicht wirklich drüber nachdenken. Das will ich nicht. Allein beim Gedanken an diesen blöden Traum wird mir schlecht. Mein leerer Magen grummelt leise und warnend. *Denk bloß nicht drüber nach ...*

»Ach«, meine ich schließlich langsam und winke ab. »Ich hatte nur Streit mit Etienne. Aber das hat sich geklärt.«

»Ach so«, meint Phil und zuckt die Schultern, als wäre es ihm egal. Seiner Stimme kann ich den erleichterten Unterton trotzdem deutlich anhören. Manchmal bilde ich mir ein, er wüsste, dass ich es in der Schule nicht immer unbedingt leicht habe, wegen Dad und ihm. Sicher bin ich mir da allerdings nicht. Wenn ich ihm etwas davon erzählen würde, würde er sicher in meine Schule marschieren und die betroffenen Schüler zur Sau machen. Das wäre tödlichst peinlich für mich. Also sage ich lieber nichts.

Immerhin habe ich jetzt eine Freundin und das kann mir dabei behilflich sein, meinen schlechten – schwulen – Ruf loszuwerden. Apropos Sophie ...

»Mist, das hätte ich ja jetzt beinahe vergessen!«, stöhne ich auf. »Phil, ich brauche dringend mein Taschengeld bis Samstag!«

Mein Ziehvater wirft mir einen neugierigen Blick zu. Bevor er antwortet, hebt er jedoch die Füße und legt sie überschlagen auf den kleinen Wohnzimmertisch – etwas, das er nicht machen darf, wenn Dad da ist. Auch Phil steht gelegentlich unter Dads Fuchtel.

»Ich kann mir nicht vorstellen, wofür du Geld brauchst«, stichelt er mit maliziösem Grinsen. »Du bist fünfzehn, du solltest noch keine Bedürfnisse haben, oder?«

Ich verdrehe die Augen, wende mich ihm schließlich zu und versetze ihm einen Tritt in die Seite, den er mit einem leisen Aufgrunzen quittiert.

»Ich will meine Freundin ins Kino ausführen«, erkläre ich ihm schließlich grinsend. »So etwas macht man in einer heterosexuellen Beziehung.«

»Emilio«, stöhnt Phil gequält. »Erinnere mich nicht immer daran, dass du hetero bist.«

Ich kann mir ein Auflachen nicht verkneifen. Allmählich fallen alle Sorgen und Ängste des Tages von mir ab. Ich bin daheim und Phil streitet sich wieder mit mir, wie üblich. Ein schönes Gefühl.

»Tut mir leid, kann nicht jeder schwul sein«, seufze ich übertrieben mitfühlend.

Phil schlägt sich in gespielter Verzweiflung die Hand auf die Brust, den Mund weit aufgerissen. »Mein Sohn ist die Schande der Familie!«, stößt er hervor und lacht, meinen Fuß greifend, als ich wieder nach ihm treten will.

Ehe ich irgendwas machen kann, steht er auf und zieht an mir, wobei ich – mit heiserem Aufschrei – beinahe von der Couch falle.

»Phil!«, quietsche ich, als er mir mit eiskaltem Lächeln den Rücken zudreht und sich meinen Fuß unter den Arm klemmt. Ich weiß genau, was er gleich machen wird und ich bin keineswegs scharf darauf.

»Na ja, du wolltest ja nicht schwul werden«, höre ich ihn bedauernd sagen, dann zuckt er die Schultern. »Wer nicht hören will ...«

Und damit kitzelt er gnadenlos meinen Fuß – die einzige Stelle, an der ich wirklich kitzelig bin, schon seit ich denken kann.

Ich kreische auf, der Ton ist selbst in meinen Ohren viel zu schrill und versetze Phil einen unsanften Tritt in den Hintern, der ihn nicht einmal ansatzweise aus dem Konzept bringt. Er kitzelt weiter, ich muss mehr schreien als lachen und versuche es noch mal mit einem unkontrollierten Tritt, mit dem ich mich schließlich selbst von der Couch hinunter befördere. Dann lässt er mich los und ich falle unsanft auf den Boden.

»Phil … Du Arschgesicht …«, ächze ich mit schmerzendem Rücken. Der blöde Kerl ist auch noch dreist genug, sich mit einem spitzbübischen Grinsen ein Stück weit über mich zu beugen, wie ich da zwischen Tisch und Couch auf dem Boden liege, dann greift er wieder nach meinem Fuß und zieht mich dazwischen hervor.

»Na komm, kleiner Hosenscheißer«, grinst er und bietet mir die Hand an. Ich blinzle von unten zu ihm hinauf, schnaube dann »Pah« und will sie wegtreten, als sein Gesicht plötzlich einen bitterernsten Ausdruck annimmt.

Ich bin so erschrocken angesichts dieses Wechselspiels, dass ich meinen Fuß ganz schnell wieder zurückziehe und mich aufsetze.

»Phil?«, frage ich zögerlich und rapple mich schließlich hoch.

Er schaut mich noch immer an, streckt eine Hand nach mir aus und zieht mich beinahe unsanft an der Schulter etwas näher an sich ran. Mit der anderen Hand schiebt er meinen rechten Ärmel hoch.

»Woher kommt das?«, fragt er und seine eiskalte Stimme jagt mir einen kleinen, unangenehmen Schauer über den Rücken. Mist, daran habe ich überhaupt nicht mehr gedacht …! Eigentlich wollte ich mir doch erst was Langärmliges anziehen, ehe ich mich mit ihm ins Wohnzimmer setze. Woher hätte ich auch wissen sollen, dass er schon vor mir da ist?

»Ich … weiß nicht, was du meinst?«, versuche ich es mit Unwissenheit und will mich ihm entziehen, doch er hält mich mit seiner Riesenpranke fest und sein Griff bereitet mir fast mehr Schmerzen, als Etiennes ständiges Gezerre. Wieso müssen eigentlich alle größer und stärker sein als ich?

»Verarsch mich nicht, Emilio, der Bluterguss. Woher kommt das? Hast du Probleme in der Schule? Bedroht dich irgendwer?«

Um Himmels willen, Phil und sein Beschützerinstinkt … Unwillig murrend versuche ich, mich aus seinem Griff zu winden, erfolglos.

»Mann, Phil, du tust mir weh!«, fauche ich schließlich, was ihn endlich dazu bringt, mich loszulassen. Als ich ihn wieder ansehe, liegt in dem Blick aus seinen braunen Augen eine Mischung aus Besorgnis und Wut.

Genervt seufzend werfe ich mich wieder auf die Couch, verschränke die Arme vor der Brust. »Mich bedroht gar niemand!«, stelle ich erst einmal klar. »Das da ist Etiennes Schuld, der hat das unfehlbare Talent, mich immer an genau derselben Stelle zu packen oder zu boxen, okay? Und der hat sich schon entschuldigt. Krieg dich ein.«

Phil steht weiterhin da und sieht mich an. Manchmal ist er wirklich komisch. Gerade noch bricht er mir selbst beinahe ein Bein, und wenn er dann sieht, dass ich Blutergüsse habe, wird er fuchsteufelswild.

Die Stille, die sich über uns ausbreitet wie ein Leichentuch, ist eisig und voll von ungesagten Worten. Ich fühle langsam, wie meine gute Laune sich in absolutes Nichts auflöst, als die Türklingel diese monströse Stille durchbricht. Phil zuckt sogar ein klein wenig zusammen, ehe er ein paar Schritte Richtung Tür macht. Neben mir bleibt er jedoch stehen, dann spüre ich seine Hand warm und schwer auf meinem Kopf, er wuschelt mir für seine Verhältnisse fast zärtlich durch die Locken.

»Tut mir leid«, grummelt er zerknirscht. »Ich mach mir doch nur Sorgen um dich. Du bist immerhin mein kleiner Hosenscheißer, auch wenn du das nie so sehen willst.«

Ehe ich darauf etwas erwidern kann, ist seine warme Hand verschwunden und er auch. Ich höre, wie er die Tür öffnet und mit dem Pizzalieferanten redet. Geld klimpert, dann schließt sich die Tür wieder.

Als er zurückkommt, balanciert er in einer Hand die Pizzakartons, auf denen zwei Dosen Bier und Gläser stehen, in der anderen Hand hält er eine Flasche Cola.

Wortlos lädt er das alles auf dem Tisch ab und genauso stumm wirft er auch die DVD in den Player, macht den Ton an und startet den Film, ehe er sich wieder neben mich setzt.

Das Schweigen zwischen uns ist zäh wie alter Kaugummi.

Es dauert eine gefühlte Ewigkeit, bis er sich schließlich doch wieder regt. »Emilio …«, setzt er an, aber ich unterbreche ihn. »Es tut mir leid, Phil. Ich wollte dich nicht anschnauzen.«

Ein Blick zur Seite verrät mir, dass er jetzt lächelt. Erneut liegt seine Hand auf meinem Kopf, er wuschelt noch mal durch meine wirren Locken, dann schaut er nach, welche Pizza für wen ist und schiebt mir meinen Karton hin, ebenso wie eine Dose Bier.

Als ich das sehe, ziehe ich spöttisch eine Augenbraue hoch. »Machst du dich nicht strafbar, wenn du mir so etwas gibst?«, frage ich, muss jedoch grinsen. Nicht, dass ich sonderlich viel Erfahrung mit Alkohol hätte. Gegen selbst gemischtes Cola-Bier hab ich jedoch nichts – das trinke ich auch nur mit Phil.

»Selbst wenn man mich dafür einbuchten würde – das wäre noch Hunderte Male besser, als wenn dein Vater das herausfindet. Dann habe ich nämlich wirklich nichts mehr zu lachen.«

Ich stimme in sein Lachen ein, denn ich weiß, dass Dad ihn umbringen würde, wenn er das wüsste. So schlimm dieser auch laut Phil und den anderen in meinem Alter war, so sehr versucht er, mich von Alkohol und dergleichen fernzuhalten. Auch das Piercing hat er eigentlich nicht erlaubt. Phil war es, der mich an meinem fünfzehnten Geburtstag entführt und es mir sozusagen geschenkt hat. Dad ist beinahe an die Decke gegangen.

Als ich mich schließlich mit dem warmen Gefühl von *Zuhause* nach vorne lehne, die Dose öffne und das Glas zur Hälfte mit Bier fülle, zieht Phil neben mir irgendwas aus seiner Hosentasche und hält mir schließlich einen Fünfzigeuroschein unter die Nase.

»Ich kriege nur fünfundzwanzig«, sage ich etwas verwirrt. Phil zuckt mit den Schultern. »Sieh's nicht als Taschengeld, das ist für dich. Beeindrucke dein Mädel ein bisschen und geh am besten noch mit ihr Eis essen oder so. Da wird sie sicherlich butterweich.«

»Ah«, mache ich und nehme grinsend das Geld an. »Danke, Phil. Ich wusste ja gar nicht, dass du von so was eine Ahnung hast.«

»Nur weil ich so etwas bei Juli anfangs nicht gebraucht hab, mh?« Amüsiert zieht er die Augenbrauen hoch, nippt an seinem Bier und legt die Füße wieder auf den Tisch, während er sich ein Stück Pizza nimmt.

»Glaub mir, da sind wir später auch gelandet. Wenn wir dich denn mal losgeworden sind, versteht sich. So einen quäkenden Hosenscheißer bei einem romantischen Date kann man wirklich nicht gebrauchen.«

Als ich ihm gegen die Schulter boxe, lacht er und auch ich falle mit in sein Gelächter ein. So ein Quatschkopf.

***

Es ist Samstagabend und ich Vollidiot stehe vor dem Kino in der doch schon beachtlichen, abendlichen Kälte nur mit T-Shirt bekleidet und warte auf Sophie, die sich ordentlich Zeit lässt.

Da ich mittlerweile herausgefunden habe, dass sie allen Ernstes in diesen blöden Twilight-Film gehen will, kann ich mir nervöse Blicke in alle Richtungen nicht verkneifen. Bisher habe ich noch niemanden gesehen, den ich kenne, und das ist auch gut so. Hoffentlich ändert sich das nicht.

Es dauert noch eine kleine Ewigkeit, bis sie endlich in Sicht kommt. Ein Blick auf meine Uhr verrät, dass wir noch eine halbe Stunde bis Filmbeginn haben. Ich war wohl eindeutig viel zu früh hier, hatte sogar Zeit, die Karten schon zu kaufen.

»Milo!«, höre ich sie rufen, als sie sich an einer Gruppe kleiner Mädels vorbeidrängt, die hundert pro in denselben Scheißfilm wollen wie wir. Wobei ich ja nicht *will*, ich *muss*.

Als sie keuchend vor mir steht – sie muss von ihrer Bushaltestelle hierher gerannt sein – und mich strahlend anlächelt, macht mein Herz einen kleinen Hüpfer. Sie sieht atemberaubend aus! Die langen Locken wallen ihr diesmal üppig über die Schultern, sie trägt ein schwarzes Kleidchen, das knapp über den Knien endet und darüber einen offenen, grauen Mantel, der mir einen kurzen Blick auf das für ihre Verhältnisse freizügige Dekolleté gewährt.

In diesem Moment bin ich unglaublich froh, dass ich mir eine engere, dunkle Jeans ohne Löcher angezogen habe, die normalerweise Veranstaltungen wie Beerdigungen oder Hochzeiten vorbehalten ist. Nicht, dass ich jemals in diesen *Genuss* gekommen wäre, im Schrank haben sollte man so etwas trotzdem.

Auch mit dem schmalen grauen *Jack&Jones* T-Shirt werde ich ja wohl nicht so verkehrt liegen.

Sophie strahlt mich in jedem Falle an wie ein Honigkuchenpferd. Ich erwidere ihr Lächeln und gebe ihr schließlich einen zarten Kuss auf die Lippen, den sie ausnahmsweise mal nicht sofort unterbindet. Für einen kurzen Moment pressen sich unsere Münder zusammen, dann zieht sie sich ein wenig zurück und haucht atemlos: »Ich freue mich so! Der Abend wird sicher toll!«

»Ja, bestimmt«, gebe ich ihr Recht und küsse sie noch einmal kurz. »Du siehst wundervoll aus.«

Sie errötet ein wenig und schaut weg, ehe sie leise »Danke« murmelt, das Strahlen weicht nicht aus ihrem Gesicht.

Als sie mich wieder ansieht, bittet sie: »Können wir noch kurz hier draußen bleiben? Mir ist eben im Bus ein bisschen schlecht geworden, die frische Luft tut mir gut. Ich hoffe nur, wir kriegen noch Karten.«

Ich winke geduldig ab, lege locker einen Arm um ihre Hüfte und gestehe grinsend: »Die habe ich schon besorgt. Fehlt nur noch Popcorn und was zum Trinken.«

Wieder schleicht sich dieses herrliche Strahlen in ihre Augen und auf einmal bin ich froh, dass ich seit gefühlten zehn Stunden hier herumstehe und so viel Muße hatte, diese blöden Karten zu kaufen.

Sie drückt ihr Gesicht an meinen Hals und reibt die kleine Nase vorsichtig daran. »Mh, du riechst gut«, wispert sie gegen meine Haut.

Ein Glück hat mein Vater so viel Geschmack, was sein Parfüm angeht …

Ich reibe meine Wange ganz sachte an ihrem Haar und werfe erneut einen forschenden Blick in alle Himmelsrichtungen. Die Gruppe Mädels ist immer noch da, außerdem ein paar ältere Pärchen und Grüppchen, die rauchend herumstehen. Bislang ist niemand hier, den ich kenne. – Oh nein!

Fast kann ich mir einen entsetzten Ausruf nicht verkneifen. Was zum Geier macht der denn hier?! Der verfolgt mich doch!

Nicholas, der Händchen haltend mit Chris – *Was geht denn jetzt ab?!* – die Straße zum Eingang des Kinos entlangschlendert, bemerkt mich gleich. Sein Blick scheint förmlich an mir zu kleben, dennoch lässt er durch nichts erkennen, wie er es findet, mich schon wieder vor der Nase zu haben. Ich bin in jedem Falle nicht sonderlich glücklich, hoffe jedoch, dass er mich weitestgehend ignoriert. Wenn er schließlich ein Date oder was auch immer mit Chris hat … Ich wusste gar nicht, dass der auch auf Männer steht.

Sophie, die ihre Nase immer noch an meinem Hals reibt und ganz zart einige Küsse auf meiner Haut verteilt, bemerkt von all dem gar nichts.

Die beiden kommen immer näher und nun hat auch Chris mich bemerkt. Feindselig wirft er mir einen abschätzenden Blick zu, ehe er gespielt desinteressiert wegsieht. Da scheint er die Rechnung allerdings ohne Nicholas gemacht zu haben, denn dieser grüßt mich »Hey, Kleiner.«

Die Begrüßung würde ich ihm gerne ungespitzt in seinen Arsch rammen, doch bevor ich irgendwas sagen kann, fährt Sophie zusammen. Sie schiebt sich erschrocken von mir und starrt diesen arroganten Schönling an wie eine göttliche Erscheinung. Jetzt geht das wieder los!

Nicholas beachtet sie absolut gar nicht, genauso wenig wie seinen jetzt grimmig dreinblickenden Begleiter, sondern fragt mich schließlich fast freundlich: »Hat Eddy mit dir geredet? Wegen dem Fußballteam?«

»Mh, ja«, gebe ich von mir und versuche, möglichst nett zu klingen. Er reißt sich zusammen, ich reiße mich zusammen … Ich habe Etienne schließlich versprochen, es wenigstens zu versuchen.

Er nickt, dann wirft er einen kurzen Blick zum Eingang und wieder zu mir. »Wir sehen uns am Montag.« Und damit verzieht er sich ins Kino.

Auf seinen Gruß hin erwidere ich nichts mehr, er ist ohnehin schneller weg, als ich schauen kann. Dafür würde ich jedoch am liebsten Sophie anschnauzen, die ihm hinterherschaut, schon wieder mit dieser auffälligen Röte im Gesicht. Als sie nicht einmal bemerkt, dass ich durchaus mitbekomme, wie sie glotzt, reicht es mir.

»Der ist stockschwul«, keife ich und beobachte sie gallig dabei, wie sie mich erschrocken anblinzelt.

»Ich weiß«, murmelt sie. Einen kurzen Augenblick lang schauen wir uns stumm in die Augen, ich vorwurfsvoll, sie reumütig – oder bilde ich mir das ein?

»Und warum starrst du ihn dann immerzu an wie einen Gott?« Um Himmels willen, klinge ich gerade wirklich so verstockt und eifersüchtig, wie sich das in meinen Ohren anhört?

Sophies Gesicht scheint vor Scham zu glühen, während sich ihre leicht geschminkten Augen wütend zu schmalen Schlitzen verziehen. »Das tue ich überhaupt nicht!«, behauptet sie steif, ehe sie mir einen leichten Schlag mit der kleinen Faust versetzt. »Er ist schwul, der ist nichts für mich. Und ich bin mit dir zusammen, also spar dir die Eifersuchtsszene.« Der Abend fängt ja gut an.

Wir begeben uns schließlich schweigend ins Kino. Erst, als wir uns Popcorn und Cola holen, fangen wir wieder ein unverfängliches, unbedeutendes Gespräch an. Bevor wir den Kinosaal betreten – vor dem natürlich unverkennbar ein riesiges Plakat des Films hängen muss, ugh – werfe ich noch einen prüfenden Blick nach links und rechts, aber niemand beachtet uns. Vor allem sehe ich Nicholas nicht. Das ist gut.

Der Kinosaal ist tatsächlich fast ausschließlich mit Mädchen und Frauen jedweder Altersklasse gefüllt. Hier und da sehe ich vereinzelt ein paar sehr verstört und unwillig dreinschauende Kerle, die mit mir unglückliche Blicke austauschen.

Zielsicher und bestimmt zieht mich Sophie mit sich auf unsere Plätze und kurz darauf geht auch schon das Licht aus und der Vorhang auf. *Der Spaß kann beginnen …*

***

Ein zarter Kuss auf meiner Nase, eine leichte Berührung am Arm.

»Milo«, höre ich jemanden energisch flüstern. Erst dann vernehme ich aus dem Hintergrund weitere Geräusche, die gar nichts mit der süßen Stimme zu tun haben, die mich gerade geweckt hat. Ich blinzle und bemerke, dass mein Kopf auf einer schmalen Schulter liegt. Dann erst fällt mir ein, dass ich ja mit Sophie im Kino sitze. Ich schrecke ruckartig hoch, schaue mich verdutzt um. Der Film läuft noch, so viel steht fest. Bin ich tatsächlich einfach so eingeschlafen? Mist, so war das ja nicht geplant! Hoffentlich ist Sophie nicht wütend.

Aus ihren hellen Augen blitzt sie mich vergnügt an, während sie flüstert: »Du hast den Großteil des Films verschlafen, aber das kann ich dir nicht verübeln. Er ist grässlich.«

Wie um sich zu überzeugen, dass keines der verzückten Mädchen um uns herum sie gehört hat, wirft sie einen Blick nach allen Seiten, ehe sie mir zuraunt: »Lass uns bitte gehen, lange ertrage ich den Mist nicht mehr.«

Nur zu gerne. Möglichst leise und ohne Aufsehen zu erregen, packen wir unseren Kram und drängen uns an den Beinen ein paar sehr entsetzter und verärgerter Weiber vorbei. Als wir schließlich aus dem Kinosaal draußen sind, atme ich erst einmal tief durch, während Sophie in lautes Gelächter ausbricht. Sie hält ihre Jacke auf dem Arm, das Kleid ist ein klein wenig verrutscht und ich kann einen Zipfel ihres BHs hervorlugen sehen, während ich sie so gelöst wie niemals zuvor erlebe.

Wer hätte gedacht, dass gerade ich ein Mädchen erwische, das Twilight zum Schießen findet? Fragt sich nur, wieso wir dann unbedingt in diesen bescheuerten Film reingehen mussten.

Kichernd kommt sie auf mich zu und legt schließlich ihre kleinen Hände auf meine Schultern. »Tut mir leid, dass ich dich nicht geweckt habe«, grinst sie und gibt mir einen zärtlichen kleinen Kuss. »Du ärgerst dich jetzt sicherlich, dass du dieses Meisterwerk verschlafen hast!«

Oh ja, und wie. Ich lächle müde und unterdrücke ein Gähnen. »Mir tut nur leid, dass ich Zeit mit dir verpennt habe«, brumme ich leise und ziehe sie wieder an mich. Sie kichert noch einmal, dann verschließe ich ihre Lippen mit einem Kuss, und ohne dass es mir zunächst richtig bewusst wird, erwidert sie den Druck auf ihren Lippen. Ob das wohl die Chance ist …? Die Chance auf meinen ersten Zungenkuss …?

Mit schneller klopfendem Herzen drücke ich noch einmal zart meine Lippen gegen ihre, streife versuchsweise mit der Zunge über ihre Unterlippe. Sie versteift sich für den Bruchteil einer Sekunde, öffnet jedoch ganz langsam den Mund und ich spüre mit stockendem Atem ihre Zunge gegen meine stupsen. In diesen Kuss hinein seufzend will ich ihn vertiefen, doch da löst sie sich wieder von mir. Sie kichert mit geröteten Wangen, als hätte sie zu viel Sekt getrunken und windet sich aus meiner Umarmung.

»Komm!«, sagt sie, während sie sich im Gehen die Jacke anzieht. »Ich brauche dringend frische Luft, ehe meine Mutter mich abholt.«

»Du … Was?«, frage ich verdutzt nach und laufe ihr eiligst hinterher. »Deine Mutter holt dich ab? Gleich?!«

»Ja«, höre ich sie glucksen. Sie dreht sich gnädig nach mir um und ergreift meine Hand, drückt sie fest. »Ich habe ihr eben im Kinosaal eine SMS geschickt, dass sie mich abholen kann.«

Ich kann nicht verhindern, dass mir plötzlich ein wahrscheinlich sehr dümmlicher Ausdruck ins Gesicht geschrieben steht. »Aber … Ich dachte, wir gehen vielleicht noch was essen. Eis oder Pizza oder so. Du wolltest doch auch …«

»Ja«, unterbricht sie mich und wirft mir im Gehen einen entschuldigenden Blick zu. »Ich weiß. Aber ich bin müde, Milo. Vielleicht nächstes Wochenende …«

Nächstes Wochenende … Gut, dann eben nächstes Wochenende. Wieder kein Zockerabend mit Etienne. Wobei, so spät können wir ja noch gar nicht haben. Vielleicht sollte ich einfach bei ihm vorbeischauen. Dann wäre dieser blöde Abend auch gerettet …

Sophie zieht mich entschlossen zur Eingangstür hinaus in die kühle Abendluft, die ich beinahe gierig einsauge. Erst jetzt wird mir bewusst, wie stickig und warm es da drinnen war.

Ich atme ein paarmal tief ein und will mich gerade Sophie zuwenden, da sehe ich Nicholas unweit neben uns – und mit ihm Chris, den er gegen eine der Steinsäulen, die das Vordach des Kinos stützen, presst und … *leidenschaftlich* küsst. Mit einem Mal bleibt mir irgendwas im Halse stecken. Sind es Worte oder mein Atem oder vielleicht angesammelter Sabber vom Schlafen, keine Ahnung. Vor lauter Schreck über die beiden verschlucke ich mich und breche in heilloses Gehuste aus. Sophie, die mit dem Rücken zu mir steht, wirbelt nun hastig herum, starrt mich wie einen seltenen Käfer einen Augenblick lang an, während ich wild nach Luft ringe, röchele und huste. Zaghaft klopft sie mir auf den Rücken. »Milo, alles okay?«, fragt sie etwas besorgt.

»Sicher«, krächze ich, huste noch einige Male und werfe einen raschen Blick Richtung Nicholas, der – oh Schande – aufgehört hat, Chris auszusaugen und mich nun mit düsterem Blick mustert. Zugleich will ich im Boden versinken, es fühlt sich fast so an, als hätte ich ihn gerade mit jemandem im Bett erwischt.

Wie *peinlich* …

Nicholas

Ich spüre Chris' Zunge in meinem Mund, höre ihn stöhnen, als ich meinen Oberschenkel noch ein wenig fester zwischen seine Beine presse. Es wäre ein Leichtes, ihn jetzt zu mir nach Hause mitzunehmen und dann mit ihm zu schlafen. Er ist mir so zu Willen ... Ob er wohl verliebt ist? In mich? Wer weiß.

Seine Hände streichen leidenschaftlich über meinen Rücken, hinab zu meinem Po und umfassen diesen besitzergreifend. Aufkeuchend drückt er mich noch ein wenig fester an sich, während ich ihm, ebenfalls ein klein wenig erregt, in die Unterlippe beiße. Nicht, dass ich eine so offensichtliche Erektion hätte wie er, lange jedoch dauert es nicht mehr bis dahin. Und das sollte ich tunlichst vermeiden, schließlich stehen wir trotz allem immer noch vor dem städtischen Kino.

Während er mich küsst und sich an mich klammert wie ein Ertrinkender, komme ich nicht umhin, mir Gedanken über Chris' Gefühle zu machen. Sicher, er steht auf mich, aber ist er verliebt? Er kennt mich ja schließlich nicht wirklich, wie könnte er also ... Na ja, was weiß ich. Ich war noch nie richtig verliebt. Bisher hatte ich ein paar wenige Beziehungen oder kurze, leidenschaftliche Treffen. Sie waren niemals geprägt von Gefühlen wie Liebe oder Zärtlichkeit. Auch für Chris empfinde ich nichts weiter als körperliches Verlangen und Lust. Wenn er also Gefühle hätte, könnte das hier eventuell noch problematisch werden.

Gerade, als ich Chris sanft von mir schieben will, um ihn zu fragen, ob wir nicht zu ihm oder zu mir gehen wollen – ganz abgedroschen, doch immer wirksam – bricht unweit neben uns jemand in lautes Husten aus. Bestimmt irgendein schwulenfeindlicher Typ, der sich bei unserem Anblick an seiner Cola verschluckt hat.

Eigentlich will ich mich nicht umdrehen, trotzdem tue ich es und stelle verwundert fest, dass es der kleine Lockenkopf ist, der sich da die Seele aus dem Leibe hustet.

Seine Freundin klopft ihm zart mit echter Besorgnis im Gesicht auf den Rücken.

Gerade, als ich seinen Hustenanfall als Zufall abtun und mich wieder Chris zuwenden will, sehe ich, wie Emilios Blick sich hebt und er mir einen Blick zuwirft, der mir durch Mark und Bein geht. Das Gesicht heiß gerötet, die braunen Augen zu enormer Größe geweitet, die Augenbrauen leicht zusammengezogen starrt er mich an. Ekel oder Abscheu im Blick ...? Ich weiß es nicht so recht. Komischerweise tut es irgendwie ein bisschen weh, wie er mich anstarrt und mit diesem Blick festnagelt.

Er ekelt sich vielleicht. Schwulenfeindlich, hat Chris gesagt. Er ist angewidert von mir. Und er sieht mich an, wie man einen unschönen Fleck auf seinem Hemd mustert, oder eine haarige Spinne in der Zimmerecke. Dieser Blick bohrt sich heiß in meine Brust. Als er hastig wegschaut, bleibt mir nichts als tiefer Zorn und ein Gefühl von Schmerz, der mich unschön an meine erste Begegnung mit anderen Homophoben erinnert. Erbärmlich, Nick. Lässt du dich von einem kleinen Hosenscheißer in die Knie zwingen?

Ich weiß nicht, warum es mich plötzlich so mitnimmt. Vor Wut zittern mir sogar die sonst so ruhigen Finger. Ich nehme ein bisschen Abstand von Chris und schaue ihn an. Sein Blick liegt forschend auf mir, jedoch eher glücklich und verklärt als sonst irgendwas.

»Was hast du?«, fragt er langsam, beißt sich kurz auf die Unterlippe und lächelt lustvoll.

Ja, gute Frage. Was habe ich? Ich zwinge mir ebenfalls ein Lächeln ins Gesicht. Das ist eines der Dinge, die ich gut kann. In all den Jahren des Scheins, den ich vor meinem Vater und vor meiner Mutter wahre, habe ich mir diese Maske bis zur Perfektion antrainiert.

»Nichts«, entgegne ich und gebe ihm einen flüchtigen Kuss auf den Mund. »Ich bin nur müde. Komm, ich bring dich zum Bus.« Ihn verführen und zu meinem Vergnügen ausnutzen kann ich genauso gut noch an einem anderen Tag. Irgendwie ist mir die Stimmung heute gründlich vergangen.

Gleich nehme ich den nächsten Bus direkt zu mir nach Hause. Allein mit meinen Gedanken, in denen sich dieser angewiderte Blick des Lockenkopfs so sehr eingebrannt hat.

5

Emilia

»Und? Durftest du *jetzt* schon ran?«, fragt Etienne spöttisch und versucht dabei nicht einmal, das Grinsen aus seinem Gesicht zu halten. Am liebsten würde ich ihm für die spöttische Frage eine reinhauen, doch zum einen habe ich außer ihm keine Freunde und zum anderen sind wir hier in der Schule und das gäbe Ärger vom Feinsten. Ich weiß nicht, ob ich es schaffe, ihm in der Viertelstunde bis Schulbeginn in allem Erstaunen von meinem Erlebnis am Wochenende zu berichten. Einen Versuch ist es jedoch wert. Wenn er mich mal reden lassen würde, versteht sich.

»Halt die Klappe und quatsch nicht dauernd so 'nen Scheiß«, fahre ich ihm also unfreundlich über den Mund und verdrehe die Augen, ehe ich mich hastig in der Pausenhalle umsehe. Obwohl die erste Stunde bald anfängt, sind noch nicht viele da und von denen, die lustlos da herumlungern, kenne ich niemanden und genauso beachtet uns auch keiner. Sehr gut.

»Also nicht«, witzelt Etienne.

Ich würge eine böse Erwiderung mit viel Mühe herunter. Der macht es einem aber auch schwer!

»Sophie ist erst einmal nebensächlich«, zische ich, spüre die Aufregung von Samstag wieder in meinem Magen rumoren und drehe mich Etienne ganz zu, dessen bis eben noch recht gelangweilt dreinblickende Miene nun einen interessierten Ausdruck annimmt.

»Was gibt's denn?«

»Ich habe Nicholas im Kino gesehen«, erkläre ich ihm leise. Ohne es wirklich zu wollen, habe ich wieder das Bild der zwei im Kopf. Nicholas, der Chris ganz unmissverständlich die Zunge in den Mund steckt und sich an ihm reibt ... Langsam kriecht mir die Hitze in meinen Körper, ich kann es nicht verhindern. Mussten die zwei in der Öffentlichkeit so rummachen? Irgendwie ist es mir unangenehm, das gesehen zu haben.

Etienne missversteht mich scheinbar im ersten Moment vollkommen und schlägt sich laut stöhnend die Hand vor die Stirn: »Ihr habt euch wieder gezofft! Mann, Milo, du hast es mir versprochen!«

Ihm gegen den Arm boxend zische ich: »Sei gefälligst leiser! Wir haben uns nicht gezofft. Er war sogar recht neutral und hat mich gefragt, ob du mir schon gesagt hast, dass du aus dem Fußballteam austrittst.«

Wenn er nicht bald leiser ist, kriegt noch jemand mit, über wen wir reden. Und das möchte ich wirklich nicht, es reicht, wenn mich sowieso jeder als schwul betitelt, da muss ich nicht auch noch dabei erwischt werden, wie ich über den bekanntesten Homosexuellen der Schule rede.

Etienne schaut mehr als verwirrt aus der Wäsche. »Warum erzählst du mir denn dann davon?«, fragt er dümmlich. Ich könnte ihm schon wieder eine Kopfnuss geben. Manchmal hat er solche Tage, da provoziert er gewalttätige Übergriffe förmlich.

»Wenn du mich mal ausreden lassen würdest, dann wüsstest du es schon längst!«, fauche ich und mache meinem Ärger Luft, indem ich ihm noch einmal gegen den Arm boxe. Ich muss ehrlich sagen, um meine gute Laune steht es nicht sehr gut, denn ich hatte ein mäßiges restliches Wochenende mit wenig Schlaf und viel Grübeleien. Deshalb meine Gereiztheit.

Etienne, von meiner schlechten Laune nur wenig beeindruckt, hebt die Hände kapitulierend und schweigt nun demonstrativ. Guter Junge.

»Er hatte ein Date«, erläutere ich nun, wieder etwas leiser. Die Halle füllt sich jetzt langsam und einige Klassenkameraden, die uns schiefe Blicke zuwerfen, sind mir schon ins Auge gefallen.

»Und zwar mit Chris, dem er ganz leidenschaftlich die Zunge in den Hals gesteckt hat!«

Meine kleine Information schlägt ein wie eine Bombe. Etiennes Augen weiten sich und ehe ich ihn davon abhalten kann, ruft er laut »*Was?!*« So ziemlich jeder um Umkreis von gut zwanzig Metern starrt uns nun verwirrt und neugierig an. Na ganz toll.

»Pscht!«, zische ich zornig und stöhne auf, als sich unweit hinter uns eine unfreundliche, hohntriefende Stimme erhebt: »Oh, Emilia, hast du Streit mit deinem Herzblatt?«

»Halt die Fresse, Lars«, grolle ich über die Schulter. Der Arsch ist schon seit Jahren in meiner Klasse! Wieso hat eigentlich nicht irgendein Schicksalsschlag dafür gesorgt, dass ich ihn loswerde, statt von Etienne getrennt zu werden?!

Mit seinen hochgegelten, blonden Haaren und den breiten Schultern fühlt er sich scheinbar sehr männlich, dabei besteht der Großteil seiner

Körpermasse aus Fett. Am coolsten jedoch fühlt er sich, wenn er versucht, mich in welcher Art auch immer zu schikanieren.

»Oh, du arme kleine Schwuchtel, was sollst du denn jetzt lutschen, wenn dein Arschficker dich nicht mehr will?«, flötet Lars im Vorbeigehen. Die zwei anderen Kerle, die neben ihm herlaufen – ebenfalls Klassenkameraden meines bemitleidenswerten Ichs – machen widerwärtige, schmatzende Geräusche und lachen sich darüber schlapp. Ich verstehe den Witz dahinter zwar ehrlich gesagt nicht, ärgern tut es mich trotzdem.

Gerade, als ich ihnen gereizt etwas hinterherrufen will, legt Etienne mir beschwichtigend eine Hand auf den Arm. »Ganz ruhig, Milo. Lass die nur reden. Ich wette, sie sind alle drei schwul und besorgen es sich gegenseitig, wollen aber nicht, dass es jemand herausfindet, und hacken nur deswegen auf dir herum.«

Seine Worte beruhigen mich nur wenig und wie immer spüre ich diesen stummen kleinen Stich der Schuld irgendwo tief in mir, wenn Etienne genauso unter irgendwelchen dummen Sprüchen zu leiden hat wie ich. Ich habe es ihm nie gesagt, aber ich bewundere ihn dafür, mit was für einer stoischen Ruhe er das alles erträgt. Da ich eindeutig zu hitzig bin, um mir solche Sticheleien ruhig anzuhören, gibt es des Öfteren Probleme.

»Ich wusste nicht, dass Chris schwul ist …«, höre ich Etienne nachdenklich murmeln. Ein kurzer Blick zu ihm, dann schaue ich mich wieder in der Halle um.

»Eben, ich auch nicht«, stimme ich ihm zu. »Deswegen war ich ziemlich erstaunt. Ich habe mich so erschrocken, dass ich mich verschluckt und einen Hustenanfall bekommen habe. Nicholas hat mich natürlich gehört. Sie standen vor dem Kino, weißt du, und haben da … Na ja, egal, aber sie haben dann aufgehört und er hat mich angesehen, als würde er mir gleich an den Hals gehen.«

»Hoffen wir mal, das gibt heute nicht wieder Streit«, seufzt Etienne und verdreht dabei die Augen. Er hat diese ganzen Streitereien wirklich satt, allerdings muss er sie ja nicht mehr hautnah ertragen. Da soll er sich mal nicht so anstellen.

Wir schweigen kurz, und wie ich so meinen Blick durch die Gegend schweifen lasse, fällt mir Chris ins Auge, der fröhlich durch die Tür hereinspaziert, die Halle durchquert und dann die Treppen zum ersten Stock raufhüpft, als habe er im Lotto gewonnen. Da haben wir wohl jetzt ein neues Traumpärchen an der Schule. Ob sie es öffentlich machen?

»Wie war der Film?«, fragt Etienne schließlich mit gutmütigem Spott in der Stimme und zwickt mir in den Arm. Durch den Pullover, den ich trage, spüre ich es kaum, deshalb ist es okay. Langsam wird es wirklich zu kühl, um dauernd im T-Shirt herumzulaufen.

»Ich weiß es nicht«, gestehe ich schließlich grinsend und schaue ihn nun wieder an. »Ich bin eingepennt. Aber Sophie war nicht wütend, sie fand den Film selbst bescheuert.«

»Was?! Erzähl mir nichts, das glaube ich dir nicht! Eine Tusse, die Twilight nicht mag?«

»Glaub's nur«, grinse ich vergnügt. Der Samstagabend war zwar alles in allem richtig mies. Wenigstens die Erkenntnis, dass sie diesen Rotz gar nicht mag, hat mich doch etwas erheitert.

»Sie sagt, sie mochte das erste Buch und das zweite auch noch. Doch was danach kam, wäre Mist, genauso wie die Filme. Sie war nur neugierig.«

»Davon gibt es Bücher?!«, röhrt Etienne lauthals los, vollkommen außer sich vor Entsetzen. Dann, als ich ihm gerade erklären will, dass die sogar zuerst da waren, verändert sich plötzlich sein entrückter Gesichtsausdruck zu vollkommen übertrieben verzückt, er spitzt die Lippen in einer mehr als nur verwirrenden Geste und quietscht dann schrill: »Die muss ich lesen!« Ah, ja. Hilfe?

»Edward ist soooo toll!«, äfft Etienne mit hoher Stimme und erhebt sich dann schwerfällig von der Bank, auf der wir sitzen, wendet sich mir zu und verdreht ganz entnervt die Augen. »Isa geht mir unglaublich auf den Geist damit! ‚Bist du Team Edward oder Team Jacob?‘ Dieses Ätzkind! Wegen ihr kenne ich diese verfluchten Filme beinahe auswendig!«

Erstaunt erhebe ich mich ebenfalls und zusammen schleichen wir langsam zu dem Gang, in dem sich unsere Klassenzimmer befinden. Isabelle ist Etiennes kleine zwölfjährige Schwester, total nervig und *total* in mich verliebt. Das nervt insofern, dass sie uns am liebsten an der Backe klebt, wenn ich bei ihnen zu Besuch bin und blöde kichert, wenn ich sie auch nur ansatzweise mal angucke. Dass sie Twilight mag, wusste ich gar nicht. Das steigert ihren Nervtöt-Faktor noch um einiges.

»Zu mir sagt sie immer, sie findet Twilight peinlich und blöd«, entgegne ich also verwirrt, jedoch nicht wirklich interessiert. Viel mehr halte ich Ausschau nach Sophie, von der ich bis auf eine kleine SMS gestern nichts mehr gehört habe.

Mein bester Freund schüttelt säuerlichen den Kopf. »Unsinn, das sagt sie doch nur, um dir zu gefallen«, grummelt er düster. Um mir zu gefallen? Nun, der Plan ist wohl nach hinten losgegangen.

»Sie war am Boden zerstört, als ich ihr gesagt habe, du kommst das Wochenende nicht, weil du ein Date mit deiner Freundin hast.«

»Echt mal, wenn *du* mich mal ein bisschen mehr vermisst hättest, wäre mir das lieber gewesen«, brumme ich undeutlich. »Und? Was bist du?«

Etienne braucht ein paar ewige, stumme Momente, bis er sich selbst eingestehen muss, dass er den Sinn hinter meiner Frage nicht kapiert. »Wie, was bin ich?«

»Na ja, Team Edward oder Team Jacob?« Nun muss ich doch grinsen und auch Etienne kann nicht anders und boxt mir boshaft lachend gegen den Arm. »Ich bin Team *Typ-der-Bella-beinahe-überfahren-hat.*«

Lachend schlendern wir den Gang entlang, vorbei an einigen Leuten aus unserer Parallelklasse, in der auch Sophie ist, und bleiben dann vor Etiennes Klassenraum stehen. Seine Mitschüler sind wesentlich erträglicher als meine und mehr als einmal habe ich mir schon gewünscht, in seine Klasse versetzt zu werden. Doch auch nach vielen Gesprächen mit den Lehrern und dem Rektor war da nichts zu machen. Man würde nicht sehen, dass ich sonderlich große Probleme mit meinen Klassenkameraden hätte. Manchmal hasse ich meine Lehrer wirklich.

»Übrigens war am Freitag meine erste Tanzstunde«, höre ich Etienne sagen, er schürzt die Lippen, ehe er mir einen kleinen Seitenblick zuwirft. »War cool.«

Oh, stimmt ja, Etienne und sein Kurs für klassischen Tanz ... Das habe ich ja vollkommen vergessen.

»Hast du überhaupt eine Partnerin?«, frage ich ernsthaft interessiert. Er hat nicht erwähnt, mit wem er den Kurs besucht. Also muss er jetzt mit irgendeiner fremden Tusse tanzen? Oder wie läuft das?

»Ich bin ursprünglich alleine hingegangen, aber ich war nicht der einzige ohne Partner«, erklärt er leichthin und schaut sich um, als suche er jemanden. Ich sehe wahrscheinlich nicht anders aus, Sophie ist allerdings immer noch nicht in Sicht. Na ja, auch egal.

»Saskia ist auch in dem Kurs«, setzt er noch hintendran, dann gehört seine volle Aufmerksamkeit wieder mir. Abwartend, als gäbe es dazu irgendwas Interessantes von meiner Seite aus zu sagen, starrt er mich an.

»Saskia«, sage ich also, überlege kurz. »Wer ist Saskia?«

Seufzend verdreht Etienne die Augen und zieht in einer spöttischen Geste den linken Mundwinkel hoch. »Meine Ex-Freundin?«

Ex-Freundin? Aber doch nicht die Barbie, die hieß doch nicht Sas... *oh.*

»Die Sporttrikot-Tusse?«, frage ich erstaunt. Als er nickt, werfe ich ihm einen forschenden Blick zu. »Du bist doch nicht wegen der in dem Kurs? Oh Mann.«

Als er ein klein wenig errötet und mit einem schmalen Lächeln auf den Lippen die Schultern zuckt, schlage ich mir die Hand vor die Stirn. »Etienne! Das kann doch nicht dein Ernst sein, du hast sie doch damals selbst verlassen!«

»Ich weiß, ich weiß!«, seufzt er leise. Eigentlich sollte es mich nicht wundern, immerhin habe ich ja auch gemerkt, dass er dauernd dieses Trikot trägt, als wäre es sein größter Schatz und das Wichtigste, was er besitzt. Wenn er sie liebt, oder was auch immer er von ihr will, wieso hat er dann damals Schluss gemacht? Verstehe einer diesen Kerl.

Ich lasse die Schultern hängen und blicke den Gang rauf, wo zwar immer noch keine Sophie, dafür aber mein Mathelehrer zu sehen ist. So ein Mist.

»Seid ihr ein Pärchen? Beim Tanzen?«, frage ich noch schnell und mache schon einen Schritt rückwärts in Richtung meines Klassenraumes. Wenn ich auch nur eine Sekunde später da bin als der alte Herr Steinberg, dann gibt es Ärger.

»Sie hat 'nen anderen Kerl«, murmelt er düster, den Blick ebenfalls auf meinen Lehrer gerichtet. »Na ja, tschüss dann«, höre ich ihn noch frustriert sagen, dann verschwindet auch er Richtung Klassenzimmer.

Nicholas

Chris fürs Erste den Tag über aus dem Weg zu gehen, war gar nicht so einfach. Da ohnehin irgendwie immer jeder zu wissen scheint, wo ich mich aufhalte, bin ich den ganzen Tag hin- und hergerannt, ebenfalls in der Hoffnung, dass ich dadurch ein bisschen bessere Laune bekomme und meine Aggressionen abreagieren kann. Hat nicht funktioniert. Nicht im Geringsten.

Seitdem ich Samstagabend dem kleinen Kotzbrocken begegnet bin, spüre ich so ein unbestimmtes Gefühl der Wut im Bauch, das sich merkwürdigerweise immer weiter verstärkt, statt mit der Zeit abzuflauen. Mittlerweile bin ich einfach stinksauer und weiß gar nicht mehr so recht, wieso eigentlich. Wegen dieses angewiderten Blicks? Oder der Tatsache, dass er mir den Fick versaut hat? Vielleicht auch einfach, weil ich denke, er hat was gegen mich, weil ich schwul bin, jedoch irgendwie nicht will, dass er mich so ekelhaft findet – warum auch immer. Vielleicht ist es auch einfach nur, weil ich dauernd daran denken muss, ohne es zu wollen. Der Mist lastet mir schwer auf dem Gemüt.

Mit einem Gesicht wie sieben Tage Regenwetter trotte ich über den nicht einmal ansatzweise verregneten Schulhof zur Sporthalle hinüber. Wenn ich etwas noch weniger leiden kann als den Lockenkopf, dann ist es Fußball nach der achten Stunde. Bewundernswert, dass Eddy einfach so aufgehört hat, als er nicht mehr wollte. Ich will auch nicht mehr – wollte ich jemals? – aber ich kann nicht aufhören. Zum Kotzen ist das.

Wenn mir jetzt jemand krumm kommt, mit dieser scheiß Laune, gibt es Ärger … Vor allen Dingen dieses Ätzkind. Wenn der auch nur einmal den Mund aufmacht, haben wir ein riesengroßes Problem, darauf kann er Gift nehmen.

Mit jedem Schritt, den ich tue und jedem weiteren Gedankengang in diese Richtung werde ich noch wütender und genervter, und als ich schließlich die Halle betrete, ist meine Laune am Tagestiefpunkt angekommen. Die paar Treppen zu den Kabinen hinauf stapfend hoffe ich, dass ich einfach der Erste bin, der da ist, mich alleine umziehen und mir die Wut ein bisschen von der Seele rennen kann. Bevorzugt ohne Zuschauer.

Dieser Wunsch wird mir nicht erfüllt. Als wolle mir das Schicksal, Gott oder ich weiß nicht wer eins reindrücken, ist eine einzige Person in der Kabine, steht gerade da, oben ohne und wühlt in seiner Schultasche herum – *er*.

Als ich eintrete – nicht gerade leise, versteht sich – zuckt er heftig zusammen. Ein schneller Blick in meine Richtung, kurze Verlegenheit und dann wühlt er weiter in den Untiefen seiner Umhängetasche nach einem T-Shirt, oder was auch immer er da sucht.

Allein schon dieses devote Verhalten lässt die Wut wieder heiß in mir aufwallen. Ich presse kurz die Zähne zusammen, knurre ein unfreundliches »Hallo« und trete ein, die Tür hinter mir schließend. Er murmelt nur undeutlich ein leises »Hi« und versucht sein Bestes, mir nicht ins Gesicht zu schauen, geschweige denn mich überhaupt irgendwie anzusehen.

Dass er mich mit Chris gesehen hat, nimmt ihn scheinbar sehr mit. Soll ich ihn jetzt bemitleiden?

Meine Tasche werfe ich unsanft auf die Bank ihm gegenüber, mache mich daran, mir die Schuhe von den Füßen zu rupfen und mir das Hemd aufzuknöpfen, so brutal, dass ich mich wundere, dass die Knöpfe nicht abreißen.

Das Schweigen in der Kabine ist zäh und liegt schwer auf meinem ohnehin schon überreizten Gemüt. Ich kann es schon nicht so recht glauben … Ist er peinlich berührt? Angewidert? Kann er mir jetzt nicht mehr in die Augen sehen? Jeder weiß, dass ich schwul bin, aber niemand hat mich je mit einem Kerl gesehen. Ist es das? Dieser plötzliche Beweis dessen, was irgendwie niemand so recht glauben konnte?

Während er mir beharrlich den schmalen Rücken zudreht und immer noch nervös in seiner Tasche herumwühlt, bin ich ihm zugewandt, werfe mein Hemd achtlos hinter mich und beobachte, wie er zum hundertsten Mal nach etwas sucht, das gar nicht in dieser kleinen Tasche drin sein kann, wenn er es bisher noch nicht gefunden hat. Oder will er sich einfach ablenken? Vielleicht macht ihn der Ekel vor mir oder die Angst, ich könne ihm was wegschauen, ja einfach verrückt und deswegen zittern seine Hände so in fliegender Hast über seinen Krempel.

Als ihm die Tasche schließlich zu Boden fällt und sein Zeug sich über den Boden verteilt, flucht er leise. Er bückt sich und so erhasche ich einen kurzen Blick auf sein Gesicht, das, wenn möglich, einen noch tieferen Rotton angenommen hat. Gegen dieses andauernde Erröten sollte er was machen, ist ja ätzend.

Ich verschränke jetzt die Arme vor der Brust und versuche, einen kühlen Kopf zu bewahren, während er augenscheinlich sehr nervös sein Zeug wieder in die Tasche wirft, mit dieser in der Hand aufsteht und sie wieder fallen lässt. In einer mehr als verzweifelten Geste schnellen seine Hände zu seinen Haaren, er verwuschelt sich die im Licht honigfarben glänzenden Locken ein wenig, und ich kann nicht mehr an mich halten und murre endlich dunkel: »Wenn du ein Problem damit hast, dann sag es mir und zieh nicht so eine scheiß Show ab!«

Er zuckt sichtbar zusammen, hält inne und starrt für einen kurzen Moment stumm auf seinen erneut am Boden liegenden Mist. Kann er nichts dazu sagen? Will er mich jetzt nie wieder ansehen? Das wird sehr schwer werden, wenn er weiterhin im Fußballteam spielen will.

Als nach einigen Momenten immer noch keine Erwiderung folgt, reißt mir schließlich der Geduldsfaden. Ich überwinde den geringen Abstand zwischen uns und packe ihn hart an der nackten Schulter, um ihn zu mir zu drehen.

Er wehrt sich nicht – oder ich bin einfach stärker als er? – und dann starrt er mich aus seinen großen braunen Augen unsicher an, diese *gottverfluchte* scheiß Röte im Gesicht, die mich so unvermeidlich sauer macht, und sagt immer noch kein Wort.

»Was soll die Scheiße?! Kannst du nicht mal deinen verfluchten Mund aufmachen?!«, knurre ich leise, bohre meine Finger in seine schmale, beinahe zu knochige Schulter. Er ist gut einen halben Kopf kleiner als ich, das wird mir jetzt zum ersten Mal so richtig bewusst. Und wenn mich nicht alles täuscht, sind seine Schultern mindestens eine Handbreite schmaler als meine. Hat er Angst, ich haue ihm gleich eine rein? Hat er Angst oder ekelt er sich?

Mit diesem Gedanken überkommt mich ein warmes Gefühl der Genugtuung. Am liebsten *würde* ich ihm eine geben. Für die schlaflosen Scheißnächte am Wochenende, für den versauten Fick, für alle Homophobie der Welt und für all die unsicheren Momente und die Ängste, die ich im Lauf der Jahre durchgestanden habe – schlicht einfach für alles, was in meinem verdammten Leben schief gelaufen ist.

Mit einem mehr als nur hilflosen Ausdruck im Gesicht öffnet er die vollen Lippen, starrt mir unverwandt in die Augen, schließt sie wieder. Unter meiner Hand fühle ich die Hitze seiner Haut, das Zittern in seinem Körper, sehe den sich hastig hebenden Brustkorb.

Ich sollte ihm das verfluchte Piercing herausreißen, ihm den Hals umdrehen … Sein Schweigen macht mich wütender als alles, was er sagen könnte.

»Bist du taub? Ich rede mit dir, verflucht!«, blöke ich ihn an und gebe ihm einen Schubs. Er prallt unsanft gegen die kalte Steinwand hinter ihm und verharrt da, die Augen noch weiter aufgerissen. Kann er sich nicht wehren? Mich nicht anschreien? Verflucht, er soll wenigstens etwas *sagen*!

Erneut öffnet er nur die Lippen, schüttelt beinahe nicht erkennbar den Kopf, schließt den Mund wieder und reißt endlich seinen Blick von mir los. Dass er den Blickkontakt löst, bringt das Fass endgültig zum Überlaufen. Mit einem langen Schritt bin ich bei ihm, presse ihn hart gegen die Wand, das Gesicht ganz nahe an seinem und zische schließlich leise: »Was ist dein scheiß Problem, mh? Ekelst du dich? Denkst du, dass du kleiner Scheißer das Recht dazu hast, mich zu verurteilen?«

Immer noch schweigend versucht er, den Kopf wegzudrehen. Meine Nähe ist ihm mehr als nur unangenehm. Mit einer Hand, die sich unsicher auf meine Brust legt, versucht er mich wegzudrücken und bringt schließlich die ersten paar gekrächzten Worte hervor, seit er diesen Witz einer Begrüßung genuschelt hat: »Krieg dich ein, Mann, was redest du da?«

Ich kann mir ein ungläubiges, freudloses Auflachen nicht verkneifen, packe brutal die Hand, die mich wegzuschieben versucht, und verdrehe sie unsanft. Mit der anderen Hand greife ich nach seinem Gesicht und zwinge ihn mit einer Wut im Bauch, wie ich sie noch nie gespürt habe, mich anzusehen.

»Was ich da rede? Ist das dein Ernst?« Langsam merke ich, wie all der Ärger sich in ein kaltblütiges Gefühl der Ruhe verwandelt.

»Du behandelst mich wie ein Stück Dreck, dabei bist du hier der intolerante Scheißkerl. Fühlst du dich cool, wenn du versuchst, gegen mich anzugehen? Meinst du, du hast eine Chance gegen mich, du Ätzbalg? Wenn du auf die Fresse fliegen willst, dann lässt sich das sicherlich organisieren. Ich helf' dir, du kleiner Scheißer.«

Mit weit geöffneten Augen starrt er mich nun wieder an, versucht, sein Gesicht aus meinem Griff zu winden, um ein wenig Abstand zwischen uns zu bringen. Wieder liegen seine Hände auf meinem Oberkörper, mit denen er jetzt energischer versucht, mich von sich wegzuschieben. Ich halte dagegen und drücke ihn schließlich mit meinem eigenen Körper fest gegen die Wand, spüre die Hitze seiner weichen, nackten Haut auf meiner und komme nicht umhin zu denken, dass es beinahe erregend sein könnte. Allerdings eben nur beinahe, wenn der, den ich da an die Wand presse, nicht *er* wäre.

Er keucht erstickt auf, als ich ihm die Luft aus den Lungen presse, und schnaubt in einem Akt der Verzweiflung wütend: »Spinnst du? Alter, ich hab nichts gegen Schwule!«

Ach, nein? Das ist mir aber neu! Unfroh auflachend drücke ich sein Kinn hoch, funkele ihn boshaft an. »Du hast nichts gegen Schwule, mh? Na, vielleicht bist du ja selbst geil auf Männer und willst es dir nur nicht eingestehen?«

»Red doch keinen Scheiß …«, keucht er atemlos, dann liegt seine Hand auf meinem Arm. Er starrt mich an, in seinen braunen Augen eine Mischung aus Furcht und … ja, was? Verwirrung? Irritation? Er wird wieder ein klein wenig rot, glotzt mich an und wirkt alles in allem mehr fassungslos als wütend. Habe ich ihn etwa durchschaut?

»Oh«, mache ich leise und merke am Rande, dass sich ein mehr als nur dreckiges Grinsen auf meine Lippen schleicht. »Liege ich etwa richtig? Bist du geil auf Männer? Mh, dann wird deine geschockte Miene wohl eher so etwas wie Eifersucht gewesen sein?«

Ich weiß, je mehr ich rede, umso unsinniger wird es, ich weiß es ja … Aber ich kann einfach nicht aufhören. Wenn ich ihn nicht zuquatschen würde, würde ich ihm eventuell die Zähne einschlagen und dann hätte ich ein ernsthaftes Problem.

»Lass mich los, verflucht!«, faucht er jetzt und presst die Augen zusammen, als er mit einigem Kraftaufwand versucht, mich wieder von sich wegzuschieben, doch vergeblich.

»Bist du irre geworden?!«, entfährt es ihm schließlich. »Ich hab nichts gegen Schwule, du bist einfach ein ekelhaftes Arschloch!«

Ich lache leise auf, betrachte ihn überheblich, wie er versucht, sich zu wehren. Fast täte er mir leid. Er hätte sich das früher überlegen sollen, schließlich wusste er doch, mit wem er sich da anlegt.

»Weißt du, was ich denke?«, murmele ich schließlich leise und bedrohlich, nähere mich ihm abschätzend noch ein wenig. »Ich denke, du bist schwul und geil auf mich und nur eifersüchtig auf Chris. Klingt plausibel, nicht wahr?«

Als er jetzt die Augenbrauen zusammenzieht, kann ich einfach nicht anders. Er setzt gerade an, mich höchstwahrscheinlich richtig anzupflaumen, da drücke ich sein Kinn unsanft hoch und presse hart meine Lippen auf seine. Er gibt einen erstickten Laut von sich, öffnet den Mund um irgendwas zu sagen und bietet mir somit unfreiwillig Einlass, den ich umgehend nutze.

Als meine Zunge hart in seinen Mund eindringt, spüre ich selbst ein merkwürdiges Gefühl, ein zartes Kribbeln in Bauch- und Brustbereich und frage mich im selben Moment vollkommen durch den Wind, warum zum Teufel ich ihn küsse.

Er stöhnt unwillig auf, ein kurzer, abgehackter Laut und legt seine Hände auf meine Wangen. Im ersten Moment kommt mir der Gedanke, er zieht mich jetzt näher an sich und will den Kuss vertiefen. Diese Überlegung reißt mir für einen kurzen Moment förmlich den Boden unter den Füßen weg, ein merkwürdiges Gefühl! Doch dann merke ich, dass er versucht, mich von sich wegzudrücken.

Als ich mich zurückziehen will, zerreißt plötzlich ein ganz merkwürdiges Geräusch die Luft um uns. Ein Klicken … Schritte? Und Stille – Totenstille.

Ich gebe nach und ziehe meine Lippen zurück. Emilio dreht schwer keuchend und nach Luft ringend seinen Kopf zur Seite, weg von der Tür. Ich sehe, wie er beinahe würgt, schweißgebadet, und frage mich, ob ich es wirklich wagen soll, zur Tür zu schauen.

Aufseufzend lehne ich für einen winzigen Moment meine Stirn gegen seine weichen Locken, wende mich zur Tür und lasse ihn frei. Im ersten Moment scheint es, als würde er gleich auf der Bank zusammensacken, aber er bleibt da stehen, atmet schwer und rührt sich nicht.

Wer uns da unterbrochen hat, ist – oh, welch ein Wunder des Schicksals – natürlich Chris, wer denn sonst. Hätte ich etwas anderes erwartet, wäre ich wahrscheinlich ein Narr. Natürlich *Chris* …

Dieser starrt uns an, sein Blick gleitet zwischen mir und dem Lockenkopf hin und her. Chris sieht mehr geschockt denn wütend aus. Ehe er etwas sagen kann, regt sich plötzlich der Kleine neben mir, packt in fliegender Hast seinen ganzen Kram und stürmt aus der Kabine, sich an Chris vorbei durch die Tür drängend. Das muss wohl der Schock seines Lebens gewesen sein.

All die Gefühle, die mich eben noch übermannt und dazu gebracht haben, diesen im Nachhinein nicht mehr nachvollziehbaren Zug zu tun, verpuffen und hinterlassen eine merkwürdige Leere in mir. Der Kleine ist weg, doch meine Lippen kribbeln immer noch in stillem Vorwurf.

Chris starrt mich nur weiterhin stumm an, in seinen Augen sehe ich es deutlich arbeiten und langsam wandelt sich der Schock in Wut. Er sagt nichts, stapft schließlich schweigend in die Kabine rein und beginnt sich ebenso ruppig umzuziehen, wie ich zu Beginn. Umziehen, ja … ich sollte mir langsam mal was anziehen.

Emilia

Oh mein … Was … *Oh mein Gott!* Was zum Henker war das? *Was war das?!*

Mit meinen ganzen Sachen in den Armen stolpere ich auf die Tribüne, verziehe mich in einen der hintersten Schlupfwinkel und ziehe mir hastig etwas an. Mein Atem geht flach, das Herz bollert wie verrückt, die Hände zittern und meine Lippen brennen wie Feuer. *Oh mein Gott* … Ein *Kerl* hat mich geküsst. Nein. *Der Kerl* hat mich geküsst! Warum?! Was sollte das? Wollte er sich damit beweisen, dass seine belämmerte Theorie stimmt? Der hat sie doch nicht mehr alle! Küsst mich einfach so und rammt seine Zunge in meinen Mund! Ich komme nicht klar damit, am liebsten würde ich laut losheulen. Was sollte das, was war das?!

Der Typ ist doch irre. Erst schnauzt er mich grundlos an, unterstellt mir vollkommen haltlosen Unsinn und dann macht er so was?!

Während seines Dauermonologes ist irgendwann der ziemlich offensichtliche Groschen bei mir gefallen: *Er weiß es gar nicht.*

Und ich dachte immer, die ganze Schule wüsste von meinen schwulen Vätern … Aber er weiß es gar nicht! Fast ist mir nach Lachen zumute, stattdessen entweicht mir nur ein trockenes Aufschluchzen, das mich selbst total erschreckt. Kraftlos lasse ich mich auf die Sitzbänke fallen, spüre ganz entsetzt meine Augen brennen und versuche, die Tränen zurückzuhalten und meine Atmung wieder halbwegs in den Griff zu kriegen.

Was ist denn nur los? Wie kann ich wegen so einem Schwachsinn nur heulen?

Mit aller Kraft versuche ich, ruhig zu bleiben, presse mir die Handballen auf die Augen und hoffe, dass ich diese Bilder jemals wieder loswerde. Wie er mir immer näher gekommen ist, wie er mein mittlerweile schmerzendes Kinn hochgepresst hat, seine heiß glühende Haut auf meiner … Was war das? Das kann doch nicht sein Ernst gewesen sein!

Gott, wenn nur Etienne nicht gegangen wäre … Wenn nur Etienne jetzt hier wäre! Am liebsten würde ich mich ihm in die Arme werfen und einfach heulen, dabei weiß ich gar nicht so recht, wieso mich das so sehr erschreckt hat. Okay, doch, es war komisch und er war scheußlich und brutal und hat sich benommen wie ein Irrer! Trotzdem sollte ich deswegen nicht so fertig sein.

Für einen kurzen Augenblick spiele ich wirklich mit dem Gedanken, Etienne anzurufen. Dann jedoch verwerfe ich das ganz schnell wieder. Ich habe ihm versprochen, keinen Stress mehr zu machen und er wäre sicherlich enttäuscht. Zumal ich gar nicht weiß, ob ich will, dass jemals irgendwer von dem erfährt, was da eben geschehen ist.

Ich seufze, atme mehrmals tief durch und beruhige mich langsam. Nur meine Lippen brennen noch immer wie Feuer. Dass er seine Zunge einfach in meinen Mund gesteckt hat, das kann doch nicht wahr sein! Zittrig reibe ich mir mit den Händen über die Oberarme, schüttle hart den Kopf und versuche, den Gedanken einfach beiseite zu schieben. Es ist alles okay, nichts passiert. Alles ist gut.

Ich zucke zusammen, als ich Schritte aus der Halle unten höre, sehe, wie Nicholas reinkommt und beginnt, sich warmzulaufen – schneller als nötig. Ihm folgt Dave mit einigem Abstand und langsam kommt der Rest, auch Chris, der mit verbissener Miene dem Beispiel der anderen folgt und sich warmläuft.

Wahrscheinlich sollte ich mein Zeug mal in die Kabine bringen und mitmachen. Hoffentlich sieht man mir nicht sofort an, was eben los war, und hoffentlich erzählt Chris niemandem etwas! Wenn das die Runde machen sollte, habe ich in meiner Klasse nichts mehr zu lachen.

Mit butterweichen Knien erhebe ich mich schließlich, packe meinen Kram und bringe ihn in die mittlerweile leere Umkleidekabine.

Als ich unten ankomme, ist auch der Trainer schon da und mustert mich mit hochgezogener Augenbraue. Der Kerl kann mich wirklich nicht leiden, ich glaube, ich gehe ihm ziemlich auf den Geist. Zu temperamentvoll hat er mich genannt – ich sei ein Hitzkopf und das könne man beim Fußball nicht gebrauchen. Genauso wenig wie fette, unsportliche Trainer, das ist aber meine Meinung.

Ich atme ein paarmal tief durch, schließe mich dem Rest der Mannschaft an, versuche dabei weder Chris noch Nicholas anzuschauen.

Dave, mit dem ich mich ja recht gut verstehe, läuft etwas langsamer, sodass ich ihn einholen kann, und fragt dann beim Laufen: »Hey, wo ist denn Eddy?«

»Der kommt nicht mehr«, murmele ich und wundere mich, dass ich überhaupt ein normales Wort über die Lippen bringe.

»Wie, der kommt nicht mehr?«, fragt er und zieht die Augenbrauen hoch.

»Er hatte keine Lust mehr auf Fußball und macht jetzt einen Tanzkurs«, erläutere ich kurz und bedaure das gerade mehr als irgendwann zuvor. Wenn Etienne hier gewesen wäre, dann wäre es eben nicht so weit gekommen. Dann hätte Nicholas die Griffel von mir gelassen und mein ganzes Weltbild wäre jetzt nicht so schrecklich erschüttert.

»Oh«, macht Dave nur, sagt jedoch nichts weiter.

Nachdem wir uns warmgelaufen haben, machen wir einige Dehnübungen, dann teilt uns der Trainer zu einem kleinen Übungsspiel in zwei Gruppen ein. Das macht er immer zu Beginn, es ist echt nervig, dass wir immerzu dasselbe machen.

Ausnahmsweise jedoch spiele ich nicht wie sonst mit Dave im Rücken, sondern mit Tobias, dem Ersatztorwart. Unter normalen Umständen würde ich mich darüber aufregen, im Moment jedoch erscheint mir alles so seltsam, unwirklich und unwichtig. Also ist es für dieses Mal okay. Tobias ist zwar eine Flasche, aber egal. Es ist nur ein Übungsspiel.

Wir beginnen zu spielen und so langsam wird auch meinen Leuten klar, dass irgendwas mit mir nicht stimmt, denn man kann sich nicht mehr auf mich verlassen. Immer, wenn Nicholas mit ausdrucksloser Miene auf mich zukommt und ich ihm eigentlich den Ball abnehmen oder ihn zumindest davon abhalten sollte, weiterzukommen, versagen mir die Beine und ich kann einfach nur dastehen und wegschauen.

Als er schließlich das dritte Tor schießt, ruft Tobias hinter mir wütend: »Milo, schlaf' nicht ein, mach mal was, verflucht noch mal!«

Am liebsten würde ich ihm eine geben, doch ich belasse es bei einem wütenden Blick, atme tief durch und nehme mir fest vor, Nicholas diesmal nicht durchzulassen. Dieses Mal ist es auch nicht er, der an mir vorbeiwill, sondern Chris, in dessen Augen ein mörderischer Glanz liegt. Macht er mich jetzt etwa dafür verantwortlich, dass Nicholas mich überfallen hat?

Ich beiße die Zähne zusammen, versuche, mir nichts anmerken zu lassen und laufe auf ihn zu, um ihm den Ball auszuspielen. Allerdings lässt Chris den Ball einfach mal Ball sein und rempelt mich stattdessen so hart und so offensichtlich gewollt an, dass ich rücklings zu Boden gehe.

»Kannst du nicht aufpassen?!«, höre ich ihn wütend fauchen, während ich mich langsam aufsetze, mit schmerzendem Rücken und Steißbein.

Ich? Aufpassen?! Geht's noch?!

Tobias hinter mir ruft genervt: »Komm Milo, alles okay? Spielen wir weiter?« Na warte, du kriegst dein Fett auch noch weg, du Blödmann! Und Chris vor mir starrt mich an, als wolle er mir an den Hals gehen.

Als ob ich was dafür könnte, dass sein ach so toller Nicholas mir die Zunge in den Hals gerammt hat! Hallo?! Dann soll er sich mal gefälligst besser darum kümmern, ihn zu beschäftigen, anstatt mich jetzt hier fertigmachen zu wollen!

Mit einem flauen Gefühl im Magen – nicht nur wegen Chris' Verhalten, sondern auch wegen dem ganzen Mist, der passiert ist, seit Nicholas die Kabine betreten hat – rapple ich mich auf und fluche: »Geht's noch? Wer hat hier denn wen angerempelt?!«

Chris, der mordlustig hin und her tigert, faucht unverschämterweise: »Wenn du mal aufgepasst hättest, wäre das nicht passiert!«

Um uns herum wird es langsam still. Das ganze Team scheint uns zu beobachten und ich weiß genau, dass das wieder Ärger mit dem Trainer geben wird. Doch ich kann jetzt einfach nicht zurückstecken. Das war einer zu viel für mein überreiztes Gemüt.

»Ich glaube, du hast ein Rad ab!«, blöke ich entrüstet und registriere nur am Rande, dass Chris ein paar Schritte auf mich zumacht, mir immer näher kommt.

»Das war doch Absicht von dir!«, grolle ich schließlich. Als er so vor mir steht, huscht für den Bruchteil einer Sekunde ein bösartiges Grinsen über sein Gesicht, dann zischt er ganz leise: »Dann solltest du kleine Schlampe mal deine Finger von meinem Kerl lassen.«

Ich kann nicht anders, als laut aufzulachen. Das Ganze ist so absurd, so absolut unglaublich, dass ich einfach nur lachen muss. Ich kleine Schlampe? Was denkt der eigentlich?!

»Hör mal«, lache ich, möglichst leise, denn ich weiß, alle Augen sind auf uns gerichtet. »Wenn du *deinen* Kerl bei dir halten willst, gib dir mal mehr Mühe. Ich will den nicht, ich bin nicht schwul, aber du bist ihm wohl nicht spannend genug …«

»Du mieser kleiner Wichser!«, grollt Chris, ist mit einem Mal direkt vor mir und packt mich unsanft am Kragen. »Machst einen auf homophob und dann wirfst du dich ihm …«

»Halt die Klappe, verflucht!«, stoße ich laut aus und greife mit einer Hand nach seiner, mit der er mich festhält. Was haben die denn alle für ein gottverfluchtes scheiß Problem?! Ich hab doch nichts gegen Schwule, spinnen die ein bisschen?

»Ich kann mir den Scheiß nicht mehr anhören, bist du so dumm oder tust du nu…«

Irgendwo ertönt laut: »Chris, nein!« und dann spüre ich, wie er mir hart eine auf die Nase gibt. Ein dumpfer Schmerz, der sich kurz darauf in ein warmes Gefühl der Taubheit verwandelt und mich erstaunt innehalten lässt. Er gibt kaum einen Laut von sich, als er sich auf mich stürzen will, nur der irre Blick brennt sich auf meiner Netzhaut ein. Ich mache mich schon auf den nächsten Schlag gefasst und will ebenfalls ausholen, da schlingt sich von hinten ein paar kräftiger Arme fest um mich und zieht mich mit einem Ruck außer Schlagweite. Ebenso geschieht es mit Chris. Hinter ihm sehe ich Dave – der um einiges größer und kräftiger ist – wie er ihn packt und festhält, beschwichtigend auf ihn einredet: »Hey, beruhige dich, Mann! Das können wir alles auch ohne Fäuste regeln.«

Die Arme, die mich umfassen wie einen Schraubstock, kann ich nicht so recht zuordnen. Ich denke, es müsste Tobias sein, bis ich plötzlich um die Hüfte gepackt und zur betreffenden Person umgedreht werde – Nicholas.

»Hey«, macht er leise und mit großen Augen, aus denen deutlich das schlechte Gewissen spricht. Mit einer Hand umfasst er sanft meine Wange, mit der anderen fischt er aus der Tasche seiner Sporthose ein unbenutztes Taschentuch heraus und tupft es mir vorsichtig unter die Nase.

Mehr als überrumpelt beobachte ich seine so plötzlich zärtlich-besorgte Miene und frage mich im ersten Moment, wieso zum Henker er mir ein Taschentuch unter die Nase hält, bis mir bewusst wird, dass die Wärme, die ich auf meiner Haut spüre, nass und klebrig ist. Blut.

Ich bin zu geschockt, als dass ich mich sofort wehren könnte. Er sieht ein wenig zerknirscht aus, die blaugrünen Augen auf meine Nase gerichtet. »Sorry«, sagt er leise und lässt seine Hand von meiner Wange runter auf meine Schulter gleiten. »Das wollte ich wirklich nicht.«

Im ersten Moment überkommt mich der Impuls, ihn anzuschreien und ihm eine reinzuhauen – wenn ich schon einmal dabei bin, kann ich ja eigentlich auch direkt weitermachen – aber da ertönt unweit neben uns die laute, sehr verärgerte Stimme des Trainers.

»Mir reicht es jetzt!«, donnert er los. »Milo, zum Direktor! Ich hab die

Schnauze voll von deinen Ausbrüchen! Das wird Konsequenzen haben, darauf kannst du dich verlassen!«

***

Was habe ich eigentlich verbrochen, dass in der letzten Zeit alles so entsetzlich schief gehen muss? Erst dieser bescheuerte Traum, der Streit mit Etienne und mit Sophie, das verpatzte Date und dann auch noch *Nicholas!* Mir bleibt nichts anderes übrig, als die Zähne zusammenzubeißen und das Beste zu hoffen: Nämlich dass ich das alles einfach vergesse und alles bald wieder gut wird.

Dass ich jetzt hier vor der Eingangstür der Schule stehe und auf meinen Vater warte, bereitet mir allerdings nicht so viel Kopfzerbrechen und Angst, wie der Trainer wohl gehofft hatte.

Unfairerweise wurde mein Vater als einziger benachrichtigt und gebeten, sich zu einem Gespräch mit Rektor und Trainer in der Schule einzufinden. Eigentlich wollte der Trainer Chris nicht einmal bestrafen. Ich habe allerdings erfolgreich protestiert und auch einige Teammitglieder konnten bestätigen, dass Chris den ersten Schlag getan hat.

Dad wird nicht wütend sein, da bin ich mir sicher. Er ist zu ruhig und zu besonnen, und wenn ich ihm erkläre, wieso und weshalb das alles passiert ist, hat das zumindest für mich persönlich keinerlei Konsequenzen, auch wenn so manch einer sicherlich hofft, dass ich so richtig Ärger bekomme.

Mit einem Kühlpack, das ich mir vorsichtig auf die schmerzende Nase halte – nicht gebrochen, so der Schulsanitäter – warte ich im frischen Wind des Nachmittags auf Dad und weiß, drinnen sitzt Nicholas und wartet darauf, dass ich wieder reinkomme.

Offenbar hat er ein schlechtes Gewissen und ist ziemlich wütend über Chris' Verhalten. Das wird mir wahrscheinlich zugutekommen, eventuell wird er – um sich besser zu fühlen – auf meiner Seite stehen. Eigentlich ist mir das schnurz. Ich habe einfach keine Lust mehr und will nur noch heim und mich in mein Bett werfen. Oder zu Etienne und mich in sein Bett werfen und ihm die Ohren vollheulen. Ich kann einfach nicht fassen, dass durch so blöde Missverständnisse alles so eskaliert ist. Dass die beiden wirklich keine Ahnung über meine Familie haben, obwohl die Leute in meiner Stufe nichts Besseres zu tun haben, als mir das tagein tagaus unter die Nase zu reiben. Eigentlich habe ich gedacht, es müsste jeder wissen. Tja, falsch gedacht.

Der Schulhof ist wie ausgestorben, deshalb bemerke ich recht schnell den alten Mercedes, der auf den Schulparkplatz fährt, er sieht aus wie Phils.

Ich bin verwirrt, denn eigentlich kann es doch gar nicht Phil sein. Okay, er hat noch Urlaub, aber Dad ist doch auch daheim, wieso sollte er mir das antun und ausgerechnet Phil hierher schicken, um mich zu blamieren? Der würde doch alles nur noch zehnmal schlimmer machen.

Ich will mir gerade einreden, dass Dad einfach nur mit Phils Auto gefahren ist, da sehe ich, wie mein schlimmster Alptraum aus dem Auto aussteigt und die Türe mit der gewohnten Kraft zuwirft. Ich kann es nicht glauben ... das kann doch nicht ... Und ich dachte, der Tag kann nicht schlimmer werden.

»Hey!«, ruft mein Ziehvater, schließt sein Auto ab und kommt auf mich zu. Ich für meinen Teil stehe da wie versteinert, mit verzweifelter Miene und würde am liebsten sterben.

»Na, du kleiner Rebell?«, höre ich ihn lachen, als er mir immer näher kommt. »Du prügelst dich also. Hat dein Opfer wenigstens geblutet?«

Das kann gar kein gutes Ende nehmen!

6

#Nicholas

Ich sitze in der Pausenhalle und kann nicht anders, als mich einen Narren zu schelten. Was habe ich mir nur dabei gedacht? In erster Linie sollte man doch nie vergessen, dass alles immer genau so kommt, wie man es nicht gebrauchen kann. Ich hätte wissen müssen, dass Chris hereingeplatzt kommt und trotzdem habe ich in diesem Moment einfach irgendwie gar nichts gedacht. Weder an die Konsequenzen, noch daran, dass man das, was ich da mit dem Kleinen gemacht habe, schon fast getrost als sexuelle Belästigung abstempeln kann. Ich muss dringend mit ihm reden ... Wenn er es denn zulässt.

Mit mir hier warten wollte er nicht, sondern ist nur wortlos an mir vorbeigerauscht. Durch die gläserne Eingangstür sehe ich ihn da mit grimmiger Miene stehen, immer wieder einen suchenden Blick um sich werfend.

Wer hätte gedacht, dass Chris so ausrastet? Ist er also doch verliebt, wie ich es mir bereits gedacht habe? Wäre das alles heute nicht so eskaliert, vielleicht hätte ich es mal mit ihm versucht. Aber so? Niemals, das kann ich nicht gebrauchen. Ich habe genug Stress, da brauche ich nicht noch eine eifersüchtige Furie zum Freund.

Himmel, mit Chris sollte ich eventuell auch noch einmal reden. Wann habe ich das letzte Mal etwas so phänomenal verbockt? Ich habe wirklich ein schlechtes Gewissen, ich kann es selbst kaum glauben. Fast ist mir, als könne ich noch immer Emilios Lippen auf meinen spüren, wie sich sein Piercing in meine Lippe gebohrt hat und seine heiße Zunge an meiner. Das Gefühl brennt sich vorwurfsvoll in meine Gedanken ein. Ich muss mit ihm reden und mich wenigstens entschuldigen.

Etwas verwundert beobachte ich, wie Emilio, der eben noch unruhig hin- und hergelaufen ist, nunmehr wie versteinert innehält. In dem riesigen Pullover, den er trägt, sieht er mehr denn je jünger aus als sechzehn und so schrecklich schmal, dass ich mich unweigerlich frage, ob das was Genetisches ist oder er einfach nicht genügend isst. Oder es liegt am Wachstum? Kann mir eigentlich egal sein. Ist er überhaupt schon sechzehn? Ich weiß so wenig von ihm, doch wie soll ich das ändern? Und wieso sollte ich das? Um Himmels willen, warum interessiert mich überhaupt, wie alt er ist?!

Ich stöhne entnervt auf, fahre mir mit den Händen einmal komplett durch die sonst so perfekt sitzende Frisur und es ist mir schnurzpiepegal, ob ich jetzt vollkommen verwuschelt aussehe.

Ich werde wahnsinnig, das muss es sein. Der Stress Zuhause wird daran schuld sein, ganz bestimmt. Ich werde diese Sache geradebiegen und dann schaue ich ihn nie wieder an. Ich werde nicht mehr mit ihm reden, ich werde nie wieder etwas von dem kommentieren, was er tut, ich werde nicht die Schulakten durchwühlen, um mehr über ihn zu erfahren.

Wie kann ich so etwas überhaupt denken?! Das ist krank! Stalking!

Gerade, als ich noch mal aus tiefstem Herzen ein leidiges, vollkommen wahnsinniges Stöhnen hervorbringen will, wird die Schultür knarrend ge-öffnet. Ein frischer Windhauch streift meinen Nacken, dann höre ich den Kleinen leise zischeln: »Halt dich bitte zurück, okay? Ich will nicht von der Schule fliegen, nur weil du dich wieder nicht zurückhalten kannst!«

Ich richte meinen Blick auf ihn und den Mann, der sein Vater sein müsste, es im Grunde genommen jedoch niemals im Leben sein kann. Der hünenhafte Kerl mit den breiten Schultern, dem kurzgeschorenen blonden Haar und den tätowierten Armen kann doch unmöglich der Vater dieses süßen kleinen Kerlchens da sein! Ich merke kaum, wie mir vor Entsetzen der Mund offen steht, bis mir Emilio einen winzigen, wehleidigen Blick zu-wirft, als sein Vater ein herrlich dunkles, rauchiges Lachen ausstößt und mit einer vor Männlichkeit nur so strotzenden Stimme erklärt: »Zurückhaltung ist mein zweiter Vorname.«

Emilio sieht nicht so aus, als wolle er ihm das glauben. Die beiden kommen immer näher und laufen gleich an mir vorbei, da streift mich der Blick seines Vaters und hält mich für eine ewig lange Sekunde gefangen. Die dunklen Augen – einen Tick härter und dunkler als die des Lockenkopfes – mustern mich seltsam desinteressiert, wie man wohl einen langweiligen Passanten auf der Straße im Vorbeigehen ansieht. Ich meine fast, etwas wie Mordlust in seinem Blick zu entdecken, obwohl er grinst. Wenn das sein Vater ist, dann bete ich zu Gott und allen anderen überirdischen Wesen, dass Emilio ihm niemals erzählt, was ich mit ihm gemacht habe. Dieser Kerl da sieht nicht gerade aus wie jemand, der Homosexualität toleriert, geschweige denn wie jemand, der zulässt, dass ein anderer seinem Sohn Leid zufügt.

Mal angenommen, der Kleine wäre schwul, dann könnte ich durchaus verstehen, dass er versucht, es zu verbergen. Und selbst wenn nicht, scheint es doch tatsächlich von Vorteil, er täte wenigstens so, als sei er homophob. Sobald er beim Rektor fertig ist, werde ich ihn abfangen.

Ich beiße mir kurz auf die Unterlippe, erwidere diesen harten Blick mit stoischer Ruhe und stehe auf, um mich ihnen anzuschließen – oder wenigstens zu folgen – als sein Vater eine Augenbraue hebt, den Blick abwendet und mit einer fast beiläufigen Handbewegung in meine Richtung meint: »Ist der schwul?«

»Phil, verflucht, halt die Klappe!«, faucht Emilio, wirft mir noch einen ganz kurzen, entschuldigenden Blick zu, dem eine zarte Röte auf Wangen und Nasenspitze folgt, und stapft mit seinem nicht gerade auf den Mund gefallenen Vater an mir vorbei.

Ich weiß nicht so recht, ob ich mich aufs Füßchen getreten fühlen soll oder nicht, schlucke meinen Ärger schließlich runter und folge ihnen mit gebührendem Abstand.

Also bitte … Woran macht dieser impertinente Kerl das eigentlich fest? Ich fasse es nicht. Wenn der immer so ist, kann der Kleine einem echt leidtun.

Den Weg hinauf zum Büro des Schulrektors beschwört Emilio seinen Vater, den er immerzu mit *Phil* anspricht, nichts Unüberlegtes zu tun oder zu sagen, niemandem den Hals umzudrehen und ihn bitte nicht zu blamieren. Phil winkt nur lässig ab und tut, als könne er kein Wässerchen trüben. Wer soll ihm das denn bitte abkaufen?

Dass Emilio ihn stetig bei seinem Vornamen anspricht, verwundert mich ein wenig. Ist er vielleicht nur sein Stiefvater? Langsam aber sicher kann ich mich nicht gegen den Wunsch wehren, mal einen Blick in die Schulakten zu werfen. Ich werd' irre.

Die Tür zum Büro steht offen, so hört man den Trainer schon von Weitem zetern. Ich glaube, diesmal steht es wirklich schlecht für den Lockenkopf. Der Trainer konnte ihn, aus welchem Grund auch immer, noch nie wirklich leiden. Vielleicht fliegt er ja aus dem Fußballteam. Und alles wäre dann meine Schuld.

»Ah, Herr Schneider, guten Tag«, grüßt Rektor Schardt, ein älterer, großer und eigentlich sehr freundlicher Kerl mit schneeweißem Haar Emilios Vater zuerst. Er steht auf, schüttelt dem Hünen die große, schwielige Hand. Phil seinerseits zieht nur eine Augenbraue hoch, Emilio seufzt kopfschüttelnd.

»Äh, ja … Guten Tag«, erwidert sein Vater, oder Stiefvater oder was auch immer er nun ist, mit einem Hauch Verwirrung in der Stimme.

Herr Schardt weist ihm einen Stuhl vor seinem Schreibtisch zu, Emilio setzt sich kurzerhand auf den daneben. Mir nickt der Schulleiter lächelnd zu, ich schätze also mal, dass er nichts dagegen hat, wenn ich anwesend bin. Chris, der ein wenig abseits der anderen beiden ebenfalls auf einem Stuhl vor dem Pult sitzt und dem Trainer, der neben dem Rektor steht, schenke ich nicht einen Blick, als ich auf einem Sessel an der Wand Platz nehme.

»Ich habe Ihnen ja am Telefon schon kurz berichtet, was passiert ist«, beginnt der Rektor mit einem Ausdruck von Bedauern im Gesicht. »Trainer Müller bat mich um ein Gespräch mit Ihnen, anscheinend gab es wohl schon einige temperamentvolle Ausbrüche Ihres Sohnes im Fußballtraining.«

Während der Rektor spricht, beobachte ich Emilio und muss erstaunt feststellen, dass ich die säuerlich-traurige Miene, die er drauf hat, ziemlich hinreißend finde. Er sagt nichts, obgleich ich mit anderem gerechnet hätte. Der Trainer hingegen kann sich nicht so einfach zurückhalten und reißt jetzt ungebeten das Wort an sich.

»Das Benehmen Ihres Sohnes ist unter aller Sau«, beschwert der Trainer sich mit zorngerötetem Gesicht und ich finde, seine Wortwahl ist ebenfalls *unter aller Sau*. Phil auf seinem Stuhl trägt ein eisern freundliches Lächeln im Gesicht, aber dieses mordlüsterne Glitzern in seinen dunklen Augen ist wieder da. Jeder bemerkt es, nur der Trainer nicht, sonst würde der sicherlich kein Wort mehr hervorbringen.

»Dauernd plage ich mich mit seinen Wutausbrüchen herum und es reicht jetzt. Das muss Konsequenzen haben!«

Phil nickt sachte, lächelt gefährlich. »Ah, soso … Konsequenzen … Was ist denn überhaupt genau passiert?«

Bei dem Gesichtsausdruck, den er drauf hat, wird mir ganz anders und ich bin unglaublich froh, dass er nicht mir gilt. Emilio scheint etwas Ähnliches zu denken, allerdings wird er ein wenig blass, presst für einen kurzen Augenblick die Augen zusammen und scheint zu beten, dass Phil den Trainer nicht gleich ermordet. Zutrauen würde ich es ihm ja.

Herr Schardt unterbindet einen erneuten Ausbruch des Trainers mit einer kleinen Handbewegung und nickt dann Chris zu, der bisher unzufrieden und gleichermaßen eingeschnappt auf seinem Platz gesessen und geschwiegen hat. Nun rappelt er sich etwas auf, wirft mir einen kurzen Blick zu und beginnt zögerlich: »Er hat was gegen mich. Und heute war es schlimmer als sonst. Er hat mich angerempelt und mich beleidigt und wollte mir eine reinhauen, also habe ich ebenfalls ausgeholt und dann zuerst zugeschlagen. Nick und Dave sind dazwischen gegangen.«

Ich glaube, ich muss vor Empörung lauthals loslachen, als ich das höre. Fassungslos starre ich Chris an und kann nicht glauben, wie ein Mensch nur so schamlos dasitzen und Lügen erzählen kann. Jeder aus dem Team kann bezeugen, dass Chris Emilio angerempelt und ihm freudig einen Schlag versetzt hat, nicht andersherum. Ich glaube, ich bin im falschen Film.

Der Kleine kann kaum an sich halten, schluckt jedoch alle Worte herunter und schüttelt den Kopf, lacht ein leises, freudloses Lachen, das außer dem Trainer kaum jemand richtig beachtet.

Dieser legt jetzt noch gereizter los als zuvor: »Da gibt es überhaupt nichts zu lachen, verflucht! Dein Verhalten geht mir gewaltig auf die Nerven, war ja nicht das erste Mal, dass du so austickst! Mit Nick gerätst du doch auch dauernd aneinander, dabei ist er sogar noch so nett und hat sich um deine blutende Nase gekümmert! Du unverschämter kleiner ...«

»Das ist doch Schwachsinn!«, ruft jemand in den Raum und im nächsten Moment ist es totenstill. Mit einem Ausdruck von Erstaunen wenden sich mir plötzlich alle Gesichter zu. Am verwirrtesten jedoch schaue ich drein, denn erst jetzt wird mir bewusst, dass ich es war, der das gerufen hat. Mit einem Satz stehe ich auf und bewege mich auf den Schreibtisch zu, eine schwere, bohrende Wut im Bauch wegen dieser absurden Ungerechtigkeit, die hier gerade vonstattengeht.

»Das ist totaler Schwachsinn«, sage ich noch mal und schaue dem Rektor eindringlich in die freundlichen Augen. Ich kenne den alten Herrn schon ein Weilchen und habe nicht wenig mit ihm zu tun, deshalb weiß ich, er wird auf mich hören. Unsicher ist allerdings, ob der Trainer sich umstimmen lässt.

»Chris hat Emilio zu Boden gestoßen, das kann jeder aus dem Team bezeugen«, erkläre ich vorsichtig und werfe Chris, der mich nun fassungslos und mit leicht geöffnetem Mund anstarrt, einen kurzen Seitenblick zu.

»Und Chris hat auch zuerst zugeschlagen. Emilio schien keinerlei Absichten zu haben, etwas Gleichwertiges zuerst zu tun. Und schließlich *hat* er ja auch nicht zugeschlagen.«

»Mhm ...«, macht Rektor Schardt leise und wirft Emilio einen sanften Blick zu, der, seit er den Raum betreten, nicht ein Wort hervorgebracht hat und nun ein wenig verwirrt, hilflos und erstaunt zugleich aus der Wäsche schaut.

»Möchtest du nicht auch etwas dazu sagen, mein Junge?«

»Äh ... Na ja«, setzt Emilio unsicher an und wirft mir einen kurzen Blick zu, woraufhin sich wieder eine zarte Röte auf seine blassen Wangen schleicht.

Phil beobachtet das Ganze wie auch zuvor schweigend. Als Emilio mir diesen kurzen Blick zuwirft, verschwindet das eiskalte Lächeln, sein Blick bleibt an mir kleben und ich weiß gar nicht, was ich davon halten soll. Er sieht aus, als hätte ihm Emilios kurzer Seitenblick genügt, um zu wissen, was wirklich passiert ist. Nun kann ich wiederum nicht verhindern, dass ich unter diesem wissenden Blick ein wenig erröte – und zum ersten Mal habe ich Verständnis dafür, dass der Lockenkopf seine Blutzirkulation nicht in den Griff bekommt.

»Nicholas hat ja eigentlich schon alles gesagt, denke ich …« Ein kurzer Blick zu dem vollkommen ungläubigen und wie erstarrten Chris, der mich immer noch einfach nur anstarrt, dann wirft er dem Rektor wieder einen unsicheren Blick zu.

»Na ja, ich hab nichts gegen Chris … Okay, jetzt schon … Wir haben … äh, uns gestritten …« Wieder ein kurzer Blick zu mir, dann zum Boden, wieder zum Rektor. »Na ja, egal, aber er hat mich zu Boden geworfen, als wir am Spielen waren und zugeschlagen. Ich hab ihn ja nicht einmal wirklich zu fassen gekriegt.«

»Für mich hat das aber anders ausgesehen!«, knurrt der Trainer jetzt dazwischen, aber da scheint Leben in Emilios Vater zu kommen, der nun seinen Röntgenblick von mir nimmt, sich mit geschmeidiger Leichtigkeit erhebt und mal eben so fast einen Kopf größer ist als unser pummeliger Trainer.

»Also gut«, setzt er an. Seine Stimme ist ruhig und gelassen, dieses eiskalte Lächeln ist auf seine Lippen zurückgekehrt und zum ersten Mal seit Beginn des Gesprächs bemerkt Trainer Müller, dass er sich mit dem Falschen angelegt hat.

»Milo sagt, er hat nicht angefangen. Der Schönling da«, ein kurzes Nicken in meine Richtung, »stimmt ihm zu. Der kleine Scheißer dort«, er deutet auf Chris, welcher jetzt empört den Mund öffnet, jedoch nicht dazu kommt, etwas zu sagen, denn Phil fährt gelassen fort: »… und Sie Waschlappen behaupten was anderes. Tut mir leid, aber ich kann einfach nicht glauben, dass mein Sohn so etwas macht. Er kann ja nicht einmal Spinnen töten. Dass er ein Hitzkopf ist, weiß ich, aber handgreiflich ist er noch nie geworden. Und jetzt kommen zwei Vollidioten und wollen mir weismachen, ich kenne den Jungen nicht, den ich großgezogen habe? Sorry, aber dazu fällt mir nicht viel mehr ein als das: Leckt mich. Scheißdreck lernen, den man im Leben nicht braucht und Fußball spielen kann er auch woanders, wenn Sie drauf bestehen.«

Ich bin von dieser Rede ziemlich beeindruckt, Emilio hingegen hängt jedoch aschfahl und verzweifelt dreinschauend auf seinem Stuhl wie ein Schluck Wasser in der Kurve. Ihm ist es offensichtlich nicht gleich, ob er von der Schule fliegt, seinem Vater hingegen schon.

Ich bin nicht der Einzige, der so beeindruckt ist, auch der Rektor nickt erstaunt und sieht über die Beleidigungen, die Phil abgelassen hat, vollkommen hinweg.

»Nein, darauf besteht natürlich niemand. Emilio bleibt hier, insofern er das möchte. Allerdings kann ich in die Angelegenheiten der Schulmannschaft nicht eingreifen. Ob er weiterspielt, ist nicht meine Entscheidung.«

»Aber *meine!*«, keift Trainer Müller nun los, schlägt mit der Faust auf den Schreibtisch des Rektors, das feiste Gesicht zorngerötet. »Ich will ihn in der Mannschaft nicht mehr sehen!« Den wütenden Blick richtet er nun auf Milo, er kreischt weiter: »Verschwinde bloß! Dich kann ich da eh nicht gebrauchen!«

Emilio sieht aus, als würde er selbst gleich losschreien, aber er presst die vollen Lippen zusammen und verengt die Augen zu Schlitzen. Nichts ist mehr zu erkennen von dem eingeschüchterten kleinen Kerlchen, das eben noch so halb im Stuhl hing. Er erhebt sich schweigend. Phil seinerseits nickt dem Rektor mit einem ehrlichen Lächeln zu, schüttelt seine Hand: »Danke für das *nette* Gespräch. Wir machen uns dann auf den Heimweg.«

Herr Schardt lächelt und nickt, wünscht Phil noch einen Guten Tag und verschließt Augen und Ohren für das, was jetzt folgt.

Phil wendet sich mit einem vollkommen abwertenden Blick an Chris, lächelt mitleidig und entgegnet: »Hör mal zu, du kleiner Scheißer. Ich empfehle dir, deine Finger von meinem Sohn zu lassen, sonst hast du bald mehr Probleme, als dir lieb ist.«

Sein Blick schweift zum Trainer, der erzürnt und gleichermaßen erstaunt ist über die Dreistigkeit, die Emilios Vater an den Tag legt. Er will gerade wieder losschreien, da fährt Phil ihm über den Mund: »Und dir würde ich zu 'ner Diät raten, du lächerlicher kleiner Fettsack. 'Nen schönen Tag noch.«

Damit legt er seinem Sohn herrisch einen Arm um die Schultern und schiebt ihn mit sich zur Tür hinaus. Angesichts dieser letzten Beleidigung kann ich mir ein lautes Losprusten nicht verkneifen, und ehe ich hier in haltloses Gelächter ausbreche, haste ich den beiden hinterher aus dem Büro, wo der Trainer jetzt wieder losschreit, an den Rektor gewandt. Wenn der so weiter macht, ist er seinen Job auch bald los.

Emilio und sein Vater legen ein ganz schönes Tempo an den Tag, dementsprechend beeile ich mich, ihnen durch die leere Pausenhalle zu folgen und höre noch, wie Phil sagt: »Du *hättest* ihm eine reinhauen sollen, wirklich.«

»Emilio!«, rufe ich. Wenn ich jetzt nicht dazu komme, mit ihm zu reden, dann eventuell gar nicht mehr, denn im Fußballtraining werden wir uns wohl jetzt nicht mehr begegnen. Ich werde trotzdem noch mal mit dem Trainer reden, denn ich bin schließlich für das verantwortlich, was heute passiert ist.

Er und sein Vater drehen sich gleichermaßen erstaunt um und bleiben stehen. Als ich bei ihnen bin, nicke ich seinem Vater knapp zu, wende mich an den kleinen Lockenkopf und frage leise: »Kann ich kurz mit dir reden?«

Er beißt sich auf die Unterlippe, schielt zu Phil und nickt dann sachte. »Klar.«

Sein Vater versteht den kleinen Seitenblick, klopft ihm auf die Schulter und meint: »Ich warte im Auto«, wofür ich unendlich dankbar bin. Im Entschuldigen bin ich leider nicht so gut, denn ich tue es relativ selten. Also warte ich, bis Phil weg ist, und mache es dann kurz: »Es tut mir leid. Ich weiß nicht, was in mich gefahren ist, vorhin in der Umkleidekabine …«

»Ist schon gut«, unterbricht er mich. »Vergessen wir das einfach.« Er erwidert meinen Blick ein wenig unsicher und ich muss ganz verwirrt feststellen, dass ich den Blick nicht von seinen großen braunen Augen losreißen kann.

Wir starren uns für einige Sekunden einfach nur an und ich bin ganz verwirrt angesichts dieser Sprachlosigkeit, die mich erfasst hat, ehe ich mich räuspere und ein wenig rau meine: »Ja, das … das sollten wir. Auch, wenn es nicht verzeihbar ist. Ich wollte dir nicht … nicht … na ja … *wehtun* oder so …«

Emilio wird ein wenig rot und ich bin total fasziniert, als ich ein paar kleine Sommersprossen auf seiner süßen Stupsnase bemerke. Er schaut jetzt weg, mustert wohl die Wand und murmelt befangen: »Hat ja nicht wehgetan …«

Das könnte so viel heißen und doch nichts. Ist er nun schwul? Ist er es nicht? Hat er den Kuss etwa *genossen?*

»Hör mal«, setzt er noch mal an, versenkt die Hände in seinen Hosentaschen und wirft einen Blick auf seine Füße, ehe er mir wieder in die Augen schaut, jetzt mit einer Festigkeit im Blick, die mich erstaunt.

»Ich habe nichts gegen Schwule, okay? Du kannst so viele Männer lieben, wie du willst, ich bin wirklich der Letzte, der was dagegen hat. Ich hoffe, du verstehst das endlich. Ich habe Etienne versprochen, dass wir nicht mehr streiten. Ich bin zwar nicht mehr im Fußballteam, aber ich hoffe, wir lassen das trotzdem. Ich hab nichts gegen dich, weil du schwul bist.«

Aber wegen meiner Arroganz? Meines eitlen Wesens? Meiner scheuß-
lichen Art?

Er macht einen kleinen Schritt rückwärts und lächelt schief. »Und danke,
dass du die Wahrheit gesagt hast. War cool von dir.«

Damit dreht er sich um und lässt mich alleine mit meinen verwirrenden
Gedanken stehen. Ich komme nicht umhin, mich angesichts seiner Freundlichkeit über mein ätzendes Verhalten zu ärgern. Warum dachte ich, er hat
was gegen mich, weil ich schwul bin? Anscheinend findet er es ja wirklich
nicht schlimm, ich glaube ihm. Hat Chris mich etwa belogen, um einen Streit
anzuzetteln? Aber wenn ja, wieso? Und wieso will mir nicht gelingen, seine
weichen Lippen auf meinen zu vergessen?

Emilia

»Ernsthaft? Ach du heilige Scheiße!«, lacht Etienne sensationslüstern. Er
sitzt am Kopfende seines großen Bettes, den Rücken gegen ein Kissen gelehnt, während ich quer drüber liege und an die Decke starre. Nach dem,
was heute alles passiert ist, konnte ich nicht anders, als Etienne aufzusuchen.
Ich muss dringend mit jemandem darüber reden.

»Und Chris hat einfach behauptet, du hättest angefangen? So ein verlogenes Arschloch!«

»Ja«, brumme ich leise. Zu meiner Schande muss ich allerdings gestehen,
dass ich es nicht über mich gebracht habe, ihm von dem Kuss zu erzählen.
Ich habe ihm lediglich erzählt, dass Chris in die Kabine geplatzt ist, als
Nick gerade nah bei mir stand, und das missverstanden hat. Keine Ahnung,
wieso ich es geheim halte. Ich kann es einfach nicht aussprechen. Sobald
ich daran denke, wird mir heiß und kalt und ich muss wieder an den Traum
denken, den ich hatte. Den, in dem Etienne mich geküsst hat … und aus
welchem ich mit der Latte meines Lebens erwacht bin. Ich stehe doch nicht
auf Männer, oder? Ich hatte, seit ich wusste, dass nicht alle Menschen so
sind wie meine Eltern, immerzu Angst, dass ich auch so werde. Vielleicht
liegt es daran, dass ich jetzt so leicht zu verunsichern und zu verängstigen
bin? Habe ich den Kuss genossen? Nein, eigentlich nicht. Er war brutal
und komisch und Nicholas mag ich doch überhaupt nicht. Trotzdem muss
ich irgendwie lächeln, wenn ich daran denke, dass mein Erzfeind für mich
eingestanden hat, aus welchen Gründen auch immer.

Ohne es recht zu bemerken, lege ich mir die Hand über den Mund, berühre dann mit dem Zeigefinger meine Lippen und weiß einfach nicht, was ich denken soll. Wieso hat er mich geküsst? Wieso ist mir, als könnte ich es noch immer spüren? Ein merkwürdiges, kribbeliges Gefühl, das mir nicht ganz behagt, durchfährt meinen Körper, als ich erneut daran denke.

Ich sollte mich wirklich nicht so leicht aus der Bahn werfen lassen.

»Milo, was machst du da?«, dringt Etiennes Stimme schließlich zu mir hindurch und lässt mich ein wenig zusammenzucken. Hastig lasse ich die Hand sinken und drehe ihm mein Gesicht zu.

»Ich denke nach«, erkläre ich zögerlich, seufze und erzähle ihm dann schließlich, wie Phil sich während des Gesprächs aufgeführt hat. Am Ende kann er nicht mehr anders, als sich lachend hin und her zu kugeln.

»Oh mein Gott«, kichert er und boxt mir vergnügt gegen das Bein. »Ich verstehe wirklich nicht, wie du manchmal schlecht von Phil reden kannst. Ich würde alles für einen solchen Vater geben, *alles.*«

»Mh«, mache ich grinsend. »Ein Glück ist der olle Schardt irgendwas zwischen hundert und scheintot und hegt irgendwie Sympathien für mich. Er ist so verwirrt, der Gute, er hat Phil sogar *Herr Schneider* genannt, dabei kennt er meinen Dad doch zur Genüge. Irre.«

Immer noch lachend kullert sich Etienne schließlich neben mich, wendet mir sein Gesicht zu. Er scheint ziemlich gut gelaunt zu sein.

»Was hätte ich dafür gegeben, deren Gesichter zu sehen … Na ja, immerhin weißt du jetzt, dass Nick doch kein so übler Kerl ist.«

»Mhm«, mache ich nichtssagend. Na prima … Ich kann so schon nicht aufhören, an ihn zu denken und dann muss Etienne auch noch von ihm reden, Arschkopf.

»Aber, na ja«, winke ich ab. »Kein Fußball ist auch nicht so übel. Ich suche mir jetzt einen Gitarrenlehrer oder so, einfache Sache. Damit hab ich dann auch genug zu tun.«

»Gute Idee«, stimmt mein bester Freund grinsend zu. »Mal was Neues für uns beide, das tut doch auch ganz gut.«

Wo er Recht hat … Nur warum werde ich den Anblick von Nicholas' Gesicht nicht los, wie er mich mit seinem Blick festgenagelt hat?

Das … Das ist wirklich nichts *Neues*, was ich anstrebe … Oh nein.

7

Nicholas

Die Sache gestern hat mir einfach keine Ruhe gelassen.

Wegen mir ist Emilio aus dem Team rausgeflogen. Das heißt folglich, ich muss mir auch die beste Mühe geben, das entweder rückgängig oder wiedergutzumachen, deshalb war ich vorige Pause beim Trainer. Ihn zu beschwatzen war nicht leicht, doch ich habe seine Einwilligung, auch wenn ich ihm die mit ziemlich miesen Mitteln abringen musste.

Ich habe viel nachgedacht, und obwohl ich das Gefühl hatte, ich sei nie im Leben verwirrter gewesen, war ich doch auch gleichzeitig nie so klar im Kopf. Wieso nicht auch mit dem Fußball aufhören? Eddy hat es vorgemacht und sich ein neues Hobby gesucht. Ich könnte ein neues Instrument lernen … Oder mich einfach mehr um meine Mutter kümmern und weniger Stress haben, wenn dieses ätzende Training und die Spiele am Wochenende wegfallen.

Diesen Entschluss habe ich mir zunutze gemacht und dem Trainer mit liebenswürdigem Lächeln im Gesicht gedroht, das Team zu verlassen, sollte er nicht willig sein, den kleinen Lockenkopf wieder aufzunehmen – und das ist auch der einzige Grund, wieso er nachgegeben hat.

Nachdenklich und mit vergleichsweise gemäßigtem Tempo bewege ich mich durch die Pausenhalle in Richtung der Räumlichkeiten der zehnten Klassen, weiß allerdings nicht, ob ich ihn da finde. Vielleicht ist er heute ja auch gar nicht da. Oder vielleicht wechselt er die Schule? Er wollte nicht, aber was, wenn er es sich anders überlegt hat? Ohne es richtig zu merken, beschleunige ich meine Schritte und ignoriere die verwirrten Blicke der anderen Schüler, als ich einen Blick in den ersten Klassenraum werfe, 10c. Kein Lockenkopf, und so gehe ich weiter. Die Leute schauen mächtig blöd aus der Wäsche, irgendwo im Halbdunkel des Ganges höre ich, wie jemand ganz erstaunt meinen Namen flüstert und andere zu tuscheln beginnen.

Auch im Klassenraum der 10b finde ich nur dämlich dreinschauende Schüler und keinen davon habe ich in meinem Leben zuvor schon einmal wahrgenommen. Vielleicht hätte ich doch mal wenigstens nachschauen können, in welche Klasse er genau geht … Wenn er in der 10a nicht ist, dann muss ich wohl oder übel nachfragen.

Aber hier habe ich Glück. An der Fensterfront am anderen Ende der Klasse sitzt er rittlings auf einem Stuhl. Er hat ein paar große, giftgrün-schwarze Kopfhörer auf den Ohren, und starrt aus dem Fenster, das Kinn auf die Rückenlehne des Stuhles vor sich gelehnt.

Mich juckt nicht, ob die Leute nicht wollen, dass ich ihren Klassenraum betrete, ich tue es einfach. Auch hier wird es plötzlich immer ruhiger. Ein blonder, ziemlich feister Riese unweit neben mir grunzt missfällig: »Was will der denn hier?«, woraufhin jemand »Pscht, Lars!« zischelt. Lächerlich.

Emilio bemerkt jedoch von all dem nichts. Offensichtlich hört er ziemlich laut irgendeine krachende Musik, die dröhnt, dass seine Kopfhörer vibrieren.

Im Gehen nehme ich mir einen herumstehenden Stuhl, platziere diesen neben ihm und setze mich ebenso rittlings darauf, woraufhin er nun endlich meine Anwesenheit bemerkt und die Kopfhörer abzieht.

Die großen braunen Augen verwirrt auf mich gerichtet, eine Augenbraue in die Höhe gezogen mustert er mich, nickt mir zur Begrüßung sachte zu und fragt dann beinahe misstrauisch: »Was machst du denn hier?«

Gut, ich habe ihm wenig Grund gegeben, mich mit offenen Armen zu empfangen. Kein Grund, das als Beleidigung aufzufassen. Mit hochgezogenen Augenbrauen verschränke ich meine Arme auf der Rückenlehne des Stuhls und versuche mich an einem leisen Lächeln. »Ich wollte mit dir reden«, entgegne ich gedämpft. Emilio zieht die Stirn kraus, wirft einen kurzen Blick hinter sich in den Raum, wo so ziemlich niemand etwas Besseres zu tun zu haben scheint, als uns zu beobachten und leise zu tuscheln oder zu lachen. Was ist denn das hier für eine Klasse? Der Kleine scheint ja nicht gerade sonderlich beliebt zu sein, so wie es ausschaut.

»Wegen dem Fußballteam«, ergänze ich und kann nicht verhindern, dass ich immer leiser werde. Himmel, ich kann es nicht leiden, wenn die Leute lauschen. Haben die nichts Besseres zu tun?

»Mh«, macht Emilio, schaut immer noch warnend in die Klasse, dann wendet er sich mir zu und presst kurz die Lippen aufeinander. »Das hat sich ja erledigt«, meint er und zuckt die Schultern. »Ist auch nicht so schlimm, wirklich.«

»Wenn du es dir anders überlegst … Der Trainer hat eingelenkt, ich hab mit ihm geredet. Er würde dich wieder aufnehmen.«

Für einen kurzen Moment sieht er mir schweigend in die Augen, mustert mein Gesicht, ehe er aus dem Fenster blickt. Seine hirnverbrannten

Klassenkameraden beginnen langsam, wieder in normaler Lautstärke zu sprechen. Fußball scheint wohl doch nicht so interessant für sie zu sein, weiß der Himmel, was sie sich erhofft hatten.

»Wie viel hast du ihm geboten?«, höre ich Emilio plötzlich belustigt fragen, was mich verwirrt die Stirn runzeln lässt.

»Ihm geboten?«

»Ja. Wie viel Geld du ihm geboten hast, dass er mich wieder aufnehmen würde? Der Fettsack hasst mich, warum sollte er einfach so einlenken?«

Ich kann nicht verhindern, dass mir ein unsicheres Lachen entfährt. Nun, so ganz unrecht hat er ja nicht, nur wie sollte ich das eingestehen, ohne seinen Stolz zu verletzen? Ich muss jedoch gar nichts sagen, mein Lachen scheint für ihn aussagekräftig genug zu sein, denn nun grinst er breit, wobei sich ein kleines Grübchen in seiner linken Wange bildet. Himmel, sieht das anbetungswürdig aus.

»Ich will's wohl gar nicht wissen, mh? Ist mir auch egal, behalte dein Geld, ich will nicht mehr ins Fußballteam. Hab was Besseres gefunden«, erläutert er mit diesem spitzbübischen Lächeln.

»Eine andere Mannschaft?« Irgendwie kann ich nicht verhindern, dass eine gewisse Neugier in mir aufsteigt. Wenn er nicht mehr ins Fußball- team eintreten will, dann sehen wir uns aller Wahrscheinlichkeit nach nur noch sehr selten. Irgendwo tief in mir versetzt mir dieser Gedanke einen kleinen Stich und ich komme nicht umhin, mich zu fragen, ob ich das schlimm finde oder nicht. Immerhin mögen wir uns ja eigentlich nicht, er ist eine Nervensäge und kindisch. Allerdings hat sich nach der Sache gestern irgendwas geändert. Fühle ich mich schuldig, weil ich ihn so bedrängt habe? Weil er wegen mir solchen Ärger bekommen hat und aus dem Team geflogen ist? Wahrscheinlich. Ich bin nicht der Typ, der anderen gern was schuldig bleibt, irgendwie würde ich es gern wiedergutmachen.

»Quatsch«, winkt Emilio ab und reißt mich somit aus meinen Gedanken. »Ich hab erst einmal die Schnauze voll von Fußball. Ich suche mir jetzt vielleicht einen Gitarrenlehrer. Ich kann schon ein bisschen spielen, aber das, was ich kann, hab ich mir selbst beigebracht, also na ja …«

»Gitarre!«, entgegne ich erstaunt. »Du spielst Gitarre? E oder Akustik?« Das ist ja interessant. Ich hätte nicht gedacht, dass der Kleine musisch interessiert ist.

Zwar spiele ich am liebsten Klavier, Gitarre beherrsche ich neben ein paar anderen Instrumenten jedoch auch.

Ohne es zu wollen, drängt sich mir ein Bild auf: Er in meinem Zimmer, in den Händen eine Akustikgitarre und ich hinter ihm, wie ich ihm die Griffe erkläre, seine Finger richtig positioniere ... Himmel, was denke ich hier gerade?!

Während Emilio mir ein bisschen hilflos erklärt, dass er sich erst mal an der Akustikgitarre versuchen will und eigentlich keine Ahnung hat, welchen Unterschied es zwischen E- und Akustikgitarre gibt, kann ich nicht verhindern, dass mich diese Vorstellung irgendwie reizt. Obwohl ich ihn ja im Prinzip nicht anrühren darf oder kann oder sollte, denn er ist ... Nun ja, zum einen ist er sehr jung und wahrscheinlich auch nicht schwul. Und zum anderen sind wir ja auch nicht die dicksten Freunde. Würde es mir Spaß machen, ihm dabei zu helfen, ohne irgendwelche Hintergedanken zu haben?

»Hast du schon jemanden im Auge, der dir Spielen beibringen könnte?«, frage ich ein bisschen abwesend nach. Meine Gedanken rasen, meine Finger kribbeln aufgeregt. Soll ich ihn fragen oder nicht? Würde ich es bereuen? Einmal zugesagt kann ich schlecht wieder absagen, wenn ich keine Lust mehr habe. Soll ich oder soll ich nicht ...

»Nein, ich weiß nicht einmal, wie ich es anstellen soll, jemanden zu suchen«, gesteht Emilio bedröppelt und zuckt die Schultern, sein Blick gleitet zum Fenster, dann wieder zu mir. Er mustert mich, sieht plötzlich ein bisschen verwirrt aus.

»Was ist?«

»Ach ...«, mache ich, beiße mir auf die Lippen und kann es mir dann schließlich nicht mehr verkneifen. »Ich spiele Gitarre.« Und raus ist es. So, jetzt komm ich da nicht mehr raus.

»Wenn du möchtest, könnte ich dir helfen«, biete ich an und weiß nicht einmal, wieso ich das tue. »Ich spiele zwar lieber Klavier und habe meine Gitarre schon länger nicht mehr angerührt, aber eine Auffrischung würde mir bestimmt guttun.«

Was tue ich hier? Oh Gott, ich bin ja noch nicht einmal aus dem Fußballteam ausgetreten und habe so schon keine Zeit, wie soll ich da ...

Bevor ich zu Ende denken kann, liegt mir plötzlich Emilios warme Hand auf der Stirn. Ich bin so verwirrt, dass ich nicht anders kann, als ein wenig zurückzuzucken und ihn mit großen Augen anzustarren, wie er mich seinerseits anstarrt, als hätte ich ihm plötzlich gestanden, ich wäre ein Mädchen.

»Bist du krank?«, fragt er irritiert und drückt nun den Handrücken gegen meine Wange. Die Berührung bringt mich so sehr aus dem Konzept, dass ich es nicht einmal fertigbringe, seine Hand wegzuschieben. Erst, als er sie selbst fortzieht, bringe ich ein Räuspern zustande und schüttle sachte den Kopf. »Äh … Warum sollte ich krank sein?« Geistreich, Nick, wirklich geistreich.

Nun kann sich der Lockenkopf ein kleines Grinsen wohl nicht verkneifen, während er mich fragt, als wäre ich auf den Kopf gefallen: »Hast du vergessen, dass wir uns nicht leiden können?«

Unsanft winke ich ab, schüttle den Kopf und meine dann etwas ruppig: »Wir müssen uns ja nicht unnötig weiter streiten. Und irgendwie hat sich doch was geändert, oder nicht? Ist ja auch egal. Ich gebe dir meine Nummer, du kannst es dir ja überlegen.«

Nun ist es an Emilio, ein bisschen verwirrt auszusehen und dann schleicht sich auch zum ersten Mal heute wieder diese süße Röte auf seine Wangen. Er zuckt die Schultern, reicht mir sein Handy und wir tauschen wortlos Nummern aus. Ich kann nicht verhindern, dass sich mir ein kleines, glückliches Lächeln auf die Lippen schleicht, als ich aufstehe und ihm zum Abschied kurz die Hand auf die Schulter lege. »Überleg's dir«, meine ich, nun wieder so selbstbewusst wie eh und je. Vielleicht habe ich dieses kleine Erröten ja gebraucht, um wieder zu spüren, dass ich ihm überlegen bin. Ach, das ist krank, wirklich. Trotzdem bin ich glücklich.

»Wir sehen uns.« Damit mache ich mich auf den Weg. Hinter mir höre ich ihn noch »Mh, ja« murmeln, und dann bin ich raus aus dem Klassenraum. Jetzt muss ich dem Trainer nur noch irgendwie beibringen, dass ich auch nicht mehr zum Training kommen werde. Die Mannschaft wird den Bach runtergehen …

Ich bin fast so weit, wieder alles um mich herum zu ignorieren und zurück zu meinem Klassenraum zu schlendern, als ich plötzlich höre, wie jemand meinen Namen sagt und dann »Milo« flüstert. Verwirrt schaue ich mich in dem halbdunklen Gang um, doch bis auf den Rücken eines unbekannten Mädchens um die Ecke kann ich niemanden sehen.

»Bist du dir sicher, dass das gut geht, Sophie?«

Das Mädel scheint wohl mit irgendwem hinter der Ecke zu reden und eigentlich sollte es mir egal sein, aber ich bin mir sicher, dass sie mit »Milo« nur den kleinen Lockenkopf meinen kann. Wie viele *Nicholas* gibt es auf der Schule? Reden die über mich?

Neugierig mache ich ein paar leise Schritte in deren Richtung, drücke mich nebenbei an die Wand und lausche mit zunehmender Verwirrung.

»Lass das mal meine Sorge sein, Mel. Milo betet mich an, das geht schon gut. Und was Nicholas angeht …«, hier wird das Mädchen, das ich nicht sehen kann, ein wenig leiser, sodass ich Probleme habe, sie zu verstehen. »Wer weiß … vielleicht nicht … Hat niemand bisher … anderem Kerl gesehen.«

Soweit ich das beurteilen kann, redet sie wirklich über mich. Ist das etwa Emilios Freundin, diese kleine Blondgelockte, die mit ihm im Kino war? Wenn dem so ist, scheint sie es ganz offensichtlich nicht ernst mit ihm zu meinen, wobei ich nicht ganz verstehe, welche Rolle ich bei dem Ganzen spiele.

»Aber selbst wenn er nicht schwul ist …«

»Pscht!«, zischelt die andere dazwischen, diese Mel winkt ungeduldig ab. »Ja, ja. Selbst, wenn Nicholas nicht schwul ist, warum sollte er ausgerechnet dich wollen? Weißt du, wie viele andere Mädchen sich ein Bein ausreißen würden, um mit ihm zusammen zu sein?« An der Stelle lacht die Andere ungläubig auf und ich bin fast gewillt, es ihr gleichzutun, kann mich jedoch gerade so zurückhalten. Was stimmt denn mit denen nicht? Irre Weiber!

»Weil ich ihn liebe, weil ich gut aussehe, ich schaffe das schon!«, faucht Emilios Freundin unfreundlich. »Wenn ich erst einmal den Dreh raushabe, wie man Männer verführt – und Milo wird da sicher ein williges Opfer sein – dann kriege ich ihn schon. Nur, weil du so fett …«

Ungläubig und verwirrt mache ich ein paar hastige Schritte zurück, um die nächste Ecke, denn in die beiden Weiber scheint Bewegung zu kommen – kein Wunder, es hat gerade zur nächsten Stunde geklingelt. Ich verstecke mich, bis ich sicher bin, dass sie mit Gekeife und Gezeter in ihrem Klassenraum verschwunden sind. Was zum Teufel war das denn?

Emilio

Die Tage bis Freitag überstehe ich mit knapper Not ohne eine Prügelei. Seit Nicholas, dieser Hornochse, in meiner Klasse aufgetaucht ist, muss ich mir die blödesten Sprüche anhören! Als hätte der übliche Mist nicht genügt, nein, so facht der Vollidiot mit seinem nett gemeinten Angebot die Gerüchteküche noch weiter an, ohne es auch nur zu bemerken. Und das Schlimmste ist, ich kann ihm nicht einmal wirklich böse sein, weil er so verflucht *nett* war!

Das Gerede geht nicht nur mir auf die Nerven, jetzt haben Lars und seine Affen es auch noch geschafft, damit Sophie so sehr auf den Geist zu gehen, dass die mich am Wochenende nicht sehen will. Kann es noch schlimmer kommen?

Ja! Denn Etienne ist mit seinem scheiß Tanzkurs beschäftigt, hat keine Zeit für mich und Phil hat immer noch Urlaub. Ich dreh durch ...

Der Himmel ist trüb, als ich so durch die Straßen schlendere und mich frage, was ich dieses verfluchte Wochenende bloß tun soll, um mich von dem ganzen Mist abzulenken. Um ehrlich zu sein, habe ich wenig Lust, nach Hause zu gehen, wo Phil wartet. Der scheint zurzeit einen sechsten Sinn für alles zu haben, was ihn nichts angeht. Seit er in der Schule das Gespräch mit dem Rektor geführt hat und dabei Nicholas begegnet ist, scheint er irgendwas zu ahnen. Wenn der wüsste, was in der Umkleide vorgefallen ist, würde er ihn umbringen. Nein, schlimmer wahrscheinlich noch, ihm jeden Finger einzeln abhacken und dann mit seinen Sexualorganen weitermachen und ...

Angewidert schüttle ich den Kopf. Was denke ich denn da?! Ich brauche wirklich eine Auszeit von dem ganzen Mist. Die letzten Tage haben mich echt mitgenommen, und seitdem dieser Vollidiot von einem Schulsprecher mich in der Umkleide ... *geküsst* hat, machen mir die ganzen Beleidigungen in der Schule noch mehr aus als vorher. Am liebsten würde ich mit Etienne darüber reden, aber irgendwie kann ich es nicht und es scheint so, als hätte er zurzeit mit seiner Tusse genug an der Backe, da muss ich ihn nicht auch noch zusätzlich voll heulen.

Ohne es bewusst zu tun, schlage ich einen Weg ein, den ich schon sehr lange nicht mehr gegangen bin, und stehe plötzlich vor einem Haus, in dem ich so ziemlich meine halbe Kindheit verbracht habe. Nachdenklich starre ich die hellblaue, wettergebleichte Fassade des Hauses an und frage mich, ob ich es wohl über mich bringen würde, Tante Michelle von allem zu erzählen. Wenn man mal davon absieht, dass ich ein ganz untreuer Halunke bin und mich seit ... Oh je, seit bestimmt einigen Wochen oder Monaten nicht mehr bei ihr gemeldet habe, wäre das die naheliegendste Alternative. Michelle ist die einzige Person auf dieser Welt, der ich blind alles anvertrauen würde, weil ich weiß, dass sie es niemals Phil oder Dad oder sonst wem erzählen würde. Sie ist bestimmt wütend, weil ich mich so lang nicht gemeldet habe, und dann will ich zu ihr gehen und ihr mein Herz ausschütten? Ich sollte besser Heim gehen und mich unter meine Decke verkriechen ...

Gerade, als ich umdrehen will, wird die Haustür aufgestoßen und ich höre Michelles vertraute Stimme »Milo!« rufen.

Ich ringe mir ein kleines, entschuldigendes Grinsen ab und winke, mache ein paar Schritte Richtung Hauseingang. »Hey, Michelle ... Was machst du denn hier, lang nicht gesehen!« Ja, haha. Sie wohnt ja nur hier, du Vollidiot!

Meine Lieblingstante schüttelt mit einem weichen Lachen die schulterlangen, blonden Locken und strahlt mich durch ihr zartes Brillengestell aus den blauen Augen ganz freudig an. »Red keinen Unsinn, komm schon rein, ich hab dich vom Fenster aus gesehen! Es ist eiskalt und du läufst mit einem T-Shirt herum!«

Schulterzuckend und dümmlich grinsend gehorche ich ihr und schlurfe die Einfahrt entlang zur Haustür, folge Michelle in den wohlig-warmen Flur und atme erst einmal tief durch, als sie die Tür hinter uns schließt.

»Wir haben uns lang nicht mehr gesehen, komm her, lass dich drücken!« Ich erfülle ihre Bitte glücklich und lasse mich von ihr umarmen. Sie ist zwar inzwischen ein bisschen kleiner als ich, trotzdem verfehlt die Umarmung nicht ihren mütterlichen Touch. Mir ist, als würden langsam alle Sorgen von mir abfallen, wo ich nun hier stehe, in diesem Flur, in dem ich als Fünfjähriger schon mit einem Fußball Vasen zerschossen habe.

»Tut mir leid«, murmle ich zerknirscht, »Ich hab mich echt lang nicht mehr gemeldet.« Meine Schultasche lasse ich einfach auf den Boden fallen, während ich sie mit großen Augen entschuldigend anblinzle. Michelle winkt nur ab, hakt sich bei mir unter und zieht mich mit sich in die heimelige Küche. »Das ist vollkommen in Ordnung, ich hätte mich ja auch melden können«, meint sie lächelnd. Seufzend sinke ich auf einen der Stühle an dem kleinen massiven Holztisch und lasse mir von Michelle einen heißen Kakao mit Sahne machen. Wie sehr ich dieses Haus liebe! Bevor Michelle und Jay ihre Tochter bekommen haben, haben Oma und Opa noch hier gewohnt. Die beiden sind vor ein paar Jahren ausgezogen und haben das recht große Haus schließlich ihrer Tochter vermacht. Trotzdem hat es nichts von seinem ältlichen und gemütlichen Charme eingebüßt. Immer wenn ich hier bin und diesen vertrauten Geruch von Holz und Gebäck rieche, der hier schon in der Luft lag, als ich ein kleiner Hosenscheißer war, fühle ich mich geborgen und zuhause. Einfach wundervoll.

Michelle ist das genaue Gegenteil ihres forschen und ungehobelten Bruders Phil. Sie stellt zwei Tassen heißen, dampfenden Kakao auf den Tisch und setzt sich zu mir, mustert mich warm.

»Meine Güte, du bist so erwachsen geworden«, seufzt sie schließlich und wuschelt mir zart durch die Locken. »Da merke ich erst, wie alt ich bin!«

»Ach was«, sage ich grinsend und umschließe die warme Tasse mit kalten Fingern. »Du bist immer noch so jung und frisch wie damals, als es noch mein größter Traum war, dich mal zu heiraten, mit fünf oder sechs.«

»Danke, du kleiner Casanova!«, lacht Michelle und grinst mich an. »Wie geht's dir? Und den anderen beiden Chaoten bei dir daheim?«

»Denen geht es prima. Phil hat Urlaub und nervt jeden«, erläutere ich augenrollend.

»Vor allem dich, mh?«

»Genau!«

Meine Güte, wie hab ich sie vermisst! Als sie mich so mütterlich ansieht, würde ich am liebsten losheulen und mich in ihre Arme werfen wie früher, wenn Phil gemein zu mir war oder ich Probleme mit anderen Kindern hatte. Für einen kurzen Moment mustert sie mich schweigend, stellt ihre Tasse ab und meint verschwörerisch: »Jay ist noch arbeiten, der kommt in frühestens zwei Stunden nach Hause. Kiki übernachtet bei einer Freundin, also haben wir den Nachmittag für uns. Wenn du Hunger hast, dann koche ich uns gleich was und du kannst mir in Ruhe erzählen, was dich bedrückt, ja?«

Ich schaue sie kurz an, muss schließlich lachen und schüttle den Kopf. »Du kennst mich besser als ich selbst«, grinse ich. Wenn Jay – ihr Ehemann und Phils allerbester Freund seit Jugendtagen – erst in zwei Stunden kommt, habe ich ja eindeutig genug Zeit, mir alles von der Seele zu reden. Jay ist eine Labertante und würde Phil gleich alles brühwarm erzählen.

»Natürlich«, meint Michelle, zuckt die Schultern, lächelt. »Ich war dein Mama-Ersatz, wäre peinlich, wenn ich dich nicht kennen würde, oder?«

Da hat sie Recht.

»Also? Schieß los, ich sehe doch, dass etwas nicht stimmt. Währenddessen mache ich etwas zu essen.«

»Nein, ist schon gut, ich hab keinen Hunger«, unterbreche ich sie schnell. »Ich würde dir viel lieber die Ohren voll heulen.«

»Nur zu.«

»Danke …« Seufzend fahre ich mir mit den Händen durch die zerzausten Locken und überlege. Wo soll ich anfangen? Ich habe sie seit einer Ewigkeit nicht mehr gesehen, von Nicholas müsste ich ihr jedoch eigentlich bereits einmal erzählt haben, schließlich nervt der mich schon eine ganze Weile.

»Ich hab ein paar Probleme in der Schule zurzeit«, fange ich zögerlich an. Michelle sieht mich nur abwartend an, nickt sachte.

»Na ja, ich hab dir bestimmt schon mal von einem Nicholas erzählt? So ein blöder Typ aus meinem Fußballteam?«

Michelle überlegt kurz, dann nickt sie wieder. »Der, der ein paar Klassen über dir ist?«

»Genau!«, bestätige ich. »Der hat sich letztes Jahr als schwul geoutet …
Na ja, wir hatten ein paar Meinungsverschiedenheiten deswegen, weil er
meinte, ich hätte was dagegen. Auf jeden Fall ist das alles dann eskaliert und
am Montag … Mh …« Ich weiß, meine Erläuterungen sind vollkommen
durcheinander und unverständlich. Trotzdem hoffe ich, dass Michelle versteht, was ich ihr da erzähle.

»Am Montag ist er richtig ausgeflippt. Wir waren alleine in der Umkleide
und irgendwie … hat er mich geküsst. So an die Wand gedrückt und seine
Lippen auf meine gepresst und ich weiß gar nicht warum!« Während ich
rede, spüre ich, wie mir das Blut in die Wangen schießt.

Michelles Blick, eben noch nachdenklich, wandelt sich im Bruchteil einer
Sekunde zu absolut schockiert. »Obwohl du nicht wolltest?!«

»Natürlich wollte ich das nicht!«, gebe ich hastig von mir und starre sie
verschreckt an. Sie glaubt doch nicht, dass ich *will*, dass mich überhaupt
irgendein Kerl küsst?

»Hat er dir wehgetan?!«, fragt sie ernst und starrt mich an, als wäre
Nicholas ein Vergewaltiger und hätte mir sonst was getan. Ich schüttle nur
heftig den Kopf und bin erstaunt darüber, dass es sie so aufregt. Ich will gar
nicht wissen, wie Phil reagieren würde, wenn Michelle schon so wütend wird.

»Nein, nicht wirklich. Er ist einfach sauer gewesen und meinte, ich wäre
homophob und wollte mir so bestimmt eins auswischen … Na ja, aber mehr
hat er nicht gemacht, wirklich.«

»Homophob? Ist das ein Witz?«

Kopfschüttelnd winke ich ab. »Er weiß wohl nichts von Dad und Phil.
Der ist immerhin zwei Klassen über mir, was interessiert den ein blöder
Zehntklässler? Auf jeden Fall hat uns sein … sein … Freund? … dabei gesehen und der meinte dann, mich dafür verantwortlich machen zu müssen.
Also, der ist auch in der Fußballmannschaft und es kam zu Handgreiflich-
keiten zwischen mir und ihm. Das Ganze ist beim Rektor gelandet und ich
bin aus der Mannschaft rausgeflogen.«

Der Blick aus Michelles blauen Augen wird ein wenig bedauernd, sie weiß,
wie gern ich immer Fußball gespielt habe, aber sie sagt nichts, also führe
ich weiter aus: »Das Problem ist aber … Na ja, Nicholas hat sich plötzlich
für mich eingesetzt, verstehst du? Ich weiß auch nicht, wieso, er war so nett
und dann hat er sich sogar gegen seinen Freund gestellt und sich mit dem
Trainer angelegt. Am Dienstag ist er plötzlich in meiner Klasse aufgetaucht.
Ich weiß nicht, wie er das gemacht hat, aber er hat den Trainer dazu über-
redet, mich wieder aufzunehmen – was ich aber nicht angenommen habe.

Daraufhin hat er mir dann angeboten, mir Gitarrenunterricht zu geben. Er ist plötzlich so nett, das bringt mich ganz durcheinander …«

»Mh«, macht Michelle nachdenklich, nippt an ihrem Kakao und stützt das Kinn auf einer Hand ab, während sie mich prüfend ansieht. »Und wo ist da das Problem? Du wolltest doch immer Gitarre spielen lernen und er scheint sich ja entschuldigen zu wollen.«

»Ja, ich weiß!«, unterbreche ich sie und würde mir am liebsten die Haare raufen. »Ich verstehe das Problem ja auch nicht so ganz! Seitdem kriege ich wieder dauernd blöde Kommentare von den Idioten aus meiner Klasse zu hören, ich sei schwul und alles, weil sie mich mit Nicholas gesehen haben!«

Schnaubend schweige ich, starre auf die Tasse, die ich immer noch umklammert halte und überlege, ob ich es wagen kann, Michelle von meinem Traum mit Etienne zu erzählen. Immerhin ist der ja nicht wenig daran beteiligt, dass ich mir jetzt selbst irgendwie Sorgen mache, dass Lars und Konsorten Recht haben könnten.

»Und jetzt weißt du nicht, ob du es wagen kannst, dich weiterhin mit ihm abzugeben?«, fragt Michelle nachdenklich.

Seufzend zucke ich die Schultern. »Ja, das auch … Aber, mh. Eigentlich ist das Problem von etwas … na ja, *pikanterer* Natur.« Ich halte kurz inne, hole tief Luft und reibe mir mit Zeigefinger und Daumen die Nasenwurzel. »Oh Himmel, Michelle, das darfst du keinem erzählen, okay?«, stöhne ich verlegen.

»Du weißt, dass ich niemals irgendwas weitererzählen würde!«, merkt sie schnippisch an, als habe ich sie mit dieser Bitte beleidigt.

»Ja, natürlich! Also, ich hatte da so einen … *Traum* …«, fange ich an und spüre schon bei den Worten meinen Kopf heiß werden. Michelle sieht mich an, als würde ihr plötzlich ein Licht aufgehen, ihre Augen werden groß und beinahe kugelrund und dann haucht sie erschrocken: »Einen … speziellen Traum? Von diesem Nicholas?«

Um Himmels willen, ist das peinlich! Vor lauter Scham traue ich mich gar nicht, sie noch anzusehen, sondern bedecke mein heißes Gesicht mit den Händen und gebe dann zu: »Speziell, ja … Aber von Etienne.«

»Oh.«

»Ja, *oh*! Ich … Du weißt, dass ich, seit ich weiß, dass das zwischen Dad und Phil was Besonderes ist, immer Angst hatte, auch so zu werden … Was, wenn ich doch … Wenn durch diese vielen Grübeleien …«

Plötzlich spüre ich Michelles warme Hand auf meiner Schulter, sie rüttelt mich kurz, ehe sie entschieden meint: »Milo, beruhige dich erst einmal. Du machst dich ja selbst wahnsinnig damit, kein Wunder, dass du *so etwas* träumst. Ganz ruhig, ja? Und selbst wenn du schwul sein solltest oder was auch immer ...« An dieser Stelle entweicht mir ein kleines Stöhnen. Am liebsten würde ich losheulen, muss sie das denn laut aussprechen?

»Selbst wenn«, fährt sie unbeeindruckt fort, »was wäre denn daran so schlimm? Deine Familie wird dich weiterhin lieben und schau dir doch Phil und Juli an, die beiden könnten glücklicher nicht sein!«

»Ja, aber darum geht es doch gar nicht!«, unterbreche ich sie verzweifelt. »Ich will nicht so sein, verstehst du? Ich will ganz normal sein, ich habe Angst, dass durch die beiden ... dass ich deshalb ...«

Mit einem Mal schlägt Michelle die geballte Faust auf den Tisch, sodass das Geschirr klirrt, und bringt mich somit zum Schweigen. »Jetzt reicht's aber!«, fährt sie mich harsch an. »Beruhige dich mal, du machst dich ja selbst wahnsinnig! Das hat mit deinen Eltern wenig zu tun, sondern mit dir!«

Mit großen Augen und ziemlich erschrocken starre ich sie an. Michelle erwidert meinen Blick erzürnt. Plötzlich hat sie sehr wohl Ähnlichkeit mit Phil und ich frage mich unweigerlich, ob sie sich durch meine Aussage irgendwie auch beleidigt fühlt? Sie liebt Phil über alles, die beiden sind ein Herz und eine Seele. Dadurch, dass ich ihn indirekt für mein Gefühlschaos verantwortlich gemacht habe, *habe* ich ihn ja sehr wohl beleidigt und ebenso sie. Ist sie wütend, weil ich so undankbar bin? Phil ist mir der beste zweite Vater gewesen, den ich mir je hätte wünschen können.

Und auf einmal schäme ich mich, schlimmer als vorher, denn ich verstehe, wieso Michelle so sauer ist. Sie hat ja Recht. Man wird nicht durch die Erziehung oder andere äußerliche Einflüsse schwul, sondern wird so geboren. Das weiß ich doch schon lange.

»Es tut mir leid«, murmle ich. »So war das nicht gemeint, wirklich. Du weißt, ich liebe Phil. Dad und er sind mir wundervolle Väter, ich meinte nur ...«

»Ja, dadurch, dass du immer mit den Reaktionen von anderen konfrontiert warst und all die schrägen Blicke ... Ich verstehe schon, ist schon gut«, seufzt auch Michelle ergeben. »Tut mir leid, dass ich so wütend geworden bin. Ich kann es einfach immer noch nicht ausstehen, wenn man schlecht über Phil redet. Natürlich ist er kompliziert und manchmal ein Arsch, doch eigentlich ist er ein wundervoller Mensch und die meisten verkennen das einfach. Und du bist sein ein und alles ...«

Wir sitzen eine halbe Ewigkeit da und schweigen uns an, beide nachdenklich, ehe Michelle meint: »Mach dich nicht verrückt. Egal, wie und was du bist, du bist gut so. Und wenn dieser Nicholas es ernst meint und gern mit dir befreundet sein will, dann solltest du keinen Pfifferling auf das

Geschwätz der anderen geben. Ein guter Freund ist tausendmal mehr wert als die Anerkennung irgendwelcher dahergelaufener Vollidioten.«

Nicholas

Es ist Freitagabend und ich liege in gammeliger Jogginghose und zu großem T-Shirt auf der Couch, mit dem Fettsack Pascha auf dem Bauch und starre mein Handy auf dem Wohnzimmertisch an. Seit Dienstag habe ich Emilio weder gesehen, noch von ihm gehört. Er meldet sich einfach nicht. Ist das zu fassen? Als ich Chris meine Nummer gegeben habe, hat das nicht annähernd so lange gedauert, aber jetzt … Jetzt habe ich nur sehr geringe Hoffnung, dass Emilio sich überhaupt noch meldet. Immerhin hatte er ja mehr als genug Bedenkzeit und so, wie es aussieht, hat er sich eindeutig gegen mich entschieden.

Jetzt habe ich umsonst jeden Nachmittag Gitarre spielen geübt, um mich bloß nicht zu blamieren. Und von den Machenschaften seiner Freundin habe ich ihm auch noch nicht erzählt. Ja, wie auch? Der kleine Kerl macht sich doch rar, sodass man ihn kaum irgendwo aufspüren kann.

Ein Blick auf die Uhr verrät mir, dass es kurz nach halb acht ist. Draußen regnet es in Strömen und eigentlich gibt es an diesem Abend nichts Erfreuliches, mit Ausnahme von Mutter, die fröhlich durch die Wohnung läuft und aufräumt. Einen so guten Tag hatte sie lange nicht mehr und ich bin froh, mich mal wieder faul auf die Couch fläzen zu können. Das allerdings hat auch den Nachteil, dass ich viel zu viel über Emilio nachdenke und je mehr ich grübele, desto unzufriedener werde ich.

Natürlich war mir schon klar, dass er ein bisschen brauchen würde, bis er merkt, dass er mein Angebot unbedingt annehmen sollte, doch dass er ablehnt, darauf bin ich gar nicht gekommen!

Mit diesen mittelschweren Depressionen lege ich ein Bein über die Rückenlehne des Sofas, bringe mich ein bisschen in Schräglage und kraule den dicken Kater auf meinem Bauch, der sich gar nicht an meinem Herumgerutsche stört, sondern wohlig schnurrend mein T-Shirt voll haart.

Emilios Freundin ist mir vorher nie aufgefallen. Seitdem ich dieses pikante Gespräch belauscht habe, fällt sie mir allerdings dauernd ins Auge. Einmal hat sie mich sogar ziemlich penetrant und eher gewollt als gekonnt liebenswürdig unter ihren dichten Wimpern angeblinzelt. Obwohl ich nicht ganz verstehe, wieso sie so blöd ist, es wirklich zu versuchen, scheint sie sich an mich ranzumachen und ist dabei mit dem Lockenkopf zusammen. Glaubt sie wirklich, wenn sie nur lange genug blinzelt, werde ich weich und merke, dass ich doch nicht schwul bin? Wie bescheuert ist die eigentlich? Emilio kann einem wirklich leidtun.

Vor lauter Grübeleien merke ich gar nicht, dass das Summen meiner Mutter verstummt ist. Erst, als es plötzlich leise am Türrahmen des Wohnzimmers klopft, merke ich, dass etwas nicht stimmt.

»Nicholas, hey, ich …«

Ein hastiger Blick zur Tür, vor lauter Schreck entfährt mir ein krächzendes »Emilio?!«, ehe ich mich aufsetzen will, dabei mit der Hand wegrutsche und mitsamt Pascha von der Couch purzele. Der Kater rutscht für einen Augenblick mit seiner dicken Wampe genau auf mein Gesicht, dann springt er fauchend von mir herunter, während ich, den Mund voller Katzenhaare, hustend unter dem Couchtisch zum Liegen komme.

Ich höre leise Schritte auf dem Teppich, dann beugt Emilio sich grinsend über mich. Aus seinen Locken tropft es nass auf mein T-Shirt, während er mir eine Hand entgegenstreckt, die meine nimmt und mich halb unter dem Tisch hervorzieht.

»Was machst du denn da für akrobatische Stunts?«, fragt er grinsend.

»Was machst *du hier*?!«, entfährt es mir schockiert, als ich mich aufrappele und die Katzenhaare mit der Hand aus meinem Gesicht wische.

»Du hast doch gesagt, du würdest mir Gitarrenunterricht geben?«, fragt er fröhlich, mustert meine Aufmachung und sein Grinsen wird breiter.

Peinlich berührt über meinen gammeligen Aufzug räuspere ich mich und mustere ihn meinerseits abschätzend. »Und ich dachte, du rufst vorher vielleicht mal an? Woher hast du überhaupt meine Adresse? Oh – hat meine Mutter dich reingelassen?« Er wird doch wohl nichts gemerkt haben?

»Ja, ich denke mal, dass das deine Ma war, wenn ihr keine Haushälterin habt«, spöttelt er. »Deine Adresse habe ich von der Internetseite der Schule. Du bist doch Schulsprecher«, erläutert er mir, rollt mit den Augen und schaut sich neugierig in unserem Wohnzimmer um, während er den teuren Teppich nass tropft.

»Du hättest wenigstens Bescheid sagen können«, seufze ich geschlagen. »Komm, wir gehen in mein Zimmer, ich gebe dir ein Handtuch und was zum Anziehen. Bist du weit durch den Regen gelaufen?«

Emilio folgt mir in den Flur, während er erklärt, dass er, als er gesehen hat, dass ich ganz in der Nähe wohne, eben mal beschlossen hat, mich zu besuchen. Reizende Idee, wirklich. Ich hasse Überraschungsbesuche. Und warum grinst der eigentlich die ganze Zeit so?

»Du wohnst hier in der Gegend?«, frage ich, um mich ein bisschen von dem Gedanken abzulenken, dass er sich über mein Aussehen amüsiert. Er verneint jedoch und folgt mir, sich weiterhin umschauend. »Meine Tante wohnt ein paar Straßen weiter, von da komme ich«, erklärt er, verstummt jedoch, als wir mein Zimmer betreten.

»Warte hier, ich hole ein Handtuch«, bitte ich, lasse ihn da stehen und husche schnell ins Badezimmer gegenüber.

Ich fasse es nicht, da denke ich tagelang, der Kerl wird sich nie und nimmer melden, und dann steht er plötzlich vor meiner Haustür! Ich wusste nicht einmal, dass man meine Adresse im Internet auf der Schulhomepage findet! Da muss ich dringend mal ein Wörtchen mit dem alten Schardt reden, nicht, dass mir bald eine Horde Stalker an der Backe klebt oder gar Emilios durchgedrehte Freundin!

Als ich mein Zimmer wieder betrete, steht er immer noch am gleichen Platz und schaut sich um. Im Vorbeigehen werfe ich ihm das Handtuch über den Kopf und weise ihn an:

»Trockne dich ab, ich gebe dir Klamotten von mir, dann hängen wir dein nasses Zeug über die Heizung.«

Er folgt dem schweigend, während ich für mich ein besseres T-Shirt aus dem Schrank ziehe und für ihn eine karierte Schlafanzughose von mir – denn mehr als eine dieser stillosen Jogginghosen besitze ich wirklich nicht – und einen Kapuzenpullover herausfische.

Als ich mich wieder zu ihm umdrehe, hält er das Handtuch in der Hand und schaut mich mit seinen nassen, zerzausten Haaren an wie ein Fisch. »Ich … komme doch nicht ungelegen?«, fragt er nun und ich kann mir ein Augenverdrehen nicht verkneifen, während ich auf ihn zugehe.

»Das hättest du in einem Telefonat zuvor klären können. Aber nein, mir war ohnehin langweilig. Hier«, ich drücke ihm die Klamotten in die Hand, grinse über seine nassen Haare und wende mich mit meinem T-Shirt meiner kleinen Couch zu. »Zieh dich um. Ich schau auch nicht hin.«

Während ich mir das viel zu große T-Shirt über den Kopf ziehe und dann meine Frisur zurechtzuzupfen versuche, scheint er sich keinen Meter zu bewegen. Mein nackter Rücken kribbelt merkwürdig, ehe auch ich inne-halte und mich zu ihm umdrehe. Aus seinen großen Augen mustert er mich, wird ein bisschen rot, als ich seinen Blick bemerke.

»Ich … Ich … Es tut mir leid. Ich war bis zum Schluss selbst nicht sicher, ob ich nun klingeln soll oder … oder nicht …«, stottert er und scheint etwas erstaunt über sich selbst zu sein.

Ich erwidere seinen Blick einige Momente lang, grinse erheitert, gehe ein paar Schritte auf ihn zu und lege ihm meine warme Hand auf die Stirn, dann auf die Wange. »Hast du Fieber? Du redest solch wirres Zeugs.«

Emilio zuckt unter meiner Berührung ein bisschen zurück. Ich sehe, wie sein Blick von meinen Augen kurz zu meinem nackten Oberkörper hin, dann wieder in mein Gesicht wandert, er verzieht die Lippen zu einem misslungenen, schiefen Grinsen und meint: »Quatsch. Und jetzt dreh dich um, ich zieh mich schnell um.«

***

»Nein, nein, du musst so greifen, siehst du?« Ich mache es ihm noch einmal vor, aber er ist ein bisschen zu verkrampft, zu verunsichert. In meinen Klamotten, die ihm viel zu groß sind und mit den langsam trocknenden Locken sieht er unglaublich niedlich aus. Diese Unsicherheit und Nervosität, die seine Finger so zittern lässt, verstärkt das Ganze noch.

Hat er Angst vor mir? Oder mache ich ihn nervös? Vorhin hat er mich angestarrt, als ich so halb nackt vor ihm stand. Steht er auf mich? Ob ich will oder nicht, durch diese Gedanken fühle ich mich ihm ein wenig überlegen, was mir eine gewisse Selbstsicherheit verschafft.

Während der ganzen Zeit, die er hier so unsicher und anbetungswürdig niedlich neben mir auf der Couch sitzt, denke ich über seine schräge Freundin nach und überlege, wie ich es ihm beibringen soll, dass sie ihn nur verarscht. Das hat er doch wirklich nicht verdient, oder? Wie soll ich ihm erklären, dass sie ihn nur benutzt, um Erfahrungen mit Männern zu sammeln und dabei eigentlich auf *mich* steht? Würde er mir das überhaupt glauben? Wer weiß …

Was die Gitarre angeht, so hat er nicht übertrieben, als er seine bisherigen Erfolge als *Na ja* bezeichnet hat, denn er kann weder Noten lesen, noch sind die Griffe, die er kann, optimal. Sich ein Instrument selbst beibringen zu wollen, ist immer so eine Sache. Meistens lernt man es dann nicht richtig und hat immer ein paar Defizite.

Beim nächsten falschen Griff seufze ich geschlagen, rücke hinter ihn und lege meine Hand auf seine, um sie richtig zu platzieren. Da zuckt er plötzlich heftigst zusammen und rückt ein ganzes Stück von mir weg, starrt mich mit großen Augen an und lässt dabei fast die Gitarre zu Boden fallen.

Für einen ewig langen Moment starren wir uns an, meine Hand hängt noch so halb in der Luft, dort wo seine Hand war. Dann lasse ich sie langsam sinken, hebe trotzig das Kinn an, während er verlegen den Blick abwendet.

»Sorry«, murmelt er und presst die Lippen zusammen. »Ich … Ich bin ein bisschen … unsicher.«

Nicht nur das. Auch angefasst werden will er von mir wohl nicht. »Schon gut«, meine ich ruhig und ein bisschen kühl. Ist ja nicht so, als hätte ich geglaubt, er werfe sich mir gleich freudig an den Hals. »Ich fass dich nicht mehr an. Lass uns weitermachen.«

Und damit beschließe ich, ihm nichts von seiner Freundin zu sagen. Er will nicht einmal von mir angefasst werden, so wenig Vertrauen bringt er mir entgegen, also schätze ich mal, er würde mir ohnehin nicht glauben. Soll er doch sehen, wie er klarkommt.

8

Emilia

Was zum Teufel mache ich hier? In einem Anflug von Idiotie und Wahnsinn muss ich diese blöde Klingel gedrückt haben und stehe, seit ich Nicholas da so auf der Couch habe liegen sehen, absolut neben mir. Was mache ich hier, bei unserem *Schulsprecher*, beim beliebtesten, arrogantesten Kerl der Schule, bei Nicholas *zu Hause*?! Allein ihn nicht so herausgeputzt zu sehen wie sonst hat mich vollkommen aus dem Konzept gebracht. Aber was hatte ich erwartet? Dass er in Anzug und Krawatte auf der Couch sitzt? Dann dieses kleine Häuschen, seine hübsche, irgendwie etwas verwirrte Mutter und sein chaotisches Zimmer, zugestellt mit Büchern und Instrumenten!

Jetzt sitze ich hier neben ihm auf einer kleinen, durchgesessenen blauen Couch und er quatscht mich über Gitarren zu, während ich es nicht schaffe, mich darauf zu konzentrieren und eigentlich nicht zuhöre.

Ich bin bei *Nicholas!* Wie viele Weiber würden morden, um an meiner Stelle zu sein?

»Nein, nein, du musst so greifen, siehst du?«, unterbricht er meinen Gedankensalat kurzzeitig, nimmt mir den Gitarrenhals aus der Hand und zeigt irgendwas, was ich nicht richtig wahrnehme.

Solange er nur der eitle, nervige Nicholas war, den man zu offiziellen Anlässen und im Training gesehen hat, und der nie mehr als einen herablassenden Blick für mich übrig hatte, habe ich ihn kaum als Mensch wahrnehmen können. Und jetzt auf einmal stürzen all diese liebevollen kleinen Details auf mich ein, die ihn für mich menschlicher erscheinen lassen als Sophie, deren Zuhause ich ja nicht einmal gesehen habe.

Diese Gedanken verwirren mich, bisher war mir ja nicht einmal bewusst, dass zwischen Nicholas und mir trotz allem eine gewisse Distanz geherrscht hat – die jetzt unter diesen Sinneseindrücken absolut und endgültig zugrunde geht.

Mit unsicheren Fingern versuche ich nachzuahmen, was Nicholas mir gezeigt und ich nicht mitbekommen habe, und versage natürlich kläglich. Nicholas quittiert mein Scheitern nur mit einem schrägen Blick.

Seit dem Gespräch mit Michelle bin ich noch verwirrter und unschlüssiger als zuvor. Was meine Sexualität angeht, über die ich keine Ahnung zu haben scheine, so war ihr eindringlichster Rat an mich, mal mit Phil zu sprechen und ihn zu fragen, wie er eigentlich gemerkt hat, dass er auf Männer steht.

Wenn man mal davon absieht, dass ich ja bisher Frauen immer ziemlich erotisch fand und eigentlich auch keine Männer *will,* so haben der Traum und dieser Kuss mich doch unsicher gemacht. Ich hätte lieber Gewissheit, als weiter so ahnungslos durch die Weltgeschichte zu laufen. Michelles Rat würde ich dennoch nicht annehmen, denn mit Phil zu reden, wäre das Letzte, das ich tun würde. Der andere Vorschlag, der beinahe noch schlimmer klang, lautete: Ausprobieren.

Und das ist der Punkt, an dem ich nicht weiter komme. Ausprobieren? Einen Kerl küssen? Oder mir einen Schwulenporno reinziehen und schauen, ob es mich anmacht? Was soll ich tun? Ich kann doch auch nicht einfach Nicholas um den Hals fallen, nur um zu …

Plötzlich seufzt Nicholas neben mir, rückt ein ganzes Stück näher an mich heran und greift nach meiner Hand am Gitarrenhals. Diese warme und beinahe zärtliche Berührung geht mir unter die Haut wie tausend kleine Nadelstiche und lässt mich ärger zurückzucken, als nötig gewesen wäre.

Der Blick, den Nicholas mir daraufhin zuwirft, wirkt mehr als nur betroffen und ein bisschen verletzt, wandelt sich jedoch schnell in kühl und reserviert.

Verwirrt blinzle ich ihn an, schlucke tief. »Sorry«, murmle ich. »Ich … Ich bin ein bisschen … unsicher.«

»Schon gut«, erwidert er ruhig. Aber es ist nicht gut.

Ich bin der Eindringling in seinem Zimmer, sitze in seiner Kleidung auf seiner Couch und zucke dann vor ihm zurück, wie muss das aussehen? Sicher denkt er jetzt wieder, es liegt an seiner Sexualität, die mir vollkommen egal ist – denke ich mal – und diese Freundlichkeit, mit der er mich behandelt hat, wandelt sich wieder in Kälte.

»Nicholas«, höre ich mich plötzlich leise sagen und weiß doch eigentlich gar nicht, was ich sagen soll, um das wiedergutzumachen. Da rede ich mich allerdings schon um Kopf und Kragen, während ich die Gitarre zur Seite stelle: »Es tut mir leid, ich wollte nicht … Dass du mich plötzlich angefasst hast, hat mich nur erschreckt. Ich war in Gedanken, das hatte nichts mit dir zu tun … Ach, es tut mir leid, ich weiß gar nicht, was ich hier mache!«, stöhne ich verwirrt auf, presse mir die Handballen an die Schläfen und reibe diese verzweifelt.

Eigentlich hatte ich nach Hause gehen wollen, wirklich, aber die Vorstellung, alleine in meinem Zimmer zu sitzen und weiter nachzugrübeln, war erschreckender als die, Nicholas zu besuchen. Jetzt sitze ich hier und kann diese verwirrenden Gedanken doch nicht aussperren! Eigentlich war Michelle mir auch nicht wirklich eine Hilfe. Sich mal alles von der Seele zu reden, hat zwar ganz gutgetan, aber eine Lösung hat sich trotzdem nicht gefunden. Nun sitze ich hier blöde herum, verzweifle und spiele tatsächlich mit dem Gedanken, einfach mal ausprobieren zu müssen, ob mir ein Kerl auch nur in irgendeiner Art und Weise zusagen könnte! Oh Himmel, das ist alles wirklich nicht leicht …

»Was du hier machst?«, fragt Nicholas neben mir spöttisch. Saß er eben noch mir zugewandt da, so lehnt er sich nun gemütlich gegen die Rückenlehne der Couch. Er streckt die langen Beine aus, legt den Kopf in den Nacken und starrt an die Decke.

»Du lässt dir von mir einen Ast quatschen und hörst nicht zu, das machst du. Worüber denkst du die ganze Zeit nach? Und wieso bist du hergekommen, wenn du eigentlich nicht zu mir wolltest?«

Für einen kurzen Moment starre ich ihn schweigend an und lasse die Hände in meinen Schoß sinken. Irgendwie macht es mir Angst, dieses plötzliche Gefühl von *Wirklichkeit*, das von ihm ausgeht. Es ist komisch, dass er mir vorher so unmenschlich vorkam, oder nicht? Jetzt, wo er nicht anders wirkt und aussieht als jeder andere auch, der an einem Freitagabend daheim herumsitzt und nichts mit sich anzufangen weiß, mit den zerzausten, hellbraunen Haaren und dem leichten Anflug von Müdigkeit im Gesicht … Jetzt wirkt er beinahe vertraut.

»Ich wollte nicht alleine sein«, gebe ich schließlich zu und mustere dabei nachdenklich seine nackten Arme und seinen sehnigen Hals, das ausgeprägte Schlüsselbein und sein markantes Kinn. Er sieht wirklich gut aus, das könnte nicht einmal der heterosexuellste Mann der Welt leugnen.

»Und dann kommst du zu *mir*?« Als habe er meinen Blick bemerkt, dreht er mir plötzlich sein Gesicht zu und mustert mich forschend. »Warum bist du dann nicht bei Eddy? Oder bei deiner Freundin?«

Besser, ich sage ihm jetzt nicht, dass beide keine Zeit für mich, beziehungsweise einfach keine Lust auf mich hatten, sonst habe ich direkt verschissen. Also zucke ich nur die Schultern, schürze die Lippen und frage dann: »Weißt du, was komisch ist? Die ganze Zeit, in der wir uns so flüchtig kannten und uns gezankt haben, kamst du mir so unecht vor. Und plötzlich …« Ich merke, wie Hitze in mir aufsteigt. Soll ich ihm jetzt wirklich erzählen, welche dämlichen Gedanken mir die ganze Zeit im Kopf herumschwirren? Wir kennen uns nicht annähernd gut genug für so etwas. Er wird mich für absolut irre halten.

»Und plötzlich nicht mehr?«, fragt er und scheint auf einmal grinsen zu müssen. »Du sitzt hier in meinen Klamotten neben mir, während ich im stil – und geschmacklosesten Outfit überhaupt herumgammle. Natürlich kommt man sich da etwas vertrauter vor.«

Unweigerlich muss ich ebenfalls grinsen und wage es sogar, ihm mit der Faust locker gegen den muskulösen Oberarm zu boxen. »Hallo? Am Montag hast du mich noch bedrängt und bedroht, ist doch klar, dass es mir Angst macht zu merken, dass du doch nur ein Mensch bist!«

»Jetzt fang nicht wieder damit an, ich hab mich schon entschuldigt und es tut mir wirklich leid!«, seufzt er und hebt kapitulierend die Hände. »Pah, dass ich doch nur ein Mensch bin ... Ich bin ein außergewöhnlich talentierter und intelligenter doch-nur Mensch, um das mal klarzustellen.«

Pff, sicher. Die Augen verdrehend schüttle ich den Kopf und spare mir eine Antwort darauf. Ich muss ihm nicht sagen, dass er ein arroganter Blödmann ist, das wird er sicher schon noch früh genug selbst merken.

»So, da wir das geklärt haben ... Über was zerbrichst du dir den Kopf?«

»*So* kuschelig ist die Atmosphäre doch nicht!«, sage ich gespielt verärgert. »Lass uns lieber für morgen oder so was ausmachen, und dann kannst du gern noch einmal versuchen, mir einen Ast anzuquatschen. Heute kriege ich das wohl nicht mehr auf die Reihe.«

***

Die Gitarrenstunde am Samstag lief alles in allem besser als die von Freitag. Um das mal so zu sagen: Ich fahre zurzeit besser damit, *nicht* viel über mein Gespräch mit Michelle nachzudenken, als damit, mir zu überlegen, wie ich Klarheit in das Chaos bringen soll. Also ignoriere ich auch gekonnt alles, was mich in irgendeiner Art und Weise daran erinnern könnte. Mit Nicholas läuft es so auch recht positiv, wir verstehen uns auf oberflächlicher Ebene ziemlich gut und ich bin froh drum, denn er ist ein guter Lehrer und erstaunlich nützlich.

Und so finde ich mich an diesem Montagmorgen in einem Bereich der Schule wieder, in dem ich sonst nicht so bald gelandet wäre: dem der älteren Schüler. Als Zehntklässler sind wir noch in einem anderen Teil der Schule untergebracht, wo auch der Realschulzweig zu finden ist. Sobald es nächstes Jahr ab in die Elf geht, siedeln wir ebenfalls in den Neubau um.

Nicholas, der mich hierher zitiert hat, wühlt in seiner Tasche herum und zieht zwei recht abgenutzt aussehende Hefte heraus, die er mir in die Hand drückt.

»Ich hab mir den Kopf zerbrochen, wie ich dir am besten mit den Noten helfe«, erklärt er und tippt auf das oberste der Hefte. »Die hat mir mein Gitarrenlehrer damals gegeben, begleitend zum Unterricht waren die echt super. Die ersten drei Seiten kannst du ignorieren, Seite vier und fünf lernst du, und bis wir uns das nächste Mal sehen, hast du mindestens zwei der Übungsstücke auf Seite sechs auswendig gelernt, sonst gibt's Ärger.«

Während ich ihn anstarre wie ein unappetitliches Mittagessen, grüßen hier und da ein paar ältere Schüler und Nicholas nickt ihnen freundlich zu. Zu mir war der nie so nett. Mal davon abgesehen, dass man mich anstiert, als sei ich ein zweihörniges rosa Einhorn, was auch nicht gerade allzu freundlich ist. Immer diese älteren Schüler, die meinen, sie seien weiß Gott wie viel besser als wir Jüngeren!

Missmutig mustere ich schließlich das Cover des oberen Übungsheftes, ehe ich Nicholas anschaue. »Kein Ding, hab ja nur noch einen Mount Everest an Hausaufgaben zu erledigen und muss für drei Klausuren pauken. Das schaff' ich doch locker.«

Wer hätte gedacht, dass Gitarre lernen so ätzend und Nicholas so ein strenger Lehrer ist? Um ehrlich zu sein, hat mich jetzt schon wieder der Tatendrang verlassen und ich schiebe meine Hausaufgaben auf, bis zum äußersten Maximum. Die sammeln sich an bis zu einem Tag, an dem ich sie dann alle auf einmal machen muss. Ich weiß, das ist nicht besser, aber ich kann mich einfach nicht aufrappeln, was zu tun.

»Na, wenn das so ist«, grinst er breit und klopft mir kumpelhaft auf die Schulter. »Dann lernst du *alle* Übungsstücke auf Seite sechs und sieben auswendig. Sind ja nur kleine Spielereien, das packst du mit links.«

Was?! Während er mir mit diebischer Freude zuzwinkert, fällt mir wahrscheinlich alles aus dem Gesicht. »Das ist nicht fair! Du gemeiner Hund, du weißt genau, dass das ironisch gemeint war!« Na prima, und wann soll ich mein Privatleben regeln? Ich hab auch noch eine Freundin zu beschäftigen und Etienne habe ich auch schon seit einer Ewigkeit nicht mehr gesehen!

»Ich weiß von nichts«, trällert mein diabolischer Gitarrenlehrer. »Außerdem haben wir ja noch gar nicht ausgemacht, wann wir uns das nächste Mal sehen«, setzt er hinterher. »Kannst du am Wochenende?«

»Das weiß ich nicht, da muss ich noch schauen. Aber sollte ich diesmal plötzlich auf die Idee kommen, ganz große Sehnsucht nach Mobbing und Sklaventreiberei zu verspüren, sage ich vorher Bescheid.«

Mein Unmut entlockt Nicholas ein fröhliches Lachen. Mit einem schnellen Blick auf mein Handy stopfe ich die Hefte in meine Umhängetasche, mache ein paar Schritte rückwärts und hebe die Hand. »Ich muss dann. Man sieht sich – und danke!«

»Kein Ding, mach's gut«, ruft mir Nicholas noch hinterher, als ich schon durch den Gang zurück zum Hauptgebäude haste.

Die Schüler, an denen ich vorbeikomme, mustern mich alle wie einen bunten Hund. Das liegt wahrscheinlich daran, dass mich hier niemand kennt und ich mich mit Nicholas unterhalten habe. Die halten mich sicher für sein Betthäschen oder so etwas. Klasse, den Ruf habe ich jetzt wohl weg. Doch wie hat Michelle so schön gesagt? Lieber einen guten Freund, als die Anerkennung hohlköpfiger Leute, die sich ohnehin einen Dreck um mich scheren.

Bis auf eine kurze SMS am Wochenende habe ich seit Freitag nichts mehr von Sophie gehört. In der Hoffnung, sie vor Unterrichtsbeginn noch zu sehen, beeile ich mich, durch das Hauptgebäude ins Erdgeschoss runterzukommen. Dort erwartet mich allerdings nicht meine hübsche Freundin, sondern eine ganz andere Blondine. Das hat mir noch gefehlt!

»Na, wen haben wir denn da?«, ätzt mir Lars entgegen, der am Treppenabsatz mit seinen Freunden gelauert haben muss, denn sonst würde er nicht so bescheuert mitten im Weg herumstehen. Ich quittiere seine Begrüßung mit einem Augenrollen, beschleunige meine Schritte und springe die letzten paar Stufen hinunter.

»Jemanden, der sich 'nen Scheiß für dich interessiert!«, schnauze ich in seine Richtung und will mich schon eilig davon machen, als sich plötzlich eine Pranke auf meine Schulter legt und mich hart zurückhält.

»Na na, Emilia, so unfreundlich heute? Und das, obwohl du's doch endlich ins Bett der Oberschwuchtel der Schule geschafft hast? Du solltest vor Glück strahlen und deinen durchgefickten Arsch schonen, statt so zu rennen.«

Ich werfe ihm einen verstörten Blick zu und bemerke, wie die anderen beiden ebenfalls näher an mich herantreten. Eigentlich keine Situation, in der ich meine Klappe aufreißen sollte. Allerdings kann ich angesichts dieser widerwärtigen und absolut haltlosen Scheiße, die er da von sich gibt, nicht anders, als seine Hand unfreundlich von meiner Schulter zu wischen und zu erwidern: »Was laberst du Hornochse nur schon wieder für 'ne Scheiße? Hat man dir das Pavianhirn wieder rausgenommen?«

Seine dichten, in der Mitte langsam zusammenwachsenden Augenbrauen verziehen sich drohend, während er mir mit seinem großflächigen Gesicht ein bisschen näherkommt, den Kragen meines T-Shirts packt und grollt: »Pass mal auf, mit wem du dich hier anlegst, du scheiß Schwuchtel, sonst liegst du schneller blutend im Graben, als du gucken kannst. Ich werd' dir deine dämliche Visage polieren, bis dein tuntiger Vater dich nicht mehr wiedererkennt!«

»Lars!« zischt plötzlich einer seiner Kumpanen und stupst ihn an. »Lehrer im Anmarsch!«

Für einen kurzen Moment starrt mir der Vollidiot noch wutentbrannt ins Gesicht, und bevor er loslässt, grollt er noch einmal: »Pass auf!« Damit verschwindet er mit seinen zwei Halbaffen und lässt mich mit ausgeleiertem Kragen und bollerndem Herzen alleine am Treppenabsatz stehen. Verflucht noch mal, dass ich auch nie den Mund halten kann!

Ich merke erst, wie weich meine Knie sind, als ich ein paar Schritte Richtung Klassenzimmer mache und wieder stehen bleibe.

Scheiße. Wo auch immer der Hornochse herhat, dass ich mit Nicholas zu tun habe … Wenn es jetzt noch nicht jeder weiß, dann wird Lars dafür sorgen. Ich sollte wenigstens versuchen, die Klappe zu halten. Lars Kontra zu geben kann schmerzhafte Folgen haben. Ich zweifle nicht eine Sekunde daran, dass er seine Drohung durchaus ernst gemeint hat.

»Scheiße«, murmle ich zittrig, reibe mir über den Hals und versuche, mein Shirt halbwegs zu richten, damit niemand merkt, dass sich jemand daran zu schaffen gemacht hat.

***

»Oh scheiße, Mann, Milo«, ächzt Etienne, als er sich in den Stuhl neben mich fallen lässt. Es ist Mittwoch, Religionsunterricht, und ich kann ehrlich nicht beschreiben, wie erstaunt ich bin, dass ich noch lebe. Mein bester Freund scheint es genauso zu sehen. Er war die letzten beiden Tage krank und ist heute zum ersten Mal, seitdem der ganze Mist angefangen hat, wieder da. Das muss wohl schon gereicht haben, denn der mitleidige, teils besorgte Blick, den er mir zuwirft, spricht Bände.

»Was ist passiert, als ich weg war?«, fragt er mit gedämpfter Stimme, darauf bedacht, keine Aufmerksamkeit auf uns zu lenken. Es reicht schon, dass alle tuscheln und mir dabei schräge Blicke zuwerfen. Die müssen nicht noch neugierig starren, weil sie denken, es gäbe mal wieder Klatsch.

»Das ist eine gute Frage«, stöhne ich verzweifelt und werfe ihm einen hilflosen Blick zu. Seit man mich am Montag mit Nicholas gesehen hat und ich so dumm war, mich mit Lars anzulegen, verbreitet sich das Gerücht, ich sei Nicholas' Betthäschen, wie ein Lauffeuer. Das Schlimme ist, dass obwohl ich eine Freundin habe – die derzeit überhaupt nicht gut auf mich zu sprechen ist – jeder diese Gerüchte glaubt! Von allen Seiten muss ich mir Geläster und Anfeindungen antun und niemand glaubt mir. Ich weiß so langsam nicht mehr, was ich machen soll. Es beruhigt mich immerhin ein bisschen, dass es etwas Jahrgangsinternes ist und zumindest Nicholas nichts davon mitbekommt.

»Ich hab die wildesten Gerüchte gehört«, fängt Etienne irgendwie aufgeregt an und beugt sich näher zu mir. »Angeblich hat man gesehen, wie du ihm hier im Schulklo einen geblasen haben sollst. Dann wiederum hat irgendwer erzählt, ihr würdet schon seit Monaten eine Beziehung führen und Sophie sei nur eine Alibi-Freundin, damit das niemand merkt! Und das waren noch harmlose Geschichten. Scheiße, Milo, was ist passiert? Und was sagt Sophie dazu?«

Für einen kurzen Moment mustere ich Etienne, es tut gut mal ein freundliches Gesicht zu sehen, am liebsten würde ich jedoch direkt losheulen. Das wäre allerdings nicht nur lächerlich, sondern würde noch mehr Zündstoff geben. Aus diesem Grund atme ich ein paar Mal tief durch, versuche das leichte Schwindelgefühl und diese lähmende Ohnmacht zu vertreiben, indem ich die Fingernägel in den Handballen presse, und berichte Etienne möglichst gelassen, was passiert ist.

»Ich habe mich mit Nicholas ausgesöhnt und er gibt mir jetzt Gitarrenunterricht«, beginne ich mit rauer Stimme, also doch nicht so gelassen. »Am Montag war ich kurz bei ihm, Lars muss mich gesehen haben und hat mich abgefangen und mich beleidigt. Ich war so dumm, nicht einfach die Klappe zu halten und aus Rache …«, mit der Hand mache ich eine ausschweifende Bewegung »hat er das hier verursacht. Keine Ahnung, wie der auf diese scheußlichen Geschichten kommt, aber nichts davon ist wahr. Dennoch glauben es alle.«

Ohne große Beachtung zu finden, tritt unser Religionslehrer ein und beginnt den Unterricht. Ich beschließe, dass es Wichtigeres zu tun gibt, als über Religion zu reden und aufzupassen. Etienne sieht das offensichtlich genauso.

»Weiß Nicholas davon?«

»Nein«, antworte ich. »Obwohl … Eigentlich weiß ich es nicht, ich hab seit Montag nichts mehr von ihm gehört. Bestimmt ist er wieder wütend auf mich, denn ich habe seine freundlichen SMS restlos ignoriert und versteckte mich in den Pausen regelrecht vor allem.«

Etienne gibt ein Aufkeuchen von sich, das nicht gerade erfreut kling. »Du ignorierst ihn? Vollidiot! Kommst weder zu mir und erzählst mir, was los ist, noch gehst du zu ihm?! Du kannst nicht alleine gegen alle ankommen! Dummkopf! Ist das denn zu glauben!«

Kopfschüttelnd mustert er mich und sein Blick sagt mir ganz eindeutig, dass er mich für mehr als nur schwachsinnig hält. Dankeschön.

»Ich will nicht, dass er sich einmischt, das würde alles noch schlimmer machen«, wehre ich unwirsch ab. »Und du warst krank, da wollte ich dich damit nicht belasten.«

»Und Sophie? Wie steht's mit der?« Oh, böses Thema, ganz böses Thema. Etwa seit Montagnachmittag, als urplötzlich alle irgendwas zu wissen glaubten, haben wir Stress. Sie hat mich zusammengeschissen und meinte, es sei ihr mehr als nur peinlich, *so etwas* zum Freund zu haben. Das würde ja quasi auch auf sie abfärben und seitdem habe ich sie nicht mehr wirklich gesehen. All ihre Freundinnen werfen mir die bösesten Blicke zu und schirmen sie regelrecht vor mir ab. Lars hat also nicht nur meinen Status hier in der Schule von schlecht auf hundsmiserabel herabgestuft, sondern auch noch meine Beziehung versaut. Vielleicht sollte ich doch die Schule wechseln?

»Sophie redet nicht mehr mit mir. Da ist wohl nicht mehr viel zu retten«, seufze ich. Meine allererste Beziehung ist im Arsch, um das mal auf gut Deutsch zu sagen. Auch wenn es mir im Grunde bewusst ist, tut es doch weh und ich will es eigentlich nicht. Soll das jetzt wirklich alles gewesen sein? Nur wegen ein paar blöden Gerüchten? Meine Zweifel bezüglich meiner Sexualität sind vollkommen vergessen. Ich will Sophie nicht verlieren, verflucht noch mal!

Etienne und ich schweigen für eine kurze Zeit, ehe ich, um vom Thema abzulenken, frage: »Und? Wie sieht's mit deiner Tusse aus? Sara, oder wie hieß die?«

»Saskia«, korrigiert Etienne automatisch und wirft mir einen Blick zu, ein schiefes Grinsen im Gesicht. »Es ist etwas ganz Merkwürdiges passiert …«

Der Ton seiner Stimme lässt mich aufhorchen. Irritiert stiere ich ihn an, ich mustere seinen merkwürdig entrückten Blick. »Was hast du gemacht?!«

»Ich? Gar nichts«, wehrt er ab und kratzt sich unschuldig die Nase. »Irgendwie hat sich ihr Tanzpartner ein Bein gebrochen. Und jetzt tanzen wir zusammen. Es gefällt ihr noch nicht so sonderlich gut, wahrscheinlich ist sie immer noch wütend, weil ich sie damals so mir nichts dir nichts mit einer SMS abserviert habe.«

»Etienne«, werfe ich vorsichtig ein. »*Irgendwie* hat der sich ein Bein gebrochen? Was zum Henker hast du gemacht? Ihn von der Seite angefallen, als er auf dem Nachhauseweg war?«

Er wirft mir einen pikierten Blick zu, ehe er meine Bedenken mit einem Handwedeln wegzuwischen versucht. »Glaub mir, ich habe damit wirklich nichts zu tun. Warum sollte ich dem Kerl so etwas antun?«

Sein Blick spricht Bände.

»Soll das ein Witz sein?«, frage ich grimmig. »Hoffen wir, dass niemand auf die Idee kommt, du könntest was damit zu tun haben …«

Er ist irre. Alle um mich herum sind irre! Der sonst so langweilige Alltag hat sich um hundertachtzig Grad gedreht und jetzt drehen plötzlich alle durch und machen *so etwas*.

Ich will gar nicht wissen, wie er das geschafft hat, sonst kriege ich noch Angst vor meinem besten Freund. Immerhin läuft es bei ihm besser als bei mir. Zumindest ein bisschen.

»Was machen wir jetzt?«, fragt Etienne nach erneutem Schweigen. Bei dem Wort *wir*, spüre ich, wie es mir ganz warm ums Herz wird. Gut zu wissen, dass er immer für mich da ist, auch in einer solchen Situation. Er hat schon Recht, alleine kann ich da nicht viel ausrichten.

»Ehrlich gesagt weiß ich es nicht«, gebe ich freudlos zu. »Aber ich muss irgendwas tun, um wenigstens Sophie deswegen nicht zu verlieren. Am Ende glaubt sie die Gerüchte noch und macht Schluss.«

»Wäre das so schlimm?«, wirft Etienne ein und zögert kurz, ehe er hinzusetzt: »Du liebst sie doch gar nicht.«

»Natürlich wäre das schlimm!«, zische ich ungehalten. »Und woher willst du wissen, ob ich sie nicht liebe?« Sein Vorwurf stößt mich ziemlich hart vor den Kopf, doch eigentlich sind seine Zweifel schon berechtigt. Liebe ich sie? Habe ich überhaupt mal jemanden geliebt? Im Prinzip weiß ich doch eigentlich gar nicht, was es heißt, jemanden zu lieben.

***

»Meinst du wirklich, wir sollten ihn alleine lassen?«, höre ich Phil draußen auf dem Flur fragen. Schritte, Rascheln.

»Ja, lass ihn lieber. Das ist besser, als ihn zu nerven und es tut ihm bestimmt gut, sich einfach mal auszuheulen«, antwortet ihm Dad. Obwohl ich mir die Decke bis über den Kopf gezogen habe, der Tür den Rücken zudrehe und es eigentlich nicht hören will, verstehe ich jedes Wort, das die beiden da draußen von sich geben.

»Mir ist wirklich nicht wohl dabei«, setzt Phil noch einmal an. »Ich kann doch Jay auch einfach absagen und wenigstens *da sein*, nur für den Fall …«

»Phil, bitte«, seufzt Dad. »Du kennst ihn doch, er will nicht so bemuttert werden. Ich kann mir nicht vorstellen, was so Schlimmes passieren soll. Aber im Notfall hat er deine, meine und Michelles Handynummer, außerdem die von Jay, Falco, meinem Vater …«

»Ja, ja, okay, ist ja gut«, grummelt Phil. Seine stapfenden Schritte bewegen sich noch einmal in Richtung ihres Schlafzimmers, während Dad langsam die Treppen hinunterschlendert.

So geräuschlos wie möglich ziehe ich meine laufende Nase hoch und reibe mir die verheulten Augen.

Eigentlich ist es lächerlich, ich wusste ja, dass es so weit kommen würde. Trotzdem kann ich einfach nicht mehr. Sophies SMS gestern Abend hat mir den Rest gegeben. Das muss man sich mal vorstellen, sie macht per SMS Schluss! Meine sich im Kreis drehenden Gedanken schwanken zwischen einem Schulwechsel, einer neuen Identität und Selbstmord, dabei kann ich mich nicht einmal dazu aufraffen, die Beine aus dem Bett zu bewegen und mir neue Taschentücher zu holen. Kann es noch schlimmer kommen?

Die Probleme in der Schule haben Ausmaße angenommen, die ich mir nie und nimmer hätte träumen lassen, und deswegen verliere ich dann meine erste Freundin. Spitzenklasse. Nicholas habe ich auch vergrault. Wieso wird er von allen respektiert, obwohl jeder weiß, dass er schwul ist, und ich werde fertig gemacht wegen *Gerüchten?*

Gerade, als ich wieder aufschluchze und die Tränen anfangen, nur so über meine Wangen zu kullern, höre ich Phils Schritte, erst an meinem Zimmer vorbei, dann innehaltend. Wieder kommen sie näher und er bleibt vor meiner Tür stehen. Ich halte die Luft an und versuche, keinen Mucks von mir zu geben, obwohl ich am liebsten schreien würde. Dann ist da ein zaghaftes Klopfen an meiner Tür.

»Milo?«

Ich antworte nicht. Die Stille, die sich daraufhin ausbreitet, ist drückend und zäh wie Kaugummi. Ich bin schon fast so weit, doch laut zu schreien, als die Tür aufgeht und Phils Schritte näher an mein Bett kommen.

»Milo«, sagt er noch einmal, ganz leise, dann senkt sich die Matratze hinter mir und seine Hand legt sich vorsichtig auf die Decke, unter der ich begraben bin.

Der Drang, aufzuspringen und mich ihm in die Arme zu werfen, ist enorm und trotzdem schaffe ich es nicht, mich zu bewegen.

Er nimmt einen Zipfel der Decke und zieht sie runter, bis mein verstrubbelter Lockenkopf zum Vorschein kommt. Erst jetzt wird mir bewusst, wie stickig es unter der Decke war. Ich sauge stumm die frische Luft ein.

Mit den Fingern streicht er mir über den Kopf, beugt sich kurz herab und haucht mir einen Kuss aufs Haar.

»Wenn was ist, dann ruf mich an, ja? Ich bin nicht weit weg.«

Als er sich wieder aufsetzt und anschließend mein Zimmer verlässt, laufen die Tränen heißer und schmerzvoller als zuvor. Sie tropfen auf die Matratze, während ich kaum mehr Luft bekomme, so sehr haben mir Phils liebevolle Worte und Gesten die Kehle zugeschnürt.

Du bist sein ein und alles, hat Michelle gesagt. Wieso macht sich Phil so große Sorgen um mich? Dad sieht das alles so verdammt locker, als wäre mein Kummer irgendwie halb so schlimm, aber Phil …? Ahnt er, dass es nicht nur um Sophie geht?

Ohne es wirklich bewusst zu tun, setze ich mich mit schmerzendem Kopf und nassen Wangen auf, springe aus dem Bett und stolpere dabei beinahe über meine eigenen Füße. Ich reiße meine Zimmertüre auf, will nach Phil rufen, will mich ihm in die Arme werfen und ihn bitten, mich nicht allein zu lassen – da fällt unten die Haustür ins Schloss und nichts bleibt zurück als Stille.

Ich weiß nicht, wie lange ich so in meinem Türrahmen stehe und mich dafür verfluche, nicht sofort etwas gesagt zu haben. Erst nach einer geschätzten Ewigkeit kann ich mich dazu aufraffen, hier oben ins Bad zu schleichen und mir eine Ladung kaltes Wasser ins verquollene Gesicht zu spritzen. »Emilio«, murmle ich zu mir selbst, betone meinen Namen wie Nicholas das immer tut und grinse ziemlich gruselig und unfroh. »Du bist ein Vollidiot.«

Ein kurzer Blick aus dem kleinen Badezimmerfenster zeigt mir den grauen, wolkenverhangenen Himmel und dass es in Strömen regnet. Es muss noch morgens sein, vielleicht sieben oder acht. Ich weiß es nicht, aber ich weiß, dass ich um keinen Preis der Welt heute oder morgen in dieses Wespennest, das sich Schule nennt, gehen werde.

Herumliegen und heulen will ich allerdings auch nicht, also gehe ich in Gedanken meine Möglichkeiten. Xbox, Playstation oder Wii spielen? Fernsehen? Schwachsinn.

Während ich so dastehe und mich frage, ob jemals wieder irgendwas in meinem Leben einen Sinn machen wird, höre ich es leise und dumpf aus meinem Zimmer her piepsen. Eine SMS. Als dieses Geräusch das letzte Mal ertönt ist, hat mich meine Freundin verlassen. Was ist es diesmal? Verlässt mich jetzt auch noch Etienne?

Ich reibe mir die brennenden Augen. Als ob Etienne mich im Stich lassen würde! Was bin ich für ein undankbarer Trottel! Ich sollte nicht so viel an den Menschen, die mir am Herzen liegen, zweifeln. Nicht an Etienne, nicht an Phil, nicht an Ni… Liegt *Nicholas* mir am Herzen?!

Nun, im Nachhinein kann ich zumindest sagen, dass es mir leidtut, mich so lange nicht bei ihm gemeldet zu haben, aber gleich so weit zu gehen …? Nun, egal. Ich verdränge den Gedanken an ihn, bewege mich träge in mein muffeliges, abgedunkeltes Zimmer und frage mich dabei, welchen Sinn mein blödes Leben hat. Im selben Moment weiß ich, dass der Gedanke kindisch und bescheuert ist und ich ihn nicht zu Ende denken sollte.

Klar, meine Mutter wollte mich nicht, aber Dad und Phil … Oder? Phil auf jeden Fall, kein Zweifel. Zumindest später … Denke ich.

Grübelnd ziehe ich die Rollläden hoch, greife nach meinem Handy und finde eine Nachricht von Etienne, der sich nach meinem Verbleib erkundigt und ob alles okay sei. Ich überlege kurz, ob ich antworten soll. Um ehrlich zu sein, habe ich wenig Lust auf Kommentare oder Fragen, also lasse ich es einfach bleiben und setze mich auf mein Bett, den Blick aus dem Fenster gerichtet. Der bohrende Schmerz über die Ungerechtig-keiten und Ablehnung wandelt sich langsam in eine Art Wut, die mich ruhelos macht. Vielleicht liegt es auch einfach daran, dass ich stunden-lang regungslos im Bett lag, ist ja auch egal. Seufzend stehe ich wieder auf, ziehe die karierte Schlafanzughose ein bisschen höher und schlurfe hinaus in den Flur.

Es ist lange her, dass ich zuletzt ganz alleine daheim war. Dad im Verlag, Phil bei Jay. Ich könnte alles machen. Eine Party feiern mit all den Freun-den, die ich nicht habe, Selbstmord begehen, ein Bad nehmen und so lange darin herumliegen, bis ich mich auflöse oder irgendetwas anderes hoch Depressives. Tue ich aber nicht. Stattdessen begebe ich mich die Treppen hinunter und schlage den Weg in Dads Arbeitszimmer ein. Meine Finger kribbeln und mein Herz schlägt ein paar Takte schneller. Er wird doch sicher erst in einigen Stunden zurückkommen, oder? Es gibt immerhin einiges zu tun, zurzeit sind sie mit dem Buch in einer ganz heißen Phase. Wenn es in ein paar Wochen auf dem Markt ist, dann wird er sicher wieder eine Weile unterwegs sein, Promotion auf Messen und Weiteres. So lang kann ich nicht warten, also nutze ich die Gunst der Stunde.

In Dads Arbeitszimmer herrscht ein geordnetes Chaos und eigentlich habe ich keine Ahnung, wo ich anfangen soll zu suchen, beginne dann jedoch mit dem Schreibtisch. So *Top Secret* wird der Brief meiner *Mutter* wohl nicht sein, als dass er ihn gleich zerstört oder irgendwo an einem geheimen Platz versteckt hat. Pah, alleine sie so zu nennen erscheint mir mehr als nur falsch. Michelle ist diejenige, die mir eine Mutter war, nicht diese Fremde! Ist das, was ich hier tue, moralisch verwerflich? Um ehrlich zu sein, weiß ich es nicht. Natürlich meldet sich mein schlechtes Gewissen, aber es fällt mir leicht, es einfach zu ignorieren. Schließlich hätte man mir ruhig sagen können, dass Dad und meine Mutter noch Kontakt haben. Ich dachte immer, sie interessiert sich überhaupt nicht für uns, dabei hielt man es nur nicht für nötig, mir etwas davon zu sagen. Waren vielleicht sogar Briefe an mich dabei, die man verheimlicht hat? Lächerlicher Gedanke, warum sollten Dad und Phil so etwas vor mir geheim halten? Andererseits … Hätten sie mir dann nicht einfach sagen können, dass diese Frau ab und an schreibt? Das ist mir alles ein bisschen zu hoch.

Tatsächlich dauert es gar nicht lange, bis ich in einer seiner mit Zetteln, Schnipseln und Notizbüchern überfüllten Schubladen den Brief finde. Mit klopfendem Herzen betrachte ich den zerknitterten Umschlag und die geschwungene Handschrift der Frau, die mich geboren und direkt danach weggegeben hat.

Ich dachte immer, sie hätte sich auf nimmer Wiedersehen nach Italien verzogen und damit hätte sich die Geschichte erledigt. Offensichtlich ist das Ganze dann wohl doch nicht so simpel.

Ich entschließe mich allerdings dazu, ihn nicht im Arbeitszimmer zu lesen, sondern mitzunehmen in mein Zimmer, wo man mich immerhin nicht gleich auf frischer Tat ertappen kann. Ein bisschen nervös bin ich schon, doch die Neugier siegt. Dass ich bisher noch nicht auf die Idee gekommen bin! Herrlich, wie gut das von meinen eigentlichen Problemen ablenkt.

Das Arbeitszimmer hinterlasse ich nach bestem Gewissen so, dass niemand merkt, dass ich hier herumgewühlt habe.

Oben verschließe ich sorgsam die Tür, knipse die Schreibtischlampe an und werfe mich auf meinen alten Drehstuhl. Mit einem Ohr lausche ich und versuche, das Trommeln des Regens gegen die Fensterscheibe so gut wie möglich auszublenden, während ich mit klammen Fingern ein beschriebenes Blatt Papier hervorziehe:

Florenz, 25. September 2011

Julian, danke für den letzten Brief, das Foto war schön. Wenn er lacht, sieht er aus wie du — schick mir doch mehr davon, ich mag sie. Luca fängt an, sich für Emilio zu interessieren und fragt mich, wieso der Junge auf den Fotos immer so mürrisch aussieht. Was soll ich ihm sagen? »Deinem Bruder geht es nicht gut? Er ist unglücklich?« Ist er das denn? Ich weiß, ich habe kein Recht, solche Fragen zu stellen, aber wenn es ihm nicht gut geht, will ich das gern wissen. Oder liegt es einfach an der Pubertät? Er ist jetzt schon fünfzehn.

Unsere Zeiten liegen so lang zurück, manchmal erinnere ich mich und dann vermisse ich euch alle schrecklich. Auch wenn es nie so ausgesehen hat, ihr seid mir immer das Wichtigste gewesen.

Wie geht es Phil? Uns hier geht es allen gut. Mein Luca ist vor ein paar Tagen sieben geworden und mächtig stolz auf seine fehlenden Schneidezähne — wer hätte gedacht, dass ich mich tatsächlich mal für ein paar kleine Zähne interessieren würde? So langsam merke ich mehr und mehr, was ich verpasst habe, als ich Emilio in deine Obhut gab. Aber dafür ist es jetzt wohl zu spät.

Fragt er manchmal nach mir? Und was erzählt ihr ihm?

Im Übrigen möchte ich dir sagen, dass ich deine Regelung mit den Briefen ziemlich bescheiden finde. Emilio muss ja nicht wissen, dass ich und du in Kontakt stehen und sicher wäre es besser, er weiß auch nichts von dem Inhalt der Briefe, also wirf sie doch bitte weg. Es hat doch keinen Sinn, sie irgendwo in eine Kiste zu packen und aufzuheben, was, wenn er sie entdeckt? Ich erinnere mich, dass die Inhalte meiner ersten Briefe weniger herzlich gewesen sind, also bitte ich dich, sie wegzuwerfen. Ich habe mich verändert und er soll nicht schlechter von mir denken, als ich es verdiene.

Zu guter Letzt möchte ich dich noch um ein paar Kleinigkeiten bitten: Wenn dein neues Buch herauskommt, schickst du mir ein Exemplar? Und sag Phil, er soll nicht so geizig sein, ich weiß, dass er unsere Fotos irgendwo versteckt hält. Ich will eines, auf dem wir alle drauf sind! Ein schönes, wenn möglich.

Danke im Voraus und die besten Wünsche,

deine Olli.

P.S.: An Phil: Alles Gute nachträglich zum 34ten. Noch ein Jahr, dann müssen wir aufrunden. Du wirst alt.

Verwirrt betrachte ich den Brief und muss gestehen, ich bin irgendwie unzufrieden und unangenehm berührt. Es ist weder etwas super Spektakuläres, noch so lapidar, als dass es mich nicht berühren würde. Ein Bruder? Und nun beginnt sie zu bereuen, dass sie mich weggegeben hat?

In mir kommt so langsam der Wunsch auf, ihr ebenfalls mal ein paar Takte zu schreiben und ihr zu sagen, dass ich sie für eine dumme Schlampe halte … Aber stimmt das? Ist sie denn jetzt verheiratet, oder hat sie das nächste Kind vom nächsten Kerl, und ist wieder allein? Eigentlich weiß ich gar nichts über sie und habe kein Recht, ihr so etwas an den Kopf zu werfen. Dieses bittere Gefühl, das sich jetzt so langsam in mir breit macht, verleitet mich dazu. Wenn sie nicht will, dass ich schlechter von ihr denke, als sie verdient – dabei finde ich meine Gefühle mehr als verständlich – sollte sie sich mal selbst an mich wenden, statt Dad und Phil vorzuschicken, die sich über sie ausschweigen.

So wie ich Dad kenne, hat er die Briefe von ihr irgendwo fein säuberlich verstaut. Allerdings muss ich gestehen, dass Phils kleine Fotosammlung mich genauso reizen würde, und frage mich, wo die beiden so etwas wohl verstecken würden.

Hinter mir piept irgendwo erneut mein Handy, eine SMS. Ich ignoriere das geflissentlich, denn es gibt jetzt Wichtigeres und vor allem Interessanteres als Etiennes Sorgen um mich oder irgendwelche Werbemails von meinem Handyanbieter.

Dass mein Vater die Briefe im Arbeitszimmer verstaut, bezweifle ich. Es wäre erstens zu offensichtlich und zweitens hat er genügend Krempel unterzubringen und so groß ist das Zimmer nun auch nicht.

Mal davon abgesehen, bin ich mir ziemlich sicher, dass Phil und Dad diesen Kram, Fotos und Briefe alter Freunde, gemeinsam verstauen. Läge doch nahe, oder nicht?

Alle anderen Gedanken beiseite schiebend, schleiche ich mich runter in Dads Zimmer und lege den Brief genau dahin, wo ich ihn gefunden habe, bleibe kurz stehen und schaue mich um. Nein, ich glaube wirklich nicht, dass ich hier fündig werde. Wenn schon, dann eher in ihrem Schlafzimmer oder auf dem Dachboden, aber da ich tierische Angst habe, in ihrem Schlafzimmer weiß Gott was zu finden, nehme ich mir lieber den Dachboden vor.

Natürlich rede ich mir gern ein, die halten nur noch Händchen. Ist eine Beziehung über so viele Jahre nicht irgendwann ausgelutscht? Nein, ich weiß es besser. Wenn ich allein schon höre, wie sie nachts den Schlüssel im Schloss herumdrehen, vergeht mir alles. Dann springe ich in mein Bett, ziehe mir Kopfhörer auf und wage für die nächste Stunde nicht mehr die Musik leiser zu drehen, denn sonst könnte ich Dinge hören, die ich nicht hören will.

Ich schüttle mich angewidert und mache mich schleunigst auf den Weg nach oben, das Bild von Phil und Dad, wie sie sich küssen, vertreibe ich ganz schnell aus meinen Gedanken. Und da soll man dann normal im Kopf bleiben! Kein Wunder, dass ich so verwirrt bin!

Wahrscheinlich habe ich mir nur eingebildet, dass Nicholas mich so arg nervös macht. Immerhin kann das ja auch einfach nur daran liegen, dass er so unnahbar und erhaben wirkt, was in Wirklichkeit alles nur Schau ist. Während ich also wieder die Treppen hinaufsteige, habe ich plötzlich wieder vor Augen, wie Nicholas von der Couch gekugelt und der megafette Kater ihm ins Gesicht gerutscht ist. Dass er ihn überhaupt zuvor so liebevoll gekrault hat, war schon ein ziemlicher Schlag für mich, weil ich dachte, dass Nicholas eigentlich ein recht herzloser Kerl ist, und dann so was!

Grinsend mache ich mich am Dachbodenzugang im Flur zu schaffen. Falls Dad oder Phil jetzt nach Hause kommen, kann ich ja immer noch behaupten, ich hätte irgendwas anderes gesucht. Ein altes Videospiel vielleicht, oder eine CD.

Es dauert ein Weilchen, bis ich es schaffe, die Trittleiter herunterzulassen und sicher oben stehe. Unten im Haus ist es immer noch still. Bis die beiden wieder da sind, vergehen sicher noch einige Stunden und ich habe genug Zeit, nach Fotos und Briefen zu suchen.

Himmel, wie lange war ich nicht mehr oben? Wie lange war überhaupt schon niemand mehr hier? Unsicher schaue ich mich um, mustere die Dachbalken und die dicke Staubschicht, die auf so ziemlich allem hier liegt, bis mir eine kleine Spur auf dem Boden auffällt, auf der die Staubschicht weniger dick ist. Das muss ein Witz sein, oder? Ein lächerlicher Witz. Da krieche ich mal aufs Geratewohl auf den Dachboden, um die Nadel im Heuhaufen zu suchen, und dann legt man mir Brotkrumen hin? Da hinten bei einer alten, weinroten Chaiselongue und diversen anderen, abgenutzt aussehenden Schränken und einem Tisch enden die Spuren auf dem Boden.

Mit einem merkwürdigen Gefühl im Bauch folge ich dieser Spur. Ich halte vor einem kleinen Schränkchen aus dunklem Holz, in dessen Schlüsselloch ein schöner, verschnörkelter Schlüssel steckt, und kann ihn für einige Herzschläge einfach nur anstarren.

So fühlt es sich also an, wenn man seiner Vergangenheit auf der Spur ist. Das schlechte Gewissen verdränge ich, während ich zögernd nach dem Schlüssel greife, ihn drehe und dann die Tür öffne. Im oberen Teil des Schränkchens befinden sich ganz offensichtlich die gesuchten Briefe. Sie liegen lose und ungeordnet darin herum, besonders wertvoll scheinen sie für Phil und Dad also nicht zu sein. Der untere Teil ist komplett ausgefüllt mit einem alten, stark abgenutzten Schuhkarton. Obwohl ich eher an den Briefen interessiert bin, ziehe ich ihn wie gebannt hervor und öffne ihn.

Ganz obenauf liegt ein Foto von mir, als ich höchsten zehn war, direkt daneben eines von Dad, ebenfalls einige Jahre jünger als jetzt. Darunter, ungeordnet und durcheinander geworfen, finde ich noch mehr Fotos zwischen alten, sehr ramponiert aussehenden Collegeblöcken. Was um Himmels willen habe ich hier gefunden? Alte Notizen? Eventuell … Und ich wage mich kaum, das zu Ende zu denken … *Tagebücher?* Da gleich oben drauf die gesuchten Fotos lagen, muss der Inhalt des Kartons etwas mit der Vergangenheit zu tun haben.

Mein Herz klopft wild und ich spüre, wie meine Hände anfangen zu zittern. Kann ich es wagen, die Kiste mit hinunterzunehmen? Würde es einer der beiden merken und dann wütend werden? Ich sollte nicht herumschnüffeln, schon gar nicht in etwas so Privatem, aber ich kann einfach nicht anders. Meine Väter haben nie von früher geredet und ich weiß so wenig von meiner leiblichen Mutter … Ich muss diese Kiste mitnehmen, auch wenn ich mich dabei mies fühle!

Hektisch greife ich mir die Briefe und werfe sie ebenfalls in den Karton, bevor ich den Schrank wieder verschließe und den Schlüssel einstecke.

Plötzlich ist die Angst, erwischt zu werden, noch viel größer als zuvor. Schließlich ist auch mein Fund und ebenso der Verrat größer. Also mache ich mich hektisch daran, wieder in meinem Zimmer zu verschwinden und falle dabei beinahe die Holzleiter hinunter.

Bis ich endlich in meinem Zimmer stehe, scheint eine halbe Ewigkeit vergangen zu sein, in der mich jeder hätte entdecken können. Diese blöde Dachbodenluke wollte einfach nicht zugehen.

Den Karton nehme ich mit auf mein ungemachtes Bett, von dem ich die Decke kurzerhand hinunterwerfe, um Platz zu schaffen. Ein schneller Blick auf die Uhr verrät mir, dass es erst halb zehn ist, wobei es draußen so dunkel ist, dass man meinen könnte, es sei schon Abend. Genügend Zeit also, um zu schauen, was in der Schachtel ist und sie dann so schnell wie möglich wieder hochzubringen.

Das Wetter passt perfekt zu meiner absolut hirnrissigen, gemeinen und obendrein auch noch verräterischen Aktion. Doch mal ganz ehrlich, was bleibt mir anderes übrig? Die beiden reden so wenig über die Vergangenheit, über die Umstände meiner Geburt und alles, da ist es doch natürlich, dass ich neugierig bin!

Also hebe ich wieder den Deckel an und räume mit dem schlechtesten Gewissen überhaupt die Briefe hinaus, ignoriere sie jedoch fürs Erste und greife nach einem der alten Collegeblöcke.

Hastig schlage ich die erste Seite auf, lese mit einer irrsinnigen Freude über den Fund die oberste Zeile: 02. Februar 2005

Die Schrift ist eindeutig Phils, und wenn ich raten darf, dann ist das eines der letzten Tagebücher. Sicher gibt es noch ältere. Vorsichtig lege ich den Collegeblock zur Seite und nehme die nächsten heraus, darauf bedacht, die Fotos, die überall dazwischen herumfliegen, nicht mit herauszuziehen.

Der erste Eintrag des nächsten Blocks ist datiert auf 2002, der davor auf 1999. Der nächste wieder einige Jahre früher mit 1997 und der unterste und wohl auch älteste beginnt mit dem Herbst 1994, einige Zeit vor meiner Geburt.

Herbst 1994

Ich kann es nicht abstreiten. Anfangs habe ich ihn wirklich überhaupt nicht leiden können.
Es muss ein Montag Mitte September gewesen sein, als er in unsere Klasse kam. Wie er dastand und mit der Andeutung eines Lächelns in die Runde schaute, mit einem leichten Hochziehen der Augenbraue die Mädchenherzen eroberte und im nächsten Moment mit desinteressiertem Nichtbeachten wieder brach ... Er sah gut aus. Und er wusste das ganz offensichtlich, denn die Arroganz, die er ausstrahlte, war beinahe greifbar. Kein Wunder also, dass ich ihn vom ersten Augenblick an nicht leiden konnte. Jan stichelte, meine Abneigung begründe sich nur darin, dass er mich keines Blickes würdigte und vielleicht hatte er Recht. Ich war es

nicht gewohnt, dass man mich nicht neugierig ansah – geschweige denn mich nicht einmal zur Kenntnis nahm. Aber damals hätte ich mir lieber jedes Piercing einzeln herausreißen lassen, als das zuzugeben.

Ich sagte mir, ich wolle eben nur nichts mit diesem arroganten, ach so coolen Typen zu tun haben, dessen Kleidungsstil sich ebenso von meinem unterschied wie sein ätzendes Verhalten. Ich, Phil, der von allen respektierte, schwule Punk und er, dieser schmale, schwarzhaarige Kerl mit dem Engelsgesicht und den großen, dunklen Augen, der etwas zwischen Emo und Metaller zu sein schien.

Nicht mein Fall, ganz klar. Aber da hatte ich die Rechnung natürlich ohne Jay, der sich mein bester Freund schimpfte, gemacht. Er konnte es sich nicht verkneifen, unserer Truppe noch jemanden hinzuzufügen, vor allem nicht, wenn der doch angeblich so toll war. Als ob wir mit fünf Leuten nicht schon genug gewesen wären, dachte und wetterte ich, aber es half nichts. Er war da und ich wurde ihn nicht mehr los.

Gespannt lese ich auch die folgenden Seiten. Erstaunt über die Ernsthaftigkeit und Erzählkunst meines Zweitvaters, streiche ich mit den Fingern über eine vergilbte Seite. Die Kleinigkeiten über Falco und Jay kenne ich bereits. Der Blick auf *Olli* ist allerdings interessant – meine *Mutter*…

Sie mochte also niemanden außer diesen paar Leuten? Und meinen Vater ebenfalls nicht? Trotzdem sind sie später zusammen im Bett gelandet. Zusätzlich zu dem Gedanken »*meine Mutter ist eine Schlampe*«, gesellt sich jetzt noch ein Hauch von Düsternis dazu. Sie scheint ja nicht gerade ein Sonnenschein gewesen zu sein, wenn sie sonst niemanden mochte.

Und wer dieser Sven ist, weiß ich auch nicht, also mache ich mich neugierig daran, die nächsten Einträge zu durchforsten. Sicher gibt es noch eine Menge mehr von diesen kleinen Informationen über *Olli*.

Der nächste Eintrag, datiert auf Januar 1995, handelt von ihrem ersten Streit an Dads sechzehntem Geburtstag und über Probleme, die er wohl gehabt haben musste. Davon weiß ich nicht viel. Er hat Narben an den Armen, die früher schlimmer aussahen als heute, wo sie nur noch verblasste Erinnerungen an Zeiten sind, von denen mir niemand wirklich gern berichtet.

Phil wiegelt Fragen immer damit ab, dass diese Zeiten vorbei sind und nun alles gut ist. Aber ich weiß noch, welche Sorgen ich mir als kleines Kind wegen diesen feuerroten, dicken Narben gemacht habe, die beinahe jeden Millimeter von Dads Haut auf den Armen ausfüllten. Alpträume hatte ich. Worüber, das weiß ich heute nicht mehr.

März 1995

Manchmal hatte ich das Gefühl, dass ich langsam verrückt wurde. Vielleicht war ich auch nur neben der Spur, ein bisschen wie ein Schlafwandler, der noch immer nicht richtig wach ist – auf jeden Fall war ich bodenlos durcheinander.

Manchmal kam mir der Gedanke, dass er mich unwissend so vollkommen aus der Bahn brachte.

Ich ertrug diese Nähe nicht, weil alles in mir nach mehr schrie, ein »Mehr«, wie ich es mir selbst nicht geben konnte, weil er eben nicht so war wie ich.

Ich rief diesen anderen Typen an. Ich küsste ihn, berührte ihn, schlief mit ihm und in Wirklichkeit war es doch nur immer wieder Juli unter mir, auf mir, in meinen Armen.

Die Realität sah anders aus. Und ich war nicht der einzige, der den Verstand zu verlieren schien. Es war doch so aussichtslos! Warum wollte ich Juli? Und warum wollte Falco ihn?

Es dauerte nicht lange, bis es mir endlich dämmerte. Er musste ihn wirklich lieben, die Eifersucht zerfraß ihn förmlich. Ich konnte es sehen, aber ich konnte nichts dagegen tun, dass ich Genugtuung empfand, wenn Juli mich ansah, mich anlächelte, mich umarmte und Falco es mitbekam. Aber obwohl wir zwei Idioten waren, die sich selbst zu verlieren drohten, ging das Leben weiter. Wir alle gingen unseren bislang noch gemeinsamen Weg, ohne zu murren.

Der Winter zog vorbei, der Frühling kam, wir machten so unfassbar viel Unsinn und hatten Spaß. Es gaukelte uns ein Gefühl von Für immer vor, so lange, bis der Topf

zu brodeln begann und aus unserem ewigen Lachen und
Lieben plötzlich Lügen und Schreien wurde und unsere
dumme, unverfängliche Welt auf den Kopf stellte.

Die nachfolgenden Einträge, die sich über den Zeitraum von Frühling bis Spätsommer 1995 erstrecken, erzählen davon, dass Falco in meinen Vater verliebt war, dass er die langsam aufkeimende Liebe zwischen meinem Vater und Phil manipulieren wollte und es auch fürs Erste geschafft hatte. Das ist interessant, denn ich wusste nicht, dass Falco und Dad mal … Na ja.

Ich kenne den Italiener nur als fröhlichen kleinen Kerl, als besten Freund meines Vaters, der als einziger immer gerne mit mir die kindischsten Spiele als Kind gespielt hat. Dass er zu so etwas fähig sein kann, hätte ich niemals gedacht. Wie alt waren sie damals? Zum Zeitpunkt meiner Geburt war Dad siebzehn und Phil achtzehn. Falco kann höchstens sechzehn gewesen sein.

Das Nächste, was mir ins Auge fällt, ist ein winziger Eintrag, der vom Ende der Sommerferien handelt und nach dem sie sich wohl alle ziemlich die Birne weggesoffen haben. Laut Phil gab es zu viel Alkohol und gekifft haben sie auch. Meine Güte, die waren schlimm als Jugendliche! Das Auffallende an diesem Eintrag ist der kleine, nachträglich hinzugefügte Vermerk darunter: *Emilio.*

Was hat das zu bedeuten? Dass ich an diesem Tag gezeugt wurde, im Suff und unter Drogeneinfluss? Na super, das ist ja noch unschöner, als ich es mir vorgestellt habe. Angewidert blättere ich weiter bis zu einem Eintrag vom 15. Oktober 1995. Ab da beschreibt Phil, wie er und Dad sich gemeinsam um meine schwangere Mutter kümmern, dass niemand weiß, wer der Vater ist und dass Dad eine Therapie macht.

Über den Winter war dann ein Cousin von Falco aus Italien zu Besuch, in den sie sich wohl sehr verliebt haben muss und dieser schien, laut Phil, diese Gefühle auch und trotz ihres Babybauches, zu erwidern. Ist sie wegen diesem Filippo nach Italien? Hat sie mit ihm einen Sohn, den sie großgezogen und um den sie sich gekümmert hat? Ist sie verheiratet und glücklich? Unsicher schiele ich auf den Haufen Briefe und lege den Collegeblock schließlich zur Seite. Na dann, Emilio … heute lernst du deine Mutter kennen.

Nicholas

Zögerlich betrachte ich das Haus vor mir, werfe einen Blick auf meinen kleinen Notizzettel und dann wieder auf die Hausnummer. Eigentlich bin ich hier richtig. Ich habe trotzdem Angst, dass ich doch am falschen Haus gelandet bin. Gibt es noch mehr Straßen mit diesem Namen hier in der Stadt? Ach, Unfug. Todsicher bin ich hier richtig, schließlich hat Eddy mir den Weg erklärt und die Adresse gegeben. Nachdem Emilio sich so lange nicht gemeldet hat, habe ich mir Sorgen gemacht und mir heute mal Eddy vorgeknöpft. Hatte ich gedacht, dass er mir ebenfalls aus dem Weg ginge und mir nichts verraten würde, so hab ich mich eindeutig getäuscht. Er hat mir alles von Anfang an erzählt und nicht zuletzt, dass heute die kleine, hinterhältige Freundin von Emilio mit ihm Schluss gemacht hat. All die SMS, die ich ihm seitdem geschrieben habe, hat er nicht beantwortet.

Da konnte ich einfach nicht mehr ausharren. Dauernd sehe ich vor meinem inneren Auge Emilio und male mir aus, dass er weint und sich in seinem Zimmer verschanzt, und das ist zum größten Teil meine Schuld. Wenn ich diesen Arsch, der dafür verantwortlich ist, in die Hände kriege, dann wird er sich wünschen, nie geboren zu sein.

Ich mache ein paar Schritte auf das Haus zu und mustere dabei die beiden Autos in der Einfahrt. Verflucht sei mein Stundenplan, der mir für heute ganze zehn Schulstunden aufgebrummt hat, ausgerechnet heute. Wenn ich früher hier gewesen wäre, müsste ich jetzt nicht Emilios Eltern, besonders diesem Hünen von Vater, entgegentreten. Ich kann nicht leugnen, dass er mir irgendwie Angst macht.

Komm, das ist jetzt egal, Nicholas. Du musst zu ihm, er ist ganz alleine und es geht ihm schlecht. Reiß dich zusammen …

Schneider und Koring. Also ist er doch ein Scheidungskind. Wie er wohl mit Nachnamen heißt? Emilio Schneider oder Emilio Koring? Klingt beides bescheuert. Wie kommt man denn auf die Idee, seinem Kind einen italienischen Namen zu geben, wenn man so einen Nachnamen … Noch ehe ich zu Ende denken kann, wird plötzlich die Tür geöffnet und mir gegenüber steht ein schlanker, schwarzhaariger Mann, der höchstens Ende zwanzig ist und mich aus seinen großen braunen Augen fragend mustert, die so viel Ähnlichkeit mit Emilios haben, dass ich für einen Moment sprachlos bin.

Ist das sein Bruder? Oder sein Vater? Und wer war dann der andere Typ? Nein, der hier sieht Emilio so ähnlich ... Die vollen Lippen, die weichen Gesichtszüge ... Sie müssen verwandt sein, aber was war dann der andere für ein ...

»Ja?«, fragt der Kerl und sieht mich abwartend an, ein etwas irritiertes Lächeln im Gesicht, und reißt mich so aus meinen Gedanken.

»Äh ... ich ... ich will zu Emilio, der wohnt doch hier, oder?«, stammle ich verwirrt und wenig geistreich.

Der Unbekannte nickt und schaut mich an, als wäre ich ein bisschen bescheuert im Kopf. »Ja, der wohnt hier. Und du bist ...?«

Plötzlich ertönen aus dem Flur hinter ihm Schritte und da steht dieser Phil, der in der Schule das Gespräch mit dem Rektor geführt hat.

»Juli?«, fragt er mit seiner dunklen, rauen Stimme und kommt näher. »Wer ist denn ... Oh, was machst du denn hier?«

Was um Himmels willen ist das denn für eine Familie? Langsam beginne ich an meinem gesunden Menschenverstand zu zweifeln. Dieser Phil, dachte ich, muss sein Stiefvater sein, aber dieser andere, den er Juli genannt hat, der ist eindeutig nah mit Emilio verwandt. Das kann doch unmöglich sein Vater sein, dafür ist er viel zu jung! Eher ein Bruder? Warum wohnt der dann noch zu Hause? Und wo zum Geier ist seine Mutter?!

»Du kennst ihn?«, fragt dieser Juli und dreht sich kurz um. Für einen kleinen Moment wage ich es, einen Blick an ihm hinabzuwerfen. Schmaler Körperbau, schlank und trotzdem gut proportioniert. Enge Jeans und ebenso enges T-Shirt. Er könnte sogar noch jünger sein, vielleicht Mitte zwanzig?

»Ja, der war bei dem Gespräch in der Schule dabei. Was gibt's?« Lässig lehnt Phil sich hinter dem Typen namens Juli gegen den Türrahmen, *ganz nah* hinter diesen Typen und mustert mich wieder mit diesem eiskalten Lächeln, das mir solche Angst macht. Scheint, als könnte der mich überhaupt nicht ausstehen. Ich beschließe, ihn einfach zu ignorieren und wende mich an den anderen, der sieht wesentlich friedfertiger aus.

»Hallo«, versuche ich, mich jetzt noch einmal ordentlich vorzustellen. »Ich heiße Nicholas, ich bin ein Freund von Emilio und sein Gitarrenlehrer.« Nach einer winzigen Pause setze ich noch hinzu: »Und ich bin Schulsprecher und war deswegen bei dem Gespräch dabei.« Nicht, dass der Typ noch denkt, dass es wegen mir Probleme gab.

Dieser Juli nickt jetzt, sieht etwas freundlicher aus, weniger misstrauisch. »Hallo, ich bin Julian, Emilios Vater«, und damit schiebt er Phil aus dem Weg und macht selbst Platz im Türrahmen.

»Komm ruhig rein, er ist oben in seinem Zimmer und kann einen Freund gerade sicher gut gebrauchen.«

Ich rühre mich keinen Millimeter, sondern starre ihn jetzt nur ganz entgeistert an. Julian entgeht das nicht, er mustert mich kurz, dann grinst er breit und bekommt dabei haargenau dasselbe Grübchen in der linken Wange wie der Kleine. Er greift sanft, aber bestimmt nach meinem Handgelenk und zieht mich ins Haus hinein.

»Verwirrt?«, fragt er belustigt und klopft mir sanft auf die Schulter. Ich schaffe es nicht einmal zu nicken, sondern starre nur Phil an, der gelassen zurück starrt und die Schultern zuckt, als hätte ich irgendwas gesagt.

»Ich … ich dachte, Sie wären sein Vater«, stammle ich durcheinander, an Phil gewandt und werfe dann wieder Julian einen Blick zu. Dieser schüttelt jetzt entschuldigend den Kopf.

»Nein, nein, das bin ich.«

»Und wieso hat der Schulleiter dann zugelassen, dass … na ja …«

Phil stößt sich von der Wand ab und macht Anstalten, in Richtung eines Zimmers am Ende des Flurs zu verschwinden. Dabei wirft er mir die Erklärung wie nebensächlich vor die Füße. »Weil ich der Lebensgefährte seines Vaters bin, deshalb. Weil ich seine Windeln öfter gewechselt habe als sonst jemand.« Und damit verschwindet er.

Mit einem Mal spüre ich, wie das Blut heiß in meinen Kopf steigt und zu allem Überfluss kann ich mir ein lautes, entsetztes Aufkeuchen nicht verkneifen. Lebensgefährte … seines Vaters?! Oh verflucht, dieser Hüne da ist schwul und Emilios Vater auch und die beiden … Und ich dachte, er hätte was gegen … Oh Gott, ich bin ein Vollidiot, ein riesengroßer Vollidiot, der größte Trottel, den es gibt!

Julian räuspert sich vernehmlich und tippt mich sachte am Arm an. Ich wende ihm nur zögerlich das Gesicht zu, sehe, dass sein Grinsen eine herausfordernde Note angenommen hat. Er scheint über meine Reaktion jedoch mehr belustigt zu sein, als sich angegriffen zu fühlen.

»Wenn du den Schock überwunden hast und zu ihm willst, geh da hinten rechts die Treppe hoch, zweite Tür rechts.«

Damit lässt auch er mich alleine im Flur zurück. Vielleicht habe ich ihn gekränkt mit meiner Reaktion, oder er interpretiert mein Verhalten falsch, ich weiß es nicht. Das ist allerdings fürs Erste auch vollkommen egal.

Mit schwachen Beinen und einem brennenden Schamgefühl in der Brust schleiche ich den Flur entlang und die Treppe hinauf, spüre mein Herz immer schneller und nervöser schlagen. Wie peinlich! Wie soll ich ihm jemals wieder unter die Augen treten? Was habe ich Emilio alles an den Kopf geworfen, weil ich dachte – Himmel, ich bin so dumm!

Ich irre ein wenig durch den Flur, versuche, Julians Worte zu rekonstruieren und klopfe schließlich – hoffentlich – an Emilios Tür. Ich bin zu verwirrt, um auch nur einen klaren Gedanken zu fassen, schrecke jedoch auf, als es in dem Zimmer laut poltert und ich eine bekannte Stimme aufstöhnen höre.

»Was?!«, ächzt Emilio unfreundlich und ich räuspere mich. »Hey, ich bin's, Nicholas. Kann ich reinkommen?«

Wieder ertönt ein Poltern, ein leise gefluchtes »Scheiße!« und nach einer gefühlten Ewigkeit und hastigem Hin- und Hergerenne klickt das Türschloss vernehmlich. Er öffnet mir hektisch und wischt sich mit seinem Handrücken noch schnell über die rotgeweinten Augen.

Für einen kurzen Augenblick starren wir uns an, durcheinander und verzweifelt, fragend, ehe ich mich zusammen mit ihm ins Zimmer dränge, die Tür zuschlage und ihn in einer Art Kurzschlussreaktion fest in die Arme nehme.

Er sagt nichts, legt die Hände nur zögernd auf meinen Rücken und drückt das warme Gesicht ein wenig fester an meine Schulter. Er zittert, während ich nach Worten ringe.

»Es tut mir so leid«, bringe ich schließlich rau hervor. »Ich wusste nicht … Es tut mir so leid, dass ich so schrecklich zu dir war!«

Natürlich ist er empfindlich, wenn es um Schwule geht! Seine Eltern sind beide Männer … Er ist damit aufgewachsen, ihm wurde weiß Gott was an den Kopf geworfen … Natürlich gibt es dann Zündstoff, wenn er mit mir gesehen wird! Hätte ich das gewusst …

Ob er weiß was ich meine oder nicht, er schüttelt an meiner Schulter den Kopf, drückt sich von mir weg.

»Ist okay«, schnieft er leise und dicke Tränen kullern dabei aus den großen braunen Augen. Erst jetzt wird mir sein gesamter, absolut mitleiderregender Aufzug bewusst. Von den zerzausten Locken über das ausgeleierte T-Shirt, die schmale Gestalt, die verstaubte Schlafanzughose und die nackten Füße. Er sieht so hilflos, so einsam aus, dass es mir die Brust zuschnürt. Ich will ihn direkt wieder an mich ziehen, da nimmt er plötzlich meine Hand und zieht mich in Richtung seines Bettes, auf das er sich schließlich, mich loslassend, draufwirft und das Gesicht im Kissen vergräbt.

Er sagt nichts, also nehme ich es einfach als Einladung und setze mich auf den Rand, ziehe die Jacke und die Schuhe aus, dann die feuchten Socken und schließlich auch die am Saum nasse und mit Matsch beschmierte Jeans. Hoffentlich wird ihn das nicht stören.

Ein kurzer Blick zu ihm verrät mir jedoch, dass er mich gar nicht richtig beachtet. Er drückt nur sein Gesicht ins Kissen und ich vermute, dass er still und leise noch mehr Tränen vergießt.

Bei dem Anblick wird mir ganz anders und ich schere mich jetzt einfach mal einen Dreck darum, ob es ihm unangenehm sein könnte. Nur in Boxer und T-Shirt rutsche ich aufs Bett, ganz nah an ihn heran, und lege einen Arm um ihn.

Mit einem Mal presst er sich nicht mehr ans Kissen, sondern rückt mit einem trockenen Schluchzen an mich heran und drückt sich an mich, den Kopf auf meinen Arm legend. Dort weint er sich aus, bis nicht mehr eine einzige Träne aus den rotgeränderten Augen kommt.

Wir liegen eine ganze Weile aneinandergeschmiegt da, während das sowieso schon recht kärgliche Tageslicht endgültig verschwindet, und das Zimmer nur noch von einer kleinen Lampe erhellt wird.

Dass seine Freundin ihn verlassen hat, scheint ihm sehr nahezugehen. Es tut mir auch leid für ihn – doch eigentlich bin ich erleichtert. Schließlich weiß ich aus erster Hand, dass sie ihn sowieso nur ausgenutzt hat. Und eigentlich ist er auch zu gut für sie.

Er ist vielleicht aufbrausend und lässt sich schnell reizen, aber er ist süß und hat das Herz am rechten Fleck. Er verdient es nicht, dass er betrogen wird und ganz sicher verdient er es nicht, dass seine Klassenkameraden ihn wegen der Beziehung seiner Eltern fertigmachen.

Emilio weint jetzt nicht mehr. Er liegt seitlich zu mir auf meinem Arm, den unruhigen, nachdenklichen Blick aus den dunklen Augen auf mein T-Shirt gerichtet und regt sich nicht mehr. Ich lasse ihn und genieße einfach die ungewohnte Nähe. Egal, was ich jetzt sagen würde, es wäre doch sowieso nicht das Richtige. Für sein Problem in der Schule weiß ich auch keine so rechte Lösung. Vielleicht sollten wir zum Schulleiter gehen. Andererseits hat mir Etienne ja erzählt, dass Emilio sich seit Jahren ohne Erfolg bemüht, in eine andere Klasse versetzt zu werden.

Der Kleine reißt mich mit einem Mal aus meinen Gedanken, als er plötzlich die Hand vorsichtig auf meine Brust legt. Ich zucke leicht zusammen, schaue ihm verwundert ins Gesicht. Er starrt immer noch auf mein T-Shirt, beißt sich dabei auf die Unterlippe und sieht sehr unsicher aus.

»Was hast du?«, frage ich zögerlich. Er antwortet nicht. Stattdessen streicht er mir mit der Hand ganz leicht über die Brust. Er drückt seine Wange fester an meinen Arm und ohne meinen fragenden Blick zu erwidern, rückt er etwas näher an mich heran.

Als sein warmer Atem meinen Hals streift, setzt mir das Herz für ein paar Takte aus, nur um dann schneller und heftiger zu schlagen als zuvor. Mir ist vollkommen schleierhaft, wieso er das tut. Doch anscheinend hat er nicht vor, mir sein merkwürdiges Verhalten zu erklären. Ich mustere nur weiterhin nervös sein Gesicht und weiß selbst nicht so recht, warum er mein Herz so zum Rasen bringt. Vor zwei Wochen noch haben wir uns andauernd gestritten. Sicher, ich habe es immer ziemlich genossen, vor allem den Anblick seines zorngeröteten Gesichts – einfach anbetungswürdig – nur warum kommt *er* mir plötzlich so nahe? Er hat es doch auch sonst immer vermieden.

Als seine Hand von meiner Brust hinaufstreicht, zu dem Stück nackter Haut an meinem Schlüsselbein, und er vorsichtig mit dem Zeigefinger darüberfährt, jagt er mir damit eine merkwürdige Gänsehaut über den Rücken. Er sollte mich nicht so anfassen, wenn er nicht ... Oder war das vielleicht doch alles nur Schau? Will er mich vielleicht doch anders, nicht nur bloß als Kumpel?

Ich spüre das Kribbeln, das sich von seinen Fingern aus einen Weg durch meinen Körper bahnt. Es macht mich nervös und gleichzeitig will ich, dass er weitermacht. Emilio folgt seinem Finger mit den Augen. Er sieht so unsicher, so verletzlich aus. Die noch immer geröteten Augen und seine sommersprossige Stupsnase lassen meinen Puls in ungeahnte Höhen schnellen.

Als er weiter hinaufstreicht, über mein Kinn und sein Blick an meinen Lippen festhängt, meine ich, Schmerz in seinen Augen zu lesen. Ich kann nun doch nicht länger ruhig bleiben, lege meine kalte Hand auf seine vorwitzigen Finger und drücke sie an meine Wange.

»Was machst du da?«, frage ich leise.

Emilio beißt sich wieder auf die Unterlippe und stößt hörbar seinen Atem aus. Er zögert, ehe er heiser und mit unverkennbarer Verzweiflung in der Stimme antwortet: »Ich weiß es nicht ...«

Ich will diese angespannte Atmosphäre lösen, will ihn von mir schieben und dieses Kribbeln fortwischen. Gleichzeitig will ich ihn näher an mich ziehen und ihn küssen, herausfinden, wie seine Lippen schmecken. Ich kann nicht anders, als mich selbst bei diesen Gedanken für verrückt zu erklären. Warum sollte ich ihn küssen? Natürlich, ich habe es schon einmal getan, aber das waren andere Umstände und jetzt ... Jetzt, in diesem Moment, bringt er mich so aus dem Konzept wie kaum ein anderer vor ihm.

Rau murmle ich seinen Namen, nur um irgendwas zu sagen, das diese Anspannung vielleicht von mir nehmen könnte. Es entlockt Emilio nur ein merkwürdiges, kleines Geräusch, eine Mischung aus Aufseufzen, Stöhnen und einem leisen Lachen.

Und dann tut er etwas, dass meine Beine so schwach werden lässt, dass ich froh bin, zu liegen. Er hebt das Gesicht und für einen Moment trifft mich sein Blick mitten ins Herz. Ich sehe eine kleine, unsichere Furche zwischen seinen Augenbrauen, dann scheint er sich einen Ruck zu geben, lehnt sich zu mir und presst seine Lippen mit einer wilden Verzweiflung auf meine.

Erschrocken lasse ich seine Hand los, welche immer noch auf meiner Wange ruht. Er drückt sich jedoch umso fester an mich, sein ganzer Körper reibt sich an mich.

Mir entweicht ein entrücktes Aufstöhnen, als er die Lippen öffnet und seine Zunge vorsichtig meine Unterlippe streift. Er küsst mich. *Emilio küsst mich.*

Ich verbanne alle Gedanken, greife fest nach seiner Taille und ziehe ihn näher an mich, erwidere seinen unbeholfenen Kuss heiß und heftig.

9

Emilia

Er will mich. Wie er mich heiß umfasst, leise in den Kuss stöhnt und mit seiner Zunge schon fast brutal in meinen Mund eindringt ... Er will mich wirklich. Aber will ich ihn auch? Will ich *das hier* und dann im Prinzip das bestätigen, was meine Mutter von mir erwartete? Dass ich ebenso schwul werden würde wie meine Väter?

Fast bin ich soweit, ihn wieder von mir zu schieben, als er mit seiner Zungenspitze die meine berührt und damit etwas in mir auslöst, dass ich so nie erfahren habe. Ein wohlig-heißer Schauer durchfährt mich, jagt mir eine Gänsehaut über den Rücken, als er diesen Kuss, der mein erster richtiger ist, noch ein wenig vertieft und mich in dieses Zungenspiel verwickelt. Entgegen all meinen Erwartungen mache ich mir keine Sorgen, ich könnte etwas falsch machen. Nicholas führt mich.

Sanft aber bestimmt drückt er mich auf die Matratze, beugt sich über mich, ohne den Kuss zu unterbrechen. Ich spüre irgendwo am Rande, wie seine Hand vorsichtig um meinen Hosenbund streichelt und sich dann neugierig unter mein T-Shirt schiebt. Michelle hat Recht. Ausprobieren. Nicht nachdenken. Ich denke eindeutig zu viel.

Seufzend lege ich meine Arme in seinen Nacken und ziehe ihn näher an mich, beiße ihm vollkommen neben mir stehend zart in die Unterlippe und weiß im selben Moment, dass ich das schon immer mal machen wollte. Seine Reaktion gibt mir Recht. Er keucht leise auf, seine Hand unter meinem Shirt verschwindet und stattdessen liegt er nun mit seinem ganzen Gewicht auf mir, ein Bein zwischen meine Schenkel gedrückt. Ich spüre deutlich, dass sich bei ihm etwas regt – wegen mir!

Eine heiße Erregung ergreift mich, lässt mich atemlos in den Kuss keuchen und plötzlich, nach all den Jahren, habe ich zum allerersten Mal in meinem Leben wirklich Verständnis für meinen Vater und für Phil. Heißt das etwa ...?

Ich komme nicht dazu, diesen Gedanken zu Ende zu denken, denn Nick löst den Kuss, lehnt mit geschlossenen Augen die Stirn gegen meine und murmelt ganz leise »Verflucht«, was mich vollkommen aus dem Konzept bringt. Was ist denn jetzt los?

Zögernd löse ich meine Umklammerung, lasse die Arme sinken, während er den Kopf schüttelt, die Augen öffnet und sich ein wenig von mir entfernt.

»Tut mir leid«, murmelt er, lässt den Blick über meine Augen zu meinem Mund gleiten und wieder zurück. »Du bist vollkommen aufgewühlt und ich nutze das aus.« Damit gleitet er von mir herunter, bleibt jedoch nah neben mir liegen, stützt sich mit einem Arm ab und mustert mich.

Ich weiß gar nicht, was ich dazu sagen soll. Er hat mich ja nicht dazu gebracht, ihn zu küssen, das war meine wahnwitzige Idee, also schüttle ich leicht den Kopf. »Nein, ich wollte das ja«, gebe ich zu und begreife im selben Moment erst richtig, dass ich es tatsächlich *wollte*. Seit wann? Ich scheine gar nicht gemerkt zu haben, dass sich irgendwas geändert hat … Und zwar gewaltig.

Für einige ewig andauernde Momente mustert er mich mit gerunzelter Stirn, sieht ein wenig besorgt aus, ehe er sich ganz vorsichtig nähert und mir einen sanften Kuss auf die Lippen haucht, mehr eine unausgesprochene Frage als alles andere.

»Warum hast du denn nichts gesagt?«, fragt er leise, als er sich wieder entfernt und ich weiß, er meint nicht diese vollkommen irre Tatsache, dass ich ihn wirklich küssen wollte.

»Ich habe Etienne abfangen müssen, der hat mir alles erzählt.« Ah, da hat er also meine Adresse her …

Natürlich habe ich nichts gesagt. Er macht doch alles nur schlimmer, wenn er sich einmischt und sich dann eventuell auch noch für mich einsetzt. Damit würde ich ja gleich alle Gerüchte bestätigen.

»Emilio«, seufzt Nicholas und reißt mich damit aus meinen Gedanken. »Warum hast du geweint? Wegen deiner Freundin, der Schule?«

Klar will er helfen, doch das kann er nicht. Weder kann er machen, dass Sophie mich zurück will, noch kann er Lars das Maul stopfen. Oder die Zeit zurückdrehen und erreichen, dass meine Mutter mich wollte und mir nicht so schreckliche Gefühle entgegenbringt wie die, die ich aus ihren Briefen herauslesen konnte.

Wieder spüre ich diesen heißen Stich in der Brust, der mir beim Lesen der Briefe ein treuer Begleiter war.

Ich wünschte, ich hätte ihn abgetrieben. Dann wären wir jetzt alle besser dran.

Ich schließe für einen kurzen Moment die Augen, und versuche, dieses Bild von Dad und Phil, ohne mich, zu verdrängen. Wären sie glücklicher, wenn ich nicht da wäre? Und meine Mutter, hätte sie Falcos Cousin geheiratet? Wären Dad und Phil überhaupt noch zusammen, wenn es mich nicht geben würde?

Neben mir raschelt es leise, Nicholas bettet seinen Kopf auf mein Kissen und legt einen Arm vorsichtig um meine Mitte. »Ich weiß, ich habe dir nicht viel Grund gegeben, aber du kannst mir vertrauen, Emilio. Außerdem hast du doch noch Etienne. Wir können sicher eine Lösung finden, und was deine Fr...«

»Sie ist nicht mehr meine Freundin«, unterbreche ich ihn fast etwas zu ruppig. »Ich will nicht darüber reden, bitte!«

Nicholas schweigt kurz, dann macht er Anstalten, seinen Arm fortzuziehen und sich zu erheben. »Dann soll ich gehen?«

Diesmal mache ich nicht denselben Fehler wie heute früh, sondern greife hastig nach seiner Hand und halte ihn fest. Ich will nicht alleine sein. Zu Phil habe ich nichts sagen können. Diesmal ist die Furcht vor dem Alleinsein größer und bündelt sich mit dem Schmerz, den die ablehnenden Worte meiner Mutter hervorgerufen haben.

»Bitte!«, stoße ich leise und mit zitternder Stimme hervor. Ich setze mich auf, betrachte Nicholas' Gesicht und bin mir todsicher, dass ich nicht will, dass er geht. »Lass mich nicht allein. Bleib bitte hier, sei einfach nur da ... Ich will nicht alleine sein!«

Himmel, wie jämmerlich ich mich anhöre! Natürlich kann auch Nick da nicht kalt bleiben.

Mit einem Ausdruck, der irgendwo zwischen Mitleid und Zärtlichkeit liegt, schaut er mich an. »Nein, natürlich bleibe ich bei dir, wenn du das willst.«

Damit legt er sich wieder hin, zieht mich an seine Brust und schlingt die Arme um mich, schweigend und verständnisvoll. Als wüsste er nur zu gut, wie das ist, wenn man wegen des Alleinseins und der Verzweiflung unterzugehen droht.

Mit heftig pochendem Herzen presse ich mein Gesicht an seine Brust, lausche dem seinen, das stetig schlägt und das mir gerade wie das einzig Unerschütterliche auf Erden vorkommt. Ich verdränge die Gedanken daran, dass das hier wahrscheinlich nicht sein sollte und dass ich ihn geküsst habe.

Nun, da ich schon nicht mehr weiß, wo oben und unten ist, scheinen mir Lars und Sophie und der Rest dieser vermaledeiten Schule ganz weit weg. Keine Frage, dass ich da auch morgen nicht hingehe. Aber was mache ich jetzt nur mit diesen schrecklichen Briefen? Den Tagebüchern?

Nachdem ich weiß, wie meine Mutter über mich denkt ... Ich bin fast froh, dass ich sie nie kennengelernt habe.

Wenn du nicht klarkommst, gib ihn doch ins Heim, wen interessiert das?

Am schlimmsten finde ich jedoch, dass ich absolut keine Ahnung habe, was Dad ihr auf diese Briefe geantwortet hat. Natürlich sind einige schon sehr alt. Der erste Brief kam, als ich gerade eineinhalb Jahre alt war, da lebte sie wohl eine Zeit lang in Frankreich, nachdem Falcos Cousin sie nicht mehr wollte. Wegen mir.

Filippo hat mich tatsächlich wegen ihm verlassen. Weil ich mich nicht um mein Kind kümmern wollte. Ich wünsche mir so sehr, es würde ihn nicht geben!

Ich weiß gar nicht, was ich erwartet habe. Dass sie mich eigentlich im Grunde ihres Herzens doch vermisst und bei sich haben will? So naiv bin nicht einmal ich. Dass sie sich allerdings gleich so inbrünstig wünscht, es würde mich nicht geben ... Dabei hat sie doch bis auf die Schwangerschaft nie wirklich mit mir zu tun gehabt, wie kann sie da so herzlos sein? Wie kann sie so tun, als hätte ich ihr Leben zerstört?

Habe ich das denn? Wenn sie mittlerweile einen anderen geheiratet hat, dann kann ihr dieser Filippo doch gar nicht so wichtig gewesen sein, oder? Ich wünschte nur, ich wüsste, wie Dad darüber denkt. Was Phil angeht, so ließe es sich leicht herausfinden, doch ich fürchte mich davor, Dinge zu lesen, die ich eigentlich nicht wissen sollte. Vielleicht wäre es besser, ich bringe die Kiste schleunigst wieder zurück. Aber wie kann ich mit dieser Ungewissheit leben?

Hast du eigentlich kein schlechtes Gewissen? Im Prinzip versaust du nicht nur dir selbst das Leben, sondern auch noch das von Phil.

Ich bin so in meine Gedanken vertieft, dass ich erst nach einer halben Ewigkeit bemerke, dass Nicholas eingeschlafen ist, mich jedoch auch im Schlaf noch schützend an sich drückt. Verwirrt hebe ich den Kopf und schaue ihn an, mustere die geschlossenen Augen, das ruhige, friedliche Gesicht und kann wieder einmal kaum glauben, dass er bei mir ist. Nicholas, der von allen angebetet wird ...

Zum ersten Mal habe ich die Möglichkeit, ihn in aller Ruhe zu betrachten, während mir im Kopf die Worte meiner Mutter herumgeistern.

Der wird doch sowieso genau wie du und Phil und am Ende wird irgendein Mädchen darunter genauso leiden, wie ich damals unter Phils Sexualität.

Sie hat ihn geliebt, mehr als jeden anderen Mann und sicher denkt sie auch heute noch oft an ihn. Ist sie wütend darüber, dass Phil durch mich noch mehr an Dad gebunden war? Hätte es etwas geändert, wenn es mich nicht gäbe? Ich weiß gar nicht, ob Phil wirklich schwul oder bisexuell ist, ich habe ihn einfach immer als Freund meines Vaters und zweiten Papa akzeptiert.

Schwul, bisexuell … Ach, das ist doch alles hirnrissig! Warum muss man sich so einordnen und wieso ist es schlimm, wenn man jemanden liebt, der das gleiche Geschlecht hat? Ich verstehe diese Welt wirklich nicht! Darf ich, nur weil ich ein Kerl bin, Nicholas nicht *schön* finden, wie er da liegt und schläft, das helle Haar etwas zerzaust und die blassen Lippen leicht geöffnet? Seine Haut ist ganz rein und ein bisschen gebräunt, allerdings hat er sich wohl seit ein, zwei Tagen nicht mehr rasiert und ein paar kleine Stoppeln am Kinn. Wie alt ist er eigentlich? Siebzehn? Achtzehn?

Als es plötzlich leise an der Zimmertür klopft, kann ich gerade noch verhindern, dass ich heftig zusammenzucke. Ich spüre, wie mir mit einem Mal eiskalt wird und winde mich hastig aus Nicks Armen. Wer auch immer da klopft, Phil oder Dad, sie sollen nicht sehen, wie ich hier in den Armen eines anderen Jungen liege. Ich beeile mich, auf leisen Sohlen zur Tür zu huschen und öffne diese einen klitzekleinen Spalt breit.

»Ja?«, frage ich leise und kann nicht verhindern, dass meine Stimme schrill klingt. Hoffentlich bemerkt er nichts.

Phil mustert mich forschend und meint dann, ebenso ruhig und leise »Alles okay? Ist der Depp noch da?«

Oh Mann.

»Phil«, seufze ich und muss ein kleines bisschen grinsen. »Alles okay, und natürlich ist er noch da, er ist gewiss nicht zum Fenster hinausgeflogen.« Bevor ich reagieren kann, drückt er plötzlich die Tür weiter auf und wirft einen Blick zu meinem Bett. Für einige kurze Augenblicke mustert er Nick, wie er in Boxer und T-Shirt auf meinem Bett liegt, dann wirft er mir einen prüfenden Blick zu, unter dem ich erröte.

»Was?«, murre ich schließlich unfreundlich, um ein wenig von meiner Verlegenheit abzulenken. Phil jedoch zuckt die Schultern und wirft Nick noch einen kühlen Blick zu. »Pennt der hier?«

»Sieht so aus«, antworte ich. Vielleicht sollte ich ihn wecken? Er muss ja schließlich morgen zur Schule. »Wie spät ist es?«, frage ich und schaue ebenfalls zum Bett, nur um Phil nicht angucken zu müssen. Nick mit seinem halb verrutschten Shirt, das mehr zeigt als es verdeckt, macht es auch nicht besser. Das kann man ja nur missverstehen.

»Halb zehn. Brauchst du noch 'ne Decke oder so?«

»Nein, ich hab noch eine im Schrank«, antworte, nein, *lüge* ich, denn ich weiß, dass ich keine habe und ohnehin keine brauchen werde.

»Na dann«, brummelt er kurz, ehe er mich wieder ansieht. »Geht's dir besser?«

»Ganz wunderprima«, schnaube ich augenrollend. »Keine Sorge. Aber Phil, wegen morgen …«

»Ja. Bleib daheim, ist schon okay«, unterbricht er mich knapp und wirft Nick einen letzten Blick zu. Holla, sieht nicht so aus, als könnte er ihn sonderlich leiden! Was ihm wohl gerade im Kopf herumspukt?

»Gute Nacht dann«, wünscht er noch, wuschelt mir durch die Haare und verschwindet.

Puh, hoffentlich missversteht er das mit Nick nicht. Und hoffentlich erzählt er das niemandem! Ich atme noch einmal tief durch, ehe ich die Schreibtischlampe ausmache und im Dunkeln zurück zum Bett tappe, mich wieder in Nicks Arme schmiege und die Decke über uns ziehe. Und all das, ohne dass er aufwacht. Scheint einen sehr festen Schlaf zu haben, der Gute.

***

»Emilio«, seufzt er leise gegen meinen Hals, küsst meine heiße Haut, weiter hinab. Seine Nähe erregt mich, seine Hände, die überall gleichzeitig zu sein scheinen, jagen mir einen Schauer nach dem anderen über die nackte Haut. Nackt … Ich mache mir keine Gedanken, wieso ich nichts mehr anhabe außer meinen Boxershorts, an deren Bund er nun mit den Fingern sanft entlang streicht.

Nicks Haar kitzelt mich ein wenig an der Brust, während er sich, flüchtige Küsse verteilend und heiß gegen meine Haut atmend, weiter hinab arbeitet.

»Nicholas«, keuche ich leise auf, als er an meiner Boxer zupft und sie schließlich herabzieht. »Vertrau mir«, murmelt er und mit einem knappen Blick bemerke ich, dass auch er nackt und ebenso erregt ist wie ich. Allein der Anblick seines sehnigen, muskulösen Oberkörpers und nicht zuletzt seiner harten Männlichkeit lässt mich leise aufstöhnen.

Die Hand, die mich eben des letzten Kleidungsstücks entledigt hat, streicht nun mein Bein hinauf, immer weiter, bis ich zum ersten Mal die Berührung fremder Finger auf meiner pochenden Erregung spüre. Er streichelt mich zunächst leicht, ehe ich sein Haar sanft an meinem Bauch spüre und sich seine heißen, feuchten Lippen um mich schließen. Seine Zunge leckt spielerisch über mich und entlockt mir ein genießerisches und gleichermaßen erstauntes Stöhnen. Himmel, fühlt sich das gut an!

Mit Hand und Zunge bearbeitet er mich, bringt mich so weit, die Hände in seinem Haar zu vergraben. Ich kann nicht mehr, brauche nicht mehr lange, aber er unterbricht sich kurz, lacht leise und rau, ein wunderbarer, erregender Laut. »Nicht so stürmisch …«

Und als er mich wieder in den Mund nimmt, seine Bemühungen intensiviert, kann ich nicht mehr anders, als seinen Namen zu stöhnen und mich heiß in seinem Mund zu ergießen.

***

Ich höre mich noch stöhnen, spüre dieses wunderbare Gefühl der Erleichterung, nur um kurz darauf ernüchternd den feuchten Stoff meiner Boxer zu bemerken. Nicks Umarmung, mein Gesicht am Stoff seines T-Shirts. Dunkelheit. Stille. Oh verflucht, ich habe doch tatsächlich …

Ich kann gerade noch verwirrt und mit nervös schlagendem Herzen den Kopf heben, erstaunt und ein bisschen beschämt, denn ich wette, sein Bein ist auch ein wenig feucht, als plötzlich die Zimmertür aufgerissen wird und das Licht angeht.

Für einen kurzen Moment scheint mir vor Schreck das Herz stehen zu bleiben, innerlich zucke ich zusammen, äußerlich jedoch erstarre ich zu Stein. Aus dem Augenwinkel sehe ich Phil auf das Bett zustapfen, bin mir am Rande meiner prekären Situation bewusst. Nick und ich, zusammengekuschelt unter einer Decke, seine Arme locker um mich geschlungen und ich mit … Doch das sieht Phil ja nicht.

Angesichts der plötzlichen Helligkeit regt sich nun auch Nicholas ein wenig, verzieht das Gesicht unwillig, ehe Phil wie durch Zauberhand neben meinem Bett steht, und Nick ruppig einen Schlag gegen die Schulter versetzt. Fehlt nur noch, dass er den Fuß hebt und ihn mit einem Tritt zu Boden befördert.

Mit großen Augen starre ich Phil an. Der hat keinen Blick für mich übrig, sondern mustert Nick wie eine Kakerlake, die Arme vor der breiten Brust verschränkt.

Mit heißem Kopf versuche ich, ein Stück von Nick abzurücken, möglichst ohne dabei die Decke zu verlieren. Dieser verstärkt seinen Griff um mich vor Schreck noch, als er, durch den Schlag geweckt, die Augen aufreißt.

»Oh scheiße, was …«

»Musst du nicht zur Schule?«, grollt Phil unfreundlich.

Ich kann nicht anders, als ihn anzustarren und zu beten, dass er nicht die richtigen Schlüsse zieht. So, wie er Nicholas mustert, scheint er allerdings genau das Richtige zu denken und anscheinend gefällt es ihm gar nicht.

»Häh?«, macht Nick rau und nun lässt er mich endlich, *endlich* los und setzt sich ein wenig auf, sich mit einer Hand die Augen reibend. »Bin ich eingeschlafen?«

»Offensichtlich«, entgegnet Phil kalt und bewegt sich immer noch nicht von der Stelle, hebt eine Augenbraue und verzieht missbilligend den Mund. »Du solltest deinen Arsch aus dem Bett schwingen, es ist viertel nach sieben.«

»*Was?!*«, röhrt Nicholas und starrt Phil entgeistert an, dann mich, wie ich die Decke mit kalten Händen an mich presse und meinerseits Phil ebenfalls aus großen Augen anstarre.

»Freitagmorgen?! Viertel nach … Scheiße, ich schreib gleich 'ne Klausur, ich muss … Verdammt, verdammt, verdammt!«

Er schiebt die Decke zur Seite – tatsächlich, am Rande seiner Boxershorts ist er ein wenig feucht – und kommt stolpernd auf die Beine.

»Ich hab echt die ganze Nacht … Verflucht noch mal! Oh Gott, ich hab nicht Bescheid gesagt!«, flucht er vor sich hin und sammelt seine Sachen zusammen, ohne Phil oder mich zu beachten. Er zieht sich die zerknitterte Hose an und stellt dann mit entnervtem Stöhnen fest, dass seine Haare in alle Richtungen abstehen und sein T-Shirt nicht gerade nach Blumen duftet.

Phil scheint Nicks Verzweiflung richtig zu genießen, so wie er plötzlich breit lächelt, dann mir einen kurzen Blick zuwirft und mit federnden Schritten aus meinem Zimmer spaziert.

»Viel Glück bei deiner Klausur«, trällert er schadenfroh und schließt die Tür hinter sich. So ein Arsch, ich fasse es nicht!

Auch Nick starrt die Türe an, ehe er sich langsam zu mir umdreht und mich fassungslos anstiert. »Er hasst mich«, stellt er entgeistert fest und schüttelt ein wenig den Kopf. »Verflucht, was mache ich denn jetzt?!«

Ja, gute Frage. Ich ziehe die Decke fester um mich und stehe mit wackeligen Beinen auf. Was für ein Morgen … In meinem Leben bin ich noch nie so schrecklich geweckt worden, und Phil hat sich schon einiges ausgedacht.

»Ich gebe dir ein T-Shirt von mir«, biete ich Nick an, was er dankbar annimmt.

»Wieso hast du mich denn nicht geweckt?«, seufzt er und versucht mit einer komischen Verzweiflung im Gesicht, die zerzausten Haarsträhnen mit den Händen zu entwirren.

»Tut mir leid, ich bin auch eingeschlafen«, erkläre ich verlegen und hoffe, er bemerkt einfach nicht, dass er ein bisschen feucht an der Boxer ist und denkt sich nichts dabei, dass ich mir die Decke um die Mitte festhalte.

Ich ziehe kurzerhand das größte T-Shirt aus meinem Schrank hervor und drücke es ihm in die Hand. Während er sich schnell umzieht, schlüpfe ich unbemerkt wieder in meine Schlafanzughose. Wann ich die ausgezogen habe, ist mir ohnehin ein Rätsel.

Meine klebrig-nassen Boxershorts fühlen sich absolut unangenehm an und ich bin froh, dass ich nicht zur Schule muss und gleich duschen kann. Nicholas jedoch muss sich jetzt beeilen, in fünfundzwanzig Minuten fängt die erste Stunde an.

Aus meiner Schreibtischschublade fische ich ein Päckchen Pfefferminz-kaugummis, hole aus dem Bad schnell eine Haarbürste und ebenso mein Deo und Haarspray. In weniger als zwei Minuten sieht er halbwegs präsentabel aus und duftet gut, wobei ich gestehen muss, dass mein giftgrünes T-Shirt mit dem Piratentoast total bescheuert an ihm aussieht. Dummerweise ist es das einzige, das ihm wohl halbwegs passt.

Nick wirft einen halb verzweifelten Blick in den Spiegel, ehe er seufzend seinen Schulrucksack vom Boden aufliest, sich noch zwei Kaugummis in den Mund schiebt und dann Anstalten macht, aus meinem Zimmer zu verschwinden. Doch plötzlich hält er inne und dreht sich noch mal zu mir um. »Äh … Wo ist hier gleich der Ausgang?«

Ich muss lachen, als ich mit ihm die Treppe runtergehe. Kein Phil und kein Dad, die sitzen sicher hinter verschlossener Tür in der Küche. An der offenen Haustür erkläre ich ihm noch einmal den Weg und er will sich schon hastig davon machen, als er plötzlich innehält und sich erneut zögerlich zu mir umdreht.

»Sehen wir uns die Tage? Morgen oder so?«, fragt er unsicher. Ich spüre nun wieder, wie meine Wangen heiß werden, denke an den Kuss, die Nacht in seinen Armen und nicht zuletzt meinen Traum.

»Ja, warum nicht …«, bringe ich schließlich ein wenig nervös hervor. Bevor ich irgendwas dagegen tun kann, beugt Nick sich noch einmal vor und küsst mich.

Erschrocken schlage ich mir die Hand vor den Mund, schaue kurz nach hinten, dann nach links und rechts, aber niemand ist in der Nähe. Keine Nachbarn, kein Phil, kein Dad. Oh Gott, wenn das jemand gesehen hätte!

Meine Hände zittern, als ich die Haustür schließe, mich für einige Augenblicke einfach dagegen lehne und die Augen zusammenkneife. So langsam aber sicher bekomme ich das Gefühl, mein eigenes Leben nicht mehr im Griff zu haben. Eine Sache nach der anderen stürzt auf mich ein, und obwohl es eigentlich schlimmere Probleme gibt als dieses, denke ich doch gerade nur an Nicholas. Der Kerl treibt mich noch in den Wahnsinn!

Nach einigen Momenten vernehme ich die leisen Stimmen von Dad und Phil aus der Küche, ehe ein Stuhl knarzend zurückgeschoben wird, die Tür aufschwingt und Phil in den Flur tritt. »Ist der Schnösel weg?«

Verdammt, wie der mich anguckt! Mit dieser spöttisch hochgezogenen Augenbraue und dem wissenden Blick, dem angedeuteten Lächeln in den Mundwinkeln ... Als wüsste er *alles*, von unserem Kuss bis hin zu meinem Traum.

»Offensichtlich«, murmle ich verlegen und kann seinem Blick einfach nicht standhalten. »Ich geh dann mal duschen«, bringe ich noch hervor, ehe ich an ihm vorbeirausche.

Er ahnt etwas. Sicher ahnt er was. Phil hat ja auch sofort gemerkt oder gesehen, dass Nick schwul ist. Und dann waren wir in einem Bett, unter einer Decke zusammengekuschelt ... Weiß er, dass ich mich immer standhaft gewehrt habe gegen den Vorwurf, schwul zu sein? Und weiß er, was jetzt los ist? Wenn ich mir Dad vorstelle, wie er sich langsam in Phil verliebt und dieser ihn vor der ganzen Welt beschützt hat, kann ich mir ehrlich gesagt nicht vorstellen, dass er jemals wirklich Probleme hatte.

Zumindest keine Probleme, bei denen Phil nicht mit schlagkräftigen Argumenten helfen konnte. Aber Phil? Ist der jemals auf Gegenwehr gestoßen? Ich weiß, er hat sich sehr früh geoutet, gab es da nicht Schwierigkeiten? Immerhin war das damals noch eine andere Zeit, wenn man das so sagen will. Die beiden sind zwar nicht uralt, doch mit vierunddreißig ist Phil dennoch eine andere Generation.

In meinem Zimmer angekommen, sammle ich fahrig ein paar Klamotten zusammen. Bevor ich mich ins Bad begebe, bleibe ich zögernd stehen. Ich werfe einen Blick zurück ins Zimmer und es kommt mir vor, als müsse jeder wissen, dass die Kiste unter meinem Bett nicht dort hingehört. Ich beiße die Zähne zusammen und entschließe mich, die Tür abzuschließen, während ich im Bad bin. Ich kann einfach nicht anders, ich *muss* diese Tagebücher lesen! Ich will mehr über früher wissen, mehr aus Phils Vergangenheit und der meiner Eltern.

Denn – Himmel hilf – ich bin mit Nick für dieses Wochenende verabredet! Wie soll das vonstattengehen, was soll ich tun? Immerhin habe *ich* ihn geküsst, also muss er ja denken, dass ich was von ihm will oder so etwas Ähnliches. Moment mal, glaubt er das nicht sowieso schon? Kurz muss ich an die Szene in der Umkleidekabine denken. Deswegen wundert er sich vielleicht auch nicht, weil er sowieso die ganze Zeit gedacht hat, ich stünde auf Kerle. Da weiß der aber mehr als ich. Was soll's.

Eine heiße Dusche tut mir sicher gut. Im Bad schließe ich ebenfalls wieder sorgfältig ab, den Schlüssel zu meiner Tür lege ich auf den Stapel mit meinen Klamotten.

Seufzend ziehe ich mir das T-Shirt über den Kopf und endlich, *endlich* kann ich Hose samt Boxer ausziehen. Dieses klebrige Gefühl ist echt nicht schön.

Irgendwie wundert es mich, dass mir das passiert ist. Ein feuchter Traum von einem *Kerl*, und dann noch von Nick! Danke, wirklich hilfreich.

Ich seufze, als ich die Duschkabine betrete und das Wasser anstelle. Ich weiß gar nicht mehr, woran ich denken kann, weil so ziemlich alles Probleme macht.

Nick, der alles auf den Kopf stellt, woran ich immer festgehalten habe. Meine Mutter, mit ihren dummen Briefen. Die Tagebücher. Sophie, die Schluss gemacht hat, weil alle denken, ich hätte was mit Nick. Und jetzt? Habe ich jetzt was mit ihm, weil wir uns geküsst haben? Ich weiß es nicht! Und nicht zuletzt Etienne, von dem ich immer weniger höre. Seit bei mir die Probleme angefangen haben, rennt er Tag für Tag zu diesem blöden Tanzkurs und zu seiner Tusse. So langsam aber sicher bekomme ich Angst, dass wir uns auseinanderleben. Was soll ich denn ohne Etienne machen? Ohne ihn bin ich nicht komplett, so kitschig das jetzt auch klingt.

Ich presse die Augen fest zusammen, lehne meine Stirn gegen die kalten Fliesen und versuche Etiennes merkwürdiges Gesicht zu verdrängen, als er mir erzählt hat, dass der Tanzpartner seiner Tusse sich was gebrochen hat. Ich bilde mir dieses Gefühl doch sicher nur ein, oder? Das ungute Gefühl, dass wir uns auseinanderleben? Bestimmt. Ganz bestimmt.

Das Wasser läuft heiß und prickelnd über meine nackte, gereizte Haut, wäscht Nicholas' Berührungen fort, seine Nähe, seinen Duft. Trotzdem ist mir, als könnte ich ihn noch immer spüren, neben mir liegend, mich umarmend. Sollte sich das so anfühlen? Geborgen sein, gemocht werden, sollte so eine Beziehung sein? Kann ich von Sophie behaupten, mich jemals so wohl in ihrer Gegenwart gefühlt zu haben? Leider waren wir nicht einmal annähernd lange genug zusammen, um uns so gut kennengelernt zu haben. Nick kenne ich allerdings auch nicht, oder? Himmel, das ist mir alles zu kompliziert, viel zu kompliziert!

***

28. August 1997

Ich habe Angst. Das so offen auszusprechen macht es irgendwie nicht besser. Ich dachte immer, Tagebuchschreiben würde entlasten, aber ich fühle mich nicht besser. Julis Therapeut hat gelogen.

Es hat eine Weile gedauert, bis wir uns so gut arrangiert haben wie jetzt und ich war so stolz auf uns.

Julis Vater arbeitet so viel er kann Zuhause und kümmert sich um den Kleinen, und wenn es doch mal nicht anders geht, lässt er eben ein paar Schulstunden sausen oder ich höre früher mit der Arbeit auf. Zum Glück ist Janis mein Chef und der hat sicher Verständnis dafür, dass ich mich um den Enkel seines Freundes kümmern muss. Und wenn wirklich gar nichts mehr geht, dann kümmert sich Michelle oder meine Mutter um den Kleinen. Ich dachte, der Alltag kehrt ein und wir könnten die gute Organisation genießen.

Und gestern kam plötzlich ein Brief von Olli. Seit sie damals mit Filippo nach Italien abgehauen ist, haben wir keinen Mucks mehr von ihr gehört und auf einmal meint sie, sie müsse sich melden und ... Ich weiß ja auch nicht, ihren Frust an uns auslassen?

Ihr Kerl, Filippo, hat sie verlassen, weil sie sich nicht um Emilio kümmern wollte. Der Kerl ist ja sowieso verrückt nach Kindern, sonst hätte er sie sicher nicht schon so toll gefunden, als sie noch schwanger war. Ihm hat anscheinend gar nicht gefallen, dass sie so kaltherzig gegenüber dem Kleinen war.

Ich kenne Filippo nicht gut, aber im Moment habe ich nicht wenig Lust, ihn zu strangulieren. Was, wenn Olli den Kleinen plötzlich zu sich holen will? Sicher, sie hat nicht viel Positives über ihn verlauten lassen, aber vielleicht will sie Filippo zurück haben und sich dafür mit dem Kind arrangieren? Ich weiß es nicht.

Aber ich habe Angst. Davor, dass sie plötzlich wieder hier aufkreuzt und alles durcheinander bringt. Egal, wie negativ sie sich über mich oder Juli und vor allem über Emilio auslässt, ich habe Angst und kann es einfach nicht verdrängen.

Wenn sie sich darum bemüht, das Sorgerecht zurückzubekommen ... würde das Recht auf ihrer Seite stehen? Ist ein Kind bei einer Mutter besser aufgehoben, die es nie haben wollte, wenn die Alternative zwei *schwule Väter und ein geschiedener Großvater ist? Ich weiß es einfach nicht.*

Nachdenklich runzle ich die Stirn und blättere weiter, jedoch ohne gleich den nächsten Eintrag zu lesen. Die bisherigen Einträge handeln meistens von mir, wie ich mich als Baby entwickelt habe, was mein erstes Wort war … Das war im übrigen *Benny*, der Name von Phils Hund damals, an den ich mich kaum erinnern kann.

Ich kann nicht anders, als mich darüber zu freuen, dass ich und alles, was mit mir zu tun hatte, Phil so wichtig war. Auch seine Sorge darum, dass meine Mutter sich melden könnte, macht mich ziemlich glücklich, zeigt es doch, wie sehr er mich liebt. Andererseits klingt alles ziemlich stressig, und meine Mutter steht mal wieder in einem super grausigen Licht da. Ich frage mich, wie sie es geschafft hat, Phil und Dad und die anderen überhaupt als Freunde bei sich zu halten. So wie es aussieht, muss sie echt ätzend gewesen sein.

Schulterzuckend wende ich mich Phils Karton zu und wühle ein bisschen in den Fotos herum. Es sind sehr viele Babyfotos von mir dabei. Auch einige von besagtem Hund und welche aus Phils Jugend. Nicht, dass ich mir sie nicht schon alle angesehen hätte, doch ich kann einfach nicht aufhören, sie zu betrachten, wenn ich die Einträge lese und mir versuche vorzustellen, wie das damals wohl alles vonstattengegangen ist.

Phil hatte mit sechzehn, siebzehn Jahren einen blau gefärbten Sidecut und wesentlich mehr Piercings als jetzt, was ich absolut nicht verwunderlich finde. Was anderes hätte ich von Phil gar nicht erwartet. Eigentlich ist das einzig Komische, dass Dad, seinerseits mehr so der düstere, immerzu schwarz gekleidete Typ mit längerem, schwarzem Haar, Gefallen an Phil fand. Und immer noch findet. Eigentlich haben sie nicht wirklich zusammengepasst.

Das Interessanteste ist jedoch meine Mutter. Ich kann nicht anders, als immerzu dieses Gruppenfoto anzustarren. Sie, mit ihren langen, schwarzen Haaren, glatt und seidig und dem zarten, blassen Puppengesicht. Dann ein Foto von 1996, mit Babybauch, und sie mit vor Unwillen und schlechter Laune verzogenen Lippen, trotzdem wunderschön und *schwarzhaarig*.

Warum zum Henker habe ich eigentlich fast blonde Locken?! Unwillig fahre ich mir durch die vom Duschen noch leicht feuchten Haare. Ich weiß, dass Dads Haare gefärbt sind, aber nicht einmal der ist richtig blond. Was ist bei mir schief gelaufen?

10. September 1999

Ich hasse Kinder. Der kleine Drecksack kann froh
sein, dass er erst fünf ist, sonst hätte ich ihm heute
die Fresse poliert, bis er nie wieder auch nur ein Wort
herausgebracht hätte, für den Rest seines Lebens. Ich
wollte Emilio vom Kindergarten abholen, so wie sonst
auch, aber Pustekuchen. Mittlerweile, dachte ich
zumindest, sehe ich doch halbwegs normal aus. »Nur«
ein Augenbrauenpiercing und das Nostril – und die
Tattoos, aber die sieht man ja nicht immer. Dann,
kaum war ich dort, waren da wieder diese vermaledeiten
Mütter, die mich alle anstarren wie ein Insekt und
hinter meinem Rücken tuscheln, wie leid ihnen der
Kleine täte, so etwas zum Vater zu haben. Als ob ich taub
wäre.
Aber das reicht ja natürlich nicht. Weil ich in
diesem Haufen eitler und ach so liebevoller Mütter
natürlich ein bunter Hund bin und mich eigentlich
auch niemand kennt, hat wohl irgendeines dieser
hirnverbrannten Weiber Recherche betrieben und
erfahren, dass ich gar nicht Emilios Vater bin und
wie es um mich und Juli steht. Und ganz zufällig weiß
das plötzlich eines dieser kleinen Scheißkinder, Lukas
oder so und vergreift sich an Emilio! Ist das zu fassen?
Der Scheißer ist gerade fünf Jahre alt und schikaniert
mein Kind damit. Wie reizend, dass seine Mutter es
geschafft hat, sich vor ihrem Sohn nicht anmerken zu
lassen, wie sie über Schwule denkt.
Nun, auf jeden Fall hat Emilio sich dann weinend in
eine Ecke verkrochen und sich standhaft geweigert, mit
mir mitzukommen. »Du bist nicht mehr mein Papa«,
hat er gesagt und mir mit diesen einfachen Worten das
Herz rausgerissen und darauf herumgetrampelt. Ich hätte
nicht gedacht, dass es mir so viel ausmachen würde, aber
ich bezweifle, dass Juli mir jemals mehr wehtun könnte,
als es diese einfachen Worte getan haben. Diese kleine
Drecksratte von Scheißkind hatte dann auch noch den

Mut, mir gegenüber frech zu werden, hat mich dreckig angegrinst und ist dann, als ich ihn anscheißen wollte, zu seiner Mama gerannt. Ihre Darbietung einer autoritären Mami, die ihren Sohn vor dem bösen, bösen Schwulen beschützt, war nicht gerade beeindruckend, aber was sollte ich tun? Sie anschreien? Ich wette, dann hätte eine der anderen schaulustigen Mamis die Polizei gerufen und das wär's gewesen. Ich kann es mir nicht erlauben, so viel Aufmerksamkeit auf uns zu ziehen. Nach Julis kleinem Zusammenbruch während der Abi-Prüfungen sitzen uns die Idioten des Jugendamts im Nacken und beobachten kritisch alles, was wir tun. Ich könnte kotzen, wirklich. Dass man Juli wegen seiner Therapie nicht zutraut, sich um sein Kind kümmern zu können, ist die Härte.

Ich musste schlussendlich meine Mutter anrufen, damit sie sich um Emilio kümmert, und bin mich mal mächtig bei den Erzieherinnen beschweren gegangen. So wie es aussieht, hat eines der alten Weiber getratscht und tja, jetzt haben wir den Salat. Was nun? Einen neuen Kindergarten für Emilio suchen? Die Plätze sind ohnehin schon rar gesät, wie sollen wir da so schnell was Neues finden?

Was mir allerdings noch größere Sorgen bereitet ist die Tatsache, dass es jetzt schon Probleme gibt. Der kleine Wurm ist im Kindergarten, herrje! Wie soll das erst werden, wenn er in die Schule kommt? Oder in die Pubertät? Die werden ihn in der Luft zerreißen, wenn er nicht drüber steht und ich bete zu Gott oder wem auch immer, dass er stärker ist als sein Vater. Ich wünschte, ich könnte ihm irgendwie helfen, aber was soll ich nur tun?

Andererseits mache ich mir natürlich auch Gedanken, inwieweit Juli und ich ihn mit unserer Beziehung beeinflussen. Und Falco und Benji. Der Kleine kennt kaum ein »normales« Pärchen außer meine Eltern. Was, wenn er dadurch irgendwie auch schwul wird? Ich weiß, der Gedanke ist total bescheuert, weil man so geboren *wird und es nichts mit der Erziehung zu tun hat. Aber was soll ich tun? Seit er da ist, gibt es für mich nichts Wichtigeres als ihn und Juli, sie sind mein Leben und ich will, dass er glücklich wird, der Kleine. Es ist besser, wenn er nicht schwul ist. Ich weiß noch, welche Probleme ich damals hatte, aber ich war »hart« genug, um drüberzustehen und allen, die es gewagt haben, was gegen mich zu sagen, auf die Fresse zu hauen. Irgendwie habe ich das ungute Gefühl, dass er da ein wenig sensibler wird.*

Über diesem Eintrag hocke ich eine ganze Weile. Um ehrlich zu sein, erinnere ich mich nicht an diesen Vorfall. Anscheinend ist die Ablehnung, die sich mir so entgegenschlägt, nicht nur für mich schlimm. Fühlt Phil sich manchmal schuldig? Weiß er deswegen so genau, was in mir vorgeht? Dad hatte – glaube ich zumindest – niemals solch spezielle Probleme. Phil weiß da eher Bescheid.

Diese eine Stelle versetzt mir einen schmerzhaften Stich. *Es ist besser, wenn er nicht schwul ist.* Phil wünscht sich für mich etwas anderes als für sich. Wenn er etwas daran ändern könnte, wäre er dann lieber hetero? Weiß der Himmel, wie es ihm damals in der Schule ergangen ist. Es ist nicht so einfach, wie sich die meisten das vorstellen, wirklich nicht … War Nick auch deshalb so empfindlich, als er dachte, ich habe was gegen ihn, weil er Männer liebt?

Es ist besser, wenn er nicht schwul ist.

Ist Phil enttäuscht, weil er denkt, ich habe etwas mit Nick? Hat er mich deswegen so angesehen und ist er deshalb so scheußlich zu ihm?

Der wird doch sowieso genau wie du und Phil.

Hatte meine Mutter Recht? Ich weiß nicht mehr, wo vorne und hinten ist. Keiner wünscht sich für mich, dass ich so bin wie Dad oder Phil. Wirklich keiner.

Ich will, dass er glücklich wird, der Kleine.

Und das heißt, »normal« zu sein? Hetero? Ist es dann wirklich einfacher, glücklich zu sein?

Vollkommen durcheinander reibe ich mir die brennenden Augen, seufze lautlos und wünsche mich mal wieder meilenweit weg. Verflucht noch mal, ich hätte Nicholas gar nicht so nah an mich herankommen lassen dürfen. Ich hätte um Sophie kämpfen müssen, und ich hätte Lars mal auf die Fresse geben sollen. Danke, Michelle, dein Rat war absolut daneben! Ich will nicht, dass Phil enttäuscht ist. Ich will auch nicht schwul oder bisexuell sein. Ich will … Ach, ich weiß nicht, was ich will.

Keine Ahnung, wie lange ich da so im Schneidersitz hocke, das Gesicht in den Händen vergraben, müde von dem ganzen Mist, als plötzlich mein Handy piept und mich aufschrecken lässt. Wenn das Nick ist, dann werde ich das Handy gegen die Wand klatschen. Das kann ich jetzt gar nicht gebrauchen. Es ist jedoch nicht Nicholas, nein, es ist jemand, mit dem ich im Moment am allerwenigsten gerechnet hätte.

Milo, ich weiß, du willst sicher nichts von mir hören. Aber es tut mir leid. Ich war verzweifelt, weil alle sich über mich lustig gemacht haben, aber ich weiß doch, dass die Gerüchte unwahr sind. Ich liebe dich doch. Kannst du mir verzeihen? Ich würde dich so gerne sehen. Hast du Zeit? Deine Sophie.

Und noch bevor ich auch nur einen klaren Gedanken darüber fassen kann, ob ich denn wirklich Zeit habe und Lust, sie zu sehen, verfrachte ich die Tagebücher wieder in die Kiste, schiebe sie eilig unter das Bett und ziehe mich um.

Nicholas

Es ist später Nachmittag, als ich endlich fertig mit Saubermachen und Dekorieren bin. Das Wetter ist zwar nicht wunderschön, doch immerhin regnet es nicht mehr. Deshalb habe ich die Hoffnung, dass meine Blumen wenigstens ein paar Tage halten werden und nicht so bald neuer Dreck auf das Grab geweht wird.

Nachdem ich den Blumenstrauß schön drapiert habe, knie ich mich vor den kleinen, einfach gehaltenen Grabstein und starre ihn an, in Gedanken versunken. Eigentlich bin ich nicht so der gläubige Typ. Wenn es allerdings um sie geht, dann wünsche ich mir mehr als alles andere, dass es einen Gott gibt und dass er auf sie aufpasst.

Amelie. Ich weiß nicht, was ich sagen soll, oder was ich denken soll. Wahrscheinlich sollte ich die Hände falten und irgendwas Demütiges vor mich hinmurmeln, aber das ist nicht so mein Ding, also rede ich mit ihr.

»Es tut mir leid, dass immer nur ich komme«, murmle ich leise, und obwohl ich den Stein anstarre, sehe ich sie vor meinem inneren Auge, wie sie damals aussah, mit ihren zwei geflochtenen Zöpfen und dem fehlenden Schneidezahn. »Mama und Papa haben viel zu tun, weißt du.«

Ist es verwerflich, jemanden zu belügen, der tot ist? Selbst jetzt bringe ich es nicht übers Herz, es auszusprechen. Es ist zu schmerzhaft, zu schrecklich. *Amelie, deine Mama hat dich vergessen.* Wie kann ich so etwas sagen? Selbst, wenn sie mich nicht hört, ich bringe das nicht über mich.

Deine Mama vergisst auch mich langsam.

»Vielleicht kommt Papa bald mal wieder«, versuche ich, dem Grabstein Mut zu machen. »Und Leo vielleicht auch. Der war schon lange nicht mehr da und er vermisst dich, ganz sicher.« Ausnahmsweise mal keine Lüge. Leo, mein großer Bruder. Er mochte sie immer lieber als mich. Ich muss allerdings sagen, dass es mir genauso ging. Wie konnten wir sie nicht lieben? Unsere süße kleine Schwester. Leo kommt sicher bald vorbei und macht aus ihrem Grab ein kleines Blumenmeer. Das wird sie freuen.

»Ich habe da jemanden kennengelernt, weißt du«, fange ich an und muss tatsächlich ein bisschen lächeln. »Du würdest ihn mögen, das weiß ich. Er ist ein Chaot und ein richtig süßer Knallkopf, der dauernd nur Unfug treibt und sich in die blödesten Situationen manövriert. Wir mochten uns eigentlich nicht, aber so langsam … immer mehr.«

Spielt er auch so schöne Musik wie du? Ich wette, das würde sie fragen. Sie hat es geliebt, wenn ich Klavier gespielt habe. Und Gitarre, das besonders. Seit ihrem Tod habe ich allerdings kaum noch Gitarre gespielt, erst seit Emilio aufgetaucht ist.

»Er spielt grauenvoll«, gestehe ich dem Grabstein und muss lachen. »Aber ich kriege das schon hin. Wenn er irgendwann mal besser sein sollte, dann stelle ich ihn dir vor und er spielt für dich.«

Sie antwortet nicht. Natürlich antwortet sie nicht. Ich stelle mir vor, wie sie lacht, sich umdreht und geht. Wünsche mir einen Aufpasser an ihre Seite, wünsche mir, dass Gott sie beschützt und dass es ihr gut geht. Ganz bestimmt geht es ihr gut …

Seufzend stehe ich auf und strecke meine steifen Glieder, richte mein Gesicht gen Himmel und habe wie sonst auch eigentlich keine Lust, nach Hause zu gehen.

Natürlich ist es lächerlich, was ich hier tue. Sie hört mich nicht, doch ich kann einfach nicht anders. Manchmal erzähle ich ihr von Pascha, wenn er wieder dummes Zeug gemacht hat, manchmal erfinde ich wie früher irgendwelche kleinen Märchen von Tieren und Prinzessinnen, aber ich habe ihr noch nie von einer Person aus meinem Bekanntenkreis erzählt. Emilio ist der erste.

Ich kann nicht verhindern, dass sich ein Lächeln auf mein Gesicht schleicht, als ich an den Kuss denke, an Emilio in meinen Armen. Keine Ahnung, was daraus wird und ich weiß auch beim besten Willen nicht, wie ich diese zärtlichen Gefühle für ihn erklären kann. Ich werde es sehen. Eigentlich bin ich recht guter Hoffnung, was ihn angeht. Er ist süß. Ziemlich unsicher und eindeutig nicht abgeneigt.

Als ich die Haustüre aufschließe, höre ich meine Mutter. Sie weint, sie schreit.

»Sarah, bitte«, höre ich meinen Vater, der versucht, sie zu beruhigen, doch dadurch schreit sie nur lauter. Sicher schlägt sie mit Fäusten auf ihn ein, ich kenne diese Anfälle. Hastig schließe ich die Türe hinter mir, ziehe meine Jacke aus und laufe ins Wohnzimmer, wo die Stimmen herkommen.

»Wo ist sie?«, schreit Mutter. »Gib mir meine Tochter wieder, gib mir meine Tochter!«

Meine kleine Amelie, denke ich stumm, spüre, wie mein Herz schwerer wird. *Wieder gelogen. Sie vergisst dich nicht ganz. Nur deinen Tod.*

»Nico!«, höre ich Vater erleichtert rufen. Er steht vor ihr, hält ihre zarten Handgelenke umklammert, damit sie nicht weiter auf ihn einschlagen kann. Stattdessen versucht sie nun, ihn zu treten und sich aus seinem Griff zu winden. »Bitte, hilf mir!« Wie müde er sich anhört, wie geschafft. Wie lange hält er das wohl noch aus? Die geliebte Tochter verloren, die Ehefrau wahnsinnig vor Kummer und Schmerz.

»Natürlich«, entgegne ich gefasst und für den Moment schotte ich mein Herz nach außen ab, baue eine Mauer um mich, als ich auf sie zugehe und ihr eine Hand auf die Schulter lege. Ich weiß, was kommt …

»Mama«, sage ich bestimmt. »Mama, es ist alles okay. Amelie geht es gut.«

Erst reagiert sie nicht, weint nur, wehrt sich weiter verzweifelt, bis ihr langsam bewusst wird, welchen Namen ich da gesagt habe. Sie wird ruhiger, ihr Blick liegt nun auf mir. »Leo«, haucht sie leise. Ein kleiner Stich, schmerzhaft, aber ich kann ihn verdrängen – ich *muss*. »Leo«, schluchzt sie jetzt und weint leise, lächelt dabei. »Du bist wieder da.«

Vater kann sie jetzt loslassen, denn sie drückt sich nun fest an mich und ich halte sie, streiche ihr tröstend über das Haar.

»Wieso lässt du mich nur immer alleine, Leo? Warum bleiben du und Amelie nicht bei mir?«

»Ich bleibe hier, Mama«, sage ich und spüre gar nichts dabei, gar nichts. »Amelie kommt bald, keine Sorge. Leg dich hin, schlaf ein bisschen, und wenn du wach wirst, ist sie wieder hier.«

Ich wünsche mir so sehr, dass jemand *mich* sieht. Dass jemand mich sieht, wie Emilio es tut. Ich wünsche mir, er wäre hier und würde *mich* so festhalten, wie ich meine Mutter, würde mir beruhigende Worte ins Ohr flüstern und meinen Namen sagen, nur *meinen* Namen.

10

Emilia

»Milo«, strahlt Sophie mich an, als sie die Haustür öffnet. Mir ist nicht ganz wohl dabei, hier zu sein und ich schiebe dieses merkwürdige Gefühl auf meine Angst vor ihren Eltern. Sophie lässt sich davon gar nicht irritieren. Bestimmend greift sie nach meiner Hand und zieht mich in den Flur. Mit einem Klick schließt die Tür, dann steht sie vor mir und lächelt ein fröhliches, süßes Lächeln, an dem mich irgendwas stört, doch ich kann nicht sagen, was. Ausnahmsweise ist sie etwas geschminkt, Wimperntusche, Lipgloss, Rouge. Ihre seidigen Locken umrahmen ihr hübsches Gesicht und ich kann nicht anders, als sie einfach nur anstarren und mich fragen, was hier nicht stimmt. Sie ist richtig *herausgeputzt* und trägt zu dem knappen Jeansrock ein recht freizügiges weißes Top, das tief blicken lässt.

»Ich bin froh, dass du gekommen bist«, meint sie, drückt sich schließlich eng an mich und legt mir die Arme in den Nacken, reibt ihre weiche Wange an meiner. »Ich habe dich vermisst.«

Ach, ist das so? Das hat in der Schule vor ein paar Tagen nicht so den Eindruck gemacht. Dennoch lege ich ihr zögerlich die Arme um die Mitte und küsse flüchtig ihre Schläfe.

»Ich bin froh, dass wir reden können«, gestehe ich unsicher und schiele wieder in den Flur hinein. Fast rechne ich damit, dass jeden Moment ihre Mutter aus einem der Zimmer kommt und mir an den Hals geht, weil ich ihre knapp bekleidete Tochter im Arm halte. Nichts passiert.

Sophie, die das wohl zu bemerken scheint, hebt ihr Gesicht von meiner Schulter, lächelt mich mit einem koketten Wimpernaufschlag an und meint: »Meine Eltern sind nicht da, keine Sorge. Ich stelle sie dir das nächste Mal vor. Wollen wir hochgehen?«

Sie zögert nicht lange, lächelt mich herausfordernd an und geht dann in Richtung einer recht steilen Wendeltreppe direkt neben uns. Verwirrt folge ich ihr.

Wieso ist sie denn so ... *bestimmend* heute? Und warum trägt sie dieses knappe Outfit?

Während ich hinter ihr die Treppe hinauflaufe, komme ich nicht umhin meinen Kopf ein wenig schräg zu legen und unter ihren Rock zu schielen. Viel Anstrengung brauche ich dafür wirklich nicht, denn der ist dermaßen kurz ... Es ist ein Wunder, dass man nicht schon so alles gesehen hat von dem schwarzen Spitzenhöschen, das sich um ihren kleinen Po schmiegt.

Ohne es zu wollen, wird mir heiß, ich schüttle mich und zwinge mich, woanders hinzusehen. Puh, so langsam fange ich wirklich an, ein bisschen an mir zu zweifeln. Nach dem, was heute Morgen in meiner Hose los war, hätte ich gedacht, dass sie mich kalt lassen würde und ich vielleicht doch stockschwul bin. Immerhin hat mich die Vorstellung mit Nicholas ... Na ja, ziemlich angemacht. Der Blick unter ihren Rock verursacht allerdings auch ein angenehmes Ziehen in meinem Schritt. Vielleicht bin ich auch einfach dauergeil. Ist das normal?

Sophies Zimmer ist gleich das erste links und ich bin erstaunt über die Größe. Das Zimmer ist bestimmt doppelt so groß wie meins und eingerichtet mit einem großen, verschnörkelten Eisenbett, passendem Nachtschränkchen und einem schwarzen Ledersofa in der anderen Zimmerecke. Ein kleiner Glastisch dazu, links von mir ein schicker Schreibtisch aus dunklem Holz. Kein Kleiderschrank, dafür eine Tür rechts von mir. Ein begehbarer Kleiderschrank? Luxus pur. Sophie scheint ziemlich verwöhnt zu sein.

Während ich mich umsehe, steuert Sophie auf ihr Bett zu und sieht mich erwartungsvoll an. Als ich mich nicht rege, klopft sie schließlich neben sich und bittet mich mit süßlicher Stimme: »Komm doch her, ja? Und oh, zieh die Schuhe aus.«

Ich folge ihrer Bitte, lege auch noch die Kapuzenjacke ab und bin verwirrt darüber, dass sie sich nicht mit mir auf die Couch setzen will, was ja für ein Gespräch viel angenehmer wäre. Und ich will reden, kein Zweifel.

»Sophie, es tut mir leid, dass du unter diesen blöden Gerüchten in der Schule leiden musstest«, fange ich also das Gespräch an, als ich auf sie zugehe. Einen kurzen Blick in ihr Dekolleté kann ich mir nicht verkneifen, dieses Top fordert das ja förmlich heraus.

Mit heißen Wangen setze ich mich neben sie und versuche verzweifelt, anständig zu bleiben und nicht auf ihre nackten Oberschenkel oder ihren Ausschnitt zu schauen.

»Ach, das ist schon okay«, lächelt sie ein wenig zu verständnisvoll und rückt näher an mich heran, um eine Hand auf mein Bein zu legen, sich vorzubeugen und mir einen Kuss auf die Lippen zu geben. Dieselben Lippen, die Nicholas heute Morgen noch so sanft zwischen Tür und Angel geküsst hat.

Oh Mist …

Ich fertige sie mit einem absolut unerotischen kurzen Schmatzer ab und schnappe mir dann die Hand, die sie auf mein Bein gelegt hat, um sie festzuhalten und von weiteren intimen Berührungen abzuhalten.

»Das ist nicht okay«, lehne ich ab und schüttle den Kopf. »Wir müssen drüber reden, ich meine … Wenn diese Beziehung weitergehen soll … Sophie, die Gerüchte werden nicht aufhören, fürchte ich. Jetzt, wo ich ein bisschen mit Nick zu tun habe …«

»Aber Milo, willst du wirklich mit dem befreundet sein?«, fragt sie mit großen Augen und runzelt die Stirn. »Ich dachte immer, ihr mögt euch nicht.«

»Ja, das dachte ich auch«, gestehe ich schulterzuckend und kann mir ein kleines, schiefes Grinsen nicht verbeißen. »Keine Ahnung, wie das kam, aber er gibt mir Gitarrenunterricht, na ja …«

»Du warst bei ihm?« Ihre Augen werden ganz groß vor Erstaunen. »Hat er dich belästigt?«

»Was? *Nein*!«, stoße ich verwirrt hervor. Wenn hier jemand irgendwen belästigt hat, dann ja wohl eher ich ihn! Das muss Sophie aber nun wirklich nicht wissen.

»Unsinn, wir sind nur befreundet.«

Ich werde bei der Lüge nicht einmal rot! Verdammt, ich weiß gar nicht, wie ich Nick erklären soll, dass ich wieder mit Sophie zusammen bin. Immerhin habe ich ja ihn geküsst und mich ihm förmlich an den Hals geworfen, was muss er also denken?

»Nicholas ist ein netter Kerl und wir verstehen uns gut. Und nur wegen den dummen Gerüchten werde ich ihn gewiss nicht links liegen lassen. Außerdem brauche ich den Gitarrenunterricht«, erkläre ich bestimmt.

Für einen Augenblick starrt sie mich einfach nur an, dann verziehen sich ihre rosarot glänzenden Lippen zu einem kleinen Lächeln und sie meint: »Natürlich. Vielleicht kannst du mich ihm ja mal vorstellen.« Damit zieht sie ihre kleine Hand aus meinem nervösen Griff und legt sie zurück auf meinen Oberschenkel. Sie rückt wieder näher, küsst mich weich und haucht mir dann einige zarte Küsse vom Mund über die Wange bis hin zum Ohr, was eine merkwürdige Gänsehaut bei mir verursacht. Was ist denn in sie gefahren? Die ganze Zeit wollte sie mich nicht einmal richtig küssen und jetzt legt sie es ja richtig darauf an, dass ich eine Latte bekomme!

Bei meinem Ohr angekommen, haucht sie leise »Ich liebe dich, Milo«, beißt sanft in mein Ohrläppchen und drückt dabei ihre Brüste sachte gegen meinen Arm. Wieder ein Kribbeln, das sich langsam in meine Lendengegend zieht und mir für einen Moment den Kopf benebelt. Verflucht, wie soll man denn da ein ernstes Gespräch führen?!

»Mh«, mache ich unbestimmt, ziehe meinen Kopf zurück und schaue sie an, verunsichert und nervös. »Sophie ... Ich will wirklich darüber reden, das ist mir wichtig.«

Für einen Moment blinzelt sie mich an, dann wieder dieses kleine Lächeln, an dem mich irgendwas stört und sie bittet sanft: »Gut, dann reden wir. Fang an.«

»Äh, ja ... Ähm ...«, erwidere ich verwirrt. Moment, wieso rechne ich überhaupt mit Gegenwehr? Warum sollte sie nicht mit mir reden wollen? Was will ich überhaupt sagen?!

»Ich ... Ich will nur, dass du weißt, dass ich die Freundschaft mit Nick nicht beenden möchte. Das heißt, dass die Gerüchte nicht aufhören werden. Vielleicht wird es sogar noch schlimmer. Wenn du das nicht willst, dann ... Dann lassen wir das hier und es ist halt so, das ist schon okay und ich könnte es verstehen. Aber wenn du mich wirklich liebst, dann schaffen wir das schon, denke ich.«

Sophie streicht sich mit einer Hand eine vorwitzige Locke aus der Stirn und seufzt dann leise. »Ja, ich weiß, dass es schwer wird. Aber ich liebe dich. Weißt du, wenn du mich und Nick bekannt machen würdest und alle sehen würden, dass deine Freundin sich mit deinem Kumpel versteht, dann würden die Gerüchte sicher weniger werden. Ja, ich denke, das ist ein guter Plan.«

Unbestimmt zucke ich mit den Schultern und meine: »Ja, vielleicht. Ich werde mal mit ihm reden.« Eigentlich habe ich absolut keine Lust dazu, dass die beiden sich kennenlernen. Was, wenn Nick ihr von unserem kleinen ... *Techtelmechtel* erzählt? Oder was, wenn er gar nichts mehr mit mir zu tun haben will, weil ich wieder mit Sophie zusammen bin? Das will ich nicht. Und ihn teilen will ich auch nicht. Himmel, ich bin verwirrt ...

»Dann machen wir das so«, bestimmt Sophie und rückt wieder näher an mich. »Wir gehen einfach mal zusammen einen Kaffee trinken oder so. Milo, ich bin erleichtert. Ich liebe dich doch so, ich will dich wirklich nicht verlieren wegen so etwas.«

Ich starre sie an und kann mich nicht dazu durchringen *Ich liebe dich auch* zu sagen, denn ich fühle es irgendwie nicht. Es scheint sie auch überhaupt nicht zu stören, denn jetzt macht sie sich erneut an meinem Hals zu schaffen, knabbert ein wenig daran herum und mir wird wieder warm, ganz warm. Für einen kleinen Moment denke ich einfach gar nichts, während sie mit feuchten Lippen an meiner Haut saugt. Dann kommt mir mein Traum in den Sinn und ich kann nicht verhindern, dass ich mir für einen kurzen Moment wünsche, sie würde an etwas anderem saugen.

Oh Himmel, ist das normal? Während ich es unbestimmt in meinem Schritt kribbeln spüre, entweicht mir ein kleines Keuchen und meine Hand schnellt wie von selbst hoch, um sich in ihren Nacken zu legen und sie ein wenig fester an mich zu pressen.

Ihre Hand, die bis eben auf meinem Oberschenkel lag, streicht nun vorwitzig mein Bein hinauf zu meinem Bauch und verfängt sich an meinem Hosenbund.

Diese kleine Geste lässt mich schlucken. Ich reiße den Kopf herum, starre sie an und will gerade ansetzen, irgendwas zu sagen, da presst sie ihre nach Himbeeren schmeckenden Lippen auf meine und küsst mich wie nie zuvor. Ihre Zunge dringt in meinen Mund ein und ich weiß gar nicht, ob ich mich nun wehren soll oder nicht, verdränge schließlich die Zweifel und lasse mich auf das Zungenspiel ein, das sich sehr, *sehr* komisch anfühlt.

Ich komme irgendwie nicht darauf, was an dem Kuss so merkwürdig ist, denn Sophie lässt mir keine Zeit zum Nachdenken, als sie sich fest gegen mich presst und mich auf die Laken drückt.

Als sie sich mit einem leichten Schwung rittlings auf mich setzt, die Beine weit gespreizt, direkt auf meinen Schritt, sind alle Gedanken an Nick wie weggeblasen. Ich keuche leise auf, werfe einen Blick hinunter auf ihren Rock, der nach oben gerutscht ist und mir nun den Blick auf ihr Höschen gänzlich freigibt, das durch die Spitze mehr durchsichtig ist als alles andere.

Ich öffne den Mund, schließe ihn wieder und kann mich nicht losreißen von dem Anblick, den ich bisher nur aus Pornos im Internet kenne. Sophie kichert leise und ein wenig nervös, als sie sich zu mir hinunterbeugt, um mich wieder zu küssen und ihre kleinen, kalten Hände unter mein T-Shirt gleiten zu lassen.

Ich wage es nicht, dasselbe bei ihr zu tun, liege also nur da, lasse mich küssen und spüre, wie ich unter ihren zarten Reibereien auf meinem Schritt hart werde.

Ihre Hände zittern, als sie mein T-Shirt hochzieht und dann daran zupft, den Kuss löst und mich bittend ansieht. Für einen kleinen Moment verstehe ich gar nicht, was sie von mir will. Als sie noch mal an meinem T-Shirt zupft, überkommt mich wieder diese kribbelig heiße Erregung und ebenso ein wenig

Nervosität, mit einem merkwürdigen Beigeschmack, den ich nicht zuordnen kann. Ungeschickt setze ich mich auf und ziehe mir schließlich das T-Shirt über den Kopf. Sie mustert meinen nackten Oberkörper kurz, streicht mit den Fingern darüber und presst sie dann fest auf meine Brust. Sie kratzt leicht darüber, ein wenig schmerzhaft aber erregend, und beugt sich wieder hinunter, um mich zu küssen.

»Milo«, haucht sie in den Kuss, drückt sich fest auf meinen Ständer und entlockt mir so ein leises Keuchen. »Milo, fass mich an«, murmelt sie an meinen Lippen und greift sich meine locker daliegende Hand, um sie auf ihre pralle kleine Brust zu legen.

Mein erster Reflex ist, mich erschrocken wieder zurückzuziehen. Was tun wir hier eigentlich? Was tue *ich* hier?! Wo sind meine Zweifel, alles falsch zu machen? Und wieso macht sie das überhaupt? Und Nick …

Fest presst sie meine Hand wieder auf ihre Brust, ehe sie sich schließlich aufsetzt und sich selbst das Top über den Kopf zieht, weil sie mein Zögern anscheinend bemerkt. Wieder kichert sie nervös, küsst mich zärtlich. »Milo, ich will dich«, flüstert sie und scheint ebenfalls erregt zu sein. Sie rutscht von mir herunter, zieht an mir. Wie in Trance folge ich ihr und wir liegen auf dem Bett, sie nun unter mir, während ich gar nicht mehr nachdenke, was wir hier tun. Irgendwie fühlt es sich komisch an, ganz komisch … Vielleicht ist das normal? Was weiß ich.

Ich wage nicht, mehr zu tun, als ihr über die durch den BH bedeckten Brüste zu streichen und sie zu küssen. Als ihre Hände über meinen Rücken fahren, hinunter zu meiner Hose, um den Bund streichen und diese öffnen, schnappe ich kurz nach Luft.

Sie beißt mir wieder in den Hals, stöhnt, als sie sich an mich presst. »Ich will dich so sehr, Milo …«

»Und ich dich«, höre ich mich rau sagen und strample irgendwie die lästige Jeans und die Socken ab. Nur in Boxer bekleidet zeichnet sich meine Erektion deutlich ab. Sophie wirft einen kurzen Blick aus großen Augen darauf, beißt sich auf die geröteten Lippen, ehe ich es wage und eine Hand an ihren Rock lege. Wie macht man so ein blödes Ding denn auf? Sophie scheint plötzlich nervös, streift sich aber den Rock von ihren Hüften, spreizt die Beine und zieht mich wieder dazwischen.

Oh Gott, das ist geil, das ist richtig, richtig geil! Endlich wage ich es, sie ebenfalls am Hals zu küssen, ich spüre ihnen Puls an meinen Lippen und wandre hinab zu ihren Brüsten, die ich zu gerne von dem BH befreien würde, doch das wird höchstwahrscheinlich noch schwieriger als der Rock.

Als könnte sie Gedanken lesen, setzt sich Sophie ein wenig auf, greift hinter sich, um langsam den BH zu öffnen. Gebannt beobachte ich hastig atmend jede ihrer Bewegungen, und als das lästige Kleidungsstück endlich herunterrutscht, schiebe ich es einfach zur Seite. Bei dem Anblick ihrer Brüste durchfährt mich ein Schauer, der bis in meine Boxer geht. Ich beuge mich zitternd hinunter und küsse sie, nehme einen Nippel zwischen die Lippen und sauge leicht daran.

Ich höre sie leise atmen, während ihre zarten Fingerspitzen sich in meine Locken vergraben, ehe sie mich an den Schultern packt und wieder hinaufzieht. Wieder verwickelt sie mich in einen Kuss, ihre Hände streichen dabei über meinen Bauch hinab, bis sie am Bund meiner Boxer ankommt. Sie zögert kurz, ehe sie ihre Hand hineingleiten lässt und meinen Schwanz umfasst. »Emilio ...«

Was?!

Erschrocken zucke ich zurück, Sophies Hand gleitet aus meiner Boxer und ich rücke ein Stück von ihr ab, starre sie an.

»Was ist?«, fragt sie verwirrt und setzt sich ebenfalls auf, mit einem Arm ihre Brüste bedeckend. Entgeistert mustere ich ihr Gesicht, schüttle den Kopf und merke, wie all die Erregung sich in Luft auflöst und einem ganz bitteren Gefühl Platz macht. Emilio ... Der einzige, der mich immerzu so nennt, ist Nick.

Plötzlich weiß ich auch, weshalb sich das Ganze so komisch angefühlt hat! Wie zu mir selbst schüttle ich den Kopf, murmle »Scheiße« und hüpfe dann vom Bett. Meine Sachen sind schnell zusammengeklaubt und ich schlüpfe so hastig in meine Jeans, dass ich dabei fast stolpere.

Sophie zieht jetzt verwirrt ihren BH und ihr Top wieder an und setzt sich auf den Bettrand. »Milo, was ist denn los, verdammt noch mal?!«

Mit meinem T-Shirt in der Hand halte ich inne, starre sie an und ekle mich plötzlich vor mir selbst. Wie konnte ich mich nur darauf einlassen? Sie liebt mich und ich ... sie nicht. Nein, ich liebe sie nicht. Deshalb hat es sich so komisch angefühlt, so unglaublich merkwürdig. Sie versucht, mit der Situation klarzukommen und will sich sogar meinetwegen mit Nick verstehen, damit alle sehen, dass da nichts ist, und ich? Ich verliere jegliche Selbstbeherrschung wegen einem knappen Röckchen und einem tiefen Ausschnitt. Und dabei liebe ich sie nicht einmal. Ich war einfach nur ... geil. Oh, ich bin ein Schwein, ein ekelhaftes, blödes ...

»Milo!«, faucht Sophie mich nun an und steht auf. »Kannst du vielleicht auch mal den Mund aufmachen, statt mich so blöd anzugaffen?! Was ist los, hab ich gefragt!«

Verwirrt über den ungewohnten Ton in ihrer Stimme schüttle ich den Kopf. Seit wann kann sie denn so herrisch und zickig sein?

»Ich … Es tut mir leid«, stammle ich verwirrt und ziehe mir schließlich erst einmal das Shirt über, um Zeit zu gewinnen. Mit fliegenden Fingern greife ich nach meinen Socken, ziehe sie hastig an und sehe mich dann wieder konfrontiert mit dem gruseligen, boshaften Rachewesen, das mal meine Freundin war.

»Was tut dir leid?!«, knurrt sie böse und macht einen Schritt auf mich zu, während ich einen zurück mache.

Ich fasse es nicht, sie macht mir tatsächlich Angst! Ich schlucke, ehe ich mich dazu durchringen kann, zu sagen: »Ich kann das nicht« und mache eine ausschweifende Handbewegung, die das alles irgendwie beinhalten soll.

»Was meinst du damit?«

»Na … Ich meine … Die Sache mit dir und mir … äh …«, stammle ich zögerlich.

Sie macht wieder einen Schritt auf mich zu, die Augen weit aufgerissen und stößt dann ein freudloses, ungläubiges Lachen aus. »Du *kannst das nicht?* Was soll denn das heißen?! Dass du mich verlässt?«

»Äh, na ja …«

»Was?!«, blökt sie mich jetzt laut an und bringt mich somit dazu, heftig zusammenzuzucken. Ich mache wieder einen Schritt rückwärts und spüre plötzlich den Schreibtisch hinter mir. Kein Entkommen, verflucht.

»Du verlässt mich?! Weißt du, wie viele Kerle sich das hier wünschen würden? Und was machst du?!«

Nervös beobachte ich, wie sie immer näher kommt. Mit den zu kleinen Schlitzen verengten Augen, den zerzausten Haaren und dem Rauch aus ihren Nasenlöchern … Nein, Unsinn. Ich kann mir ein leises Prusten bei der Vorstellung jedoch nicht verbeißen. Das macht die Situation natürlich nicht besser.

»Oh, du Arsch!«, stößt sie schrill hervor und plötzlich steht sie direkt vor mir und versetzt mir eine schallende Ohrfeige, die brennt wie Feuer und mir das Lachen aus dem Gesicht wischt.

»Du beschissenes Arschloch!«, keift sie und versetzt mir eine zweite Ohrfeige. Ich bin zu gelähmt vor Schreck, um mich zu wehren. Verdammt, was ist das für ein Monster? Wo ist das schüchterne kleine Mädchen hin, in das ich verknallt war?

Als sie zum dritten Schlag ausholt, packe ich ihr Handgelenk und vorsichtshalber auch das andere und halte sie fest.

»Sophie, jetzt beruhige dich doch mal!«, versuche ich sie zu beschwichtigen. Sie sieht allerdings nicht so aus, als wolle sie sich einkriegen.

»Mich beruhigen?! Du Arsch! Ich mache mich zum Gespött der Leute wegen dir! Wahrscheinlich bist du doch nur eine dumme Schwuchtel und weißt es nur noch nicht. Stehst du auf Nick? Hängst du deswegen an ihm?! Wahrscheinlich hast du nur einen hochgekriegt, weil du an ihn gedacht hast!«

Der widerliche, höhnische Klang in ihrer Stimme passt zu der vor Wut verzogenen Grimasse, die einst ein rotwangiges, hübsches Mädchengesicht war. Sie versucht, die Handgelenke loszureißen, zischt mir »Schwuchtel« entgegen. Als es nicht klappt, spuckt sie mir ins Gesicht, dann plötzlich ein Klatschen – Stille. Sie stolpert zurück, fällt rücklings zu Boden und wimmert, hält sich die Wange.

Ich habe ... Oh Gott! »Sophie«, stoße ich erschrocken hervor und will mich zu ihr hinunter beugen. Scheiße, ich habe ein Mädchen geschlagen!

Als ich ihr eine Hand auf die Schulter legen will, schlägt sie wie eine Furie zurück, blitzt mich mit Tränen in den Augen an: »Raus! *Raus!!*«

Ich stolpere erschrocken zurück, greife mir meine Schuhe und meine Jacke vom Boden und eile schließlich aus dem Zimmer, die Treppe hinunter, während es irgendwo hinter mir knallt und kracht und dann plötzlich Schritte ertönen.

»Das wirst du bereuen, Emilio Schneider! *Das wirst du bereuen!!*«, kreischt sie mir hinterher und treibt mich damit an. Irgendwo zwischen Tür und Angel schlüpfe ich in meine Schuhe und verschwinde aus dem Haus, die Tür laut hinter mir zuknallend.

Scheiße, nur schnell weg von hier.

Ich laufe und laufe, bis mir irgendwann die Puste ausgeht. Irgendwie bewege ich mich in Richtung Innenstadt. Von hier aus finde ich sicher einen Bus nach Hause.

Keuchend lasse ich mich auf eine nahegelegene Parkbank neben eine Tauben fütternde Oma fallen, strecke die Beine aus und fahre mir mit den Händen über die Augen, stoße einen lauten Seufzer hervor. Verflucht noch mal, was war das eben?

Ich kann gar nicht recht begreifen, was da vonstattenging. Sophie wollte mich verführen! Und ich ... Ich habe aufgehört, weil ich sie nicht liebe. Weil sie *Emilio* gesagt hat, und mich damit an Nicholas erinnert hat. Weil mir plötzlich bewusst geworden ist, dass es zwischen seinen Küssen und ihren einen gewaltigen Unterschied gibt.

Ich bin doch ein Weichei. Und ich bin gefühlsgesteuerter, als ich gedacht habe. Einen Stoßseufzer Richtung Himmel sendend, reibe ich mir die Schläfen und denke nach.

Was jetzt? Soll ich nach Hause fahren? Hoffen, dass sie ihre Drohung nicht wahr machen wird?

Das wirst du bereuen!

Auweia, es klang, als wäre es ihr durchaus ernst. Aber was kann sie schon tun? Mich vor der ganzen Schule bloßstellen? Neue Gerüchte erfinden? Oder mich anzeigen für die Ohrfeige? Geht das?!

Die Oma neben mir wirft mir einen mitleidigen Blick zu, als ich erneut tief seufze und versuche, die aufkommende Verzweiflung zu unterdrücken. Es gibt jetzt nur einen, der mir helfen kann.

Schwerfällig stehe ich auf und ziehe mir endlich die Jacke an, ehe ich der Tauben-Oma ein kleines, schiefes Lächeln zuwerfe und mich langsam auf den Weg mache.

***

Vielleicht habe ich Pech und er ist nicht da. Schließlich wollte er mich erst morgen sehen. Oder er ist sauer, weil ich mich schon wieder nicht angekündigt habe. Ist es überhaupt sinnvoll, in einer solchen Situation zu ihm zu gehen? Ach, was soll's. Etienne hat wieder seinen Tanzkurs und sonst habe ich niemanden. Na ja, okay, ich könnte meinen Opa besuchen und ihn fragen, wie das rechtlich so ausschaut wegen der Ohrfeige ... nun ja. Vielleicht erledigt sich das ja von selbst.

Schließlich atme ich einfach tief durch und klingle. Es dauert nicht lang, bis mir ein etwas gestresst aussehender älterer Herr, so um die vierzig oder fünfzig Jahre alt, öffnet und mich anstarrt.

»Hi«, meine ich und grinse ihn an, obwohl mir eigentlich nicht nach Grinsen zumute ist. »Ich wollte Nick besuchen, ist der da?«

»Ja, natürlich, Moment«, meint der Mann verwirrt, dreht sich um, ruft in den Flur hinein: »Nico! Besuch!« und lässt mich ins Haus.

»Komm ruhig rein, ist etwas stressig gerade, aber Nico kommt gleich.«

Erleichtert folge ich seiner Aufforderung. Immerhin ist er da. Vielleicht komme ich etwas ungelegen, doch die Vorstellung, ihn wenigstens kurz zu sehen, heitert mich auf.

Vom Wohnzimmer her ertönen Schritte, ein leises Fluchen, dann steht Nicholas vor mir, gestresst, müde und streicht sich die Haare aus der Stirn. »Emilio? Was machst du denn hier?«

Ich lasse ihn nicht aussprechen. Ein paar Schritte und ich liege in seinen Armen, presse mich an ihn, atme sein Parfüm ein und murmle: »Tut mir leid, tut mir leid! Ich hab mich wieder nicht angekündigt, aber ich *musste* dich sehen, sonst wäre ich durchgedreht!«

Er lacht leise, legt die Arme um mich. »Du musstest mich sehen? Wieso das denn? Ich glaube, langsam gewöhne ich mich dran, dass du immer so reingeplatzt kommst, wenn ich am wenigsten damit rechne.«

Für einen Moment genieße ich die Umarmung, dann spüre ich seine Lippen auf meinem Haaransatz, mit einer Hand greift er ganz sanft unter mein Kinn, schaut mir lächelnd in die Augen und küsst mich. Jetzt weiß ich endlich, *endlich*, was gefehlt hat, was so komisch war mit Sophie. Es hat sich nicht richtig angefühlt. Nicht so wie das hier. Nicht so vollkommen richtig und wundervoll, und mein Herz hat nicht solche Sprünge gemacht. Egal, was Phil gern für mich gewollt hat … Es scheint gar nicht anders zu gehen, zumindest nicht jetzt, nicht hier, nicht mit Nick …

Ich kann nicht anders als mich an ihn zu pressen, seinen Kuss zu erwidern, ohne Rücksicht darauf, dass sein Vater uns sehen könnte. Obwohl, wenn er sogar in der Schule geoutet ist, dann werden seine Eltern das ja wohl auch wissen.

Nicholas lehnt für einen Moment seine Stirn gegen meine und schließt die Augen. »Ich bin froh, dass du da bist«, murmelt er leise, atmet tief durch und löst sich von mir. »Gehst du schon mal hoch? Ich komme dann gleich.«

»Warte mal«, tönt es plötzlich von einem Raum unweit neben uns, der aussieht wie die Küche. Im Türrahmen steht Nicholas' Vater, der sich die Hände jetzt an einem Küchentuch abwischt und es sich über die Schulter wirft, ein schalkhaftes Lächeln im müden Gesicht.

»Willst du mir deinen Freund nicht vorstellen?«

Als wäre nicht alles schon abgedreht genug, ist es plötzlich Nicholas, der rot wird und nicht ich. »Er ist nicht mein … äh …« Er wirft mir einen kurzen, unsicheren Blick zu. »Nun … Das ist Emilio«, meint er zu seinem Vater, der sich nun an mich wendet, grinsend wie ein Honigkuchenpferd und mir die Hand entgegenstreckt.

»Hallo Emilio, schön dich kennenzulernen. Ich bin Paul.«

»Hi, sehr erfreut«, erwidere ich und kann nicht anders, als ebenfalls zu grinsen. Was für ein goldiges Kerlchen. Hat er vorhin noch ausgesehen, als würde er gleich unter Depressionen zusammenbrechen, scheint er sich nun über den Anblick seines errötenden Sohnes zu freuen und seine blauen Augen strahlen förmlich. Und schon wirkt er gar nicht mehr so alt.

165

Als Paul seine Hand aus meiner löst und Nick ansieht, ist der Ausdruck in seinen Augen warm, liebevoll und dennoch besorgt. Was ist denn mit denen passiert, dass sie so kaputt aussehen? »Geht ruhig hoch«, meint er. »Ich kümmere mich schon, keine Sorge.«

»Kümmern um was?«, frage ich verwirrt.

»Ach, nichts, schon gut«, meint Nicholas und greift nach meiner Hand. »Komm, gehen wir, bevor …«

»Leo?«, dringt eine schwache Stimme aus dem Wohnzimmer. Verwirrt starre ich Nick an, der wiederum beinahe schmerzlich das Gesicht verzieht.

»Ich bin da, Mama«, ruft er, ohne den Blick von mir abzuwenden. »Ich gehe nur in mein Zimmer.«

Paul flitzt an uns vorbei hinein in die Stube und Nick zieht mich etwas ruppig in Richtung Treppe. Was war denn das zum Henker? Hat Nicholas noch Namen, von denen ich nichts weiß? Oder warum nennt seine Mutter ihn Leo?

Schweigend betreten wir sein Zimmer und ebenso schweigend schließt er ab, reibt sich mit den Händen über die Augen. Als ich gerade ansetzen will, ihn zu fragen, was das war, unterbricht er den Versuch mit rauer Stimme: »Bitte, Emilio. Frag nicht, tu mir den Gefallen.«

Okay, wenn er nicht will … Ich mustere ihn mit gerunzelter Stirn und beschließe dann, das Thema zu wechseln. Da weder er noch ich über irgendwelche Probleme reden wollen … Nun, eigentlich will ich ja schon, nur eben nicht jetzt … Daher zucke ich die Schultern und frage grinsend: »Dein Vater glaubt jetzt, ich bin dein Freund?«

»Oh, ja, natürlich …«, fällt Nick erleichtert ein und grinst mich mit emporgehobener Augenbraue an. »Er denkt nun, dass wir uns unsterblich lieben, ewig zusammenbleiben und eines Tages heiraten werden. Tut mir leid, du hast da kein Mitspracherecht.«

»Mist, hätte ich doch mal vorher meine Jugend genossen!«, fluche ich, darauf eingehend. Das Gesicht verziehe ich dabei zu einer grummeligen Grimasse, während ich einfach so frei bin und mich auf sein Bett setze, nachdem ich die Schuhe und die Jacke abgestreift habe.

»Quatsch, sechzehn Jahre waren genug. Zeit, unter die Haube zu kommen«, winkt Nick ab und wirft sich neben mich auf die weiche Matratze, lässt sich auf den Rücken sinken und seine Beine über den Rand baumeln.

»Fünfzehn«, korrigiere ich ihn und lege mich ebenfalls zurück.

»Was?«

»Ich bin fünfzehn, nicht sechzehn«, wiederhole ich.

Plötzlich regt sich Nick, setzt sich halb auf und starrt mich an. »Fünfzehn?!«, fragt er entgeistert. »Aber du bist doch in der Zehnten!« Als würde ihm ein ganz schrecklicher Gedanke kommen, setzt er hinterher: »Wann wirst du sechzehn?«

»Ich wurde früher eingeschult«, erläutere ich ihm und bin erstaunt über seine Ernsthaftigkeit. »Mitte März werde ich sechzehn.«

»Oh. Du bist … sehr jung«, erwidert er und mustert mich stirnrunzelnd. Dann streckt er die Hand aus und streicht mir tastend über Wange und Kinn, als würde er etwas suchen. Oh! Entrüstet schlage ich seine Hand weg und setze mich auf, die Unterlippe trotzig vorgeschoben.

»Ich habe Bartwuchs!«, grummle ich pikiert. Als ob ich keinen … Nun, ein bisschen habe ich schon! Himmel, müssen ja nicht alle so behaart sein! Mein Vater war da auch spät dran, hat er mir zumindest erzählt. Immerhin muss ich mich so nicht dauernd rasieren wie zum Beispiel Etienne, der dafür jeden zweiten Morgen im Bad herumsteht.

Meine Entrüstung entlockt Nick ein schelmisches Grinsen. »Davon merke ich aber nicht viel.«

»Pff, wie alt bist du denn? Du hast ja auch nicht gerade viel.« Das ist einwandfrei gelogen, aber egal.

»Ich bin siebzehn. Noch etwa zwei Monate lang.« Oh. Das heißt, dass er Anfang Januar achtzehn wird und somit einige Zeit lang drei Jahre älter ist als ich. Holla …

»Nur, weil du schon scheintot bist …«, entgegne ich schnippisch, um meine Unsicherheit zu überspielen und stehe auf, um mich ein wenig in seinem Zimmer umzuschauen.

Diesmal ist es wesentlich unordentlicher als das letzte Mal, als ich hier war. Trotzdem fühle ich mich sehr wohl. Irgendwie ist es kuschelig mit all den Büchern und den Instrumenten, während es draußen langsam dunkel wird und hier drin nur eine kleine Schreibtischleuchte angeschaltet ist.

Hinter mir auf dem Bett höre ich Nick leise lachen. »Scheintot, genau …«

Ich werfe ihm ein kurzes Grinsen zu, ehe ich an das Bücherregal trete, mir die ganzen Titel näher beschaue und … »Nick?!«

»Ja?«

»Du liest Bücher von *Emile Clairvaux*?!« Schockiert starre ich die zerlesenen Taschenbücher an. Tatsächlich, er hat alle Bücher, die mein Vater bisher herausgebracht hat. Die beiden Fantasy-Romane der Trilogie, an deren letztem Band er gerade arbeitet, zwei historische Romane und ein ebenfalls in früherer Zeit spielender Krimi. Das Zeug hab nicht einmal ich gelesen, obwohl er mir zwei der Bücher gewidmet hat.

»Natürlich, die sind spitze. Kennst du den?« Schritte ertönen, dann steht er hinter mir und tippt auf das Regalbrett weiter oben. »Ich hab sie alle doppelt. Einmal als Taschenbuch und einmal als Hardcover. Ungelesen, versteht sich.«

»Du scheinst die echt zu mögen, was?«, frage ich erstaunt und ein kleines bisschen stolz auf meinen Vater. Die Hardcover-Ausgaben sehen tatsächlich absolut unberührt aus, so als wären sie Nick heilig.

»Ja, die sind klasse. Gut geschrieben und spannend. Man kann die Handlungsstränge nicht voraussahnen, und was ich besonders mag, es gibt fast immer ein homosexuelles Pärchen, oder immerhin die Andeutung von so etwas. Ich wette, der Kerl ist auch schwul, aber da gibt es nichts zu finden, weder im Internet, noch gibt es im Buch irgendwelche Informationen über ihn.«

Prustend wende ich mich vom Bücherregal ab. *Ich wette, der Kerl ist auch schwul.* Na, wenn der wüsste. Das werde ich Dad erzählen, der wird sich sicher freuen.

»Hey, was lachst du?«, fragt Nick etwas misstrauisch. »Hast du mal was von ihm gelesen?«

»Nun, nein …«, gestehe ich und grinse Nick an. »Aber ich kenne *den Kerl.* Ja, er ist schwul. Oder zumindest bisexuell.«

Wie soll ich ihm nur erklären, dass *Emile Clairvaux* eigentlich Julian Emil Schneider heißt und nur einen französischen Namen benutzt, weil er mit Frankreich so gar nichts am Hut hat und man das am wenigsten mit ihm in Verbindung bringt?

»Du kennst ihn? Den Autor? Erzähl mir nichts!«, winkt Nick ab und sieht mich sogar eine Spur verärgert an. Scheinbar fühlt er sich von mir auf den Arm genommen.

Ich versuche entschuldigend dreinzuschauen und meine dann versöhnlich: »Doch, ich kenne ihn. Die Fantasy-Trilogie ist sogar mir gewidmet, aber ich hab sie nie gelesen, ich mag kein Fantasy.«

Immer noch ungläubig verzieht Nick das Gesicht und pickt sich den ersten Band der Reihe aus dem Regal, öffnet ihn und liest sich die Widmung durch, mit immer größer werdenden Augen.

»Oh.«

»Ja, oh.« Grinsend nehme ich ihm das Buch aus der Hand und werfe einen kurzen Blick auf die Widmung. *Für Emilio, meinen kleinen Träumer.* Ich finde es zwar ziemlich kitschig, freue mich aber irgendwie darüber.

»Aber wer ...«

»Mein Vater. Dieser schreckliche französische Name ist nur ein Pseudonym«, erkläre ich schulterzuckend und spaziere wieder zurück zum Bett. Ich lasse mich darauf fallen und warte einige Minuten, bis auch er wieder zurückkommt und mich mit einer verzweifelt-beschämten Miene ansieht.

»Dein Vater?«

»Jup.«

»Dieser Kerl ... Ich ... Ich ... Mann, ist das peinlich. Und ich hab mich benommen wie ein Vollidiot, als ich bei dir war!«

»Ach was, er verzeiht dir sicher.«

»Das tröstet mich ungemein ...«, brummelt er, setzt sich wieder und mustert mich. Wir schweigen für einige Momente. Seine Hand streicht über meine Wange zum Hals und plötzlich verengen sich seine Augen, ehe er mich loslässt, als hätte er sich verbrannt.

»Nick?«

»Schon gut«, wiegelt er ab und legt sich dann neben mich, die Arme hinter dem Kopf verschränkend. »Also, was treibt dich her?«

Mit hochgezogenen Augenbrauen setze ich mich halb auf und mustere ihn. »Ich wollte mit dir reden«, meine ich schließlich.

Er nickt ohne mich anzusehen. »Dachte ich mir.«

»Wieso?«

»Nur so. Sprich weiter.«

Verwirrt rutsche ich etwas näher an ihn heran und pike ihm in die Seite.

»Ich finde, wir sollten uns näher kennenlernen«, fange ich an. »Ich mag dich, Nicholas. Du bist ein arroganter Schnösel, aber ich mag dich sehr.« Huch, das klingt missverständlich. Findet er anscheinend auch, denn jetzt wendet er mir einen ganz entsetzten Blick zu.

»Äh, ich meine ... Ich bin nicht schwul, oder so ...« Zu allem Überfluss werde ich nun auch wieder rot. Nick schaut mich an, als hätte ich nicht mehr alle Tassen im Schrank und wahrscheinlich habe ich das auch nicht, doch das ist schon in Ordnung, zumindest für den Moment.

»Ich weiß, es ist lächerlich ...«, setze ich wieder an, schaue ihm in die blaugrünen Augen und spüre es. Ganz deutlich, unmissverständlich, eigentlich gegen meinen Willen, aber ich wehre mich nicht mehr dagegen, hat ja keinen Zweck. Mit wild pochendem Herzen und kribbeligem Gefühl in der Magengegend beuge ich mich zu ihm hinunter, zögerlich, nervös und aufgeregt. Ein kleiner Kuss auf seine kühlen Lippen, ein zweiter.

»Irgendwie ist es was anderes bei dir«, gestehe ich verwirrt, es ist mir ja selbst erst jetzt klar geworden. »Du bist … Ich weiß nicht, was los ist und ich dachte, du kannst mir vielleicht helfen.«

Anstatt etwas zu sagen, nimmt er mein Gesicht zwischen die Hände, zieht mich wieder zu sich herunter und küsst mich, so zärtlich und langsam, dass mir ganz zittrig wird.

»Ich mag dich auch, Emilio, sehr, *sehr* gern. Obwohl du ein kleiner, kindischer Hosenscheißer bist und dein Temperament nicht zügeln kannst, wenn es an der Zeit wäre.«

»Hey!«, fahre ich entrüstet dazwischen, doch Nick unterbricht mein Aufbegehren lachend, legt mir die Hand auf den Mund und bittet: »Keine Widerrede! Der arrogante Schnösel weiß, wovon er spricht!«

Nun muss auch ich lachen. »Der Hosenscheißer aber auch«, setze ich hinterher, als er seine Hand fortnimmt. Ich lege mich wieder neben ihn, fühle mich etwas befreiter, weil mir plötzlich so einiges klar wird. Es auszusprechen tut gut, sehr gut, vor allem da Nick mich ernst nimmt.

»Also«, beginnt er nach kurzem Schweigen. »Ich schätze, ich kann schon ein bisschen nachvollziehen, wie du dich fühlst. Aber was genau ist denn eigentlich passiert?«

Ich zögere einen Moment, dann seufze ich. »Das wird eine lange Geschichte.«

»Das ist vollkommen in Ordnung. Ich habe Zeit.«

Und dann beginne ich, ihm zu erzählen. Von den Umständen meiner Geburt und meiner Kindheit mit meinen Vätern. Von der Angst, auch so zu sein. Von meinem Traum mit Etienne, wobei ich »Etienne« mit »irgendein Kerl« umschreibe, Nick muss ja nicht wissen, wer gemeint ist. Von den verwirrenden Gefühlen ihm gegenüber und der Tatsache, dass es überhaupt keinen Grund gibt, ihn zu mögen, ich es aber komischerweise trotzdem tue. Und von dem Herzklopfen, das bei Sophie gefehlt hat und dem Gespräch zwischen mir und ihr, bei dem es mir bewusst geworden ist.

Die Küsse und das Gefummel erwähne ich allerdings nicht, weil es mir irgendwie peinlich ist. Nicht zuletzt erzähle ich auch, dass ich die Briefe meiner Mutter und die Tagebücher meines Ziehvaters gefunden habe. Dass dessen Worte, er wünsche sich für mich, dass ich nicht schwul bin, mich noch mehr durcheinander gebracht haben.

Nick schweigt sich nach meiner ewig andauernden Erzählung für eine ganze Weile aus, dann setzt er sich auf und greift neben sein Bett.

»Durst?«, fragt er und hält mir eine angebrochene Flasche Wasser entgegen, die ich dankbar annehme.

»Also … Ich kann sehr gut verstehen, dass du was gegen mich hattest und es tut mir leid, wie ich mich benommen habe. Nur sind mir in all den Jahren so viele Anfeindungen zuteil geworden, da dachte ich, dich schrecke ich präventiv schon einmal ab. Nun ja …«, er zuckt entschuldigend die Schultern.

»Dass du Angst vor deinen Gefühlen hast, kann ich auch nachvollziehen. Es ist gut, dass du nicht mehr mit dem Mädel zusammen bist, um es allen zu beweisen. Aber Emilio, dieser Tagebucheintrag, wie alt war der, bitteschön?«

»Oh, na ja … Ich glaube, er war von 1999 oder so. Aber …«

»Nichts aber«, unterbricht er mich kopfschüttelnd. »Das ist über zehn Jahre her und dein Vater … Äh … Phil, meine ich, hatte ja auch genügend Probleme, weil er schwul ist. Natürlich wünscht man sich da in jugendlicher Schwermut für das eigene Kind was anderes. Meinst du wirklich, er hätte heute noch ein Problem damit? Schau ihn dir doch mal an!«

Nun, da hat er nicht ganz Unrecht. Missmutig und abwartend schaue ich Nick an, der nach Worten suchend seine Hände mustert, nur um dann mit neuer Entschlossenheit den Rücken zu straffen und mich ernst anzusehen.

»Schau ihn dir an! Der Kerl ist ein gestandener Mann, der seinen Freund und seinen Sohn über alles liebt, nachdem er all die Probleme hinter sich gelassen hat. Und er ist doch ziemlich glücklich, so wie du erzählst. Meinst du wirklich, der würde sich für dich wünschen, dass du auf Biegen und Brechen eine Frau nimmst? Und dass du offener für andere sexuellen Interessen bist …« Hier verziehe ich unwillig den Mund, doch er schüttelt den Kopf und fährt unbeirrt fort: »Das ist doch ganz normal. Als kleiner Junge kanntest du es nicht anders. Warum willst du denn jetzt auf Teufel komm raus mit Frauen … Ich meine, du *magst* mich doch, oder? Ich denke, wenn man jemanden wirklich gern hat, ist es absolut egal, welches Geschlecht dieser Mensch hat. Die wahren Gefühle zählen.«

Nun, wo er Recht hat … Ich bin erst einmal platt von seiner Rede und weiß auch gar nicht, was ich sagen soll. Auch wenn es stimmt, was er sagt, ich habe trotzdem Angst, und das scheint er zu merken. Er rückt ein Stück an mich heran, nimmt meine Hand in seine und gibt mir einen Kuss auf die Stirn.

»Hör mal, ich verlange nichts von dir. Ich will nur, dass wir uns ein bisschen kennenlernen, denn ich mag dich gern. Du kannst … na ja, schauen, wie sich das entwickelt. Du musst ja nicht, nur weil deine Väter schwul sind, ebenso sein. Aber trotzdem musst du auch nicht hetero sein, weil sie es nicht sind. Du solltest deinen eigenen Weg gehen und selbst schauen, was du willst. Und wenn du möchtest, bin ich dir gern ein Freund auf deinem Weg, wenn du sonst mit niemandem darüber reden kannst.«

Gerührt und erleichtert starre ich ihn an, will etwas sagen, doch ich bringe nichts heraus außer »Danke«. Mir kommt es vor, als wäre mir damit eine enorme Last von den Schultern genommen worden. Ich kenne ihn noch nicht sehr gut und er mich eigentlich auch nicht, dennoch mögen wir uns und freunden uns an. Er will mir zur Seite stehen und ich werde einen Scheiß drauf geben, was alle anderen sagen. Irgendwie kommt mir sein Rat bekannt vor. Ich weiß nur gerade nicht, woher.

»Es muss ja auch niemand was davon erfahren«, lächelt er zufrieden. »Aber wenn ich dir etwas ans Herz legen darf … Falls du an einen Punkt kommen solltest, an dem dir das alles zu viel wird, würde ich mich an deiner Stelle an Phil wenden. Ich vermute mal, dass er ohnehin etwas ahnt.«

Verwirrt werfe ich ihm einen Blick zu und plötzlich macht es »Klick«. Stimmt ja, Michelle hat dasselbe gesagt. Wieso wollen eigentlich alle, dass ich mit Phil rede? Ist er wirklich der beste Ansprechpartner für solche Sachen? Ich bezweifle, dass sich meine Probleme in Luft auflösen, wenn ich mit ihm geredet habe.

»Ach so«, unterbricht Nick meine Gedanken und sieht mich irgendwie belustigt an. Er hebt seine Hand erneut zu meinem Kinn, streicht zu meinem Hals hinunter und zwickt mich dort unsanft. »Du hast da ein paar Knutschflecken.«

Oh, ups …

***

Ich bin der beste, der tollste, der coolste … Und ziemlich stolz auf mich. Es ist Donnerstag – Donnerstag! Obwohl die Schule ein Höllenfeuer für mich bereitgehalten hat, geht es mir prima. Sogar Etienne ist absolut erstaunt und freut sich über den veränderten Milo, der sein Temperament zügeln kann und nicht auf die Sticheleien und Beleidigungen der anderen eingeht.

Nicholas hilft mir auch sehr gut darüber hinweg, muss ich gestehen. Denn auch wenn wir auf dem Stand *nur Freunde* sind … Ein bisschen Herummachen tun wir doch. Er bezeichnet es schelmisch als Hilfe, die er mir leistet, um meine Orientierung zu finden, und ich erwische mich dabei, wie ich versonnen im Unterricht sitze und mich nach seinen Berührungen sehne. Ist schon ein bisschen kitschig, aber eigentlich fühle ich mich super.

Diese kleinen, gestohlenen Momente mit ihm sind schön und geben mir das nötige Hochgefühl, das ich brauche, um diesen Mist hier kommentarlos zu ertragen.

Für das nächste Wochenende habe ich mir fest vorgenommen, Etienne alles zu erzählen. Ich schaue mal, was er dazu sagt und ob er mir irgendwie helfen kann. Vielleicht ist es ja wirklich so in Ordnung, wie es ist. Ja, was sollte eigentlich so schlimm daran sein, wenn ich mit Nick gewisse Dinge tue? Ich mag ihn, er beflügelt mich und er ist, obwohl immer noch schnöselig und das vollkommene Gegenteil von mir, ein sehr netter Kerl.

Seufzend und hohlköpfig vor mich hin lächelnd starre ich aus dem Fenster, den Kopf auf meine Hand gestützt und ignoriere die anderen Idioten meiner Klasse. Es ist große Pause und ich habe keine Lust, auch nur einen Finger krummzumachen oder mich von meinem Platz zu bewegen, als plötzlich ein Schatten auf mich fällt.

»Na, du kleiner Schwanzlutscher«.

Ich ignoriere Lars einfach. Mich juckt es nicht, wenngleich sich in mir trotzdem eine kribbelige Unruhe ausbreitet. Lars ist immer eine recht gefährliche Angelegenheit, aber ich versuche, ihm aus dem Weg zu gehen.

Also schweige ich und fixiere meinen Blick irgendwo am Horizont, das Lächeln auf meinem Gesicht ist jedoch erzwungen.

»Hey, ich rede mit dir«, knurrt er düster und mit einem Schlag befördert er meinen Collegeblock zu Boden. Da ich leider einer der Menschen bin, die versuchen, mit einer Zettelwirtschaft durch die Schule zu kommen, flattern all meine Unterlagen fröhlich durch das Klassenzimmer. Verdammt!

»Scheiße, kannst du nicht wen anders nerven?«, stöhne ich ungläubig und stehe auf, um meine Blätter einzusammeln. Gerade, als ich meine Mathehausaufgaben aufheben will, tritt Lars herausfordernd auf das Blatt und höhnt mit gespielt mitleidiger Stimme: »Oh, was machst du denn da auf dem Boden? Willst du mir den Schwanz lutschen oder was? Will dich dein Kerl nicht mehr?«

Ungeduldig stehe ich auf, lasse Blätter mal Blätter sein und erkläre ihm dann hochnäsig: »Und nicht einmal, wenn ich schwul wäre, würde ich dich auch nur mit der Kneifzange anfassen wollen. Aber wenn du willst, dass dir irgendein Typ den Schwanz lutscht, frag doch mal deine hirnlosen Freunde, die dir sonst am haarigen Arsch kleben, die scheinen ja drauf zu stehen.«

Dass ich einen Fehler gemacht habe, bemerke ich erst, als Lars mir einen Stoß versetzt, der mich beinahe rücklings zu Boden wirft. Na spitze und ich war so stolz darauf, mein Temperament unter Kontrolle zu haben!

»Beleidige noch mal meine Kumpels und du bist tot, du Schwuchtel!«, bellt er und versetzt mir den ersten Schlag in die Magengrube. Irgendwo kreischt eine Klassenkameradin auf, einer ruft dazwischen »Was macht ihr denn da?!« Dann schlägt er mit seiner Faust ungnädig direkt gegen meine Schläfe, was mich benommen gegen die Wand prallen lässt. Wieder kreischt irgendwo jemand und Dave ruft: »Holt einen Lehrer! Lars, hör auf!«

Für einen Moment bin ich zu benommen, um irgendetwas zu unternehmen. Als sich seine riesige Pranke um meinen Hals schließt und zudrückt, erwacht mein Selbsterhaltungstrieb und ich stoße Lars mit aller Wucht meinen Fuß in den Magen. Als er ächzend zurücktaumelt, lässt er mich für einen kleinen Augenblick los.

Ich gönne mir einen Moment der Erleichterung, da packt mich auch schon plötzlich jemand von der Seite und zischt: »Das wirst du bereuen!« Einer von seinen kleinen Arschkriechern.

»Oh Mann«, gebe ich von mir und spotte dann: »War ja klar, dass ihr wieder zu dritt auf einen losgehen müsst. Ihr seid so ein beschissener Verein von primitiven Halbaffen, dass ...« Lars' Faust, die wieder haargenau dieselbe Stelle an meinem Kopf trifft, lässt mich den Satz mit einem leisen Aufschrei beenden. Ein stechender Schmerz, warmes, feuchtes Nass auf meinem Gesicht und als ich Lars wieder ausholen sehe, kommt mir ein letzter, blöder Gedanke in den Sinn.

Wie soll ich das nur Nick erklären?

11

Nicholas

Ich sollte nicht glücklich sein, und doch bin ich es. Ich bin glücklich wie lange nicht mehr, wenngleich meine Situation eindeutig dagegen spricht. Der entsetzliche Freitag, der über eine Klausur zu einem unangekündigten Test führte, mir mit dem Besuch auf dem Friedhof einen Faustschlag versetzte und mit dem schlechten Zustand meiner Mutter in einem K.O.-Kampf für mich gipfelte – und dann kam Emilio. Okay, danach kam auch noch der Anruf meines ungeliebten Bruders, der sich für nächstes Wochenende angekündigt hat. Wen interessiert das, wenn ansonsten alles so schön ist?

Zunächst war ich mir todsicher, dass Emilio diese Sache zwischen uns beendet, wenn man denn da überhaupt an irgendeine Sache denken kann. Diese Knutschflecke an seinem Hals sprachen eine eindeutige Sprache. Ich habe ihn nicht gefragt, woher sie stammen. Wegen dem süßlichen Geruch, der an ihm haftete, vermute ich, dass er bei seiner Ex-Freundin war und die Sache beendet hat. Unser Gespräch, sein Geständnis und dann das lange Kuscheln und Küssen – Himmel, wie sehr ich das mal wieder gebraucht habe. Es war so schön!

Ich muss grinsen, bin auf dem Weg durch die Pausenhalle zu ihm und komme nicht umhin, mir all die kleinen Momente der letzten Tage wieder ins Gedächtnis zu rufen. Es ist wohl mehr eine Art Experiment für ihn, obwohl ich ganz deutlich merke, dass er mir vertraut und mich mag. Vor allem fühlt er sich körperlich zu mir hingezogen.

Am Montag war es eine kurze SMS, die ihn in der Mittagspause ins Zimmer der Schülervertretung lockte, in dem ich alleine war. Er war erst ein wenig beschämt und hatte Angst, dass uns jemand erwischt. Später war ihm das dann doch egal, nachdem er schon Freitag kaum von meinen Lippen lassen konnte. Er giert nach meinen Berührungen und er ist es auch, der uns immer weiter vorantreibt. Gleichzeitig hat er jedoch Angst davor und ist bestürzt über sich selbst.

Ich weiß nicht so recht, wie ich dazu stehe. Im Moment bin ich einfach glücklich. Er ist anbetungswürdig süß und bringt mich zum Lachen mit all den kleinen Fettnäpfchen, in die er immerzu hineintappt.

Dienstag kam er in der Pause zu mir, mit der wütendsten, ärgerlichsten Miene, die ich je auf seinem Gesicht gesehen habe. Fluchend zog er mich fort in einen abgelegenen Winkel der Schule und fiel mir nach einem gehörigen Lachanfall wie verwandelt um den Hals. Er hat mich förmlich um den Verstand gebracht und dafür gesorgt, dass wir beide zu spät zum Unterricht gekommen sind, weil wir warten mussten, bis unsere Erektionen abgeklungen waren, er aber gleichzeitig gar nicht aufhören wollte, mit mir rumzumachen und rumzufummeln. Gestern lag ein süßer, kleiner Zettel in meinem Fach. Nur eine kurze, unbeholfene Nachricht, weniger Liebesbrief als Bitte darum, mich recht bald wieder außerschulisch zu treffen. Der letzte Absatz hat mein Herz zum Stolpern gebracht. *Ich denke an dich.* Er ist so süß in seiner überschwänglichen und gleichzeitig unerfahrenen Art.

Der kleine Kerl macht mich glücklich, auch wenn das, was wir hier treiben, vielleicht ziemlich kindisch ist, und er eigentlich nichts weiter für mich empfindet, als körperliche Lust. Ich kann mir aber nicht helfen, es ist mir im Moment so egal. Seine Küsse schmecken nach Freiheit und seine Berührungen fühlen sich an wie eine Sommerbrise auf der nackten Haut nach Jahren der Gefangenschaft. Nicht, dass ich mich als Gefangenen sehe … Zumindest nicht immer … Nun ja.

Beschwingt hüpfe ich die letzten Treppenstufen hinunter und überlege grinsend, unter welchem Vorwand ich ihn dieses Mal aus dem Klassenraum locken soll. Eine Besprechung wegen irgendeiner AG? Oder soll ich so tun, als gäbe es eine Strafarbeit zu verrichten? Mir wird schon was einfallen, wenn ich vor ihm stehe.

Als ich schließlich den Gang betrete, in dem sich seine Klasse befindet, werde ich verwirrt langsamer und langsamer. Da steht Etienne vor der angelehnten Klassenzimmertür und unterhält sich angeregt mit Emilios Ex-Freundin und deren komischer Gefährtin.

»Hör mal, ist ja ganz nett und alles, aber ich muss mal mit Milo reden«, setzt Etienne mit deutlicher Verzweiflung in der Stimme an und will sich an ihr vorbeischieben. Aber sie drückt sich vor ihn und legt ihm eine Hand auf den Arm, blinzelt aus diesen wässrigen, blassblauen Augen zu ihm hinauf und meint: »Etienne, bitte … Ich wollte dir doch gerne meine Freundin vorstellen und na ja – wollte fragen, ob wir nicht einmal was zusammen unternehmen könnten? Du weißt schon.«

»Was? Äh …« Sichtlich verwirrt wirft er der errötenden Freundin dieses kleinen Monsters einen Blick zu und ist für einen Augenblick einfach sprachlos, ehe er sich wieder zusammennimmt und fest meint: »Nein danke, kein Interesse. Könntest du mich jetzt bitte gehen lassen, ich will …«

»Eddy! Magst du mich jetzt nicht mehr? Wegen Milo?« Diese kleine Schlampe besitzt tatsächlich noch die Dreistigkeit, ihn anzublinzeln mit dem Ausdruck der puren Unschuld im Gesicht. Ich glaube, ich muss kotzen.

»Hey Eddy«, grüße ich knapp und will mich an den beiden vorbeidrücken, doch mit meinem Auftauchen wird auch der gehetzte Ausdruck im Gesicht der Kleinen deutlicher.

»Nicholas!«, flötet sie schrill und ist tatsächlich so dreist und hält mich am Arm fest. »Dich wollte ich auch noch sprechen.« Misstrauisch schaue ich sie an, dann werfe ich Eddy einen Blick zu, der verwirrt die Schultern zuckt.

»Sophie, was zum Teufel willst du denn hiermit bezwe…«

Aus dem Klassenraum ertönt plötzlich lautes Stimmenwirrwarr, ein undeutlicher Ruf nach einem Lehrer und dann ein lauter Knall, ein Schrei – Oh Gott!

Beinahe zeitgleich machen Eddy und ich einen Satz zur Tür und dieses kleine Miststück versucht tatsächlich noch, uns aufzuhalten: »Jetzt wartet doch mal! Ich … Ihr …« Sie versucht, Eddys Arm zu greifen, aber der schlägt unbedacht nach hinten aus, um ihn ihr zu entwinden, gibt ihr dabei eins auf die Nase und rennt los.

Er reißt die Tür auf, das Gesicht zu einer vor Angst und Wut verzerrten Grimasse erstarrt. Wie auch ich hat er die Stimme wohl erkannt. Kein Zweifel, wer das war.

Drinnen bietet sich mir ein Bild des Wahnsinns. Hinten im Klassenraum steht Emilio, mein süßer, kleiner Emilio, der von zwei komischen Typen festgehalten wird. Vor ihm dieser riesige Halbaffe, von dem er mir berichtet hat, und der wieder zum Schlag ausholt. Blut läuft dem Kleinen aus einer Wunde am Kopf über das Gesicht, und bevor ich auch nur einen halbwegs klaren Gedanken fassen kann, ist Eddy über einen Tisch hinweg gesprungen und fällt über den Blonden her wie ein Berserker.

Diese unnütze Klasse beobachtet schockiert und mit leisem Aufschrei, was sich ihnen da für eine Schau bietet und denkt gar nicht daran, einzugreifen.

Während Etienne sich um diesen Typen kümmert, ihm immer wieder in blinder Wut ins Gesicht schlägt, schiebe ich mich so schnell wie möglich durch die Schüler zu Emilio, der den verwirrten Kumpanen des Schlägers halb bewusstlos in den Armen hängt.

»Loslassen!«, schnauze ich die Kerle an, als ich bei ihm bin und die beiden zucken verängstigt zusammen, lassen Emilio los und drücken sich so schnell wie möglich von ihm weg.

Ich kann ihn gerade noch auffangen, um zu verhindern, dass er auf den dreckigen Boden fällt.

»Emilio! Mist!«, fluche ich, hieve ihn zur Wand und lasse ihn dagegen gelehnt sitzen.

»Nick?«, erwidert er nuschelnd und versucht, mich anzuschauen, unterlässt das dann jedoch blinzelnd wegen des Bluts, das ihm unablässig ins Auge läuft.

Wie es aussieht, hat das blonde Riesenbaby ganze Arbeit geleistet. Emilios Schläfe ist übel aufgeplatzt, schwillt langsam in einem unschönen Dunkelviolett an. Ich streiche ihm über die kühle Wange und zum ersten Mal seit langer, langer Zeit verspüre ich wirklich *Angst*.

Mit etwas Glück ist er noch halbwegs beisammen und trägt nur diese Platzwunde davon. Das bezweifle ich allerdings. Er hat mindestens eine leichte Gehirnerschütterung, wenn nicht sogar eine Schädelfraktur, Hirnblutung oder weiß der Geier was. Ich atme tief durch, versuche, die aufkommende Panik zu unterdrücken und herrsche den Nächstbesten an, sofort einen Lehrer zu holen und einen Krankenwagen zu rufen. Zu meinem Erstaunen beugt sich Dave aus dem Fußballteam zu mir herunter, besieht sich Emilio kurz und meint: »Ich bin gleich wieder da. Verflucht!«

»Nick … Tut mir leid«, stöhnt Emilio leise und hebt die Hand, um … Ja, keine Ahnung, warum, denn er greift nur unkoordiniert neben mir ins Leere, also schnappe ich seine Hand und presse sie, ungeachtet der anderen Schüler, auf meine Wange.

»Selbst jetzt redest du noch Unsinn, Kleiner. Komm, mach wenigstens das andere Auge auf, bleib wach. Das wird schon wieder.« Ich weiß ehrlich nicht, wen ich damit beruhigen will, ihn oder mich.

»Redest du … Wenn Phil … Nh … Mein Kopf …« Er stöhnt leise auf, presst die Augen zusammen und stöhnt wieder.

»Emilio?« Keine Antwort. Sein Kopf fällt zur Seite, Blut tropft zu Boden. »Emilio! Verdammt!«

Hinter mir geht die Prügelei, die ich bis eben vollkommen ausgeblendet habe, munter weiter und keiner dieser hirnverbrannten Vollidioten macht irgendwas.

Wenn Eddy nicht gleich aufhört, haben wir den nächsten Fall fürs Krankenhaus. Obwohl ich mich maßlos überfordert fühle, fahre ich ein in der Nähe stehendes und weinendes Mädchen an, sich zusammenzunehmen.

Ich bringe sie dazu, sich neben Emilio zu setzen und aufzupassen, dass er nicht vollends zu Boden fällt. Der Kleine stöhnt leise vor Schmerz und mit knapper Not kann ich mich davon abhalten, ihm einen tröstenden Kuss zu geben. Verflucht, was ist denn nur hier los … Argh.

So ruhig wie möglich drehe ich mich der Schlägerei zu, die sich nun leider zugunsten des anderen Kerls gewendet hat. Etienne liegt röchelnd auf dem Boden, der Blonde drückt ihm die Kehle zu und niemand macht etwas!

»Verflucht, was seid ihr denn für grenzdebile Feiglinge?!«, fauche ich laut und stürze auf die beiden zu.

Ich zerre den grobschlächtigen Kerl von dem mit gurgelnden Geräuschen nach Luft schnappenden Eddy und versetze ihm einen Faustschlag mitten ins Gesicht, ehe ich ihn am Kragen fest gegen die Fensterfront presse und kalt drohe: »Du rührst dich besser keinen Zentimeter, mein Freund, sonst wirst du den Tag verfluchen, an dem du geboren wurdest.«

Und endlich, endlich ertönt hinter uns irgendwo die laute, erschrockene Stimme eines Lehrers: »Um Gottes willen, was ist denn hier los?!«

Der Halbaffe, der bei meinem Schlag aufgeschrien hat, fängt nun an zu wimmern. Nicht dass er gleich noch heult … Wütend ziehe ich ihn am Kragen und knalle ihn noch einmal gegen die Fensterfront, woran er auch schließlich herunterrutscht wie ein nasser Sack und schluchzend auf dem Boden sitzen bleibt.

»Emilio muss ins Krankenhaus«, rufe ich nach hinten und bücke mich zu Etienne, dessen Lippe aufgeplatzt ist und der sich immer noch röchelnd den Hals festhält. Während der Lehrer vor Schreck einen kleinen Schrei ausstößt und sich nun hilflos zum Ort des Geschehens durchkämpft, helfe ich Etienne dabei, sich aufzusetzen.

»Is' okay«, krächzt er und hustet mir einen kleinen Blutregen auf den grauen Pullover. Na lecker.

»Milo«, setzt er hinterher und rappelt sich schwerfällig auf, wobei ich ihm ein wenig helfe und er sich wankend an mir festhält.

Emilio sitzt immer noch da, an das weinende Mädchen gelehnt, die ihm vorsichtig ein paar blutverklebte Locken aus der Stirn streicht und ihn an sich presst, als verliere sie gerade ihren Liebsten oder weiß der Himmel was. Er ist blass und ohne Bewusstsein, aber immerhin blutet seine Platzwunde nicht mehr so sehr.

»Scheiße«, knurrt Eddy, reibt sich Hals und Stirn, ehe er ein tiefes Seufzen ausstößt und sich kurz gegen meine Schulter lehnt. »Ich wusste, irgendwann würde so etwas passieren, ich wusste es!«

Der Lehrer weist Etienne und mich an, Emilio vorsichtig unter den Armen zu packen und zu seinem Auto zu bringen. Lars schickt er einfach in den Sanitätsraum der Schule, den Kleinen will er ins Krankenhaus fahren.

»Dass es überhaupt so weit gekommen ist … Wie soll ich das dem Rektor erklären?!«, flucht der Lehrer, der, wie ich vermute, Emilios Klassenlehrer ist, verzweifelt. Hoffentlich kriegt er mal so richtig eins auf den Deckel, weil er diesem Lars nicht schon früher den Riegel vorgeschoben hat.

»Hn …«, stöhnt Emilio zwischen mir und Eddy leise, krallt für einen Moment seine Hand in meine Schulter. »Scheiße …«

»Keine Sorge, Kleiner«, murmle ich. »Das wird schon wieder.«

***

»Eine leichte Gehirnerschütterung, ansonsten hast du großes Glück gehabt«, erklärt der Arzt kopfschüttelnd und bedenkt Emilio, der auf dem Krankenbett sitzt, mit einem Blick. »Ein gezielter Schlag auf die Schläfe kann tödlich enden. Aber wie dem auch sei, eigentlich solltest du vierundzwanzig Stunden hier bleiben, zur Beobachtung, falls doch noch Komplikationen auftreten.«

»Ich will lieber daheim tatenlos herumliegen, als hier«, seufzt mein kleiner Lockenkopf müde und schwerfällig. Wenn ich nicht wüsste, dass er mit Tabletten zugedröhnt ist, würde ich mir Sorgen machen. Er wirkt, als hätten sie ihm eine viel zu große Dosis Schmerztabletten verabreicht.

»Wir warten noch, bis deine Eltern eingetroffen sind, dann rede ich mit ihnen und sie können dich mitnehmen. Für die Tabletten gegen Übelkeit und Schmerzen bekommst du noch ein Rezept, Schwester Behr macht es dir gleich fertig. Ebenso das Attest für die Schule. Für die nächsten Tage ist absolute Bettruhe angesagt.«

Emilio nickt sachte und winkt ab. »Hatte nicht vor, 'nen Marathon zu laufen.«

Der Arzt, dessen Namen ich vergessen habe, schüttelt noch einmal sein ergrauendes Haupt. »Dass solche Dinge in einer Schule passieren können … Also wirklich …« Damit steht er auf, reicht uns nacheinander die Hand und verschwindet aus dem Zimmer.

Die dickliche, gutmütige Krankenschwester lächelt Emilio mütterlich an und ebenso mich, als sie aus dem Behandlungszimmer huscht, um das Attest wie auch die Rezepte fertig zu machen. Zum ersten Mal für heute sind wir ganz alleine.

»Ich dachte schon, der hört nie auf zu reden«, stöhnt es vom Bett her, was mir ein leises Lachen entlockt.

»Ach, er meint es doch nur gut«, erwidere ich. »Hast du noch Kopf-schmerzen?«

»Ja, 'n bisschen. Aber es geht schon.« Seufzend wirft er mir einen Blick zu, der mich förmlich dazu zwingt, von meinem Stuhl aufzustehen und mich neben ihn auf das Krankenhausbett zu setzen. Erschöpft lehnt er sich gegen mich und versucht, dabei die Beule mit der Platzwunde außer Reichweite zu halten.

»Tut mir leid, ich weiß wirklich nicht, wie das passiert ist«, nuschelt er gegen meine Schulter.

»Wieso entschuldigst du dich bei mir? Ich hab ja keine auf den Deckel bekommen. Wenn, dann solltest du dich bei Eddy oder bei dir selbst ent-schuldigen. Ist ja auch egal, nicht? Solange der Arsch von der Schule fliegt …«

Emilio lächelt matt, hebt den Kopf und mustert mein Gesicht kurz, ehe er mir einen kleinen Kuss auf den Mundwinkel gibt. »Was hattest du überhaupt in meiner Klasse zu suchen?«

»Oh … Eigentlich wollte ich dich entführen«, gestehe ich und kann mir ein schalkhaftes Grinsen nicht verbeißen. »Und dich dann vernaschen. Aber nein, du musst dich ja prügeln …«

»Als ob das Absicht war«, winkt er ab und zuckt die Schultern. Gerade will er sich vorbeugen und seine Lippen wieder auf meine legen, da wird die Türklinke hinuntergedrückt. Wir können gerade noch so auseinander weichen, ehe sein Vater im Türrahmen steht, den Arzt im Schlepptau und ebenso die Schwester mit den Papieren.

»Also Herr Schneider, am besten achten Sie darauf, dass Ihr Sohn sich an die Vorgaben hält, sonst könnte es durchaus noch zu schwerwiegenderen Komplikationen kommen.«

»Ja, natürlich«, nickt Emilios Vater und schenkt seinem kleinen Hitzkopf ein erleichtertes Lächeln.

Das wird mir hier eindeutig zu voll. Unbehaglich erhebe ich mich vom Bett und schiebe mich unauffällig zur Tür.

»Davon erzählen wir Phil besser nichts«, höre ich Julian noch sagen, ehe ich unbeachtet aus der Tür husche. Na, hoffentlich zieht niemand Schlüsse daraus, dass ich allein bei Emilio drin saß und nicht Eddy, der hier noch immer auf dem Gang hockt.

»Nick!«, ruft er erleichtert aus und steht von dem sicherlich unbequemen Plastikstuhl auf. »Geht's ihm gut? Meine Güte, ich platze gleich!«

»Äh, ja, ihm geht es ganz gut. Zugedröhnt und alles, aber mit ein biss-chen Schlaf und Ruhe … Wieso bist du noch hier?«, erwidere ich zögerlich.

»Ich muss mit dir reden!«

»Ah …?« Oh Gott, hat er etwas gemerkt? War ich zu liebevoll? Habe ich Emilio vielleicht doch geküsst, ohne dass es mir bewusst ist?

Mist, was, wenn jetzt jeder davon weiß und der Lockenkopf deshalb die Schule wechselt?!

Bestimmend greift Eddy nach meinem Handgelenk und zieht mich mit sich zu den Stühlen, die tatsächlich noch unbequemer sind, als sie aussehen. Mein Herz beginnt zu rasen, so wie er mich ansieht, und meine Hände fangen an zu kribbeln. Verdammt, ich hätte besser achtgeben sollen!

»Glaubst du auch, Sophie steckt dahinter?«, flüstert er und sieht mich dabei ganz ernst an. Für einen Moment bin ich zu perplex, um irgendwas zu sagen, aber dann …

»Wer ist Sophie?«

»Milos Ex? Die, die uns davon abhalten wollte, zu ihm zu gehen? Ich glaube, sie hat ihre Finger da im Spiel, sonst hätte sie nicht so offensichtlich versucht, Zeit zu schinden, damit Lars Milo die Fresse polieren kann.«

Darüber habe ich bisher überhaupt noch nicht nachgedacht. Ich starre Eddy an und langsam, ganz langsam steigt in mir eine fassungslose Wut auf. Über mich selbst, weil ich nichts geahnt, nichts gemerkt habe und vor allem, weil ich Emilio nicht gesagt habe, was seine Ex für ein Miststück ist.

»Sie war zwar immer nett und alles, aber das ist doch irgendwie suspekt, oder? Ich meine, erst hat sie von Milos Existenz nicht einmal etwas gewusst und plötzlich sind sie zusammen. Das ist doch komisch, oder?«, blubbert Eddy weiter, bemerkt meine Grabesmiene und hält verwirrt inne. »Was ist?«

»Ich habe mal ein Gespräch mitbekommen, von dieser Sophie mit einem anderen Mädchen«, fange ich an und frage mich im nächsten Moment, ob ich ihm das wirklich erzählen kann. Was wird er wohl von mir denken und wird er es Emilio erzählen? Aus der Sache komme ich jetzt aber ohnehin nicht mehr raus, denn Eddy schaut mich abwartend an, im Gesicht einen Ausdruck von vager Vorahnung.

»Also … Sie hat gesagt, sie benutzt Emilio nur, um ihre *Verführungskünste* zu üben, für einen anderen Typen.«

Eddys Augen weiten sich schockiert und ein ungläubiges Lachen entweicht ihm. »Was?! Sie hat schon einen anderen?«

»Nein, nein, der Kerl will sie nicht. Deshalb will sie … *üben.*« Oh Gott, hoffentlich werde ich jetzt nicht rot. So fassungslos, wütend und schockiert, wie Eddy mich ansieht … Hoffentlich fragt er mich nicht, ob Emilio das weiß, sonst bin ich geliefert. Kann ich ihn anlügen? Oh Mist.

»Was?! Diese dumme Schlampe!«, braust Eddy jetzt wütend auf, springt vom Stuhl auf und läuft hin und her. Eigentlich ist es erstaunlich und beinahe schon niedlich, wie groß sein Beschützerinstinkt gegenüber Emilio ist. Oder ist das einfach nur ihre Freundschaft? Wie er vorhin unerschrocken auf den blonden Kerl losgegangen ist …

Eddy ist zwar nicht wie Emilio viel kleiner und schmaler, aber ich finde es trotzdem bewundernswert. Was wird er wohl mit mir anstellen, wenn er herausfindet, dass ich dieses kleine Geheimnis für mich behalten habe, nur weil Emilio vor mir zurückgezuckt ist? Nicht, dass ich Eddy nicht gewachsen wäre, darauf anlegen will ich es allerdings lieber nicht.

»Die Hure werde ich zur Rede stellen! Oh, wenn sie nur kein Mädchen wäre, ich würde ihr die verlogene Fresse polieren!«, ereifert Eddy sich, als plötzlich die Tür zum Krankenzimmer aufgeht und der Arzt mit einem sehr müde und schlapp aussehenden Emilio und dessen Vater herauskommt.

»Milo!«, stößt Eddy nun erleichtert hervor. Er drängelt sich zwischen Vater und Arzt hindurch und nimmt den Kleinen mit einer Zärtlichkeit in die Arme, die mir einen eifersüchtigen Stich versetzt. »Oh Gott, es tut mir so leid!«, murmelt Eddy und vergräbt sein Gesicht in der Halsbeuge *meines* Emilios. Oh, autsch, das tut weh.

»Ich bin der schlechteste beste Freund der Welt! Ich hätte für dich da sein müssen!«

»Etienne«, unterbreche ich sein Geschmalze knurrend. »Lass ihn besser mal in Ruhe, du siehst doch, ihm geht's nicht gut. Ihr könnt euch ja morgen noch unterhalten, aber Emilio braucht jetzt erst einmal Ruhe und Schlaf.«

Dieser lacht nur und legt seine Arme um Eddy. »Mir geht's prima«, erwidert er, grinst und aus seinen dunklen Augen blitzt er mich schelmisch an. Als wüsste er genau, dass diese innige Umarmung zwischen den beiden mir gar nicht gefällt. Missfällig hebe ich eine Augenbraue, winke betont gelangweilt mit der Hand ab und entlocke ihm damit ein weiteres Lachen. Ach, was soll's, er steht unter Medikamenten … Und wir sind ja auch nicht zusammen, soll er umarmen, wen er will.

Emilia

24. Mai 2000

Ich hatte bisher noch keine Zeit, über das zu schreiben,
was passiert ist. Womöglich hätte ich dann den Block
in tausend kleine Einzelteile zerfetzt, angezündet und
danach das Haus in Schutt und Asche gelegt. Aber jetzt
habe ich mich beruhigt und langsam erwische ich mich
dabei, mich mit dem Gedanken anzufreunden und es gut
zu finden.
Ich will also von vorne beginnen. Es ist jetzt schon ein
paar Wochen her, da bin ich glücklich mit Emilio an
der Hand durch die Innenstadt spaziert. Der Kleine
hat mich ohne Punkt und Komma zugequasselt über
den Kindergarten und irgendwelche Spielzeugautos, die
die anderen Jungen immer mitbringen. Ich habe kaum
zugehört und war in Gedanken bei den Wohnungen und
Häusern, die Juli und ich uns die Tage zuvor angeschaut
hatten. Wir wollen gerne ausziehen. Thomas ist zwar
nicht unbedingt einverstanden, aber trotzdem reicht
es mir langsam. Unter einem Dach mit drei anderen
Kerlen und einem kleinen Jungen ... Zwar ist Thomas'
Haus nicht gerade winzig, aber wenn ich noch einmal
Janis vor die Füße laufe, während der gerade nur mit
Handtuch bekleidet aus dem Bad schlendert, bekomme
ich einen Anfall.
Na ja, Fakt ist jedenfalls, ich hab dem Krümel nicht
zugehört, bis er plötzlich »Michelle« gesagt hat und
aufgeregt an meiner Hand gezogen hat. Gelangweilt
habe ich mich also umgeschaut und was sehe ich?
Meine kleine Schwester, meine süße unschuldige
Schwester mit meinem besten Freund, eng umschlungen
vor dem Stadtbrunnen. Ich dachte, ich werde nicht

mehr. Irgendwie habe ich mich aus der Schockstarre lösen können und bin mit dem Kleinen zu den beiden gegangen, die auseinander gehüpft sind und ausgesehen haben wie kleine Sünderlein. Hätte Emilio nicht freudig an Michelle geklebt und ihr von seinen blöden Autos erzählt, wäre ich Jay an den Hals gegangen. Wie lange das schon so geht, habe ich gefragt und nach langem Herumdrucksen hat er mir schließlich gestanden, dass die zwei schon seit Weihnachten zusammen sind. Es täte ihm leid, er hatte es mir ja sagen wollen. Aber er hatte Angst, dass ich ihn umbringe. Bla bla. Sein Glück, dass der kleine Wurm dabei war, sonst wäre er wirklich ein toter Mann gewesen.

Himmel, was hat sich Michelle dabei gedacht? Sie kennt Jay so lange, wie ich ihn kenne, und er war schon immer ein Herzensbrecher und charmanter, aber untreuer Gauner. Kein Rock war vor ihm sicher und jetzt wagt er sich an meine kleine Schwester ran?

Ich war so wütend und enttäuscht und hatte Mordgedanken, die für den halben Erdball gereicht hätten, aber nach einem langen, ausgiebigen Gespräch mit beiden ... Meine Güte, was soll ich denn tun? Die beiden scheinen sich wirklich zu lieben und meine Mutter hat mir erst einmal kräftig eine auf den Hinterkopf gegeben, nachdem ich ihr wutentbrannt davon erzählt habe.

Ich wäre ja auch nicht besser gewesen und sie hatte auch Mitleid mit Juli, als das mit uns anfing. Und jetzt? Jetzt wären wir seit knapp sechs Jahren zusammen, obwohl ich ein sturer Esel und verbockter Trottel wäre, der Emilio verhätschelt und verzieht und Juli mehr liebt, als gut für ihn sein kann. Ich solle mal froh sein, dass nicht alle so voreingenommen seien wie ich und Juli so viel Geduld mit mir hätte.

So langsam kann ich auch nicht mehr abstreiten, dass es mir Spaß macht, Jay mit Todesblicken zu bedenken und na ja, Michelle ist auch ziemlich glücklich. Außerdem hat Emilio dann mal eine Möglichkeit zu

sehen, dass es auch andere Pärchen gibt als seinen Dad
und mich.

Letztens habe ich ihn nämlich vom Kindergarten abgeholt
und er kam freudestrahlend auf mich zugesprungen, mit
der Erfahrung seines ersten Kusses im Gepäck. Es war ein
winziges Küsschen, das er einem seiner kleinen Freunde
auf die Wange aufgedrückt hatte. Ich weiß auch nicht,
irgendwie finde ich es süß und musste lachen, ebenso wie
die Erzieherin, die mir davon erzählt hat. Aber vor allem
Emilios kleines, zurückhaltendes und verschüchtertes
Opfer war zum Schießen.

Langsam aber sicher finde ich es eigentlich nicht
mehr wichtig, dass Emilio ein Vorbild hat, das ihm
»Normalität« und Angepasstheit vermittelt. Soll er
ruhig seinen Fabian heiraten, wie er mir stolz erklärt
hat. Niedlich ist es allemal.

Mit diesem Eintrag, den ich in Gedanken immer wieder grinsend durch-
gehe, schlendere ich durch die Pausenhalle zum Büro des Rektors. Es ist
gleich zwei Uhr und mir steht ein Gespräch mit meinem Klassenlehrer,
Lars und dem Rektor bevor. Nick kann nicht dabei sein, trotzdem bin ich
frohen Mutes und ziemlich gut gelaunt. Wahrscheinlich liegt das an dem
Tablettencocktail, der mir im Blut herumwabert, aber ich fühle mich besser,
als ich nach dem Vorfall gestern sollte.

Dad hat es geschafft, Phil weiszumachen, die Platzwunde sei das Ergebnis eines tollpatschigen Unfalls. Dass er das so einfach glaubt, sagt eine
Menge darüber aus, wie er über mich denkt. Irgendwie bringt mich das
trotzdem zum Grinsen.

Ich kann einfach nicht aufhören, glücklich zu sein. Vielleicht bin ich es
auch, weil Lars gleich den Stress seines Lebens bekommen wird. Oder weil
Nick nach der Schule mit zu mir kommt und bei mir pennt. Oder wegen
allem gleichzeitig.

Vor dem Büro steht zu meiner großen Freude und Überraschung Etienne.
Er hat sich gegen die Wand gelehnt und erwartet mich mit einem breiten
Grinsen im Gesicht.

»Was machst du denn hier?«, frage ich erstaunt und freudig zugleich.
Lässig stößt er sich von der Wand ab und klopft mir auf die Schulter, als
ich bei ihm bin.

»Ich wurde für den Rest der Stunde freigestellt, um als Zeuge vernommen zu werden und dir beizustehen, falls Lars Stress macht«, erklärt er belustigt und streicht sich mit einer Hand locker durch die chaotisch abstehenden braunen Haare.

»Musst mal wieder zum Friseur, was?«, stichele ich und stoße ihm meinen Ellenbogen in die Seite. »Sonst will deine Saskia dich sowieso nicht zurück.«

»Oh, die steht drauf, wenn ich so aussehe«, winkt er ab und gemeinsam betreten wir das Büro, in dem der Rektor und Lars mit unserem Klassenlehrer bereits warten.

Das Gespräch dauert nicht sehr lang. Rektor Schardt lässt sich von mir berichten, was passiert ist, lässt es sich von Etienne bestätigen und Lars wagt gar nicht, etwas dagegen zu sagen. Er sitzt stumm und bleich und mit heilenden Wunden und Blutergüssen übersät in seinem Stuhl, als wüsste er genauso gut wie ich, was jetzt unweigerlich passieren wird.

»Es tut mir wirklich leid«, meint unser Rektor. »Aber unter Berücksichtigung deiner Vorgeschichte«, er klopft kurz auf eine dicke Schulakte, die vor ihm liegt, »und angesichts der Schwere deines gestrigen Übergriffes kann ich nichts weiter tun, als dir den Schulverweis schriftlich zu geben und dir alles Gute für die Zukunft zu wünschen. Deine Eltern können gerne am Montag Rücksprache mit mir halten, wenn sie die Strafe nicht als angemessen erachten, aber ändern wird sich daran nichts. Ich toleriere keine Gewalt an meiner Schule.«

Lars starrt den Rektor nur apathisch an, seine Augen schimmern trübe. Na hoffentlich fängt er nicht an zu heulen … Irgendwie habe ich beinahe Mitleid mit ihm, aber nein, eigentlich doch nicht.

Rektor Schardt wendet sich nun an mich, lächelt sanft. »Geht es dir besser? Ich hoffe, das war das letzte Mal für lange Zeit, dass du in meinem Büro sitzt, mein Junge.«

»Oh, glauben Sie mir, das hoffe ich auch«, erwidere ich und lächle ein wenig, versuche mir meine Freude nicht anmerken zu lassen und füge dann hinzu: »Danke, mir geht's besser.«

Eddy neben mir erhebt sich nun und macht gar keinen Hehl draus, wie glücklich er über den Ausgang des Gesprächs ist.

»Keine Sorge, Herr Schardt, ich passe schon auf unseren Chaoten hier auf.«

Der Alte nickt mild und wedelt mit der Hand Richtung Tür. »Ihr könnt dann gehen. Habt ein schönes Wochenende.«

Damit verschwinden wir aus dem Büro, in dem jetzt wahrscheinlich noch die Post abgeht, denn mein Klassenlehrer hat die ganze Zeit mit einer tödlichen Ruhe dagesessen und nichts gesagt. Ich vermute mal, das wird sich nun ändern. Mir ist das aber so was von egal!

»Das war richtig gut«, seufze ich erleichtert und schlendere mit Eddy langsam durch die Pausenhalle.

»Oh ja«, stimmt er grinsend zu. »Ich bin froh, dass ich dabei war, um Lars' blödes Gesicht sehen zu können, als der Verweis kam. Das werde ich nie vergessen!«

Wir lachen, und während ich ihn dabei ansehe, wird mir ganz warm in der Brust. Himmel, ich bin so glücklich, dass er doch noch mit mir redet, als hätten wir nicht tagelang nichts voneinander gehört und als hätte ich nicht viel zu viele Geheimnisse vor ihm.

»Ich muss dann in die Klasse, meinen Kram holen. Laufen wir zusammen?«, fragt er.

Ich bleibe an der Treppe zum Erdgeschoss stehen und schüttle bedauernd den Kopf. »Tut mir leid, Nick kommt gleich noch mit zu mir«, erkläre ich und hoffe, dass ich unter seinem erstaunten Blick nicht rot werde.

»Ihr versteht euch mittlerweile ziemlich gut, oder?«, fragt er und sieht eine Spur verletzt dabei aus. Mir ist klar, dass ich ihn in der letzten Zeit ziemlich vernachlässigt habe. Ich will es gerne wiedergutmachen.

»Ach, er gibt mir nur Gitarrenunterricht«, lüge ich also und zucke die Schultern. »Treffen wir uns morgen? Ich glaube, wir haben 'ne Menge zu bereden, haben uns ja auch eine Weile nicht mehr richtig gesehen.«

Ich habe wirklich vor, ihm von mir und Nick zu erzählen. Zwar bin ich nicht unbedingt scharf drauf, doch eigentlich ziemlich sicher, dass es Etienne nichts ausmachen wird … Das hoffe ich zumindest. Ich muss endlich mit jemandem darüber reden.

»Oh«, macht er und aus seinen warmen braunen Augen strahlt er mich freudig an. »Das wär super. Zocken wir? Ich besorge Chips und alles.«

»Manchmal könnt ich dich knutschen!«, gestehe ich grinsend. Zocken, Futtern, die ganze Nacht quatschen – klingt spitze. Und Mann, hab ich das vermisst!

»Tu dir keinen Zwang an«, zwinkert er mir zu und hebt dann die Hand. »Ich mach mich. Bis morgen Abend!«

»Bis dann!«, rufe ich ihm hinterher und schlurfe mit einer lange nicht mehr gespürten Zufriedenheit in Richtung des Ganges, in dem Nicks Klasse liegt.

Ich weiß zwar noch nicht, wie ich es Etienne erzählen soll … Eigentlich weiß ich auch nicht, was genau ich ihm erzählen will … *Hey, du, ich bin vielleicht bi und mache mit Nick herum. Aber keine Sorge, ich steh nicht auf dich?* Ach, ich hab ja noch Zeit, mir was zu überlegen. Währenddessen kann ich mit Nicholas Lars' Rauswurf feiern und … diverse andere Dinge mit ihm tun.

Es dauert keine fünf Minuten, da klingelt es zum Ende der achten Stunde und die Klassenzimmer öffnen sich. Einige ältere Schüler mustern mich neugierig, doch die wenigsten beachten mich, bis Nick aus seinem Klassenzimmer kommt. Seine hellbraunen Haare fallen ihm wie immer perfekt über die Stirn. Er lächelt hinter sich in die Klasse, aus der ein Mädchen mit braunen Haaren herauskommt. Anscheinend unterhält er sich mit ihr und hat mich noch nicht bemerkt.

Das Mädchen strahlt ihn versonnen an und wahrscheinlich schaue ich ihn auch immer so an. Vielleicht bilde ich mir das nur ein, aber ich glaube, er hat sich heute für mich ein bisschen herausgeputzt. Das relativ enge weiße T-Shirt mit Aufdruck betont seine schlanke Figur, die Jeans sitzt perfekt, nicht zu eng und auch nicht zu weit. Entgegen aller Gewohnheit trägt er ein paar Converse Chucks, die super zum Rest seines Outfits passen. Anscheinend hat er sich wirklich Mühe gegeben, sich ein wenig meinem Geschmack anzupassen und er hat Erfolg, kein Zweifel. Irgendwo in meiner Brust und meinem Bauchbereich kribbelt es ganz warm und aufgeregt, während ich ihn so betrachte.

Gerade, als ich wieder zufrieden sein attraktives Gesicht mustere, sieht er mich an und sein Grinsen nimmt eine richtig freudige Note an.

Er verabschiedet sich abrupt von seiner Klassenkameradin und kommt auf mich zu. Am liebsten wäre ich ihm zur Begrüßung um den Hals gefallen und hätte ihn geküsst. Vor all den Leuten geht das natürlich nicht.

»Hey Kleiner«, grüßt er lässig, wuschelt mir ganz sanft über die Locken und fängt sich von mir einen sachten Schlag gegen den Oberarm ein. »Du siehst schon besser aus als gestern«, meint Nick und mustert meine Platzwunde kurz. »Wie war das Gespräch?«

»Super«, entgegne ich und gemeinsam machen wir uns auf den Weg zu mir. »Etienne war auch dabei, als Zeuge. Und Lars fliegt jetzt definitiv. Ich bin gerettet.«

»Das ist gut«, meint Nicholas nur und wirft mir einen kleinen, zärtlichen Seitenblick zu. »Was hat Phil zu deinen Blessuren gesagt? Mich wundert, dass Lars überhaupt noch lebt.«

Oh, da hat er eindeutig Recht. Wenn Phil wüsste, wo die Wunde wirklich herrührt … Aber zum Glück arbeitet er immer von früh bis spät, da konnte er auch nicht mitbekommen, dass ich zur Schule aufgebrochen bin, obwohl ich ja eigentlich krankgeschrieben bin.

»Dad hat ihm erzählt, ich wäre über meine Hose gestolpert und mit dem Kopf irgendwo aufgeschlagen«, erzähle ich und mache ein düsteres Gesicht, als Nick lacht.

»Ja, das klingt ganz nach dir!«

Bitte?! Glauben die wirklich alle, dass ich so trottelig bin?

Den ganzen Weg nach Hause unterhalten wir uns über alltägliche Dinge. Ich erzähle ihm, dass Etienne und ich für morgen verabredet sind, während er am Rande erwähnt, dass er froh ist, heute bei mir zu sein, denn sein Bruder kommt über das Wochenende zu Besuch.

»Das erspart mir zwar nicht ganz, ihm zu begegnen, aber immerhin muss ich ihn nicht drei Tage am Stück ertragen«, meint er.

Bisher habe ich nicht einmal gewusst, dass er einen älteren Bruder hat. So verschlossen, wie er in Familiendingen ist, traue ich mich auch nicht zu fragen, warum er sich mit seinem Bruder nicht versteht. Also lasse ich es einfach, um die Stimmung nicht zu verderben.

Die ganze Zeit über juckt es mich in den Fingern, endlich meine Arme um seinen Nacken zu schlingen und ihn zu küssen. Je näher wir meinem Zuhause kommen, umso größer wird der Drang. Sein Lachen jagt mir eine Gänsehaut über den Rücken, seine wie zufällig wirkenden Berührungen fachen meine Lust nach seiner Nähe nur weiter an.

Zwar ist es noch immer komisch für mich, dass er ebenfalls ein Junge ist, aber ich weigere mich standhaft, mich wirklich damit auseinanderzusetzen und genieße es einfach. Warum das, was wir haben, mit zu viel Nachdenken zerstören, wenn es auch so einfach sein kann? Also lasse ich das Grübeln, und als wir vor der Haustür stehen, fische ich mit zittrigen Fingern den Schlüssel aus meiner Hosentasche. Ganz nah hinter mir steht Nick und haucht mir einen Kuss auf den Hals, flüstert rau: »Na endlich, ich dachte schon, wir kommen nie an!«

Ein erregtes Kribbeln sammelt sich irgendwo in meiner Körpermitte und ich stoße einen kleinen Seufzer aus. »Geht mir genauso«, stimme ich fast heiser zu, schließe auf und ziehe ihn hinter mir her in den Flur. Den Schlüssel lasse ich achtlos zu Boden fallen und Nick tut es mit seiner Tasche ebenso.

»Keiner daheim«, sage ich noch, als Nick mich fragend ansieht, dann ziehe ich ihn endlich an mich. Er küsst mich heiß, drückt mich mit einem leisen Aufseufzen fest gegen die Wand und presst sich an mich.

Als hätten wir es viel zu lang nicht mehr getan, küssen wir uns, heftig und leidenschaftlich. Seine Zunge in meinem Mund treibt mir das Blut in die Lenden und ich wehre mich nicht gegen meine wachsende Erregung.

Eine seiner Hände schiebt sich über meine Seite zu meinem Hintern, krallt sich kurz darin fest, dann streicht sie wieder nach vorne, während Nick mit seinen Lippen von meinen ablässt und meinen Hals küsst, sich darin verbeißt und daran saugt.

Als seine Hand in meinen Schritt wandert und mich sachte reibt, keuche ich auf und schiebe, mutig geworden durch seine Offensivität, meine Hände unter sein T-Shirt und ziehe es ihm über den Kopf.

Er lacht leise, leckt über meine Unterlippe und reibt in aufreizenden Bewegungen mit seiner Hand über meine Erektion.

»So stürmisch heute? Du sollst doch langsam machen«, flüstert er rau und küsst mich wieder am Hals.

»Das machst du mir ja nicht gerade einfach«, halte ich leise dagegen und merke, wie sich ganz automatisch meine Hand hebt und über seine gute definierte Brust und den Bauch streicht, bis hin zu seinem Hosenbund. Soll ich? Oder nicht?

Als ich mit zitternden Fingern seinen obersten Knopf öffne, hält er plötzlich inne und hebt den Kopf an. Für einen Moment starren wir uns an, seine Augen wirken ein ganzes Stück dunkler vor Lust.

»Lass uns auf dein Zimmer gehen«, meint er und in seinem Blick liegt mehr als nur Lust, ein vages Versprechen, sinnliche Verheißung. Mir wird heiß, ich keuche leise auf, presse mich an ihn und küsse ihn wieder wild, ziehe ihn aber gleichzeitig ein paar holprige Schritte mit mir Richtung Treppe.

»Emilio«, murmelt er leise gegen meine Lippen. »Ich …«

Er kommt nicht dazu, zu Ende zu sprechen. Unweit hinter mir ertönt ein Geräusch, ein Prusten, dann ein heftiges Husten. Wie von der Tarantel gestochen fahren wir auseinander und da steht Phil in der Wohnzimmertür, eine Tasse Kaffee in der Hand, die er über seinen Hustenanfall beinahe fallen lässt, und hastet zurück ins Wohnzimmer.

Geschockt starre ich ihm nach, mein Herz hämmert mir bis zum Hals. Was macht der denn hier? Warum ist er nicht auf der Arbeit?! Oh Gott, irgendjemand muss mich erschießen, sofort!

»Oh scheiße«, murmelt Nick und geht zurück, hebt sein T-Shirt vom Boden auf, um es sich wieder anzuziehen. »Scheiße, scheiße …«, murmelt er, während ich mich nach dem ersten großen Schock langsam erhole und Phil hinterher ins Wohnzimmer stürze.

»Phil!«, stoße ich hervor, während er sich mit der Faust gegen die Brust schlägt und mehrmals hustet.

»Phil, das war nicht, wonach … Äh … Ich kann das erklären, bitte …« Na ja, eigentlich war es schon das, wonach es ausgesehen hat. Und erklären kann ich es auch nicht. Verflucht noch mal, was mache ich denn jetzt? Phil wird entweder gleich Nicholas umbringen, oder er wird mich auslachen oder er wird es jedem erzählen und … Oh Himmel, oder er macht alles auf einmal! Verdammt noch mal, dabei bin ich doch nicht einmal wirklich schwul! Wie schnell aus Spaß Ernst werden kann, Mist, Mist, *Mist*!

»Phil?«, frage ich zögerlich und starre seinen breiten Rücken an, während er noch wie unter Lachkrämpfen zuckt und sich schüttelt. Er scheint sich fangen zu wollen, dann dreht er sich langsam zu mir um, eine seiner großen, schwieligen Hände auf den Mund gepresst und mustert mich, bis er es wagt, die Hand runterzunehmen.

»Wusste gar nicht, dass du weg warst«, meint er bemüht ruhig. Aus seinen braunen Augen blitzt er mich an, doch in meiner Panik und Verzweiflung kann ich seinen Blick überhaupt nicht deuten.

»Mein Auto ist beim TÜV … Äh … Wusste auch nicht, dass du Besuch mitbringst …« Wieder zittern seine Lippen, was total bescheuert aussieht. Er presst sich erneut die Hand auf den Mund, schließt kurz die Augen und atmet dann tief durch.

»Du kannst dich ruhig weiter mit ihm unterhalten«, setzt er hinterher. Jetzt kann er sich doch nicht mehr halten und prustet wieder los, lacht laut und schallend und ich werde immer wütender und zorniger, was meine Angst ganz gut verdrängt.

»Hör auf zu lachen!«, gifte ich ihn an und trete zu ihm, um ihm fest gegen den Arm zu boxen. Er hört trotzdem nicht auf.

Lacht er mich aus? Findet er es lächerlich? Warum zum Teufel *lacht* dieser blöde Kerl?!

»Sorry!«, stößt er zwischen zwei Atemzügen hervor und reibt sich mit dem Handrücken über das Kinn. »Tut mir wirklich leid, aber …« Er wedelt mit der Hand Richtung Tür. »Ich musste gerade dran denken, wie du mich immer angemotzt hast, ich soll mit Juli nicht im Flur rumknutschen.« Wieder prustet er los, und ich warte mit tödlicher Ruhe, bis er sich wieder eingekriegt hat.

»Geht's?«, frage ich düster, die Arme vor der Brust verschränkt.

»Mhm …«, macht Phil und klopft mir dann kumpelhaft und breit grinsend auf die Schulter. »Du hättest deinen Blick sehen müssen! Du hast ausgesehen, als hätte ich dir erzählt, dein Vater ließe sich zur Frau umoperieren. Herrlich!«

»Phil«, grolle ich wütend und atme tief durch. Alles okay, ich muss jetzt diplomatisch vorgehen. Phil ist zwar niemand, dem man mit Vernunft kommen kann, aber … Versuchen kann ich es ja mal.

»Das … Das eben …« Jetzt bin ich es, der mit der Hand Richtung Tür wedelt, wo ja immer noch irgendwo Nick stehen muss. Unter Phils süffisantem Grinsen werde ich feuerrot, abwartend mustert er mich.

»Ich bin nicht schwul oder so. Nur … Das mit Nick …… Ach, egal … Aber bitte erzähl Dad davon nichts! Ich habe selbst noch keine Ahnung, ob … Also sei bitte einmal so, wie du sonst nie bist, und behalte das für dich. Okay?«

Für einen Augenblick ringt Phil sichtbar mit sich. Sein Grinsen wird eine Spur unsicher, dann zuckt er die Schultern und seufzt.

»Okay, wenn du meinst. Aber wenn du reden willst, dann kannst du ruhig zu mir kommen, ja?« Sein Blick wandert zur offenen Tür. »Und wenn er dir irgendwas antut …«

»Wird er nicht, Phil«, entgegne ich und spüre wieder das Blut in meinen Wangen. »Er tut nichts, was ich nicht will. Und er ist ein netter Kerl. Du könntest ruhig ein wenig freundlicher zu ihm sein.«

Sein Blick wandert wieder zu mir und beinahe sieht er ein wenig liebevoll aus, als er sagt: »Ich will doch nur, dass er merkt, dass er mit dir nicht alles machen kann, was er will. Wenn er ein bisschen Schiss vor mir hat, dann wird er sich zweimal überlegen, ob er mit dir irgendwelche Spielchen treibt.« Er schweigt kurz, dann lacht er leise und wirft sich breitbeinig auf die Couch, den Kopf in den Nacken legend. »Weißt du, wie klar mir das war? Als ich eure Blicke gesehen habe, bei dem Gespräch in der Schule … Wenn du nicht willst, dass es jeder weiß, dann solltet ihr euch mehr Mühe geben, es zu verheimlichen.«

»Mh, okay …«, murmele ich und seufze tief. Na toll, irgendwie muss ich jetzt den Abend retten. Dabei hatte ich doch eigentlich vor, mit Nick …

»Und du weißt ja, wo du mich findest, falls du reden willst«, meint Phil noch mal und greift nach seiner Kaffeetasse.

Ich nicke zögerlich und schleiche zur Tür. Von Nick keine Spur, anscheinend ist er schon in mein Zimmer hochgegangen.

»Phil?«, setze ich leise an, halte kurz inne, dann werfe ich ihm noch einen Blick zu. »Danke.«

»Kein Problem, Milo.«

12

Emilia

Oh Gott! Das ist der Horror, schlimmer als Lars' Angriff gestern. An den kann ich mich wenigstens nicht mehr wirklich erinnern. Phil weiß Bescheid und ich bin auf seine Gnade angewiesen. Ich kenne ihn, spätestens morgen weiß es die halbe Stadt.

Seufzend steige ich die Treppen rauf und bete, dass wenigstens Nick jetzt keine schlechte Laune hat und mich wieder aufmuntert. Eigentlich wollte ich den Abend nämlich genießen und ihm erzählen, dass ich mit Etienne reden werde. Hoffentlich freut er sich, dass ich dazu stehe. Was auch immer das hier ist, keine Ahnung, aber er freut sich bestimmt. Oder?

Als ich mein Zimmer betrete, sitzt Nick an meinem Computer, den ich vor meinem Weggehen anscheinend nicht ausgeschaltet habe, und klickt interessiert herum.

»Was schaust du?«, frage ich erstaunt, gehe jedoch auf mein Bett zu und ziehe mir erst einmal die Schuhe von den Füßen. Nicks dunkelblaue Kapuzenjacke liegt direkt neben mir und riecht dezent nach seinem Parfüm. Schnell werfe ich ihm einen Blick zu. Er beachtet mich nicht, also schnappe ich mir das Kleidungsstück und drücke meine Nase hinein. Oh, riecht das gut!

»Eigentlich wollte ich einen Film aus deiner Sammlung heraussuchen, den wir nachher schauen können«, meint Nicholas gedehnt und irgendwas schwingt in seiner Stimme mit – Spott, Belustigung, etwas in die Richtung. »Aber dann hat mich dein nicht geschlossener Browser doch ein bisschen mehr interessiert. Schaust du dir immer so ein Zeug an?«

Ehe ich fragen kann, was er meint, rutscht mir plötzlich eiskalt das Herz in die Hose und ich springe auf, während Nick grinsend mit meinem Schreibtischstuhl zur Seite rollt und den Blick freigibt auf ein Tutorial-Video, Thema Blowjob von Youporn. *Oh schhhh...*

»Hat dir irgendjemand erlaubt, meinen PC zu durchsuchen?!«, stoße ich schrill hervor und hechte zum Computer, schließe den Tab ganz schnell und bedenke Nick, der leise lacht und mir anzüglich zuzwinkert, mit einem Todesblick der ganz bösen Sorte.

»Das ist nie passiert, okay?«

»Wenn du mir sagst, wofür du dir so etwas ansiehst, dann ist das nie passiert, versprochen«, lacht er und steht schwungvoll auf, legt seine Arme um meine Körpermitte und zieht mich an sich. »Hast du was geplant?«

»Oh, das geht dich gar nichts an, du Arsch!«, stoße ich hervor und werde über und über rot. Ich will mich aus seinem Griff befreien, doch er lässt mich nicht los, sondern bugsiert mich Richtung Bett und schubst mich auf die Matratze, wo ich mit Weltuntergangsstimmung liegen bleibe.

Mir ist ja schon einiges passiert, was in die Sparte *Oberpeinlich* einzuordnen ist, aber das toppt alles. Gut, jetzt weiß er, dass ich mir peinliche Tutorials auf Youporn angucke. Okay. Ist ja nicht schlimm, ist ja nur Nicholas, der einzige Mensch, vor dem ich am liebsten immer Haltung bewahren will. Nur Nick. Meine Güte, kann nicht einmal etwas normal laufen bei mir?!

Nicholas legt sich fröhlich grinsend neben mich und gibt mir einen Kuss auf den Mundwinkel. »Sag's mir. Komm schon. Und dann erzähl mir, was Phil gesagt hat und wieso ich noch lebe.«

»Warum guckt man sich so etwas wohl an, mh?«, knurre ich und drehe den Kopf weg, als er mich wieder küssen will. »Weil ich keine Ahnung habe, wie man das macht, okay? Deshalb. Kannst du jetzt aufhören, den Tag noch schlimmer zu machen als er ohnehin schon ist?! Danke!«

»Oh, dann hast du also vor, so was zu tun?«, fragt er anzüglich, rückt noch näher an mich heran und knabbert sachte an meinem Hals.

»Halt die Klappe, mach weiter und nerv nicht«, seufze ich versöhnlicher und genieße seine Lippen auf meiner Haut. Langsam küsst er sich bis zum Schlüsselbein hinunter, während seine Hand sich vorwitzig unter mein Shirt schiebt.

»Was hat Phil denn nun gesagt?«, nuschelt er in die Küsse hinein und streicht aufreizend um meinen Hosenbund herum. Und wieder ist da dieses herrlich aufregende Kribbeln, das langsam bis in meine Lenden zieht. Bisher haben wir uns noch nicht wirklich berührt, nur aneinander gerieben, durch die Kleidung.

Ich habe ein bisschen Schiss davor und weiß ehrlich nicht, ob es mir gefallen wird, seinen *kleinen Freund* zu sehen. Aber ich muss gestehen, ich giere förmlich danach, dass er seine Hand in meine Boxer schiebt und mich berührt. Ob es ihm ähnlich geht? Er meinte ja eigentlich, er wollte mir nur ein bisschen helfen, meine Sexualität zu entdecken, aber …

»Mh … Er sagt, er wusste es im Prinzip schon, als er unsere Blicke in der Schule gesehen hat. Und dass er nichts gegen dich hat und dir nur ein bisschen Angst machen will, damit du mir nicht das Herz brichst«, erläutere ich und muss beim letzten Teil ein bisschen lachen. Mir das Herz brechen … Wenn Phil wüsste, wie abgebrüht ich hier sozusagen eine Affäre mit Nick führe! Der würde vom Glauben abfallen.

Nick hebt den Kopf, ein spöttisches Lächeln im Gesicht. »Was für 'n Quatsch«, brummt er, legt seine Lippen warm auf meine und küsst mich zärtlich und langsam.

»Welchen Film wollen wir denn nun schauen?«, murmelt er in den Kuss, und ich muss grinsen.

»Überlegen wir erst einmal, was wir nachher essen.«

***

Irgendwann zerre ich Nicholas förmlich runter in die Küche. Seit heute Mittag um eins hatte ich nichts mehr zu essen und jetzt brauche ich das, ganz dringend. Außerdem will ich sehen, ob Phil Dad irgendwas erzählt hat, der ist nämlich seit etwa einer halben Stunde wieder daheim.

Nick fühlt sich sichtlich unwohl, als ich ihn an der Hand in die Küche ziehe, in der mein Vater mit Phil sitzt und sich unterhält.

Phil bemerkt uns als Erster, schaut auf und sofort wandert sein Blick zu unseren ineinander verschränkten Händen. »Ah, ihr lebt auch noch?«, fragt er beiläufig und wirft mir einen ganz komischen Blick zu, der wahrscheinlich heißen soll: *Wenn du nicht willst, dass dein Vater von selbst was merkt, lass den Blödmann los!* Daraufhin löse ich meine Hand sachte aus der von Nick. Also hat Phil nicht getratscht.

»Nicht mehr lang«, meine ich betont spaßig. Dad dreht sich uns kurz zu, lächelt mich und Nicholas müde an und nippt dann wieder in aller Seelenruhe an seinem Kaffee.

»Hunger?«, fragt Phil und steht langsam auf. »Ihr könnt euch gern was kochen, ist aber nicht mehr viel zum Verarbeiten da. Gehen wir ins Wohnzimmer, Juli?«

»Mh? … Oh, ja. Klar«, murmelt mein Vater und steht ebenfalls auf, um Phil zu folgen, hält dann jedoch inne und wartet, bis er weg ist.

»Wie lief das Gespräch?«, fragt er leise und schaut mich dabei neugierig an.

Ich winke gelassen ab. »Lars fliegt, alles prima.«

»Oh, sehr gut«, seufzt er und fährt sich müde durch die schwarzen Haare, ehe er sich in die Hosentasche greift und sein Portemonnaie hervorzieht.

»Wir sollten lieber was zu essen bestellen, Phil hat Recht. Ich hab vergessen, einzukaufen.«

»Oh, super!«, freue ich mich und werfe Nick ein breites Grinsen zu, halte dann aber irritiert inne. Mein ... Na ja, okay, mein Freund ist er ja nicht ... Er starrt meinen Vater jedenfalls mit großen, leuchtenden Augen an und kriegt die Zähne nicht mehr auseinander.

»Nicholas?«, frage ich und hebe die Hand, um damit vor seinem Gesicht herumzuwedeln. »Alles okay? Bist du in eine Schockstarre verfallen?«

Sein eben noch so verzücktes Gesicht nimmt plötzlich einen verdächtigen Rotschimmer an und verzieht sich zu einer leicht verärgerten Grimasse, als er meine Hand wegschiebt.

»Nein, meine Güte, was redest du denn!«

Da hat mein Vater seinen komischen Blick allerdings schon bemerkt und mustert meinen Freund sehr irritiert und skeptisch.

»Tut mir leid, Dad«, seufze ich schließlich und bin irgendwie froh, jetzt nicht mehr der einzige zu sein, der sich für heute blamiert hat. »Er ist dein größter Fan. Sorry, ich konnte den Mund nicht halten, als er so über deine Bücher geschwärmt hat.«

Mein Vater hebt die Augenbrauen und grinst Nick breit an. »Oh, danke, das freut mich.« Höflich wie immer. Wenn Nick ihm suspekt ist, lässt er ihn das zumindest nicht merken.

Nick will ansetzen, irgendwas zu sagen, da fahre ich schon fröhlich dazwischen: »Als er meinte ,Der Kerl ist sicher schwul' musste ich so lachen. Und er findet dein Pseudonym genauso blöd wie ich.«

»Was?«, stößt Nicholas jetzt ungläubig hervor und schämt sich offensichtlich zu Tode, als er mich am Oberarm packt und zischelt: »Das hab ich so nie gesagt! Oh Gott ...« Er wendet sich an meinen Vater: »Tut mir leid, das ... Ich meine, ich liebe Ihre Bücher! Aber der Name ... Äh ...«

Dad kann sich ein Lachen jetzt nicht mehr verbeißen und hält Nick belustigt die Hand hin.

»Komm, ich heiße Julian, du kannst mich ruhig duzen. Und ja, der Name ist bescheuert. Schuldig im Sinne der Anklage.«

Zögerlich greift Nicholas nach der dargebotenen Hand und drückt sie beinahe ein wenig ehrfürchtig.

»Gut, und jetzt wollen wir was zu essen bestellen«, nickt mein Vater zufrieden und lotst uns zu Phil ins Wohnzimmer. Wir bestellen Chinesisch, und bis das Essen da ist, dauert es nicht lange. Phil lässt es sich nicht nehmen, Nicholas mit blöden Bemerkungen zu triezen, aber irgendwie schaffen wir es, ohne verdächtig zu wirken oder einen Kleinkrieg anzuzetteln, das Essen hinter uns zu bringen und schließlich mit gut gefüllten Bäuchen wieder hoch in mein Zimmer zu gehen.

»Weißt du«, seufzt Nick zufrieden, als er sich in meinem mittlerweile dunklen Zimmer aufs Bett fallen lässt, »Phil ist ziemlich cool. Und er mag mich, das spüre ich.«

»So sehr, wie du damals gespürt hast, dass ich was von dir wollte?«, lache ich spöttisch. Gut, wenn er einfach da herumliegt, suche ich alleine einen Film aus. Mein blöder PC läuft immer noch und ich durchsuche meinen Filme-Ordner kurzerhand nach dem *Sherlock Holmes* Film mit *Robert Downey Jr.*, mache ihn an und werfe mich zu Nick auf die weiche Matratze.

»Erinnere mich nicht daran!«, lacht er peinlich berührt. »Das war das Blödeste, was ich in meinem ganzen Leben getan habe!«

Grinsend drehe ich ihm mein Gesicht zu und meine: »Dann hattest du aber ein ziemlich beschauliches Leben. Du willst gar nicht wissen, was ich schon alles verbrochen habe.«

Nick lacht, setzt sich auf und beugt sich über mich. »Ich muss es nicht wissen, ich kenne dich langsam aber sicher, das reicht. Ich kann es mir vorstellen.«

»Nicht so frech, mein Freund!«, drohe ich lachend und ziehe ihn zu mir hinunter, küsse ihn und bin einfach nur glücklich. Manchmal kann einfach alles so schön sein … Am liebsten wäre mir, es ginge ewig so weiter.

»Mh, was ist denn los mit dir?«, fragt Nicholas zwischen zwei Küssen. »Du bist so … Anschmiegsam wie ein Kätzchen.«

»Kätzchen?«, pruste ich erstaunt. »Was ist denn das für ein Vergleich? Und bin ich sonst nicht so?« Kopfschüttelnd werfe ich ihm einen skeptischen Blick zu und schnipse ihm locker gegen die Nase. Wenn hier jemand komisch ist, dann Nicholas, so wie der an mir klebt.

»Oh nein, bist du nicht!«, wirft er mir vor und wieder wandern seine Hände unter mein Shirt. »Du hast ziemlich viel Ähnlichkeit mit unserem Kater Pascha. Manchmal richtig zickig und, na ja, eben ein Pascha und manchmal wie jetzt. Ein kleiner Samtpfotenpascha.«

Ein *was*? »Sag mal, hast du was genommen? Du redest vollkommenen Blödsinn!«, spöttle ich und greife nach seiner Hand unter meinem T-Shirt, sage mutiger als ich mich fühle und hoffentlich mit dem gewünschten anrüchigen Ton in der Stimme: »Wenn du mich ausziehen willst, tu's doch einfach.«

Nick lacht angesichts meiner Kühnheit, ein herrliches, raues Lachen und beugt sich weit zu mir hinunter. »Sicher, dass du das willst?«

Ich seufze, schüttle mitleidig den Kopf und schiebe ihn dann zur Seite. Tue ich halt mal so, als hätte ich keine Angst davor, dass ich ihm nicht gefalle, und als hätte ich alle Erfahrung der Welt. So cool wie nur möglich ziehe ich mir mein Shirt über den Kopf und werfe dann Nick, der neben mir liegt und meinen Oberkörper nachdenklich mustert, einen *So-geht-das*-Blick zu.

Mit einer Hand streicht er mir sanft über die Seite hinab und nach vorne zu meinem flachen Bauch, wieder hinauf bis zur Brust, ehe er sich ebenfalls aufsetzt und seine Stirn gegen meine lehnt, dabei seine Hand bedächtig auf meinen Oberschenkel legt.

»Ist was?«, frage ich schließlich zögernd und will ihn küssen, aber er dreht das Gesicht ein wenig von mir fort, ehe er meint: »Weißt du was? Du bist fünfzehn Jahre alt und an dir ist nichts dran, absolut nichts.« Damit zwickt er mir in die Haut am Bauch und hinterlässt ein ganz schales Gefühl in meiner Magengegend.

»Du hast nicht einmal Haare auf der Brust oder am Bauch und es würde mich wohl wundern, wenn du Schamhaare hast«, lacht er leise und schüttelt wieder den Kopf. »Aber das Schlimme daran ist, dass du mir *genau so* sehr gefällst und ich finde das … Na ja, nicht unbedingt bedenklich, aber mh …«

Ich seufze erleichtert auf und werfe ihm dann einen missfälligen Blick zu. »Du Arsch, weißt du, wie du mich gerade erschreckt hast?!«, murre ich und gebe ihm trotzig einen Kuss auf die Lippen.

»Ich habe sowieso schon Angst, ich wäre dir zu jung oder gefalle dir nicht«, gestehe ich unsicher und würde mir im nächsten Moment am liebsten selbst eine Ohrfeige dafür geben. Oh Mann, muss ich das ausgerechnet Nicholas erzählen?! Wie peinlich!

Ein zärtlicher Ausdruck schleicht sich in Nicks Augen, als er mein Gesicht in beide Hände nimmt. »Du bist so süß, weißt du das? Ich finde dich genau so, wie du bist, ziemlich sexy. Zufrieden? Ich habe nur Angst, ich überstürze was oder tue Dinge, die du nicht willst.«

Dinge, die ich nicht will? Ich wünschte, er würde mal etwas machen! Ich lache erstaunt auf und meine: »Idiot!« Wagemutig ziehe ich ihm sein Shirt über den Kopf und betrachte kurz seinen viel besser aussehenden Oberkörper und die feinen, dunklen Haare vom Bauchnabel hinab bis zum Hosenbund. Ich hab noch ein bisschen Zeit, bis ich ebenfalls männlicher aussehe, kein Zweifel.

»Ich will dich«, gestehe ich ehrlich und weiß nicht, wann mir das selbst so richtig bewusst geworden ist. Ich verbanne alle störenden Gedanken, drücke ihn hinab auf die Matratze und lege mich auf ihn.

»Du willst mich?«, fragt er neckend und streicht mit den Händen über meinen Po. »Gut, dass du dir so sicher bist, was du willst.«

»Mh, ja, bin ich«, grinse ich und presse meine Lippen auf seine, dringe mit meiner Zunge vorwitzig in seinen Mund ein. Mit ihm fühlt sich das so einfach an, als hätte ich nie etwas anderes getan, als ihn zu küssen, einfach ein wundervolles Gefühl.

»Ich werde morgen mit Etienne reden«, murmle ich gegen seine Lippen und plötzlich wird er steif wie ein Stock. Misstrauisch mustert er mich.

»Über uns?«

Huch, was ist denn jetzt los?

»Natürlich über uns!«, bestätige ich augenrollend. »Gewiss nicht über den Osterhasen.«

Der Ausdruck von Misstrauen weicht einem ganz merkwürdigen Blick, den ich nicht einordnen kann. Plötzlich küsst er mich stürmisch.

»Oh, Emilio«, seufzt er grinsend in den Kuss und packt mich fest, rollt mich mit sich über die Matratze und liegt plötzlich warm und schwer auf mir.

Lustvoll küsst er meinen Hals hinauf bis zum Ohr, beißt sachte in mein Ohrläppchen und küsst wieder hinab, sein Atem beschleunigt sich etwas, als er sich dabei an mir reibt. »Du sagst klar und deutlich Stopp, wenn ich aufhören soll«, bestimmt er leise und schaut mir kurz in die Augen. Mit einem Mal wird mir heiß und kalt zugleich und mein Herz bollert wie verrückt.

»Mhm …«, bestätige ich vage und beobachte, wie er sich kurz auf die Unterlippe beißt, ehe er meine Brust hinab küsst bis zum Bauchnabel, diesen mit der Zunge umkreist und weiter hinunter bis zum Hosenbund küsst.

Diese kurze Zeitspanne reicht mir völlig, um eine recht beeindruckende, pochende Erektion mein Eigen nennen zu können. Ich merke, dass ich zittere und schrecklich nervös bin, aber gleichzeitig schreit alles in mir danach, dass er diese blöde Jeans öffnet und mich meiner Hose einfach entledigt.

Genau das tut er auch. Mit vorsichtigen und sanften Fingern öffnet er Knopf für Knopf meine Jeans, zieht sanft daran und wartet, bis ich mein Becken vollkommen freiwillig hebe, damit er sie weiter hinunter und dann ausziehen kann.

»Ich würde sagen, du vergisst deine Tutorials einfach mal und lässt es mich dir zeigen«, murmelt er. Durch den dünnen Stoff meiner Boxer streicht er aufreizend über meine Erektion. Ich atme schneller, schaue hinunter und sehe, wie er mit lustverhangenem Blick die deutliche Erhebung in meinen Boxershorts mustert, ehe seine Hände an den Bund wandern, sich darin verhaken und sanft aber bestimmt daran ziehen.

Oh Himmel, so wie er aussieht, hat er richtig Lust auf mich. Oh Gott ... Mein Herz pocht mir bis zum Hals, als er auch meine Boxer ein ganzes Stück weit herunterzieht und nun für einen Augenblick meinen Ständer betrachtet, einen seltsam erstaunten Ausdruck in den Augen. Leise lachend beugt er sich hinunter und ich sehe, wie er die Lippen öffnet, und mit der Zunge ganz sachte über die Eichel leckt.

»Oh Gott«, stöhne ich leise auf, keuche und wünschte mir jetzt, ich hätte es mir heute Morgen doch selbst gemacht. Wie lange ist das letzte Mal her? Zwei, drei Tage. Lange kann das hier nicht dauern, verd...

Als sich seine Lippen heiß um meine Erektion schließen und er sich langsam und aufreizend auf und ab bewegt, ist mein Kopf wie leergefegt. Ich starre ihn nur noch an, mit leicht geöffneten Lippen, keuchend. Ich beobachte, wie er ganz bedächtig und genießerisch meinen Schwanz leckt. Mit der rechten Hand streicht er aufreizend meinen Oberschenkel hinauf und umfasst meine Erektion, reibt mich und saugt und leckt mich gleichzeitig um den Verstand. Ich merke kaum, wie ich den Kopf zurückwerfe und stöhne. Oh ja, das ist noch viel besser, als ich es mir vorgestellt hatte, besser als mein Traum!

Nicholas keucht leise, intensiviert seine Bemühungen und ich kann einfach nicht anders, als meine Hände in seinen Haaren zu vergraben, ihn weiter hinunterzudrücken und ihm mein Becken entgegenzuheben. Nick wehrt sich nicht dagegen, sondern nimmt meinen Rhythmus auf, bringt mich dem Höhepunkt gefährlich nahe. Ich spüre nur noch seine feuchte, warme Zunge auf meinem Schwanz, seine Hand, die mich zielsicher und erfahren berührt und keuche, stöhne, »Nick, ich ... Oh ...« Und kann es einfach nicht mehr zurückhalten, komme unter einem rauen Aufstöhnen in seinem Mund.

Ich bleibe liegen, atemlos und mit geschlossenen Augen und überlege fieberhaft, ob ich mich jetzt dafür schämen soll, dass ich so schnell gekommen bin, oder nicht. Und was mache ich jetzt mit Nick, er hat mir immerhin ... Oh Gott, er hat mir einen geblasen! Mir entweicht ein leises, entrücktes Stöhnen, als er mit den Lippen noch einmal zart meinen Schwanz berührt und sich beinahe ein bisschen schwerfällig und keuchend wieder auf meine Augenhöhe begibt, über mich gebeugt verharrt und mich mit lustverhangenem Blick ansieht.

»Ah ... Tut mir leid«, stoße ich leise hervor und werfe ihm einen unsicheren Blick zu. »Ich war ziemlich schnell.«

»Das ist doch nicht schlimm«, murmelt er rau, küsst mich sanft und ich schmecke auf seinen Lippen mich selbst, merkwürdig.

»Und du? Was soll ich …«

»Ist okay«, meint er lächelnd und legt sich nun tief ausatmend neben mich auf den Rücken, während ich mir die Boxer wieder hochziehe. Ein kurzer Blick auf seinen Schritt zeigt mir, dass er eine enorme Erektion hat. Der sieht ja riesig aus! Für einen winzigen Augenblick sehe ich mich panisch und nackt vor ihm knien, während er seinen riesigen Schwanz in meinen … Ah, nein danke! Lieber nicht!

»Aber du hast doch auch … Ich meine, ich würde gern …«, setze ich noch mal unsicher an und schaue zu ihm hinunter, doch er schüttelt den Kopf und schließt die Augen.

»Nein, das hat sich gleich wieder, ist okay.«

»Wirklich?«

»Mhm … Komm her«, meint er leise und breitet die Arme aus.

Zögerlich lege ich mich zu ihm, bette meinen Kopf auf seine Brust und spüre deutlich seinen hastig pochenden Herzschlag. Toll, jetzt fühle ich mich schlecht, weil er es mir besorgt hat, aber ich … Anscheinend traut er mir nicht zu, dass ich das schaffe. Oder er will einfach nicht, dass ich Dinge aus Pflichtgefühl tue, oder weiß der Geier was.

Ich seufze, als er mir mit einer Hand langsam durch die Locken streicht und leise meint: »Siehst du, geht ja schon wieder.« Ich schaue nicht, schließe nur die Augen und lasse mich überrollen von einer bleiernen, zufriedenen Müdigkeit.

***

Am nächsten Nachmittag stehe ich mit voll beladener Umhängetasche, Nicks herrlich duftender Kapuzenjacke und einem breiten Grinsen vor Etiennes Tür. Ich bin der festen Überzeugung, dass es im Moment keinen glücklicheren Menschen gibt als mich. Vergessen sind all die kleinen Blödheiten, in die ich mich gestern hinein manövriert habe. Es ist ein wirklich erstaunlich schönes Gefühl, in den Armen eines anderen Menschen aufzuwachen, ganz warm und geborgen und liebevoll angelächelt zu werden von einem zerzausten, müden Nicholas, der verpennt fast noch besser aussieht als sonst.

Es dauert nicht lange, bis mir Etienne mit strahlendem Grinsen im Gesicht öffnet, als wäre ich der Weihnachtsmann mit einer xBox360 im Gepäck. »Alter, Milo!«, stößt er fröhlich hervor und greift bestimmend nach meinem Arm, um mich in den Flur hineinzuziehen. Augenblicklich ist die Luft erfüllt von einem herrlich würzigen Duft nach …

»Pizza! Meine Ma macht extra Pizza für uns!«, erklärt mein bester Freund grinsend und sieht beinahe so aus, als wollte er mir gleich um den Hals fallen. Mir ist augenblicklich klar, dass der Aufwand nur meinetwegen getrieben wird, Etiennes Mutter mag mich nämlich echt gern und ich war extrem lange nicht mehr hier.

»Ich liebe deine Mutter und ihre selbstgemachte Pizza«, grinse ich und lasse mich bereitwillig von ihm in die kleine Küche ziehen, wo seine Mutter gerade eine Pizza vom Blech in Stücke schneidet und auf einen riesigen Teller verfrachtet.

»Emilio, hallo«, lächelt sie lieb und fährt summend mit ihrer Arbeit fort.

»Hi Lisa. Mhh, riecht super!«, schmeichle ich grinsend. Etiennes Mutter ist eine liebe, ruhige Frau Mitte vierzig, mit leicht ergrauendem, braunen Haar und ausladender Figur. Mit ihren Kochkünsten hat sie Etienne und mich schon einige Male verwöhnt, besser sogar, als meine Oma das auf die Reihe kriegen könnte. Sie drückt Etienne den Teller in die Hand und für einen Moment sieht er so aus, als heule er gleich vor Freude. Pizza ist sein absolutes Lieblingsgericht.

»Wenn du zu Besuch bist, ist das wie Weihnachten!«, seufzt er zufrieden und bringt seine Mutter damit zum Lachen.

»Ich bekoche dich doch auch so ganz gut, beschwer dich nicht«, maßregelt sie ihren Sohn liebevoll und drückt mir noch eine Flasche Cola samt Gläsern in die Hand.

»Viel Spaß beim Spielen«, wünscht Lisa uns kopfschüttelnd und wedelt mit der Hand Richtung Flur. »Aber seid nicht so laut, ja?«

»Wir? Niemals!«, lache ich und beeile mich, mit Etienne zusammen schnell die Treppe rauf in sein Zimmer zu kommen, damit wir die Pizza noch warm genießen können.

Meine Tasche lasse ich achtlos neben sein Bett fallen, auf das wir uns im nächsten Moment werfen und uns jeder ein Stück der vegetarischen Gemüsepizza schnappen.

»Oh, ich bin im Himmel«, stöhnt Etienne genüsslich kauend. »Sie behauptet zwar, sie bekocht mich gut, aber sie hätte niemals Pizza gemacht, wenn du dich nicht angekündigt hättest!«, behauptet er und schüttelt grinsend die wirre braune Haarmähne. Wir genießen die Pizza schweigend, während ich meinen besten Freund anschaue und dessen äußerliche Veränderungen erstaunt registriere.

Habe ich ihn wirklich so lange nicht mehr richtig betrachtet, dass ich nicht gemerkt habe, dass er sich die Haare wachsen lässt und jetzt mit Gel wild hochstylt? Er grinst immerzu, scheint richtig glücklich und absolut verliebt zu sein. Also hat ein Monat gereicht, um uns beinahe zu entfremden. Ich weiß ja nicht einmal, wie er mit seiner Saskia vorangekommen ist.

Mit einem Mal vergeht mir der Appetit und ich lege mein Stück Pizza zurück auf den Teller. Etienne nimmt das verwirrt zur Kenntnis und fragt schmatzend und mit zum Bersten gefülltem Mund: »Waf if lof?«

Kurz muss ich lachen, was sich jedoch rasch in ein leises Seufzen wandelt. Ich werfe ihm schließlich einen schuldigen Blick zu. »Es tut mir so leid … Irgendwie hatte ich das Gefühl, wir entfremden uns, und das ist meine Schuld.«

Plötzlich scheint auch Etienne jeglicher Hunger zu vergehen. Stumm schiebt er den Teller zur Seite und mustert mich entschuldigend. »Quatsch, ich bin ja auch schuld daran. Ich war ziemlich blöd, mich nur noch ums Tanzen zu kümmern und um …«

»Saskia«, ergänze ich und muss nun doch ein wenig grinsen. Immerhin zeige ich ihm so, dass ich seinen Erzählungen gelauscht habe, auch wenn ich eigentlich mit den Gedanken immer woanders war.

»Genau«, stimmt er zu und blitzt mich schelmisch grinsend aus seinen warmen braunen Augen an.

»Und? Wie weit bist du?«, frage ich, um ihm zu zeigen, dass es mich wirklich interessiert. Ich schnappe mir sein Kissen, um es mir vor die Brust zu drücken und mein Kinn darauf zu betten.

»Oh, ich glaube, sie verliebt sich langsam wieder ein bisschen in mich«, erläutert mein bester Freund glücklich. »Zumindest scheint sie mir verziehen zu haben, dass ich sie damals einfach so verlassen habe. Das ist schon mal etwas. Sie tanzt mittlerweile ganz gerne mit mir, glaube ich.«

»Das ist doch super!«, pflichte ich ihm grinsend bei. »Du führst sie mit starker Hand beim Tanzen, was gibt's Besseres, um ihr Herz für dich zu erobern?«

»Haha, ja!«, lacht Etienne und boxt mir kumpelhaft gegen die Schulter. »Ich mache sie mit meiner Männlichkeit ganz schwach! Und dass ein paar andere Mädels aus dem Kurs mich anschmachten, schadet sicherlich auch nicht.«

»Weiberheld«, meine ich kopfschüttelnd. Na, das ist ja super, wenn es bei ihm so gut läuft und es freut mich wirklich.

»Milo«, höre ich Etienne jetzt ernst sagen. »Ich möchte sie dir gern vorstellen. Diesmal ist es mir wirklich ernst, und das will ich ihr zeigen. Du kannst ja mal mit zum Training kommen und wir könnten danach irgendwo was zusammen essen gehen.«

Erstaunt hebe ich den Kopf und starre Etienne an, während eine Welle liebevoller Rührung in mir aufkommt und ich ihn am liebsten packen und an mich pressen würde. »Oh, das würde mich wirklich freuen«, stimme ich warm zu und kann ihn nur mit einem liebevollen Kopfschütteln bedenken. »Du bist ja total verliebt! Wer hätte das gedacht?«

»Nun ja … Schon«, stimmt Etienne etwas verlegen zu. »Irgendwie … Irgendwie ist es, als hätte ich sie die ganze Zeit geliebt und es nur nicht gemerkt. Ich war ein Idiot damals und ich kann froh sein, wenn sie mich zurücknimmt.«

»Sie wäre ein Schaf, wenn sie's nicht tun würde«, grinse ich. »Du bist ein Gentleman und siehst gut aus, du liebst sie, was will sie mehr?«

»Ganz deiner Meinung!«, stimmt er mir zu und mit wiedergewonnenem Hunger futtern wir doch weiter Pizza, bis kein Krümel mehr übrig ist. Zufrieden stopfe ich Etiennes Kissen zwischen die Wand und mich und lehne mich dann dagegen, wohlig seufzend. Eigentlich sollte ich jetzt Angst bekommen, wegen dem, was nun folgt, aber ich mache mir im Prinzip keine Sorgen. Nicht wegen Etienne. Wir sind seit der ersten Klasse die besten Freunde, haben 'ne Menge Scheiße zusammen durchgemacht, da wird er mich jetzt nicht deswegen fallen lassen. Er mag Nicholas ja auch, obwohl der offen homosexuell ist. Außerdem bin ich ja nicht einmal so richtig schwul, was soll also passieren?

»Wollen wir zocken?«, ertönt es neben mir voller Tatendrang. Etienne schiebt den leeren Teller einfach in irgendeine Ecke, wo er die nächste Woche herumgammeln wird, bis seine Mutter ihn wegräumt oder sein Vater ihn zum Aufräumen *zwingt*. Wenn es etwas bringen würde, würde ich meinen Freund jetzt dazu ermahnen, den Teller wegzubringen. Meistens provoziert er die gewalttätigen Übergriffe seines Vaters schon beinahe. Manchmal verstehe ich ihn wirklich nicht.

Wie er mich gerade anstrahlt und sich freut wie ein kleines Kind auf unseren Zockerabend, schmerzt mein Herz vor Zuneigung zu ihm. Am liebsten würde ich mich ihm in die Arme werfen.

»Milo? Ist was?«, fragt mein bester Freund spöttelnd. »Du siehst aus, als hätte dir jemand ein rosa Einhorn in den Arsch geschoben.« Okay, oder auch nicht.

»Rosa Einhorn!«, lache ich empört, aber belustigt auf. »Ich gebe dir gleich rosa Einhörner! Nein, eigentlich dachte ich gerade, dass du der *beste* beste Freund der Welt bist. Aber wenn du nicht magst …«

»Bla bla«, macht er abwinkend und will sich schon zu seinem Fernseher samt Playstation 3 begeben, als ich ihn am Arm festhalte. Belustigt will er mich abwimmeln, da bemerkt er meinen ernsten Gesichtsausdruck und sinkt wieder neben mir auf die Matratze, verwirrt und gleichzeitig neugierig. »Ist was?«

»Ich will mit dir reden«, beginne ich mit fester Stimme und sicherer, als ich eigentlich sein sollte. Etienne, verwirrt von meiner Ernsthaftigkeit, hebt die Augenbrauen. »Okay …? Nur zu, ich bin ganz Ohr.«

So, was sage ich ihm jetzt? Ich habe weniger darüber nachgedacht, als ich sollte und Nicholas meinte nur, ich solle ganz ehrlich zu ihm sein. Nicht gerade ein toller Rat, das hatte ich ja sowieso vor. Immerhin war es ein Denkanstoß.

Ich hole tief Luft, schaue Etienne voller Bestimmtheit in die offenen und neugierigen Augen, und meine dann hastig: »Ich glaube, ich bin bi. Oder so etwas in der Richtung.«

Schweigen. Er starrt mich immer noch mit genau demselben Gesichtsausdruck an wie eben, und nickt ernst.

»Ich mag Frauen«, sagt er. »Du bist zwar ein super Kerl und ich liebe dich wie einen Bruder, aber das mit uns kann nichts werden.«

»Oh, du Trottel!«, lache ich und kurz darauf prustet auch er los. »Bleib ernst, verdammt!«, schimpfe ich und wuschle ihm hart über die ohnehin zerzauste Mähne.

»Ey, meine Frisur!«

»Ich sehe keine Frisur«, erwidere ich ungerührt und seufze leise, ehe ich fortsetze: »Nein, Etienne, du musst mich jetzt ernst nehmen, okay? Das war kein Witz.«

»Ach, ich hab's auch nicht so aufgefasst. Und? Wer ist der Glückliche?«, fragt er grinsend und von einem auf den anderen Moment verwandelt sich seine fröhliche Miene in das pure Erstaunen und gleichzeitig anerkennendes Lachen. »Nein, oder?«, fragt er sensationslüstern und verwundert. »Nicht Nick, oder? Meine Fresse, was hast du getan? Der Kerl wird von Weibern und Typen umschwärmt wie ein Bonbon von einer Horde Bienen an einem heißen Sommertag! Wie hast du *das* denn geschafft?!«

»Das interessiert dich mehr als Tatsache, dass ich glaube, bisexuell zu sein?«, lache ich erleichtert. Typisch Etienne, so typisch!

»Was? Das ist mir doch egal!«, stößt er hervor. »Ist doch cool, Liebe für alle und so! Mann, sexuelle Freiheit in allen Dingen ist spitze, aber jetzt mach endlich den Mund auf: Wie hast du Chris aus dem Rennen gekickt? Alter, du bist fünfzehn und … du bist *du*, ich dachte, ihr hasst euch!«

»Wie war das mit dem ,*Was sich liebt, das neckt sich*‹?«, frage ich schulterzuckend, grinse aber und schüttle den Kopf. »Ehrlich? Ich hab keinen Plan.

Irgendwie warst du so abwesend zu der Zeit und er war da, war so lieb und alles … Keine Ahnung, plötzlich mag ich ihn echt gern und er mich wohl auch.«

»Seid ihr zusammen? Oh Gott, hattet ihr schon Sex? Wie ist das, wenn man von hinten genommen wird?«, fragt Etienne und platzt schier vor Neugierde. Da hat er was Neues, auf das er sich stürzen kann.

»Wie kommst du auf die Idee, *er* nimmt *mich* von hinten?«, frage ich pikiert. Sehe ich etwa aus, als wäre ich der weibliche Part bei dieser Sache?

»Ist das 'ne ernst gemeinte Frage?«, prustet Etienne und schenkt mir einen ganz und gar spöttischen und abschätzenden Blick. »Also was? Seid ihr zusammen? Sex, ja, nein?«

»Nein und nein«, erwidere ich augenrollend. »Wir lieben uns ja nicht, um Himmels willen. Und wie gesagt, ich bin mir ja noch gar nicht sicher, ob ich Kerle überhaupt anziehend finde. Er … *hilft* mir nur ein bisschen.«

»Und was treibt ihr so miteinander?«, grinst Etienne und stößt plötzlich ein »Oh Mann!«, hervor. »Kein Wunder, dass er sich solche Sorgen um dich gemacht hat, als Lars dir das Hirn rausprügeln wollte! Meine Güte, wie blöd, dass ich das nicht gemerkt habe!«

»Quatsch, so offensichtlich ist das gar nicht«, wehre ich ab. »Und na ja, wir *treiben* nichts. Nur Küssen und so …«, lüge ich und hoffe, er merkt es nicht.

Tut er aber doch. Mit einem vorwurfsvollen Blick wirft er mir ein Kissen entgegen und erklärt schnippisch: »Ich bin dein bester Freund, lüg hier nicht so dreist herum!«

»Ja, ist ja gut!«, lenke ich seufzend ein. »Gestern … Ähm … hat er mir einen geblasen«, erwidere ich und kann ihn plötzlich nicht mehr angucken. Dass er das gar nicht seltsam findet, erstaunt mich ja schon etwas. Das Ganze beschämt mich ein bisschen.

Um ihn nicht angucken zu müssen, spiele ich mit dem Kopfkissen in meinen Armen herum, während Etienne für einen Augenblick beinahe ehrfürchtig schweigt.

»Wow«, meint er schließlich. »Wenn ich mir das so vorstelle … Also, ich hab echt kein Problem damit, du kannst lieben, wen du willst. Eigentlich ist's ja klasse, aber *Nick* … Holla.«

»Wie, ‚Holla‘?«, frage ich verwirrt. »Wieso nicht Nick? Ich dachte, du findest, er ist ein netter Kerl?«

»Oh, natürlich, finde ich ja auch«, stimmt er mir zu. »Er ist super. Bei dem kann ich eigentlich ziemlich gut nachvollziehen, dass du an deiner Sexualität zweifelst. Mach dir deswegen mal keine Gedanken, ich liebe dich, wie du bist, Bruder.« Bei diesem letzten Satz grinst er mich schelmisch an. Er lässt sich Zeit, seine Gedanken zu ordnen und schüttelt erstaunt den Kopf.

»Aber Nick … Nick! Das ist, als hätte ich plötzlich die heißeste Ische der Schule im Bett, jetzt mal im Ernst! Dabei bist du ein komischer Freak – Schau nicht so, ich habe nie gesagt, dass ich nicht auch einer bin! – und deshalb frage ich mich, was der von dir will …«

»Weiß ich auch nicht«, erwidere ich halb beleidigt, halb verstehend. Diese Frage habe ich mir ja auch schon oft genug gestellt. Nicholas ist ein gutaussehender, intelligenter Kerl. Er hat Stil, ist charmant und beliebt, hat super Noten und wird von allen angebetet. Na ja, okay, ich weiß ja, dass er daheim Schwierigkeiten hat und dass er gar nicht so perfekt ist, wie er immer tut. Das ist irgendwie wirklich liebenswert, aber die meisten sehen eben nur das, was er ihnen weismachen will. Etienne hat mit seinem Vergleich schon Recht. Wenn ich ehrlich zu mir selbst bin, finde ich auch, dass Chris eindeutig der bessere Partner für Nick wäre. Zumindest äußerlich.

»Und? Bläst er gut?«, fragt Etienne schließlich in die entstandene Stille hinein und bringt mich somit wieder zum Erröten.

»Du weißt, ich habe keine Vergleichsmöglichkeiten«, erwidere ich gedehnt, aber Etienne will davon gar nichts hören.

»Mir egal, jetzt sag schon! War er gut?«

»Oh, du glaubst gar nicht, wie gut«, gestehe ich lachend und tausche ein ganz und gar spitzbübisches Grinsen mit ihm.

»Ich beneide dich«, fügt er seufzend hinzu. »Ich weiß gar nicht mehr, wann ich zuletzt 'ne Tusse im Bett hatte. Oh Mann, aber das ist echt 'ne schöne Überraschung. Wenn Sophie das wüsste, die würde sich in den Arsch beißen. Ist ja schon ironisch, oder?«

»Sophie? Wieso Sophie?«, frage ich erstaunt.

»Na, sie will doch was von irgendeinem anderen Kerl. Und wenn ich mal so raten dürfte, tippe ich auf Nick selbst. Er ist ja nur zu nett, das zuzugeben«, grinst Etienne. »Billige Drecksschlampe. Und will dann dich ausnutzen, um das Verführen zu üben!«

Für einen Moment ist mein Kopf wie leergefegt. Ich starre Etienne an und kann gar nicht richtig realisieren, was er da sagt. Er bemerkt meinen versteinerten Blick und sein Grinsen wird ein bisschen unsicher. »Was ist?«

Ich zögere und schüttle verwirrt den Kopf. »Was hast du da gesagt?«

»Na ja, Nick hat doch da ein Gespräch mitbekommen … Sophie hat doch gesagt, sie will was von einem Anderen und will dich zum Üben … Milo? Sag nicht, das wusstest du nicht?!«

Nein, das wusste ich wirklich nicht. Ich starre Etienne immer noch verständnislos an, während das, was er gesagt hat, so langsam bis zu mir durchsickert. Sophie steht auf Nick. Ich wusste es doch, ich wusste es! Und ... sie wollte an mir nur üben? Okay, sie ist eine dumme Schlampe. Aber dass Nick davon wusste und nichts gesagt hat!

»Das hat er mir nicht gesagt«, meine ich leise und merke erst da, wie sehr mich das verletzt. Etienne bemerkt es sofort, sein Gesichtsausdruck zeigt irgendwas zwischen Bedauern und Wut über sich selbst, dass er das angesprochen hat.

»Er hatte bestimmt einen Grund, es dir nicht zu sagen«, versucht er, Nick in Schutz zu nehmen. »Vielleicht wollte er dich nicht verletzen.«

Oh Gott ... Seit wann weiß er das? Um ein Haar wäre ich auf Sophie reingefallen! Ich hätte beinahe wirklich mit ihr geschlafen! Und Nick hat mir nichts gesagt ... Ich dachte wirklich, ich könnte ihm vertrauen!

Irgendwo in meiner Brust sticht es dumpf, während ich langsam den Blick von Etienne löse. Das Hochgefühl, das ich den ganzen Tag über verspürt habe, weicht einer dumpfen Leere, die sich langsam mit Wut und verletztem Stolz füllt.

»Ich fasse es nicht«, murmle ich entgeistert. »Das hat er mir nicht erzählt. Er hat es mir nicht ... So ein Arsch!«

»Milo, jetzt mach mal halblang«, versucht Etienne mich zu beschwichtigen, rutscht näher an mich heran und legt mir seine Hand beruhigend auf den Arm. »Er hat sicher seine Gründe gehabt, es dir zu verschweigen.«

»Seine Gründe!«, stoße ich bitter hervor. »Na, da bin ich ja mal gespannt!«

Grollend schiebe ich Etiennes Hand von mir und stehe auf, schnappe mir mein Handy aus der Umhängetasche.

»Wo willst du hin?«

»Na, wohin wohl?«, knurre ich wütend. »Zu Nick. Der wohnt nicht weit weg von hier. Bin bald wieder da.«

»Nein, Milo, jetzt warte doch mal!«, versucht er mich aufzuhalten. »Beruhige dich erst einmal, es bringt doch nichts, jetzt einen Streit anzuzetteln! Außerdem wird es schon dunkel. Red doch morgen mit ihm.«

Etienne sieht mich bittend an und für einen Augenblick starren wir uns stumm an. Schließlich schüttle ich verletzt und traurig den Kopf. »Nein, ich will das *jetzt* regeln. Ich komme danach wieder und wir zocken.«

Er seufzt, zuckt dann die Schultern. »Okay, wenn du meinst. Nimm die Jacke mit, ist bestimmt kalt dr...«

»Nein«, unterbreche ich barsch. »Die ist von Nick.«

»Oh …« Ja, *oh*.

»Bis nachher«, grolle ich und mache mich auf den Weg.

»Tu nichts Unüberlegtes!«, ruft Etienne mir noch hinterher. Unüberlegt? Ich? Niemals.

Nicholas

Tief durchatmen. Ganz ruhig. Langsam schließe ich die Augen und lehne mich im Küchenstuhl zurück. Der Duft des frischen Kaffees vor mir beruhigt mich ein bisschen. So, und jetzt versuche ich mal, all die positiven Gedanken und Gefühle von den letzten Tagen wieder heraufzubeschwören. Leos miese Visage einfach mit guten Dingen verdrängen.

»Nicki, wolltest du mir nicht einen Kaffee bringen?«, dröhnt es unfreundlich aus dem Wohnzimmer. Oh, ich werde ihm gleich Kaffee geben, darauf kann er Gift nehmen!

»Hol ihn dir selbst«, rufe ich unfreundlich zurück. Ich wünschte, mein Vater wäre da. Er ist der einzige, auf den Leo noch halbwegs hört. Ich habe wirklich keine Lust, mir die Laune von ihm noch mehr vermiesen zu lassen. Kaum war ich heute daheim, ging es los. Er schikaniert mich, wo es geht und schubst mich herum, während meine Mutter an seiner Backe klebt und ihn anhimmelt, als wäre es nicht ich, sondern er, der sich hier um alles kümmert. Mich hat sie seitdem nicht einmal angesehen. Bitter …

Zu meinem Erstaunen ertönen wirklich Schritte vom Wohnzimmer aus in meine Richtung, und obwohl ich es nicht will, öffnen sich meine Augen automatisch und ich sehe, wie sich mein großer Bruder gegen den Türrahmen lehnt und mich mitleidig mustert. Mit seinen stechend blauen Augen und den kurzen blonden Haaren hat er nicht viel Ähnlichkeit mit mir, sondern eher mit Amelie. Angeberisch verschränkt er die Arme vor der breiten Brust und schüttelt den Kopf. »Also wirklich, du solltest mir mit mehr Freundlichkeit und Respekt entgegentreten. Ich bin immerhin dein großer Bruder und sechs Jahre älter als du.«

»Dir Respekt entgegenbringen?!«, fauche ich wütend und kann nicht mehr an mich halten. Am liebsten würde ich ihn anschreien und ihm jeden Zahn einzeln herausschlagen. Respekt, pah! Vor ihm, der sofort abgehauen ist, als sich ihm die Chance bot und der mich mit unserer irren Mutter und unserem überforderten Vater alleine gelassen hat! Wir waren uns nie so nah wie die meisten anderen Brüder, aber dass er mich einfach im Stich gelassen hat, werde ich ihm nie verzeihen. Dafür verdient er keinen Respekt, oh nein!

»Natürlich. Komm erst einmal so weit wie ich«, meint Leo großkotzig, schlendert zum Tisch und lässt sich auf dem Stuhl mir gegenüber nieder, greift sich *meinen* Kaffee und nippt gelassen daran.

So weit wie er kommen? Ich glaube wirklich, er spinnt!

»Falls du es nicht weißt«, zische ich düster und lehne mich halb über den Tisch. »Ich bin besser als du, in so ziemlich allem.«

»Tja, Schade nur, dass das niemanden interessiert, mh?«

»Halts Maul!«, gifte ich und trample aus der Küche.

Irgendwo im Wohnzimmer ruft meine Mutter leise: »Leo? Wo bist du?«

Wieder mal verspüre ich den ungemein starken Drang, ihr eine reinzuhauen und Leo gleich mit. Nur noch weg von denen! So schnell wie möglich laufe ich die Treppe rauf und verschanze mich in meinem Zimmer, wo ich unruhig auf- und ablaufe.

Warum kann dieses schreckliche Wochenende nicht einfach schon vorbei sein? Gott, ich wünschte, ich hätte bei Emilio bleiben können! Wenn ich es ihm erklärt hätte, hätte er sicherlich nicht nein gesagt. Aber ich muss natürlich wieder durch falschen Stolz glänzen, und wie ein Held stumm leiden. Ich bin so blöd!

Wütend trete ich gegen meine umherliegende Schultasche und beobachte mit nur geringer Genugtuung, wie sich der Inhalt der Tasche quer über den ganzen Boden verteilt. Scheiß Schule! Scheiß Menschen, scheiß Eltern, *Scheiße!*

Ich spüre, wie sich langsam ein dicker Kloß in meinem Hals zusammenballt, hochsteigen will und werfe mich wütend auf mein Bett, drücke mein Gesicht ins Kissen und schreie, schreie, wie ich es schon lange hätte tun sollen.

Lange verharre ich so, verstumme verzweifelt und hebe schwer atmend den Kopf, drehe mein Gesicht zur Seite und frage mich, was ich eigentlich falsch gemacht habe.

Leo hat Recht. Natürlich hat er Recht, das hat er immer … Es interessiert niemanden. Es hat auch noch nie jemanden interessiert, egal wie sehr ich mich angestrengt habe. Irgendwie war ich immer anders als meine Geschwister. Nicht so schillernd und strahlend, nicht so natürlich begabt in tollen Dingen. Wer zählt schon Musik als Talent … Nicht einmal äußerlich gleiche ich ihnen. Die Haare einen Tick zu dunkel, die Augen mehr grün als blau und nicht so stechend klar. Ich bin nicht so männlich wie Leo, nicht so groß wie Leo, nicht so entschlossen und arrogant wie Leo. Nicht Leo.

Ich habe wirklich alles versucht. Auch als Amelie noch lebte … Vater und Leo waren ein eingeschworenes Team, genauso wie meine Mutter und Amelie und für mich ist nie was übrig geblieben. Keine Liebe, kein Lob, keine Aufmerksamkeit. Ich war immer der Beste in der Schule. War im Fußballteam, bei den scheiß Pfadfindern, ein Musik-Ass, habe sogar Judo gemacht und war Streitschlichter in der Schule. Habe Wettbewerbe in Mathematik und Englisch gewonnen, bin beim Kunstwettbewerb unter die Landesbesten gekommen. Und?

Leo hat viele Freunde. Leo sieht prima aus. Leo ist lebhaft und nicht so langweilig wie ich. Leo hat Basketball gespielt, war im Schützenverein, hat Krafttraining gemacht und ist mit unserem Vater angeln gegangen. Leo ist ein natürliches Sportass und Klein-Nico hat sich immer abquälen müssen. Leo ist nicht schwul.

Ich hole noch einmal tief Luft, presse mein Gesicht ins Kissen und schreie mir die Seele aus dem Leib, bis mir kleine Lichtpunkte vor den fest zusammengepressten Augen tanzen. Dann drehe ich mich keuchend auf den Rücken und starre an die Decke.

Am allerwenigsten kann ich nachvollziehen, dass meine Eltern beide noch immer ihn lieber haben, obwohl er abgehauen ist. Als hätte nicht *ich* meine Kindheit und meine Freizeit aufgegeben und alles, was mir Spaß gemacht hat, sondern er! Wer weiß, vielleicht würde sogar Emilio ihn toller finden als mich, wenn er ihn kennen würde. Ein Glück tut er das nicht. Leo hat das Talent, sehr schnell Freunde zu finden. Ich nicht. Ein Wunder, dass ich es überhaupt geschafft habe, so nahe an den kleinen Hitzkopf heranzukommen, ohne ihn mit meiner verschrobenen Art und meinen Geheimnissen zu verschrecken.

Die Decke wird mit der Zeit nicht interessanter, aber ich kann meinen Blick nicht davon losreißen. Plötzlich fühlt sich mein Körper schwer an wie Blei. Auch als unten die Türklingel geht, rege ich mich keinen Millimeter. Das ist sicherlich nur mein Vater, der seinen Schlüssel vergessen hat. Leo sitzt unten, in meiner Küche, trinkt meinen Kaffee und genießt die Ordnung, die ich hier mühsam aufrecht erhalte, also kann er auch an die Tür gehen.

Emilia

Schwer atmend stehe ich vor Nicholas' Haustür, habe eine Gänsehaut auf den nackten Armen, aber spüre die Kälte kaum. Eigentlich fühle ich mich ganz und gar taub. Die Viertelstunde, die ich bis hierhin gebraucht habe, hat alles in mir taub werden lassen. Ich fühle mich matt und leer, bin nicht einmal mehr wirklich sauer. Sein Verrat trifft mich härter, als ich angenommen hätte. Ich dachte, er mag mich und ich dachte, irgendwas wäre zwischen uns, eine gewisse Vertrautheit und liebevolle Sympathie. Anscheinend habe ich mich geirrt.

Es dauert schier eine Ewigkeit, bis sich die Tür vor mir öffnet und ich erschrecke beinahe beim Anblick des fremden jungen Mannes, der mich nun hochmütig mustert. »Wer bist du denn?«, ätzt der blonde große Kerl und wirft mir aus den hellen blauen Augen einen mehr als nur genervten Blick zu.

»Äh, ich … Ich bin Emilio, ich wollte zu Nicholas. Ist er da?«

»Wir kaufen nichts«, murrt der Typ und will die Tür wieder zuschlagen. Ich schiebe hastig und ungläubig meinen Fuß in den Türspalt und starre den Kerl fragend an. Wenn ich raten darf: Das wird dann wohl Nicholas' verhasster Bruder sein.

»Ich will zu Nicholas«, sage ich noch mal mit allem Nachdruck. Das beeindruckt Herr Arschgesicht nicht im Geringsten.

»Ich will auch so einiges, aber das Leben ist nun einmal unfair, also verzieh dich, du Kröte. Ich kann mir nicht vorstellen, dass sich mein Bruder mit so einer jämmerlichen kleinen Gestalt wie dir abgibt.«

»Geht's noch?!«, knurre ich beleidigt und versuche die Tür wieder aufzudrücken.

Was für ein ekelhafter, arroganter Wichser ist das denn?! Wenn der zu Nick auch so ist, kann ich verstehen, dass er ihn nicht leiden kann! Nicholas' großer Bruder kann mich natürlich locker aufhalten – wenn er will. Mit einem Mal lässt er die Tür los und tritt zur Seite, wobei ich in den Flur hinein stolpere und beinahe stürze. Was geht denn mit dem ab, spinnt der irgendwie?!

Seine Hand schießt vor, umklammert meinen Oberarm fest und dabei schließt er mit der anderen noch locker die Haustür.

»So, du vorwitzige kleine Mistratte«, sagt er und lächelt mich dabei mit einem arroganten Zug um den Mund von oben herab an. »Wir können uns gerne hier unterhalten, wenn du möchtest, dann sieht wenigstens niemand, dass ich mich mit zwölfjährigen kleinen Scheißern streite.«

»Mach mal 'nen Punkt, du Witzfigur«, stöhne ich genervt und versuche, mich aus seinem Griff zu winden. »Ich will nur zu Nicholas, verflucht, ist das ein Verbrechen?!«

»Wenn ich dich so betrachte, wahrscheinlich schon. Wirklich, du siehst jämmerlich aus, Kleiner. Du bist viel zu jung und ein Freak. Was willst du von meinem Bruder? Ich kann mir echt nicht vorstellen, dass der auch nur mit dir redet.«

»Wir sind befreundet, du Wichser. Reicht dir das?«, knurre ich böse und bin wirklich versucht, ihm in die arrogante Visage zu spucken.

»Ach, befreundet«, spöttelt der Arsch und lacht leise, ein freudloses und fast schon bösartiges kleines Lachen. »Vielleicht bist du auch einfach nur eine seiner kranken Bettgeschichten? Wobei er da echt an Geschmacksverirrung leiden müsste!«

Okay, seinen Kommentar mit der Geschmacksverirrung kann ich gut ignorieren. Ich lass mir doch nicht von einem blonden Arschgesicht mit rosa Polohemd sagen, dass ich ein hässlicher kleiner Freak bin. Eigentlich ist es ja schon fast ein Kompliment, denn ich würde den Teufel tun, einem so aufgestylten Gockel gefallen zu wollen. Aber das mit der Bettgeschichte …

»Hör mal gut zu, Arschloch«, fange ich lieblich an und gucke ihn an, als wäre er vollkommen bescheuert in der Birne, was er ja sicher auch ist. Dabei ignoriere ich, dass er gut einen Kopf größer ist als ich. Lande ich eben noch mal im Krankenhaus, mir egal.

»Tut mir ja leid, wenn du jetzt ultraneidisch auf Nick bist, weil der augenscheinlich einen kleinen Jungen unter zehn Jahren ins Bett bekommen hat, was du ja wohl offenbar auch gerne tun würdest. Aber zum einen bin ich keine Bettgeschichte und älter bin ich auch. Geh mal raus, ich glaub in der Nähe war 'n Spielplatz mit ein paar kleinen Jungs für dich, du hässlicher Troll. Ach ja, und an deiner Stelle würde ich mein Gleitgel nicht in den Haaren mit mir rumschleppen, Tuben sind praktischer.«

Aber anstatt mir sofort die Nase zu brechen, lacht der Schmierkopf nur belustigt, verstärkt seinen Griff um meinen Oberarm und zieht mich näher an sich heran.

»Du hast 'ne ganz schön große Klappe«, stellt er amüsiert fest. »Aber die hilft dir hier auch nicht weiter. Ich werde dich jetzt rauswerfen und du wirst schön leise einen Abgang machen. Nicki wird's mir danken, er kann Szenen seiner verflossenen Bettgeschichten nämlich nicht ausstehen, weißt du.« Er zögert kurz, seufzt theatralisch und schüttelt den Kopf. »Er hat wirklich nur einen Makel, und das ist seine Sexualität, die solche kleinen Spinner wie dich auf den Plan ruft. Traurig.« Damit greift er mit der freien Hand nach der Türklinke, aber mir reicht es jetzt wirklich.

»Nicholas!«, rufe ich in den Flur. Sein Bruder versteift sich für einen Augenblick, zieht fest an mir.

»Hab ich nicht gesagt, du sollst leise sein?«, knurrt er und öffnet die Haustür, doch ich klammere mich an seinem Arm fest, rufe noch mal so laut wie möglich: »Nicholas! Nick!«

Dann ertönt ein Geräusch von oben, hastige Schritte und da steht er endlich auf der Treppe – verwirrt und ungläubig, zerzaust und in gammeligen Klamotten.

»Emilio? Was … Leo, lass ihn los, verdammt!«

Nicks Bruder lässt mich natürlich nicht los, sondern schließt bedauernd die Tür wieder. »Oh nein, sag mir bitte, dass du noch nicht *so* tief gesunken bist«, seufzt er dramatisch.

Mit ärgerlichem Gesicht eilt Nick auf uns zu, grollt dunkel: »Loslassen, verflucht! Kannst du nicht einmal *nicht* ekelhaft und scheiße sein?!«

Endlich lässt dieser Leo mich los und hebt die Arme, lacht dreckig. »Deine Bettgeschichten waren auch schon mal stilvoller«, stichelt er boshaft und schüttelt mitleidig den Kopf.

»Ich *bin* keine Bettgeschichte!«, fauche ich ihn noch mal an und halte mich nur mit größtmöglicher Anstrengung davon ab, ihm nicht doch noch ins Gesicht zu rotzen. »Raff' das mal!«

»Ach, das denkst *du*«, lacht Leo und bedenkt mich mit einem mitleidigen Blick. »Bis er dich im Bett hatte und dann stehst du schneller wieder auf der Straße, als du gucken kannst.«

»Halt endlich deinen Mund!«, schreit Nicholas plötzlich so laut und wütend, dass ich vor Schreck zurückzucke. Anscheinend nervt ihn sein Bruder schon etwas länger und seine Laune ist am Tiefpunkt angekommen. Als wäre ich gar nicht anwesend, packt er Leo am Kragen seines rosa Poloshirts und zieht ihn die kurze Distanz zu sich, knurrt leise und bedrohlich: »Ich schwöre dir, halt dein Schandmaul und lass mich endlich in Ruhe oder ich werde dir dein ach so perfektes Gesicht zerschlagen, bis du dich selbst nicht mehr erkennst!«

Leo beeindruckt das gar nicht. Er besitzt auch noch die Frechheit, spöttisch zu lachen. Ich kann förmlich beobachten, wie sich Nicks Hände so verkrampfen, dass die Knöchel weiß hervortreten, als sein Bruder bedauernd meint: »Oh Nicki, du würdest doch sowieso den Kürzeren ziehen!«

»Darauf lass ich's ankommen!«, giftet Nick und will gerade eine Faust heben, als ein zaghaftes Stimmchen von irgendwo unweit hinter uns ertönt: »Leo?«

Mit einem Mal zuckt Nicholas zurück, lässt seinen Bruder los, als hätte er sich verbrannt und nimmt Abstand von ihm.

Ich drehe mich verwirrt um und sehe Nicholas' Mutter in weißem Nachthemd und mit offener, blonder Lockenflut dastehen und aus ihren trüben blauen Augen ihren Sohn anstarren. Allerdings den blöden Lackaffen da und nicht Nick, der jetzt die Zähne sichtlich aufeinanderpresst und tief atmend versucht, sich zu beruhigen. Seine Mutter beachtet mich gar nicht, nein, sie *sieht* mich nicht einmal wirklich und Nick scheinbar auch nicht, als sie mit liebevollem Lächeln auf den Lippen zu Leo tapst und seine Pranke in ihre kleine, schmale Hand nimmt.

»Komm zu mir ins Wohnzimmer, ja? Ich fühle mich so alleine.«

»Natürlich, Mama«, lächelt Leo jetzt lieb, wirft uns noch einen ganz blöden Blick zu und verzieht sich mit seiner Mutter ins Wohnzimmer. Heilige Scheiße, was geht denn hier ab! Für einen Moment stehen Nick und ich einfach schweigend im Flur, ich fassungslos, er innerlich kochend vor Wut.

»Nick«, murmle ich und räuspere mich. »Was zum …«

»Komm«, knurrt er nur, nimmt ruppig meine Hand und zieht mich die Treppen hinauf in sein Zimmer. Die Tür knallt er laut und vernehmlich hinter sich zu, schließt ab und begibt sich stumm zu seinem Bett, wo er sich hinsetzt.

Wieder schweigen wir. Ich starre ihn an, verwundert und erstaunt. So verbittert und wütend habe ich ihn noch nie gesehen, nicht einmal zu der Zeit, als wir uns noch dauernd in der Wolle hatten. Sein Bruder macht ihn scheinbar echt fertig und seine Mutter … Seine Mutter! Wie sie einfach nichts beachtet hat außer Leo und dem Streit gar keine Aufmerksamkeit geschenkt hat. Das ist doch merkwürdig! »Nick?«, frage ich zögerlich und mache ein paar Schritte auf das Bett zu. »Was … Deine … Ich meine, deine Mutter …«, fange ich an, aber er unterbricht mich mit schneidender Stimme: »Was willst du hier?!«

Oh, ja, gute Frage. Ich starre ihn an, sein wütendes Gesicht, die grünblauen Augen, die ganz dunkel wirken und die zerzausten Haare. Betrachte das grüne T-Shirt mit dem Toast, das meines ist und plötzlich fällt mir wieder ein, dass ich ja eigentlich sauer auf ihn bin. Aber irgendwie doch nicht mehr. Vielmehr interessiert mich, was mit seiner Familie nicht stimmt, aber wie soll ich danach fragen? *Hey, Nick ist deine Mutter irgendwie verwirrt? Leidet dein Bruder an Größenwahn?*

»Ähm … Das ist jetzt nicht so wichtig«, wiegele ich unsicher ab. Eigentlich weiß ich überhaupt nicht, was ich sagen soll und mache noch ein paar Schritte auf ihn zu, setze mich langsam neben ihn und lege meine Hand zaghaft auf seinen Unterarm. Er schlägt sie wütend weg und springt vom Bett auf.

»Nicht so wichtig?!«, blökt er mich unfreundlich an und streicht sich in einer Geste der Verzweiflung mit den Händen durch die ohnehin zerzauste, hellbraune Haarmähne, fährt sich übers Gesicht und schüttelt dann den Kopf.

»Sorry«, meint er schwach. »Tut mir leid, wirklich, aber der Zeitpunkt ist denkbar ungünstig.«

»Nick, was ist denn los?« Besorgt beobachte ich, wie er langsam hin und her läuft, von links nach rechts und versucht, ein wenig zur Ruhe zu kommen.

Er schweigt für eine lange, lange Zeit, bis er sich endlich wieder neben mich setzt, ganz entkräftet und resignierend. »Ich kann nicht mehr«, gibt er mit rauer Stimme zu, lässt sich zurückfallen auf die Matratze und legt einen Arm über die Augen. »Das wird mir alles zu viel. Ich kann nicht mehr.«

»Was kannst du nicht mehr?«, frage ich mitfühlend und schiebe mich ein Stück nach oben, nehme sanft seinen Arm und ziehe ihn weg, was er wehrlos zulässt. Hatte ich gedacht, er weint, so habe ich mich geirrt. Die bodenlose Verzweiflung in seinen Augen ist allerdings schlimmer als jede Träne, die er hätte vergießen können. Allein bei diesem Anblick könnte ich Heulsuse schon wieder losflennen.

Ich kann nichts dagegen tun, dass mein Gesicht einen sicherlich sehr entsetzten Ausdruck annimmt und beuge mich hinunter, drücke meine Stirn gegen seine, die Platzwunde vollkommen ignorierend.

Zögerlich hebt er die Arme und legt die Hände auf meine Wangen, streicht mir durchs Haar und lässt die Hände kraftlos wieder sinken.

»Das alles hier«, entgegnet er schwach und gibt ein freudloses, leises Lachen von sich, das höchstwahrscheinlich eher ein Schrei hätte sein sollen. Langsam hebe ich den Kopf, entferne mich ein wenig und mustere besorgt sein Gesicht. Und warte.

Nick starrt mich zweifelnd an und scheint mit sich zu ringen, schließlich setzt er sich abrupt auf und stöhnt beinahe schmerzerfüllt.

»Oh Gott! Das war meine Mutter. Meine Mutter!«, stößt er fassungslos hervor. »Emilio … Meine Mutter. Hast du sie gesehen? Hilflos und naiv wie ein Kind.«

Ich schlucke hart, schweige. Irgendwo in mir drin entwickelt sich ein Gedanke, eine leise Ahnung von dem, was Nick so niederdrückt, obwohl ich eigentlich nichts weiß von dem, was hier abgeht.

Nick scheint keine Antwort zu erwarten, sondern atmet geräuschvoll ein und aus, versucht, sich zu beruhigen.

»Sie kann nicht mehr alleine für sich sorgen. Sie ist verwirrt und durcheinander, man darf sie eigentlich auch gar nicht alleine lassen. Sie kann sich ja manchmal kaum selbst umziehen …« Nicholas spricht fast wie zu sich selbst und schaut mich dabei nicht an. Er starrt auf seine Hände, die er zu Fäusten ballt und dann wieder öffnet, immer und immer wieder. Mir schießt ein Bild durch den Kopf – Nicholas, wie er auf seine Mutter einredet, wie er sie umzieht, sich um sie kümmert. Was ist passiert, dass sie so … so *verwirrt* ist?

Ich warte darauf, dass er weiterspricht, doch das tut er nicht. Er schüttelt langsam den Kopf, hebt den Blick, dreht sich zu mir um und sieht mich an, bittend und zugleich voller ungesagter Worte, die ich nicht verstehen kann.

»Emilio«, flüstert er heiser, starrt mich an, als wolle er mir irgendwas sagen.

Ich fühle mich hilflos und überfordert und kann nicht mehr tun, als leise »Nicholas?« zu sagen. Er schließt die Augen, lächelt ein klein wenig, greift blind nach meiner Hand und drückt sie fest, als wolle er sich vergewissern, dass ich wirklich da bin.

»Was machst du hier?«, fragt Nick leise und rutscht näher an mich heran, legt seine Stirn auf meine Schulter. Ich hebe die Arme, lege sie locker um ihn und komme mir plötzlich unglaublich dämlich vor, dass ich wegen einer solchen Lappalie so wütend war.

»Oh Nick, ich bin ein Blödmann«, gestehe ich, wütend auf mich selbst. »Etienne hat mir von Sophie erzählt, und dass du Bescheid wusstest und ich war so sauer … Aber das ist jetzt egal! Oh Mann, ich bin ein Schaf!«, stöhne ich, was ihm ein Lachen abringt.

»Ein Schaf? Mh, ich wusste, das gibt noch Streitpotenzial. Es tut mir leid, ich wollte es dir ja sagen, aber dann war ich sauer, dass du so vor mir zurückgezuckt bist beim Gitarrenunterricht.«

»Nein, egal«, fahre ich dazwischen. »Ich bin ja nicht drauf reingefallen, es ist nichts passiert und ich bin ein Blödmann, dass ich mich über so etwas aufrege.«

Jetzt, wo er so verletzlich in meinen Armen hängt, möchte ich ihn am liebsten trösten und nie mehr loslassen. Bettgeschichte, von wegen! Würde er sich so vertrauensvoll an mich drücken, wenn ich nur eine dahergelaufene Bettgeschichte wäre? Wir sind Freunde, verdammt!

»Es tut mir leid«, seufzt er noch mal und löst sich von mir. So sitzen wir uns gegenüber und er sieht ein wenig missmutig und müde drein, als er seufzend fragt: »Du bist jetzt sicher neugierig, oder? Und nachdem du bezüglich deiner Familiengeschichte so ehrlich zu mir gewesen bist, kann ich mich auch nicht mehr herausreden, was?«

»Du musst nicht …«, setze ich an, aber er winkt ab.

»Ich will aber. Ich kann wirklich nicht mehr, und mir reicht es. Ich wünschte, ich wäre einfach bei dir geblieben«, murmelt er schwach und atmet tief durch. Er ringt sichtbar mit sich, und als er beginnt zu erzählen, kann er mich dabei nicht ansehen.

»Ich hatte eine Schwester.« Das ist mir allerdings neu! »Sie war der Augenstern meiner Mutter und der Mittelpunkt der Familie. Das Nesthäkchen, umsorgt, geliebt. Auch mein Bruder und ich haben sie geliebt. Eifersüchtig konnte man auf sie wirklich nicht sein, wenn sie einen aus ihren Kinderaugen angestrahlt hat. Sie war fünf, als sie umgekommen ist. Meine Mutter wollte mit ihr zum Kindergarten fahren. Ich weiß nicht genau warum, aber es gab einen schrecklichen Autounfall und Amelie war sofort tot. Meine Mutter hat überlebt, aber sie ist danach in Depressionen gestürzt. Da war ich gerade elf. Leo war damals siebzehn und hat sich, um über Amelies Tod hinwegzukommen, richtig von uns allen entfremdet. Er ist tagelang nicht nach Hause gekommen und ich war so hilflos und habe gar nicht richtig verstanden, was mit meiner Mutter los ist. Mein Vater war da natürlich auch keine Hilfe, der kam kaum über den Tod seiner Tochter hinweg. Er hat meiner Mutter nicht die Schuld dafür gegeben, sie sich aber umso mehr.«

Nicholas atmet tief durch und schweigt kurz, als würde ihm die Erinnerung an damals noch genau solche Schmerzen bereiten.

Ich kann nicht anders, als ihn bestürzt anzustarren, spüre den Nachhall seines Schmerzes in der Brust und würde am liebsten wieder meine Arme um ihn legen. Nicholas, elf Jahre alt und ganz alleine mit der Trauer über den Tod seiner Schwester. Eine Mutter, die in Depressionen versinkt und … Oh Gott!

»Das ging vielleicht ein Jahr so«, murmelt er vage und zuckt die Schultern. »Zu dem Zeitpunkt war ich schon vollkommen in den Haushalt involviert und habe mich um das gekümmert, was niemand mehr gemacht hat. Dann hat sie versucht, sich umzubringen. Hat sich von irgendeinem Dach gestürzt. Na ja, es hat nicht geklappt, wie du ja gesehen hast. Aber sie lag lange im

Koma, bestimmt ein halbes Jahr. Als sie aufgewacht ist, konnte sie sich an so gut wie nichts erinnern. Hat meinen Vater kaum mehr erkannt und mich gar nicht. Und dass ihre süße kleine Tochter tot ist, hat sie vollkommen vergessen. Vielleicht ist es eine Art Selbstschutz, weil sie den Schmerz nicht erträgt. Ich weiß es nicht und auch die Ärzte kommen nicht weiter. Sie war danach lange in einer Klinik, und bis sie wieder daheim war, schien sie gute Fortschritte gemacht zu haben. Aber den Tod ihrer Tochter hat sie in die hintersten Ecken ihres Gedächtnisses verbannt, und keiner weist sie darauf hin, aus Angst, es könnte wieder schlimmer werden. Leo war damals wirklich keine Hilfe. Er hat viel getrunken und ist mit der Polizei aneinandergeraten, hat sich mit unserem Vater angelegt und ist wieder abgehauen, diesmal für eine längere Zeit. Er ist zu seiner Freundin gezogen, hat sein Abi gemacht und ist dann endgültig abgehauen, während mein Vater und ich hier saßen, alleine mit dieser vollkommen verwirrten und hilfsbedürftigen Frau. Sie war einmal meine Mutter, aber nun ist sie oft nur eine Fremde, die mich nicht erkennt und meinen Vater anschreit, er solle sie zu ihrer Tochter bringen.«

Er schweigt wieder für eine ganze Weile, in der ich es nicht mehr wage, ihn anzusehen und heftig mit mir ringe, stumm und leise weine, weil ich einfach nicht anders kann. Wie seltsam, ich sitze hier und heule, und Nick scheint das Ganze kaum mehr zu berühren. Er sieht müde und abgekämpft aus, viel älter als siebzehn und hat dunkle Ringe unter den Augen. In meiner Vorstellung sehe ich Nicholas als kleinen Jungen, der alleingelassen und auf sich selbst gestellt mit all dem klarkommen muss, der sich um den Haushalt und seine Mutter kümmert, während sein Vater, der für ihn hätte da sein können und sollen, sich auf ihn stützt.

Ich sehe Nicholas plötzlich mit ganz anderen Augen. Eine verschenkte Kindheit. Er ist viel zu schnell erwachsen geworden, ja, er musste es. Hat um Anerkennung und Lob gekämpft, wollte gesehen werden, aber seine Mutter scheint viel mehr an ihrem älteren Sohn zu hängen, erkennt Nick nicht mehr.

»Weißt du, was das Schlimmste ist?«, lächelt er müde. »Manchmal wünsche ich mir, man *würde* sie zu ihrer Tochter bringen! Ich ertrage das nicht mehr! Und kaum ist Leo da, dreht sich alles um ihn. Sogar mein Vater hat ihn lieber als mich, obwohl er damals abgehauen ist und sich einen Scheiß darum gekümmert hat, dass sein Vater und sein kleiner Bruder hier beinahe unter der Last zusammenbrechen. Oft schaut meine Mutter mich an und erkennt mich nicht, denkt in ihrem Wahnsinn, ich sei Leo und ist glücklich. Glücklicher als in den Momenten, wenn sie weiß, wer ich bin. Ich hasse ihn, ich hasse sie! Ich wünschte wirklich, sie wäre tot!«

Zitternd und schwer atmend presst er sich die Hände auf die Augen und beißt die Zähne zusammen. Es dauert eine ganze Weile, bis er sich beruhigt, sich fängt, die Arme sinken lässt und sich unsicher zu mir umdreht. Als er mich weinen sieht, öffnet er den Mund, schließt ihn wieder und starrt mich einfach nur an.

»Du hältst mich jetzt sicher für ein Monster, dass ich mir so etwas wünsche«, setzt er schließlich leise an, aber ich unterbreche ihn hastig: »Nein! Nein!«, und greife nach ihm, ziehe ihn atemlos an mich und spüre, wie die Tränen heiß und unaufhaltsam über meine Wangen laufen. Nicholas lässt sich einfach in meine Arme sinken und vergräbt das Gesicht in meiner Halsbeuge, umschlingt mich mit seinen Armen und presst sich an mich, ganz fest und nach Halt suchend. Ich erwidere den Druck mit aller Kraft und schluchze laut auf.

Himmel! Ich heule hier und Nick, der das alles ertragen muss, der einfach auch ein bisschen Liebe und Rückhalt braucht, der immerzu nach Anerkennung gesucht hat … Wie falsch ich ihn doch eingeschätzt habe, all die Zeit! Oh Gott, es tut mir so leid!

»Nicholas«, stoße ich schluchzend hervor. »Nick … Es tut mir so leid! Oh Gott … Ich bin eine Heulsuse …«

Nick lacht leise und kraftlos auf und hebt schließlich den Kopf, drückt sich minimal von mir weg und lehnt seine Stirn gegen meine. »Weißt du, seit ich dich kenne, fühle ich mich so viel besser. Du siehst *mich*. Ich … Entschuldige, dass ich dir das aufbürde … Aber bitte, bitte lass mich jetzt nicht alleine.«

Ich nicke heftig, halte sein Gesicht in den Händen und küsse ihn, küsse ihn und drücke meine tränennasse Wange gegen seine. »Nein, ich bleibe bei dir. Ich bin da, das verspreche ich. Ich lasse dich nicht alleine.«

13

Emilia

»Es ging ihm also ziemlich mies und na ja – da wollte ich ihn wirklich nicht alleine lassen, tut mir leid«, erkläre ich Etienne leise, als wir am Montag zusammen in der Pausenhalle sitzen. Nicholas ist heute nicht gekommen, aber er hat mir Bescheid gesagt, dass er gern einen Tag Ruhe haben möchte. Also widme ich mich ganz und gar dem vernachlässigten Etienne, der mich jetzt mit einem Gesichtsausdruck, der totale Rührung und Verzückung ausdrückt, anstarrt. Natürlich habe ich ihm nicht ganz genau erzählt, was los ist. Nur, dass Nicks Bruder ein Scheißhaufen ist und dass es ihm nicht gut geht.

»Etienne? Rosa Einhörner im Arsch?«, frage ich amüsiert.

Er zieht nur geräuschvoll die Nase hoch, als würde er gleich weinen und meint dann: »Milo, weißt du, wie niedlich das ist? Du bist total verliebt!«

Ich verdrehe die Augen und schüttle den Kopf.

»Red keinen Stuss, das hätte ich bei dir genauso getan, wenn es dir schlecht ginge.«

»Und du trägst seinen Pullover! Oh, das ist so süß!«

»Woher weißt du …«, setze ich empört an, doch Etienne unterbricht mich mit liebevollem Spott in der Stimme: »Ich kenne deinen Kleiderschrank. Ich weiß nicht, wie es den anderen tausend Schülern dieser Schule geht, aber ich kenne diesen Pullover an Nick. Ist ja auch nicht gerade unauffällig.« Vor lauter Rührung und Freude schniefend fügt er hinzu: »Oh, sie werden so schnell erwachsen …«

Vollidiot.

Na ja, okay, was den Kapuzenpullover angeht, hat er Recht. Schon ein kurzer Blick auf die Ärmel zaubert einem beinahe den Krebs in die Augen, so strahlend blau ist das Ding. Irgendwie werde ich das Gefühl nicht los, Blau ist Nicks Lieblingsfarbe.

»Es war kalt«, erkläre ich schulterzuckend. »Da hat er mir den geliehen. Schmalz nicht so herum.«

»Bla bla«, macht mein bester Freund und grinst mich jetzt breit an. »Wie weit bist du mit deinem Klassenlehrer?«

»Oh, läuft alles nach Plan. Ende der Woche kann ich voraussichtlich wechseln!«

Etienne und ich grinsen uns verschwörerisch an, dann lehne ich mich zufrieden gegen die kalte Steinwand in meinem Rücken, strecke die Beine aus und beobachte die anderen Schüler mit mäßigem Interesse.

Nach Lars' Übergriff hat man endlich eingesehen, dass ich in dieser Klassengemeinschaft massive Probleme habe. Wie es aussieht, darf ich nun doch zu Etienne in die Klasse wechseln! Himmel, wie lange warte ich schon auf diesen Tag? Es ist zu schön, um wahr zu sein!

»Das ist super«, kommentiert Etienne zufrieden. »Ich habe im Übrigen auch Fortschritte vorzuweisen.«

Jetzt werfe ich ihm einen erstaunten Blick zu, ganz Ohr. »Echt? Komm, spuck's aus!«

»Du und ich – wir haben heute Nachmittag ein kleines Rendezvous in einem Café hier in der Nähe«, grinst er und zwinkert mir schelmisch zu. »Mit Sophies ehemaliger bester Freundin!«

»Was? Wie hast du denn das gemacht?!«, lache ich erstaunt und beeindruckt. Er ist wirklich der Beste! So etwas kriegt nur Etienne auf die Reihe!

»Na ja, sie hatte von Sophie sowieso die Schnauze voll«, flüstert er jetzt, sich vorsichtig umsehend. »Und sie steht auf mich. Ein paar Komplimente, ein bisschen Geflirte … Dann vorsichtig aufs Thema Sophie gelenkt … Und sie ist absolut willig, dieser kleinen Schlampe heimzuzahlen, was sie ihr alles angetan hat. Von ihren Andeutungen ausgehend vermute ich mal, dass deine Ex eine Menge dreckiger Geheimnisse hat. Das kann spannend werden!«

»Wow. Ich freue mich auf heute Mittag«, grinse ich erstaunt. »Seit wann bist du so abgebrüht? Und was ist mit deiner Saskia?«

»Ach«, winkt Etienne gelassen ab. »Mit Mel – so heißt besagte ehemalige Freundin – habe ich doch nur aus Mittel zum Zweck geflirtet. Aber das darf niemand wissen, also red nicht so laut. Apropos Saskia. Steht das mit dem Treffen noch? Am Freitag haben wir Training, hast du Lust, zu kommen?«

»Freitag? Klar, warum nicht.«

»Du kannst auch deinen Nick mitbringen«, grinst Etienne und zwinkert mir spitzbübisch zu. Dann stupst er mir mit seinem Ellenbogen in die Seite, wackelt blöd mit den Augenbrauen und bringt mich so unweigerlich zum Lachen.

»Oh Mann, was ist denn mit dir los?«, pruste ich. Seit er von Nick und mir weiß, tut er, als wäre er Amor. Dauernd macht er irgendwelche Anspielungen und versucht, mich mit Nick zusammen irgendwo hinzulocken, um uns zu verkuppeln. Heute Morgen wollte er mir einen Film schmackhaft machen, den ich mir unbedingt mit Nick im Kino ansehen sollte. Und die Pizza in dem-und-dem Restaurant wäre richtig super – würde Nick bestimmt auch schmecken!

»Na, das ist doch total süß! Und du bist zu unerfahren, um zu wissen, dass man seine Beziehung hegen und pflegen muss – ich helfe dir nur!«

»Wir führen keine Bez…«

»Bla bla bla«, unterbricht Etienne mich kopfschüttelnd. »Bring ihn mit, am Freitag. Danach gehen wir zusammen essen. Ich freu mich!« Damit springt er von der Bank auf und will sich in Richtung der Kunsträume begeben, hält jedoch kurz inne und dreht sich zu mir um: »Nach der Schule am Tor – vergiss mich nicht!« Bevor er verschwindet, zwinkert er mir erneut zu.

Irgendwas stimmt mit seinem Auge nicht …

Kopfschüttelnd und noch immer grinsend begebe ich mich zu meinem Klassenraum, als es in meiner Hosentasche sachte vibriert. Am liebsten würde ich pfeifen und durch die Gegend tanzen – seitdem mir Nick nämlich alles erzählt hat, fühle ich mich ihm erst so richtig nahe und bin irgendwie mächtig glücklich und er ist auch wesentlich entspannter.

Fröhlich fische ich mein Handy aus meiner Hosentasche und finde eine SMS von Nick, nur eine ganz kurze Nachricht, die mich aber davon überzeugt, dass mir heute niemand mehr was kann.

Ich denke an dich.

***

»Hey, Mel!«, strahlt Etienne, als das eher unscheinbare, beinahe etwas plump wirkende Mädchen das Café betritt.

Sie schaut zögerlich zu uns herüber, schleicht zu unserem Tisch und wird über und über rot, als mein bester Freund aufsteht und sie umarmt. Wow, der macht die Arme ganz schön fertig.

»Hey«, stößt sie unsicher hervor und strahlt Etienne ganz unverhohlen und total verliebt aus ihren hellbraunen Augen an. Mich beachtet sie kaum, als sie sich setzt und sich schüchtern und leise einen Cappuccino bei der heraneilenden Bedienung bestellt.

»Wie geht's dir? Ich bin froh, dass du gekommen bist.« Irgendwie zaubert Etienne einen richtig rauen Ton in seine Stimme, der mich unweigerlich an den Traum erinnert, den ich mal von ihm hatte. Gut, ich werde ihn, wenn er so ist, *Casanova-Eddy* taufen, denn er benimmt sich eindeutig wie einer. Wahrscheinlich wird er ihr später auch den Cappuccino bezahlen und das alles nur, um es Sophie mal so richtig heimzuzahlen. Der Kerl ist einfach unglaublich. Ich kann mir ein breites Grinsen nicht verkneifen und strahle Mel an, die ganz verschämt den Blick senkt, als sie mich so sieht.

»Mir geht's gut. Und dir? Äh, ich meine … Und euch?« Jetzt schaut sie mich doch an, ganz entschuldigend und mustert meine Stirn, wo sich die verheilende Platzwunde befindet. »Das tut mir wirklich sehr leid. Du glaubst nicht, wie schlecht ich mich fühle, dass ich mich von Sophie habe benutzen lassen, um Eddy aufzuhalten.«

Oh je, die ist ja wirklich hoffnungslos schüchtern. Mir ist das alles eigentlich ziemlich egal. Auch wenn sie an einem Mordkomplott beteiligt gewesen wäre – ich lebe ja noch, darf in Etiennes Klasse wechseln und Lars ist weg! Eigentlich hatte das mehr Gutes als Schlechtes. Zu Mel sage ich nur: »Dich trifft doch keine Schuld. Ich bin ja auch auf Sophie reingefallen. Sie kann sich sehr gut verstellen.«

»Oh ja!«, stimmt sie mir energisch zu. »Sie ist eine Giftspritze und ich bin froh, dass ich mit ihr nichts mehr zu tun habe.«

Wir schweigen kurz, als die Bedienung den Cappuccino bringt und sich sogleich wieder verzieht. Der Tisch, den Casanova-Eddy gewählt hat, liegt sehr abgelegen vom ganzen Rest. Ohnehin ist das Café relativ leer, weil das Novemberwetter grau und trüb ist und keiner so blöd ist, sich jetzt freiwillig vor die Tür zu begeben, wenn er auch daheim sitzen kann.

In Nicks blauem Pullover fühle ich mich ganz und gar wohl, kuschle mich in den weichen Stoff und atme seinen herrlichen Duft ein. Wie freue ich mich, wenn er wieder zur Schule kommt. Hoffentlich sagt er mir für Freitag zu, ich würde gerne mal mit ihm essen gehen. Auch, wenn Etienne mit seiner Saskia dabei ist.

»Also, du bist die Letzte, der ich die Schuld für das Vorgefallene geben würde!«, beteuert Etienne inbrünstig, als Mel an ihrem heißen Getränk nippt und es wieder abstellt.

»Bei dieser falschen Schlange … Da wäre sicher jeder drauf hereingefallen. Und ich finde es sehr, sehr süß von dir, dass du uns helfen willst.«

Ich pruste beinahe in meinen heißen Kakao mit Sahne, als er ihre Hand über den Tisch hinweg nimmt und sie ernst ansieht. Wenn er so versucht, Frauen herumzukriegen, bin ich ehrlich erstaunt, dass er überhaupt jemals eine Freundin … *wooooow*, halt mal.

Verwirrt werfe ich Mel einen Blick zu, die wiederum Casanova-Eddy anstarrt, als wäre er die Erfüllung ihres Lebens und sie das glücklichste Mädchen auf der ganzen Welt. Ist das ein schlechter Witz, oder was? Das *funktioniert*?!

»Natürlich ... ich ... Ich fühle mich wirklich sehr schlecht deswegen und Sophie hat es verdient, wenn es ihr mal jemand heimzahlt«, stammelt Mel leise, und verfällt meinem besten Freund mit jeder Sekunde mehr.

Dieser nickt jetzt allerdings zufrieden, lässt ihre Hand los und schnappt sich seinen Kaffee. Er wollte wahrscheinlich so tun, als wäre er sehr erwachsen und männlich, dabei weiß ich, dass er Kaffee hasst. Trotzdem nippt er obercool daran, ehe er mit seiner einfühlsamen Verführerstimme fragt: »Wie hat sie Lars dazu bewegen können, Milo anzugreifen?«

Oh Himmel, muss der so geschwollen reden?! Wieder muss ich mir einen akuten Lachanfall verkneifen und versuche mühsam, meinem Gesicht einen bedröppelten Ausdruck zu verleihen.

»Oh, sie hat ihn bestochen, wenn man das so nennen will!«, flüstert Mel, jetzt ganz Mädchen und Lästermaul und beugt sich in geheimnisvoller Manier etwas über den Tisch. Wir tun es ihr nach, ganz Ohr, während Etienne sie wahrscheinlich mit dem unergründlichen und tiefen Blick seiner braunen Augen verzaubert. Oh, nicht lachen, Milo, nicht lachen!

»Wisst ihr ... Lars steht schon ziemlich lange auf Sophie und hat es immer und immer wieder bei ihr probiert, aber ihr kennt ihn ja. Nicht gerade eine Schönheit und dumm wie Stroh, wenn ich das so ausdrücken darf. Als Sophie dann mit Milo zusammenkam, nun ja. Es hat also im Prinzip nicht mehr viel gefehlt, um ihn auf dich zu hetzen. Sie hat ihm irgendwie weisgemacht, dass die Folgen schon nicht so enorm wären und sie versuchen würde, ihn zu decken. Hat ihm erzählt, wie grauenvoll du zu ihr gewesen wärst und was nicht noch alles. Und dann hat sie ihm versprochen, dass sie es mit ihm versuchen will ... Denn *sie habe sich ihre Jungfräulichkeit für jemand besonderen aufgespart,* auch wenn du versucht hättest, sie ihr mit Gewalt zu nehmen.«

»Was?!«, stoße ich hervor, fassungslos und schockiert. Etienne neben mir wirft mir einen ganz entrückten Blick zu und wendet sich wieder Mel zu. »Du kennst aber die Wahrheit, oder?«

»Ja«, winkt diese ab und schüttelt bedauernd den Kopf. »Natürlich. Tut mir leid. Ich weiß ja, wie wütend sie war, als du sie nicht ... nun ja ...«

»Sie steht auf Nicholas Hertrich. Der Schulsprecher, ihr kennt ihn, oder? Sie ist förmlich besessen von ihm, beobachtet ihn immerzu und weiß so ziemlich alles, was man über ihn erfahren kann, ohne mit ihm zu reden.

Irgendwie krank, oder? Ihre größte Hoffnung ist, dass er nicht schwul ist, obwohl es ja alle wissen und er es selbst öffentlich gemacht hat. Aber bisher hatte er nie einen Freund, zumindest nicht an der Schule, und Sophie ist der festen Überzeugung, wenn sie nur ihre *Verführungskünste* übt, kriegt sie auch Nicholas rum. Deshalb wollte sie dich ja …«, meint sie zu mir und schaut bedauernd drein, als hätte Sophie mir das Herz gebrochen. Ich weise sie nicht daraufhin, dass meine Absicht bei dem Ganzen auch nicht von romantischer Natur war, sondern mache ein leidendes Gesicht.

»Sie ist schrecklich«, stößt Mel ganz mitleidig hervor und Etienne meint tiefgründig: »Ja. Man spielt nicht mit den Gefühlen anderer. Und dann diese Prügelattacke! Nur weil Emilio doch noch so jung und unschuldig ist und verliebt war. Er wollte sich Zeit lassen …«

Was?! Also mal abgesehen davon, dass Etienne hier auch mit den Gefühlen dieser Mel spielt, was redet der da für einen Unsinn?! Ich will ihm allerdings nicht in die Schienen laufen, und da Mel offensichtlich sehr große Anteilnahme für mich hegt, belasse ich es bei einem unauffälligen Tritt gegen sein Schienbein unter dem Tisch und starre auf meinen Kakao, damit sie hoffentlich nicht merkt, dass ich gar nicht todtraurig bin.

»Oh, es war unglaublich geistesgegenwärtig und mutig von dir, dich so schnell auf Lars zu stürzen!« Bewundernd starrt Mel Casanova-Eddy an, der jetzt ganz bescheiden abwinkt: »Ach was, wer tut das nicht für seinen besten Freund? Und er ist doch ein ganzes Jahr jünger … Da hat man irgendwie einen Beschützerinstinkt.«

Also, gleich reicht es! Mit Mühe und Not kann ich mich dazu durchringen, die Klappe zu halten, während Etienne sich in Mels Aufmerksamkeit sonnt und sich wahrscheinlich mächtig toll vorkommt. Oh, na warte, das gibt Rache!

»Aber wir dürfen jetzt keine Rücksicht auf Milos Gefühle nehmen, tut mir leid«, meint Etienne und schaut Mel ganz tief in die Augen. »Wir müssen alles wissen, jedes dreckige Detail. Ich hab da nämlich schon einen Plan, aber dazu reichen die schmutzigen Geheimnisse noch nicht. Hat sie Lars *gewisse Dienste* erwiesen?«

»Oh«, meint Mel, peinlich berührt. »Nun, ich weiß, dass sie mit ihm herumgemacht hat. Aber wie weit das ging, weiß ich nicht. Wir haben uns ziemlich zerstritten, deshalb …«

»Woran hast du gedacht?«, frage ich Etienne nun neugierig. Mir egal, was sie mit Lars angestellt hat, widerwärtig ist es allemal und zusammen mit der Verführungsaktion an mir reichen mir die schmutzigen Details auf jeden Fall.

»Nun … Sophie hat einen Plan. Sie will Nicholas Hertrich, und sie benutzt ziemlich dreckige Mittelchen. Warum sollten wir ihr also nicht geben, was sie will … augenscheinlich?«

Neugierig beuge ich mich näher an ihn heran und auch Mel tut es mir gleich. »Werde mal etwas präziser, Mann«, fordere ich ungeduldig auf, und Etienne lässt sich zu einem beinahe arroganten Lächeln herab, als er beginnt: »Nun … Wir könnten …«

***

»Im ersten Stock ist es, hat Etienne gesagt«, erkläre ich Nick unsicher. Wir erklimmen händchenhaltend die steilen Treppen. Wir sind ohnehin schon zu spät, weil ich Nicholas noch von Casanova-Eddys Plan erzählt habe. Er findet ihn ziemlich bösartig – hat aber doch grinsend zugestimmt. Das kann was werden!

»Ich höre schon Musik«, fügt er unnötigerweise hinzu, lässt aber meine Hand nicht los, auch dann nicht, als wir ein bisschen unentschlossen vor der Glastür zur Tanzschule stehen.

»Nick?«, frage ich leise und werfe ihm einen kurzen Blick zu. Oh, er sieht gut aus heute! In einem schlichten weißen Shirt mit Knopfleiste am Ausschnitt, dunkler Jeans, mit der dunkelbraunen Lederjacke über dem Arm und leicht zerzausten Haaren, macht er richtig Eindruck. Ich jedenfalls könnte ihn den ganzen Tag anstarren.

»Mhm?«, macht er ebenso leise und wirft mir einen zärtlichen Blick zu. Seit unserem Gespräch scheint auch ihm unser Verhältnis intensiver vorzukommen und es geht ihm auch wesentlich besser als am Wochenende.

Ich erwidere den Blick zaghaft, drücke seine Hand fester und erkläre ein wenig unsicher: »Etienne hat seiner Saskia erzählt, wie wären ein Paar.«

»Oh«, macht er nur und drückt auch meine Hand sanft, aber dennoch mit Nachdruck. »Und was tun wir nun?«

»Na ja … Wir könnten …« Ich drücke mich ein wenig näher an ihn heran und er lacht leise, dreht sich zu mir und legt die Arme locker um mich.

»Könnten was?«, fragt er spitzbübisch, als wüsste er nicht sowieso, was ich sagen will und gibt mir einen sanften Kuss auf die Lippen.

»Gemeiner Hund!«, stoße ich lachend hervor. »Du weißt genau, was ich meine! So tun, als wären wir's. Laut Etienne sind in dem Kurs sowieso keine Leute aus unserer Schule. Zumindest keine, die er oder ich kennen.«

»Na dann, tun wir das. Eddy zuliebe, vor seiner Flamme soll er ja nicht als Lügner dastehen.« Klingt vernünftig. Ich stimme zu und damit begeben wir uns händchenhaltend in die Tanzschule. Unweit neben uns befindet sich ein großer Raum, aus dem die Musik dröhnt und dessen große Türen weit geöffnet sind. Kurz sehe ich Etienne mit einem Mädchen im Arm an der Tür entlang tanzen. Auweia.

Ich pruste leise und fange mir dafür von Nick ein Zwicken in den Hintern ein. »Lach nicht, Tanzen ist was ganz wundervolles. In zwei, drei Jahren wirst du es auch lernen müssen, für den Abi-Ball.«

»Nein«, behaupte ich abwinkend. »Ich werde nicht tanzen. Dafür bin ich viel zu ungeschickt.«

»Na, wenn du meinst«, erwidert Nick kopfschüttelnd, zieht mich ziel-sicher mit sich zur Tür und schleicht mit mir hinein. Am Rand stehen ein paar Bänke, auf denen verzückte Mütter mit Sporttaschen sitzen, die ein-deutig nicht tanzen, sondern nur zusehen. Also begeben wir uns dahin und beobachten Etienne mit seiner Saskia bei einem … keine Ahnung, Walzer oder so. Auf jeden Fall tanzen sie, mehr muss ich nicht wissen.

Nick schlingt von hinten seine Arme um mich und lehnt sich dann mit dem Rücken gegen die Wand, so wie ich mich gegen ihn.

»Sieh mal, wie verliebt er sie anschaut«, flüstert er mir belustigt ins Ohr und ich muss ihm ohne jeden Zweifel Recht geben. Seine Augen strahlen förmlich und er wendet nicht einmal den Blick von ihr. Andererseits sieht sie ihn ebenfalls so an, mit einem einfach nicht schwinden wollenden Lächeln auf den Lippen. Sie ist hübsch, keine Frage. Die Haare sind fast schwarz, lang und leicht wellig. Soweit ich das erkennen kann, hat sie kleine Grübchen in den rosigen Wangen und eine gute Figur hat sie auch. Sie ist ein wenig kleiner als Etienne und ich muss zugeben, die beiden passen einfach unglaublich gut zusammen, wie sie da so strahlend durch den Raum tanzen.

Ich kann nicht anders, als mich unglaublich für ihn zu freuen. Nachdem er ihr so lange hinterhergelaufen ist und sogar ihren Tanzpartner angefallen hat … Wobei, eigentlich weiß ja immer noch nicht, ob er nun wirklich mit der Sache zu tun hatte oder nicht. Aber wen interessiert das schon, wenn das Ergebnis stimmt? Auf jeden Fall denke ich, dass er für seine Dumm-heit von damals genug gebüßt hat. Und sie liebt ihn auch, das sieht ja ein Blinder mit Krückstock.

Ich habe keine Ahnung, wie lange wir da stehen und den beiden zusehen, doch anscheinend waren wir wirklich sehr spät dran. Denn es dauert nicht lang, da verstummen Anlage und Tanzlehrer samt Befehlen und Korrektur-vorschlägen, und aus der Menge kommt langsam Etienne mit seiner Saskia auf uns zu. Er strahlt mich an wie damals, als er mir die Playstation 3 zum ersten Mal vorgeführt hat. Das muss was heißen.

»Milo, hey!«, freut er sich und grinst, als er Nick hinter mir bemerkt, der sich nun von mir löst und Etienne die Hand hinhält, damit der einschlagen kann.

»Hey Eddy. Ihr tanzt wirklich super«, lobt er mit einem anerkennenden Lächeln auf den Lippen.

»Findest du? Danke«, strahlt mein bester Freund und zieht seine Angebetete am Arm sanft vor sich. »Darf ich vorstellen? Saskia, das sind Milo und Nick, mein bester Freund mit seinem Freund.«

Bei der Erläuterung würde ich Etienne gerne eine geben, denn wir sind *kein* Paar! Doch ich reiße mich zusammen, halte Saskia meine Hand hin und grüße sie mit einem breiten Grinsen im Gesicht. Sie sieht wirklich süß aus und freut sich ganz offensichtlich darüber, dass Etienne ihr die nötige Wichtigkeit zuspricht, um sie seinem besten Freund vorzustellen.

Nicholas reicht ihr ebenfalls die Hand mit einem kleinen, freundlichen Lächeln und ich beobachte ihre Reaktion genau. Sie bleibt nicht wie erwartet an seinem schönen Gesicht hängen, sondern strahlt verzückt von ihm zu mir und wieder zurück.

»Seit Etienne mir von euch erzählt hat, konnte ich es kaum abwarten, euch kennenzulernen!«, gesteht sie spitzbübisch grinsend und zuckt die Schultern. »Ihr seid wirklich süß zusammen!«

Na prima, jetzt denkt die Freundin meines besten Freundes, ich wäre schwul! Ich erwidere nichts darauf, höre nur Nicks raues, leises Lachen und ein »Danke, das kann ich eindeutig zurückgeben. Eddy hat Geschmack und ihr passt hervorragend zusammen.«

Jetzt wird sie doch ein wenig rot und wirft meinem besten Freund einen kurzen Blick zu. »Wir sind aber kein Paar«, setzt sie an.

Ich unterbreche abwinkend: »*Noch* nicht. Wenn es nach Etienne ginge …«

»Komm, wir gehen uns schnell umziehen!«, fährt dieser peinlich berührt dazwischen. »Dann gehen wir Pizza essen und können uns in Ruhe unterhalten.« Bevor die beiden in den Garderoben verschwinden, wirft Etienne mir noch einen bösen Blick zu, der mir wahrscheinlich bedeuten soll, den Mund nicht so weit aufzureißen. Ich finde, nach dem kleinen Rendezvous mit Mel hat er das mehr als nur verdient.

»Hast du gehört?«, murmelt mir Nick plötzlich ins Haar. »Wir sind süß zusammen«, lacht er leise. »Ich verwette meine linke Hand darauf, dass sie Schwulen-Mangas liest. So, wie sie uns angestrahlt hat …«

»Oh, könnte sein«, stimme ich vage zu, grinse ihn an und gebe ihm einen Kuss. »Irgendwie erfrischend, das mal zu tun, wenn andere Leute dabei sind.« Bisher haben nicht einmal die ollen Tanten neben uns blöd geglotzt.

Zusammen gehen wir schon einmal vor und verlassen die Tanzschule. Draußen wird es langsam dunkel, dabei dürfte es gerade so zwischen achtzehn und neunzehn Uhr sein.

»Ich mag den Winter«, meint Nick neben mir zusammenhanglos und wirft einen Blick hinauf in den düsteren Himmel. »Und Schnee, das vor allem …«

»Da hast du dieses Jahr bestimmt Glück«, ertönt hinter uns Etiennes freudige Stimme. »Wir haben erst Anfang November, und es ist schon so kalt, da wird es bestimmt einen harten Winter geben dieses Jahr. Gehen wir? Direkt um die Ecke gibt es eine super Pizzeria.«

Wir lassen uns nicht lange auffordern und begeben uns zu viert in ein kleines Restaurant, in welchem es heimelig warm ist und gut duftet.

Während wir unsere Jacken ausziehen und uns hinsetzen, fange ich immer wieder Nicks Blick für einige Augenblicke ein, der mir ein zartes Kribbeln in die Brust zaubert. Er setzt sich neben mich an den Vierertisch, sodass ich mich nah zu ihm beugen und ihm ins Ohr flüstern kann: »Beobachtest du mich?«

Er lacht leise und dreht mir sein Gesicht zu, einen ganz merkwürdigen, warmen Ausdruck in den Augen. »Und wenn?«, fragt er leise zurück, wirft einen kleinen Blick auf meine Lippen und wieder in meine Augen.

»Dann würde ich gern wissen, warum«, setze ich hinzu und hebe erwartungsvoll die Augenbrauen.

»Oh, so fordernd heute«, lacht Nick leise und legt seine Hand auf meine Wange. Als er mich wieder ansieht, ist es mir plötzlich egal, dass wir hier in einem Restaurant sitzen und dass Etienne mit seiner Saskia ebenfalls da ist. Mein Herz macht einen kleinen Hüpfer, als er sich vorbeugt und die Lippen ganz zart auf meine legt.

Wie von selbst schließen sich meine Augen und ich erwidere den Kuss, ganz sanft und leicht. Ich genieße es regelrecht, dass mir seine Berührung mit einem Mal den Boden unter den Füßen wegreißt und mich zu Wachs in seinen Händen werden lässt. So kitschig das auch klingen mag.

Als es neben uns leise fiept, zucke ich erstaunt zurück und sehe, dass Saskia sich die Hand auf den Mund presst und uns ganz verzückt beobachtet.

»Tut mir leid!«, stößt sie hervor und schnappt sich die Speisekarte, um sich abzulenken.

Ich werfe Etienne einen halb belustigten, halb fragenden Blick zu und bemerke, dass er mich mit einem liebevollen, beinahe bedauernden Lächeln ansieht, das mir wohl so viel sagen soll wie *Och, Milo, du kleiner Depp*.

»Was ist?«, frage ich ihn erstaunt auflachend. Er schüttelt den Kopf, grinst und widmet sich seiner Speisekarte. Na gut, wenn er es mir nicht sagen will …

Nicholas und ich tun es den beiden gleich.

»Mh«, macht Nick neben mir und stupst mir sachte in die Seite. »Diavolo klingt gut.«

Interessiert suche ich meine Speisekarte ab, schüttle jedoch den Kopf und meine: »Nee, da ist Salami drauf.«

Nick wirft mir von der Seite her einen erstaunten Blick zu und meint: »Ich mag Salami. Du nicht?«

Diese Frage bringt Etienne dazu, in lautes Gelächter auszubrechen.

»Nick«, meint er belustigt. »Du musst deinen kleinen Milo noch ein wenig besser kennenlernen.«

»Was? Wieso?«, bringt dieser jetzt leicht angefressen hervor. »War doch nur eine Frage.«

»Ich esse kein Fleisch«, erkläre ich ihm und lächle ihn versöhnlich an.

Seine Augen werden ganz groß, als ich ihm das eröffne.

»Das wusste ich ja gar nicht! Seit wann bist du Vegetarier?«

»Seit er vierzehn ist«, berichtet Etienne ein bisschen altklug. Oder vielleicht ist er einfach darauf erpicht, mich Nick ein wenig näherzubringen, was weiß ich.

»Wir hatten damals in der Neunten das Thema Tierquälerei und all diesen Kram, in sämtlichen Fächern. Ich erinnere mich noch gut, wie du damals mit dem größten Ekel dein Pausenbrot mit Schinken in den Mülleimer geworfen hast und verkündet hast *Ich werde nie wieder Fleisch essen!*«, lacht er an mich gewandt. »Dann hast du deinen einzigen Gürtel, der aus Leder war, gleich hinterher geworfen. Kein Fleisch, keine Tierhaut, kein Pelz für Milo.«

Beschämt grinsend lege ich mir die Hand in den Nacken. »Ja, das mit dem Gürtel war ein bisschen blöd. Seitdem falle ich alle paar Meter über meine Hosen, weil sie einfach immer runterrutschen.«

»Ja, weil du sie immer eine Nummer zu groß kaufst!«

»Quatsch, tu ich gar nicht! Die passen sonst nicht.«

»Weil du meinst, es ist cooler, wenn sie halb über den Arsch hängen.«

»Etienne!«, unterbreche ich ihn ungläubig auflachend. »Blamier mich doch nicht gleich wieder vor allen!«

»Tu ich nicht, tu ich nicht«, winkt mein bester Freund grinsend ab.

Als der Kellner kommt, unterbrechen wir unser für Saskia und Nick sicherlich witziges Geplänkel und bestellen uns jeder eine große Pizza.

Saskia knufft Etienne liebevoll in die Seite und meint mit mir ganz solidarisch: »Ich wette, über dich gibt es schlimmere Dinge zu berichten. Mir fiele da auch schon so einiges ein.«

»Ach, echt?«, frage ich schadenfroh und sensationslüstern und beuge mich über den Tisch leicht zu ihr. »Nur heraus damit.«

»Ah, na ja«, fängt sie an, grinst mir zu und wirft Etienne einen ganz spöttischen Blick zu. »Wir waren ja mal zusammen, wie ihr bestimmt wisst. Vor einem Jahr etwa … Als ich zum ersten Mal bei ihm daheim war und sein Zimmer betreten habe, hat es bestialisch gestunken und er konnte sich einfach nicht erklären, woher dieser Geruch kam. Circa drei Wochen später, als der Geruch noch immer nicht verschwunden war, habe ich hinter seinem Schreibtisch ein wieder zum Leben erwachtes Brot entdeckt. Das war das Widerlichste, was ich in meinem ganzen Leben gesehen habe …«

»Oh, igitt«, bricht es angewidert und gleichermaßen belustigt aus Nick heraus. »Eddy, du Schwein!«

»Ah, ja, das kenne ich von unserem Casanova auch!«, werfe ich hinterher und grinse ihn boshaft an. Etienne für seinen Teil stöhnt unwillig auf und verdreht die Augen.

»Über Milo zu lästern finde ich witziger«, grummelt er, aber Saskia stimmt ihm da wohl nicht ganz zu.

»*Ich* höre mir lieber Geschichten über *dich* an«, meint sie schulterzuckend.

Sie wird mir immer sympathischer! Ich nicke ihr dankbar zu und meine dann, als ein Kellner uns gerade unsere Getränke bringt: »Wir haben mal bei ihm einen Pistazie-Sahne-Pudding probiert und fanden es beide total eklig. Faul, wie wir nun einmal sind, haben wir die noch vollen Becher auf seinen Schreibtisch gestellt, wo sie nach anderthalb Wochen immer noch standen.« An Saskia gewandt, die jetzt erstaunt auflacht und angewidert den Kopf schüttelt, füge ich noch hinzu: »Du hast dir einen ziemlich faulen Hund zum Freund gesucht.«

Sie wird wieder ein bisschen rot und will abwinken, da unterbricht sie diesmal der nächste Kellner, mit zwei unserer Pizzen auf den Armen. Die anderen beiden kommen gleich darauf und so essen wir, immer wieder unterbrochen von witzigen Anekdoten über den immer mehr vor Scham im Stuhl versinkenden Etienne.

Seine Freundin gefällt mir richtig gut. Sie hat Humor, sieht gut aus, ist sympathisch ... Etienne hat mein Okay für sie. Nicht, dass er es gebraucht hätte, aber ich gebe es ihm einfach, ob er will oder nicht.

Unter Gelächter und Gesprächen essen wir unsere Teller leer. Die Pizza hier schmeckt wirklich herrlich und irgendwann werde ich mal mit Nick alleine herkommen, ganz sicher. Ich habe immerhin noch den Rest von dem Geld, das Phil mir für das Date mit Sophie gegeben hat. Das reicht locker, um Nick zum Essen einzuladen. Okay, nicht dass er es nötig hätte, aber na ja ...

Nachdem der Kellner uns abkassiert hat und wir uns wieder in unsere Jacken einpacken, wirft mir Nick plötzlich einen kurzen, nachdenklichen Blick zu. Saskia und Etienne gehen voraus und wir folgen ihnen stumm, während ich nach seiner Hand greife.

»Was ist?«, frage ich und knuffe ihn sanft in die Seite, doch er lächelt mich nur schweigend an.

Draußen ist es jetzt ganz dunkel und die kühle Luft fühlt sich herrlich erfrischend auf meinem erhitzten Gesicht an. Saskia strahlt Etienne an, während der irgendwas mit »Müssen wir unbedingt noch mal machen«, blubbert.

»Na ja«, fängt Nick nun leise an und gibt mir einen zarten Kuss auf die Haare. »Ich habe gerade gedacht, es wäre schön, wenn du jetzt mit zu mir fährst und bei mir schläfst.«

Erstaunt schaue ich ihn an und werfe einen kurzen Blick auf Etienne und Saskia. Die beiden sind viel zu sehr mit sich selbst beschäftigt, um was zu merken. Okay, die eine denkt sowieso, wir wären zusammen, und der andere provoziert es förmlich.

»Ich ... Warum nicht«, stimme ich zu, vollkommen überrumpelt. Das war so nicht geplant und ich sollte eigentlich gleich den Bus nach Hause nehmen, aber warum nicht? Wird bestimmt noch schön.

»Ich würde mich freuen«, gibt Nick zu und grinst mich jetzt herrlich liebevoll an. »Leo ist nämlich weg und daheim bei mir herrscht endlich wieder Ruhe. Außerdem kann Phil da nicht andauernd hereinplatzen.«

Irre ich mich, oder hat er da so einen ganz bestimmten Unterton in der Stimme? Ich werfe ihm einen erwartungsvollen Blick zu, mache gedehnt: »Aha ... nicht hereinplatzen. So, so«, und dann muss ich lachen, ebenso wie er selbst.

»An was denkst du schon wieder, mh?«, fragt er schelmisch. »Hast du dir neue Tutorials angeschaut?«

»Nick!«, stoße ich hervor und setze flüsternd hinterher. »Du hast mir Stillschweigen versprochen!«

»Weiß nicht, wovon du redest.«

»Also, ihr zwei Turteltäubchen«, sage ich laut, blitze Nick mahnend an und wende mich meinem besten Freund zu, der die Hand seiner Angebeteten fest in der eigenen hält und nur widerwillig den Blick von ihr nimmt. »Wir gehen dann. Viel Spaß noch«, meine ich, zwinkere und Etienne grinst mir verschwörerisch zu.

»Dasselbe kann man euch wohl auch wünschen, mh?«, meint er kopf-schüttelnd und seine Saskia hat wieder diesen verzückten Blick drauf, als sie erst Nick und dann mich zum Abschied umarmt.

»Wenn er es von alleine nicht auf die Reihe kriegt, schubs ihn ein biss-chen in die richtige Richtung«, rate ich ihr leise, was sie zwar zum Erröten, aber ebenfalls zum Grinsen bringt.

»Ich werde es mir merken. Hoffentlich bis bald! Ihr seid echt zwei nette Kerle.«

»Bis bald!«

***

Als ich am nächsten Mittag unsere Einfahrt hinein schlendere, bin ich glück-lich wie nie zuvor. Schade, dass es so etwas wie Hausaufgaben gibt, sonst wäre ich ewig bei Nick geblieben!

Sein Bett ist kuscheliger als meines, sein Zimmer heimeliger, seine Klamotten bequemer und seine Anwesenheit rundet das Ganze dann ab. Zusammengekuschelt einen Film anschauen, während draußen der Regen gegen die Fensterscheibe prasselt ...

Ich dachte immer, Romantik hätte was mit Kerzenlicht und Rosen und kitschiger Musik zu tun. Irgendwie kam mir unser gestriger Abend jedoch sehr romantisch vor, auch ohne den Kram.

Ich kann mir ein Grinsen nicht verkneifen, als ich an Etiennes SMS gestern Abend denken muss. Er hat es geschafft! Ihr Herz ist erobert, Saskia ist die seine.

Erstaunt erwische ich mich dabei, dass ich leise vor mich hinpfeife, als ich aufschließe. Oh je, ich bin wirklich beinahe schon zu glücklich. Es läuft auch alles so perfekt im Moment und ich bezweifle, dass mir jetzt irgendwas die Laune verderben ...

»Nein, verdammt noch mal! Das kann doch nicht dein Ernst sein!«, höre ich Phil laut fluchen, als ich die Tür aufziehe, und bleibe erschrocken im Türrahmen stehen.

Aus dem Wohnzimmer ertönt Gerumpel, Schritte und die Stimme meines

Vaters: »Reg dich nicht so auf, das hilft uns jetzt auch nicht weiter. Und ja, es *ist* mein Ernst! Du kannst sie nicht …«

»*Nein!* Sag einfach nein! Juli, sie kann nicht einfach ganz plötzlich auf die irrwitzige Idee kommen, jetzt hier reinzuplatzen!«

»Sie ist seine *Mutter!*«, fährt Dad Phil barsch an und plötzlich läuft er wütend aus dem Wohnzimmer heraus Richtung Küche und rumpelt da weiter herum.

In meinem Magen breitet sich ein ganz flaues Gefühl aus, als ich langsam die Haustür hinter mir zumache. Ich tue keinen Schritt weiter hinein in den Flur.

»Ein Scheißdreck ist sie! Sie hat auf alle Rechte verzichtet und ich will sie verdammt noch mal nicht hier haben!«, blökt Phil aus dem Wohnzimmer und dann erscheint auch er, ohne mich zu beachten, und verschwindet in der Küche.

»Phil«, versucht mein Vater es jetzt ruhig, doch mit deutlicher Anspannung in der Stimme. »Olli will ihn nur kennenlernen. *Nur* kennenlernen. Nicht für immer mitnehmen.«

»Nur kennenlernen?!«, schießt Phil ungläubig und wütend zurück. Es gibt einen dumpfen Knall, dann ein Scheppern und Splittern, was deutlich nach einer Kaffeetasse klingt. Ich bin versucht, zu ihnen zu gehen und zu schlichten, aber mein Körper fühlt sich eiskalt und taub an und bewegt sich keinen Millimeter von der Stelle.

Sie reden über mich. Olli. Meine Mutter … Sie will herkommen?

»Kannst du vielleicht mal aufhören, dich wie ein Elefant im Porzellanladen zu benehmen?!«, keift Dad nun zurück. »Du übertreibst mal wieder maßlos! Komm damit zurecht, er ist nun einmal ihr Sohn! Natürlich will sie ihn kennenle…«

»Ich habe *nein* gesagt! Ist das so schwer zu verstehen?! Ich will sie hier nicht haben, ich will sie nicht sehen! Wenn es nach ihr ginge, gäbe es ihn heute nicht! Und plötzlich entdeckt sie ganz zärtliche Muttergefühle? Willst du mich *verarschen*?!«

Komm, Milo. Geh hin. Beruhige Phil. Komm schon … Mein Brustkorb fühlt sich niedergedrückt an, als läge ein Fels darauf. Ich atme schwer ein, meine Hände zittern. Die beiden haben sich noch nie so gestritten!

Mit langsamen, bleiernen Bewegungen kämpfe ich mich durch den Flur in Richtung Küche.

»Können wir nicht wie zivilisierte, normale Menschen darüber reden?!«, knurrt Dad wütend und ich höre ihn zischend einatmen. »Dass du immer gleich so ausfallend werden musst, das ist so ätzend!«

»Wie normale … Sag mal, hörst du mir eigentlich zu? Da gibt es nichts zu diskutieren, Olli kommt mir nicht ins Haus! Wie kannst du nur zulassen wollen, dass diese … diese … *Person* unser Haus betritt? Denkst du vielleicht auch mal an unseren Sohn?«

Nach einer kurzen Pause, in der irgendwas klappert, fährt Phil Dad wutentbrannt an: »Lass diese gottverfluchten scheiß Scherben in Ruhe und schau mich an, wenn ich mit dir rede! Sind dir seine Gefühle vollkommen egal?!«

Ich schaffe es nicht weiter als bis zur Wand neben der Küchentür.

Nein, ich traue mich wirklich nicht da rein. Der kalte Schweiß steht mir auf der Stirn, während das Herz in meiner Brust so wild und schmerzhaft schlägt, dass es mir fast die Luft zum Atmen nimmt.

»Bist du vielleicht schon mal auf die Idee gekommen, dass ihm seine Mutter fehlt?«, zischt mein Vater zurück. »Egal, wie sehr sich deine Mutter und Michelle angestrengt haben … Vielleicht will er sie auch kennenlernen? Meine Güte, der Junge weiß nicht einmal, wie sie aussieht! Also was macht dich glauben, dass er sich nicht dafür interessiert, wer seine Mutter ist?«

»Vielleicht die Tatsache, dass sie eine blöde Schlampe ist, die ihren Sohn nach der Geburt nicht einmal angesehen hat? Sie wollte ihm nicht einmal einen Namen geben! Meinst du wirklich, dass er sie *kennenlernen* will? Ich glaube eher, dass es ihn vollkommen aus der Bahn werfen würde. Willst du das?!«

»Phil, um Himmels willen, sie ist seine *Mutter*!«

Sie schweigen kurz, während ich mich kraftlos gegen die Wand lehne und versuche, leise und langsam zu atmen. Meine Mutter will herkommen. Mich kennenlernen. Meine Mutter, die ich nie auch nur zu Gesicht bekommen habe. Die Frau, die mich nicht wollte. Die mich in den Händen zweier junger Männer gelassen hat, von denen der eine wegen Autoaggressionen und Depressionen in therapeutischer Behandlung war, und der andere gerade eine Lehre angefangen hatte. Zwei junge Männer, die vollkommen überfordert gewesen wären, ohne die Hilfe ihrer Familien.

Für einen Moment habe ich das Gefühl, vor lauter hektischem Atmen Schluckauf zu bekommen. Meine Kindheit war trotz aller Probleme wunderbar, *ohne* sie. Phil hat absolut Recht, ich bin wirklich nicht erpicht darauf, diese Frau kennenzulernen.

In die entstandene Stille hinein ertönt plötzlich ein leises, raues und spöttisches Lachen. Phil.

»Weißt du was? Ich glaube, wenn du dich ein bisschen weniger hinter deinem Laptop vergraben würdest, wüsstest du, was in ihm vorgeht. *Kennst du deinen Sohn eigentlich?*«

Stille, dann ertönt ein heftiges Klatschen und Dad rauscht aus der Tür hinaus, sieht mich an der Wand. Für einen Moment treffen sich unsere Blicke. Er hastet an mir vorbei in sein Arbeitszimmer, knallt die Tür geräuschvoll zu und schließt für alle hörbar ab.

Oh mein Gott. Oh mein Gott! Was war das denn?

Mit wackeligen Beinen bewege ich mich in den Türrahmen zur Küche und sehe Phil mit dem Rücken zu mir dastehen, der sich mit einer Hand über die Wange reibt.

Langsam, ganz langsam dreht er sich zu mir um und bemerkt mich ohne großes Erstaunen. Jetzt sehe ich auch deutlich seine gerötete Wange. Oh Himmel, Dad hat ihn geohrfeigt!

Wir starren uns wortlos an, als könnten wir beide nicht so recht verarbeiten, was hier gerade los ist. Dad hat Phil wirklich geohrfeigt! Das ist, soweit ich mich erinnern kann, noch nie passiert. Dass die beiden sich so streiten, wegen dieser Frau …

Phil lässt langsam die Hand sinken, öffnet den Mund um irgendwas zu sagen, als im Raum neben uns, im Arbeitszimmer meines Vaters, ein lauter Knall ertönt. Und dann noch einer. Phils Augen weiten sich für einen Moment entsetzt, er setzt sich in Bewegung, schiebt sich an mir vorbei und hastet Dad hinterher.

»Juli«, ruft er und plötzlich mischt sich in seine Stimme eine Spur Unsicherheit – vielleicht sogar Angst?

»Juli, mach diese gottverfluchte Tür auf!«

Ich drehe mich im Türrahmen zu ihm um, halte mich an der Wand fest und beobachte entsetzt, wie Phil gegen die Tür hämmert.

Im Arbeitszimmer ertönt weiterhin lauter Radau, irgendwas schlägt von innen gegen die Tür. »*Lass mich in Ruhe*!«, schreit mein Vater aus dem Raum.

Phils Kommentar scheint ihn wirklich tief getroffen zu haben, wenn er da drinnen alles auseinandernimmt. Aber Phil hat Recht. Wenn mein Vater glaubt, dass ich meine *Mutter* kennenlernen will, scheint er mich wirklich nicht gut zu kennen. Ich will diese Frau nicht sehen! Ich will ihre Entschuldigungen und Erklärungen nicht hören, ich will, dass alles so bleibt, wie es ist. Mit Dad und Phil und sonst niemandem!

»Juli«, versucht Phil es jetzt ruhiger. »Juli, bitte. Das war nicht so gemeint, es tut mir leid. Du kannst ja gern sauer auf mich sein, aber schließ die Tür auf.«

»Verschwinde!«

Und wieder Scheppern, Splittern. Stille.

Phil lehnt den Kopf gegen die Tür, die Augen weit geöffnet und lauscht stumm, während kein Laut mehr aus dem Raum dringt.

»Juli«, sagt er. »Juli, mach auf.«

Stille. Anscheinend hüllt sich Dad nun in eisernes Schweigen und will Phil hier vermodern lassen. Ich will ein paar Schritte auf ihn zu gehen, seinen Arm nehmen und sagen, dass er sich keine Sorgen machen muss. Dad tut sich bestimmt nichts an, diese Zeit liegt hinter ihm. Aber da hämmert er plötzlich einmal fest gegen die Tür, brüllt: »Verflucht noch mal, *mach auf!*«, und tritt dann fest dagegen. Dass der sich nicht den Zeh bricht!

Ängstlich mache ich ein paar schnelle Schritte auf ihn zu und umklammere seinen Arm. Erst jetzt schaut er mich wieder an, heftig atmend und mit angespanntem Gesicht.

»Phil«, versuche ich es leise und unsicher. »Keine Sorge … Lass ihn eine Weile in Ruhe, er kommt schon wieder da raus. Er muss sich nur wieder einkriegen, du kennst ihn doch.« Er starrt mich einfach nur an, ehe ein Ruck durch seinen Körper geht, er meine Hand ziemlich brutal abschüttelt und mit einer Mordswut im Bauch an mir vorbei zurück in die Küche rauscht. Schränke knallen, Gläser klirren.

Dann trampelt er wieder heraus, in der einen Hand eine Flasche Whiskey, die ich ganz geschockt zur Kenntnis nehme, in der anderen ein Glas mit einer Schachtel Zigaretten und einem Feuerzeug drin. Wo kommt das denn her?!

Ich folge meinem Ziehvater fassungslos und bleibe in der Wohnzimmertür stehen, nur um zu sehen, wie Phil sich auf die Couch wirft, sich eine Kippe anzündet und das Glas mit dem Whiskey füllt, um es mit einem Zug zu leeren. Alleine bei dem Anblick wird mir heiß und kalt gleichzeitig.

Phil trinkt nicht. Und eigentlich raucht er doch auch nicht mehr, schon lange nicht mehr! Er verzieht jedoch nicht einmal das Gesicht, als er den Whiskey hinunterkippt, sich das Glas wieder füllt und sich mit diesem in der Hand und der Kippe in der anderen zurücklehnt.

Keine Ahnung, wie lange ich da so stehe, ihn anstarre und bete, Alkohol und Zigarette mögen sich in Luft auflösen. Irgendwann stößt er ein leises, freudloses Lachen aus, leert das zweite Glas auch mit einem Zug und ascht achtlos in eine umherstehende, leere Kaffeetasse.

»Tut mir leid«, bringt er rau hervor und zieht ganz gedankenverloren an seiner Zigarette. »Das hättest du nicht mitbekommen sollen, wirklich nicht …«

»Hat sie wieder geschrieben?«, frage ich überflüssigerweise, denn eigentlich ist ja klar, dass es nur einer ihrer blöden Briefe sein kann, der meine Eltern so zum Streiten bringt.

»Mhm …«, macht er leise und legt den Kopf in den Nacken, seufzt tief, zieht an seiner Zigarette. Wenn Dad sieht, was Phil hier veranstaltet, wird er gleich wieder fuchsteufelswild.

»Phil, kannst du nicht die Zigarette …?«

»Nein. Sorry, Kleiner, aber die brauche ich jetzt wirklich«, gibt er kopfschüttelnd von sich.

Wieder breitet sich unangenehmes Schweigen zwischen uns aus, eine ganze Zeit lang, die er nutzt, um seine Zigarette fertig zu rauchen und sich gleich die nächste anzuzünden. Ich hoffe nur, er trinkt nicht noch mehr.

»Milo«, fragt Phil leise, nachdenklich. »Willst du sie kennenlernen? Deine Mutter?«

Er schaut mich jetzt langsam an, Unsicherheit im Blick. Hat er da eben falsch gehandelt oder nicht? Ich kann förmlich sehen, wie plötzlich die Zweifel an ihm nagen.

»Nein«, sage ich fest und begebe mich langsam ebenfalls zur Couch, um mich mit einigem Abstand neben ihn zu setzen.

»Mir wäre es am liebsten, sie bleibt da, wo sie ist und ich muss nie wieder auch nur ein Lebenszeichen von ihr wahrnehmen«, gebe ich zu.

Phil lacht wieder dieses freudlose kleine Lachen. »Mir auch«, stimmt er zu und schüttelt den Kopf. »Ich verstehe Juli einfach nicht … Dass er sie hier noch mit offenen Armen empfangen will!«

»Mh«, mache ich leise, ziehe die Beine an und bette mein Kinn darauf. Eigentlich hatte der Samstag doch so toll begonnen. Mit Nicks Küssen und mit einem schönen Frühstück zu zweit … Und jetzt? Jetzt sitze ich daheim zwischen den Fronten. Auf der einen Seite mein Vater, der der festen Überzeugung ist, ich sollte meine Mutter kennenlernen, wenn sie es will und auf der anderen Seite Phil, der mich absolut verstehen kann und wahrscheinlich ähnlich über das Ganze denkt wie ich.

Ich meine, was erwartet diese Frau? Dass ich ihr freudig um den Hals springe? Dass wir uns lieben und ich ihr vergebe, was sie damals getan hat? Mir ist egal, wie lange das her ist und mir ist auch egal, ob es ihr leidtut. Ich bin ja nicht mal sauer, ich will sie nur nicht sehen!

»Wird sie zu Besuch kommen?«, frage ich leise und beobachte mit dumpfem Gefühl im Magen, wie Phil das kleine Glas erneut füllt und mit einem Zug hinunterkippt. Wenn er sich jetzt kopflos besäuft, bringt ihn das aber auch nicht weiter, wirklich nicht!

Er sagt eine ganze Weile nichts, dann schüttelt er unfroh den Kopf.

»Wenn dein Vater ihr nicht klipp und klar sagt, dass sie nicht kommen

soll, dann wird sie kommen.« Mit schweren Fingern greift er in seine Hosentasche und zieht einen arg zerknitterten und in der Mitte durchgerissenen
Brief heraus, den er neben mich fallen lässt.

»Sie will sogar schon nächste Woche kommen. Mittwoch oder Donnerstag, irgendwann dann.«

14

Nicholas

Leise vor mich hinsummend trockne ich den letzten frisch gespülten Teller ab und räume ihn in den Schrank. Ein kurzer Blick nach draußen zeigt mir, dass es in Strömen regnet und ich kann mir ein leises Seufzen nicht verkneifen, als ich mir wünsche, Emilio wäre noch da und wir könnten uns bei dem Sauwetter zusammen in mein Bett kuscheln. Er ist jedoch nicht mehr hier und ich bin an diesem Samstagabend alleine mit Vater und Mutter – aber das ist schon okay.

Zurzeit ist es schier unmöglich, mir die Laune zu verderben. Nach dem hässlichen Wochenende mit Leo und meinem Geständnis gegenüber Emilio, fühlt sich das alles gar nicht mehr so schlimm an. Er ist einfach unglaublich! Wie er mich glücklich macht, nur mit seinem süßen kleinen Lächeln und wie er mir mit jeder Berührung einen herrlichen Schauer über den Körper jagt.

Ich bin auf diesem Gebiet wirklich kein Experte, aber ich bin auch nicht so blöd, dass ich nicht merken würde, was das Herzklopfen, meine zitternden Finger und diese aufwühlenden Gefühle zu bedeuten haben.

Aus dem Kühlschrank nehme ich mir eine Flasche Saft und aus dem Schrank ein Glas, mit welchen ich fröhlich die Treppen hinaufgehe. Eigentlich sollte ich am Boden zerstört sein. Verliebt in den fünfzehnjährigen Emilio, der sich seiner eigenen Sexualität nicht einmal bewusst ist und der in der Sache mit mir eine Art Spiel sieht. Nein, ich bin mir sicher, dass er ebenso für mich empfindet. Auch wenn er das selbst vielleicht noch nicht weiß. Ich muss ihm nur genügend Zeit lassen, mit all dem klarzukommen und seine Gefühle für mich zu entdecken. Mit allem, was er tut, verrät er sich. Ich bilde mir das sicher nicht ein, oh nein! Und außerdem: Würde Eddy solche Anspielungen machen, wenn er nicht ebenfalls denken würde, sein bester Freund empfindet was für mich?

Was soll's. Ich darf nicht darüber nachdenken. Das braucht alles seine Zeit, vor allem Emilio, dem im Moment so ziemlich gar nichts klar ist. Das wird schon, ganz bestimmt.

Oben in meinem Zimmer platziere ich Saft wie auch Handy unweit neben mich, für den Fall, dass der Kleine sich doch noch mal meldet, und schnappe mir meine Gitarre, um ein wenig zu üben. Gerade, als ich anfangen will, ertönen im Flur Schritte, dann klopft es an meiner Zimmertür. Im ersten Moment kommt mir der irrwitzige Gedanke, es könnte vielleicht Emilio sein, der mich vermisst hat und deswegen zu Besuch kommt. Ich habe allerdings keine Klingel gehört, also kann das eigentlich nur mein Vater sein.

»Ja?«, rufe ich und dann öffnet sich meine Tür einen Spalt breit und mein Vater steckt den Kopf hindurch. »Nico, hast du einen Moment Zeit für mich?«

Huch, was ist denn jetzt los? Er will mit mir reden? Über was? Verwirrt nicke ich ihm zu und deute auf mein Sofa.

Mein Vater lächelt mich ein wenig nervös an und kommt in mein Zimmer, die Tür hinter sich schließend.

Merkwürdig zögerlich tritt er auf mein Sofa zu und lässt sich mit sichtbarem Unbehagen darauf nieder, den Blick auf seine Hände gesenkt.

»Was gibt's?«, frage ich möglichst gelassen. So, wie der sich aufführt, könnte man meinen, er streicht mir gleich jegliches Taschengeld und sperrt mich in die Besenkammer, um mein Zimmer auszuräumen und Leo darin einziehen zu lassen. Er sagt immer noch nichts, atmet tief durch und knetet nervös seine Hände. Jetzt endgültig verwirrt stelle ich meine Gitarre an die Wand und frage: »Papa? Was ist los?«

»Ich muss was mit dir besprechen«, setzt er zögerlich an, atmet noch einmal tief durch und strafft dann seinen Rücken, ehe er mir einen ganz merkwürdigen, beinahe traurigen Blick zuwirft.

»Ich habe mit Leo gesprochen … Na ja, eigentlich hat eher *er* mit mir gesprochen …«

Er will mein Zimmer also doch abgeben! Irgendwie muss ich Leo davon überzeugen, dass er nicht wieder bei uns einziehen will. Ich möchte wirklich nicht in das winzige Zimmer nebenan ziehen, in dem ich früher gehaust habe!

»Er hat ziemlich auf mich eingeredet und nach langer Zeit des Nachdenkens muss ich sagen, er hat Recht. Ich … Ich mute dir zu viel zu.«

Bitte *was*?!

Ich kann nicht verhindern, dass ich ihn entgeistert anstarre und mir der Mund ein wenig offen steht. Er mutet mir zu viel zu? Das hat *Leo* gesagt? Mein Bruder Leo, der keine Gelegenheit auslässt, mich zu triezen und zu piesacken? Ich bin im falschen Film, eindeutig.

Mein Vater seufzt jetzt leise und plötzlich kann ich auch seinen Blick deuten: Er hat ein schlechtes Gewissen! Und das nicht zu wenig.

»Ich wusste nicht, dass du ... Wieso hast du mir nie gesagt, dass dir das alles zu viel ist? Wahrscheinlich bin ich einfach ein schlechter Vater, dass ich es nicht von selbst gemerkt habe, nicht wahr?«

Er scheint gar keine Antwort von mir zu erwarten und mal ehrlich: Ich wüsste auch nicht, was ich dazu sagen soll. Irgendwie ist er schon manchmal ein schlechter Vater, ja. Auf der anderen Seite habe ich ja auch immer so getan, als wäre nichts dabei.

Mit sichtbarem Unbehagen fährt er nun fort: »Bitte, halt mich nicht für herzlos, ja? Du weißt, ich liebe Sara, aber seit Amelies Tod ist sie einfach ... einfach ...« Er wedelt unbestimmt mit der linken Hand herum und schüttelt den Kopf, als fände er nicht die richtigen Worte »Sie ist so *anders* und *fremd* geworden. Und es kann so einfach nicht weitergehen. Spätestens, wenn du nach deinem Abi wegziehst, könnte ich das alleine sowieso nicht mehr regeln.«

Ich räuspere mich und schlucke tief, ehe ich mich traue zu fragen: »Und ... Was hast du jetzt vor?«

»Ich ... Ich will sie gern in ein Pflegeheim geben«, gibt er zögerlich zu und schaut mich so ängstlich und unsicher an, als fürchte er, ich bekomme gleich einen Heulkrampf.

»Natürlich werde ich sie jeden Tag besuchen und du kannst auch so viel Zeit da verbringen, wie du willst! Aber das hier geht einfach nicht mehr. Man kann sie ja kaum eine Sekunde alleine lassen und du brauchst ... Du brauchst deine Zeit für dich und du sollst Spaß haben. Vor allem, da du ja auch jetzt einen Freund hast ... na ja.«

Ich kann nicht anders, als ihn anzustarren, bringe kein Wort heraus. Er gibt sie weg. In ein Pflegeheim. Und wir sind ... wir ... *Ich* bin endlich frei!

Warum erst jetzt, nach so langer Zeit der Qualen und Schmerzen? Hätte ich vielleicht etwas sagen sollen? Anscheinend hat ihn Leos Eingreifen ja zum Nachdenken bewegt. Und wie schwer muss ihm diese Entscheidung gefallen sein?

Mit jeder Sekunde, die ich schweige, wird mein Vater unsicherer und spielt nervöser mit seinen Händen herum. »Ist das ... Ich meine, ist das okay für dich?«

»Ja!«, bringe ich heftig vor, besinne mich dann aber meiner Manieren und setze zögerlicher hinterher: »Ich ... ich meine ... Ja, natürlich. Das ist sicher besser für sie, wenn sie fachgerecht gepflegt und betreut wird.«

Endlich entspannt er sich ein wenig und streicht sich mit einer Hand über die fahle, leicht eingefallene Wange und die müden Augen. Und ich kann nicht anders, als mich für meine heimliche Freude und unglaubliche Erleichterung zu schämen.

Emilia

Es ist dunkel in meinem Zimmer. Ich habe keine Ahnung, wie lange ich schon so im Schlafanzug auf meinem Bett lege. Seit geschätzten drei Stunden habe ich mich keinen Zentimeter mehr gerührt und mein Körper ist taub und kalt. Mein Atem geht flach und leise, während ich nicht anders kann, als mit gespitzten Ohren in die Dunkelheit zu lauschen. Sie streiten immer noch. Warum auch immer Dad wieder aus seinem blöden Arbeitszimmer herausgekommen ist, es hat es nicht besser gemacht.

Ich kann nicht verhindern, dass ich wieder Phils Worte in meinem Kopf höre, kann sie einfach nicht vergessen oder ausblenden, spüre den dumpfen Druck in meiner Brust, als ich daran denke.

Ich wünschte, er hätte mir nicht erzählt, warum er es so sehr hasst, wenn Dad sich einsperrt. Warum hat er mir von ihrer blöden Abschlussfahrt erzählt? Weil er was getrunken hat? Weil er jemanden zum Reden brauchte? Ich will mir das nicht vorstellen. Der Streit zwischen ihnen. Wie mein Vater sich im Bad eingesperrt hat. Und als Phil die blöde Tür endlich aufbekommen hat, Blut. Überall Blut, die Arme aufgeschnitten und …

Mein Atem geht wieder flacher, ich schaffe es einfach nicht, es mir *nicht* vorzustellen und es fühlt sich so entsetzlich schmerzhaft und erschreckend an.

Sogar durch meine geschlossene Zimmertür kann ich sie hören. Nicht genau, was sie sagen, aber dass sie streiten, ausdauernd, seit Stunden. Ich wünschte, sie würden einfach aufhören, sich vertragen und dieser Frau schreiben, dass sie hier niemand haben will.

Wer hätte gedacht, dass es eines so kleinen Lufthauchs bedarf, um das Kartenhaus, das mein behütetes Leben war, umzuwerfen?

Mir ist schlecht, ich friere, doch eigentlich spüre ich das gar nicht mehr richtig, während von draußen der Regen gegen meine Fensterscheibe hämmert. Wie lang soll das noch so weiter gehen? Können wir nicht … Warum können sie denn nicht einfach normal reden? Wenigstens mir zuliebe?

Plötzlich werden ihre Stimmen wieder lauter und es gibt einen heftigen, dumpfen Knall, der mich mit einem Ruck senkrecht im Bett sitzen lässt. Mein Herz hämmert mir bis zur Brust, als ich in die Stille lausche. Wieder ertönt ein lautes Scheppern, Klirren und ich springe vom Bett, stolpere über meine eiskalten, tauben Beine und reiße meine Zimmertür auf, gerade rechtzeitig, um Phil fluchen zu hören: »Komm doch zur Vernunft, verdammt noch mal! Wie soll sich denn unser …«

»Er ist nicht *dein* Sohn!«, fährt Dad schrill dazwischen, wieder ein Krachen. »Du hast *gar keine* Rechte, also hör auf, dich einzumischen!«

Mit einem Mal ist es totenstill im Haus, das erste Mal seit Stunden. Mit vor Schreck geweiteten Augen und bollerndem Herzen lausche ich in die Stille und spüre mit beklemmender Angst im Magen einen leisen Nachhall des Schmerzes, den Phil im Moment fühlen muss. Wie kann Dad so etwas sagen? Phil war da, seit es mich gibt, immer. Wie kann Dad jetzt sagen, ich wäre nicht auch sein Kind?

Meine Hände zittern, als ich so den Türrahmen umklammert halte und lausche, bis plötzlich Schritte die Stille unterbrechen – hastige, harte Schritte, geradewegs durch den Flur die Treppe rauf. Ich bewege mich keinen Millimeter von der Stelle. Ich sehe Phil mit gesenktem Kopf herauf-hasten, sehe ihn an mir vorbeilaufen und im Schlafzimmer verschwinden, wo er mit irgendwas herumrumpelt, während Dad unten keinen Mucks mehr macht.

Was geht hier nur vor? Ich verstehe nicht, wieso Dad so darauf beharrt, dass diese Frau herkommt. Ich verstehe nicht, wieso Phil das Ganze so auf-regt. Und ich verstehe nicht, wie sie sich nur so heftig streiten können! Ich dachte immer, sie lieben sich, so richtig und bedingungslos. Warum kann man dann nicht eine Lösung finden, einen Kompromiss, mit dem beide zufrieden sind? Ich wünschte, ich wäre nicht hier, um das mitzukriegen … Ich will nicht sehen, wie diese Instanz, die ich für unzerbrechlich gehalten habe, auseinanderfällt.

Irgendwie kann ich nicht einmal darüber heulen. Nicht mal dann, als Phil mit einer Reisetasche in der Hand wieder aus dem Schlafzimmer kommt. Erschrocken starre ich ihn an, mache den Mund auf und wieder zu und spüre plötzlich heiße Panik in mir aufsteigen. Eine Reisetasche? Er geht?!

»Phil?«, frage ich leise und mit schrill klingender Stimme. Endlich scheint er mich auch zu bemerken, sein Blick spricht Bände. Er bedauert, dass es so weit gekommen ist, es tut ihm leid. Tue ich ihm leid? Er sieht jedoch nicht so aus, als würde er sich umstimmen lassen.

»Emilio … Entschuldige bitte«, sagt er mit leiser und rauer Stimme, will an mir vorbeigehen und scheint es dann doch nicht ganz zu schaffen. Vor mir bleibt er stehen, ringt mit sich.

»Es tut mir so leid«, bringt er noch einmal hervor und legt einen Arm in meinen Nacken, um mich kurz an seine Brust zu ziehen.

Er riecht nach Zigaretten und vor allen Dingen nach Alkohol, als er mir einen kleinen Kuss auf die Haare drückt und mich dann zögerlich loslässt. »Pass auf dich auf«, setzt er noch hinterher, dann verschwindet er so schnell wie möglich die Treppen hinunter. Er will wirklich gehen! Das kann er doch nicht …

»Phil!«, rufe ich ihm hinterher und laufe zum Treppenabsatz. »Phil, nein! Bitte geh nicht, Phil!« Da schlägt schon die Haustür zu. Von draußen ertönt das laute Knallen der Autotür, dann startet er den Motor und ist weg. Dabei hat er doch Alkohol getrunken … Was, wenn er einen Unfall baut? Und dabei umkommt? Und wenn nicht, wo will er hin? Kommt er überhaupt wieder? Nicht einmal jetzt kommen die Tränen. Ich spüre nur den stechenden, heißen Schmerz in der Brust, unter dem ich mich am liebsten in meinem Bett zusammenkauern würde. Ich hole zittrig Luft, greife nach dem Treppengeländer und gehe mit butterweichen Knien hinunter in den Flur, wo ein Familienfoto, das an der Wand hing, zerbrochen am Boden liegt, inmitten eines Meeres von kleinen, glitzernden Glasscherben.

Wo ist mein Vater? Im Flur keine Spur von ihm und auch in seinem Arbeitszimmer ist er nicht. Es ist so still im Haus und ich habe Angst, schreckliche Angst, dass ich ihn irgendwo finde, wie er sich … keine Ahnung, die Arme aufschneidet oder so etwas. Also bleibe ich im Flur stehen, überfordert, verängstigt und verwirrt über alles, was sich hier in den letzten Stunden abgespielt hat.

Wie krank ist mein Vater – mein *eigener* Vater? Hat er nicht eine Therapie gemacht? Ich kenne ihn als ruhigen, besonnenen und beherrschten Menschen, doch so, wie ich ihn in den letzten Stunden erlebt habe, kenne ich ihn nicht und er macht mir schreckliche Angst. War das alles nur eine Fassade? Ist er wirklich so … *krank*, dass ihn schon der kleinste Streit mit Phil dermaßen aus dem Konzept bringen kann?

Haben sie sich deshalb nie gestritten?

Voller Angst presse ich die Augen zusammen, versuche, mich zu beruhigen. Er ist nicht mehr krank, nein. Sicher sitzt er einfach im Wohnzimmer auf der Couch und … und … Keine Ahnung, liest in der Zeitung oder denkt einfach nach, über den Streit mit Phil.

Ich atme noch ein paar Mal tief durch und versuche, nicht an Phil zu denken, der jetzt mit Alkohol im Blut durch den strömenden Regen fährt, Ziel unbekannt.

Langsam, mit schweren, zittrigen Beinen bewege ich mich durch die Scherben hindurch und werfe dabei einen Blick in die Küche: Nichts. Dafür höre ich jetzt ein leises, hektisches Atmen, das lauter wird, umso näher ich an das Wohnzimmer komme. Ich werfe vorsichtig und beinahe ängstlich einen Blick hinein und da ist er, in ausgeleiertem, viel zu großem T-Shirt und schlabbriger Jogginghose kauert mein Vater auf dem Boden vor dem Sofa. Den Kopf auf die Knie gestützt, die Hände auf die Ohren gepresst, schnappt er nach Luft, in scheinbar blinder Panik.

Ich kann es nicht abstreiten, dieses Bild, das sich mir bietet, widert mich auf der einen Seite an, auf der anderen Seite habe ich Mitleid und will ihm gern helfen. Er macht mir aber auch Angst, mit den, wie ich beim Näherkommen sehe, kratzigen Striemen über seine vernarbten Unterarme. Warum das? Ein kleiner Versuch, sich abzureagieren, ohne das Haus in ein Blutbad zu verwandeln?

Mir ist schlecht, schrecklich schlecht, als ich mich neben ihn knie und ihm eine Hand auf die Schulter lege.

»Papa«, sage ich leise und rüttle leicht an ihm. »Hey, beruhig dich doch. Phil kommt bestimmt bald wieder ...«

»*Geh weg!*«, stößt er schrill zwischen zwei hektischen Atemzügen hervor und schlägt meine Hand mit beachtlicher Kraft weg. »Lass mich in Ruhe, verschwinde!«

Wie ein kleines Kind schüttelt er den Kopf, presst sich wieder die Hände auf die Ohren und wiegt sich ganz leicht vor und zurück. Ich kann nicht anders, als ihn entsetzt anzustarren und wünschte, dass Phil verdammt noch mal nicht weggegangen wäre. Wie soll ich ihn denn bitte beruhigen? Was soll ich tun?

Überfordert komme ich wieder auf die Beine und stolpere einige Schritte zurück, ohne den Blick von dem Mann zu nehmen, der mein Vater ist und sich eigentlich um mich kümmern sollte, nicht andersherum. Im Moment ist er völlig außer sich und ich weiß einfach nicht ... Ich habe Angst. Angst wegen ihm, Angst um Phil, Angst, dass jetzt alles auseinanderbricht und ... Ja, was dann?

Komm, beruhige dich, Milo. Tief durchatmen ... Ich könnte Falco anrufen. Oder Opa ... Irgendjemand, der Dad beruhigt.

Ich beseitige das Chaos. Dann rufe ich Jay an und frage ihn, ob Phil bei ihm ist. Ansonsten wüsste ich wirklich nicht, wo er hin will. Am besten versuche ich es auch mal auf seinem Handy, vielleicht geht er ja ran, und dann frage ich ihn, ob er zurückkommt, und sage ihm, dass ich ihn jetzt brauche.

Guter Plan. Den befolge ich auch. Noch einmal versuche ich, meinen Vater anzusprechen, aber er hört mich gar nicht mehr, oder will es einfach nicht. Also nehme ich mir das Telefon, schleiche, ganz taub und verstört und ängstlich, in die Küche und rufe meinen Opa an, der mir verspricht, sofort zu kommen. Wie im Traum schnappe ich mir einen Handfeger und die Schippe und kehre dann die Scherben im Flur auf. Das Foto nehme ich aus dem Rahmen, betrachte kurz Phil, Dad und mich in der Mitte, spüre den dumpfen Schmerz des Verlustes und packe es in die Tasche meiner Schlafanzughose.

Es dauert nicht lang, bis Opa klingelt. Er muss gerast sein wie ein Irrer, er wohnt in einer Ortschaft weit außerhalb der Stadt. Als ich ihm die Tür öffne, liegt sein Blick ganz besorgt auf mir, das mittlerweile stark von grauen Fäden durchzogene, blonde Haar zerzaust, als wäre er eben erst aus dem Bett gefallen.

»Emilio!«, stößt er mit seiner angenehmen, ruhigen Stimme hervor, die mir augenblicklich das Gefühl gibt, er könne das hier regeln und alles wird wieder gut werden. Sogleich fühle ich mich ein bisschen besser und gestatte mir ein kleines Gefühl der Erleichterung. Opa kann Dad bestimmt wieder beruhigen und irgendwie kommt Phil sicher auch bald zurück. Ganz bestimmt …

Die Tür hinter sich schließt er mit einem Tritt, nimmt mein Gesicht in die Hände und drückt mich an sich, als wäre er selbst total verwirrt und mache sich mehr Sorgen um mich, als um seinen Sohn. »Geht es dir gut? Was ist denn passiert?«

»Sie haben sich gestritten«, murmele ich in seinen wollenen, grauen Pullover und drücke mein Gesicht für einen kurzen Moment hinein, ehe ich mich von ihm löse.

»Ganz schlimm. Weil meine … meine *Mutter* will zu Besuch kommen und Phil will das nicht, Papa aber schon. Und jetzt ist Phil abgehauen, mit einer Reisetasche und Papa hockt vor der Couch und ich kann ihn einfach nicht beruhigen! Es tut mir leid, dass ich dich gestört habe, aber …«

»Nein, nein, es war das Beste, was du machen konntest«, lächelt er nachsichtig, wobei sich deutliche Falten um Mund und Augen bilden. Er kam mir eigentlich nie so alt vor, doch jetzt sieht er wirklich alt und müde aus, mehr als jemals zuvor. Er schenkt mir noch einen liebevollen, besorgten

Blick, schiebt sich an mir vorbei ins Wohnzimmer und ich bleibe wieder alleine zurück.

Ich höre ihn mit ruhiger, leiser Stimme auf meinen Vater einreden. Der reagiert gar nicht darauf, zumindest nicht für mich hörbar. Ich sollte jetzt mal versuchen, Phil zu erreichen, und dann versuchen zu schlafen oder so. Mit schweren Beinen schleiche ich zurück in die Küche. Ein kurzer Blick auf die Uhr zeigt mir, dass es bereits viertel vor zehn ist und gerade, als ich erschöpft nach dem Telefon greifen will, fällt mir Phils Handy auf dem Küchentisch ins Auge. Na ganz prima …

Ich bin kurz davor, vor Machtlosigkeit und Verzweiflung laut aufzuschreien, als aus dem Wohnzimmer Dads aufgebrachte Stimme ertönt: »Verschwindet doch endlich! Lasst mich einfach in Ruhe!«

Ich kann nicht verhindern, dass ich mit grimmigem Lächeln im Gesicht denke: *Okay, wenn du willst.* Ich bewege mich wie von selbst zur Haustür, ziehe mir meine Turnschuhe an und es ist mir egal, ob ich nur meine dünne Schlafanzughose und ein T-Shirt anhabe, als ich so in den strömenden Regen hinauslaufe.

***

Bis ich bei Etienne ankomme, bin ich bis auf die Haut durchnässt. Der eiskalte Regen, der mir zu Beginn noch sehr angenehm vorkam, hat meine Haut mittlerweile so weit abgekühlt, dass ich ihn gar nicht mehr spüre.

Das Haus vor mir ist beinahe komplett dunkel. Auch Etiennes Fenster zeigt kein Licht mehr. Schläft er etwa schon? Ich will es nicht wagen zu klingeln und damit seine Familie zu wecken oder zu stören, also suche ich den Boden nach ein paar kleinen Steinchen ab und werfe, nicht sehr zielgerichtet, in Richtung seines Fensters.

Erst der dritte Stein trifft und der vierte, danach wieder nichts mehr, so taub sind meine Finger und Arme. Es dauert eine ganze Weile, bis Etiennes Gesicht an der dunklen Scheibe auftaucht und er das Fenster öffnet.

Erkennen kann ich ihn nicht wirklich, aber seine Stimme klingt vollkommen ungläubig, als er »Milo?!« zischt und dann einen kurzen Moment zu überlegen scheint. »Warte, ich komm runter. Und mach bloß keinen Krach, ja?«

Ich nicke ihm nur zu und begebe mich langsam zur Haustür. Nach einer kleinen Ewigkeit wird sie ganz vorsichtig und leise geöffnet und Etienne schiebt sich durch den kleinen Türspalt zu mir hinaus.

»Milo, was ist denn …«, setzt er an, aber ich unterbreche ihn mit meinem erschrockenen Aufkeuchen. Selbst im Dunkeln hier draußen, nur erhellt von dem diffusen Licht der Straßenlaterne vor dem Haus, kann ich die Blessuren im Gesicht meines besten Freundes deutlich sehen.

»Etienne!«, stoße ich schrill hervor, was ihn seine Augen panisch weit aufreißen lässt und mit einem »Bist du des Wahnsinns, *leise*!«, presst er mir seine Hand auf den Mund.

»Wenn mein Vater uns hört, sind wir Geschichte. Komm, wir gehen rein. Aber leise, ja? Oh Milo, was ist denn los mit dir, du bist ja klatschnass …!«

Verstört lasse ich zu, dass er mich am Arm mit hinein in den dunklen Flur zieht, wo er mir unter irgendwelchen Erklärungen erst einmal das T-Shirt auszieht und mich zischend anweist, Schuhe und Hose bitte auch auszuziehen.

»Du tropfst alles nass, Mist!«

Ich tue, wie mir geheißen und stehe schließlich schlotternd in feuchten Boxershorts und barfuß auf den kalten Fliesen, während Etienne mit seinem T-Shirt die nassen Spuren vom Boden aufwischt und dann mit mir die Treppen raufschleicht.

Oh Gott, was ist denn nur los! Sein Gesicht ist … Oh, was für ein grauenvoller Tag. Er hatte offensichtlich keinen Besseren als ich.

Irgendwie schubst er mich in sein Zimmer und holt aus dem Bad ein großes Handtuch mitsamt einer Jogginghose und Boxershorts von sich.

Erst, als er seine Zimmertür leise hinter sich schließt und das Licht anknipst, atmet er tief durch, während ich den Blick wieder nicht von seinem Gesicht lassen kann, ihn verstört und besorgt anstarre. Seine linke Wange ist dunkelviolett angelaufen und dick geschwollen und ebenso ist auch seine Lippe schon wieder aufgeplatzt, das zweite Mal direkt nach der Prügelei mit Lars.

»Milo, alles okay? Hey, jetzt komm schon, trockne dich wenigstens ab, du schlotterst ja am ganzen Körper!«, bittet er mich, ebenfalls besorgt. Als ich nicht reagiere, nimmt er schließlich kopfschüttelnd das Handtuch, um es mir um die Schultern zu werfen und mir die Haare trockenzurubbeln. Ich lasse ihn einfach machen, zu überrollt von dem ganzen Scheiß heute und unfähig, irgendwas anderes zu sagen als »Oh Gott« und starre ihn an wie das achte Weltwunder.

Von meinen Haaren aus rubbelt er weiter runter, über meinen Rücken und legt mir das Handtuch schließlich um die Schultern, greift bestimmt nach meiner nassen, eiskalten Boxer und droht dann mit einem leisen Lächeln im Gesicht: »Entweder du machst weiter oder ich, deine Entscheidung.«

»Etienne«, bringe ich leise hervor, meine Stimme klingt ganz armselig und weinerlich, als ich eine kalte Hand hebe und auf seine gesunde Wange lege. »Dein Vater …?«

»Ach«, winkt er beinahe ruppig ab, nimmt allerdings ganz sanft meine Hand in seine und zieht sie von sich. »Hat mal wieder getrunken, nicht so tragisch. Ich sterbe schon nicht, also guck nicht so … Na, okay, wie du willst.«

Damit zieht er mir mit einem Ruck die Boxer runter, was mich endlich, *endlich* aus meiner Starre befreit und mit dem letzten Rest Schamgefühl ziehe ich mir das Handtuch vor die entblößte Männlichkeit und nehme ihm endlich die trockene Kleidung aus der Hand. »Ja, okay, ich mache ja schon!«, meine ich heiser, trockne mich ab und ziehe seine Klamotten an, die so sehr nach Etienne riechen, dass ich mich gleich ein wenig besser fühle.

Er reicht mir auch seinen Lieblingskapuzenpullover, den ich gerührt nehme, und zieht mich mit sich aufs Bett, wo er mir seine Decke zuschiebt und mich abwartend ansieht. Der Stoff ist noch warm, scheinbar hat er also schon im Bett gelegen, als ich ihn gestört habe. Zögerlich ziehe ich den weichen, warmen Stoff auf meinen Schoß und vergrabe die Hände darin.

»Geht's?«, fragt er nach einer geschätzten Ewigkeit des Schweigens und rückt näher vor mich, um sich das andere Ende seiner Decke ebenfalls über die zum Schneidersitz verschränkten Beine zu legen.

»Das sollte ich wohl eher dich fragen«, meine ich leise und hebe ein klein wenig den Blick, gerade genug, um das bittere Grinsen in seinem Gesicht zu sehen.

»Mir geht's gut, das verheilt wieder. Aber jetzt sag schon, was ist denn passiert, dass du mitten in der Nacht durch strömenden Regen zu mir läufst? Stress mit Nick?«

»Nein«, entgegne ich. Stockend erzähle ich ihm, was bei mir den ganzen Tag abging und dass Phil abgehauen ist und ich einfach nicht alleine sein konnte, während mein Vater weiter herumtobt wie ein Wahnsinniger.

Etienne sagt dazu gar nichts. Er nimmt mich nur in den Arm, drückt mich auf seine Matratze und sein Kissen. Schweigend macht er das Licht aus und so schiebt er sich auch neben mich unter die flauschige Decke, nimmt mich in den Arm und tröstet mich stumm, allein durch seine Nähe und seine Freundschaft.

15

Emilia

Es ist entsetzlich warm. Die Luft ist stickig, ich kann kaum atmen, als ich versuche, mich zu drehen. Es geht aber nicht. Ich fühle mich gefangen, beengt. Der Schlaf, der mich langsam, aber unwillig aus seinen Armen freigibt, lässt mich in denen eines Anderen zurück.

Tief ausatmend öffne ich die Augen. Es ist zwar noch nicht richtig hell, aber trotzdem sehe ich mich fest an Etiennes T-Shirt gedrückt, fühle mich, als klebe ich mit meiner Wange daran fest. Als ich etwas Abstand nehmen will, bemerke ich seinen Arm hinter meinem Kopf, der mich wohl die halbe Nacht fest an ihn gedrückt haben muss.

Besitzergreifend hat er mir auch ein Bein um die Hüfte geschlungen und liegt somit beinahe auf mir, um mich unter sich zu begraben. Na, ein Wunder, dass ich nicht schon eher aufgewacht bin.

»Etienne«, krächze ich gedämpft in sein T-Shirt und drücke mit den Händen an ihm herum, was ihm ein unwilliges Schnauben entlockt, doch er schnarcht ruhig weiter, als könne er kein Wässerchen trüben und presst mich nach wie vor fest an sich.

»Etienne!«, stoße ich jetzt lauter hervor und ziehe mit einigem Aufwand meinen Kopf aus seinen Armen hervor und schiebe ruppig sein Bein von mir weg. Gut, jetzt weiß ich wieder, warum ich es normalerweise vorziehe, auf dem Boden zu schlafen.

Er grummelt wieder im Schlaf, ächzt leise und scheint langsam aufzuwachen, wo sein Gefangener sich doch befreit hat und er nichts mehr zum dran festklammern hat. Sein lädiertes Gesicht verzieht sich minimal, mehr ist wahrscheinlich nicht möglich. Schmerzlich verzieht er die Brauen für einen kurzen Moment, ehe er zögerlich die Augen öffnet und leise seufzt.

»Milo?«

»Gott, du siehst schlimm aus«, werfe ich ihm mit krächzender, rauer Stimme an den Kopf und kann den Blick kaum abwenden von seinem zugeschwollenen Auge, der dunkel verfärbten Wange und der dicken Lippe.

Etienne hebt jetzt leicht den Kopf und mustert mich ungerührt, ehe er ein winziges Lächeln aufsetzt und sein zerzaustes Haupt wieder in die Kissen sinken lässt.

»Ich glaube, so kacke wie du, kann ich gar nicht aussehen.«

Wir lachen beide, ein wenig elan- und freudlos. Ich reibe mir schwach über die sich dick und träge anfühlenden Augen.

»Scheiße«, murmle ich kraftlos. »Scheiße …«

»Komm«, meint Etienne leise. »Leg dich wieder hin, Prinzessin. Ich kann meinen Kopf kaum bewegen, so muss ich nicht hochgucken.«

Langsam folge ich seiner Bitte und lege mich auf den Rücken direkt neben ihn. Keine Ahnung, wie lange wir so an die Decke starren, doch langsam wird es ein wenig heller im Zimmer, während es draußen immer noch regnet. Passendes Wetter zu dem Chaos.

Bin ich gestern wirklich einfach von Zuhause abgehauen? Ohne eine Nachricht zu hinterlassen oder mein Handy mitzunehmen? Na, hoffentlich hat das keiner bemerkt, sonst kriegt Dad wohl vollends die Krise und ich bin so was von am Arsch. Wahrscheinlich werde ich schon polizeilich gesucht, *haha*.

Eigentlich habe ich keine Lust, jemals wieder nach Hause zu gehen, wenn Phil nicht wieder da ist. Ich glaube nämlich ehrlich nicht, dass Dad sich wieder einkriegt, solange Phil verschwunden bleibt. Wo auch immer der sich herumtreibt. Mit einem tiefen, unruhigen Durchatmen versuche ich, den Gedanken an einen möglichen Unfall zu verdrängen. Phil ist ein Hüne von einem Mann, der wird doch wohl so ein bisschen Whiskey vertragen, oder? Ich habe keine Ahnung von Alkohol. Bis auf Cola-Bier habe ich bisher nie wirklich was getrunken. Egal. *Es ist nichts passiert.*

Etienne neben mir sagt kein Wort, vielleicht ist er wieder eingedöst. Ich komme immer noch nicht darüber weg, dass sein Vater ihn so zugerichtet hat. Zwar hab ich ihn schon einige Male mit blauem Auge gesehen, aber normalerweise sieht er nicht so schlimm aus. Ob sein Vater sich wohl auch an Isa oder seiner Mutter vergreift? Vorstellen kann ich mir das eigentlich nicht, aber … Wer weiß? Ich kenne seinen Vater eigentlich gar nicht. Gesehen habe ich ihn bisher nur flüchtig und ganz selten.

Was soll ich machen? Ich kann Etienne nicht helfen, ich kann mir selbst nicht helfen, meinem Dad auch nicht und nicht einmal Nick kann ich Trost spenden! Wofür bin ich eigentlich …

Ganz plötzlich dreht sich Etienne neben mir auf die Seite und mustert mich mit einem Ausdruck, der absolute Entschlossenheit ausdrückt.

»Wenn ich das scheiß Abi hab, bin ich weg. Hoffentlich liegt der Alte bis dahin unter der Erde, und wenn nicht, dann helfe ich ihm, darauf kann er Gift nehmen.«

Erschrocken wende ich ihm mein Gesicht zu, öffne den Mund, schließe ihn wieder. Nein, ich kann jetzt nicht äußern, dass er so etwas nicht sagen soll, dass es zu hart ist, denn das stimmt nicht. Alleine ein Blick in sein geschundenes Gesicht zeigt, dass sein Vater das mehr als nur verdient hätte. Wie viele Jahre plagt sich mein bester Freund schon damit herum, während alle anderen in seiner Nähe Augen und Ohren verschließen?

Wir starren uns an, und mir scheint die Hilflosigkeit wohl ins Gesicht geschrieben zu stehen, denn langsam wandelt sich seine undurchdringliche Miene wieder zu einem dieser *Milo-du-Dussel*-Blicke, den er auch schon im Restaurant drauf hatte.

»Was?«, frage ich unsicher und merke, dass ich meiner schwankenden Stimme nicht trauen darf. Oh nein, ich werde jetzt nicht schon wieder losheulen! Ich kann nicht immer die Heulsuse sein, die den anderen an der Backe klebt, ich bin hier nicht der einzige, dem es mies geht.

»Du musst mich nicht so angucken, wirklich. Ich komm klar«, meint Etienne jetzt und schafft es sogar, ein schiefes Grinsen auf die lädierten Lippen zu zaubern. »Du kannst da eh nichts machen und um ehrlich zu sein … Irgendwie kann ich gar nicht anders, als ihn so lange zu provozieren, bis er zuschlägt.«

»Was? Bist du blöd?!«, entweicht es mir, ehe ich drüber nachdenken kann, und schaue ihn an, als wäre er vollkommen irregeworden. Er *will*, dass sein Vater zuschlägt? *Hallo*?!

»Nein«, versichert Etienne mir grinsend. »Nein, wirklich. Ich weiß auch nicht. Früher hab ich nie verstanden, warum er so ausflippt.« Er ächzt leise und dreht sich schließlich auf den Rücken, wendet den Blick von mir ab und starrt wieder an die Decke. »Bis ich gemerkt habe, dass er Angst vor mir hat und nicht andersherum. Er ist nie mit mir klargekommen, und dass ich so viel anders bin als er, hat er nie verkraftet. Alles, was er nicht versteht, macht ihm irgendwie Angst und er *versteht* mich nicht. Er ist ein alter, verkappter Säufer, der Schiss vorm Leben und Schiss vor allem Neuen hat. Er hat versucht, mich zu formen, aber wenn du einen Hund schlägst, um ihm was beizubringen, wird er zubeißen. Und das werde ich auch eines Tages, ich weiß nur noch nicht, wie. Du siehst, Milo, mein Vater ist viel kranker und wahnsinniger als deiner und obendrein alkoholabhängig.«

Fassungslos und verwirrt starre ich ihn von der Seite an. Was er da sagt, verstehe ich nicht ganz, genauso, wie ich meinen eigenen Vater nicht wirklich verstehe, und den von Nick, der ihm solche Lasten aufbürdet, auch nicht. Wahrscheinlich sollte ich erst einmal damit beginnen, meinen Dad kennenzulernen und zu verstehen. Dann kann ich vielleicht mehr mit dem anfangen, was Etienne da erzählt.

»Na ja«, bringe ich schließlich krächzend hervor, räuspere mich und hoffe, er hört mir die Aufgewühltheit nicht an. »Wahrscheinlich hast du Recht. Schlägt ... Schlägt er auch deine Mutter oder Isa?«

»Pff!«, stößt Etienne hervor und lacht freudlos auf. »Quatsch, Frauen schlägt man ja nicht, da ist er ganz altmodisch.« Ach, aber seinen Sohn schlägt man?!

»Mach dir keine Sorgen, Milo. Ich bin verdammt glücklich. Ich hab dich, für immer und ewig, ich habe meine Saskia und ich finde dieses Gefühl des Triumphs, wenn ich die Angst in seinen versoffenen Augen sehe, einfach ganz wunderbar. Dann weiß ich, dass ich ihm überlegen bin und er weiß, dass er das alles zurückbekommen wird.«

»Das ist bescheuert«, entgegne ich verständnislos, was ihm wieder ein Lachen entlockt.

»Kann sein, aber ich fühle mich gut. Und ich hab dich für immer und ewig, ob du willst oder nicht!«

»War das ein Heiratsantrag?«

»Ja. Simpel, aber effektiv.«

Er hat wahrscheinlich eine zu viel auf den Deckel bekommen. Ich kann nicht anders, als zu lachen und ihm einen sanften Stoß gegen die Schulter zu verpassen.

»Ich hab noch gar nicht ja gesagt!«, werfe ich ein und er erwidert schulterzuckend: »Mir doch egal«, als ein zaghaftes Klopfen an der Zimmertür uns beide zusammenzucken lässt.

Etienne und ich erstarren, keiner sagt ein Wort, bis seine Mutter im Morgenmantel und mit zerzausten Haaren hereinhuscht, in der Hand einen kleinen Beutel.

Mich bemerkt sie erst, als sie schon einige Schritte auf das Bett zugemacht hat. »Milo?«, bringt sie verwirrt hervor. »Wie kommst du denn hier rein?«

Etienne, der sich bei ihrem Eintreten sichtbar entspannt hat, winkt nur ab. »Lange Geschichte, hab ihn gestern Nacht hochgeschmuggelt. Salbe, Tabletten?«

»Ja«, seufzt Lisa leise und tritt schließlich näher ans Bett, setzt sich auf den Rand und greift nach ihrem Sohn, der ihr widerstandslos näher rückt.

Mit sanften Fingern greift sie nach seinem Kinn und dreht sein Gesicht vorsichtig hin und her. »Musst du ihn immer so reizen?«, seufzt sie vorwurfsvoll und streicht ihm ganz behutsam das wirre Haar aus der Stirn.

»Er fordert das förmlich heraus«, erwidert Etienne schulterzuckend und lässt sich von seiner Mutter verarzten.

»Wenn du so weitermachst, muss ich ihn irgendwann von hinten erstechen, damit er dich nicht umbringt!«, stößt sie hervor und in ihrem Blick kann ich deutlich die Hilflosigkeit und Angst erkennen, die eigentlich Etiennes sein müsste. Dass sie sich nicht von diesem Ekel trennt, verstehe ich wirklich nicht. Wenn sie sich doch Sorgen um ihren Sohn macht! Nun ja, verstehe einer diese Welt und die Erwachsenen, die alle vollkommen am Rad drehen. Ich hoffe wirklich, dass ich niemals so schrecklich sein werde, zu meinen Kindern nicht und auch nicht zu meinen Mitmenschen und meinem Partner.

»Keine Angst, Mama«, murmelt Etienne leise und schenkt ihr eines der charmantesten Lächeln, die er drauf hat. »Wenn er besoffen ist, ist er so stark wie eine Mücke und so flink wie eine Schildkröte.«

»Ach, sei still, du Dummkopf!«, tadelt sie ihn kopfschüttelnd. »Und wackle nicht so!« Er grinst jetzt ganz schief und siegesgewiss, ehe er mir einen Blick zuwirft und mir zuzwinkert, was wohl so viel wie *Siehst du, alles okay!* heißen soll.

***

Es ist später Nachmittag, als ich mich endlich nach Hause wage. Ich habe Angst, dass mein Vater schon einen mittelschweren Anfall hatte, weil ich einfach so verschwunden bin, aber ich kann der Konfrontation ja nicht ewig aus dem Weg gehen, also hole ich ganz tief Luft, ehe ich mit schwerem Herzen die Klingel drücke. Phil ist, soweit ich das an seinem fehlenden Auto festmachen kann, immer noch nicht zurückgekehrt.

Missmutig lese ich das Klingelschild, auf dem auch sein Name draufsteht. Wenn er nicht wiederkommt, was dann? Er kann ja eigentlich gar nicht anders, er *muss* ja, sein ganzer Krempel ist schließlich hier …

Ich will gerade noch einmal klingeln, weil mir bislang noch keiner geöffnet hat, da wird die Haustür aufgerissen und vor mir steht mein fassungsloser Vater, dessen Gesicht die schlaflose Nacht deutlich anzusehen ist. Zunächst stößt er einen erleichterten Seufzer aus, ehe sich sein verzweifelter Blick zu bodenlos wütend wandelt. Zum allerersten Mal in meinem Leben erhebt er die Hand gegen mich und gibt mir eine schallende Ohrfeige.

»*Bist du noch zu retten?!*«, schreit er los, während ich mir die brennende Wange halte, mehr fassungslos als verängstigt. Ich ducke mich ein wenig, nur für den Fall, dass er gleich richtig auf mich losgeht.

»Einfach so zu verschwinden! Ich bin fast wahnsinnig geworden vor Sorge!« Nur *fast?* So, wie der sich aufführt? »Ohne Bescheid zu sagen! Du hast Hausarrest für den Rest deines Lebens, das schwöre ich dir!«

»Julian, jetzt hör auf, so herumzuschreien!«, ertönt die eindringliche Stimme meines Opas, der Dad nun von hinten am Arm packt und ihn ein bisschen nach hinten zieht. »Er ist wieder da und es geht ihm gut. Lass ihn doch erst einmal reinkommen!«

Mein Vater starrt mich noch für einen Augenblick so an, enttäuscht, wütend, vollkommen außer sich, ehe er sich von Opa losreißt und völlig kopflos ins Wohnzimmer marschiert.

Opa wartet, bis er weg ist, ehe er sich mir erleichtert zuwendet.

»Emilio«, seufzt er und tritt zur Seite, um mich einzulassen. Ich zögere, verstört und ein klein wenig trotzig. Dieser blöde Kerl wollte doch, dass wir alle verschwinden! Das war sein exakter Wortlaut! Und dann so ausflippen, meine Güte!

Ich zögere einige Augenblicke, ehe ich schließlich resigniere und unter dem liebevollen Blick meines Opas eintrete, ihm in die Küche folge.

»Ich bin froh, dass dir nichts passiert ist!«, gesteht er und wirft ganz selbstverständlich den Wasserkocher an, um sich Kaffee zu machen. Wortlos setze ich mich an den Tisch, in Etiennes Klamotten und mit der schlimmsten Sturmfrisur überhaupt. Sehe ich wirklich so aus, als wäre alles okay und mir sei nichts passiert? Der ist lustig, genauso gut hätte mich irgendeiner ausrauben können, woran will der das denn festmachen? Aber okay, es bringt mir nichts, jetzt trotzig und sauer zu sein, weil mein schlechter Witz eines Vaters mich geohrfeigt hat. Daran hat Opa keine Schuld.

»Willst du auch einen?«, fragt er, und als ich einsilbig verneine, setzt er neugierig hinzu: »Wo warst du? Bei deinem Freund?« Was?!

Für einen ganz schrecklichen Moment bleibt mir das Herz stehen, nur um noch härter und schneller weiterzuschlagen. *Mein Freund?!* Hat er gerade *mein Freund* gesagt?! Er weiß doch gar nichts von Nick! Woher auch?! Oder hat Phil geplaudert? Aber warum sollte er es ausgerechnet Opa erzählen? Oh Gott, wer weiß es noch alles?!

»Äh … Wen meinst du?«, entgegne ich entsetzt, versuche aber, dies so wenig wie möglich zu zeigen. Entweder bemerkt er nichts – was ich mir bei ihm nicht vorstellen kann, der Typ ist im Durchschauen von Menschen besser als Sherlock Holmes – oder er besitzt einfach genug Taktgefühl, um mir meine Verwirrung nicht vorzuhalten.

»Der mit dem französischen Namen, mit dem du seit Jahren befreundet bist. Hilf mir auf die Sprünge«, bittet er, als er sich mir schließlich mit dampfender Kaffeetasse gegenübersetzt.

Puh. Er meint gar nicht Nick. Also hab ich Phil gerade umsonst beschuldigt …

»Etienne«, erwidere ich leise und reibe mir kraftlos die Schläfen. Kein Wunder, dass Phil nicht hierbleiben wollte. Immer ist er der Sündenbock. Oh Mann, bin ich schon genauso schlimm wie mein Vater? Nur auf andere Art und Weise?

Besagter Vater läuft jetzt mit gemäßigten Schritten wortlos aus dem Wohnzimmer durch den Flur und bewegt sich die Treppen rauf. Ich vermute mal, er wird sich hinlegen oder so und auch mein Opa beachtet ihn nicht, sondern nippt nur gelassen an seinem Kaffee und mustert mich forschend.

»Wie fühlst du dich?«, fragt er schließlich und scheint tatsächlich eine ernsthafte Antwort von mir zu erwarten, so wie er schaut.

Ich erwidere seinen Blick missmutig und unsicher, ehe ich schließlich leise antworte: »Weiß nicht. Komisch. Ich habe Angst, dass Phil nicht mehr zurückkommt. Und das mit Papa gestern …« Ich wedele unbestimmt mit einer Hand in der Luft herum, weil ich gar nicht weiß, wie ich diese Szene beschreiben soll, ohne Attribute wie *vollkommen durchgedreht* und *krank im Kopf* zu benutzen, denn er ist immer noch mein Vater und ich möchte ihn nicht so betiteln.

»Mh«, macht Opa langsam und nickt verstehend. »Ja, ich weiß schon. Ich wäre an deiner Stelle bestimmt auch abgehauen. Nun, ich will versuchen, es dir zu erklären, wenn du möchtest.«

Tja. Will ich das? Ich weiß es nicht, doch wenn nicht jetzt, wann dann? Eigentlich fühle ich mich noch lange nicht bereit dafür, noch mehr scheußliche Details über meinen Vater und dessen geistigen Zustand zu erfahren, aber wer weiß, wann sich diese Möglichkeit wieder bietet?

»Mh, ja, bitte.«

»Okay.« Er stellt seinen Kaffee ab, verschränkt die Hände unter dem Kinn und sieht mich an, ohne dass seine Miene auch nur irgendeine Emotion verrät. Er kann das sehr, sehr gut und es macht mich jedes Mal aufs Neue unsicher und lässt mich nervös werden.

»Fangen wir bei Phil an«, beschließt er nach einiger Zeit des Nachdenkens und nickt zum Nachdruck. »Das ist einfacher, ja. Du weißt grob Bescheid über die Umstände deiner Zeugung?«

Opa wartet mein zögerliches Nicken ab, ehe er langsam fortfährt: »Gut. Deine Mutter war damals sechzehn oder siebzehn und wollte dich zur Adoption freigeben. Aber Phil und Julian wollten sich um dich kümmern und dich großziehen. Sie hat auf das Sorgerecht verzichtet und ist kurz darauf aus Deutschland verschwunden, zu irgendeinem Freund ins Ausland. Am Anfang war das alles nicht unbedingt einfach ...« Opa zögert und nippt an seinem Kaffee. Das Ticken der Küchenuhr wird mit jeder Sekunde, die vergeht, lauter und lauter.

»Julian hatte gerade eine Therapie angefangen und war nicht immer ... nicht immer in der Lage dazu, sich um dich zu kümmern. Aber Phil hat diese kleine Familie zusammengehalten. Mich hat damals schon erstaunt, mit welcher Hingabe er an dir hing. Er hat Julian immer wieder aufgebaut, hat ihm gut getan und sich so viel um dich gekümmert. Manchmal machte es den Eindruck, als seist du sein leibliches Kind. Versteh mich jetzt aber nicht falsch ...« Opa seufzt leise. »Dein Vater hat dich vom ersten Augenblick an geliebt. Aber er hat sehr oft gezweifelt, dass er dir ein guter Vater sein kann. Ich weiß nicht, ob er es ohne Phil geschafft hätte.«

Er schweigt wieder und nippt nachdenklich an seinem Kaffee. Ich weiß nicht, was ich denken soll, allerdings habe ich keine Mühe, ihm zu glauben. Nicht nach dem, was sich gestern hier abgespielt hat. Wenn er früher noch instabiler war, waren die Zweifel ja wohl durchaus berechtigt!

Allerdings spüre ich beim Gedanken an Phil weiterhin diesen groben Klumpen Schmerz in meiner Brust. Warum ist er gegangen? Wie konnte er mich denn einfach so hier alleine lassen?

Ob Opa mein gedankliches Chaos bemerkt oder nicht, er fährt langsam fort: »Für Phil warst du immer sein Sohn und bist es noch. Aber die beiden leben in keiner eingetragenen Lebensgemeinschaft und Phil hat dich auch nie adoptiert. Ihr könntet genauso gut Fremde sein, verstehst du? Das ist es, was ihm so zu schaffen macht. Und als Julian ihm das an den Kopf geworfen hat ...« Opas Blick wird ein wenig abwesend. Als würde er zu sich selbst sprechen, sagt er: »Wer so lange zusammen ist und sich so innig liebt, der weiß, wie man seinen Partner verletzen kann.«

Das hat mein Vater gestern sehr eindrucksvoll bewiesen. Es tut immer noch weh und ich kann mir vorstellen, wie Phil sich fühlen muss.

Diese ganze Situation ist total beschissen. Mal angenommen, Phil hätte gestern doch einen Unfall gehabt … Wenn er jetzt zum Beispiel im Koma liegen würde … Man würde mich nicht einmal zu ihm lassen, weil ich der Familie in keinster Weise angehöre, obwohl er immer da war, *immer*, und ich praktisch sein Sohn *bin*.

»Du weißt ja, dass deine Eltern in brieflichem Kontakt stehen, oder?« Es braucht einige Momente, um zu registrieren, wen er mit Eltern meint. Nicht Papa und Phil. Papa und diese fremde Frau.

»Nun, zu Beginn waren ihre Briefe in Bezug auf dich sehr *unangenehm* und Phil hat das Ganze sehr wütend gemacht. Er hat seit Jahren nicht ein Wort, ob gesprochen oder geschrieben, mit ihr gewechselt. Und nun will sie herkommen und dich *kennenlernen*. Sie ist deine Mutter, sie hat dich zur Welt gebracht, und obwohl sie dich nie wollte und dich weggegeben hat – also das genaue Gegenteil von Phils Gefühlen und Handlungen – hat sie mehr Ansprüche auf dich als er und Phil befürchtet jetzt wohl, sie könnte dich mitnehmen wollen. Was ihm, wie ich vermute, ebenfalls zusetzt, ist die Angst, du könntest sie mögen und für ihn wäre kein Platz mehr. Aber wie gesagt, das sind nur Spekulationen.«

Opa lässt mir Zeit, um seine Ausführungen sacken zu lassen, indem er nun wieder schweigend an seinem Kaffee nippt und selbst nachzudenken scheint, wie er fortfahren soll. Ich persönlich bin etwas schockiert, weil, obwohl ich Phils Tagebücher gelesen habe und Michelle es mir doch beteuert hat, mir nie so recht bewusst war, dass ich ihm wirklich so viel bedeute. Als ob ich diese Frau jemals lieber haben könnte als ihn! Also bitte! Was denkt der eigentlich von mir?! Dass ich ein unbeständiger, undankbarer kleiner Scheißer bin, der sich von ihr einlullen lässt, nur weil sie plötzlich einen Anfall von schlechtem Gewissen hat?!

»Also«, räuspert sich Opa und stellt den Kaffee wieder ab. »Was deinen Vater angeht, ist das alles etwas … komplizierter. Weißt du, warum er so unbedingt will, dass du sie kennenlernst?«

Ich schüttle wortlos den Kopf. Für einige Augenblicke ist es bis auf das ohrenbetäubende Ticken der Wanduhr ganz still im Haus. Sicher schläft Dad gerade, weil ich ihn mit meinem Verschwinden die ganze Nacht wach gehalten habe.

»Na ja … Ich vermute, du weißt sehr wenig über die Verhältnisse damals innerhalb unserer Familie«, spekuliert er, trifft natürlich voll ins Schwarze und sieht doch tatsächlich etwas schuldbewusst aus. »Du kennst doch Janis?«

»Natürlich«, entgegne ich.

Der Lebensgefährte meines Opas. Schwulsein ist echt ein Fluch in dieser Familie. Auch wenn Opa und auch sonst niemand jemals offen vor mir zugegeben hat, dass er und Janis liiert sind. Welchen Grund sollte er jedoch sonst haben, mit ihm zusammenzuwohnen und sich um ihn zu kümmern?

Seit Janis, damals der Chef von Phil, einen schlimmen Arbeitsunfall hatte, nach welchem ihm der halbe Unterschenkel abgenommen wurde, kümmert sich Opa um ihn – und Phil hat seine Firma übernommen.

»Ich kenne ihn, seit ich fünfzehn oder sechzehn bin. Wir verliebten uns und führten heimlich eine Beziehung. Das waren damals noch ganz andere Zeiten und meine Eltern waren schrecklich konservativ, deswegen durfte es niemand erfahren. Außerdem wollte ich gerne Anwalt werden, da war so etwas … Nun ja, deshalb war es von Vorteil, das Ganze geheim zu halten. Allerdings kam es irgendwie raus, ich habe die Beziehung beendet und bin fortgezogen. Kurz darauf lernte ich meine spätere Frau und deine Oma kennen. Es war mir eigentlich ganz egal, wer sie war, ich brauchte nur eine Frau. Lieben konnte ich sie sowieso nicht, denn ich habe Janis nie vergessen können, aber wenigstens nach außen hin eine richtige Familie haben, das war mir wichtig.«

Besagte *Oma* habe ich, wie meine Mutter, nie kennengelernt. Entweder hat sie nicht verkraftet, dass ihr Mann sie für einen anderen Mann verlassen hat, oder sie ist tot, keine Ahnung. Eigentlich hat es mich auch nie so recht interessiert.

»Nun, irgendwie kamen wir klar. Am Anfang war es sogar recht schön«, fährt Opa fort, ganz gedankenverloren. »Sie wurde schwanger, wir heirateten. Mein Studium lief gut, ich hatte nur sehr wenig Zeit für sie, weil ich noch nebenher arbeiten ging. Irgendwie habe ich sie wohl nie richtig kennengelernt, denke ich manchmal. Als ich endlich fest arbeiten ging, war sie oft alleine mit Julian. Irgendwie … Vielleicht hat er das von ihr, ich weiß es nicht, aber sie war eine recht instabile Persönlichkeit, sehr unstet. Manchmal fast schon manisch, manchmal depressiv. Sie hatte ein sehr gestörtes Verhältnis zu unserem Kind. Ich weiß nicht warum, aber das hat sich natürlich auf ihn ausgewirkt.«

Ich starre Opa an, dessen Miene Schuldbewusstsein und Hilflosigkeit verrät. Nun scheint er weniger zu mir zu sprechen, als zu sich selbst und ich fühle mich niedergedrückt angesichts der Enthüllungen. Wie war die Kindheit meines Vaters, wenn seine eigene Mutter so schrecklich war?

»Vielleicht hätte ich etwas gemerkt, wenn ich mich nicht so vor mir selbst und meiner Verantwortung versteckt und gedrückt hätte. Ich weiß es nicht, aber ihr merkwürdiges Verhalten ihm gegenüber hat ihn wohl nachhaltig traumatisiert. Im einen Moment drückte sie ihn an sich, im nächsten stieß sie ihn von sich. Damals wusste ich von nichts; ich war viel zu viel mit meiner Arbeit beschäftigt. Später hat er sich immer mehr zurückgezogen und wurde seltsam, ebenfalls ein sehr instabiler Charakter. Wie ich später erfahren habe, hat er sich die Arme aufgeschnitten und wollte sich umbringen. Er hatte einige Mädchen, immer wechselnd, bis er Phil kennenlernte. Er war und ist wahrscheinlich der einzige Mensch, den ich kenne, der mit Julian umzugehen weiß. Irgendwie hat er ihm das Gleichgewicht geben können, das ihm so lange gefehlt hat. Und irgendwie hat Phil alles ertragen, von übertriebener Liebe und Einengung bis zu plötzlicher Abneigung und Streit. Aber ich weiche vom Thema ab.«

Für einen Augenblick sieht er mich durchdringend an, aus den braunen Augen, die denen meines Vaters so ähnlich sind und dann seufzt er tief.

»Ich überfahre dich ein bisschen, nicht wahr?«

»Etwas«, gebe ich rau zu und kann einfach nicht richtig verarbeiten, was er mir da erzählt. Das wird mir alles ein wenig zu abgedreht. Ich wusste ja, dass mein Vater ein bisschen anders und komisch ist und dass er psychische Probleme hatte. Aber dass er eine so schreckliche Kindheit hatte und alles … Ich kenne ihn wahrscheinlich genauso wenig wie er mich. Eigentlich traurig.

»Es tut mir leid, aber es ist besser, ich erzähle dir jetzt alles, und du verstehst, was hier los ist, als es nicht zu tun. Also … Phil war und ist der Stützpfeiler in Julians Leben, der, der ihn aufrecht hält. Ich bewundere ihn für seine Stärke, aber nun bedroht jemand das für ihn Wertvollste, seine Familie, und Phil kann und will einfach nicht einlenken. Er hat Angst, das zu verlieren, was ihm am meisten bedeutet. Julian wiederum, der selbst ein sehr gestörtes Verhältnis zur eigenen Mutter hatte, will, dass wenigstens du eine Mutter hast. Vielleicht glaubt er, weil sie ihm damals so gefehlt hat, dass es dir ähnlich ergeht, und will deswegen, dass sie herkommt. Du siehst also, die Situation ist verfahren.«

»Keiner kann oder will einlenken«, setze ich geschlagen hinzu.

Wie bescheuert, wie ätzend, wie scheiße ist denn das! Ich kann zwar Phil sehr gut verstehen, aber ich kann auch meinen Vater verstehen. Andererseits sind sie beide Schwachköpfe, denn weder vermisse ich diese Frau und will sie kennenlernen, noch würde ich sie jemals lieber haben können als Phil! Solche Vollidioten!

Ich könnte schon wieder wütend werden, aber dazu ist das alles eigentlich zu traurig. Wie soll man das nur regeln, wenn diese zwei sturen Böcke nicht einen Zentimeter von ihrer Position abweichen und niemand mal auf die Idee kommt, mich zu fragen, was ich davon halte? Schließlich geht es hier doch um mich!

»Weißt du, wo Phil ist?«, frage ich schließlich leise. »Hat er sich mal gemeldet?«

Opa zögert, nimmt noch einen Schluck Kaffee, wahrscheinlich um Zeit zu schinden, doch um die Antwort kommt er natürlich nicht herum.

»Nein. Seine Schwester ist ebenfalls ratlos, und er hat sich auch bei Falco nicht gemeldet, oder bei sonst wem.«

Wenn er nicht bei Michelle und nicht bei Falco ist, wo kann er dann sein? Vielleicht ist ihm doch was passiert? Die Angst um ihn frisst sich wie ein Geschwür in meinen Magen. Ich weiß einfach nicht mehr, was ich jetzt tun soll.

Nicholas

Es ist Dienstag, und ich finde mich erneut auf dem Weg zu Emilio wieder. Gestern war er nirgendwo zu finden. Vielleicht war er auch krank, gut möglich bei dem nasskalten Wetter, das zurzeit vorherrscht. Nicht einmal auf dem Handy konnte ich ihn erreichen. Also starte ich heute Versuch Nr. 2 und marschiere schnurstracks auf seinen Klassenraum zu. Nicht, dass ich sauer wäre, oder schlechte Laune hätte, im Gegenteil. Ich will ihm nur *endlich* erzählen, dass meine Mutter in ein Pflegeheim kommt.

Mein Vater hat es auch übernommen, mit ihr zu reden. Ich weiß nicht, was er ihr erzählt hat, ich war nicht dabei. Sie hat ohne Widerworte eingewilligt. Es würde mich wirklich interessieren, was er zu ihr gesagt hat.

Fröhlich schlendere ich den Gang entlang und komme vor Emilios Klassenraumtür zum Stehen, die sperrangelweit geöffnet ist, doch nirgendwo ist er zu sehen. Schon wieder. Langsam macht er mir wirklich Sorgen!

Ich überlege kurz, einfach wieder in meine Klasse zu gehen und heute Mittag spontan bei ihm vorbeizuschauen, verwerfe dies allerdings und suche stattdessen nach Eddy, den ich glücklicherweise in seiner Klasse antreffe. Moment mal, hat Emilio nicht ohnehin in seine Klasse gewechselt?

Er unterhält sich mit einem mir unbekannten Jungen, grinst und schüttelt den Kopf. Ach du Schande, was ist denn mit dem passiert…?! Seine Lippe ist aufgeplatzt, sein Auge dick geschwollen und in einem hässlichen

Blaugrün verfärbt. Sieht sehr ungesund aus. Wieder sagt er irgendwas zu dem Typen, lacht, dann scheint er mich zu bemerken und wie auf Knopfdruck verschwindet das Lächeln in seinem Gesicht und weicht einer betroffenen, wenn nicht gar schuldbewussten Miene. Ich bin verwirrt, als ich näher an ihn herantrete und versuche, die Blessuren größtenteils zu ignorieren. Mit wem hat der sich wohl geprügelt? Und Emilio hat doch nicht auch mit-gemacht? *Jetzt* sorge ich mich wirklich.

»Hey Eddy«, grüße ich und registriere erstaunt, dass er sich sehr unwohl zu fühlen scheint. Er lächelt schief und wimmelt den Typen mit einem: »Wir reden nachher weiter, ja?«, ab, ehe er sich mir zuwendet, während der Typ sich verzieht.

»Nick, hi«, meint er, fühlt sich offensichtlich unbehaglich und versucht sich wieder an diesem Grinsen, das ihm einfach nicht gelingen will. »Na, wie geht's?«

»Was ist los?«, frage ich verwirrt. »Ist was mit Emilio?«

Eddys Augen – oder zumindest das unberührte Auge – weiten sich für einen Augenblick, er hustet gekünstelt und schüttelt den Kopf.

»Warum fragst du das?«

Okay, gut. Was gibt es hier zu verheimlichen?!

»Nun, ich hab seit Samstag nichts mehr von ihm gehört und kann ihn nirgendwo finden«, erläutere ich mit hochgezogener Augenbraue und schenke ihm einen Blick der ganz vorwurfsvollen Sorte. »Und außerdem benimmst du dich sehr verdächtig. Was ist los?«

Man kann dem armen Kerl ansehen, dass er sich gar nicht wohlfühlt in seiner Haut, als er den Mund verzieht und die Schultern zuckt. »Nichts.«

»Eddy …« Halt mich nicht für so blöd, auf dich hereinzufallen, du miserabler Lügner.

»Okay, okay«, meint er hastig, atmet tief durch und scheint mit sich zu ringen. »Ich … ich hab ihm versprochen, nichts zu sagen«, murmelt er rau. »Ihm geht's nicht gut und er wollte gern ein bisschen Ruhe.«

»Sagst du mir wenigstens, wo ich ihn finde?«, bitte ich nachdrücklich. »Er ist doch in der Schule, oder?«

Er zögert. »Nick, äh … Ach, was soll's. Er meinte, er ist lieber für sich, aber du bist ja … na ja, du weißt schon«, meint er und wedelt unbestimmt mit einer Hand herum, was mir wohl dieses dubiose *du weiß schon* erklären soll. Wie auch immer.

»Er müsste am alten Eingang sein, der nicht mehr benutzt wird. Der Gang gegenüber, bis nach hinten durch und durch die Glastür. Da stellen die mittlerweile Stühle ab und alles.«

»Mh, danke«, murmle ich irritiert, wende mich mit einem letzten Gruß von ihm ab und begebe mich zu besagtem alten Eingang. Ihm geht es also nicht gut und er will für sich sein. Warum redet er denn nicht mit mir? Selbst wenn er lieber seine Ruhe möchte, soll er mir das sagen! Das ist immer noch besser, als sich nicht zu melden. Mit einem flauen Gefühl im Magen husche ich durch die Pausenhalle und in den Gang hinein, der tatsächlich wie ausgestorben zu sein scheint. Hoffentlich finde ich ihn da hinten auch wirklich!

So schnell, wie mein leiser Ärger aufflammt, versiegt er auch wieder, als ich ihn da sitzen sehe, auf einem breiten Fenstersims, den lockigen Kopf gegen die vom Regen gepeitschte Scheibe gedrückt. Er trägt meine blaue Kapuzenjacke, die an ihm übergroß aussieht und ihn gleich noch ein wenig verletzlicher und zarter wirken lässt, als er ist.

Mich bemerkt er erst, als ich fast bei ihm bin. Allerdings zuckt er nicht ertappt zusammen, wie ich dachte, sondern dreht mir nur das Gesicht zu, sieht verwundert aus und lächelt ganz müde.

»Hey«, meint er leise und rutscht von der Fensterbank herunter.

Oh, da kann man doch wirklich nicht wütend bleiben! Tatsächlich sieht er ziemlich mitgenommen und müde aus, kränklich und schmaler, als ich ihn in Erinnerung habe. Wahrscheinlich liegt das nur an der großen Jacke.

»Hey du«, grüße ich mit einem zärtlichen Lächeln auf den Lippen, trete nahe an ihn heran und ziehe ihn an mich, um ihm einen kleinen Kuss auf die Lippen zu geben.

Er wehrt sich erstaunlicherweise gar nicht und drückt die Stirn schutzsuchend gegen meine Schulter.

»Wo warst du denn, ich hab mir Sorgen gemacht!«, frage ich und drücke die Nase in seine weichen Locken.

Er zögert, bevor er leise »Ach, ich hatte Stress daheim, nichts Schlimmes« in mein Shirt murmelt und sich ein wenig von mir wegschiebt, um sich gegen die Wand zu lehnen und mich anzulächeln.

»Und das hat sich wieder beruhigt?«, frage ich nach, ohne dass es mich wirklich interessiert, denn Stress mit seinen Eltern hat in diesem Alter jeder. Viele Gedanken mache ich mir jetzt also nicht mehr, sondern grinse ihn breit an und drücke mich wieder an ihn, bemerke dabei aber nicht, dass er irgendwie komisch ist.

»Ja, alles okay«, meint er nur und versteckt sein Gesicht wieder an meinem Hals. Ich umarme ihn fest, grinse und spüre wieder dieses Gefühl von absoluter Zufriedenheit und Erleichterung. Er freut sich bestimmt für mich, wenn ich ihm von meiner Mutter erzähle. Dann haben wir mehr Zeit füreinander, ich kann ihn oft ausführen und bald wird er merken, dass er auch in mich verliebt ist und wir können richtig zusammen sein! Morgens neben ihm aufwachen und zusammen Abende im Bett verbringen, gemeinsam weggehen und Spaß haben ... All das, was mir die Jahre über so gefehlt hat.

Mir ist, als würde mein Herz überschäumen vor Freude, als ich bestimmt nach seinen Schultern greife und ihn ein Stück von mir schiebe, um ihn anzusehen. Er sieht ein wenig erstaunt aus, lächelt verwirrt und fragt: »Was ist denn mit dir los? Im Lotto gewonnen?«

»Ich bin siebzehn, da darf man noch kein Lotto spielen«, wische ich die Frage mit einem breiten Grinsen fort. »Aber du wirst es nicht glauben ... Mein Vater hat sich endlich dazu entschlossen, meine Mutter in ein Pflegeheim zu geben! Wir werden sie natürlich viel besuchen, und wenn es geht, wird sie auch öfter daheim sein, aber es wird jetzt alles besser! Ich habe jetzt endlich ganz viel Zeit!« Ich kann nicht anders, als ihm fest meine Lippen auf den Mund zu pressen, in meiner übermütigen Freude. Er lässt es verwirrt geschehen, dass ich ihn wieder von mir fortdrücke und ihn anstrahle.

Emilio sieht allerdings sehr durcheinander aus, wenn nicht gar perplex und schüttelt ein wenig den Kopf. »Äh ... Das ist ja toll ... Zeit für was?«

Oh Mann, was ist denn mit dem los? Wahrscheinlich hat er viel zu wenig geschlafen, sonst hätte es sicher schon Klick bei ihm gemacht. Ich will meinem kleinen Dussel gern auf die Sprünge helfen, schlinge meine Arme um seine Mitte und drücke ihn fest an mich. »Zeit zum Leben. Zeit für mich und für dich«, murmele ich mit spitzbübischem Grinsen gegen seine Lippen und küsse ihn wieder.

»Für mich?«, murmelt er in den Kuss und lässt mich damit beinahe verzweifeln. Komm schon, jetzt stell dich doch nicht so blöd ...

»Natürlich für dich!«, bricht es aus mir raus, lachend und freudig. Ich nehme sein Gesicht in die Hände und lehne meine Stirn gegen seine.

Ich sehe den verwirrten Blick in seinen braunen Augen gar nicht, nur sein süßes Gesicht, die kleinen Sommersprossen auf der Nase und die herrlichen Lippen. Mit einem Schlag verwandelt sich meine übermütige Euphorie in kribbeliges Herzklopfen und mir bleibt beinahe der Atem weg unter diesem Sturm an Gefühlen.

»Nicholas«, murmelt er leise und rau und legt eine Hand auf meine Brust, wahrscheinlich, um sich gegen mich zu lehnen, mich zu küssen, irgendwas. Mir bollert das Herz bis zum Hals.

Meine Finger zittern, als ich damit über seine Wangen zu seinem Hals streiche, seine Lippen mustere und ihn leicht küsse.

Er leckt sich unbewusst über die Lippen, nur kurz und öffnet den Mund wieder, um irgendwas zu sagen, bringt aber nichts hervor. Oh, natürlich ist er auch in mich verliebt, ganz bestimmt. Sonst würde er sich nicht so an mich schmiegen und wäre nicht so sprachlos.

»Ich ...«, setzt er mit unsicherer, nervöser Stimme an und ich weiß nicht, welcher Wahnsinn von mir Besitz ergreift, als ich ihm mit sich vollkommen überschlagenden Gefühlen leise »Ich liebe dich!« zuraune, als hätte er eben dies gerade sagen wollen.

Der Traum verwandelt sich urplötzlich in einen Alptraum. Die Worte sind über meine Lippen, bevor ich darüber nachdenken oder mir der Folgen bewusst werden kann, und der eben noch so anschmiegsame Körper erstarrt in meinen Armen förmlich zu Stein.

»Was?«

Zu der Hand auf meiner Brust gesellt sich eine zweite und ich fühle, wie er mich von sich drückt, ganz fest und unsanft.

Ein Blick in sein Gesicht verrät Entsetzen, Verwirrung ... Scham? In meiner Brust wandelt sich all die Freude in einen dumpfen, schweren Klumpen undefinierbaren Ursprungs. Oh Mist, scheiße, *was habe ich da gesagt?!*

»Emilio, ich ...«, setze ich unsicher an, selbst schockiert über den Ausgang dieses komischen Gesprächs. Seine Miene wirkt immer fassungsloser und widerwilliger, er weicht ein wenig von mir zurück. Habe ich all seine Gesten so missverstanden?

»Nein«, bringt er schrill hervor und schüttelt den Kopf, mehr zu sich selbst als zu mir. »Nein«, und weicht weiter zurück.

»Es tut mir leid, ich meinte ... Das ... Das ist mir so herausgerutscht«, stammle ich unsicher und will näher an ihn herantreten, aber da stößt er auch schon hervor: »Spinnst du? Das ... Das war doch so nie abgemacht! Ich ... Lass mich in Ruhe!«

Er dreht sich um und läuft davon, lässt mich mit dem Trümmerhaufen meiner ersten richtigen Liebe zurück.

16

Emilia

Nein, denke ich, immer und immer wieder, während ich kopflos zu meinem Klassenraum laufe. Die Pause ist noch nicht ganz vorbei, also hetze ich mit heftig und schmerzhaft bollerndem Herzen und brennenden Augen, in haltloser Verwirrung dorthin, um mir mein Zeug zu holen. Etienne, der mit einem anderen Klassenkameraden dasteht und sich unterhält, verzieht bei meinem Eintreten die Augenbrauen und ruft mir »Hey Milo, was ist los?« zu, aber ich ignoriere ihn, kann gar nicht anders, weil ich sonst wahrscheinlich gleichzeitig anfange zu schreien und zu heulen.

Meine Hände zittern, als ich mein Zeug in die Tasche werfe. Was soll das, was soll das denn?! Will er mich verarschen? Oder meint er das ernst? Er kennt mich doch noch gar nicht lange genug und ich kann einfach nicht glauben, dass er so etwas sagt. Das wird mir alles viel zu viel!

Mit unverfänglichen und lockeren Annäherungen, ohne Bedingungen, ging es. Vielleicht, nein, höchstwahrscheinlich hatte er Recht und ich *bin* bisexuell, aber ich habe doch keine Ahnung von all dem und eine Beziehung mit einem Kerl? Vor allem einem, der mal so mir nichts dir nichts behauptet, er liebt mich? Nein!

Vor allem nicht jetzt, wo meine Familie auf Messers Schneide steht und ich einfach nicht mehr weiß, was ich machen soll. Warum kommt er ausgerechnet *jetzt* und zerstört unsere lockere Freundschaft oder was auch immer das war, mit einem dahingesagten *Ich liebe dich*, das ich nicht ernst nehmen kann und will?

Mir entweicht um ein Haar ein trockenes Aufschluchzen, als ich mein Federmäppchen in die Tasche werfe und sie ruppig schließe. Aber gerade, als ich mich wieder umdrehen und abhauen will, legt sich mir eine warme Hand auf die Schulter und Etiennes Stimme, ganz nah hinter mir, fragt vorsichtig: »Milo? Was hast du denn?«

Mit aller Selbstbeherrschung, die ich aufbringen kann, unterdrücke ich den Drang, loszuschreien und drehe mich langsam zu ihm um, unbeholfen, zittrig.

»Ich … Ich kann das nicht mehr«, bringe ich mit schriller Stimme hervor. Etiennes Gesichtsausdruck wandelt sich von besorgt zu bedauernd, er packt mich und drückt mich kurz an sich. Wahrscheinlich assoziiert er diesen Ausbruch gar nicht mit Nick, warum auch.

»Du kannst ruhig zu mir kommen, wenn es nicht mehr geht. Mein Zimmer steht dir immer offen.«

Als er mich wieder von sich schiebt, nickt er entschlossen, die Hände noch warm und fest auf meinen Schultern.

»Geh nach Hause und hol dir was zum Anziehen für morgen, du pennst bei mir. Wir haben noch einen Zockerabend nachzuholen.«

»Aber morgen ist doch Schule …«

»Ja, da können wir dann den Schlaf nachholen. Komm einfach nach der sechsten Stunde, wir sehen uns dann.« Damit drückt er mir meine Tasche in die Hand und schiebt mich zum Ausgang. »Ich sag dem Lehrer, dass es dir nicht gut geht.«

Ich werfe ihm einen dankbaren Blick zu, murmle »Bis nachher« und verschwinde so schnell wie möglich aus dem Schulgebäude; fliehe vor Nick, vor allen anderen und vielleicht auch vor mir selbst.

Der Weg nach Hause vergeht in fliegender Hast und ich weiß gar nicht so recht, wie ich da hinkomme, doch als ich in meinem Zimmer stehe, überkommt mich plötzlich das bittere Gefühl der Machtlosigkeit.

Meine Familie ist hinüber. Phil ist weg, mein Vater hat nicht einmal bemerkt, dass ich zur Haustür hineingekommen bin. Und Nicholas … warum?

Dachte er, es wäre mal an der Zeit, so etwas zu sagen? Er kann mich unmöglich lieben. Was soll das, ist das etwa alles ein dummes Spiel? Bin ich eine Beute, die es zu erobern gilt? Und warum tut es nur so weh, die Erinnerung an diese lapidar dahingelogene Erklärung? Ich kann das nicht glauben, nein …

Tief einatmend nehme ich meine Umhängetasche von der Schulter und kippe den Inhalt kurzerhand auf den Boden. Dann ziehe ich mir die blaue Kapuzenjacke ruppig vom Körper und werfe sie mit einer Mischung aus Wut und Schmerz auf das Bett. Blöder Nicholas, blöder Dad, blöder Phil! So langsam können die mir alle gestohlen bleiben! Kann sich nicht einmal jemand normal verhalten?

Kopfschüttelnd trete ich an meinen Schrank und suche Klamotten für morgen raus.

Nach jedem Winter folgt ein neuer Frühling, heißt es. Aber wann hat dieser Winter ein Ende? Ich kann mir nicht vorstellen, wie sich das alles wieder einrenken soll. Soll ich nun alleine mit Dad leben? Wird er irgendwann drüber hinwegkommen, dass Phil sich von uns getrennt hat? Und Nick …

Entschlossen schüttle ich den Kopf und stoße einen halb erstickten Fluch aus. Nicht mehr daran denken. Alles, was ich jetzt brauche, ist ein wenig Ablenkung.

Hatte ich gedacht, dass das Ende meiner ersten kleinen Beziehung wehgetan hat, so wirft mich die Sache mit Nicholas vollkommen aus der Bahn. Als ich gerade lustlos ein paar Playstation Spiele von meinem Schreibtisch nehmen will, fällt ein kleines Blatt Papier herunter, das sich als ein Foto von Nick entpuppt, das ich vor ein paar Tagen ausgedruckt habe.

Es zieht höllisch in meiner Brust, sticht heiß und schmerzhaft, als ich das Bild betrachte, das ich selbst von ihm gemacht habe. Wie er dasitzt, Pascha auf dem Schoß und schief in die Handykamera grinst, mit einer lockeren Jogginghose und einem schlichten T-Shirt bekleidet …

Ich weiß nicht, was ich dachte. Habe ich gehofft, dass eine Beziehung aus unserem merkwürdigen Verhältnis entsteht? Bin ich überhaupt bereit, einen Mann zu lieben? Ich wusste ja von Anfang an, dass meine Gefühle zu Nick irgendwie anders waren, aber *Liebe*?!

Vor allem habe ich nach dem Desaster mit Sophie erkannt, dass ich keine Ahnung habe, was es bedeutet, jemanden zu lieben. Ich kenne Nicholas nicht annähernd gut genug, und er mich nicht. Das hat doch auch was damit zu tun, oder nicht? Man muss sich doch kennen für so etwas!

Warum hat er das zwischen uns so mir nichts dir nichts kaputt gemacht? Ich kann und will ihm nicht glauben.

Mit saurem Gefühl im Hals zerknülle ich das Foto, schnappe mir meine Tasche und verlasse einfach wieder fluchtartig Zimmer und Haus, ebenso wie ich vorhin die Schule und Nicholas verlassen habe. Bloß nicht umdrehen, bloß nicht zurückschauen.

***

»Milo, hey«, grüßt mich Etienne, als er endlich auch bei sich zuhause ankommt. Ich sitze hier schon eine Weile auf der Mauer vor der Einfahrt und habe versucht, irgendwelche Musik zu hören, die mich nicht an Nick oder Phil erinnert oder daran, wie schlecht es einem gehen kann.

»Hey«, entgegne ich matt und ziehe die Kopfhörer ab. »Danke, Etienne … Ich weiß echt nicht …«

»Ist schon gut, Mann. Keine Sorge, ich freu mich ja auch, wenn du da bist, du bist nicht der einzige, der davon profitiert.«

Er klopft mir im Vorbeigehen auf die Schulter und begibt sich zur Haustür, ich folge ihm langsam.

Irgendwie kann ich kaum glauben, dass es im Moment jemanden gibt, der von mir Trauerkloß *profitieren* kann.

Als er die Tür aufschließt und seine Mutter aus der Küche grüßt, ruft Etienne einfach: »Hey Mam, hab Milo mitgebracht. Ist das okay, wenn er hier pennt? *Ja?* Danke.« Er wartet eine Erwiderung gar nicht ab, grinst mir nur schelmisch zu und zieht mich am Handgelenk hastig mit sich die Treppe rauf.

»Was? Etienne, aber es ist doch unter der …«

»Du bist die beste Mama der Welt!«, ruft er laut dazwischen und trampelt die Stufen hinauf.

Ich folge ihm kopfschüttelnd und leise lächelnd. Typisch Etienne. Seine Mutter kann einem manchmal echt leidtun.

»Meinst du, das ist wirklich in Ordnung?«, hake ich nach, als wir in seinem Zimmer stehen und ich meine Tasche in eine Ecke schiebe.

Etienne winkt grinsend ab und erwidert schlicht: »Klar, sie kann dich ja jetzt schlecht wieder rauswerfen. Und wir gehen morgen in die Schule, also gibt's da nichts zu meckern.«

Er zieht sich die Jacke von den Schultern, fährt sich durch die braune Wuschelmähne und begibt sich mit einem »Ich hol uns Essen« hinunter zu seiner Mutter. Wahrscheinlich treibt er ihr dabei auch die letzten Zweifel aus und ich kann ohne schlechtes Gewissen hierbleiben – obwohl ich mich trotzdem schlecht fühle.

Er hat zwar nicht einmal gemerkt, dass ich da war, aber Dad weiß wieder nicht Bescheid. Gibt das wieder eine Ohrfeige? Oder kann er sich diesmal denken, wo ich bin?

Ich sollte mir mal angewöhnen, mein Handy immer mitzunehmen oder zumindest Bescheid zu geben.

Seufzend lasse ich mich auf Etiennes ungemachtes Bett fallen und lehne mich zurück, lege einen Arm über meine Augen und wünsche mir, es wäre einfach alles wieder gut. Ich habe nicht wenig Lust, es meinen Eltern in ihren jungen Jahren einmal nachzumachen und mich mächtig zu besaufen, so sehr, dass ich nicht mehr weiß, wo oben und unten ist. Doch selbst wenn ich es wirklich wollte, ich würde niemals an harten Alkohol herankommen, nicht einmal mit Etiennes Hilfe.

Welch ein Dilemma.

Es dauert nicht lange, bis Etienne wieder zur Tür hereinspaziert und sich ächzend neben mich fallen lässt. »Es gibt Suppe oder so, pfui Teufel. Hab mal Chips mit hochgenommen …«

»Mh«, brumme ich und mache mir nicht die Mühe, den Arm von meinem Gesicht zu ziehen. Am besten bleibe ich hier so liegen, rühre mich nie wieder und warte, bis alles wieder okay ist. Ja, guter Plan …

»Hattest du Streit mit Nick?«, ertönt es plötzlich mitfühlend neben mir und das Bettzeug raschelt. Anscheinend hat er sich aufgesetzt, um mich richtig zu sehen. Könnte ja sein, dass ich losheule oder so etwas in die Richtung.

Moment, was? Halt mal … Wirklich gestritten haben Nick und ich zwar nicht, aber …

»Woher weißt du das?«, erwidere ich plötzlich verwirrt und hebe den Arm, um ihn ungläubig anzustarren. Entweder hat Etienne entgegen aller Erwartungen hellseherische Kräfte entwickelt, oder …

Nein. Nein, das kann nicht sein! Vollkommen entsetzt richte ich mich wieder auf und starre ihn an. Er steckt da doch nicht mit drin? Er hat schließlich dauernd darauf herumgeritten, dass ich was für Nick empfinde und wir eine Beziehung führen sollten. Wenn er da wirklich seine Finger im Spiel hat, dann ist das Ganze noch schlimmer, als es ohnehin schon war.

»Er war in der Pause bei mir«, entgegnet Etienne, erstaunt über meinen plötzlichen Ausbruch. »Hat gefragt, wo du bist und sich Sorgen gemacht. Hätte ich es ihm nicht sagen sollen?«

»Was sagen? Wo ich bin?«, frage ich misstrauisch und ernte dafür einen verständnislosen Blick.

»Ja natürlich, was denn sonst? Was du ihm erzählen willst und was nicht, ist deine Sache, aber wenn ich du wäre, hätte ich es ihm gesagt. Der Kerl macht sich doch Sorgen, wenn du dich nicht meldest.«

Erleichtert sende ich einen Stoßseufzer gen Himmel. Oh Gott, und ich dachte schon, ich müsste jetzt auch noch sauer auf Etienne sein und stünde ganz alleine da!

»Was ist denn passiert?«, hakt mein bester Freund ungeduldig nach und setzt sich ganz auf, verschränkt die Beine zum Schneidersitz und greift nach der Chipstüte – Thai Curry Geschmack.

Ich starre für einen Moment die knisternde Tüte an und frage mich, was er macht, wenn ich ihm erzähle, was vorhin passiert ist. Nach unserem Date zu viert sollte mir eigentlich klar sein, dass er absolut für eine Beziehung zwischen Nick und mir ist. Wird er meine Gründe verstehen? Oder wird er mich packen und mir das Hirn aus dem Kopf schütteln?

Unwillig verziehe ich die Lippen und zucke die Schultern. Lange kann ich ihm das ohnehin nicht verheimlichen.

»Er … Er hat gesagt, dass er mich liebt«, gestehe ich leise und spüre beim Aussprechen schon wieder dieses drückende, bittere Gefühl in der Brust, das mir die Luft abschnürt.

Etienne hingegen rührt sich für einen Moment gar nicht, die Hand mit den Chips verharrt mitten in der Luft.

»Was?«, erwidert er ungläubig, lässt die Hand sinken und starrt mich an, als wäre ich E.T. »Er … *Was*?! Und … Äh, sorry, wo ist das Problem?«

Das war klar. Die Lippen zusammengepresst, mustere ich Etiennes fassungsloses Gesicht. In seinen Augen glitzert die Freude über diese Nachricht und ebenso das Unverständnis gegenüber meiner Reaktion.

»Er … Ich kann es nicht glauben. Schau doch mal, bis vor ein paar Wochen haben wir uns noch jeden Tag gegenseitig die Köpfe eingeschlagen«, versuche ich, ihm klar zu machen.

Er hebt nur die Augenbraue und erwidert stur: »*Wie war das mit dem ‚was sich liebt, das neckt sich‘*? Das hast du selbst gesagt. Warum sollte er dich nicht lieben können? Ihr seid euch doch viel näher gekommen und du …«

»Nein, Etienne«, unterbreche ich ihn. »Nähergekommen, ja, körperlich … Aber er kennt mich doch kaum und ich ihn auch nicht wirklich und jetzt … Das kommt einfach zu früh, ich bin nicht bereit für so etwas!«

Ich stoße ein verzweifeltes »Scheiße« hervor und stehe auf, nur um vor Etienne hin- und herzulaufen.

»Er kann das gar nicht ernst gemeint haben! Es sah mehr so aus als … Als hielte er es für nötig, diesen Schritt mal zu machen, keine Ahnung, warum«, rede ich kopflos drauf los.

Etienne unterbricht mich mit einem ungläubigen Auflachen.

»Mach dich nicht lächerlich, Milo! Du musst so blind sein wie zwanzig Maulwürfe, um nicht zu sehen, dass der Kerl Hals über Kopf in dich verliebt ist!«

»Aber Etienne!«, fahre ich verzweifelt auf. »Ich kenne ihn nicht und er kennt mich nicht! Wie kann man sich da lieben?! Ich dachte, ich liebe Sophie und schau dir an, was daraus geworden ist! Ich weiß überhaupt nicht, was Liebe ist! Ich dachte, meine Eltern lieben sich und jetzt ist Phil weg. Ich dachte, die beiden lieben *mich*, aber Phil ist einfach abgehauen, und mein Dad verkriecht sich in seine eigene kleine Welt. Ich dachte, ich wüsste, was Liebe ist, aber ich weiß gar nichts!«

In meinem Redefluss werde ich immer lauter und schriller, bis sich bei diesem letzten Wort schließlich meine Stimme überschlägt und ich vollkommen machtlos stehen bleibe und meinen besten Freund hilflos anschaue.

»Etienne ... Was soll ich machen? Ich kann ihm nicht glauben. Er kann doch nicht einfach so kommen und ... Ich habe gerade erst gemerkt, dass ich ihn anziehend finde, wie kann er mich jetzt so überfahren?«

Etienne, der bis eben noch mit undurchsichtiger Miene und schweigend auf seinem Bett saß, steht jetzt auf und packt mich fest an den Schultern. Bestimmend dreht er mich der Matratze zu und drückt mich hinunter, kniet sich vor mich, als wäre ich ein kleines Kind und erklärt ernst: »Milo, atme mal tief durch und beruhige dich, okay?«

Er sieht so aus, als würde er tatsächlich von mir erwarten, dass ich seinem Befehl folge, also tue ich es. Atme tief durch, einmal, zweimal. Presse die Augen zusammen und öffne sie wieder, schüttle den Kopf.

»Was soll ich nur machen?«

Etienne sieht mich für einige Augenblicke schweigend an. Er hebt die Hand und legt sie sich in den Nacken, scheint zu überlegen, ehe er ansetzt: »Erst mal musst du dir einer Sache bewusst werden, okay? Auch, wenn es nicht immer offensichtlich ist, kann man jemanden lieben. Es ist nicht immer alles Friede-Freude-Eierkuchen. Phil ist nicht für immer abgehauen, er *muss* irgendwann wiederkommen und er *wird*. Und wenn deine Eltern dich nicht lieben würden, wieso haben sie dich dann durch die schweren Jahre hinweg behalten und großgezogen? Du weißt gar nicht, wie gut du es hast. Jetzt haben die beiden eine Krise und müssen sich erst einmal um sich selbst kümmern. Komm mal runter, im Moment geht es nicht vorrangig um dich.«

Erstaunt starre ich ihn an, seine leicht grimmige Miene und den ernsten Ausdruck in seinen Augen. Für einen Moment habe ich den unwiderstehlichen Drang, ihm eine reinzuhauen. Aber er hat Recht. Ich kann plötzlich nicht anders, als mich zu schämen, vor allem weil ich ein so viel besseres Familienumfeld habe als er. Dann passiert einmal was Schlimmes und ich heule herum, als wäre ich der ärmste Kerl der Welt.

Etienne beobachtet mich aufmerksam und scheint die aufkommende Erkenntnis an meinem Gesicht ablesen zu können, denn nun nickt er zufrieden, aber immer noch ernst und ganz anders, als ich ihn normalerweise kenne.

»Und jetzt denk mal an Nick und versetz dich in seine Lage hinein. Du hast ihm nicht genug vertraut, um ihm zu erzählen, was bei dir daheim abgeht, oder? Woher soll er wissen, dass du dir bisher noch keine Gedanken gemacht hast, was du da eigentlich mit ihm treibst?«

Seine Wortwahl versetzt mir einen schmerzhaften Stich. Angewidert schüttle ich den Kopf. Es klingt, als würde ich Nick nur für meine körperliche Befriedigung ausnutzen, aber ...

»Etienne ...«

»Nein«, unterbricht er mich ernst. »Du hörst mir jetzt zu. Soweit ich weiß, hat Nick es auch nicht leicht daheim. Ich kenne zwar nur Gerüchte und wir wissen ja, wie sehr man dem Buschfunk in der Schule trauen darf, aber so wie er ist, kann ich mir gut vorstellen, dass es stimmt. Hat er dir von sich erzählt? Hat er dir vertraut und dir gesagt, was los ist?«

»Ja«, erwidere ich schuldbewusst und kann ihn nicht länger anschauen.

»Ja«, wiederholt Etienne lauter. »Ich bin natürlich nicht sauer, dass du es mir nicht erzählt hast, schließlich ist es Nicks Sache. Aber er hat dir vorbehaltlos vertraut, und soweit ich weiß, gibt es bisher niemanden, der ihm so nahe gekommen ist wie du. Meinst du, er lässt mal eben so einfach jemanden an sich ran, wenn er ihm nicht vertraut und ihm keine Gefühle entgegenbringt?«

Langsam lässt er mich los und steht wieder auf; steht jetzt vor mir wie ein Richter und ich fühle mich mies, verdammt mies.

»Kann es sein, dass du immer noch Angst davor hast, *anders* zu sein? Falls du es nicht gemerkt hast, du bist es schon lange, schon immer gewesen. Und Nick leidet jetzt darunter, dass du es nicht auf die Reihe kriegst, Prioritäten zu setzen und mal über deine eigenen Gefühle nachzudenken. Wenn du nicht gemerkt hast, was er für dich fühlt, dann bist du echt blind. Du musst ihm doch nur in die Augen schauen ...« Er holt tief Luft und setzt dann unbarmherzig hinterher: »Und wenn du nicht merkst, dass du mehr für ihn fühlst als Freundschaft oder Lust, dann bist du echt ein Trottel. Ich habe vor einem Jahr denselben dummen Fehler gemacht, nicht zu merken, dass ich meine Freundin wirklich liebe ... Und ich werde nicht zusehen, wie du den gleichen Mist baust und dir womöglich alles versaust!«

***

Etienne und ich trennen uns am nächsten Morgen an der Kreuzung zur Schule. Während er sich müde, aber zufrieden Richtung Lehranstalt begibt, schleiche ich gerädert und wie überfahren nach Hause.

Es ist mir scheißegal, ob es meinen Vater stört, dass ich schwänze. Es ist mir ebenso scheißegal, ob Opa noch da ist und sich aufregt. Ich will alleine sein, ich will schlafen, nachdem ich die halbe Nacht mit Etienne über Nicholas geredet habe. Eine seiner Methoden, schätze ich, um mir deutlich zu machen, dass mir viel an Nick liegt. Er hat glänzenden Erfolg gehabt. Je mehr ich ihm von Nick erzählt habe – unser erster, erzwungener Kuss in der Umkleidekabine der Sporthalle, wie sich langsam alles gewandelt hat, unsere ersten Annäherungen – desto schlimmer hat es geschmerzt und umso mehr habe ich den Verlust gespürt. Ein schwankendes Gefühl zwischen himmelhochjauchzend wegen der kribbeligen, überschäumenden Freude und Zuneigung zu ihm, und zu Tode betrübt, bei dem Gedanken daran, wie ich mit ihm umgesprungen bin.

Wird er mir das jemals verzeihen?

Gähnend schleppe ich mich durch die Straßen, doch obwohl ich todmüde bin, bin ich auch entschlossen, endlich mal Klartext zu sprechen. Ich werde Dad sagen, dass ich meine *Mutter* nicht sehen will. Dann werde ich mit Nick reden. Wenn ich geschlafen habe … Morgen am besten. Oder gleich heute Nachmittag.

Unterwegs bläst mir unablässig die kalte Novemberluft ins Gesicht, die ich kaum wahrnehme. Vielleicht bin ich zu müde, vielleicht auch zu sehr in Gedanken versunken, ich weiß es nicht. Als ich aber in unsere Straße einbiege, vor unserer Einfahrt stehe und mit einem Mal neben Dads Auto noch zwei andere sehe, bleibe ich nur stehen und fühle gar nichts. Kein Schreck, als ich neben Falcos Opel ein weiteres, unbekanntes Auto erkenne. Ein Nummernschild aus Italien. Ruhig stehe ich da und starre das Auto an, dann das Haus. Nein, ich drehe nicht wieder um und haue ab. Ich gehe einfach rein und lege mich schlafen. Sie ist mir egal, so egal!

Meine Beine fühlen sich tonnenschwer an, als ich langsam zur Haustür schlurfe und meinen Schlüssel aus der Hosentasche fische, leise aufschließe und den warmen Hausflur betrete. Ich schließe die Tür vorsichtig hinter mir, als ich die Stimmen aus dem Wohnzimmer höre: Mein Vater und eine unbekannte Frauenstimme. Sie werden leiser, verstummen, als sie die Tür hören. Niemand kommt heraus. Soll ich einfach verschwinden? Doch wieder abhauen?

Kopfschüttelnd lasse ich die Tasche sinken und stelle sie vor die Garderobe, ziehe mir in aller Seelenruhe die Schuhe aus. Bin ich nervös? Nein. Aber warum? Irgendwie interessiert es mich einfach nicht mehr. Vielleicht bin ich ein bisschen wütend, dass sie sich einfach so erdreistet haben, über meinen Kopf hinweg zu entscheiden, ob ich sie kennenlernen soll oder nicht.

Ganz langsam, Schritt für Schritt, komme ich der Wohnzimmertür näher und der Erste, den ich sehe, ist Falco. Der quirlige kleine Italiener, der seit ihrer Jugendzeit der beste Freund meines Vaters ist, steht mitten im

Wohnzimmer und strahlt mich an, winkt und deutet mit einem Kopfnicken in Richtung des Sofas. Plötzlich fühlen sich sämtliche Muskeln in meinem Körper vor Abneigung und Unwillen starr an.

Ich mache keinen Schritt mehr, aber die Couch knarzt und plötzlich taucht in meinem Blickfeld eine Frau auf, vielleicht so groß wie ich, mit langen, schwarzen Locken und großen braunen Augen. Sie ist schlank, relativ hübsch und definitiv die Frau von den Fotos, wenngleich sie da immer glatte Haare hatte. Also hatte Phil Recht mit der Vermutung, dass ihre Mähne geglättet war und sicher auch gefärbt ist.

Sie starrt mich an, atmet tief durch und lächelt mich halb ängstlich, halb hoffnungsvoll an, wagt es jedoch nicht, etwas zu sagen.

So sehr ich will, ich kann nicht verhindern, dass die Erinnerung an ihre Briefe wieder hochkommt. Was sie über mich gesagt hat, was sie über Phil gesagt hat … Wegen ihr ist er weggegangen. Am liebsten würde ich ihr an den Hals gehen, ich kann mich jedoch kaum rühren und weiß nicht einmal wirklich, warum.

Irgendwoher ertönt die Stimme meines Vaters, einfühlsam und ruhig wie sonst immer: »Milo? Komm doch rein.« Auch ihm würde ich jetzt gerne an die Kehle springen. Ich tue nichts dergleichen. Ohne diese Frau aus den Augen zu lassen, gehe ich ein paar schwere Schritte hinein ins Wohnzimmer.

Dad sagt nichts, weil ich gestern einfach nicht nach Hause gekommen bin und auch nichts dazu, dass ich jetzt eigentlich in der Schule sein sollte. Während Falco sich wieder auf den Sessel fallen lässt, steht mein Vater auf und gesellt sich zu der Frau, sieht mich an und lächelt ein mitfühlendes Lächeln, das mich mit einem Mal stinksauer macht.

»Milo, das ist Olli … Deine Mutter«, erläutert er unnötigerweise. Ich werfe ihm einen starren Blick zu und dann wieder ihr, als sie nun einen Schritt auf mich zu macht.

»Emilio«, murmelt sie und in ihrem Blick ist so etwas wie Wärme zu lesen, die mich vollkommen unberührt lässt.

»Hat Phil sich mal gemeldet?«, richte ich das Wort an meinen Vater und beachte sie einfach nicht weiter. Über sein Gesicht zuckt für den Bruchteil einer Sekunde Schmerz, einen Moment später ist er allerdings wieder so ruhig und beherrscht wie zuvor. »Nein, noch nicht.«

Als ich sie wieder ansehe und den leisen Schmerz in ihrem Blick erkenne, merke ich, wie meine Hände vor Wut zittern. Verletzt sie mein Verhalten? Was erwartet sie eigentlich, diese …

»Wundert mich nicht«, presse ich mit Blick auf sie hervor. Ich will mich gerade umdrehen und in mein Zimmer verschwinden, da knarzt die Ledercouch wieder und ein kleiner Junge, der mir höchstens bis zur Brust reicht, hüpft auf diese Frau zu und klammert sich an ihre Hand, schaut mich an und fragt dann irgendwas auf Italienisch.

Ich starre ihn nur mit größer werdenden Augen an. Er hat dunkle Locken, große braune Augen und er trägt verdammt noch mal *Nicholas' Kapuzenjacke.*

»Wo hast du die her?«, stoße ich hervor und mache einen Schritt auf den Jungen zu. »*Wo* hast du die Jacke her?«

Sie waren in meinem Zimmer! Geben diesem kleinen Jungen Nicks verdammte Jacke, die ich niemals hätte hier liegen lassen sollen.

Der Kleine zuckt zurück, wenn möglich werden seine Augen noch größer, und er versteckt sich hinter den Beinen seiner Mutter.

»Ihm war kalt«, setzt mein Vater an, aber ich fauche dazwischen: »Zieh sie aus! Sofort!«

Und an meinen Vater gewandt: »Was habt ihr in meinem Zimmer zu suchen?!«

Ich höre den Jungen wimmern, während seine Mutter sich zu ihm hinunterbeugt und ihm die Jacke hastig auszieht. Mein Vater jedoch hebt fragend die Augenbrauen: »Ich wusste nicht, dass es dich so aufregen würde, wenn dein Halbbruder …«

»*Ich habe keinen Bruder!*«, bricht es plötzlich aus mir heraus. Als diese Frau die Jacke locker in der Hand hält, trete ich auf sie zu und entreiße sie ihr mit einer mörderischen Wut im Bauch. »Und ich habe auch keine Mutter!«, fauche ich sie an und sehe den Schmerz in ihren Augen, aber es interessiert mich nicht im Geringsten.

»Aber dich hat ja nie interessiert, was deine eigene Familie will!«, schreie ich meinen Vater an und mache dabei ein paar Schritte zurück Richtung Tür. »Weder haben dich Phils Gefühle interessiert, noch meine! Ich will sie hier nicht, ich brauche sie nicht! Ich will nur Phil zurück! Ihr könnt mir alle gestohlen bleiben!«

Ich warte keine Reaktion ab, sondern stürme schon zur Tür hinaus, die Treppen rauf und werfe die Tür mit einem lauten Knall hinter mir zu.

***

Es ist schon Abend, als ich mich endlich wieder beruhigt habe. Mein Zimmer gleicht nun einem Schlachtfeld und ich liege ausgepowert und müde auf dem Bett, das Kinn auf Nicholas' Kapuzenjacke gebettet und in der Hand sein Foto, das ich unablässig anstarre.

Im Prinzip bin ich nicht besser als mein Vater, oder? Anders, aber nicht besser. Ich habe mich auch nicht darum gekümmert, wie es Nick geht … Und Phil, das vor allem. Ich hätte mich viel früher einmischen sollen. Seit wann bin ich so ein verdammter Feigling?

Ich stoße einen leisen Seufzer aus und versuche zum hundertsten Mal, das Foto wieder glatt zu streichen, doch es funktioniert nicht, so wenig, wie ich bisher die Wogen zwischen uns glätten konnte. Ich hätte gehen sollen, sofort. Zu ihm und mich entschuldigen. Stattdessen vergrabe ich mich wieder in meinem Zimmer, starre sein Foto an und denke an ihn.

An die anderen da unten will ich eigentlich keinen Gedanken verschwenden, aber es funktioniert nicht. Immer wieder schweifen sie ab und ich werde von Neuem sauer, könnte losschreien und wüten. Immerhin lassen sie mich in Ruhe.

Betrübt werfe ich einen Blick auf mein Handy und frage mich, was Nick wohl in diesem Moment macht. Habe ich ihn vollends von mir gestoßen? Ist er wütend oder verletzt? Natürlich meldet er sich nicht von sich aus, und ich traue mich nicht, ihm zu schreiben, aus Angst, dass er mich ablehnt.

Gerade, als ich nach meinem Handy greifen will, um auf die Uhr zu sehen, klopft es ganz leise an meiner Zimmertür und ich erstarre mitten in der Bewegung. Kein Wort dringt über meine Lippen, aber trotzdem öffnet sich nach einigen Augenblicken die Tür und diese Frau steckt den Kopf herein. Ich schaue sie nur kurz an, dann wende ich den Blick wieder ab, bette das Kinn erneut auf den weichen Stoff von Nicks Jacke und starre sein Foto an.

»Kann ich reinkommen?«, fragt sie vorsichtig, aber ich erwidere nichts darauf. Als hätte sie dies als Einladung genommen, tritt sie plötzlich ein und schließt die Tür hinter sich. Mit langsamen, vorsichtigen Schritten bewegt sie sich durch das Chaos und setzt sich ungefragt auf die Bettkante, beobachtet mich und schweigt.

Wofür soll das jetzt gut sein? Glaubt sie, ich entschuldige mich gleich und falle ihr glücklich um den Hals? Meine Meinung zu ihr hat sich in den letzten Stunden nicht ein bisschen verändert. Da kann sie starren, wie sie will.

Es vergehen noch einige ewig andauernde Momente, ehe sie leise ansetzt: »Es tut mir leid, Emilio.«

Mein Name kommt ihr über die Lippen, als koste sie ihn wie ein Stückchen Schokolade, das man sich nie gewagt hat, zu probieren und als wäre es noch sehr ungewohnt aber trotzdem lecker. Sie hat einen leichten Akzent, rollt das R ein wenig und spricht meinen Namen sehr italienisch aus.

»Ich weiß, dass ich es niemals gutmachen kann, dass ich dich damals weggegeben habe. Und ich weiß, dass du mich wohl niemals als Mutter ansehen wirst, aber können wir uns nicht wenigstens ein bisschen kennenlernen?«

Gegen meinen Willen höre ich ihr zu, antworte allerdings nicht.

Ich starre weiterhin Nicholas an und will am liebsten ganz weit weg sein. Jede Faser meines Körpers fühlt sich zum Zerreißen gespannt an und ist fluchtbereit. Sie soll einfach verschwinden, oder ich tue es. Irgendwie kann ich mich doch nicht bewegen. Ihre weiche Stimme rührt mich, obwohl ich es nicht will.

»Ich wollte nicht, dass deine … deine *Eltern* sich streiten. Und ich wollte auch nicht, dass Phil verschwindet«, setzt sie leise fort. Sie hebt die Hand und will sie auf meinen Arm legen, zögert jedoch und zieht sie wieder zurück, als ich erneut nicht reagiere. Sie sieht mir über die Schulter, schaut das Foto an und zögert kurz. »Wer ist der junge Mann auf dem Foto? Er sieht nett aus.«

Wenn das der Versuch einer normalen Konversation war, dann ist er gewaltig nach hinten losgegangen. Unbewusst ist sie auf meinen wundesten Punkt gestoßen und lässt mich nun aufschrecken. Ihre Hand, die sie wieder nach mir ausgestreckt hat, schlage ich weg. Die Wut, die mich mein Zimmer in ein Schlachtfeld hat verwandeln lassen, entlädt sich nun über meiner Erzeugerin, die nichts weiter tun kann, als erstaunt die Augen aufzureißen.

»Wer das ist?!«, fahre ich sie schrill an und springe vom Bett auf, starre sie wutentbrannt an. »Wer *das* ist, ja? Willst du das wirklich wissen?! Das ist mein gottverdammter *Freund*. Der Kerl, den ich küsse und den ich verdammt noch mal *liebe*!« Wo auch immer diese Erkenntnis plötzlich herkommt, sie überfährt mich förmlich und lässt mich noch lauter werden.

»Ja! Bist du nun glücklich?! Ich bin genauso geworden, wie du es vorausgesagt hast! Es ist deine gottverdammte Schuld, dass er jetzt nicht mehr mit mir redet und es ist deine scheiß Schuld, dass Phil weg ist! *Wegen dir* hatte ich Angst zu meinen Gefühlen zu stehen, weil du darauf herumgehackt hast, was meine Eltern sind und dass ich auch so werden würde. Wie schlimm! Weißt du was, es ist kein verdammtes Wunder, dass Phil dich nie wollte! Ich will dich auch nicht! Warum bist du nicht geblieben, wo du warst! Ich will Phil zurück, verschwinde einfach und komm nie mehr zurück!«

Nach Luft ringend, heiße Tränen der Wut unterdrückend starre ich in ihr erstauntes, erschrockenes Gesicht. Sie schüttelt stumm den Kopf und öffnet den Mund, schließt ihn wieder.

Wieder zerknülle ich das Foto in meiner Hand, hole tief Luft und sage leise, wie zu mir selbst: »Und ich will Nick zurück!«

Vorsichtig steht sie auf, will auf mich zukommen. »Emilio, ich ...«

»Raus«, unterbreche ich sie schneidend. Als sie keine Anstalten macht, fahre ich noch mal auf und schreie sie an: »*Raus*!!« Während sie endlich hastig aus meinem Zimmer verschwindet, werfe ich mich wieder auf mein Bett und presse mein Gesicht in Nicks Jacke, unterdrücke heiße Tränen und umarme den brennenden Schmerz in meiner Brust.

17

Nicholas

Am darauffolgenden Tag bin ich zwar in der Schule, rede wie immer und benehme mich nicht anders als sonst, aber ich fühle mich, als würde ich neben mir stehen. Das bin nicht ich, der da Witze macht und sich am Unterricht beteiligt. Eigentlich stehe ich noch da unten und höre ihn immer wieder *Nein* und *Lass mich* sagen, sehe seinen abweisenden Blick und spüre den dumpfen Schmerz, den ich immer noch nicht richtig realisieren kann.

Was soll ich jetzt machen? Ich wage es nicht, ihn noch mal zu suchen oder mich bei ihm zu melden. Ich habe Angst, dass er wieder wütend wird oder gar nichts mehr mit mir zu schaffen haben möchte – aber ich will auch nicht einfach aufgeben.

Durch meine Kopfhörer dringt unaufhörlich irgendwelche Musik, die ich nicht richtig wahrnehme und nur angeschaltet habe, um sonst niemanden hören zu müssen. Den Kopf in den Nacken gelegt und an die Decke starrend, die Beine weit ausgestreckt, sitze ich in meinem Klassenraum in der großen Pause und tue einfach gar nichts, außer zu atmen und nachzudenken.

Warum zum Geier habe ich nicht einfach den Mund gehalten! Ich hatte mir doch fest vorgenommen, ihn nicht zu überfahren und ihm alle Zeit der Welt zu lassen. Eigentlich habe ich ihm das sogar *versprochen*, aber nein … Was tue ich?

Wie soll ich das wiedergutmachen? Natürlich habe ich ihn damit abgeschreckt, wie konnte es auch anders sein. Was war überhaupt los mit mir! Es war so offensichtlich, dass mit ihm irgendwas nicht stimmt und ich habe mich benommen wie ein egoistisches, selbstsicheres Arschloch, statt mich mal dafür zu interessieren, was mit ihm los ist!

Wütend auf mich selbst reibe ich mir die Augen und fahre mir mit den Händen durch die Haare, als sich plötzlich von der Seite eine Hand auf meine Schulter legt und mich heftig zusammenschrecken lässt. Beinahe falle ich vom Stuhl, so sehr zucke ich zurück. Ist das etwa …?

Aber nein. Ein rascher Blick zur Seite zeigt mir Hannah, meine Klassenkameradin und Freundin, die mich neugierig mustert. Unwillig ziehe ich einen Ohrstöpsel heraus und frage: »Was ist?«

Sie lässt sich von meiner Unfreundlichkeit nicht abschrecken. Mit einem kleinen Lächeln auf den Lippen streicht sie sich ihr langes, braunes Haar hinters Ohr und meint: »Da draußen steht ein ziemlich schnuckeliger Typ, der mit dir reden will.«

Jetzt hat sie meine Aufmerksamkeit. Mein Herz fängt urplötzlich an, schneller zu schlagen. Das wird doch nicht Emilio sein, oder? Hastig ziehe ich den zweiten Stöpsel auch noch aus meinem Ohr und knalle den iPod achtlos auf den Tisch. »Was für ein Typ? Locken?«

»Was? Nein, relativ glatte Haare ... Etienne heißt er, hat er gesagt. Wer ist das denn? Dein Freund?«

»Nein«, erwidere ich knapp, eine Augenbraue hochgezogen. Seufzend stehe ich auf und bedeute ihr, mir bloß nicht zu folgen. »Sei nicht so neugierig«, meine ich und sie streckt mir nur kichernd die Zunge heraus. Seit ich auf dieser Schule bin, verbringe ich die meiste Zeit mit Hannah, die nicht nur niedlich findet, dass ich schwul bin, sondern auch erstaunlicherweise mit meiner merkwürdigen Art klarkommt.

»Wenn du von selbst nichts erzählst, muss ich eben nachbohren«, lacht sie und schüttelt die langen Haare. »Geh schon, der sah echt niedlich aus, lass ihn nicht warten!«

»Tse«, mache ich und muss sogar ein bisschen grinsen, als ich mich zur Klassenzimmertür begebe. »Der ist zu jung für dich!«

Als ich auf den Gang trete, steht da wirklich nur Etienne, der nervös von einem Bein auf das andere tritt und die Hände ringt. »Nick«, grüßt er und grinst schief, mustert mich eindringlich. »Hey, Mann. Alles klar?«

Misstrauisch hebe ich eine Augenbraue. Hat Emilio ihm erzählt, was vorgefallen ist? Wenn ja, was will er dann von mir? Mich bitten, den Kleinen in Ruhe zu lassen? Oder schlichten? Das eine wie das andere scheint mir sehr unwahrscheinlich und eigentlich ist es auch nicht Emilios Art, Etienne zu schicken, oder?

»Eddy, hi. Was machst du hier?« Ich übergehe seine Frage einfach. So oder so glaube ich, er weiß Bescheid und kann sich sicher denken, dass nicht alles klar ist.

Ein Ausdruck von Mitgefühl zieht sich plötzlich über sein Gesicht, er seufzt leise und knetet unsicher die Hände.

»Ich wollte mit dir reden«, gesteht er schließlich und zuckt die Schultern.

»Wenn es dir nichts ausmacht. Ich … Äh, Milo war bei mir und hat erzählt, was passiert ist.«

Wusste ich es doch. Ich werfe einen kurzen Blick den Gang entlang, der zum Glück recht leer ist. Ein paar Schritte näher an ihn heran, dann nicke ich ergeben.

»Dachte ich mir«, erwidere ich niedergeschlagen und komme nicht umhin, mich zu fragen, ob Emilio ihn nun geschickt hat oder nicht.

»Oh Mann, Nick«, murmelt Eddy und seufzt. »Es tut mir echt leid … Er ist ein Idiot und hat im Moment echt Stress daheim.«

»Ja«, unterbreche ich ihn leise und könnte kotzen angesichts des Mitleids, das er mir da entgegenbringt. Ich will das nicht und ich brauche es nicht. »Hat er auch angedeutet. Was ist denn eigentlich los?«

Für einen Moment starrt Eddy mich zweifelnd an, dann zuckt er die Schultern.

»Er weiß nicht, dass ich mit dir rede, aber ich dachte, es ist wichtig. Na ja, weißt du, seine Mutter hat sich plötzlich gemeldet und seine Eltern haben sich zerstritten. Sein zweiter Vater oder was auch immer, ist abgehauen und hat sich nicht mehr gemeldet seitdem.«

Seine Mutter! Erstaunt hebe ich die Augenbrauen. Emilios Mutter, die er bisher gar nicht kannte? Wow, kein Wunder, dass er so durch den Wind ist …

»Phil ist abgehauen?«, erwidere ich nur und schüttle den Kopf. Eigentlich kann ich mir das nur schwer vorstellen. Was ist denn bei denen abgegangen, dass dieser Kerl, der einen so unerschütterlichen Eindruck macht, einfach verschwindet?

»Mh«, macht Eddy. »Eigentlich sollte es dir Milo wohl selbst erzählen, aber … Ich wollte dir eigentlich nur sagen, dass ich mit ihm geredet habe. Oh Mann, Nick … Er ist manchmal ein Trottel und hat sich nicht wirklich Gedanken gemacht, aber bitte schreib ihn nicht ab. Er wird das sonst bitter bereuen, ich weiß es. Warte einfach ab, er kommt sicher von alleine zu dir und entschuldigt sich noch …«

Eigentlich wollte ich mich ja bei ihm entschuldigen, doch Eddys Worte zaubern mir wieder ein zaghaftes, kribbeliges Gefühl der Hoffnung in die Brust. So, wie er klingt, empfindet Emilio doch was für mich, und ich habe einfach den falschen Moment erwischt. Nun, okay, ich *war* auch zu ungestüm. Er ist noch so unerfahren und ich muss ihm nur etwas mehr Zeit lassen und ihn irgendwie sanft erobern oder so etwas. Ich bin mir zwar nicht mehr so sicher, ob er mich will, aber Eddy hat Recht. Ich werde einfach abwarten und für Emilio da sein, wenn er das will.

»Bist du ihm sehr böse?«, setzt Eddy zaghaft hinterher und bringt mich damit fast zum Lachen. Er ist irgendwie süß und ich wünschte, ich hätte auch so einen besten Freund, der immer für mich da ist und mir beisteht, wenn ich ihn brauche.

»Nein«, antworte ich und lächle leise. »Nein, ich denke, ich muss mich bei ihm entschuldigen. Ich habe ihm versprochen, ihm Zeit zu lassen und ihn zu nichts zu drängen. Aber ich schätze, ich war einfach zu überschwänglich. Und ich habe nicht einmal nachgefragt, was denn genau los ist, das war dumm von mir.«

Auf Eddys Gesicht breitet sich langsam aber sicher ein breites Grinsen aus, fröhlich boxt er mir gegen die Schulter. »Also dann … Bis bald, würde ich sagen«, meint er noch, ehe er sich winkend und fröhlich pfeifend wieder davon macht. Komischer Kerl.

Emilia

Auch am nächsten Tag bewege ich mich keinen Millimeter Richtung Schule. Die Stimmung im Haus ist angespannt. Wenigstens hat diese Frau nicht noch einmal versucht, mit mir zu reden. Dad hat sie und ihren Sohn im Wohnzimmer mit einem Klappbett einquartiert und sie mir somit direkt vor meine Nase gesetzt. Wenn ihn das, was ich ihm gestern an den Kopf geworfen habe, verletzt hat, so hat er sich das bisher nicht anmerken lassen und mir für den Rest des Abends meine Ruhe gelassen. Vielleicht ist ja das seine Rache: Nichtbeachtung und diese Frau.

Als ich allerdings morgens grantig in die Küche schlurfe, um mir irgendwas zum Frühstück zu machen und mit hoch in mein Zimmer zu nehmen, stellt sich mir nicht Dad oder diese Frau in den Weg, sondern der Kleine. Urplötzlich steht er neben mir, ragt gerade so mit der Nase über die Arbeitsplatte und fragt: »Was hast du da?«

Ich erschrecke mich beinahe zu Tode und kann die Schüssel mit Cornflakes gerade noch so vor dem Fall bewahren.

Verwirrt starre ich ihn an und sehe mich mit einem paar großer, brauner Rehaugen konfrontiert. Anscheinend hat er aus gestern nichts gelernt oder schlicht vergessen, dass ich ein Arsch bin und nur herumschreie.

»Was?«, erwidere ich intelligent. Moment mal, warum spricht der überhaupt so gut Deutsch?

»Was isst du da? Ist das lecker? Ich heiße Luca und du?« Jetzt grinst er ganz breit und entblößt so eine klaffende Zahnlücke, wo seine Schneidezähne sein sollten. Kein Wunder, dass er so nuschelig klingt. Widerwillig verziehe ich den Mund.

»Cornflakes. Geht so. Emilio. Tschüss.«

Unfreundlich will ich mich wieder umdrehen und mich in mein Zimmer verziehen, aber er hüpft einfach neben mir her und blubbert drauf los: »Machst du mir auch welche? Ich hab Hunger, aber Mama schläft noch. Sie hat gestern ganz lange mit dem Onkel geredet. Ist das dein Papa?«

Unwillig bleibe ich stehen und mustere den Quälgeist. Ob er mich wohl bis nach oben in mein Zimmer verfolgen wird? Irgendwie tut es mir ja leid, dass ich ihn so angeschnauzt habe gestern – ist ja schließlich nicht seine Schuld, dass mein Vater ein Arsch ist und meine Privatsphäre nicht respektiert. Andererseits kann ich ihn kaum angucken, ohne dieser Frau wieder an den Hals gehen zu wollen.

Ich zögere noch kurz, seufze entnervt und drehe wieder um, stelle meine Schüssel auf den Tisch und meine barsch: »Guten Hunger«, ehe ich mir eine neue Portion zurechtmache.

Luca hüpft freudig auf den Stuhl und bedient sich an meinem Frühstück, wobei er scheinbar keinen Wert auf Etikette legt und mit vollem Mund erklärt: »Mh, daf if lecker! Danke!« Ätz.

Ich schütte die letzten noch vorhandenen Tropfen Milch über meine Cornflakes, schnappe mir einen neuen Löffel und will mich wieder aus der Küche verziehen, da greift er mit seiner kleinen Hand im Vorbeigehen nach meinem T-Shirt und bittet fröhlich: »Bleibst du hier?«

Ich bin im falschen Film. Ungläubig drehe ich mich zu ihm um, sehe ihn wieder ganz breit grinsen. Die dunklen Locken stehen, wahrscheinlich ebenso wie meine, wirr von seinem Kopf ab. Während ich ihn so anstarre, versetzt es mir wieder einen kleinen Stich. Sehen wir uns sehr ähnlich? Die Locken, ja, aber sonst?

Widerwillig seufze ich, setze mich ihm gegenüber an den Tisch und weiß selbst gar nicht, warum. Weiß er, dass wir … dass wir *Geschwister* sind? Oh Mann, ich kann das kaum denken! Ein kleiner Bruder. Halbbruder, okay, aber … Lustlos schaufele ich die Cornflakes hinunter, obwohl ich eigentlich keinen Hunger mehr habe. Luca turnt in seinem mit Dinosauriern gespickten, bunten Schlafanzug vor mir herum, verschüttet mehr, als er isst und erzählt, dass er eigentlich jeden Morgen Haferflocken isst, aber diese Cornflakes wären besser.

»Schön«, erwidere ich, da er scheinbar irgendeine Antwort erwartet. Jetzt grinst er, nickt zufrieden und fragt: »Magst du Haferflocken?« Völlig zusammenhanglos ergänzt er: »Wir haben einen Hund! Er heißt Fratello, das heißt Bruder. Ich wollte immer einen Bruder und jetzt habe ich dich.« Wieder eine kurze Pause, in der ich mir vorkomme, als hätte er mir gerade die Schüssel ins Gesicht geworfen, dann: »Aber irgendwie hast du keine Ähnlichkeit mit Fratello.«

Anscheinend gibt ihm das wirklich zu denken, so grübelnd, wie er dreinblickt. Fast hätte ich gelacht, wenn es nicht um mich und meine erstaunlicherweise fehlende Ähnlichkeit zu einem Hund ginge. Haha.

Na ja, also weiß er zumindest, dass wir verwandt sind.

»Haferflocken sind eklig«, erwidere ich nur und mache aus meinem restlichen Frühstück eine matschige Pampe, indem ich mit dem Löffel drin herumstochere.

»Ja? Magst du Hunde? Warum lebst du eigentlich nicht bei uns?« Er legt neugierig den Kopf auf die Seite und schiebt sich noch einen Löffel Cornflakes zwischen die unvollständigen Zahnreihen, wobei ein Großteil der Milch wieder hinausläuft. Bitte, irgendwer soll mir mal eben bestätigen, dass ich mit sieben mehr Manieren hatte!

Luca allerdings wischt sich die Milch ungerührt mich dem Hemdsärmel vom Gesicht und schaut mich erwartungsvoll an.

Was soll ich ihm sagen? Unbehaglich erwidere ich seinen Blick und frage mich, inwieweit er das verstehen würde, was zwischen meinem Vater und seiner Mutter vorgefallen ist? Wahrscheinlich sollte ich es erst gar nicht versuchen. Ich habe zwar große Lust, ihm sonst was über seine ach so tolle Mama ins Gesicht zu klatschen, aber der Junge ist sieben und kann verdammt noch mal nichts dafür, auch wenn es irgendwie wehtut, wenn er mich so löchert. Anscheinend hat er seine Mutter sehr lieb. Ist sie eine gute Mutter? Wäre sie mir auch eine gewesen?

»Ich … Mein … Äh, mein Papa wollte mich lieber hier behalten, in Deutschland«, erwidere ich gedehnt und hoffe, er gibt sich damit einfach zufrieden. Luca legt bei meiner Antwort die Stirn in Falten, dann nickt er ernst: »Ja, das kann ich verstehen, obwohl ich dich gerne bei uns gehabt hätte. Magst du Dinos?«

Langsam aber sicher komme ich mir vor, als würde er mir ein Loch in den Bauch fragen wollen. Verzweifelt verziehe ich den Mund, muss aber fast lachen, als wieder eine Milchflut durch seine Zahnlücke läuft, und meine dann geschlagen: »Ja. Dinos sind toll.« Ich wusste gar nicht, dass die immer noch in Mode sind.

Luca strahlt mich jetzt vertrauensvoll und glücklich an und wieder versetzt es mir einen kleinen Stich. Wie wäre das gewesen, wenn ich mit ihm aufgewachsen wäre? Nicht, dass es auch nur in irgendeiner Art und Weise möglich gewesen wäre. Nicht um alles in der Welt hätte ich Phil und Dad gegen diese Frau eintauschen wollen. Aber der kleine Kerl ist drollig.

Fröhlich springt er wieder von Küchenstuhl, geht um den Tisch herum und bleibt neben mir stehen, mustert mich neugierig und streckt plötzlich die Hand aus. Ich muss mich beherrschen, nicht zurückzuschrecken, als er an mein Lippenpiercing tippt und meint: »Was ist das?«

»Ein Piercing.«

»Was ist ein Piercing?«

Oh je. Wieder legt er die Stirn in Falten, schüttelt die dunklen Locken und mustert meine Lippe. »Hat deine Mama Ohrringe?«, stelle ich eine Gegenfrage. Er überlegt kurz, dann nickt er heftig. »Piercings sind wie Ohrringe, nur in der Lippe oder der Nase«, erkläre ich möglichst kindgerecht.

Seine Augen weiten sich und werden ganz groß und rund. »Da ist ein Loch in deiner Lippe?«

»Ja.«

»Tut das weh?«

Ich kann nicht anders, als ein bisschen zu grinsen. »Am Anfang etwas, aber jetzt nicht mehr.« Was würde er wohl sagen, wenn er Phils Nasenring oder das Augenbrauenpiercing sehen würde? Dafür müsste Phil allerdings erst einmal wiederkommen.

»Das will ich auch!«, bestimmt er und strahlt mich wieder an. Dann läuft er zu seinem Stuhl zurück, zerrt diesen um den Tisch herum und setzt sich direkt neben mich. Wow, langsam glaube ich, selbst wenn ich mich gewehrt hätte, der hätte mich so lange nicht in Ruhe gelassen, bis ich mit ihm geredet hätte.

»Wenn du älter bist«, meine ich nur und muss wieder grinsen. Jetzt hab ich aber was angerichtet … Schade, dass ich keine Tattoos habe.

»Magst du Fußball?«, fragt Luca wieder vollkommen zusammenhanglos und zieht seine Schüssel mit den matschigen Cornflakes heran, verteilt die Sauerei über den ganzen Tisch und isst den Rest geräuschvoll auf, nicht, ohne sich dabei wieder vollkommen einzusauen. Jetzt muss ich einfach lachen und stehe auf, um eine Serviette zu holen, lege sie ihm hin und meine: »Ja, sehr gern.«

Irgendwie ist es schwer miteinander vereinbar. Durch Phils Tagebücher kenne ich seine Mutter nur als grummelige Einzelgängerin. Wie hat sie es

dann geschafft, einen so lebhaften und geselligen kleinen Jungen großzu-
ziehen, der sich von mir Stinkstiefel gar nicht abschrecken lässt?

»Oh, spielst du nachher mit mir?!«, ruft er laut und springt mich aus seinem
Stuhl heraus an, hängt mir halb in den Armen und grinst mich freudestrahlend
an. Weil ich ihn nicht kränken will, schiebe ich ihn nicht weg, auch wenn es
mir ein wenig unangenehm ist, lächle schief und verspreche: »Klar, sicher.«

Urplötzlich ertönt von der Küchentür eine leise, liebevolle Stimme:
»Luca, überfall ihn doch nicht so!«

Das lässt mich innerlich zusammenzucken. Der zärtliche Ton, mit dem
sie den Kleinen zurechtweist, treibt mir wieder die Wut in den Bauch. Ver-
kniffen hebe ich den Blick, während Luca sich unwillig aus meinen Armen
windet und wieder normal hinsetzt.

»Tu ich aber gar nicht«, meint er bestimmt und wischt fröhlich mit der
Serviette über die Ferkelei auf dem Tisch, während seine Mutter und ich
uns nur anstarren. Ihr Blick ist zärtlich, obwohl ich mir kaum vorstellen
kann, warum sie mich so angucken sollte. Ich hingegen würde sie am liebsten wieder wegschicken, allerdings will ich keine Szene vor dem Kleinen
machen. Das mit gestern tut mir immer noch leid. Zum Glück scheint er
nicht nachtragend zu sein.

Seine Mutter steht in einem großen Flanellpyjama und barfuß in der Tür,
die langen Haare zu einem seitlichen Zopf geflochten. In ihrem Gesicht
liegt nichts als ein freundlicher, zärtlicher Ausdruck und scheinbar hofft sie,
meine Stimmung ist heute besser als gestern.

Während ich sie so mustere, kann ich nicht anders, als meinen Vater ein
wenig zu verstehen. Okay, vielleicht *waren* sie beide total besoffen, als sie
mich gezeugt haben, aber sie ist wirklich schön, auch jetzt noch.

»Wie geht's dir?«, fragt sie mich schließlich leise, macht jedoch keinen
Schritt in die Küche hinein. Genervt verdrehe ich die Augen und kann mir
gerade so eine bissige Antwort verkneifen … Nicht vor dem Kleinen.

»Prima. Selbst?« Puh, selbst in meinen Ohren klingt das eher wie eine
gemeine Anschuldigung. Luca zumindest merkt nichts, während er die
Sauerei auf dem Tisch vergrößert.

Von oben her ertönen nun Schritte, anscheinend ist mein Vater auch
endlich wach geworden und begibt sich die Treppe hinunter. Lucas Mutter
dreht ihm ihr Gesicht zu, als er durch den Flur geht und die Küche betritt.
»Morgen«, gähnt er und fährt sich mit der Hand durch die zerzausten Haare.

Ich frage mich, ob sie ihm gesagt hat, was ich ihr gestern wegen Nick
an den Kopf geworfen habe. Selbst wenn, er lässt sich nichts anmerken

und wirft mir und Luca am Tisch nur einen ganz erstaunten Blick zu, ehe er sich an Olli wendet: »Kaffee?«

»Gerne.«

Gott, das wird mir hier zu voll. Unbehaglich stehe ich auf und will mich aus der Küche drücken, da hüpft Luca mir hinterher und ruft fröhlich: »Wo gehst du hin? Kann ich mit?«

Seine Mutter bringt das zum Lachen, sie lächelt mich an, als wäre ich nie gemein zu ihr gewesen.

»Er mag dich«, meint sie überflüssigerweise. Meine Güte, sie kann sich ihr freundliches Getue wirklich schenken. Ich will sie überhaupt nicht leiden können …

»Ich merk's«, knurre ich schroff.

Luca folgt mir auch noch an ihr vorbei in den Flur und schiebt seine Hand in meine.

»Wo gehst du hin?«, fragt er noch mal und schaut mich aus großen Augen neugierig an.

Geschlagen werfe ich einen Blick auf seine Mutter und meinen Vater, der gerade Kaffee macht und mich mit einem breiten Grinsen beobachtet … Arrrgh.

»Ich … Ich wollte zum Bäcker … Denke ich«, erwidere ich zögerlich und kann nicht glauben, dass ich tatsächlich mitspiele und noch so nett bin! Innerlich verfluche ich mich, aber die Worte sind heraus, ehe ich sie zurückhalten kann: »Brötchen holen. Unser Frühstück war eklig. Papa, die Sorte Cornflakes schmeckt nicht.« Ich kann *Fruit Loops* nicht ausstehen.

Mein innerer Emilio verprügelt sich gerade selbst, vor allem, als Lucas Mutter mir jetzt ein ganz und gar liebevolles Lächeln schenkt und Dad leise lacht. »Das wäre sehr lieb. Geld ist im Portemonnaie.«

»Kann ich mit, kann ich mit?«, ruft Luca dazwischen und seufzend nicke ich. »Ja, sicher. Ich zieh mich nur um.« Was tue ich hier eigentlich?!

***

Als wir mit Papiertüten beladen wieder zurückkommen, habe ich nicht nur die ganzen fünfzehn Euro meines Vaters ausgegeben und einen neuen kleinen Freund gewonnen, sondern auch das leise Gefühl, dass Lucas Mutter ihn mitgenommen hat, weil sie genau *wusste*, dass er das Eis auftauen würde. Komischerweise macht mich diese Erkenntnis nicht wieder wütend, dafür mag ich ihn wohl mittlerweile einfach zu gern. Es ist merkwürdig, plötzlich einen kleinen Bruder zu haben, allerdings auch nicht unangenehm.

Nachdem Luca mir allerlei Kuchenstücke und Teilchen aus den Rippen geleiert, die Bäckereifachverkäuferin um den Finger gewickelt und sogar noch eine Mohnschnecke geschenkt bekommen hat, hat er, bis wir wieder daheim sind, das halbe Gesicht mit Zuckerguss beschmiert und ist der wahrscheinlich glücklichste kleine Junge der Welt, so wie er im Süßigkeiten-Paradies schwelgt.

Im Flur riecht es jetzt nach Kaffee und gerade, als wir zur Tür hineinkommen, kommt seine Mutter frisch geduscht und mit noch nassen Haaren die Treppe herunter und begrüßt uns wieder mit demselben glücklichen Lächeln auf den herzförmigen Lippen. Entgegen meinem Willen muss ich irgendwas gemacht haben, das sie glücklich macht. Weiß der Henker, vielleicht ist sie froh, den kleinen Quatschkopf mal losgeworden zu sein.

»Oh je, was habt ihr denn alles geholt?«, lacht sie bei meinem voll beladenen Anblick. Ich versuche, ihr einfach keine Beachtung zu schenken und begebe mich schon mal in die Küche, wo mein Dad den Tisch sauber gewischt hat. Seufzend stelle ich die Tüten ab und höre Luca im Flur aufzählen: »Käsekuchen, Brötchen, Schokobrötchen und Quarkbällchen, Rosinenbrötchen und Nussecken.«

Mein Vater lacht, als er die ganzen Tüten sieht und meint schließlich, als hätten wir uns nie in den Haaren gelegen: »Es ist nett von dir, dass du ihn nichts merken lässt.«

Nett von mir, pff. Ich erwidere nichts darauf, denn Luca hüpft an mir vorbei und strahlt den Tisch an, daraufhin wieder mich. »Wollen wir den Käsekuchen probieren?«

Ich lächle ihn knapp an, erwidere »Sicher«, denke aber: *Dad, wir sind noch lange nicht miteinander fertig.*

»Kommt, wir frühstücken zusammen im Wohnzimmer«, meint mein Vater und nimmt die Kaffeekanne und zwei Tassen. »Magst du auch welchen, Milo?«

»Nein, danke«, erwidere ich kühl. Er weiß genau, dass ich Kaffee nicht ausstehen kann. Himmel, nur, weil ich Luca noch nicht aus dem Fenster geworfen habe, heißt das noch lange nicht, dass ich den beiden verziehen habe. Und er soll mal nicht so tun, als würde er mich jetzt so schrecklich ernst nehmen. Täte er das, dann hätte er nicht über meinen Kopf hinweg entschieden, dass diese Frau hierherkommt.

Irgendwie schaffen die drei, alles ins Wohnzimmer zu verfrachten, ebenso Wurst und Käse und Nutella, das Luca ganz befremdet mustert.

»Das ist ja klein!«, meint er verwirrt und seine Mutter setzt hinzu, als ich den Kleinen irritiert anstarre: »Wir haben immer Fünfkilo-Gläser mit Henkel«, und sie lacht dabei wieder so ätzend fröhlich.

Gerade, als ich ihnen ein bisschen widerwillig ins Wohnzimmer folgen will, ertönt ein Klicken von der Haustür her, das uns alle zusammenzucken und erstarren lässt; nur Luca springt fröhlich auf den Sessel und mustert glücklich seine Kaffeestückchen.

Mit einem Mal schlägt mir das Herz bis zum Hals, als die Tür geöffnet und wieder geschlossen wird, und schwere Schritte in den Flur treten. Hektisch drehe ich mich um, sehe Phil da stehen und kann mich für einen Moment kaum rühren. Phil!

Er steht da und schaut mich an, offensichtlich geht es ihm gut. Ich öffne den Mund, schließe ihn wieder, bringe kein Wort hervor.

»Hey, Kleiner«, grüßt er vorsichtig, wie schon so oft, und plötzlich höre ich mich selbst laut: »Phil!« rufen. Im nächsten Moment liege ich ihm in den Armen.

Er lacht und drückt mich fest an sich, lässt mich auch nicht los, als Schritte hinter mir ertönen und sicherlich Dad da steht.

»Bitte«, stoße ich atemlos hervor. »Bitte geh nie wieder weg! Und wenn doch, dann nimm mich mit!«

Ich spüre seine große, schwielige Hand auf meinem Kopf, vertraut wuschelt er mir durch die Locken und murmelt ganz ungewohnt leise und zärtlich: »Ich hab dich auch vermisst. Tut mir leid, dass ich einfach so verschwunden bin.«

»Phil«, höre ich Dad hinter mir sagen und löse mich schließlich nur widerwillig von ihm, trete ein paar Schritte zurück und beobachte, wie die beiden sich für einen Moment einfach nur anstarren.

»Hey«, meint mein Ziehvater und grinst schief, während meinem Vater das schlechte Gewissen deutlich ins Gesicht geschrieben steht.

Langsam schiebe ich mich an ihnen vorbei ins Wohnzimmer, sehe noch, wie mein Vater auf ihn zugeht und sich fest an ihn drückt. »Es tut mir so leid …«

Luca mustert mich erstaunt, als ich wieder zurück ins Wohnzimmer komme und grinse wie zehn Honigkuchenpferde.

»Wer ist das?«, fragt er und will an mir vorbeigehen, um nachzusehen. Ich halte ihn sanft fest und schiebe ihn wieder zum Sessel.

»Das wirst du gleich sehen«, verspreche ich grinsend, was auch ihm wieder eines seiner zahnlosen Lächeln entlockt.

Seiner Mutter schenke ich keinen Blick, als ich mich auf die Armlehne des Sessels setze und Luca erkläre, dass in Käsekuchen keine einzige Scheibe Käse drin ist.

»Aber warum heißt er dann Käsekuchen?«, fragt der Kleine ratlos und mustert den goldgelben Kuchen vor uns.

»Da ist Frischkäse drin … Oder Quark oder so etwas«, erwidere ich fröhlich, und nach einigen Momenten kommen auch endlich Phil und Dad hinein. Zwar ist noch nicht alles geklärt, aber immerhin sind sie nicht mehr wütend aufeinander.

Phil nickt Olli wortlos zu, die ihn wiederum nur schweigend anstarrt und an ihren Augen ist deutlich abzulesen, dass sie sich freut, ihn wieder-zusehen, gleichzeitig jedoch Angst davor hat.

Luca hingegen mustert ihn neugierig und setzt dann an: »Wer bist …«, unterbricht sich aber mit einem erstaunten Ausruf: »Du hast Piercings!«

Er schenkt mir noch einen schnellen Blick, dann Phil und schließlich wendet er sich bestimmt an seine Mutter: »Ich mag das auch haben!« und bringt damit alle zum Lachen.

***

Wahrscheinlich wurden in diesem Haus nie zuvor so viele wichtige Ge-spräche geführt wie heute. Nachdem wir alle etwas gezwungen miteinander gefrühstückt hatten, habe ich mir Luca und eher widerwillig auch seine Mutter geschnappt. Wir sind in den Park zum Fußballspielen, damit Dad und Phil sich in Ruhe aussprechen können.

Scheinbar reicht es ihr vollkommen, ihre beiden … Nun, *uns* zu beob-achten, wie wir miteinander Fußball spielen und lachen.

Ach, irgendwie ist es eine merkwürdige Vorstellung. Wie fühlt sie sich wohl, wenn sie uns zusammen sieht? Was empfindet sie mir gegenüber? Bin ich für sie überhaupt ein Sohn? Luca jedenfalls hat mich schon fest ins Herz geschlossen und prustet vor Lachen neblige Schwaden in die kalte Novemberluft, als ich stolpere und mich der Länge nach hinlege.

Wir sind geschlagene zwei Stunden draußen, und als wir langsam zurück-schlendern, habe ich mit ihr noch immer kein Wort gewechselt. Luca läuft vor uns und kickt meinen Fußball unaufhörlich hin und her.

Die Stille ist merkwürdig und drückend, und schließlich erträgt sie es wohl nicht mehr und meint leise: »Ich weiß, es ist nicht mein Verdienst … Aber du bist ein wunderbarer Mensch, weiß du das?«

»Woher willst du das wissen?«, gebe ich kühl zurück und beobachte stur den kleinen Lockenkopf, der da vor uns herläuft.

»Ich sehe, wie du mit ihm umgehst. Nach gestern hätte ich das eigentlich nicht erwartet. Hör mal, ich kann verstehen, dass du mich nicht sehen willst …«

»Nein«, unterbreche ich sie und werfe ihr schließlich doch einen Blick zu. »Ich glaube nicht, dass du das verstehst. Niemand hat mich gefragt, ob ich dich sehen will. Aber du wurdest gefragt, ob du mich wolltest oder nicht – und du wolltest nicht.«

Irgendwie macht es mich nicht einmal mehr sauer – es tut weh. Wenn ich Luca so sehe … Habe ich was verpasst? Nein, so darf ich nicht denken. Michelle hat sich so liebevoll um mich gekümmert, als wäre ich ihr Kind. Es wäre unfair, so etwas zu denken. Trotzdem lassen sich diese Gedanken nicht ganz aus meinem Kopf verbannen.

»Ja, ich weiß«, seufzt sie neben mir. »Ich war viel zu jung und viel zu unreif. Es war falsch von mir und ich bereue es jeden Tag, den ich Luca sehe. Wenn ich mir vorstelle, was ich alles verpasst habe … Dass du auch mal so klein warst …«

Darauf erwidere ich nichts und wir legen den Rest des Weges schweigend zurück.

Nicholas

»Geht's dir gut?«, fragt mein Vater mich plötzlich, als wir zusammen die Koffer meiner Mutter packen. Am Wochenende wird sie ins Pflegeheim ziehen und wir haben mit den Vorbereitungen alle Hände voll zu tun, deshalb dachte ich eigentlich, man merkt mir vor lauter Beschäftigung gar nicht an, dass etwas nicht stimmt.

»Sicher«, erwidere ich und lächle ihn an. Er hebt nur die Augenbraue und lässt die Bluse, die er gerade falten wollte, sinken.

Unsicher weiche ich seinem Blick aus und ziehe ein Strickkleid aus Mutters Schrank hervor, um es zusammenzufalten und in den Koffer zu legen.

Auch heute habe ich Emilio nicht gesehen. Ich habe zwar vor, Etiennes Rat zu befolgen, aber ich mache mir trotzdem Sorgen, dass er sich gänzlich von mir entfernt. Er fehlt mir. Seine niedliche, tollpatschige Art; sein Lächeln und seine Berührungen …

»Sicher?«, erwidert mein Vater schließlich. »Du bist irgendwie so ruhig und abwesend. Hat es was mit deinem Freund zu tun?«

Ertappt zucke ich zusammen und werfe meinem Vater einen erstaunten Blick zu. Dass er überhaupt gemerkt hat, dass etwas nicht stimmt, verwundert mich. Jetzt nickt er zufrieden und klopft neben sich auf das große Ehebett.

»Möchtest du drüber reden?«, bietet er an und lächelt dabei schief. »Ich weiß, ich bin nicht immer der Aufmerksamste, doch so, wie du vor dich hin brütest ... Habt ihr euch gestritten?«

Unsicher mustere ich ihn. Soll ich es ihm erzählen? Und wenn ja, was dann? Er kann mir sowieso nicht helfen, da muss ich alleine durch, und ich hab es verdient, dass Emilio mich links liegen lässt. Schließlich zucke ich die Schultern und setze mich zu ihm.

»Ich hab dir doch gesagt, er ist nicht mein Freund. Ich hätte gerne, dass er es ist, aber er ist es nicht«, meine ich und streiche über das weiche Strickkleid in meiner Hand.

Mein Vater schweigt kurz, dann meint er etwas verwirrt: »Aber ihr habt euch geküsst.«

»Ja«, erwidere ich und muss doch lachen, obwohl mir eigentlich nicht danach ist. Natürlich versteht er das nicht. Mit seinen einundfünfzig ist er einfach eine ganz andere Generation.

»Er meinte, er weiß nicht, ob er Männer mag oder nicht, und ich hab ihm angeboten, ihm dabei zu helfen, es herauszufinden.«

»Oh«, erwidert er und ein Blick in sein Gesicht zeigt mir, dass er leicht errötet. Hüstelnd wendet er den Blick ab, schweigt kurz und meint dann: »Du magst ihn? Und er dich etwa nicht?«

»Mögen schon, Papa, aber das ist nicht dasselbe wie lieben oder so«, lache ich angesichts seiner fast schon niedlichen Zurückhaltung. Er schüttelt den Kopf und zuckt hilflos mit den Schultern, als er mich wieder ansieht.

»Er sah aber nicht so aus, als würde er nichts für dich empfinden!«, meint er zweifelnd.

Seufzend schüttle ich den Kopf und ringe mich dazu durch, ihm zu erzählen, was passiert ist. Dass ich es überstürzt habe und auch von meinem egoistischen Verhalten; von dem Gespräch mit Eddy und meinem jetzigen Dilemma. Warten ist eben einfach nicht mein Ding.

»Wie alt ist er?«, hakt mein Vater schließlich noch einmal nach, ohne meine Geschichte zu kommentieren, und beginnt wieder, Kleidungsstücke zusammenzulegen und einzupacken.

»Fünfzehn«, erwidere ich schulterzuckend.

Eigentlich komisch. Normalerweise haben wir selten solche Gespräche geführt. Seit ich Emilio kenne, oder zumindest seit Leo hier war, hatten wir gleich drei von diesen ernsten Gesprächen und so wie es aussieht, scheint er sich mehr für mich zu interessieren. Liegt es an Leo? Was hat er mit unserem Vater gemacht, dass der sich plötzlich so um mich kümmert?

»Nun … Ich würde deinem Freund Recht geben«, erwidert mein Vater schließlich und lächelt mir aufmunternd zu. »Emilio ist einfach noch sehr jung und hat im Moment anderes um die Ohren. Gib ihm Zeit. Dass er dir sehr zugetan ist, das hat man doch gemerkt.«

Zweifelnd mustere ich meinen Vater; sein von grauen Fäden durchzogenes Haar, die Fältchen, die sich langsam um Augen und Mund bilden, die blauen Augen und frage mich, was er eigentlich von der Liebe weiß. Nicht, dass ich glauben würde, er hätte keine Ahnung davon. Ich habe ihn nie gefragt, wie er zum Beispiel meine Mutter kennengelernt hat oder ob er davor schon Beziehungen hatte. Vielleicht sollte ich mal anfangen, mich mehr für ihn zu interessieren. Fühlt er sich nicht auch manchmal einsam?

»Was schaust du so?«, unterbricht er mich lachend, als er meinen Blick bemerkt, und wedelt mir mit einer Hand vor dem Gesicht herum.

»Ach«, meine ich, als ich aus meinen Gedanken gerissen werde. »Ich habe mich gerade gefragt, was Leo zu dir gesagt hat. Ich meine … Versteh mich nicht falsch, ja? Wir haben früher nie so geredet, und dass du Mama nun ins Pflegeheim geben willst … Was hat Leo zu dir gesagt? Und warum? Ich weiß nicht, ob du es gemerkt hast, aber wir können uns nicht sonderlich gut leiden.«

Nun hält mein Vater in seiner Tätigkeit inne, schaut mich forschend an und nickt langsam. »Ich weiß.«

Er schweigt und scheint sorgfältig nachzudenken, ehe er sich mir schließlich ganz zuwendet.

»Er hat mich, um ehrlich zu sein, ziemlich angeschnauzt. Dass ich mich zu wenig um dich kümmere und was ich mir eigentlich dabei denke, dir so viel Verantwortung aufzubürden … Ich habe es gar nicht bemerkt, Nico, und es tut mir so leid. Ich hätte schon viel früher etwas tun sollen.«

Er mustert mich unglücklich, ehe er leise fortsetzt: »Ich weiß, dass Leo dir gegenüber nicht gerade nett ist« – absolut untertrieben – »allerdings denke ich nicht, dass er das wirklich alles so meint. Er tut immer so, als wärst du ihm egal und als würde er nichts von dir halten, aber das stimmt nicht. Erinnerst du dich noch, als er damals für eine Woche von der Schule suspendiert wurde?«

»Was?«, erwidere ich verwirrt. Leo, suspendiert? »Wann das denn?!«

»Als er sechzehn war. Du warst gerade auf das Gymnasium gewechselt und es gab diesen Jungen, der dich die ganze Zeit gepiesackt hat.«

»Dennis.«

»Genau. Leo hat ihn sich nach der Schule vorgeknöpft und ihm ziemlich eine auf den Deckel gegeben, damit er dich in Ruhe lässt.«

Fassungslos starre ich meinen Vater an.

»Was? Das glaube ich nicht!«, erwidere ich und muss bei der Vorstellung irgendwie lachen. Dennis hatte die fünfte Klasse wiederholt und seinen größten Spaß dabei, jüngere Schüler zu triezen – ich war sein bevorzugtes Opfer. Jetzt wo Vater es sagt … Irgendwann hat er mich einfach in Ruhe gelassen und nie wieder etwas gegen mich gesagt oder getan.

»Doch, wirklich«, grinst mein Vater jetzt. »Und als du dein Coming-out hattest, hat seine Freundin sich schrecklich darüber lustig gemacht und darüber hergezogen. Leo hat sich fast von ihr getrennt, die beiden haben sich wochenlang gestritten, weil er nicht wollte, dass sie sich über dich lustig macht oder schlecht über dich redet.«

Kopfschüttelnd wende ich meinen Blick von ihm ab, nur um ihn dann wieder fassungslos anzustarren. Mein Vater lächelt mich schulterzuckend an.

»Aber warum … Ich meine, ich verstehe das nicht. Warum ist er mir gegenüber immer so unausstehlich?«

Er zuckt wieder nur die Schultern.

»Ach, ich weiß auch nicht. Manchmal habe ich das Gefühl, er glaubt, wenn er dich so schikaniert, härtet es dich ab gegenüber der bösen, bösen Welt. Wer weiß das schon so genau … Vielleicht versteht ihr euch ja eines Tages doch ganz gut.«

Jetzt kann ich nicht anders, als loszuprusten.

»Das träumst du, oder?«

»War ja nur eine Idee«, stimmt mein Vater lachend ein.

Emilia

Ich weiß nicht, wie lange dieses Gespräch dauerte. Zwei, drei, vier Stunden? Es ist schon dunkel draußen, als ich schließlich den Kopf in den Nacken lege und mir müde die Schläfen reibe.

Phil bringt Luca, der die ganze Zeit über auf dem Teppich vor dem Fernseher gelegen und mit meinem Nintendo DS gespielt hat, in mein Bett. Irgendwann ist er einfach eingeschlafen und mir macht es eigentlich nichts aus, wenn er bei mir schläft, mein Bett ist groß genug. Besser als die Couch ist es für ihn allemal.

Dad und Olli machen sich gerade fertig, um auszugehen – mit Jay und Falco. Sie wollen zusammen ins Kino und danach vielleicht noch essen gehen. Phil hingegen bleibt bei mir und ich bin froh darüber.

Ich fühle mich wie überfahren und ausgequetscht, jedoch auch besser als vorher. Phil hat seinen Standpunkt deutlich gemacht, freundlich aber bestimmt. Olli – bei der es mir mittlerweile nicht mehr so schwerfällt, sie beim Namen zu nennen – hat ihm beteuert, dass sie keineswegs vorhatte, mich hier wegzuholen oder sonst irgendwas. Daraufhin hat sie von früher erzählt, wie sie plötzlich schwanger mit mir war und wie ihre Eltern, die sehr altmodisch waren, ihr daraufhin das Leben zur Hölle gemacht haben. Sie war einsam und überfordert, und dass mein Vater und Phil sich so liebevoll um sie gekümmert haben, hat es nicht besser gemacht. Schließlich hat sie ihn ja doch geliebt …

Mittlerweile scheut sie sich nicht mehr, es zuzugeben und lächelt dabei sehr wehmütig. Irgendwie kann ich sie auch verstehen, trotzdem ist es komisch. Ich mag sie immer noch nicht lieber, aber immerhin hat sich meine Wut gelegt. Ich hatte die Chance, endlich zu erklären, dass ich es nicht drauf angelegt hätte, sie kennenzulernen und es eigentlich nicht wollte. Ich denke, zu hören, wie schön meine Kindheit war, hat sie auf der einen Seite beruhigt und auf der anderen irgendwie verletzt. Sie haben mich alle ernst genommen und endlich hatte ich das Gefühl, dass sie mir wirklich mal zuhören. Mein Vater hat sogar halbwegs erklärt, warum es ihm so wichtig war, dass ich Olli kennenlerne. In jedem Fall fühle ich mich enorm erleichtert und wahrscheinlich liegt das zu einem Großteil auch einfach daran, dass Phil wieder da ist.

Aus dem Flur ertönt die Stimme meines Vaters, der irgendwas sagt, woraufhin Olli lacht. Die beiden ziehen sich gerade ihre Mäntel an, und bevor sie gehen, steckt Dad noch einmal den Kopf ins Wohnzimmer und verabschiedet sich: »Wir sind dann weg, ja? Schade, dass ihr nicht mitkommt. Bis nachher.«

»Ja, tschau. Viel Spaß«, erwidere ich matt und schließe die Augen, seufze leise und würde mich am liebsten auch schlafen legen. Ich will allerdings jetzt, wo Phil endlich wieder hier ist und wir alleine sind, endlich in Ruhe mit ihm reden.

Es dauert nicht lange, bis er wieder da ist, jetzt mit Jogginghose und altem T-Shirt bekleidet und meint, als er sich neben mir auf die Couch fallen lässt: »Dein Zimmer ist ein Saustall.«

»Mhh, ich weiß«, erwidere ich und muss grinsen. Von der Seite werfe ich ihm einen Blick zu und sehe, wie er ebenfalls grinsend den Kopf schüttelt.

»Sollen wir uns was zu essen bestellen?«, fragt er und erwidert meinen Blick belustigt. Ich zucke nur die Schultern.

»Dasselbe wie immer?«

»Gern.«

Phil bestellt Pizza, wirft den Fernseher an und setzt sich wieder zu mir, aber wir beachten die Nachrichten kaum. Ich bin einfach nur froh, dass er wieder da ist.

»Sag mal, wo warst du die ganze Zeit?«, frage ich schließlich neugierig und lege die Füße auf dem Wohnzimmertisch ab, was bei meinem Vater einen mittelschweren Anfall zur Folge hätte. Phil tut es mir grinsend nach und meint schließlich: »Bei meiner Mutter.«

»Was?«, entfährt es mir und ich muss einfach lachen. Wie blöd von mir, da bin ich gar nicht drauf gekommen! Eigentlich typisch Phil … Es gibt Stress und wo ist er? Bei seiner Mutter.

»Was hast du denn die ganze Zeit gemacht, sag mal?«

»Gearbeitet, meine Mutter genervt und nachgedacht. Und dabei hat sie mich dann einige Sachen am Haus ausbessern lassen.«

Ich kann nicht anders, als mir Oma vorzustellen, wie sie Phil durch die Gegend scheucht, als wäre er nicht schon erwachsen. In meinen Lachanfall boxt mir Phil sachte gegen die Schulter und meint schließlich: »Es tut mir leid, dass ich dich alleine gelassen habe. Ich brauchte einfach ein bisschen Ruhe zum Nachdenken. Juli kann einen manchmal in den Wahnsinn treiben mit seiner Starrköpfigkeit.«

»Mh«, mache ich nur und starre auf den Fernseher. Was er Phil an den Kopf geworfen hat, war aber auch heftig.

»Phil?«

»Ja?«

»Du bist mir die beste Mutter überhaupt … Und ich hab dich lieb.« Ich werfe ihm einen ernsten Blick zu, den er erstaunt erwidert.

»Ich, Mama? Also bitte! Ich habe keine unbegründeten Wutanfälle oder stelle so dumme Regeln auf wie *Füße vom Tisch* oder *Räum' jeden zweiten Tag dein Zimmer auf.* Wenn hier jemand die Mutter ist, dann dein Vater.«

Wir tauschen ein verschwörerisches Grinsen, bis er schließlich entgegnet: »Ich hab dich auch lieb. Du glaubst gar nicht, wie stolz ich bin, dass du mein Sohn bist.«

Erstaunt hebe ich den Kopf, doch da klingelt es schon an der Haustür und Phil begibt sich mit einem fröhlichen Lächeln im Gesicht zur Haustür, ehe ich etwas darauf erwidern kann.

Es ist dieselbe Prozedur wie das letzte Mal. Als Phil wieder ins Wohnzimmer kommt, trägt er zwei Pizzakartons, zwei Bierdosen und Gläser und eine Flasche Cola und balanciert das Ganze zum Tisch. Wir mischen in einträchtigem Schweigen ein kühles Cola-Bier zusammen und schauen beim Essen die langweiligen Nachrichten.

Als ich auch mein letztes Stück Pizza irgendwie hinuntergebracht habe, lehne ich mich mit vollem Bauch und halbleerem Glas zurück und genieße einfach den Moment. Phil ist wieder da und es ist alles wieder gut. Fast alles …

»Sag mal …«, setzt Phil jetzt an, ebenfalls mit seinem Glas in der Hand zurückgelehnt und die Füße wieder auf dem Tisch. »Juli hat mir erzählt, dass dir vor Olli rausgerutscht ist, dass du mit diesem Kerl zusammen bist und sie schuld ist, dass er nicht mehr mit dir redet.«

»Oh, mh«, erwidere ich nichtssagend. Also weiß Dad auch Bescheid, na ganz prima. Dabei sind wir ja eigentlich gar nicht zusammen.

»Habt ihr euch gestritten?«, fragt er behutsam und nippt an seinem Glas.

Ich schweige für eine ganze Weile, ehe ich ihm mein Gesicht zuwende und leise frage: »Wie hast du gemerkt, dass du Männer anziehend findest?«

Erstaunt schaut Phil mich an und hebt die Augenbrauen. »Oh … Na ja … Eigentlich habe ich mir nie wirklich Gedanken darüber gemacht. Wenn mir ein Kerl gefallen hat, dann war das so, und wenn ich ihn wollte, dann wollte ich ihn eben. Und als ich mich in Juli verliebt habe, war es nun einmal so und ich hab es eigentlich nie hinterfragt. Wenn es irgendwann mal eine Frau gewesen wäre, dann wäre es auch nicht schlimm gewesen. Um ehrlich zu sein, gab es eben nie eine Frau, die mich gereizt hat.«

»Wie, du hast dir nie Gedanken drüber gemacht?!«, stoße ich irritiert hervor und schaue ihn an, als wäre er nicht mehr ganz richtig im Kopf.

Phil lacht nur und schüttelt den Kopf. »Weißt du, wo der Unterschied zwischen dir und mir ist? Mir war es einfach scheißegal. Was die anderen gesagt haben, hat mich nie gejuckt, meine Familie stand immer hinter mir und ich habe es einfach so hingenommen. Als ich zum ersten Mal in einen Jungen verknallt war, da war das völlig okay für mich.«

Nachdenklich schweige ich, ehe ich schließlich zögerlich frage: »Und Dad? Ich meine, er hatte doch Frauen …«

»Ach, ja. Soweit ich weiß, hatte er einige Mädchen, aber so wie ich ihn kennengelernt habe … Ach, weißt du, wir waren ganz anders damals. Wir waren *alle* recht offen und innerhalb der Gruppe haben wir keine Berührungsängste gehabt. Er und Falco haben sich immer Küsschen gegeben, aber er hatte vor mir ein bisschen Schiss, weil ich ihm anfangs wohl zu offensiv war. Irgendwie war es einfach kein Thema. Nur vor seinem Vater hatte er Hemmungen, aber das hatte sich ja dann auch erledigt.« Lachend schüttelt er den Kopf. »Meine Güte, wir waren alles Schlampen! Juli hat an dem Tag, als du entstanden bist, vorher mit Falco rumgemacht, ich hatte auch schon intimeren Kontakt mit Jay, und Olli und Sven haben sich des Öfteren geküsst. Ach, und Jay ist sowieso mit jedem, der ihm gefallen hat, ins Bett gehüpft ... Ich bin *so froh*, dass du nicht so bist!«

Fassungslos starre ich ihn an und stelle mir für einen kurzen Augenblick sogar vor, wie Etienne und ich ... Nein! Entweder sind sie einfach alle komisch, oder es waren wirklich andere Zeiten damals. Oder bin ich verstockt?

»Zerstöre ich gerade dein Weltbild?«, feixt Phil und nippt wieder an seinem Cola-Bier.

»Mh, na ja«, erwidere ich nur und muss mit heißem Gesicht an die Tagebücher denken, die noch unter meinem Bett liegen. Ich wusste ja schon, dass die schräg drauf waren, aber *so*?!

»Also ... Wie sieht es denn nun aus? Mit deinem Nicholas?«

Erstaunt darüber, dass er sich sogar seinen Namen gemerkt hat, muss ich lachen. Das vergeht aber schnell wieder, als ich mir ins Gedächtnis rufe, wie wir zuletzt auseinander gegangen sind.

»Ach, ich war blöd«, erwidere ich schließlich und seufze leise. »Irgendwie hatte ich die ganze Zeit Angst, dass ich ihn wirklich anziehend finden und sogar lieber mögen könnte, als ich sollte ... Obwohl es schon längst zu spät war. Und als er mir gesagt hat, dass er mich liebt, habe ich ihn von mir gestoßen, weil ich Panik bekommen habe.«

»Und jetzt?«

»Keine Ahnung ... Ich habe noch nicht wieder mit ihm geredet, aber ich weiß jetzt, dass ich auch ziemlich viel für ihn empfinde und ihn nicht verlieren will. Aber ich habe echt Angst, was alle anderen dazu sagen könnten ...«

»Das ist vollkommen normal«, erwidert Phil ungewohnt sanft. »Vielleicht werden dich einige schräg angucken, aber sie gewöhnen sich auch daran. Und weißt du was?« Er wirft mir einen liebevollen Seitenblick zu und grinst schief, als er meint: »Wenn du mit ihm zusammen bist, dann wirst du das gar nicht mehr bemerken. Habe ich auch nie, wenn ich mit Juli zusammen war. Dann war das einfach alles nicht mehr wichtig.«

»Meinst du, er verzeiht mir?«, frage ich leise und stelle mein Glas schließlich ab, weil mir die Lust auf Alkohol vollkommen vergangen ist. Ich fühle mich niedergedrückt, habe ein schlechtes Gewissen und mache mir ernsthaft Sorgen, dass Nick nie wieder mit mir zu tun haben will.

»Rede einfach mit ihm. Ich glaube nicht, dass er der Typ ist, der wegen so etwas für immer eingeschnappt sein wird.«

Wir sitzen eine ganze Weile schweigend da, und während Phil an seinem Bier nippt, ringe ich schwer mit mir und meinem schlechten Gewissen. Ich wünschte, ich hätte nicht seine Tagebücher genommen und einfach mal ernsthaft nachgefragt, wie es damals war und wie es ist, wenn man einen Mann liebt und all das. Selbst wenn Phil mein Dilemma bemerkt, er sagt nichts, sondern sitzt ganz ruhig da, trinkt sein Bier aus und legt schließlich die Arme in den Nacken, ehe es aus mir herausbricht: »Oh Phil, ich bin ein undankbarer Vollidiot!«

Verzweifelt wende ich ihm meinen Blick zu. Er sieht in keinster Weise erstaunt aus, sondern schaut nur weiterhin auf den Fernseher, ein kleines Lächeln im Gesicht und fragt: »Warum das?«

»Ich … Oh Phil, bitte sei mir nicht böse …« Ich ringe mit den Händen und beiße mir auf das Piercing. Wird er mich dafür hassen? Oder wird er es verstehen? Er drängt mich nicht und wahrscheinlich bricht es genau deswegen einen Moment später aus mir raus: »Ich habe deine Tagebücher vom Dachboden geholt und gelesen!«

Stille breitet sich zwischen uns aus. Phil regt sich keinen Millimeter, sagt nichts und schaut mich nicht an, nur das Lächeln verwandelt sich langsam aber sicher in ein Grinsen.

»Bist … Bist du sauer?«, frage ich zögerlich und ängstlich und wage es kaum, zu atmen.

»Ach«, meint er, nimmt endlich die Arme runter und dreht mir das Gesicht zu. »Ich weiß schon lange, dass du sie hast. Ich bin nur froh, dass du es mir gesagt hast.«

Wie mir alles aus dem Gesicht fällt, scheint ihn zum Lachen zu bringen. Er boxt mir sanft gegen den Arm und lacht sich scheckig wegen meiner dümmlichen Miene.

»Wie, du weißt es?! Du weißt es und hast nichts gesagt?! Hör auf zu lachen, hey!«

Ich boxe ihn zurück und schließlich balgen wir uns wieder mal. Er schnappt sich wie so oft meinen Fuß und kitzelt mich so heftig, dass ich vom Sofa falle, und lacht sich drüber kaputt.

»Hah, ich liebe es, wenn du so erschüttert-dämlich schaust!«, seufzt er, als ich mich aufrappele, und wischt sich eine Lachträne aus dem Augenwinkel. »Ich habe keine Ahnung, wo du das herhast, weder Juli noch Olli können so bescheuert aus der Wäsche gucken …«

»Der Lehrmeister sitzt neben mir«, gifte ich zurück und werfe ihm ein Sofakissen an den Kopf.

»Hey, nicht so frech!«, lacht er auf und schüttelt schließlich grinsend den Kopf. »Nein, im Ernst ... Natürlich hab ich es gemerkt. Es sind meine Tagebücher, und da sind alle Fotos drin, die ich in meinem ganzen Leben zusammengesammelt habe. Meinst du nicht, dass mir auffällt, wenn frische Fußspuren auf dem Dachboden sind und der Schrank sich plötzlich nicht mehr öffnen lässt? Hat 'ne Weile gedauert, bis ich den ohne Schlüssel aufbekommen habe.«

»Bist du nicht sauer?«

»Ach«, erwidert er und macht eine abwertende Handbewegung. »Ich hab damit gerechnet, dass du irgendwann drauf stoßen wirst. Es tut mir leid, dass wir nie Klartext mit dir geredet haben, aber weißt du, es war echt nicht einfach damals ... Und ich rede eigentlich nicht gern drüber. Juli schon gar nicht.«

»Es tut mir trotzdem leid, ich hätte nicht rumschnüffeln sollen«, erwidere ich beschämt, ernte dafür aber nur ein Grinsen.

»Übrigens ... Du hast da was verloren auf dem Weg nach unten, und dass gerade das falsch herum im Staub lag, war ein bisschen traurig.«

»Wie?«, erwidere ich verwirrt. »Was hab ich verloren?«

Phil reckt sich und steht auf. »Moment, ich hole es.«

Als er wiederkommt, hält er ein Foto in der Hand und legt es mir schließlich mit einem kleinen Lächeln auf den Lippen hin.

Unsicher greife ich danach, werfe ihm noch einen fragenden Blick zu und drehe es dann um. »Oh ...«, entweicht es mir, als ich das Foto betrachte: Phil und ich, höchstens drei oder vier Jahre alt. Er hat das Kinn locker auf meine blonden Locken gestützt, während meine kurzen Ärmchen nach seinem Gesicht greifen und beide lachen wir in die Kamera.

»Phil«, stoße ich hervor und schüttle den Kopf. »Das ist einfach ultrakitschig, erzähl mir nicht, dass ich das *ernsthaft* da habe liegen lassen! Das glaube ich nicht!«

»Doch, das lag da!«, beteuert er lachend und hebt die Hände. »Ich schenk es dir, wenn du magst.«

»Ich glaube dir trotzdem nicht! Solche Zufälle passieren nicht einfach.«

»Wer sagt denn, dass es ein Zufall war? Komm her«, lacht er, legt mir einen Arm um die Schultern, zieht mich an sich und wuschelt mir durch die Haare.

»Du bist *mein* kleiner Hosenscheißer, weißt du das?«

18

Emilia

Die halbe Nacht liege ich wach und bastle mir einen Plan zurecht, der eigentlich gar keiner ist, um Nicholas zurückzugewinnen.

Nach dem schönen Abend mit Phil bin ich fest entschlossen, auch das wieder gerade zu rücken – und im Moment fühle ich mich sowieso, als könnte ich alles! Luca schmiegt sich im Schlaf vertrauensselig an mich und ich decke ihn alle fünf Minuten erneut zu, weil er die Decke immer wieder wegschiebt.

Ich weiß nicht, wie die Nacht vorbeigeht und warum ich am nächsten Morgen keine dunkelvioletten Augenringe habe, aber ich bin eine halbe Stunde vor dem Wecker hellwach, mache ihn aus und lasse Luca weiterschlafen.

Dann genehmige ich mir eine ausgiebige Dusche, versuche, mich irgendwie ansehnlicher als sonst zu machen und schreibe Etienne um sechs, dass er sich für heute bereithalten soll, *Plan Sophie* in der ersten Pause auszuführen.

Anschließend hole ich fröhlich beim Bäcker frische Brötchen, koche Kaffee und decke den Tisch zum Frühstück, noch bevor Dad, Olli oder Phil wach sind.

Phil ist auch der erste, der nach mir aufsteht, weil er früh los muss. Dad arbeitet im Moment noch am Feinschliff seines Romans und kann länger schlafen. Mit Phil zusammen frühstücke ich und lasse mir von ihm viel Glück wünschen für mein Vorhaben, ehe ich voller Tatendrang davonrausche.

Als ich in der Schule ankomme, bin ich nicht nervös und auch in der ersten und zweiten Stunde stellt sich noch keine Angst ein. Aber als ich fünf Minuten vor Unterrichtsschluss hinausflitze, kribbelt es plötzlich heftig in meinem Magen. Mit jedem Schritt, den ich in Richtung von Nicholas' Klassenraum tue, wird mir schlechter und ängstlicher zumute. Als ich schließlich den Gang betrete, schlägt mir das Herz bis zum Hals. Wahrscheinlich bin ich ganz rot im Gesicht vor Aufregung, und meine Hände zittern. Der Pausengong ertönt unbarmherzig und Schüler stürmen aus den Klassen, doch gerade, als ich auf Nicks Raum zugehen will, kommt er mit einer Klassenkameradin heraus und bewegt sich in meine Richtung.

Er bemerkt mich nicht, weil er in ein Gespräch mit ihr vertieft ist. Noch könnte ich einen Rückzieher machen, aber ich tue es nicht. Allen Mut zusammennehmend, den ich besitze, gehe ich auf ihn zu, und kurz bevor ich bei ihm bin, schaut er auf und bemerkt mich. Seine blaugrünen Augen weiten sich, ich höre noch ein erstauntes »Emilio?«, ehe ich die Arme um ihn schlinge und mich fest an ihn presse.

Für einen Moment ist er zu überrumpelt, um zu reagieren, doch dann legt er mir zögerlich die Arme um die Mitte.

»Oh Nick, es tut mir so leid!«, stoße ich hervor und hebe das Gesicht von seiner Schulter.

Mir bollert das Herz bis zum Hals, als er mich so sprachlos ansieht, dann einen Blick um sich wirft. Mir sind die Leute egal – scheißegal. Phil hat Recht, verdammt. Ehe ich noch weiter drüber nachdenken kann, presse ich meine Lippen fest auf seine. Er gibt vor Schreck einen erstickten Laut von sich, weicht jedoch nicht zurück.

»Es tut mir so leid«, murmele ich gegen seine Lippen und küsse ihn wieder, höre nichts und sehe nichts außer ihn.

»Ich war so dumm!« Und küsse ihn, küsse ihn und denke gar nichts mehr.

Seine Arme legen sich nun fest um mich und pressen mich dichter an ihn, während seine Zunge sanft zwischen meine Lippen gleitet. Ich weiß nicht, wie lange wir uns so küssen, bis er sich schließlich von mir löst und sprachlos die Hände auf meine Wangen legt.

»Du …«, setzt er an, schüttelt den Kopf und muss schließlich leise lachen.

»Verzeihst du mir?«, frage ich vorsichtig und versuche ein kleines Grinsen, das ihm wieder ein Lachen entlockt.

»Oh Gott, ich wollte mich eigentlich bei *dir* entschuldigen«, gesteht er und wirft wieder einen Blick in den Gang.

»Dir ist klar, dass das so ziemlich jeder mitbekommen hat?«, fragt er schließlich und hebt zweifelnd die Augenbrauen.

Ich zucke die Schultern und nicke dann, gebe ihm wieder einen Kuss.

»Ja, ich weiß«, entgegne ich. »Aber das ist mir egal. Ich will dich, Nicholas. Und Himmel, ich bin so was von verliebt in dich!«

Nick öffnet den Mund, um was zu sagen, bringt nichts hervor und schließt ihn wieder. Schließlich grinst er einfach nur und küsst mich erneut.

Ich bin unendlich erleichtert, dass er mir einfach so verzeiht. Warum er sich bei mir entschuldigen will, muss er mir noch erklären, aber nicht jetzt, denn wir haben keine Zeit.

»Nick, ich weiß, ich überrumple dich, aber … Es ist Zeit für unseren Plan. Wenn wir zu lange warten, dann weiß bald die ganze Schule, was gerade passiert ist und es funktioniert nicht mehr«, stoße ich ein bisschen hektisch hervor und ergreife seine Hand.

Seine Klassenkameradin mit den langen, braunen Haaren steht neben uns und starrt uns ganz unverhohlen und verzückt an, wie es auch Saskia getan hat, als wir zusammen essen waren.

Für einen Moment treffen sich unsere Blicke, sie quietscht leise und wedelt mit ihrer Hand herum, als sie meint: »Beachtet mich gar nicht!«

Nicholas wirft ihr einen Blick zu und schüttelt grinsend den Kopf. »Du bist unmöglich, Hannah.«

»Aber der hier ist noch niedlicher als dieser Etienne!«

Verwirrt starre ich zwischen den beiden hin und her, Nicholas winkt nur ab. »Erkläre ich dir später. Gehen wir los? Weiß Eddy Bescheid?«

Langsam und durcheinander nicke ich, Nick seufzt nur: »Beachte sie nicht, wirklich … Sie spinnt.«

»Hey!«, fährt Hannah lachend dazwischen. »Ich höre euch!«

»Ja, ja«, meint Nick nur und winkt ihr kurz zu. »Wir sehen uns später.«

»Tschüss, ihr Süßen!« Oh weh, wie ist die denn drauf?

Auf dem Weg hinunter lasse ich fast unwillig seine Hand los und versuche, mich zu sammeln und an alles zu erinnern, was wir uns ausgedacht haben.

Ich werde langsamer, während Nicholas mir noch einen Blick zuwirft.

»Du kommst nach?«

»Ja, ich schleiche wie ein Ninja. Bis gleich.«

Er verschwindet, während ich versuche, möglichst unbeteiligt ein Stückchen hinter ihm zu folgen.

Wenn möglich, so bin ich jetzt noch nervöser als zuvor. Hoffentlich klappt alles. Meine Güte, ich fühle mich tatsächlich ein bisschen schlecht, weil Sophie nun … Na ja.

Tief durchatmend betrete ich den Gang zu den Zehnern und versuche, mich möglichst unauffällig an die Wand zu drücken.

Etienne und Mel haben ganze Arbeit geleistet, bestimmt über die Hälfte der Schüler stehen draußen, die meisten tuscheln und sind wohl ziemlich gespannt. Weiß der Henker, was Etienne ihnen erzählt hat, um sie hinaus zu locken, aber er hat es geschafft.

Nervös beobachte ich Nicholas dabei, wie er durch die Menge schlendert, auf der Suche nach Sophie, die keine Ahnung hat, was hier gleich abgehen wird.

Nicholas muss sie nicht einmal ansprechen, sie wagt es tatsächlich laut zu rufen: »Hey, Nick! Was machst du denn hier?«, als wären sie die besten Freunde.

Ich weiß nicht, was passiert ist, seitdem wir auseinander gegangen sind. Mittlerweile trägt sie fast jeden Tag knappe Outfits, obwohl es draußen einfach arschkalt ist. Auch heute hat sie wieder einen mehr als nur auffälligen Ausschnitt und präsentiert ihn stolz.

Ich frage mich angewidert, ob die Masche des schüchternen Mädchens während unserer Beziehung nur gespielt war.

»Ah«, höre ich Nicholas laut sagen, sehe, wie er sich ein charmantes Lächeln auf das Gesicht zwingt und dann sagt: »Ich habe dich gesucht.«

Auch, wenn die meisten Schülergrüppchen in ihre eigenen Gespräche vertieft sind, so sehe ich doch, dass fast alle verstohlene Blicke auf die beiden werfen. Sophie bemerkt das gar nicht in ihrer Freude darüber, dass Nicholas *sie* gesucht hat. Buärg.

Kokett lächelnd löst sie sich aus ihrer Mädchengruppe und geht auf ihn zu.

»Mich gesucht? Warum denn das?«

Sie hat einen deutlich anzüglichen Ton in der Stimme, bei dem sich mir alles im Magen herumdreht. Am liebsten würde ich das Ganze abbrechen, wenn ich das so sehe. Sie macht sich an *meinen* Nicholas ran! Argh! Doch weil ich weiß, wie es enden soll, verhalte ich mich dementsprechend still.

»Ich wollte mit dir reden«, erwidert Nicholas galant, während Sophie immer näher auf ihn zukommt.

»Ach ja?«, erwidert sie und ich kann mir vorstellen, wie ihre Augen nun strahlen. Schließlich glaubt sie sich sicherlich am Ziel all ihrer Anstrengungen.

»Ja«, erwidert Nick fest und vor allem laut. »Es gibt da nämlich was, das ich dir unbedingt einmal sagen wollte.«

Jetzt ist es fast still im Gang und so ziemlich jeder mustert dieses ungleiche Paar verwirrt. Irgendwo auf der anderen Seite sehe ich Etienne stehen, der mir knapp zuwinkt und breit grinst, Mel neben ihm als bekräftigende Zeugin aller Ereignisse.

»Aus vertrauenswürdiger Quelle weiß ich, dass du keine Mühen gescheut hast, um mir näher zu kommen. Und ich muss dir wirklich dafür danken. Das hat alles dazu geführt, dass ich jetzt verdammt glücklich bin, weißt du?«

Ich kann Sophies Gesicht nicht mehr sehen, da sie mir nun fast komplett den Rücken zugewandt hat, und schließe kurz die Augen, um mir vorzustellen, wie sie wohl gerade aussieht. Ich rufe mir den Blick ins Gedächtnis, den sie Nicholas zugeworfen hat, als wir ihn im Kino getroffen haben oder als er in der Pause an uns vorbeigelaufen ist. Denke daran, wie ihre Augen in fanatischer Begierde nach ihm geglitzert haben und wie sie mir vorgeschlagen hat, sich mit ihm anzufreunden, angeblich für mich.

»Oh, Nicholas … Ich … Ich …«, höre ich sie aufgeregt stottern.

Er unterbricht sie, und als ich die Augen öffne, sehe ich wieder das gezwungene Lächeln auf seinem Gesicht.

»Dank dir habe ich meine große Liebe gefunden.«

Für einen Augenblick ist es ganz still im Gang, alle sind schockiert. Sollte Nicholas nun etwa doch nicht schwul sein? Wofür dann das Coming-out? Etwa um sich die Weiber vom Halse zu halten? Um mich herum beginnen die Schüler, leise zu tuscheln und ich kann nicht anders, als breit zu grinsen.

»Nick, ich …«

»Weißt du, meine liebe Sophie«, fährt er wieder laut dazwischen. Geübt von Ansprachen bei Schulaktivitäten, dringt seine Stimme zu allen durch. »Hättest du nicht Emilio ausgenutzt, um herauszufinden, wie man sich an einen Kerl ranschmeißen muss, sodass er was von einem will …«

Ein Raunen geht durch die Menge, während Sophie einen Schritt von ihm zurückweicht.

»Hättest du nicht mit diesem Idioten Lars herumgemacht, damit er Emilio krankenhausreif prügelt, als dieser nicht auf deine billigen Anmachversuche eingehen und dich nicht ficken wollte … Und deine ehemalige Freundin Mel ausgenutzt, um zu verhindern, dass Eddy und ich ihm zur Hilfe kommen konnten …«

Ich höre, wie sie leise aufschreit und wieder auf ihn zugeht, nach seiner Hand greifen will. Er schlägt sie unbarmherzig weg, ein ziemlich boshaftes Grinsen im Gesicht und irgendwie tut sie mir verdammt leid.

Langsam aber bestimmt drücke ich mich nun durch die sensationsgierige Menge und schiebe mich auf Nick zu. Sein Blick gleitet kurz zu mir, aber Sophie steht nur stocksteif da und bemerkt mich nicht.

»Hättest du all das nicht getan, liebe Sophie«, fährt er mit dröhnender Stimme fort und greift sanft nach meinem Arm, als ich ihm nahe genug bin, um mich dichter an sich zu ziehen.

Der fassungslose, panische Blick in ihren Augen wankt kurz, als sie mich sieht, doch sie rührt sich nicht und sagt nichts.

»Dann wäre ich meinem Emilio niemals nahe genug gekommen. Danke, dass du ihn in meine Arme getrieben hast. Das war das Beste, was du je getan hast.«

Nicholas grinst sie fröhlich an, als er sanft nach meinem Gesicht greift und mir einen kleinen Kuss auf die Lippen gibt. Ich kann nicht lachen oder grinsen oder sonst irgendwas. Sophie tut mir echt leid, wenngleich Nicholas' Abwandlung des Planes – von Freundschaft zu Liebe, ein ziemlicher Sprung – mich nicht stört.

Wie Sophie da vollkommen fassungslos steht und sich langsam aber sicher die Tränen in ihren Augen sammeln …

Als sie den Kuss sieht, bricht es plötzlich aus ihr heraus: »Das kannst du überhaupt nicht beweisen!«, kreischt sie schrill.

»Vielleicht hat sich Milo das alles ausgedacht, weil er einfach geil auf dich war? Und er hat mich nur ausgenutzt!«, fährt sie auf und versucht so wohl, die Leute von ihrer Unschuld zu überzeugen und gegen mich aufzuhetzen. Dass sie selbst in einer solchen Situation noch so berechnend sein kann!

Während ich nur fassungslos auflachen und den Kopf schütteln kann, schieben sich jetzt Etienne und Mel durch die aufmerksame Menge und unterbrechen Sophie in ihrem jämmerlichen Versuch.

»Sorry, Sophie«, unterbricht Etienne sie laut lachend. »Aber wir *können* es tatsächlich beweisen. Wenn du Leute ausnutzt, damit sie die Drecksarbeit für dich machen, dann solltest du sie wenigstens nett behandeln …«

Sophies wütender, aber zugleich panischer Blick legt sich jetzt auf Mel, die mutig hervortritt.

»Wenn du das machst …«, zischt meine Ex drohend, aber Mel erwidert laut: »Von dir lasse ich mich nicht mehr einschüchtern, du Giftspritze! Wegen dir fühle ich mich Tag und Nacht schuldig, weil ich dir dabei geholfen habe, Eddy und Nick von Emilio fernzuhalten, als Lars ihn verprügelt hat! Du hast Lars mit sexuellen Diensten bestochen. Wahrscheinlich weiß jeder hier, dass er was von dir wollte und alles für dich getan hätte.«

Verhaltenes Kichern geht durch die Menge, während Mel fortfährt: »Und ich weiß noch, wie du behauptet hast, dass Emilio dich vergewaltigen wollte, weil du sauer warst, dass er auf deine billige Anmache nicht eingegangen ist! Du bist eine Lügnerin und ein Miststück, und ich bereue jede Sekunde, die ich mit dir verbracht habe!«

So, wie Mel sich in Rage redet, hat ihr das wahrscheinlich schon lange zu schaffen gemacht. Es sieht so aus, als täte es ihr gut, Sophie mal alles ins Gesicht zu schreien.

Die Menge lacht vor Vergnügen, irgendjemand ruft laut »Schlampe!« und wieder lachen alle. Himmel, Sophie tut mir so leid, egal, wie mies sie war …

Ihr sonst so niedliches Gesicht verzieht sich zu einer wutverzerrten Grimasse, dicke Tränen kullern ihr über die Wangen. Für einen Moment sieht es so aus, als wolle sie auf Mel losgehen, doch da stellt sich Etienne schützend vor sie und meint mit fast freundlichem Lächeln: »Das würde ich lassen, wenn ich du wäre. Die Menge ist gegen dich, Miststück.«

Damit stößt sie einen letzten, schrillen Schrei aus und statt auf Mel oder Etienne oder mich loszugehen, kämpft sie sich durch die Menge zum Ausgang und verschwindet unter Gelächter und Hohnrufen.

»Geschafft!«, triumphiert Etienne und stürzt sich mir in die Arme. »Alter, wir haben's geschafft!«, freut er sich und lässt mich wieder los, um Mel zu umarmen. »Du warst spitze!«, lobt er sie grinsend.

Nicholas greift meine Hand und gibt mir einen Kuss auf die Stirn. »Was ist los?«, fragt er leise, während sich nun auch die Schülermenge langsam wieder zerstreut.

»Ach …«, meine ich und presse kurz die Lippen zusammen. »Sie tut mir leid. Dir etwa nicht?«

Nick schweigt kurz, dann schüttelt er den Kopf.

»Ich muss nur daran denken, wie du blutend und ohnmächtig am Boden lagst und dann finde ich, das war noch nicht hart genug.«

Nun … Wenn er das sagt …

Ich drehe mich ihm ganz zu und schaue ihn an, spüre bei seinem Lächeln ein warmes Ziehen in Brust- und Bauchbereich und merke, dass ich einfach nur verdammt glücklich bin.

»Sehen wir uns am Wochenende?«, fragt Nick und lehnt seine Stirn gegen meine. Oh, ich würde ihn zu gerne am Wochenende sehen! Immerhin habe ich ihm auch noch eine Menge zu erklären, aber …

»Ich glaube nicht. Weißt du, meine Mutter ist zu Besuch und sie hat meinen kleinen Halbbruder mitgebracht. Sie fahren Sonntag. Aber wir könnten ja Freitagnachmittag zusammen einen Kaffee trinken?«

Nick blitzt mich mit einer Freude in den Augen an, die mich ein wenig verwirrt. »Deine Mutter, ja«, erwidert er sanft und lächelt mich zart an. »Ja, verbring das Wochenende mit den beiden, das ist bestimmt schön. Wir haben ja noch ganz viel Zeit miteinander.«

***

»Nein.«

»Aber Luca, wir müssen …«

»Nein!« Seine Hand klammert sich fester in mein Hosenbein, er tritt näher an mich heran und drückt seinen kleinen dunklen Lockenkopf an meinen Arm, während Olli vor ihm kniet und tief Luft holt, um Ruhe zu bewahren.

»Schau mal, Luca … Du kannst nicht für immer hier bleiben, wir müssen doch wieder heim, zu deinem Papa. Er vermisst uns schon ganz doll und wir kommen auch bald wieder her …«

»Ich will aber nicht weg!« Mit großen Augen und herzzerreißendem Schmollmund wirft er einen Blick zu mir hoch und klammert sich fester an mich. »Ich will bei dir bleiben!«

Hilflos erwidere ich seinen Blick und zucke ratlos die Schultern.

»Aber das geht nicht …«

Olli tauscht einen kurzen, unglücklichen Blick mit mir, ehe sie sich wieder aufrichtet und nachdenklich auf ihre gepackten Reisetaschen schaut. Sie schüttelt hilflos den Kopf.

Es ist Sonntagmorgen und wenn Olli nicht bald losfährt, wird sie erst in der Nacht in Florenz ankommen und morgen todmüde zur Arbeit wanken. Dafür müsste sie Luca allerdings endlich überreden, Tschüss zu sagen und ins Auto einzusteigen.

Leider weigert der sich schon seit einer halben Stunde erfolgreich. Er heult zwar zum Glück nicht, aber umstimmen lässt er sich auch nicht. Seine Mutter scheint mit ihrem Latein am Ende zu sein.

Es tut mir ja auch leid, dass er schon fort muss. Ich habe ihn in dieser Woche echt lieb gewonnen, aber das ändert alles nichts daran, dass er nicht hierbleiben kann.

»Olli«, sage ich leise und hebe eine Hand, um sie dem kleinen Quälgeist auf die weichen Haare zu legen. »Setzt euch einfach noch mal ins Wohnzimmer und trinkt einen Kaffee oder so. Wir zwei klären das.«

Ich weiß nicht so recht, was ich ihm sagen soll, um ihn zu überreden und es ist weniger Mitleid mit Olli als mein eigener kleiner Trennungsschmerz, der mich ihn mit hoch in mein Zimmer nehmen lässt.

»Milo, ich will nicht gehen«, seufzt der Kleine unglücklich, als er sich auf meine Bettkante setzt und mich aus großen Augen anguckt. »Ich mag bei dir bleiben und mit dir Fußball spielen!«

Es ist ein merkwürdiges Gefühl, der Ältere zu sein und zu wissen, dass man jetzt vernünftig sein muss. Ist das so, wenn man jüngere Geschwister hat? Nun, vielleicht geht es Etienne auch so ... Ach, was sage ich, ihm geht es sicher verdammt oft so mit mir, aber wenn er mir damit was gezeigt hat, dann doch deutlich, dass man jemanden mit vernünftigen Argumenten überzeugen kann.

Langsam knie ich mich vor meinen kleinen Halbbruder, schaue ihn fest an und versuche, möglichst das Gesicht nachzuahmen, das Etienne immer macht, wenn er mir den Kopf wäscht – nur freundlicher. Genau in diesem Moment kommt mir endlich ein Geistesblitz.

»Sag mal, hast du einen besten Freund?«, frage ich und muss lachen, als er heftig mit dem Kopf nickt.

»Marino. Wir gehen in eine Klasse und spielen immer Fußball zusammen. Seine Mama macht die besten Focaccia und er bringt sie immer mit, wenn wir zusammen spielen.«

»Luca, du bist ein ganz toller kleiner Bruder und ich würde dich auch gerne hier behalten. Aber meinst du nicht, du würdest Marino vermissen? Und deinen Papa und Fratello ... Und die Focaccia ...« Nun, gut, vielleicht fehlt mir noch der Feinschliff für so etwas, doch immerhin runzelt Luca nun die Stirn und schaut mich unglücklich an.

»Ja ... Aber warum kann ich denn nicht alles haben? Warum kommst du nicht mit?«

»Weißt du, mein bester Freund heißt Etienne. Wir spielen auch viel Fußball miteinander und seine Mama macht ganz wundervolle Pizza. Ich würde ihn ziemlich vermissen.«

Für einen Moment zieht ein verletzter Ausdruck über sein Gesicht, als würde ihn schmerzen, dass mir Etienne wichtiger ist, als bei ihm zu sein. Der verschwindet allerdings recht schnell und weicht einer bedauernd-verstehenden Miene.

»Und wann sehen wir uns wieder?«, murmelt er leise und es scheint nun fast doch so weit zu sein, dass ihm die Augen feucht werden.

Ich lächle ihn aufmunternd an und pike ihm sachte in den Bauch. »Ganz bald. Ihr kommt uns wieder besuchen, du und deine Mama. Und ich schreibe dir Briefe, wie wäre das? Magst du Briefe?«

Plötzlich werden die braunen Rehaugen ganz groß. »Briefe! Ich hab' noch nie einen Brief bekommen!«

»Dann schreibe ich dir und schicke dir Süßigkeiten aus Deutschland und so, klingt das gut?«

»Au ja! ... Du versprichst es mir ganz fest, dass wir uns wiedersehen, oder? Versprich es!«

Ernst schaut er mich an und streckt mir seinen kleinen Finger entgegen. Ich nicke, stehe aber dann auf und gehe zu meinem Kleiderschrank. Als wir uns das erste Mal gesehen haben, habe ich ihn wegen einer Kapuzenjacke angeschnauzt ... Nun, dann soll er eben eine haben.

Ich suche kurz, dann fällt mir eine bunte Kapuzenjacke in die Hand, die mir schon etwas zu klein ist, und gehe damit wieder auf das Bett zu.

»Hier. Das ist eine meiner Lieblingsjacken. Irgendwann hole ich sie wieder, bis dahin hast du sie.« Damit strecke ich ihm den kleinen Finger entgegen und er hakt strahlend ein.

Als wir wieder hinuntergehen, trägt er die ihm noch viel zu große Jacke und strahlt wieder bis über beide Ohren. Unsere Eltern stehen noch im Flur und unterhalten sich leise, verstummen jedoch, als sie uns sehen. Ollis Augen weiten sich erstaunt, als sie ihren strahlenden kleinen Jungen sieht und sie wirft mir einen verwunderten Blick zu.

»Es kann losgehen«, meine ich und grinse breit.

***

Als sie schließlich abfahren, stehen wir zu dritt an der Tür und winken ihnen nach. Ruhe. Endlich. Auch, wenn es doch viel schöner wurde, je besser ich mit Luca klarkam, ich werde es genießen, wieder alleine in meinem Bett zu schlafen und nicht dauernd zugequasselt zu werden.

Phil steht neben mir und lehnt sich gegen den Türrahmen, schaut dem Auto recht ausdruckslos nach und fragt dann: »Und?«

»Mh? Was, und?«

Er zögert kurz, ehe er mir einen kleinen Blick zuwirft und hinzufügt: »Wie findest du sie?«

Ich erwidere seinen Blick mit hochgezogener Augenbraue und meine dann: »Ach. Luca ist süß. Olli ... Ja, ganz okay.«

»Nicht die liebe Mami, die du immer vermisst hast?«

»Phil, spinn nicht rum«, lache ich kopfschüttelnd. »Du bist doch die beste Mami von allen.« Er grinst leise und boxt mir gegen die Schulter. »Nicht so frech, Freundchen.«

Von hinten legt sich mir plötzlich eine zaghafte Hand aufs Haar und wuschelt sanft hindurch. »Ich bin stolz auf dich«, meint Dad leise. »Der Kleine vergöttert dich.«

Ich drehe ihm kurz das Gesicht zu, sehe den liebevollen Ausdruck in seinen Augen und seufze leise. Gut, ich habe ihm immer noch nicht ganz verziehen, dass er Olli einfach eingeladen hat und damit ein riesiges Chaos verursacht hat, aber immerhin ist er wieder normal und wird auch bald einen Therapeuten aufsuchen – eine Auflage von Phil, der wohl hofft, nie wieder solche ätzenden Szenen mitmachen zu müssen.

Zu der Sache mit Nick hat er nicht wirklich was gesagt, nur angeboten, wenn ich reden möchte, könnte ich immer zu ihm kommen. Allerdings kam mir bei näherer Betrachtung doch eher in den Sinn, mit Phil zu reden.

Seit ich Freitag mit Nick in diesem kleinen Café saß und eine der Kellnerinnen uns irgendwann ganz diskret gebeten hat, nicht so viel miteinander herumzumachen, geht mir eine gewisse Sache nicht aus dem Kopf, über die ich viel nachgedacht habe. Auch ein Gespräch mit Etienne war nicht aufschlussreich.

Als ich die Tür schließe und Phil sich mit Dad ins Wohnzimmer verzieht, zögere ich noch. Soll ich? Soll ich nicht? Allein bei dem Gedanken wird mir schlecht und mein Gesicht feuerrot. Wahrscheinlich wird es das peinlichste Gespräch, das ich in meinem ganzen Leben führen werde. Ich habe allerdings zu viel Schiss, um mich nicht zuvor zu informieren und ich denke mal, Phil wird damit klarkommen … irgendwie. Hoffe ich zumindest.

Mit butterweichen Knien und kribbeligem Gefühl im Magen schleiche ich zum Wohnzimmer und luge ums Eck. Dad sitzt da, mit seinem Laptop auf dem Schoß und tippt irgendwas, Phil fläzt sich auf dem weichen, etwas durchgesessenen Ledersofa und schaut die Fernsehprogramme durch. Mich bemerken sie nicht.

Leise räuspernd mache ich einen Schritt ins Wohnzimmer und habe zuerst die Aufmerksamkeit meines Vaters, dann wirft Phil mir einen Blick unter emporgezogenen Augenbrauen zu.

»Soll ich Platz machen?«, fragt er und deutet aufs Sofa, aber ich schüttle nur den Kopf und habe das Gefühl, einen riesigen Frosch im Hals zu haben. Ich räuspere mich wieder und mache noch einen kleinen Schritt hinein ins Wohnzimmer.

»Äh … ich … Kann ich vielleicht mit dir reden, Phil?«

Meine Stimme klingt selbst in meinen Ohren piepsig und unsicher, und ich spüre, wie mein Gesicht noch heißer wird. Phil runzelt die Stirn und setzt sich auf. »Klar.« Er deutet auf die Couch. »Setz dich.«

Ich zögere, werfe Dad einen kurzen Blick zu und füge mit krächzender Stimme hinzu: »Äh … *alleine* … bitte.«

Jetzt verändert sich Phils Miene zu total erstaunt und auch mein Vater hebt die Augenbrauen, zögert kurz, ehe er den Laptop zuklappt, ihn sich unter den Arm klemmt und aufsteht.

»Okay, ich bin im Arbeitszimmer.« Als er an mir vorbeigeht, wirft er mir einen kurzen, besorgten Blick zu und verschwindet dann.

Ich rege mich allerdings erst, als sich die Tür schließt und ich sicher bin, dass Dad nicht mitkriegt, was ich Phil gleich fragen werde.

Mit zögerlichen Schritten bewege ich mich aufs andere Ende der Couch zu und traue mich kaum, Phil anzusehen, der jetzt den Fernseher ausschaltet.

»Was ist denn mit dir los? Hast du ein Mädchen geschwängert?« Er versucht, einen belustigten Ton in seine Stimme legen, doch irgendwie will es nicht ganz gelingen und ich höre deutlich seine Anspannung heraus.

Unsicher hebe ich den Blick und schüttele den Kopf, meine Hände zittern. In Gedanken rede ich mir selbst gut zu. Also los, Emilio. Irgendwann wirst du drüber lachen können. Du hast schon peinlicheren Mist verbrochen …

»Phil? Äh …«

»Ja?«

»…« Tief durchatmen. Ganz tief. Mein Herz bollert wie verrückt, aber es gibt jetzt kein Zurück mehr, also los. Hab Mut!

»*Wie funktioniert Sex zwischen Männern?*«, stoße ich hastig hervor und sehe Phil zum ersten Mal in meinem Leben sprachlos. Ihm fällt für einen kurzen Moment alles aus dem Gesicht, er öffnet den Mund, schließt ihn wieder und starrt mich an, als wären mir plötzlich Hörner gewachsen.

Keine Ahnung, wie lange wir uns so anschweigen. Die Stille ist zäh wie ein alter Kaugummi. Endlich räuspert sich Phil.

»Äh … Warum redest du mit *mir* darüber? Ich meine, dein Vater … Moment mal, du willst mit diesem Kerl …?« Jetzt kommt wieder Leben in ihn, er richtet sich auf und starrt mich an. »Hey, warte, du bist fünfzehn! Du hast überhaupt mit gar niemandem Sex haben zu wollen!«

»Phil, schrei doch nicht so!«, fahre ich ihn hektisch an und werfe einen Blick zur Wohnzimmertür. »Und außerdem bin ich älter als du beim ersten Mal!«

In meine Verlegenheit mischt sich auch eine gewisse Ungeduld mit hinein. Phil mustert mich unwillig, ehe er die Schultern zuckt. Das Argument kann er nicht von sich weisen. Er reibt sich kurz die Nasenwurzel.

»Ich hätte nie vermutet, dass du mit so was zu *mir* kommst.«

»Wenn ich Dad fragen würde, dann wüsste ich unweigerlich, dass alle gesammelten Informationen irgendwas mit dir zu tun haben«, erwidere ich unwillig und kann ihn jetzt doch nicht mehr angucken. »Du hattest auch andere Kerle. Bei dir kann ich wenigstens denken, dass … na ja, du weißt schon … *Er* damit nichts zu tun hat.« Ich kann und will mir einfach nicht vorstellen, dass die beiden ein Sexleben haben.

Wir schweigen uns für einen Moment an, Phil mustert mich dabei nachdenklich, ehe er ergeben seufzt und meint: »Na schön … Obwohl mir das nicht gerade behagt, der Kerl ist viel zu alt für dich!«

Also bitte, die zwei Jahre Altersunterschied liegen ebenso zwischen ihm und Dad!

»Und ich mag Eddy lieber als den Schnösel …«

»Oh Himmel, Phil! Etienne ist mein bester Freund!«

»Ach, das hat Jay und mich auch nie von irgendwas abgehalten!«

»Phil! Beantworte einfach meine Frage!«

Mit feuerrotem Kopf raufe ich mir die Haare. Der Kerl macht das Ganze noch schlimmer als es sowieso schon ist! Kann er nicht einfach kurz und sachlich erklären, wie das funktioniert und worauf ich achten muss? Und dann einfach vergessen, dass es dieses Gespräch überhaupt jemals gegeben hat? *Arrrrgh*!

Er zögert noch einen Augenblick, ehe er kurz in eigenartiger Manier die Zähne bleckt und dann meint: »Also gut. Was genau willst du wissen?«

Allmächtiger! Kann er nicht einfach … Meine Güte!

»Na … Wie klappt das? Was muss man machen? Tut es weh?«

»Ach, du willst, dass er dich …«

»*Phil*«

»Okay, okay … Du brauchst Gleitgel und ein Kondom und er nimmt dich dann von hinten. Analsex. Tut nicht weh, wenn man es richtig macht.«

Ach was!

»Das ist nicht sehr präzise«, knurre ich und zwinge mich dazu, ruhig zu bleiben. »Ich meine, wie macht man, dass es nicht wehtut? Ich hab im Internet rumgeschaut aber … Na ja, irgendwie gab es nicht viel dazu und alle meinten irgendwas mit … *dehnen* … oder so …«

Gott, dieses Gespräch entwickelt sich schlimmer als gedacht. Wahrscheinlich werde ich diese Peinlichkeit niemals vergessen und drüber lachen können, werde ich auch nicht! Niemals!

»Man dehnt den Partner vorher mit den Fingern. Streicheln, massieren. Fühlt sich beim ersten Mal nicht gerade angenehm an, aber du wirst schon merken, ob es dir gefällt. Probier aus, was besser für dich ist. Mit dem richtigen Partner kann es wirklich schön sein.«

Stell dir jetzt nicht vor, wie das jemand bei Phil macht, nicht vorstellen, nicht vorstellen … Rosa Einhörner, Matheklausuren, Straßenkatzen! Hundekuchen!

Na ja, okay, Ablenkungsmanöver gelungen. Hundekuchen? Wie komme ich auf *Hundekuchen*?!

»Okay«, entgegne ich schließlich und schaue einfach auf den Teppich, aber bloß nicht zu Phil. »Und … Es tut nicht weh? Ich hab die schlimmsten Horrormärchen gelesen.«

»Nein, wenn er sich Zeit lässt, und wenn du entspannt bist und Lust drauf hast, nicht. Ich vermute mal, dein Schnösel hat Erfahrung, der kriegt das schon hin … Ach so, und viel Gleitgel.«

»Mh«, erwidere ich nur.

Ich bin nicht viel schlauer als vorher. Was, wenn ich etwas falsch mache? Was soll ich überhaupt machen? Ich habe keine Ahnung!

»Hey, Milo … Hör mal, wenn du ihm vertraust und ihn machen lässt, wird das schon. Ich denke mal, der Kerl wird dir schon zeigen, wo es langgeht, keine Angst. Solange du es wirklich willst und dich nicht drängen lässt … Es kommt alles automatisch, wenn es soweit ist.«

Ächzend steht Phil auf und streckt sich, macht ein paar Schritte Richtung Tür, ehe er innehält und noch meint: »Obwohl mir ja lieber wäre, du bleibst einfach Jungfrau, bis ich unter der Erde liege. Wenn er dir wehtut, muss ich ihn leider qualvoll umbringen …«

»Ich vertraue ihm«, unterbreche ich ihn seufzend.

Als er lachend aus dem Wohnzimmer in die Küche verschwindet, nimmt er mir die Überlegungen ab, wie ich aus dieser peinlichen Situation wieder herauskomme.

Sonderlich viel mutiger fühle ich mich allerdings nicht.

***

Eine Woche später stehe ich in Nicks Zimmer und bin nervös. Aufgeregt nervös. Erwartungsvoll nervös … Alles in Einem. Es ist Samstagabend und Nick trägt ein verdammt gut sitzendes, graues Hemd und eine dunkle, enge Jeans. Keine Ahnung, was er gerade erzählt, irgendwo zwischen »Deutschklausur« und »Hannah« habe ich aufgehört, seinem Gespräch zu folgen.

Diese Woche war wohl die peinlichste meines ganzen Lebens. Seit dem Gespräch mit Phil sieht dieser mich immer forschend an und Dienstagnachmittag lag plötzlich eine Tube Gleitgel und ein Päckchen Kondome auf meinem Schreibtisch. Waren die von Dad oder von Phil? Weiß Dad Bescheid? Am liebsten wäre ich schreiend aus dem Fenster gesprungen.

Etienne, der es sich nicht nehmen ließ, das Thema immer wieder anzusprechen, weiß inzwischen besser Bescheid als ich. Er war so gütig, es mit seiner Saskia *vorzutesten* – sprich: sie hatten Analsex.

Eigentlich wollte ich das gar nicht wissen, aber wenn Etienne einmal dabei ist, einen totzuquatschen, dann gibt es kein Halten mehr.

Dehnen, ja, er hat sie gefingert. Tat nicht weh, sagte sie. Hat ihr gefallen. Er fand es geil. Prima. Und jetzt? Das hilft mir nicht! Es war sicher nur ein Vorwand für ihn, um es mal auszuprobieren, der Arsch.

Na ja, nun stehe ich hier, frisch geduscht, rasiert und nervös. Aber irgendwie auch voller Vorfreude, obwohl ich gar nicht weiß, wie ich es anstellen soll, dass er mit mir schläft. Oh Himmel, er sieht so gut aus! Bückt sich gerade zum unteren Regalbrett mit ganz vielen DVDs darauf und erzählt dabei irgendwas, während er die Plastikhüllen absucht.

Sehe ich gut genug aus? Vorsichtig zupfe ich noch einmal an meinen Haaren, richte das etwas engere T-Shirt und ziehe mir die ewig rutschende Jeans wieder hoch.

Vielleicht bin ich übereilig. Etienne hat mich das sogar gefragt. Bin ich mir sicher? Ja, ziemlich. Ich will ihn. Das Anfassen reicht mir nicht, ich will ihn richtig spüren. Und ich will es tun, mit ihm. Warum noch warten?

Meine Tasche stelle ich vorsichtig neben seiner gemütlichen Couch ab und dann beobachte ich ihn wieder, kann nicht verhindern, dass sich in meinem Kopf die wildesten Dinge abspielen.

Seine dunkelblonden Haare sind etwas zerzaust, was ihn noch anziehender wirken lässt. Am liebsten würde ich ihn jetzt einfach küssen und meine Hände in seinen Haaren vergraben. Oh Himmel, was ist nur los mit mir? Diese ewigen Katz-und-Maus-Spielchen in der Schule bewirken nicht gerade, dass ich warten und einfach Händchenhalten möchte. Jetzt weiß zwar jeder Bescheid, aber Nick zerrt mich trotzdem in den Pausen in die hintersten Winkel der Schule und treibt mich beinahe in den sexuellen Wahnsinn.

»Robin Hood mit ... Emilio? Hörst du mir überhaupt zu?«

»Mh? Äh, ja! Ja, natürlich!«, erwidere ich lahm, aus meinen Gedanken gerissen.

Nick mustert mich erstaunt, dann verziehen seine Lippen sich zu einem leisen Lächeln. »Was ist denn los mit dir? Du bist so still heute.«

»Ach, nur etwas in Gedanken ...«

Mit besorgtem Gesichtsausdruck kommt er auf mich zu und legt die Arme um meine Mitte, drückt mich sanft an sich.

»Sicher? Oder wieder Probleme, die du vor mir geheim hältst?«

Ich lache unsicher, schüttle den Kopf. »Quatsch …«

Vorsichtig drücke ich mich näher an ihn, gebe ihm einen kleinen Kuss, und noch einen.

Er grinst mich an und meint: »Ich habe dich gefragt, ob wir Robin Hood schauen wollen, mit Russel Crowe. Der ist gut.«

»Mir egal«, erwidere ich leise und streiche mit der Nase an seinem Hals entlang. Himmel, er riecht einfach unglaublich gut.

Sanft küsse ich die empfindliche Haut und sauge leicht daran, etwas, das ich mir von ihm abgeschaut habe. Er macht das bevorzugt gerne in der Schule.

Den Hals entlang bis zum Ohr, ich beiße zart in sein Ohrläppchen und streiche mit der Zunge sanft darüber. Nick zuckt leicht zusammen, ich spüre die Gänsehaut unter meinen Lippen und hebe nun die Hände zu seinem Rücken, streiche unter sein Hemd.

»Mh … Oder doch kein Film?«, fragt er mit rauer Stimme und legt eine Hand in meinen Nacken, als ich erneut an seinem Hals sauge, drückt mich fester an sich. »Nein, eindeutig kein Film …« Er dreht den Kopf und seine Lippen finden meine.

Wir treiben dieses Spiel seit einer halben Ewigkeit, so erscheint es mir. Wahrscheinlich würde er auch nichts lieber tun, als mich auf der Stelle zu nehmen, aber glaubt, ich will es nicht oder so etwas. Ich denke einfach nicht weiter darüber nach. Es kommt automatisch, ganz bestimmt …

Als seine Zunge heiß in meinen Mund eindringt, lege ich die Arme in seinen Nacken und ziehe ihn sanft aber bestimmt mit mir Richtung Bett, ohne den Kuss zu unterbrechen.

Leise lacht er gegen meine Lippen, als die Bettkante meine Waden berührt und er mich spielerisch auf die weiche Matratze schubst.

»Was ist denn mit dir los, sag mal? Erst schweigsam wie ein Stein und jetzt so stürmisch?«

Langsam beugt er sich über mich, ein schelmisches Blitzen in den Augen. Ich lege fordernd die Arme in seinen Nacken und ziehe ihn zu mir herunter.

»Ich hab über die Woche nachgedacht, und die Momente, in denen du mich mit einer mächtigen Latte in der Hose hast stehen lassen. Dachte, jetzt wäre eine Möglichkeit, mal nicht dumm dazustehen und an Matheklausuren denken zu müssen.«

Nick lacht leise, als seine Hand über meinen Hals, über Brust und Bauch hinunter zu meinem Hosenbund streicht und dann spielerisch unter mein T-Shirt fährt.

»An Matheklausuren denkst du dann also? Soso …«, erwidert er leise, streicht mit seinen Lippen über meine. »Und du meinst, ich könnte dir heute die nächste Lehrstunde geben? Sind dir die Videos ausgegangen?«

Fassungslos reiße ich die Augen auf, lache ungläubig und schubse ihn von mir herunter. Grinsend legt er sich neben mich, die Unterarme auf der weichen Matratze abgestützt.

»Ich erinnere mich da an etwas«, meine ich herausfordernd. »So ein ziemlich attraktiver Kerl hat mir versprochen, nie wieder drüber zu reden – aber das kannst du ja wohl nicht gewesen sein. Muss mein anderer Lover sein, der ist heißer und liebevoller und trägt mich auf Händen.«

Nicks Grinsen wird noch eine Spur breiter, als ich mich schließlich breitbeinig über ihn knie und ihm nähere.

»Na«, meint Nicholas leise. »Dann solltest du vielleicht zu ihm gehen und mich meinem Schicksal überlassen?«

»Nein, nein … Man hebt sich das Beste doch immer bis zum Schluss auf«, stichele ich und beiße ihm zart in die Unterlippe, schiebe vorsichtig ein Bein zwischen seine und reibe mich leicht an ihm.

Das Grinsen schwankt für einen Moment und mich durchläuft es heiß, als ich seine leichte Erektion an meinem Oberschenkel spüre. Sachte drücke ich ein wenig fester, genieße die Gänsehaut, die sich mir über den Rücken zieht, als er leise aufkeucht.

»Heißt das, er ist besser im Bett als ich?«, murmelt Nick und erwidert meinen Blick, als würde ihn gar nicht interessieren, was ich sagen will, sondern nur, was ich tue.

»Kann ich nicht beurteilen, war ja noch nie richtig mit dir im Bett … Aber er ist gut, ja.«

Der Blick aus den blaugrünen Augen ruht ganz versonnen auf meinen Lippen, er beißt sich leicht auf die eigenen, ehe er meint: »Gut … Dann hab ich ja noch 'ne Chance, mich zu beweisen.«

Nicks warme Hand legt sich mir sanft in den Nacken und er zieht mich zu sich hinunter. Sein Kuss, erst fragend und vorsichtig, wird langsam fordernder und intensiver.

Als seine Zunge heiß in meinen Mund eindringt, keuche ich atemlos auf und reibe mich wieder an ihm. Ich spüre, wie meine Erektion sich gegen seine drückt und oh, ich würde ihm am liebsten einfach die Klamotten vom Körper reißen und …

Ehe ich weiter darüber nachdenken kann, spüre ich Nicks Hände unter meinem Shirt. Er hält sich nicht lange mit müßigem Streicheln auf, sondern greift entschlossen nach dem Stoff und zieht es mir über den Kopf, was ich überrumpelt geschehen lasse.

»Wer ist hier stürmisch?«, frage ich leise lachend, als er mich wieder auf sich zieht und küsst, wobei seine Hände fahrig über meine nackte Haut streichen.

»Hey, du bist nicht der einzige, der sich mit komischen Gedanken in der Schule ablenken muss«, erwidert er rau und beißt mir leicht in die Unterlippe, ehe er mich wieder heiß küsst und mir damit ein ganz berauschendes Gefühl der Lust beschert, wie ich es noch nie zuvor gespürt habe.

Seine Hände streichen über meine erhitzte Haut, während ich mich nun nicht länger zurückhalten kann und mit zittrigen Fingern sein Hemd öffne, Stück für Stück.

Für die letzten Knöpfe unterbreche ich den Kuss, richte mich leicht auf, Nick ebenso, und streife sein Hemd ab. Er sieht so gut aus! Ohne großartig darüber nachzudenken, senke ich meine Lippen auf seinen Hals, sauge leicht an der gut duftenden Haut und küsse über die Halsbeuge zum Schlüsselbein und weiter hinab. Unter meinen Lippen spüre ich ihn erbeben, höre, wie er unkontrolliert atmet, als ich mich hinunter arbeite. Mit den Händen fahre ich über Brust und Bauch, merke, wie sich die Muskeln unter meinen Berührungen leicht anspannen. Ich streiche über die weichen, dunklen Haare vom Bauchnabel hinab bis zum Hosenbund und öffne ihn, denke einfach gar nichts mehr.

Nick hebt das Becken, als ich ihm die Jeans hinunterziehen möchte. Ich habe einige Probleme, sie über die enorme Erektion zu kriegen, schaffe es aber schließlich und lasse sie achtlos zu Boden fallen.

Er richtet sich leicht auf, zieht sich sie Socken mit zittrigen Händen von den Füßen und mustert mich dabei ganz entrückt.

»Emilio«, murmelt er rau, als er nach mir greift und den Spieß herumdreht, mich mit dem Rücken auf die weiche Matratze drückt.

Als er sich an mir reibt, ganz leicht, lege ich die Hände auf seinen nackten Rücken, spüre das Spiel der Muskeln und Sehnen unter den Fingern und kann nicht anders, als mich ihm lustvoll entgegenzudrücken. Nick scheint auch aufgeregt zu sein, ein wenig nervös, als er sich mit deutlich zitternden Händen an meiner Jeans zu schaffen macht. Ich helfe ihm kurzerhand, strample sie von den Füßen und werfe die Socken direkt hinterher.

Er mustert kurz mein Gesicht, streicht mit der Hand über meinen Oberschenkel, ehe er sich über mich beugt und mich küsst, diesmal sanfter, vorsichtiger.

»Wir … ich meine …« Er räuspert sich leise, spricht rau gegen meine Lippen. »Wir sollten nichts überstürzen, oder?«

Ich erwidere seinen Blick, dann presse ich ohne ein Wort meine Lippen auf seine und tue etwas, das ich selbst nie für möglich gehalten hätte. Ein heißer Schauer der Erregung überkommt mich, lässt meine Erektion beinahe schmerzhaft pochen, als ich die Hand an seinem Oberkörper hinuntergleiten lasse und schließlich zitternd über seine enge, schwarze Boxer streiche und sein Glied hart und warm an meiner Hand spüre.

Nicholas zuckt leicht zurück, unterbricht den Kuss und senkt die Lippen auf meinen Hals, saugt fest an meiner Haut und lässt mich leise aufkeuchen. Sanft erhöhe ich den Druck meiner Hand und streiche über seinen pochenden Schwanz, spüre ihn heiß gegen meine Haut keuchen, als er mich zart beißt, und meine dann einfach: »Ich *will* es, Nick!«

Er hält inne, außer seinem leicht stockenden Atem ist nichts zu hören. Zögern, vielleicht denkt er nach. Ringt kurz mit sich, ehe ein Ruck durch seinen Körper geht und er den Kopf dreht, seine Lippen meine finden und er mich in einen lustvollen, leidenschaftlichen Kuss verwickelt.

Ich fühle mich, als sei mein Kopf wie leergefegt, als seine Hand heiß an meinem Oberkörper hinunterfährt und sich seine Finger in dem Bund meiner Boxer verfangen. Er löst den Kuss, lehnt die Stirn gegen meine und schaut mir in die Augen, als er die Hand vorsichtig in meine Boxer gleiten lässt und mein Glied umfasst, mich fast zaghaft streichelt.

»Sag, wenn es dir zu schnell geht oder es dir zu viel wird«, meint er rau zwischen zwei zittrigen Atemzügen. Er beobachtet lächelnd, wie ich den Mund öffne, um etwas zu sagen und mir lediglich ein leises Stöhnen über die Lippen kommt, als er fester zugreift und an meinem Schaft auf und ab reibt.

»Ich werde nichts tun, was du nicht möchtest«, versichert er mir noch mal und zieht den Kopf ein wenig zurück, als ich ihn wieder küssen will. Weil er anscheinend wirklich auf eine Erwiderung wartet, murmele ich nur ein kurzes »Mhm«, ehe ich ihm fordernd die Arme in den Nacken lege und wieder meine Lippen auf seine presse.

Als seine Hand nun am Bund meiner Boxer zieht und ich das Becken hebe, um ihm das Ausziehen zu erleichtern, überkommt mich eine nervöse Aufregung. Er kennt meinen Schwanz, er hat mir einen geblasen, trotzdem fühle ich wieder einen kleinen Stich der Unsicherheit. Gefalle ich ihm?

Er zerstreut meine Bedenken, als er sich aufsetzt, mir die Boxer vollends abstreift und ich dabei zum einen den lustvollen Ausdruck in seinem

Gesicht wahrnehme und zum anderen seine Erektion sehe, und den kleinen, feuchten Fleck am Stoff seiner Shorts …

Mich durchfährt es ganz heiß beim Gedanken daran, wie erregt er sein muss, wenn sich schon Lusttropfen bilden, während er sich nun einfach hinunterbeugt und die Lippen auf meinen Schwanz senkt. Völlig ungehemmt stöhne ich – Himmel, das ist einfach geil und es ist mir scheißegal, ob uns jemand hört.

Während er meinen Schwanz mit Zunge und Lippen bearbeitet, streicht er mit einer Hand an meinem Innenschenkel entlang Richtung Körpermitte und streicht sanft über meine Hoden, dann weiter hinunter und …

Ich zucke leicht zurück, als er mich zum ersten Mal *da* berührt, aber Nick macht ganz sanft weiter. Er vertraut darauf, dass ich ihm sage, wenn er aufhören soll. Will ich natürlich nicht.

Trotzdem ist es ungewohnt, als er mich mit einem oder zwei Fingern sanft da streichelt. Es kitzelt ein wenig, fühlt sich aber keineswegs unangenehm an und zusammen mit seiner Zunge an meiner Erektion ergibt es eine ziemlich erregende Mischung.

Als er die Lippen von mir nimmt, sich über mich beugt und mich küsst, verschwindet seine Hand nicht. Zu meinem eigenen Erstaunen merke ich, wie ich die Beine spreize, wie von selbst, und auch Nick hält kurz inne.

»Ich vertraue dir«, murmele ich beinahe heiser gegen seine Lippen, als er sich nicht mehr regt.

Er zögert noch kurz, doch als ich ungeduldig nach seiner Boxer greife und diese hinunterziehe, zum ersten Mal einen Blick auf seine nicht gerade kleine Erektion werfe, scheint ihm klar zu werden, dass ich es vollkommen ernst meine. Er nimmt die Hände von mir und streift sich beinahe hektisch die Boxer ab.

Mit einem leisen, rauen Aufstöhnen beugt er sich wieder zu mir hinunter und reibt sich sachte an mir. Es ist, als würde er selbst noch zögern, vielleicht vor Aufregung, vielleicht hat er auch etwas Angst. Ich weiß es nicht, aber ich bin so hart, ich will ihn jetzt, nicht irgendwann anders. Um ihn zu ermuntern, greife ich lustvoll zwischen uns und umfasse sein Glied, reibe ihn etwas ungeschickt. Er stöhnt leise auf und genießt für einige Momente einfach diese Berührungen.

Sein Atem wird schneller, er löst sich beinahe abrupt von mir, keucht unkontrolliert und greift schließlich ohne jeden Kommentar über mich hinweg zu seinem Nachttischschrank.

Als er schließlich Gleitgel und ein Kondom achtlos neben mich auf die Decke fallen lässt, überkommt mich zum ersten Mal ein leiser Anflug von Angst. Wird alles gut gehen? Wird es wehtun?

Nick scheint es zu bemerken und um mich abzulenken, küsst er mich wieder, während er nach dem Gleitgel greift und ein wenig auf seine Finger aufträgt.

Ich spüre nur seinen Daumen, der mir über den Innenschenkel zwischen die Beine streicht, spreize die Beine erneut etwas, um ihm zu zeigen, dass ich es *wirklich* will und dann spüre ich etwas Nasses, Kaltes zwischen den Beinen. Im ersten Moment ist es ungewohnt, fast unangenehm. Er streichelt mich wieder, bis es warm wird, küsst mich, um mich abzulenken und dringt schließlich mit einem Finger ganz langsam in mich ein.

Kurz bleibt mir der Atem weg, ich beiße die Zähne zusammen, versuche mich angesichts des ungewohnten, etwas unangenehmen Gefühls nicht zu sehr zu verspannen. Oh Himmel, das fühlt sich komisch an …

Nicholas hört nicht auf, lässt seinen Finger vorsichtig rein und raus gleiten, um mich langsam daran zu gewöhnen, küsst und beißt die Haut meines Halses, selbst wahrscheinlich bis zum Äußersten erregt. Die andere Hand lässt er an meinem Oberkörper hinab zu meinem Schwanz gleiten und reibt mich sanft.

Als er merkt, dass ich mich nicht länger verspanne, kommt ein zweiter Finger vorsichtig und sanft hinzu und plötzlich weiß ich, was Phil gemeint hat. Es fühlt sich tatsächlich sehr, sehr gewöhnungsbedürftig an, ich keuche leise.

Nick hält inne. »Soll ich aufhören?«

Aber das will ich auf keinen Fall. Ich will mit ihm schlafen. Das hier ist eben mein erstes Mal und alles ist noch so ungewohnt.

»Nein, nein«, stoße ich zwischen zwei Atemzügen hervor. »Mach weiter!«

Nicholas nickt, dann finden seine Lippen wieder meine. Er küsst mich heiß, während er mich fingert und schließlich gewöhne ich mich daran.

Seine Bewegungen werden kühner, als er merkt, dass ich mich entspanne.

Er krümmt ganz leicht die Finger, stößt damit in mich und berührt plötzlich einen Punkt in mir, der mir einen Schauer der Erregung durch den Körper jagt und mich erstaunt aufstöhnen lässt.

Entrückt schaue ich Nick an, der nur leicht lächelt, mich wieder küsst.

Ohne Worte verschwinden seine Finger, sanft und doch ungeduldig. Er unterbricht den Kuss nicht, vertieft ihn sogar noch und ich wundere mich, wie viel Erfahrung er wohl schon hat, wenn er nicht einmal mehr hinschauen muss, um sich das Kondom überzustreifen. Ich höre wieder den Verschluss der Tube Gleitgel, er reibt sich damit ein, dann löst er den Kuss und sieht mich an.

»Ich … Bist du bereit?«, fragt er leise, wieder eine Spur unsicher. Er will mir nicht wehtun, nichts machen, was ich nicht möchte und bei dem Gedanken durchströmt mich ganz liebevoll die Zuneigung zu ihm.

»Ja … Ich vertraue dir«, wiederhole ich noch einmal fest.

Er nickt und küsst mich sanft. Sein Brustkorb hebt und senkt sich hastig, als er mit den Armen unter meine Kniekehlen greift und mich leicht anhebt. Eine Hand stützt er auf der Matratze neben mir ab und für einen Moment überkommt mich der Zweifel daran, ob er mich so halten kann. Wieder gleiten seine Hände zwischen ihn und mich, er streichelt mich vorsichtig und schließlich fühle ich sein Glied an meinem Po.

»Entspann dich«, murmelt er leise und ich folge dem, versuche es mit aller Macht.

Trotzdem kann ich mir ein erstes Anspannen nicht verkneifen, als ich ihn spüre und er ganz sanft Druck ausübt.

»Ruhig«, murmelt er mit belegter Stimme. »Wenn ich dir wehtue, höre ich sofort auf.«

Also schließe ich die Augen, versuche, ganz ruhig zu atmen und spüre zu meinem eigenen Erstaunen, dass er mit einem etwas befremdlichen Gefühl wie von selbst langsam in mich gleitet. Es ist nicht unbedingt unangenehm, nur sehr ungewohnt, und lässt mich erstaunt die Augen aufreißen, als er ganz in mich eingedrungen ist und dabei leise aufstöhnt. Er bewegt sich nicht, sein Blick begegnet meinem, forschend, wenngleich vor Erregung fast wie verschleiert.

»Okay?«, murmelt er leise, seine Hand gleitet sanft zwischen uns und umfasst mein Glied, streichelt mich und hilft mir damit, mich wieder zu entspannen.

Bei der ersten Berührung, einem Auf- und Abgleiten, spüre ich wieder die Erregung, die mich bis hierhin getrieben hat und ich nicke einfach, will, dass er weiter macht.

Nicholas schließt kurz die Augen, fängt an, sich langsam zu bewegen, während ich mich an das Gefühl gewöhne und versuche, die Hand an meinem Schwanz zu genießen.

Er ist ganz sanft zu mir, trotzdem wird er wie von selbst schneller, keucht leise und unregelmäßig, seine Hand wird fahriger. Plötzlich spüre ich, wie er wieder diesen Punkt in mir trifft, kann mir selbst ein leises Aufstöhnen nicht verkneifen, und obwohl es immer noch ungewohnt ist, fühlt es sich irgendwie geil an.

Seine Hand verschwindet von meinem Schwanz, Nick stützt sich jetzt fest auf der Matratze ab und stöhnt bei jedem Stoß leise auf. Er sagt nichts, aber ich lege wie von selbst die Hand zwischen uns und umfasse meine Erektion, streichle mich, während ich mich mit der anderen Hand an ihm festhalte und erregt sein Gesicht beobachte. Aus nur halb geöffneten Augen schaut er mich an, sein Blick gleitet zu meiner Hand an meinem Schwanz und er stöhnt erregt auf. Seine Hände greifen nach meinen Hüften, er richtet sich noch ein wenig auf und stößt jetzt fester in mich.

Ich nehme den Blick nicht von ihm, umfasse mich fester und stöhne laut auf, schließe genüsslich kurz die Augen und weiß, dass es nicht mehr lange dauern wird.

Nick wendet nicht den Blick von mir und ihn scheint es fast noch mehr zu erregen, zu beobachten, wie ich mich selbst anfasse, als mich zu nehmen.

Sein Atem wird hektischer, er stöhnt fast gequält, als ich erneut aufkeuche und mir auf die Lippen beiße. Selbst wenn ich wollte, ich kann es nicht hinauszögern. Ich bin viel zu erregt, will es schon viel zu lange und Nick in mir zu haben, fühlt sich zunehmend geil an.

Noch ein paarmal fest auf- und abgleiten, ein kurzer Blick in Nicks erregtes Gesicht und mit einem Mal überkommt es mich so heiß und heftig wie nie zuvor.

Ich stöhne laut auf, ergieße mich gegen seinen Bauch und in diesem Moment höre ich, wie Nick dunkel keucht, während er hart in mich stößt und dann stöhnend verharrt. Sein Schwanz zuckt in mir, ein Blick in sein Gesicht zeigt, dass seine Augen geschlossen sind, seine Lippen geöffnet.

Als er leicht über mir zusammensinkt, das Gesicht dicht neben meinem, flaut die Erregung langsam ab und weicht einer zufriedenen Erschöpfung.

Nicholas, der die letzten Schauer seines Orgasmus stumm genießt, reibt sanft die Wange an meiner, ehe er mit den Lippen meine sucht und mich küsst. Dann lehnt er die Stirn gegen meine, schaut mir mit einem ganz zärtlichen Ausdruck ins Gesicht und murmelt: »Emilio ... Emilio, ich liebe dich.«

EPILOG

16. Dezember 2011

Hey Luca,

geht es euch gut? Uns geht es prima. Es schneit ganz viel
und mein Freund Nick und ich haben sogar einen Schneemann
gebaut, anbei ein Foto. Er ist so hässlich geworden, da haben
wir ihn Rudolf getauft. Schneit es bei euch auch? Moment,
schneit es in Italien überhaupt jemals? Wie auch immer.
Das Buch im Päckchen ist für unsere Mam, der Rest ist
für dich. Ich hoffe, dir gefällt der Schal, ich habe ihn in
Ermangelung irgendwelcher Strick-Talente selbst gekauft (bin
ganz stolz darauf). Die Süßigkeiten schmecken dir hoffentlich!
Ich wusste nicht so recht, was ich holen soll, also hab ich
mal wahllos ins Regal gegriffen. Wenn dir was besonders
gut schmeckt, sag mir das, dann schicke ich dir mehr davon.
Du wirst es nicht glauben, aber wir haben uns einen Hund
zugelegt. Phil hatte schon einmal einen, aber das ist lange her.
Ich habe auch ein Foto hinzugetan, er heißt Chino, ist ein
Schäferhund und gerade mal elf Wochen alt.
Viele Grüße an deine Mama und an deinen Papa, an Fratello
und Marino und an alle sonst, die du gerne magst. Ich übe
das Briefeschreiben noch. Versprochen!

Emilio.

#Emilia

Es ist eine Woche vor den Ferien und ich bin glücklich wie nie zuvor. Wenn diese vermaledeiten Klausuren endlich alle rum sind und ich erst einmal drei Wochen nicht mehr vor sieben Uhr morgens aufstehen muss, werde ich wahrscheinlich der glücklichste Mensch der Welt sein.

Fröhlich schlendere ich durch die Pausenhalle. Kurz war ich noch bei Nick, allerdings schreibt er, genauso wie ich, einfach Unmengen an Klausuren und deshalb bin ich schon wieder auf dem Rückweg.

Als ich so durch unseren Gang spaziere, an den offenen Klassenzimmertüren vorbei, höre ich plötzlich Stimmen unweit von mir.

»Na, du könntest mir ja auch mal einen blasen. Vielleicht sorge ich dann dafür, dass irgendwer nett zu dir ist.«

»Natürlich, sie ist 'ne Schlampe, warum sollte sie das nicht tun.« Zwischendrin ertönt eine brüchige Stimme, die ich sofort erkenne: »Lasst mich in Ruhe, bitte ...«

Schallendes Gelächter der zwei Kerle. Ich mache ein paar Schritte auf den Klassenraum zu, dann sehe ich sie. Sophie, wie sie da steht, in die Ecke gedrängt von irgendwelchen Typen, die sie schikanieren.

»Na? Wie wär's, du ziehst dich aus und wir können gleich hier ...«

»Hey!«, rufe ich dazwischen, ehe ich mir irgendwas dabei denken kann. Ich glaube, seit Etienne mit seinem Plan so großen Erfolg hatte, hatte Sophie hier nichts mehr zu lachen. Sie tut mir dermaßen leid, Himmel ...

»Habt ihr nicht gehört? Lasst sie in Ruhe, verflucht!«

Die Typen drehen sich zu mir um. Ich kenne sie nur vom Sehen, aber sie scheinen sehr wohl zu wissen, wer ich bin.

»Emilio«, grüßt einer knapp, während der andere die Augenbrauen zusammenzieht. »Warum? Die Hure hat dir das Leben zur Hölle gemacht, also was interessiert dich, wie wir mit ihr umgehen?«

»Die *Hure* ist meine Ex-Freundin, also Finger weg. Lasst sie einfach in Ruhe, okay? Ihr habt ja keine Ahnung, also seid still.«

Die Kerle mustern mich unwillig, verziehen sich jedoch. Im Vorbeigehen meint der eine, der sie Hure genannt hat, kopfschüttelnd: »Dass du noch so nett zu ihr bist ... Jämmerlich.«

»Das hat damit nichts zu tun«, erwidere ich laut. »Sondern mit Menschlichkeit. Sie hat genug gelitten, es reicht jetzt, ehrlich.«

Als die Kerle weg sind, trete ich unsicher auf Sophie zu. Sie sieht müde aus, trägt entgegen ihrer jüngsten Angewohnheiten einen großen, weiten Pullover und eine Jeans.

Als sie mich ansieht, bemerke ich die Tränen in ihren Augen. Sie hält meinem Blick nicht lange stand.

»Danke«, murmelt sie nur leise.

Ich übergehe das einfach. »Es tut mir leid, Sophie«, erwidere ich mit einer gehörigen Portion schlechten Gewissens, räuspere mich und wage es nicht, ihr die Hand auf die Schulter zu legen oder sie in den Arm zu nehmen und zu trösten. Es ist eigenartig, vor ihr zu stehen und sie so verletzlich zu sehen.

Als sie jetzt wieder den Blick hebt, kullern die Tränen nur so über ihre Wangen, doch sie lächelt wehmütig. »Ach, mir tut es leid, Milo … Ich war ein Monster.«

»Trotzdem hast du das nicht verdient«, erwidere ich fest. Kurz werfe ich einen Blick in die Klasse, die wenigsten beachten uns. Gut so.

»Wenn ich dir irgendwie helfen kann, damit das aufhört, dann sag es.«

»Nein«, unterbricht sie mich leise und wischt sich über die Augen. Aus ihrer Hosentasche fischt sie ein Taschentuch und putzt sich die Nase, ehe sie mir mit einem traurigen Lächeln erzählt: »Ich wechsle nach den Ferien die Schule. Dann wird alles besser … Ich freue mich schon fast drauf.«

»Oh.«

»Mh …« Unsicher scharrt sie mit den Füßen über den Boden, ehe sie noch einmal den Blick hebt. Bevor ich irgendwas sagen kann, tritt sie vor und umarmt mich ganz kurz.

»Danke, dass du ein so lieber Freund warst«, meint sie mit einem leisen Seufzer. »Ich wünsche dir und Nicholas ganz viel Glück. Ihr passt wirklich gut zusammen.«

Ich grinse sie schief an und freue mich tatsächlich ein bisschen. Seit dieser Sache haben wir kein Wort mehr miteinander gewechselt und irgendwie erscheint es mir wie ein Friedensangebot.

»Danke, das ist nett von dir«, meine ich und lege ihr nun doch kurz die Hand auf die Schulter. »Und ich wünsche dir alles Gute auf deiner neuen Schule.«

***

14. Juni 2012

Luca, hey.

Bitte sei mir nicht böse, aber aus meinem Besuch bei euch wird leider nichts.
Weißt du, es ist etwas ziemlich Schlimmes passiert. Nicks Mama ist vor einer Woche gestorben und ich will ihn nicht alleine lassen. Er ist sehr traurig und ich tröste ihn. Wir verschieben den Besuch, ja? Ich melde mich ganz bald wieder.

Liebe Grüße an alle, Emilio.

Nicholas

Es regnet. Ganz typisch. Ich kann nicht glauben, dass es regnet, gerade jetzt. Ich wünschte, die Sonne würde scheinen und ich wünschte, die Blumen auf ihrem Grab würden nicht schon die Köpfe hängen lassen.

Ich höre dem Pfarrer kaum zu, als er irgendwelche Gebete spricht und erzählt, wie sehr man meine Mutter vermissen wird. Dabei kannte er sie ja nicht einmal.

Rechts von mir steht Emilio, der meine Hand ganz fest hält, links mein Vater, den ich zum ersten Mal seit Amelies Tod wieder weinen sehe. Ich weiß ehrlich nicht, wie ich mich fühle. Irgendwie stumpf, ausgehöhlt und leer. Ich kann sie nicht beweinen, kann nicht sagen, dass ich nicht irgendwie damit gerechnet habe. Vielleicht war es ein Fehler, sie eine Therapie machen zu lassen. Schon, dass sie mich irgendwann mit *meinem Namen* gegrüßt hat, war ein schlechtes Omen.

Leo steht etwas abseits von uns mit einer Miene, die alles und nichts sagt. Unsere Blicke treffen sich kurz, er hebt bedrückt eine Augenbraue, aber auch er weint nicht. Ist das normal? Oder sind wir einfach schlechte Söhne?

Außer uns vieren ist da nur noch eine Tante, mit der wir nie viel zu tun hatten, eine Schwester meiner Mutter. Es gibt auch keinen *Leichenschmaus*, alleine das Wort erregt bei mir einen Würgereiz.

Der Pfarrer faselt weiter, betet irgendwas, bei dem mein Vater leise mitspricht. Wir legen Blumen auf ihr Grab, während der Regen stärker wird.

Ich bin der Letzte, der eine weiße Rose darauf legt. Beuge mich runter und schaue kurz nach links, wo Amelies Grab ist, lächle fast ein wenig.

»Ich komme euch oft besuchen. Dann bringe ich Blumen mit und spiele Gitarre«, verspreche ich dem Grabstein. Nun muss ich wirklich lächeln, schüttle den Kopf. »Endlich bist du wieder bei ihr, was? Pass gut auf sie auf.«

Als ich mich aufrichte und den anderen folgen will, sehe ich Leo einige Schritte entfernt von mir dastehen, im Regen, ohne Schirm. Abwartend sieht er mich an, als ich auf ihn zukomme.

»Kotzbrocken«, grüßt er, was ich mit einem Nicken und einem »Schnösel« erwidere.

Ich lächle schief. Er hebt wieder nur eine Augenbraue.

»Ich hab mich noch gar nicht bei dir bedankt«, meine ich schließlich, als wir langsam und nachdenklich Richtung Parkplatz gehen.

»Wofür? Dafür, dass ich so toll bin?«

»Für deine Einmischung. Wegen dem Pflegeheim. Danke.«

Leo schweigt für einige Momente beinahe betroffen, ehe er schnippisch meint: »Bilde dir nichts drauf ein, ich kann ja nicht immer nur scheiße sein. Außerdem ging's auch um unseren Vater, nicht nur um dich.«

Ich kann mir ein Grinsen nicht verbeißen, als ich ihn von der Seite mustere. »Es muss dir nicht peinlich sein, dass du auch nett sein kannst.«

»Ist es mir auch nicht, weil ich es nicht bin. Hör auf, so einen Scheiß zu reden«, knurrt er unwirsch. »Und dass du mit dieser Witzfigur tatsächlich zusammen bist ...«

»Oh, danke für die Glückwünsche«, meine ich kopfschüttelnd. Leo schnaubt nur und erwidert nichts.

Wir schweigen wieder, aber es ist kein unangenehmes Schweigen. Langsam nähern wir uns dem Parkplatz, ich kann Emilio und meinen Vater schon sehen. Doch plötzlich räuspert sich Leo und fragt so leise und mit mehr Gefühl in der Stimme, als ich es jemals bei ihm gehört habe: »Hättest du je damit gerechnet, dass sie noch mal versucht, sich umzubringen?«

Unsicher zucke ich die Schultern. »Es war ja eigentlich schon ein schlechtes Zeichen, dass sie sich langsam an alles erinnert hat. Vielleicht war es ein Fehler ...«

»Na ja«, unterbricht mich Leo. »Eigentlich ist es doch besser, sie geht wissend aus dieser Welt. Sie ist doch nur ... Sie wollte nur zu ihr, mehr nicht. Und jetzt ist sie es, denke ich. Ist doch besser, als unwissend dahinzuvegetieren.«

Ich sage nichts dazu, denn insgeheim gebe ich ihm Recht. Trotzdem bin ich nicht glücklich darüber. Vielleicht werde ich heute Nacht endlich darüber weinen können. So richtig bewusst geworden ist es mir immer noch nicht.

»Unsere Familie dezimiert sich irgendwie«, murmele ich bedrückt. Leo schnaubt harsch auf und erwidert unfreundlich: »Na, dann pass mal auf, dass du dir kein HIV einfängst und der nächste bist.«

Empört wende ich ihm das Gesicht zu – allerdings muss ich dann doch lachen: »Wir benutzen immer Kondome, außerdem war Emilio noch Jungfrau.«

Leo schüttelt sich und wirft mir einen leicht angewiderten Blick zu. »Sei still, das ist ja ekelhaft!«

»Aber danke für deine liebevolle Sorge um mich, Bruderherz. So schnell wirst du mich nicht los.«

Er winkt unfreundlich ab und beschleunigt seinen Schritt, also folge ich ihm, still vor mich hin lächelnd. Eigentlich bin ich mir recht sicher, dass wir uns für den Rest unseres Lebens in den Haaren liegen werden, und ich denke, dass er mich nur vor anderen beschützt, damit er mehr zum Niedermachen hat. Irgendwie fange ich an, es zu genießen. So langsam wird das schon.

***

30. Juni 2012

Hi Milo!

Schade, das du nicht herkomst. Get es Nick besser? Guk mal, ich habe ihm etwas in das Päkschen getan, hofentlich tröstet das ihn.
Die Süsigkeiten kanst du ja mit ihm teilen, dan get es ihm bald bestimt besser. Ich vermise dich und ich will so gern den Hund sehen! Ich hab dich lib und grüse von Mamma, dein kleiner Bruder Luca.

Nicholas

Draußen schneit es dicke Flocken, während Emilio und ich uns langsam fertig machen. Ich weiß gar nicht, wie viele Schichten Klamotten ich mittlerweile trage, aber es ist immer noch zu kalt. Bald minus zehn Grad, wie lange gab es das hier schon nicht mehr.

»Himmel«, ächzt Emilio, als er sich umständlich die Mütze aufzieht. »Du glaubst gar nicht, wie gerne ich jetzt in Florenz wäre. Da regnet es, kannst du dir das vorstellen? *Regen!*«

Er schüttelt seufzend den Kopf, während ich ihm ein breites Grinsen zuwerfe. »Jammer nicht. Manchmal bin ich mir nicht sicher, ob die Korrespondenz mit deinem Bruder dir nicht nachhaltig schadet. Letzten Winter fandest du den Schnee noch ganz toll.«

»Da waren es aber auch nicht minus zehn Grad! Ich hab das Gefühl, mir frieren die Eier ab!«

Ich schenke ihm noch ein liebevolles Lächeln, ehe mein Blick zum Bett schweift, zu dem kleinen Stoffhasen, den Luca mir damals geschickt hat. Der Brief war wahrscheinlich das Niedlichste, was mir jemals untergekommen ist und irgendwie hänge ich an dem kleinen Plüschtier. Emilios Bruder ist wirklich ein Zuckerstück.

»Ich freue mich, wenn sie nächstes Jahr herkommen«, meine ich schließlich zusammenhanglos und folge Emilio die Treppen hinunter.

»Ich mich auch«, erwidert er grinsend, als er sich seine dicke, bunte Skijacke überzieht und noch einen selbst gestrickten Schal seiner Oma um den Hals wickelt.

Tue ich übrigens auch, denn Phils Mutter scheint, anders als ihr Sohn, einen richtigen Narren an mir gefressen zu haben, seit sie mich an Phils Geburtstag kennengelernt hat.

»Luca beteuert mir in jedem Brief mindestens einmal, wie gern er dich und Chino endlich kennenlernen will. Und Etienne natürlich, den hat er ja auch noch nie gesehen.«

»Wie alt ist er jetzt?«, frage ich, während ich mir die Stiefel zuschnüre. Emilio schlüpft in seine viel zu dünnen Turnschuhe, runzelt die Stirn, als er sich wieder aufstellt, und meint zögerlich: »Acht, wenn mich nicht alles täuscht.«

»Ah, du hast echt Glück mit ihm. Er ist süß und mag dich sehr gern.«

»Ich weiß«, erwidert Emilio mit einem liebevollen Lächeln im Gesicht. »Aber jetzt komm schon, hast du alles?«

Ich klopfe grinsend auf meine Umhängetasche und dann treten wir beide hinaus in das, was früher mal meine Straße war und nun eher der Antarktis gleicht.

Auf dem Weg zum Blumenhändler rutscht Emilio zweimal aus, und als wir uns von da aus beladen mit Blumen auf den Weg zum Friedhof machen, gleich noch dreimal.

»Ich sag doch, die Schuhe sind absolut ungeeignet«, schnaube ich ungnädig, als er sich wieder erhebt. »Pass bloß auf die Blumen auf.«

»Danke für deine Sorge um mein Wohl«, murrt Emilio, als er sich den Schnee von der Schulter klopft. »Phil hat mir Springerstiefel geschenkt, aber die sind aus Leder ...«

»Aber sie wären doch perfekt für den Schnee! Zier dich doch nicht immer so.«

»Mh ...«

Wir legen den Rest des Weges schweigend zurück. Bis wir am Friedhof ankommen, ist es schon wieder so neblig-düster und die Straßen werden nur noch erhellt durch die Straßenlampen und den Schnee am Boden.

Als er mich gefragt hat, was ich mir zu Weihnachten wünsche, war meine Antwort eindeutig: Blumen für meine Mutter und Amelie. Ist vielleicht kitschig, doch es ist so verdammt teuer, dass ich es mir nicht immer leisten kann. Heute ist immerhin Heiligabend, da soll es doch besonders schön aussehen.

Gegen jede Vernunft ziehen wir unsere Handschuhe aus und säubern die beiden Gräber vom Schnee, verteilen die Blumen und zünden die roten Grabkerzen an.

Zwar können wir die dicken Flocken nicht von den Blumen fernhalten, aber zumindest sehen die beiden Gräber für diesen Moment schöner aus als alle anderen. Wir knien zusammen im Schnee, einträchtig schweigend, während ich in Gedanken mit ihnen rede. Es ist eine Angewohnheit geworden, die ich nicht so ganz ablegen kann.

Emilio rutscht näher zu mir und legt das Kinn auf meine Schulter.

»Nick ... frohe Weihnachten«, murmelt er und küsst mich auf die Wange.

Lächelnd wende ich ihm das Gesicht zu, wir küssen uns, ganz sanft und unschuldig. »Dir auch, Emilio. Und vielen Dank. Es ist wunderschön.«

***

16. März 2013

Olli,

Geht es dir gut? Ich hoffe, die Schwangerschaft
verläuft gut. Luca freut sich sicher, oder? Emilio ist
etwas befremdet. Mit noch einem Geschwisterchen
hat er sicher nicht gerechnet, aber als ich ihn gefragt
habe, meinte er, er hofft, dass es ein Mädchen wird.
Ich drücke dir auch die Daumen dafür.
Im übrigen möchte ich dir auch danken, dafür, dass
du Luca damals mitgebracht hast. Emilio ist seitdem
richtig herangereift und vernünftig geworden. Er
streitet sich immer noch so gerne mit Phil, aber alles,
was passiert ist, hat sie enger zusammengeschweißt
und unser Verhältnis hat sich auch gebessert,
langsam aber sicher.
Ich kann nicht glauben, dass er nächsten Monat
schon siebzehn wird. Die Zeit vergeht so schnell,
manchmal ist mir, als wäre er eben gerade noch ein
Baby gewesen, das ganz friedlich in meinen Armen
schlummert. Oder das Phil, wie immer, voller Freude
auf die Schulter kotzt.
Ich wünsche dir das Beste für die Schwangerschaft.
Gib gut auf dich acht.

Liebe Grüße, Julian.

(P.S., von Phil: »Wenn du mich noch einmal alt
nennst, rasiere ich dir beim nächsten Besuch den
Kopf.«

P.S., die Zweite, von Julian: Hör nicht auf ihn. Er
ist nur schockiert, weil er tatsächlich erste Falten
entdeckt.)

Emilia

Es ist Samstagnachmittag und ich liege dösend auf meinem Bett. Nick lernt für seine Abiturprüfungen, wir haben uns seit Tagen nicht mehr gesehen. Oh, wie ich mir wünsche, der Mist wäre endlich rum. Er fehlt mir so …

Wohlig drücke ich mein Gesicht in das weiche Kissen und bin kurz davor, fest einzuschlafen, als plötzlich schrill mein Handy auf dem Nachttisch klingelt und mich hochschrecken lässt.

Mir schlägt das Herz bis zum Hals, als ich das Handy aufnehme, abhebe und knurre: »Alter, ich hab fast geschlafen! Mein Herz …«

Aber Etienne fährt einfach aufgeregt dazwischen: »Milo! Bist du daheim?«

»Äh, was … ja … Was ist denn?«

»Allein?«

»Ja, Nick hat doch noch Pr…«

»*Bis gleich!*«

Häh? Verwirrt nehme ich das Handy vom Ohr, als er einfach auflegt. Ich überlege einen Moment, ob ich mir Sorgen machen muss. Ist Saskia schwanger? Oder hat Isa ihren ersten Freund, den Etienne gerade verprügelt hat?

Na ja, so was richtig Schlimmes fällt mir nicht ein, also lege ich mich einfach wieder hin und erlaube es mir, wieder einzudösen, bis er da ist.

Das dauert keineswegs so lange, wie gedacht. Plötzlich ertönt die Klingel, dann hastige Schritte auf der Treppe und ohne Anklopfen wird meine Tür aufgerissen. »Milo!«

»Etienne?!«, erwidere ich und setze mich auf. Mein bester Freund hüpft fröhlich auf mich zu und springt auf mein Bett, wobei aus seiner Nase Blut tropft.

Verwirrt nehme ich ein Päckchen Taschentücher vom Nachttisch und gebe es ihm, er ignoriert es allerdings einfach und wischt sich mit dem Arm über die Nase.

»Das wirst du niemals glauben!«, stößt er aufgeregt hervor und starrt mich aus großen Augen freudestrahlend an.

»Äh … Du hast Nasenbluten?«, rate ich entgeistert und fange mir von ihm ein festes Boxen gegen die Schulter ein, er lacht ganz laut und befreit.

»Sie lässt sich scheiden! Mam lässt sich *endlich* von diesem Schwein scheiden!«

»Was … Echt? Aber … Warum denn jetzt auf einmal?«, erwidere ich, vollkommen erstaunt. Damit hätte ich jetzt wirklich nicht gerechnet, wo sie doch jahrelang einfach den Mund gehalten hat! Etienne grinst mich so fröhlich, so glücklich an, dass ich nicht anders kann, als ebenfalls zu grinsen.

»Er hat sich mit mir angelegt, gerade eben! Wir haben verdammte drei Uhr mittags und er war besoffen wie sonst was, hat rumgepöbelt und mir eins auf die Nase gegeben. Und du wirst es nicht glauben …« Er holt ganz tief Luft und genießt jedes Wort: »Ich habe zurückgeschlagen. Er ist ja mittlerweile ein bisschen kleiner als ich. Ich hab alle Kraft in diesen einen Schlag gelegt und ihm wahrscheinlich das Jochbein gebrochen, aber das ist mir egal.«

Er schweigt einen Augenblick, damit die Neuigkeit bei mir sacken kann. Als ich den Mund öffne und wieder schließe, wortlos und total erstaunt, wird sein Grinsen noch breiter und er fährt fort: »Mam hatte einen mittelschweren Nervenzusammenbruch, dann hat sie ihn rausgeworfen und angeschrien, dass sie sich scheiden lässt. Seine Sachen hat sie durch das offene Schlafzimmerfenster auf die Straße geworfen und einen Koffer gleich hinterher.«

»Was, im Ernst?!« Nun kann ich mich doch nicht mehr zurückhalten und pruste laut los, während Etienne, so glücklich wie nie zuvor, einstimmt.

»Ja, doch! Das war filmreif!«

Plötzlich atmet er tief durch, das Grinsen verschwindet langsam und er sieht irgendwie ein bisschen hilflos aus.

»Ich kann's nicht glauben, Milo.« Ein Kopfschütteln, das Blut tropft auf mein Bett. »Ich … ich kann es einfach nicht glauben, nach all den Jahren …«

Als ich sehe, wie seine warmen braunen Augen sich langsam mit Tränen füllen, wird mir ganz eng um die Brust. Ich ziehe ein Taschentuch aus dem Päckchen, halte es ihm unter die Nase, und als er danach greift, umarme ich ihn.

Er zuckt nicht zurück, zittert nicht und gibt kein Geräusch von sich. Ich spüre nur, wie mir die Tränen warm auf den Rücken tropfen und halte ihn ganz fest.

»Nach all der Zeit«, murmelt er erstickt. »Ich kann's nicht glauben!«

»Jetzt wird alles gut, Etienne«, flüstere ich leise und kann mir ein liebevolles Lächeln nicht verkneifen, während ich sanft über seinen Rücken streiche. »Alles wird gut …«

***

24. Mai 2015

Hey Luca,

danke für die Glückwünsche. Ich glaube wirklich, es hat mir was gebracht! Ich hatte deinen Glücksbringer während jeder Prüfung vor mir auf dem Tisch und es lief wirklich gut. Vielen Dank!
Was den Sommer angeht, vielen Dank für die Einladung, ich komme euch sehr gerne mal besuchen. Stellst du mir dann Marino vor? Und natürlich auch die leckeren Foccacia seiner Mutter, okay?
Ah, kannst du Mama was von mir fragen? Wäre es in Ordnung, wenn ich Nick mitbringe?
Er studiert ja nun Medizin in der Stadt und wir haben uns wegen dem Abi-Stress nicht sehr oft gesehen. Der Urlaub mit ihm gemeinsam bei euch wäre schön.
Ich freue mich auf deine Antwort und ich kann es kaum erwarten, Mariella wiederzusehen. Ist sie viel gewachsen? Passt du auch gut auf sie auf?

Liebe Grüße und Küsse an alle (vor allen Dingen die Kleine!! Aber bloß nicht Fratello, okay?), dein Milo.

Nicholas

»Ein, zwei, drei, vier … Eins, zwei, drei, vier …«

Schmunzelnd betrachte ich seinen Lockenschopf vor mir, das Gesicht, das vor Konzentration verbissen auf seine Füße gerichtet ist.

Als er mir erneut auf die Füße tritt, lässt Emilio die Hände sinken und stöhnt gequält: »Ich werde das niemals hinkriegen!«

Etienne entfährt ein genervtes Schnauben. »Weil du es gar nicht hinkriegen willst, das ist dein Problem!«, knurrt er barsch, langsam am Ende seiner Geduld.

Wir sind zu sechst im Tanzstudio, zu welchem Etienne nach regulärem Schluss der Tanzgruppen den Schlüssel bekommen hat.

Zusammen mit seiner Saskia versucht er, mir und Emilio und nebenbei auch noch Dave und Mel, die mittlerweile ein Paar sind, das Tanzen beizubringen. Relativ erfolglos bisher, zumindest was Emilio angeht.

Ich tausche einen unglücklichen Blick mit Saskia, die nur die Schultern zuckt, während Dave, der vor einigen Jahren ja mit Emilio, Eddy und mir im Fußballteam war, sich nun einmischt: »Hey, Eddy! Mach ihn doch nicht noch fertig, er gibt sich doch wirklich Mühe.«

Etienne wirft ihm einen ungnädigen Blick zu und zuckt dann die Schultern.

Oh, wie schnell die Jahre an uns vorbeigezogen sind. Sehr viel erwachsener sind wir trotzdem nicht geworden.

Etienne, der mit seinen neunzehn mittlerweile der Größte von uns ist, aber durch das viele Tanzen trotzdem gut durchtrainiert und geschmeidig in seinen Bewegungen, ist immer noch ein Quatschkopf, wie er im Buche steht. Da mag er sich noch so erwachsen fühlen mit dem dunklen Bart, den er sich stehen lässt.

Er und Emilio, der ja nun auch volljährig ist, machen wahrscheinlich noch mehr Unsinn als jemals zuvor. Bei den Abi-Streichen haben sie den Lehrern gekochte Spaghetti in die Pulte gefüllt. Das gab richtig Ärger. Spricht nicht gerade für ihre Vernunft, aber was soll's.

Ich folge Etiennes vernichtendem Blick zu Emilio, der wiederum unglücklich aus der Wäsche schaut. Kaum zu glauben, dass wir schon seit mehr als drei Jahren zusammen sind, und wie sehr er sich verändert hat. Die Haare sind mittlerweile ein bisschen dunkler und etwas kürzer, aber vor allem ist er gewachsen. Mittlerweile sind wir fast gleich groß, auch wenn er immer noch recht schmal gebaut ist. Daran wird sich wohl nie was ändern.

»Ach Eddy«, grinse ich versöhnlich und wende den Blick von Emilio ab. »Wenn ich besser wäre, dann könnte ich ihn einfach führen. Es liegt ja nicht nur an Emilio.«

»Nimm ihn nicht immer in Schutz, Nick«, schnaubt Eddy und drängelt sich an mir vorbei, greift Emilios Hand und legt sie ruppig auf seine Schulter. Die andere ergreift er fest, seine Hand legt er auf die Taille meines Freundes.

»Saskia? Musik, bitte.«

Sie kichert leise, als sie den CD-Player anwirft und einen schnellen Walzer laufen lässt.

Eddy zählt an, während Emilio die Panik vor dem Versagen ins Gesicht geschrieben steht. Wahrscheinlich will Eddy nur meine Aussage prüfen.

Hoffen wir mal, dass ich nicht gänzlich falsch liege. Schon an meinem Abi-Ball konnten wir nicht tanzen, weil mir schlichtweg die Zeit zum Üben fehlte. Jetzt wollen wir es endlich tun und na ja – es funktioniert nicht wirklich gut.

Mit einer fließenden Bewegung reißt Etienne Milo mit sich, der ganz verwirrt hinterher stolpert. Erstaunlicherweise hatte ich aber Recht. Man sieht es zwar kaum, doch ich kann mir denken, wie stark Etienne sich darauf konzentriert, Emilio in die richtigen Bewegungen zu führen und es funktioniert. Emilio wird langsam aber sicher feuerrot im Gesicht, als Eddy ihn fest an sich drückt und herumwirbelt, bis er schließlich ganz durcheinander »Warte, stopp, halt mal!« ruft und sich schaudernd von Eddy löst. Dieser hebt spöttisch eine Augenbraue.

»Was ist denn jetzt schon wieder?«

»Alter, das ist gruselig …« Er schüttelt sich ein wenig und reibt sich mit einer Hand den Nacken. Eine Geste, deren Bedeutung ich nur allzu gut kenne. Verlegenheit, Scham, irgendwas in die Richtung.

Verwirrt will Eddy etwas erwidern, doch ich fahre freundlich, aber bestimmt dazwischen.

»Siehst du?«, meine ich und trete auf Emilio zu, der noch röter wird, als ich ihn mit hochgezogenen Augenbrauen ansehe. »Hilf mir, dann wird das schon.«

»Ja, bei dir ist wenigstens Hopfen und Malz nicht verloren. Also, noch mal, okay?«

Als kein Widerspruch ertönt, bilden wir wieder die üblichen Pärchen. Ich drücke Emilio fester an mich als zuvor und er murmelt leise: »Sorry. Oh Mann, das war echt seltsam! Ich hab ihn nie wirklich als *Mann* wahrgenommen und plötzlich macht der *so was*, echt gruselig …«

»Dann vergiss es lieber ganz schnell wieder«, meine ich. »Denn falls du jemals auf die Idee kommen solltest, mich mit ihm zu betrügen, muss ich euch leider beide qualvoll umbringen.«

Das entlockt ihm dann doch ein Lachen. »Vergiss es! Aber weißt du was? Das mit dem *qualvoll umbringen* hat Phil damals auch gesagt, falls du mir jemals wehtun solltest. Ihr seid euch irgendwie recht ähnlich geworden mit der Zeit.«

»Wahrscheinlich sehe ich ihn einfach zu oft«, erwidere ich und muss grinsen. »Aber sobald wir zusammenwohnen, kann er mich nicht mehr so oft mit seinen Todesblicken taxieren.«

»Komm, er meint es ja nur gut«, lacht Emilio und lehnt die Stirn gegen meine.

Wie von selbst finden seine Lippen die meinen und er küsst mich voller Liebe. Ich erwidere den Kuss hingerissen, spüre eine beinahe überschäumende Freude, wenn ich daran denke, dass er tatsächlich nach dem Urlaub in Italien zu mir zieht, und werde ganz unsanft von Eddys Stimme aus meinen Gedanken gerissen: »Nehmt euch ein Zimmer! Himmel Herrgott, so wird das nie was!«

»Hab Geduld«, seufzt Saskia verträumt neben ihm. Ich werfe ihr ein kurzes Grinsen zu, das sie zwinkernd erwidert. »Immer mit der Ruhe.«

***

10. Juni 2015

Hi Milo!

Ich hab Mamma gefragt und sie hat ja gesagt! Bring Nick ruhig mit, dann kan Pappa ihn auch kennenlernen. Ich hab nichts andres erwartet, als das der Anhänger Glück bringt! Aber gut, wen es gut lief, dann kriekst du später einen guten Job.
Mariella schreit gans viel und pupst rum und Fratello geht dann immer jaulend, wenn sie gepupst hat.
Mamma lacht dann, das musst du sehen.
Marino freut sich schon, meinen coolen grossen Bruder kennenzulernen! Guck mal, ich hab dir eine Locke von Mariellas Haaren abgeschnitten und reingetan. An einem Band, natürlich. Mamma war sehr böse, Mariella hat jetzt nähmlich eine kurze Strähne vorne am Kopf, aber sie stört das gar nicht.

Grüse und Küsse von Mamma, Mariella, Fratello und mir. (Fratello mag es nicht, wenn man ihn von Küssen ausschliest. Dafür wird er dir sicher in den Po beissen.)

Nicholas

»Grins nicht so scheiße.«

»Phil, jetzt sei doch nicht so grantig ...«

»Aber guck doch mal! Himmel, ich werde dir gleich das selbstgefällige Grinsen aus der Visage wischen!«, knurrt Phil barsch und wirft mir einen Todesblick der besten Sorte zu. Julian seufzt nur geschlagen und zupft an Phils dunklem Hemd herum.

»Lass das«, schnaubt er und wischt die Hände seines Lebensgefährten unfreundlich weg. Ihm ist deutlich anzusehen, wie unwohl er sich in der schicken Aufmachung fühlt, aber für Emilios Abschluss hat er die Sachen angezogen, wenn auch ungern.

»Ach Phil«, trällere ich glücklich. »Ich freu mich eben. Du dich etwa nicht?«

»Wenn ich daran denke, dass er in drei Wochen nicht mehr daheim wohnt, dann nicht, nein!« Er klingt gefährlich, sehr gefährlich. Ich habe jedoch keine Angst mehr vor ihm, sondern grinse ihn wieder an und klopfe ihm kumpelhaft auf die Schulter.

Spätestens seit er einmal ins Zimmer geplatzt ist, als Emilio und ich so richtig dabei waren, und er mir danach nicht den Hals umgedreht hat, habe ich meine Scheu vor diesem Hünen vollkommen verloren.

Er würde mir niemals was tun, ansonsten könnte es ja sein, dass sein geliebter kleiner Lockenkopf nicht mehr mit ihm redet.

Im Moment befinden wir uns noch in der Schule bei der Zeugnisübergabe. Danach geht es ab in die Stadthalle, zum Abschlussball und einem gemeinsamen Essen.

Es dauert eine ganze Weile, bis Emilio schließlich aufgerufen wird und man ihm sein Abiturzeugnis überreicht. Er strahlt bis über beide Ohren und ich muss zugeben, er sieht zum Anbeißen aus mit seinem Sakko und der engen Jeans.

Es dauert nicht lange, da kommt er glücklich auf uns zu und fällt – sehr zu Phils Missfallen – zuerst mir in die Arme und gibt mir einen langen Kuss auf den Mund.

»Gut geworden?«, frage ich zwischen zwei Küssen und er nickt, zuckt dann die Schultern. »Natürlich nicht so gut wie du, aber nicht übel.«

»Zeig mal her«, bittet sein Vater und streckt die Hand nach dem Zeugnis aus, der Stolz glänzt förmlich in seinen Augen. Nur Phil steht miesepetrig daneben.

Emilio löst sich schließlich breit grinsend von mir und boxt Phil gegen die Schulter.

»Ich hab die Wette gewonnen.«

»Mh, Wette?«

»Ja.« Er grinst und nimmt seinem Vater das Zeugnis aus der Hand. »Nichts unter elf Punkten. Drei Mal vierzehn, einmal fünfzehn. Dürfte einen Schnitt von eins-komma-irgendwas geben. Also? Wann holen wir das *MacBook*?«

»Was?!«, stößt Phil schockiert hervor, entreißt ihm das Zeugnis und starrt es an, mit einem zunehmend gequälten Gesichtsausdruck. »Oh nein!«

»Oh doch!«

»Ich muss unzurechnungsfähig gewesen sein, als ich auf die Wette eingegangen bin!«

»Du kannst dich nicht herausreden!«, lacht sein Ziehsohn, und während Phil wohl überlegt, wie viel er für Emilios Laptop bezahlen muss, nehme ich ihm das Zeugnis ab und betrachte es stolz. Es ist geschafft, wer hätte das gedacht?

»Emilio, das ist super«, lobe ich grinsend und ziehe ihn wieder an mich, drücke ihm einen Kuss auf die Wange.

»Ja … Aber ohne deine Hilfe beim Lernen hätte ich das nie geschafft, Mister *eins-komma-null*.«

»Ach, das ist deine Schuld?!«, knurrt Phil jetzt und packt mich unsanft am Schlafittchen.

Ich kann nicht anders, als zu lachen und auch er gibt mehr schlecht als recht ein unsanftes Knurren von sich, seufzt schließlich geschlagen und lässt mich los.

»Na schön, gutes Zeugnis … Wie viel kostet das Teil?«

Emilio zögert einen Moment und ich trete vorsichtshalber mal ein, zwei, oder besser gleich viel mehr Schritte von Phil weg.

»Na ja, so … 1500?«

»*WAS*?!«, blökt Phil durch die Aula und hat damit so ziemlich die Aufmerksamkeit des halben Abiturjahrgangs.

Er starrt erst Emilio für einen Augenblick ganz entsetzt an, dann wendet er sich mir zu, echte Mordlust im Blick: »Du kleiner Drecksack!«

Als er wieder nach mir greifen will, um mir weiß der Henker was anzutun, schnappe ich mir lachend Emilios Hand und verschwinde mit ihm. So schnell wie nur irgend möglich.

»Hey, verflucht! Komm her, damit ich dir ordentlich den Hals umdrehen kann!«, ruft Phil mir hinterher, aber ich stoppe erst, als ich mit Emilio beim Auto angekommen bin und drücke ihn lachend an mich.

»Das wird er mir nicht verzeihen, oder?«, grinse ich atemlos.

Emilio, der seine Nase für einen Moment genießerisch an meinen Hals gedrückt hat, hebt den Kopf, ein schalkhaftes Grinsen im Gesicht.

»Niemals.«

»Wann geht es nach Italien? Hast du schon gepackt?«

»Oh ja. Freitag können wir fahren. Das wird super.«

Für einen Moment treffen sich unsere Blicke und ich könnte, wie so oft, in seinen wundervollen braunen Augen versinken. Er mag zwar älter geworden sein, aber er hat nichts von dem tollpatschigen Charme eingebüßt, mit dem er mich damals so leicht erobert hat.

»Oh Nick ... Ich liebe dich, du lebensmüder Kerl«, murmelt er und lehnt die Stirn gegen meine.

»Und ich dich erst«, erwidere ich, grinse breit und beide brechen wir wieder in schallendes Gelächter aus, als Phils Stimme über den Parkplatz dröhnt: »Komm sofort her, du schnöseliger Scheißkerl!«

ENDE

Elena Losian
**Wie ein
Kartenhaus
im Sturm**
Band 1

ISBN: 978-3-95949-253-9

Es gibt drei Dinge, von denen Phil überzeugt ist. Erstens: Der neue Mitschüler Julian ist ein arroganter Blödmann. Zweitens: Er kann ihn nicht ausstehen. Und drittens: Das wird sich auch so bald nicht ändern. Doch leider hat er die Rechnung ohne seine Freunde gemacht, die den Neuen in ihrer Mitte herzlich willkommen heißen und je näher er Julian kennenlernt, desto mehr schließt er ihn ins Herz. Ausgerechnet Phil findet dessen größtes Geheimnis heraus und als sich in das Chaos aus jugendlichem Leichtsinn und Freundschaft noch unerwartete Gefühle mischen, droht alles aus dem Ruder zu laufen …

Elena Losian
**Wie ein
Kartenhaus
im Sturm**
Band 2

ISBN: 978-3-95949-254-6

Überzeugungen können sich ändern. Eines ist jedoch gewiss: Verliebt sein ist nicht cool, sondern verdammt anstrengend. Nach dem Desaster bei der Schulabschlussfahrt scheint die aufkeimende Beziehung zwischen Julian und Phil nicht mehr zu retten. Phils Frustrationslevel ist enorm, als Julian in den Sommerurlaub nach Italien verschwindet. Er ist sich sicher, dass die räumliche Entfernung ihren aufkeimenden Gefühlen den Rest geben wird. Doch Julian findet unerwartet einen neuen Freund, der ihm hilft, die Gefühle und die Geschehnisse in puncto Phil noch einmal zu überdenken. So kommen die Dinge wieder ins Rollen.
Kann es für die beiden noch Hoffnung geben?